Antonio Muñoz Molina

Schwindende Schatten

Roman

Aus dem Spanischen
von Willi Zurbrüggen

PENGUIN VERLAG

Meine Tage schwinden dahin wie ein Schatten und ich verdorre wie Gras.

Psalm 102,12

I

Die Angst hat mich im Innern des Bewusstseins eines anderen aufgeweckt; die Angst und die Vergiftungen der Lektüre und der Suche. Es ist, als hätte ich die Augen in einem Zimmer aufgeschlagen, welches nicht dasselbe ist wie das, in dem ich eingeschlafen bin. Noch beim Aufwachen hielt die Panik des Traums an. Ich hatte eine Straftat begangen oder wurde zumindest verfolgt und war verurteilt worden, obwohl ich unschuldig war. Jemand richtete eine Pistole auf mich, und ich war gelähmt, konnte mich weder wehren noch konnte ich fliehen. Schon bevor das Bewusstsein gänzlich schwindet, beginnt der Romancier, den jeder heimlich in sich trägt, seine Geschichte mit all ihren Ausschmückungen zu umreißen. Das dunkle Zimmer war gewölbt und hatte eine niedrige Decke wie eine Höhle oder ein Keller oder das Innere eines Schädels, in dem das Gehirn dieses Jemand untergebracht ist, der aber nicht ich bin; sein fieberndes Bewusstsein nach zu vielen Stunden des Lesens oder einsamen Grübelns, all seine Erinnerungen, seine körperlichen Eigenheiten, die Bildergalerie seines Lebens, seine Neigung zu Herzrasen, seine Einbildung, sich tödliche Krankheiten eingefangen zu haben, Krebs, Angina Pectoris, seine Angewohnheit, sich zu verstecken und zu fliehen.

Ich bin aufgewacht und hatte einen Moment lang vergessen, wo ich mich befand, und ich war wie er oder war er, weil mein Traum mehr seiner war als meiner. Mich verwirrte die Unfähigkeit, das Schlafzimmer wiederzuerkennen, in dem ich vor kaum zwei Stunden eingeschlafen war. Ich hatte keine Vorstellung, wo das Bett stand, das Fenster war, die Möbel und auch nicht von meinem Platz im plötzlich unbekannten Raum. Nur mit Mühe erinnerte ich mich, in welcher Stadt ich mich befand. Ihm wird das häufig passiert sein, nachdem er in so vielen geschlafen hat und aufgewacht ist im Laufe seiner etwas mehr als einjährigen Flucht, dreizehn Monate und drei Wochen genau, in fünf Ländern und etwa fünfzehn Städten, auf zwei Kontinenten, nicht zu reden von den Zimmern in Motels am Rand einer Landstraße und den Nächten, die er an einem Baumstamm zusammengerollt wie ein Tier verbracht hat oder unter einer Brücke, auf dem Rücksitz des Autos oder in einem nach Zigarettenqualm und Plastik riechenden Bus, der um drei Uhr morgens in der Tiefgarage eines Bahnhofs hielt. So auch in dieser bestürzenden Nacht, der ersten, die er in einem Flugzeug verbrachte; der ersten, in der er flog, starr vor Angst, den Blick durch das ovale Fensterchen nach unten gerichtet wie in einen Abgrund, auf die Wasserfläche des Ozeans, auf ihren öligen Tintenglanz im Lichtschein des Mondes.

Der Traum, aus dem ich aufgewacht bin, könnte seiner sein, obwohl er nicht darin vorkam. Zu viele Stunden habe ich mich in sein Leben versenkt, Tage schon, seit ich in Lissabon angekommen bin. Man muss nur ein paar Sekunden auf dem Laptop herumtippen, und schon kann man die Dateien aufrufen, die beinahe alles dokumentieren, was er getan hat, die Orte, an denen er gewesen ist, die Verbrechen, die er begangen hat, die Gefängnisse, in denen er Strafen abgesessen hat, sogar die Namen der Frauen, mit denen er eine Nacht verbracht oder in einer Bar getrunken hat. Ich weiß, welche Zeitschriften und Romane er gelesen hat und von welcher Marke die Tüte mit dem Salzgebäck war, die er halb leer in einem in Atlanta gemieteten Zimmer zurückließ, in dem er nicht registriert wurde, weil der Besitzer so betrunken war, dass er ihm das Gästebuch vorzulegen vergaß. Auf fotokopierten und eingescannten Seiten alter Akten findet sich eine Liste der schmutzigen Wäsche, die er am 1. April 1968 in einer Wäscherei in Atlanta abgab und am Vormittag des 5. April wieder holte, oder das Gerichtsgutachten über die Flugbahn der Kugel, die er tags zuvor, am 4. April, aus dem Badezimmer eines Gästehauses in Memphis abgefeuert hat, wobei er den Lauf eines Remington-.30-06-Gewehrs auf dem Fensterbrett aufgelegt hielt, oder auch die Erklärung eines Gesichtschirurgen, der in Los Angeles seine Nasenspitze operierte, oder die Kopie eines Fingerabdrucks auf einem aus einer Fotozeitschrift ausgeschnittenen Bestellcoupon.

Selbst ein Leben im Verborgenen hinterlässt unauslöschliche Spuren. Damals waren den Werbeanzeigen in Zeitschriften noch Bestellcoupons beigefügt, mit Kästchen, in die in Druckbuchstaben ein Name oder eine Anschrift eingetragen werden musste, und auf einer gepunkteten Linie hatte die Unterschrift zu stehen. Das Maßlose der Wirklichkeit bringt Staunen und Schlaflosigkeit ohne Maß hervor. Es ist erstaunlich, was man über einen Menschen in Erfahrung bringen kann, von dem man eigentlich nichts weiß, weil er nie gesagt hat, was zu sagen wirklich wichtig gewesen wäre: stattdessen ein dunkles Loch, eine Leerstelle; ein Foto in einer Polizeiakte; die groben Striche einer nach lückenhaften Zeugenaussagen und ungenauen Erinnerungen gefertigten Phantomzeichnung. Er lebte von löslichem Kaffee, den er mit einem Tauchsieder direkt in der Tasse erhitzte, von Milchpulver, eingemachten Bohnen, in Senf getunkten oder mit Kraft-Mayonnaise garnierten Pommes frites. Er aß in billigen Schnellrestaurants, wo er Hamburger mit viel Zwiebeln, viel Bacon, Ketchup und Käse bestellte und sich die Pommes in den Mund stopfte. Es gab welche, die erinnerten sich an ihn als Linkshänder, andere, dass er mit rechts unterschrieb und mit der Rechten auch seine Zigaretten hielt. Auf manchen Steckbriefen wird sein Haar als dunkelblond, auf anderen als schwarz mit angegrauten Schläfen beschrieben.

Mitten auf der Stirn hatte er eine kleine Narbe und eine weitere auf der Handfläche. Man erinnerte sich, dass er beim Rauchen die Zigarette zwischen den Fingern der rechten Hand hielt, an deren Ringfinger er einen goldenen Ring mit dunkelgrünem Stein trug. Aber tatsächlich rauchte er weder, noch trug er Ringe. Ein Ring ist so ein Detail, das der Erinnerung gern auf die Sprünge hilft und eine Identifizierung ermöglicht. Er hat sich nie tätowieren lassen.

Bis spät in der Nacht suchte ich im schlaflosen Gedächtnis des Internets nach Spuren von ihm und war, als ich das Licht löschte, noch so erfüllt davon, dass mir die Augen brannten, mir weiter Daten, Namen, Kleinigkeiten durch den Kopf gingen, behaftet mit dem Chitin des Wirklichen, dem, was kein Mensch sich ausdenken kann. Um im Gefängnis in Form zu bleiben, lernte er, im Handstand zu gehen und sich in kleinste Hohlräume zu zwängen, indem er komplizierte Yogahaltungen einnahm. Gewicht zuzulegen und wieder zu verlieren fiel ihm leicht. Immer wieder fotografierte er sich mit einer Polaroidkamera, die er bis zum Schluss bei sich hatte: mit Sonnenbrille und ohne, mit Lesebrille, stets im Halbprofil, schräg von unten, nie von der Seite, weil das Profil zu charakteristisch war, auch nach der Nasenoperation noch, und ebenso wenig von vorn, damit man die abstehenden Ohren nicht sah. Er schickte Fotos an Kontaktbörsen und glaubte, mit ihrer Verschiedenartigkeit für Verwirrung zu sorgen, wenn es zu der unvermeidlichen Jagd auf ihn käme. Auf einer Abendschule für Hotel- und Gaststättengewerbe in Los Angeles lernte er, hundertzwanzig verschiedene Cocktails zu mixen. Mehrere Monate lang belegte er einen Fernkurs für Schlosserei an einer Schule in New Jersey. Unter seinen Papieren fand sich eine Broschüre über die Vorteile des Schlosserhandwerks als Beruf mit Zukunft. Mit neun oder zehn Jahren schreckte er nachts, geplagt von schrecklichen Albträumen, aus dem Schlaf, wobei er am meisten über die eigenen Schreie erschrak. Er hatte geträumt, er sei blind geworden. Er zwang sich, wach zu werden, schlug die Augen auf und konnte nichts sehen, weil er bereits in einem weiteren Blindheitstraum gelandet war. Er fürchtete sich so vor dem Einschlafen und der Rückkehr der Albträume, dass er bis Tagesanbruch wach zu bleiben versuchte. In der Dunkelheit hörte er vermutlich das betrunkene Schnarchen seines Vaters und seiner Mutter, die wie Säcke übereinander auf der Matratze ohne Decke und Laken lagen, zugedeckt mit Lumpen und alten Jacken. Auf Strohsäcken lagen auf dem halb herausgerissenen Bretterboden seine Geschwister wie ein Wurf junger Hunde, voller Flöhe und Läuse, hungrig, gegen die winterliche Kälte eng aneinandergeschmiegt im einzigen Zimmer, in dem ein alter Ofen toxisch vor sich hin qualmte.

Ich weiß mittlerweile so viel über ihn, dass ich mich an Dinge aus seinem Leben zu erinnern glaube, an Orte, die er sah und ich nie gesehen habe. Die Wüste von Nevada, durchzogen von einer schnurgeraden Straße, die nach Las Vegas führt; die von niedrigen Häusern gesäumten, staubigen Straßen von Puerto Vallarta; die hallenden Korridore eines Gefängnisses mit Steinmauern, zinnenbewehrten Türmen und düsteren gotischen Bögen; das flache Gebäude des *Lorraine Motel*, betrachtet vom Fenster eines Badezimmers aus, in dem es nach Urin und Abfluss riecht und das hinter einem vermüllten, von Gestrüpp überwucherten Grundstück in einem heruntergekommenen Viertel am Stadtrand von Memphis gelegen ist.

Ich habe beschlossen, dass ich nichts anderes tun kann, als nach Memphis zu reisen. Ich habe die Anschrift des Hotels in Lissabon notiert, in dem er vor fünfundvierzig Jahren zehn seiner Tage auf der Flucht verbracht hat. Bei der Suche auf Google habe ich entdeckt, dass das Hotel immer noch existiert und dass ich, wenn ich will, in weniger als einer Viertelstunde dort sein kann. Was bislang nur in meiner Vorstellung existierte, ist in diesem Augenblick unmittelbare Wirklichkeit geworden. Ein Traum von Verfolgung, von Gefahr und von Scham hat mich aufgeweckt, der seiner hätte sein können und den zweifellos meine Nachforschungen über ihn ausgelöst haben, die mich erst spät zu Bett gehen ließen und den Schlaf vertrieben, gegen den ich mich stemme, während ich gebannt vor dem Bildschirm meines Laptops saß, tief über den Schreibtisch gebeugt, an dem ich seit Tagen arbeite, zwar erst wenigen, aber doch genug, um bereits Gewohnheiten entwickelt zu haben, die mich niederdrücken: der Schreibtisch und die Wohnung, die Straße, die Straßenecke, die man vom Fenster aus sieht, die Straßenbahn, die beim Bergabfahren bremst und eine Glocke bimmeln lässt, die Dächer der Stadt, die kariösen Mauern der Gebäude, der Name, den ich schon seit zu vielen Jahren nicht mehr regelmäßig im Munde führe: Lissabon.

Das Schlafzimmer hat ein Fenster, durch das nur wenig Licht hereinfällt, weil es auf die Rückseite eines leer stehenden Gebäudes geht. Man sieht einen verglasten Balkon, von Feuchtigkeit und Rost zerfressene Eisengeländer. Hinter einer ausgehängten Tür verliert sich ein Flur im Dunkeln, aus dem immer ein Geräusch von Tauben dringt. Die Tauben sind durch zerbrochene Fensterscheiben hineingelangt und haben das Hinterhaus in Besitz genommen. Zwischen den Fliesen des Balkons wächst Unkraut. Obwohl unser Schlafzimmer nur wenige Schritte entfernt ist, reicht der Verfall nicht bis auf unsere Seite. Dieses vor Kurzem erst renovierte Gebäude besitzt die Attraktivität des Neuen und zugleich das Solide eines Altbaus mit dicken Wänden und großzügigen Räumen. Die Fäulnis des Zerfalls und Zusammenbruchs schreitet in alten Städten am Meer schnell voran. Das Haus nebenan, in dem sich die Tauben eingenistet haben und nachts vermutlich Regenwasser durch die Decke tropft, ist die gescheiterte Kehrseite von diesem hier, gehört zu der dem

Verfall preisgegebenen Schattenseite der Stadt. Direkt daneben, wo wir jetzt wohnen und schon nach wenigen Tagen das Gefühl hatten, seit Langem zu Hause zu sein, sind die Zimmer hoch und hell und riechen neu, die glatten Bretterböden knarren unter unseren Schritten wie alte Schiffsplanken. Das große Bett, die saubere Wäsche, über die man gerne mit den Händen fährt, die aufgeplusterten Kopfkissen, das gedämpfte Licht der Nachttischlampen mit Schirmen wie von durchscheinendem Pergament, deine Gegenwart neben mir im Spiegel, im Halbdunkel, das du immer gerne umgestaltest, indem du Vorhänge zuziehst, Lichter löschst, Türen angelehnt oder halb offen lässt. Während ich Schritt für Schritt das Bewusstsein für meine Umgebung wiederfinde, spüre ich, wie der anhaltende Schrecken des Albtraums verfliegt.

Mich an den Wänden entlangtastend, habe ich das Zimmer verlassen, bin dem Kerker des Traums entkommen. Einen Moment lang stehe ich verloren auf dem Flur, habe die Orientierung verloren, finde eine Mauer da, wo ich eine Öffnung erwartet habe, die der Tür zum Wohnzimmer. Mein Gehirn ist noch nicht so weit, blind meine Schritte zu lenken. Der imaginäre Aufriss der Wohnung treibt seine Späße mit mir. Nichts leichter, als sich plötzlich verloren zu fühlen, für mich jedenfalls. Ein Geräusch in meinem Rücken lässt mich herumfahren: Der Motor des Kühlschranks ist angesprungen und die Küche hat unerwarteterweise, doch unbestreitbar ihren Platz eingenommen, hat dem Raum seine wahre Beschaffenheit zurückgegeben. Die Welt ist ein Labyrinth von zittrigen Zeichen, elektrischen Entladungen, Schallwellen, winzigen Lichtblitzen in der Dunkelheit. Eingeschlossen in seiner knöchernen Kuppel, in seinem hermetischen Gehäuse, erschafft das Gehirn dieses Labyrinth wieder vollkommen neu. Er war der Meinung, dass es möglich sei, die schlafwandlerischen Schritte und Taten eines hypnotisierten Menschen aus der Ferne zu steuern, ihm zu befehlen, einen Mord zu begehen, eine Bombe zu zünden oder eine Bank auszurauben.

Jetzt ertaste ich die hölzerne Türschwelle zum Wohnzimmer und kann ohne jeden Zweifel den kompletten Raum rekonstruieren, den ich immer noch nicht sehe, den Schreibtisch rechts, das Sofa links, ganz hinten das Fenster zur Straße. Zugleich empfängt die erweiterte Netzhaut verstreute Photonen, die den Wahrnehmungsbereich vervollständigen, ihm seine drei Dimensionen zurückgeben. Der Wind muss wohl die Fensterläden zugeschlagen haben, und deshalb drang keinerlei Helligkeit hindurch. Als ich mich mit der Hand an der Schreibtischkante entlangtastete, berührte ich die Schaltfläche des Laptops und die Beleuchtung des Displays sprang an, ein weißes Leuchten, welches das Zimmer in fahles Mondlicht taucht. Er schrieb am liebsten auf der Schreibmaschine. Während er Mitte der Fünfzigerjahre eine zweijährige Strafe im Staatsgefängnis von Leavenworth verbüßte, hatte er Maschinenschreiben gelernt. Irgendwo in der uferlosen Datei findet sich vielleicht noch der Kaufbeleg mit dem Markennamen der Schreibmaschine, die er benutzte. Er warf sie aus dem Autofenster, als er mit Höchstgeschwindigkeit von Memphis nach Atlanta raste und von ferne Polizeisirenen hörte oder zu hören glaubte. Er warf die Schreibmaschine, die Super-8-Kamera, den Projektor und mehrere leere Bierdosen aus dem Fenster. Er warf Sachen nach draußen und sah sie im Rückspiegel hinter sich zurückbleiben. Ich habe eine Liste von allem, was er mit sich führte und nicht aus dem Fenster seines Autos warf, eines 66er Mustang mit Alabama-Kennzeichen, sowie die Liste jener Dinge, die sich in dem blauen Plastikkoffer befanden, den er ebenso wie das Gewehr fallen ließ, bevor er floh, und selbst der Dinge, die später im Kofferraum und auf dem Boden des Autos gefunden wurden, sogar Härchen sind dort verzeichnet und Reste von eingetrocknetem Schaum an der Klinge seines Einwegrasierers. Ich kenne alle Namen, die er benutzte und wieder ablegte wie abgelaufene Identitäten, auswendig. Ich sehe ihn vor mir Gestalt annehmen, seinen Schatten, seine gesamte, aus all diesen winzigen Einzelteilen bestehende Biografie, Teilchen für Teilchen, gebrochene Mosaiksteinchen in dieser kunstvollen Pflasterung der Gehwege von Lissabon.

Eines Morgens, einem der ersten, bin ich einen dieser Wege hinaufgegangen, die Rua dos Fanqueiros, mit meinem Stadtplan und einem aus einem Heft gerissenen Blatt in der Hand, auf dem ich mir den Weg von Google Maps abgeschrieben hatte. Mit einem Gefühl von Heimlichkeit, beinahe von Scham und schlechtem Gewissen, habe ich die Wohnung verlassen, ohne dir zu sagen, wohin ich ging. Offenbar liegt etwas kindlich Naives in diesen ersten Schritten des Erfindens einer Geschichte – oder nicht einmal das, wenigstens jetzt noch nicht, am Beginn einer Suche, von der man nicht weiß, wohin sie einen führt. Ich betrat ein Papiergeschäft, um mir mehr zur Beruhigung als aus praktischen Gründen ein Notizbuch zu kaufen. Als ich eines finde, das mir gefällt, wird mir klar, dass ich bereits vor einem Jahr in genau diesem Papiergeschäft war und mir damals das identische Notizbuch gekauft habe, in das ich nur das Datum eingetragen habe: 2. Dezember. Ich ging damals vorbei an gespenstischen Textilgeschäften und verschlossenen und verlassenen Läden, an denen noch die kalligrafierten Namen standen, wie es vor einem halben Jahrhundert modern war, an von Nepalesen oder Pakistanern betriebenen Obstläden mit welkem Gemüse, an verrammelten Eingängen, denen ein Geruch von Abfluss und Verlassenheit entströmte, an Hausfassaden, deren Kacheln großflächig abgeblättert waren, an in Ladentüren stehenden Angestellten, die ebenso altmodisch gekleidet waren wie die Schaufensterpuppen ihrer Geschäfte und mit einer Geduld darauf warteten, dass jemand eintrat, die nur bewegungsloses Warten selbst hervorbringen kann. Vorbei auch an Apotheken mit

Marmortresen und Schubfächerschränken aus gedrechseltem Holz und an weiteren Kleidergeschäften, die moderner wurden, je näher ich der Praça da Figueira mit ihrem bronzenen Reiterkönig kam.

Ich ging an einer Puppenklinik vorbei, die ich genau hier vor sechsundzwanzig Jahren zum ersten Mal gesehen habe. Der Platz ist ebenso unverändert wie die Straßenbahnen und die sanfte Sonne des Novembermorgens, und die bekannten Gerüche nach Backwerk und gerösteten Kastanien lassen für ein paar Sekunden das Zeitgefühl verschwimmen. Wie befremdlich, dieser in die Jahre gekommene Mann mit angegrautem Haar und grau meliertem Bart zu sein, der mich aus einem Schaufenster anblickt. Noch befremdlicher aber ist es, der junge Mann von damals gewesen zu sein, viel jünger noch, als er selbst es damals empfand, so unfertig wie ein Heranwachsender und doch schon Vater eines dreijährigen sowie eines gerade erst geborenen Sohnes; damals mit diesem Gesicht, das jemand, der mich nur von heute kennt, nicht mit mir in Verbindung brächte, war er auch nervöser, innerlich aufgewühlter, zündete eine Zigarette nach der anderen an und inhalierte tief, war mit einem Notizbuch und einem Stadtplan bewaffnet, wie auch ich heute Morgen, ahnte nichts von seiner unerhörten Zukunft, nichts vor allem von dem Ausmaß dieser Zukunft, die ohne jeden Bezug zu deinem Dasein ist. Was er und ich gemeinsam haben an diesem Vormittag, der mit seinem zeitlosen Licht sowohl der von heute als auch der vor dreißig Jahren sein könnte, ist, dass wir beide auf der Suche nach Gespenstern durch Lissabon streifen, wobei seine unwirklicher sind als meine. Das Gespenst, das ich suche, ist tatsächlich auf diesem Bürgersteig gegangen, hat diesen Platz überquert und ist bei jenem Straßenschild, das ich jetzt, schaudernd fast, zur Kenntnis nehme, um eine Ecke gebogen: Rua João das Regras.

In einem Buch oder aber einer Zeitschriftenreportage sind

ein Straßenname und eine Hausnummer gleichermaßen gänzlich überflüssige Details. Ganz in der Nähe dieses Orts zu sein und zu wissen, dass man sofort dort sein kann, lässt überraschend real erscheinen, was bei der Lektüre gleichsam Fiktion gewesen ist. Rua João das Regras, No. 4. Während ich noch die Rua dos Fanqueiros hinaufging, sah ich mich schon im *Hotel Portugal* ankommen, eine goldgeränderte Drehtür aufschieben, über einen abgetretenen, aber noch nicht schäbigen Teppichboden gehen und vielleicht in einem Vestibül, das ich mir dämmerig vorstellte, in einem Sessel Platz nehmen. Dass ich das Hotel betrat, würde all meinen Mutmaßungen Halt geben, würde fassbar machen, was bis zu diesem Moment den Traumwelten der Bücher angehörte.

Im Internet habe ich die letzten Gästebewertungen des *Hotel Portugal* gelesen. Ich habe gelesen, dass die Zimmer klein sind und die Einrichtungen antiquiert, und dass man in den unteren Zimmern von früh morgens bis spät nachts das Rattern der Züge aus der nahen U-Bahn-Station hört. Er bewohnte das Zimmer No. 2 im ersten Stock. Auch das weiß ich. Vor dem Bett stand eine Spiegelkommode mit einer Marmorplatte. In einer Ausgabe des *Life Magazine* vom Juni 1968 habe ich ein Foto des Zimmers gesehen. Es sah aus, als habe es nach altem Holz und Staub gerochen, wenn er eine Schublade aufzog, um seine Sachen darin zu verstauen. Er schlief schlecht durch das von den U-Bahn-Zügen hervorgerufene Vibrieren. Die Gebäude sind hoch, und die Sonne der nahe gelegenen Plaça dringt nicht bis in die Rua João das Regras. Ich gehe diese Straße entlang und suche die No. 4, doch dann ist sie mit einem Mal zu Ende und es scheint, als gäbe es diese Nummer gar nicht. Die zum Greifen nahe Wirklichkeit hat sich verflüchtigt. Was ich sehe, ist eine alte Eisenwarenhandlung mit allen möglichen Schlüsseln, Riegeln und Schlössern im Schaufenster. Er dürfte einen interessierten Blick hineingeworfen haben, war er doch durch seinen Schlosserkurs auf solcherlei

Gerätschaften fixiert. Nirgends jedoch sehe ich das Schild des *Hotel Portugal* durch zwei Reihen von Balkonen hindurch, wie ich es von Fotos kenne. Ich frage einen Kellner, der in der Tür einer Bar lehnt, und er zeigt auf eine von Gerüsten und Planen verdeckte Fassade. Das alte *Hotel Portugal* hat geschlossen. Das Gebäude ist eine Baustelle und wird von Grund auf saniert. Ein Luxushotel soll daraus entstehen.

2

Er trat, blasser als gewöhnlich, aus dem Schatten der Kolonnaden und wandte sich instinktiv ab, als ihm ein Polizist in blauer Uniform entgegenkam, eine Pistole am weißen Gürtel mit Schulterriemen, eine blaue Aktenmappe in der Hand, mehr Büroangestellter als Polizist, der mächtige Bauch eingeschnürt vom Gürtel der Uniformjacke, ein Beamter in einem Regierungsviertel. Er warf einen Blick auf die Pistole im Lederhalfter, obwohl es nicht so aussah, als seien die Augen in seinem wachsbleichen Gesicht auf diese gerichtet, in dieser Helligkeit des Platzes, die noch dadurch verstärkt wurde, dass er sich zu einer Seite hin Richtung Meer öffnete. Er wandte sich ab; er vermied dabei jede abrupte Bewegung. Viele Menschen bewegten sich unter den Kolonnaden, betraten Büros oder kamen aus ihnen heraus: Hinweisschilder über den großen Türen, mit Eisengittern geschützte Fenster, durch die das gleichförmige gedämpfte Klappern von Schreibmaschinen drang.

Immerzu schreiben sie, Vornamen, Geburtsdaten, Familiennamen, Wohnort, Name des Vaters und der Mutter. Sie fragen, ohne den Kopf zu heben, füllen mit Schreibmaschine die leeren Stellen auf den Formularen aus. Sie schlagen die Tasten kräftig an, damit das Geschriebene auch auf den Kohlepapierdurchschlägen noch deutlich zu lesen ist. Sie machen handschriftliche Notizen auf linierten Karteikarten, auf Archivzetteln mit einem in eine Ecke geklebten oder festgeklammerten Foto, die sie dann in den Schubladen metallener Büroschränke ablegen. Nummer des Personalausweises, des Führerscheins, des Reisepasses, Sozialversicherungsnummer, Häftlingsnummer, Dauer der Strafe. Wenn sie sich vertippt haben, halten sie die Schreibmaschine an und überstreichen mit einem in eine weiße Flüssigkeit getauchten Pinselchen das falsche Wort oder die falsche Zahl und pusten darauf, damit es schneller trocknet.

Bevor er die Höhe des Polizisten erreichte, drehte er zur Seite ab und überschritt die schräge Schattenlinie der Kolonnaden. Die stechende Sonne schien ihm direkt ins Gesicht, hob seine Blässe noch deutlicher hervor und ließ das blonde Haar noch heller erscheinen. Heller und dünner trotz der in die Stirn gedrückten Welle, die sein Gesicht länger machte und ihn etwas jünger aussehen ließ. In seinem Reisepass stand 1932 als Geburtsjahr, doch er war 1928 geboren. Er war überzeugt, jünger auszusehen, als er in Wirklichkeit war. Das Alter eines Mannes hängt in großem Maße davon ab, ob er sich selbst als jung und stark oder alt und verbraucht sehen will, pflegte sein Lehrer Maxwell Maltz zu sagen. So wie du dich siehst, sehen dich auch die anderen. Sie treten dich, wenn du aussiehst wie einer, der Tritte empfängt. Sie verfolgen dich, wenn du wie einer auf der Flucht aussiehst.

Die auf dem Kopfsteinpflaster des Platzes verlaufenden Straßenbahnschienen glänzten feucht in der Sonne. Ein zartfeuchter Dunst lag in der Luft, vor allem, wenn man in die Ferne schaute, ans Ende des Platzes, wo das Meer war oder ein sehr breiter Fluss, denn dahinter sah man die Umrisse einer Hügelkette, eine Silhouette von Hügeln und niedrigen Häusern. Es war eine Feuchtigkeit voller Farben, so wie in New Orleans oder Saint Louis oder Memphis, nur nicht so drückend. Der Fluss oder das Meer hatte nicht die lehmige Farbe des Mississippi. In Montreal gibt es auch einen Fluss, der so breit ist, dass man das andere Ufer nicht sieht. Flüsse und eiserne Brücken in der Ferne, Hafenanlagen am Ufer, Lagerhallen und Fabriken, Schiffssirenen, das Pfeifen von Lokomotiven. Über gewundene Schienen schwankten stumpfnasige, gelbe oder rote Straßenbahnen, knarrend wie alte

Holzwaggons. Eine von ihnen ließ er an sich vorbeifahren und setzte in der Zeit seine Sonnenbrille auf. Er hatte die Geste vor dem Spiegel geübt. Auf Frauen wirkte sie distinguiert. Er zog die Sonnenbrille aus der Brusttasche seines Jacketts und klappte sie auf, während er sie an die Augen führte. Bei der umgekehrten Bewegung blinzelte er im Spiegel, was die Wirkung minderte. Er versuchte, das Blinzeln zu unterdrücken, doch es gelang ihm nicht. Wie hell seine blauen Augen waren, ließ sich nicht so leicht erkennen, weil er einen so gut wie nie direkt anschaute. Er zog in Betracht, sich gefärbte Kontaktlinsen zu kaufen.

Die vorbeifahrende Straßenbahn verbarg sein Blinzeln in der grellen Sonne, und als sie rechts an ihm vorbeigefahren war, hatte er die Sonnenbrille bereits aufgesetzt. Er hatte Zeit gehabt, sich in den Straßenbahnfenstern zu betrachten, ein Namenloser unter den Menschen, die über die Straße wollten, größer als die anderen, fünf Fuß und elf Zoll. Die Fenster waren schmutzig und klapperten, wie die ganze Straßenbahn, ein altes Gefährt kurz vor dem Auseinanderbrechen, alt, langsam und verschlissen, die gelbe Farbe rissig von der Sonne und stumpf von der Feuchtigkeit, von Plakaten und alten Reklamen. Einige Fenster hatten keine Scheiben mehr, und die Passagiere legten ihre Ellenbogen auf die Rahmen, als schauten sie aus dem Fenster ihres Hauses.

Alles in der Stadt war alt und verfallen. Die Hinweisschilder der Ministerien unter den Kolonnaden, die Uniformen der Saaldiener vor den Eingangstüren, die Schreibtische der Angestellten, die Schreibmaschinen, die sie benutzten, und die Schränke, in denen sie ihre Aktenordner aufbewahrten. In den Büros des Überseeministeriums hingen alte, mit Wachstuch bezogene Weltkarten an den Wänden. Er hatte mit Mühe die Frage herausgebracht, wie viel Zeit ein Visum für Angola benötige, und der Büromensch hatte ihn über den schwarzen Block seiner Schreibmaschine hinweg angeschaut, die Zigarette aus dem Mundwinkel genommen und auf die Schreibtischkante gelegt, die voller alter Brandspuren war. Angola ist der Name einer portugiesischen Kolonie in Afrika und eines Gefängnisses im Süden. Der Angestellte fragte ihn nach seiner Nationalität und sagte, er solle später wiederkommen, dann könne er direkt mit der für diese Angelegenheiten zuständigen Person sprechen. In dem Büro stapelten sich die Aktenbündel, die Decke war sehr hoch und dunkel von Schmutz. Der Schreibtisch des Angestellten stand vor einem Balkon, von dem aus man den Fluss oder das Meer sehen konnte. Während er im Stehen wartete, dass der Mann mit seinem Tun zu Ende kam, sah er langsam einen großen Frachter vorüberziehen. Auf einem Stapel Registerbücher mit abgestoßenen Kanten drehte sich ein kleiner Ventilator. Seine Flügel bewegten sich so langsam, dass sie der Hitze im Büro nichts anzuhaben vermochten.

In der Mitte des Platzes stand die Reiterstatue eines Königs mit einem von einem Federbusch gekrönten Helm. Die Statue stand auf einem Marmorsockel und wurde auf der einen Seite von der Skulptur eines Pferdes und auf der anderen von der eines indischen Elefanten flankiert. Indische Elefanten haben kleinere Ohren als afrikanische Elefanten und sind im Gegensatz zu diesen leicht zu domestizieren. Auf einem farbigen Umschlag der Zeitschrift *Men's Real Adventures* hält ein wütender Elefant eine so gut wie nackte Frau mit dem Rüssel umschlungen und hebt sie in die Luft, als ein weißer Jäger mit seinem Gewehr auf ihn schießt, um die Frau zu retten. In sumpfigen Urwaldgebieten bewegen sich indische Elefanten planschend durch lehmige Gewässer und folgen brav ihren mit Bambusstöcken bewaffneten Führern, die »Kornak« genannt werden. Kornak ist ein ungewöhnliches Wort, von dem die meisten Menschen nicht wissen, dass es existiert, und das sie nicht verstehen, wenn sie es lesen.

Die Hufe des königlichen Pferdes traten auf bronzene Schlangen. Zu beiden Seiten des Sockels trampelten das Pferd und der Elefant auf entsetzt am Boden liegende Menschen. Auf dem Helmbusch des bronzenen Königs hatte sich eine Taube niedergelassen. Die gespornten Stiefel hingen zu beiden Seiten des Pferdebauchs herab. In den Straflagern des Südens patrouillieren berittene Wächter, die statt Helmen mit Federbüschen breitkrempige Hüte und Sonnenbrillen tragen und die Kolben ihrer Gewehre auf den Sattel stützen. Weiße Gefangene sollen heutzutage dadurch gedemütigt werden, dass man sie zwingt, Schlafräume und Esssäle mit Schwarzen zu teilen. Als er den Schattenbereich der Kolonnaden verlassen hatte und in gerader Linie den Platz überquerte, blieb er im langen Schatten der königlichen Reiterstatue einen Moment lang stehen, mitten im hellen Licht – der Himmel und das Meer oder der Fluss in der Bernsteinfarbe seiner Sonnenbrille –, das Gesicht bleicher als der Kragen seines Hemdes, der so eng war, dass er ihm den Hals einschnürte. Der Kragen würde einen roten Streifen hinterlassen, wenn er sich im Hotelzimmer die Krawatte losbände und das Hemd aufknöpfte, um sich im Spiegel zu betrachten. Er würde seine Hose zusammenlegen und die Jacke auf den Bügel hängen, bevor er alles aus den Taschen nähme, was er hineingesteckt oder in ihnen aufbewahrt hatte. Belege der Wäscherei mit seinem Namen und dem Datum der Einlieferung und Abholung, Briefe mit Absender von jemandem, der anders hieß als er seit drei Wochen, so wie er, bevor er in diese Stadt gereist war, nach Lissabon, und davor nach London, als er sich noch in Toronto versteckt gehalten hatte und noch nicht mit dem Flugzeug geflogen war. In einer der Taschen verwahrte er einen Zeitungsausschnitt mit einer Anzeige über billige Flüge in afrikanische Hauptstädte. Diesen Zeitungsausschnitt kann man – in einer Plastikhülle – in der Vitrine eines Museums in Memphis betrachten. In den Fernsehnachrichten waren im nächtlichen Feuerschein der Aufstände brennende amerikanische Städte zu sehen. Im Licht der Brände glänzten die dunklen Gesichter der Schwarzen, die Schaufenster einwarfen, mit Baseballschlägern einschlugen und mit der Beute ihrer Plünderungen auf den von Glassplittern übersäten Gehwegen flüchteten, vorbei an brennenden Autos. Es war ratsam, die Belege in kleine Stücke zu zerreißen und nicht in den Papierkorb des Hotelzimmers zu werfen, sondern in die Toilettenschüssel, und hinterher das Abziehen nicht zu vergessen. Es galt auch, jede glatte Oberfläche abzureiben, auf der Fingerabdrücke hätten zurückbleiben können.

Das Brausen beim Start der Maschine versetzte ihn in Panik, verursachte ein hohles Gefühl im Magen, und sein Gesicht wurde noch blasser, während sich seine Hände in die Armlehnen krallten. Er nahm den BOAC-Flug von Toronto nach London am 6. Mai um halb elf Uhr nachts. »Nur mit der Ruhe, Mann, alles in Ordnung«, sagte der dicke Sitznachbar, der ihn vorher schon beschämt hatte, indem er ihm erklärte, wie der Sicherheitsgurt anzulegen war, obwohl er geleugnet hatte, Hilfe zu benötigen. Danach rührte er sich nicht mehr aus Angst, das Flugzeug aus dem Gleichgewicht zu bringen. Ein kleiner Junge rannte durch den Gang, und er war versucht, ihm eine Ohrfeige zu verpassen, damit er Ruhe gab. Der dicke Sitznachbar hatte trotz seines guten Anzugs, der Krawatte und der Krokodillederschuhe erkannt, dass er zum ersten Mal in einem Flugzeug flog. Er wusste, was jetzt kam und starrte geradeaus, sank in sich zusammen und kniff die Augen zu, konnte es jedoch nicht verhindern.

Man krümmt sich zusammen, schließt die Augen, rührt sich nicht mehr, atmet kaum, doch es hilft alles nichts, am Ende finden sie einen. Aber nicht immer. Im Gefängnis hatte er sich in einem Brotkarren versteckt, unter einem Blech duftender warmer Brötchen, die Beine angezogen und die Arme darumgeschlungen, die Stirn an die Knie gedrückt, mit offenem Mund atmend, weil das weniger beschwerlich war, und mit seinem

Atem den Stoff der beiden Hosen befeuchtend, die er übereinander gezogen hatte, die zivile Hose über die Gefängnishose.

Durch entsprechende Autosuggestion kann ein Fakir lange Zeit, ohne zu atmen, unter der Erde ausharren. Ganz in der Nähe hörte er Stimmen, das Geräusch der Räder auf dem Zementboden eines Korridors, dann den Motor eines Lastwagens im selben Augenblick, als durch den Duft der Brote frische Luft in seine Nase drang. In seiner gegen die Knie gedrückten Brust spürte er den Paukenschlag seines Herzens. Sein Bauch schmerzte, und er fürchtete, Durchfall zu bekommen. Durch Selbsthypnose kann man die absolute Kontrolle über seine Körperfunktionen gewinnen. Da er nicht wusste, wann er wieder etwas zu essen bekäme, hatte er in einem Moment der Verwirrung, als in der Küche keiner auf den anderen achtete, nacheinander zwölf Spiegeleier verschlungen. In den Taschen seiner Hose und seines Hemdes und in dem kleinen Waschbeutel hatte er zwanzig Riegel Schokolade verstaut. Über sich spürte er das heiße Blech mit den Brötchen. Als der Brotkarren am letzten Kontrollpunkt hielt, hob ein Wärter den Metalldeckel an, und er krümmte sich noch mehr zusammen und sandte hypnotische Wellen nach oben, damit der Mann nicht unter das Blech schaute.

Doch jetzt auf dem Flugzeugsitz, vom Sicherheitsgurt gefesselt, konnte er sich weder verkrümeln noch verstecken. Der dicke Sitznachbar streckte die Hand aus und nannte ihm einen Namen, den Familiennamen zuerst, dann den Vornamen und danach die Verniedlichungsform. Mit welch außergewöhnlicher Selbstverständlichkeit die Leute ihren Namen nennen, den sie seit jeher tragen. Sie zögern nicht eine Sekunde, haben keine Angst, etwas falsch zu machen, wenn sie ihn schreiben. Es wäre auffällig, würde er die ausgestreckte Hand nicht ergreifen. Er löste seine Hand von der Armlehne und ergriff die des anderen, schaute den Dicken nicht an, obwohl er so nah bei ihm saß. Ein Gesicht vergisst man leichter, wenn man die Augen nicht gesehen hat. Die große Hand drückte seine, schlaff und ein wenig feucht, sehr weiß. Mit je weniger Druck man Dinge berührt, desto größer ist die Chance, keine Fingerabdrücke zu hinterlassen. Noch besser ist es, sich Leukoplast-Ovale auf die Fingerkuppen zu kleben.

Das hatte er aber nicht getan, bevor er das Gewehr auf den Rahmen des offenen Badezimmerfensters auflegte und einmal den Abzug betätigte. Leise nannte er den Namen, an den er sich noch gewöhnen musste. Sneyd. Er sprach leise und bewegte dabei kaum die Lippen, sodass der Dicke ihn wahrscheinlich nicht verstanden hatte und sich später nicht daran erinnern würde. Außerdem übertönte der Motorenlärm die Stimmen. »Schneider?«, fragte der Dicke und hielt sich mit einer Grimasse, die wohl lustig sein sollte, die Hand hinters Ohr. Seine ausgeprägte Körperfülle zwängte ihn noch mehr in den engen Sitz.

Der Dicke erzählte ihm, er besitze in Toronto eine Konditoreikette und fliege nach London, um seine Tochter zu besuchen, die dort Wirtschaft studiere. Die Leute werfen mit Informationen um sich, um die sie niemand gebeten hat. Manchmal kann man einen Vorteil daraus ziehen, kann sich einen Beruf oder eine Art von Geschäft merken, das einem später ganz natürlich über die Lippen kommt. Er sagte, er arbeite als Leiter der Werbeabteilung eines Verlages. Diese Berufsbezeichnung hatte er kurz vorher in einer Zeitung gelesen, die jemand auf einem Sitz in der Abflughalle liegen gelassen hatte. Aus Zeitungen kann man alles Mögliche erfahren. Kurz hatte er auch erwogen, zu sagen, er sei für die tierärztlichen Belange eines Zoos verantwortlich.

Der Beruf, den er sich am liebsten vorstellte, war der eines Matrosen der Handelsmarine oder eines Lotsen auf einem der Frachter, die von Saint Louis über Memphis bis nach New Orleans den Mississippi hinunterfahren, von New Orleans nach Havanna und zu den kleinen Karibikinseln mit weißen Stränden und Palmen wie in den farbenprächtigen Reisemagazinen. Lotse,

Erster Offizier, Chefkoch, Barmann. Lange Wachen an Deck, das Steuerrad in beiden Händen, die Sonnenbrille unter dem Mützenschirm, das weiße Hemd mit den Kapitänsschulterstücken. In den bunten Illustrierten sah man oft Werbung, in der Segelschiffe und Luxusjachten abgebildet waren.

Man sagt irgendwas und die Leute glauben es einem. Er war jedoch erschöpft, nervös und nicht konzentriert genug, um gut zu lügen, sodass er den Mund hielt, als, nachdem das Abendessen abgeräumt worden war, das Licht ausging. Wenn James Bond in einem Flugzeug Platz nahm, zündete er sich als Erstes mit seinem glänzenden Ronson-Feuerzeug eine Morland an und bat die Stewardess um einen doppelten Wodka-Martini.

Das Flugzeug schien mit einem Mal stillzustehen. Der Dicke war mit einer Zeitung über dem Gesicht eingeschlafen und schnarchte hörbar, die Zeitungsseiten bewegten sich bei jedem Atemzug. Er nahm sie ihm vorsichtig vom Gesicht und las sie aufmerksam von der ersten bis zur letzten Seite durch. Das Foto war nicht einmal besonders groß und stach auch nicht besonders hervor. Es stammte aus einer alten Polizeiakte, zeigte ihn aber von vorn, so wie sonst auch. Undeutlich, schlecht gedruckt, noch undeutlicher im schwachen Licht der Kabine. Ein Ohr größer als das andere. Das Haar auf brutale Gefängnisart geschoren. Und der Name, der alte, der erste, der ihm so fremd war wie sein damaliges Gesicht im Vergleich zu seinem jetzigen: das bartverschattete Kinn, die erschrockenen Augen und der herausfordernde Blick eines Gefangenen. In der Zeitung hieß es, er sei vermutlich tot. Um ihn loszuwerden und zu verhindern, dass er Namen nannte und sein Wissen preisgab, hätten ihn seine Komplizen oder Auftraggeber wohl getötet.

Plötzlich gingen die Lichter an, die Stewardessen begannen, das Frühstück zu servieren, und im ovalen Fensterchen war es Tag geworden. Dabei hatte er kaum ein Auge zugetan, und auf seiner

Uhr war es noch eins. Die Zeitung, die der Dicke sich aufs Gesicht gelegt hatte, lag jetzt auf dem Boden. Die Seite mit dem Foto hatte er zusammengefaltet und sich in die Hosentasche gesteckt. Je weniger sie wussten, desto fantastischere Geschichten erfanden sie. Von einer geheimen Landebahn in den Sümpfen Floridas war eine Cessna gestartet und hatte ihn als einzigen Passagier nach Kuba geflogen. Obwohl es dunkel war, als er die Zeitungsseite herausriss, schaute er sich argwöhnisch um, ob die Stewardessen ihn beobachteten. Über Lautsprecher wurde durchgesagt, man werde in einer halben Stunde in Heathrow landen. Die Passagiere sollten ihre Pässe und Zollerklärungen bereithalten. Er betrachtete das Formular, das die Stewardess ihm vor einigen Minuten nach dem Abräumen des Frühstückstabletts überreicht hatte, und es auszufüllen schien ihm eine unlösbare Aufgabe. Neben ihm beschrieb der Dicke munter die leeren Zeilen, füllte Kästchen mit Großbuchstaben aus, Name, Geburtsdatum, Nationalität, Adresse im Herkunftsland, Adresse im Vereinigten Königreich, Flugnummer, Fluggesellschaft, Abflughafen, Nummer des Reisepasses.

In der Gesäßtasche seiner Hose trug er einen Revolver. James Bond trug seine Beretta in einem Schulterhalfter aus Antilopenleder. Wenn all diese Angaben schon im Pass standen, warum sollte man sie dann noch einmal aufschreiben? Ramon George Sneyd. Geboren in Toronto, Kanada, am 8. Oktober 1932. Im Pass war sein Name falsch geschrieben. Sneya, nicht Sneyd. Seine Schuld, weil er das Formular im Reisebüro gedankenlos ausgefüllt hatte, mit zitternder Hand, da die Angestellte ihn mit einem Übermaß an Aufmerksamkeit bedachte, mit der sympathischen Zuvorkommenheit, mit der man einen Krüppel bedient. Der Dicke warf einen Blick in seinen Pass, um die Nummer zu übertragen, nuckelte dabei zufrieden an der Kugelschreiberkappe. Mit einem Gefühl des Ekels dachte er daran, dass er ihn sich soeben noch ausgeliehen hatte.

Aus irgendeinem Grund war der Dicke plötzlich argwöhnisch geworden. Es gibt Menschen, die von ihrem Wesen her Denunzianten sind. Sie waren nie im Gefängnis. Sie sind nie mit auf dem Rücken gefesselten Händen auf einen Stuhl gedrückt, nie in die Ecke einer leeren Dusche getrieben worden. Nie haben sie sich nackt auf einem Zementboden gewunden, haben mit den Händen versucht, ihr Geschlecht zu bedecken, oder sind je mit Gummiknüppel geschlagen worden. Nie sind ihnen Haftverkürzung oder eine ungezieferfreie Zelle gegen Information oder ein auswendig gelerntes Geständnis angeboten worden. Sie sind Denunzianten, weil es ihnen im Blut liegt, weil sie Spaß daran haben, weil es ihrem Wesen entspricht. »Gleich als ich ihn gesehen habe, wusste ich, dass mit ihm etwas nicht stimmte. Ich habe ihn gegrüßt, und er hat nicht reagiert. Ich habe ihn was gefragt, und er gab keine Antwort, als hätte er etwas zu verbergen. Er sagte, er hieße Schneider, doch dann sah ich, dass er in dem vor der Landung auszufüllenden Formular einen anderen Namen eingetragen hatte. Natürlich erinnere ich mich an sein Gesicht. Das werde ich nie im Leben vergessen. Die Art, wie er geguckt hat.« Er wurde fotografiert und grinste wie ein Held. Hunderttausend Dollar Belohnung. Dazu das ganze Geld, das sie ihm bezahlen, damit er seine Angebereien einer Illustrierten erzählt oder im Fernsehen, geschminkt, schwebend vor Wonne, damit er die Hand des Moderators schüttelt und ihn beim Vornamen nennt. Alle zerreißen sich die Kleider und beweinen scheinheilig den Toten, tragen den gerechten Zorn des Lynchmobs gegen jenen, der ihnen als Mörder gilt, doch will jeder nur seinen Vorteil, sobald er sich ihm bietet. Soll diesen Dicken der Schlag treffen!

Der Marmorkopf des Königs mit dem fontänenartigen Federbusch schaute übers Meer oder was immer das war. Das stolze Gesicht war leicht nach rechts gewandt. Auf jeden Fall roch es nach Meer. Nah am Ufer fuhr ein Frachter mit stumpfem, hochgezogenem Bug und in frischem Schwarz gestrichenen Rumpf vorbei. An Deck sah man gelb gestrichene Kräne, hoch wie Segelmasten. An der Seite war ein Name aufgemalt: Jakarta. Jakarta ist die Hauptstadt von Indonesien. Kuala Lumpur ist die Hauptstadt von Malaysia. Die Hauptstadt der Mongolei ist Ulan-Bator. In der Schule wunderte sich die Lehrerin, dass er die Namen von Ländern und Hauptstädten, die Daten von historischen Ereignissen und die Höhe von Bergen kannte. Die Lehrerin verhehlte nicht den Abscheu, den sein Anblick bei ihr erregte, und sie hatte keine Bedenken, ihn vor den anderen lächerlich zu machen. Er kam barfuß zur Schule oder in alten Stiefeln, die ihm zu groß waren, und in einer verschlissenen Jacke seines Vaters, die Ärmel hochgekrempelt. Bevor er das Klassenzimmer betrat, untersuchte die Lehrerin seinen Kopf nach Läusen, und wenn er welche hatte, ließ sie ihn nicht herein.

Der Mount Everest ist achttausendachthundertachtundvierzig Meter hoch. Ottawa ist die Hauptstadt von Kanada. In Südafrika gibt es die größten Gold- und Diamantbergwerke der Welt, und weiße Männer, die mit Feuerwaffen umgehen können und die schwarzen Bergarbeiter bewachen, werden gut bezahlt. In Biafra oder im Kongo ist ein weißer Söldner ein Held, ein Glücksritter.

Um im Winter den Ofen zu heizen, riss sein Vater die Bodenbretter heraus und später die Dachsparren. Vorher hatte er bereits sämtliche Äste der wenigen Bäume abgesägt, die es auf dem unfruchtbaren Gelände gab, das zu bearbeiten er eine Zeit lang vorgehabt hatte. Am Ende benutzte er es als Lagerstätte unter freiem Himmel oder Schrottplatz. Mitten in der Nacht pinkelte er oder erbrach sich in einen der Eimer, die er aufgestellt hatte, um den durchsickernden Regen aufzufangen. Als sein Vater das Bettgestell auseinandernahm, auf dem er und seine kleinen Geschwister schliefen, legten sie sich zum Schlafen auf den Boden und deckten sich die Köpfe zu, um nicht im Ofenqualm zu ersticken.

Die Hauptstadt von Australien war Canberra. Im Gefängnis verdiente er sich etwas dazu, indem er an andere Häftlinge Wildwest- oder Zukunftsromane verlieh oder abgegriffene Zeitschriften mit Schwarz-Weiß-Fotos von nackten Frauen, mit grellbunten Titelblättern, auf denen Frauen mit aus zerrissenen Blusen platzenden Brüsten von wilden Eingeborenen oder Tieren angegriffen wurden. Er verlieh auch Pokerkarten, auf denen nackte Frauen mit irgendeinem Kolonialattribut abgebildet waren: einem Tropenhelm, einem Leopardenfell, einer Lanze.

Er las den *Reader's Digest*, das *Time Magazine*, die medizinische Enzyklopädie und *National Geographic*, alles alte und überholte Ausgaben, die wer weiß wie in die Gefängnisbibliothek gelangten. Die James-Bond-Romane hatte er alle mehrmals gelesen. Jeden Monat erhielt er das *True Magazine* mit Reportagen über Entdeckungsreisen auf Segelschiffen, über Großwildjagd in Afrika, Tigerjagden in Indien, verlorene Inseln der Karibik oder im Pazifik vor der mexikanischen Küste, über die Sinnlichkeit eingeborener Frauen mit bunten Sarongs und nackten Brüsten auf Tahiti, über Falknerei, über die Sichtung außerirdischer Raumschiffe.

In *James Bond jagt Dr. No* erwacht Bond an einem Karibikstrand und erblickt von hinten eine nackte Frau, die nichts als einen Ledergürtel mit einem Harpunenhalfter trägt. Falknerei ist die Kunst der Jagd mit abgerichteten Falken. Der Fachbegriff für das, was man gewöhnlich »Fliegende Untertasse« nennt, ist Unidentifiziertes Flug-Objekt. Er las Bücher über Yoga und Hypnose, und um seinen Wortschatz zu bereichern, lernte er ganze Reihen nach Alphabet geordneter Wörter auswendig. Dem National Investigations Committee On Aerial Phenomena, NICAP, zufolge wird die Erde schon seit Langem von interplanetarischen Raumfahrzeugen beobachtet. Er lernte die

Bedeutungen langer und schwieriger Abkürzungen auswendig. Er prägte sich die Aufnahmen von Gletschern und exotischen Stränden und deren Namen ein, um sich besser vorstellen zu können, wie es für ihn selbst dort wäre, wenn er einmal aus dem Gefängnis geflohen wäre. Puerto Vallarta. Acapulco. Traumstrände an der Pazifikküste.

Die Hauptstadt von Rhodesien ist Salisbury. Die Hauptstadt von Angola ist Luanda. In Angola war ebenfalls Krieg, und dort wurden weiße Söldner gesucht. Brasilien hat kein Auslieferungsabkommen mit den Vereinigten Staaten. Eines Tages kam er aus der Schule und seine Mutter hatte die Hälfte aller Seiten aus seinem Erdkundebuch herausgerissen, um damit den Küchenherd anzuzünden. Die andere Hälfte hing an einem Haken auf dem Klo. In Rhodesien ist ein weißer Mann immer noch ein Mann, der stolz darauf ist, weiß zu sein und die Freiheit seines Vaterlandes mit der Waffe in der Hand zu verteidigen.

Der Beamte im Überseeministerium hatte ihn vielleicht etwas zu aufmerksam angeschaut. Jetzt erinnerte er sich, dass er auf dem Durcheinander der Aktenbündel eine zusammengefaltete Zeitung hatte liegen sehen. Wie auch immer, er hatte keine andere Wahl, als noch einmal in dem Büro zu erscheinen. Es war eine Erleichterung gewesen, dass der Mann Englisch sprach. Man merkte, dass es ihn freute, sich gewählt auszudrücken, wenngleich sein Akzent recht seltsam klang. Die Leute hier zu verstehen, sich ihnen verständlich zu machen war eine Qual, ein einziges Ärgernis, eine Abfolge von Missverständnissen und umständlichen Erklärungen, von Gesten und einzelnen Wörtern, die nichts bedeuteten. Diese Leute sprachen in dunklen Worten, die kaum über ihre Lippen gelangten, und sahen einem selten in die Augen. Es war, als wäre er auf einem anderen Planeten gelandet. Er verstand nicht einmal den Namen der Stadt, wenn die Leute ihn aussprachen. Die Worte endeten vorzeitig in einem verkürzenden Raunen.

Anfangs hatte ihn die Tatsache, sich in einer Stadt wiederzufinden, in der kein Englisch gesprochen wurde, getroffen wie ein Schlag auf den Kopf. Wieso hatte er dieses Detail nicht vorher bedacht? Man kann die Dinge so gut planen, wie man will, am Ende ist doch alles anders. Er lebte wie in einem Nebel, der sich nicht auflösen wollte, der träge war wie die Geräusche, die diese Menschen von sich gaben – diese Menschen mit ihren unsteten Augen, traurigen Gesichtern, tiefen Haaransätzen, gedrungenen Körpern und ihrer zurückhaltenden Höflichkeit. Als sei er mitten in eine große Verschwörung geraten, in die er als Einziger nicht eingeweiht war.

Der Beamte im Überseeministerium betrachtete seinen Pass, ohne an die Zigarette zu denken, die er auf der Tischkante abgelegt hatte und die schon den Rand zu versengen drohte. Nichts brachte ihn aus der Ruhe. Er stand jetzt vor dem Tresen, bereits leicht nervös, besorgt über die Aufmerksamkeit, mit der sich der Beamte die Seiten seines Passes ansah, einen abgekauten Bleistift hinterm Ohr und Dinge in seiner unverständlichen Sprache murmelnd, dann in seinem seltsam künstlichen Englisch. Er solle am nächsten Tag wiederkommen, entnahm er schließlich den Worten des Mannes, der mit einem nikotinfleckigen Finger auf seine Armbanduhr zeigte, als hätte er es mit einem geistig Zurückgebliebenen zu tun.

Mit einem Anflug von Panik wandte er sich halb um, wie schon so oft in dem Gefühl, man stehle ihm die Zeit, um ihn aufzuhalten, mit dem dringenden Bedürfnis, von hier zu verschwinden und dem Ablauf zu folgen, wie er ihn sich vorgestellt hatte. Nie trat er irgendwo ein, ohne gleich nach möglichen Ausgängen Ausschau zu halten. Er ging und stieß auf Englisch eine Verwünschung aus, die ihn erleichterte, die der, an den sie gerichtet war, aber wahrscheinlich nicht verstand. Er ging durch einen schmalen mit metallenen Aktenschränken vollgestellten Flur davon und suchte den Ausgang, als hinter ihm eine Stimme, die ihn schon mehrmals gerufen hatte, ohne dass er sie beachtete, ohne dass er verstand, was sie sagte, ihn stehen bleiben ließ. Der Beamte reichte ihm etwas entgegen, und er brauchte eine Weile, bis er begriff, was es war: *Senhor, o seu passaporte*. Er hatte ihn auf dem Schaltertresen liegen lassen. Unglaublich, wie leicht er jetzt schon Dinge vergaß, wie ein Idiot.

Der Frachter glitt langsam von rechts nach links, von einer Ecke des Platzes zur anderen, des riesigen Platzes, der am Wasser endete, am Meer, wohin der König mit seinem Gefolge von Elefanten und seinem Helm mit Federbusch ritt. An Deck sah man die Gestalten von Seeleuten. Einer lehnte an der Reling und schaute auf die Stadt, die bald hinter ihm zurückbleiben würde. Er hielt etwas in seinen Händen: ein Fernglas. Er selbst hatte seines in demselben Bündel alter Kleider zurückgelassen, in dem er auch das eben abgefeuerte Gewehr eingewickelt hatte, hatte es einfach fallen lassen, ohne groß darüber nachzudenken, hatte die Hand geöffnet, die den Koffergriff umklammert hielt, und im selben Moment den Fehler erkannt, ohne ihn ungeschehen machen zu können.

Wenn er sich anstrengte, konnte er erkennen, dass der Seemann an der Reling mit seiner schwarzen Tellermütze, den goldenen Bordüren und dem weißen Uniformhemd ein Offizier war. Vielleicht schaute er voller Hochmut auf die an Land festsitzenden Menschen, die hinter ihm in der lauten, verfallenden Stadt zurückbleiben würden. Durch sein Fernglas würde er auch den Mann im schwarzen Anzug mit Krawatte, blassem Gesicht und Sonnenbrille sehen, der am Rand des Platzes stand, ganz nah am Wasser, zu dem eine Marmortreppe hinunterführte, an die eine auslaufende Bugwelle des Frachters schwappte.

Im Taumel der Flucht hatte er den Plastikkoffer fallen lassen und auch das in die alte Bettdecke eingewickelte Gewehr. Nach dem einzigen Schuss, den er abgefeuert hatte. Nachdem er den schmalen, nach Urin und Desinfektionsmittel riechenden Flur durchquert hatte, die Treppe hinuntergestolpert war und die Tür zur Straße aufgestoßen hatte, wo es schon dunkel zu werden begann. Er hatte den Rückstoß in der rechten Schulter gespürt, konnte sich jedoch nicht erinnern, die Detonation gehört zu haben. Es war, als wäre alles lautlos vonstattengegangen, irgendwie gedämpft, nicht wirklich real, was sich in der Erinnerung noch verstärkte.

An besonders viel erinnerte er sich nicht. Und wenn er es tat, war es, als sähe er die Dinge von außen. Von außen und aus der Ferne, der sicheren Distanz, aus der das starke Zielfernrohr eine heimliche, gefahrlose Nähe machte. Der Verkäufer im Waffengeschäft hatte ihm versichert, mit diesem Gewehr könne er einen Hirsch auf dreihundert Meter erlegen. Einen Hirsch oder ein auf ihn zurennendes Nashorn.

Als sähe er einen Film oder zwinkere mit einem Auge, um das andere an diese Guckapparate anzupassen, die es auf den Jahrmärkten immer gab. Mit fernen Palmenstränden und orientalischen Palästen. Durch das Zielfernrohr sah er den Mann, der aus dem Zimmer auf die Veranda trat, sich mit der Hand durchs Gesicht fuhr, als hätte er sich gerade rasiert, dasselbe schwarze Gesicht, das man von Fotografien und aus dem Fernsehen kannte, das Gesicht mit den breiten Wangenknochen, den schmalen Augen, die Haut von Rasierwasser glänzend.

Es war schon seltsam, ihn zum ersten Mal aus solcher Nähe, mit all den Details zu sehen. Hinter ihm bewegte der Wind die Gardine des Motelfensters, blähte sie wie das Segel eines Schiffes. Auf die Entfernung bewegten sich die Lippen lautlos. Er hielt eine unangezündete Zigarette in der Hand. An der schwarzen Hand sprangen das Gold des Fingerrings und der Armbanduhr besonders ins Auge, das makellose Weiß der Hemdmanschetten, wirklich vornehme Manschetten, die nie verschleißen und in den Wäschereien der besten Hotels pfleglich behandelt würden.

Auf der anderen Seite des Parkplatzes und der Straße, in der schäbigen Absteige, dem Bad mit den Kackspuren in der Kloschüssel, stellte er sich breitbeinig in die verdreckte Badewanne, um einen sicheren Stand zu haben. Die Abdrücke seiner Sohlen würden auf der schmutzigen Oberfläche zu sehen sein. Als er die Waffe ans Gesicht hob, überlagerte der Geruch von Waffenöl und Metall den Gestank aus der Kloschüssel, in die jemand gepinkelt oder sich erbrochen hatte, ohne hinterher an der Kette zu ziehen. Vielleicht funktionierte auch bloß die Wasserzufuhr nicht. In der Hitze gärte der Urin.

Irgendeiner der verblödeten oder alkoholisierten Gäste versuchte, die Badezimmertür zu öffnen, und schlug mit der Faust dagegen. In einem nahen Zimmer mischte sich der Ton eines überlaut eingestellten Fernsehers mit dem Geschrei eines Mannes und einer Frau, die in der schleifenden Sprache von Betrunkenen miteinander stritten. Nach der Geburt des vierten oder fünften Kindes, das geistig behindert zur Welt kam, begann seine Mutter so stark zu trinken, dass sie, wenn sie aus dem Schaukelstuhl aufstand, in dem sie den ganzen Tag über saß und trank, alles umstieß, was sich ihr in den Weg stellte. Sie selbst fiel um und schlief auf der Erde ein, atmete in den Staub des Bodens, dessen Dielen schon längst herausgerissen und verheizt worden waren. Sie bekam dann noch vier weitere Kinder. Wenn sie ihn jetzt sehen könnte in seinem dunklen Anzug mit Krawatte, mit seinen Krokodillederschuhen, seiner Sonnenbrille und seinem neuen Auftreten, würde sie ihn nicht wiedererkennen. Wenn sie noch leben würde und ihn sehen könnte! Sie war einundfünfzig Jahre alt, als sie an Leberzirrhose starb. Im Gefängnis zu sitzen war die perfekte Entschuldigung, nicht an ihrer Beerdigung teilnehmen zu müssen.

•

Im Augenblick kann niemand auf der Welt wissen, wo er sich aufhält. Sooft sie auch versichern, dass sie ihm auf der Spur sind, dass nicht die geringste Chance besteht, dass er das Land verlassen hat, der Ring durchbrochen ist, der ihn daran hindert, über die Grenze nach Kanada oder Mexiko zu fliehen. Alles nur Lügen. Tausende von Bundesagenten verfolgen jede Spur, die er auf seiner Flucht hinterlassen hat, finden jeden Fingerabdruck, jedes Haar in einem Kamm, jeden Beleg, den er unterschrieben hat, die Rechnung für ein Jagdgewehr, ein Zielfernrohr, mehrere Schachteln Munition, leere Bierdosen, Kleidung mit den Etiketten von Wäschereien. Die Kugeln waren rund und nicht spitz, um Gewebe zu zerreißen und Knochen zu zerschmettern, und jede Chance auf eine saubere Wunde zunichtezumachen. Egal, was sie erzählen; was sie gefunden haben, war schon bedeutungslos, als sie es fanden, so wie die abgeworfene Haut einer dieser Schlangen, die blitzschnell im sumpfigen Dickicht des Flusses verschwanden. Das Gewehr, die Munitionsschachtel, das Auto, das Transistorradio, der Anzug, der in einer Wäscherei geblieben war, noch unter dem anderen Namen. Das Transistorradio ist das Einzige, was er wirklich vermisst. Er hatte es sich fest zwischen die Beine geklemmt, als er sich in dem Brotkarren unter dem Blech mit den frisch gebackenen Brötchen zusammenkauerte, die sein Hungergefühl noch verstärkten, ihn an die lange Zeit denken ließen, die er Hunger leiden würde, bis er wieder zu essen bekäme.

Hätte er das Radio jetzt, könnte er vielleicht Sender auf Englisch empfangen und nicht nur dieses düstere Summen, das man hier überall hörte. Wenn er rechtzeitig sein Visum für Angola bekäme, würde er mit diesem Schiff fahren, das ihn an die Jakarta erinnerte und noch im Hafen vertäut war.

Das Wort Angola ist genauso aufregend wie das Wort Rhodesien oder Mozambique. Auf den knallbunten Umschlägen der Zeitschrift *Men's Real Adventures* retteten braun gebrannte, muskelbepackte Männer halb nackte Frauen vor allen möglichen Gefahren: federgeschmückten Eingeborenen, Jaguaren mit weit aufgerissenen Mäulern, Schlangen, die sich an den Schenkeln der Frauen nach oben wanden. Die Spelunken in den finsteren Hafengassen, in denen Seeleute und Huren verkehrten, hatten Namen von Städten aus fernen Ländern oder von amerikanischen Staaten. Die tägliche Liste mit den Namen von einlaufenden oder ablegenden Schiffen, ihrer Bestimmungs- oder Transithäfen entzündeten seine Fantasie wie damals in der Schule, wenn er die Namen auf den verknitterten Wachstuchlandkarten auszusprechen versuchte: Mozambique, Indien, Beira, Sofala, Angola, Luanda, Veracruz.

In einige Gassen drang die Sonne nie vor, und die Leuchtreklamen blinkten sogar am Tag. Der Schriftzug der *Texas Bar* war mit einem Kaktus und einem Cowboyhut garniert. Es gab auch eine Bar, die *Alabama* hieß. Als er sie zum ersten Mal sah, kam es ihm komisch vor, dort diesen Namen zu begegnen. Zurück im Hotel würde er gleich auf der Weltkarte nachsehen, wo genau in Afrika sich die beiden portugiesischen Kolonien befanden. Das Geld zerrann ihm zwischen den Fingern, und er gab es immer noch für Landkarten und Zeitungen aus. Er war ein paar Schritte die Stufen am Ende des Platzes hinuntergegangen, die im Wasser endeten, geistesabwesend dem Schiff und der Silhouette des Offiziers folgend, der von der Brücke aus durch sein Fernglas schaute. Nach der letzten Stufe wurde der Marmor zur geriffelten Rampe, glitschig von Algen. Das Wasser war gestiegen und durchnässte seine Schuhe, seine Socken, seine Hosenaufschläge. Am Ende der Treppe stand zu beiden Seiten eine Säule, und auf jeder saß eine Möwe.

Der Mann an der Rezeption des *Hotel Portugal* schaute ihm in die Augen, als er ihm den Zimmerschlüssel gab, und er wandte den Blick ab und murmelte etwas, das ein Gruß hätte sein können. Erst die Augen geben dem Gesicht eine Identität. Schließt man einem Toten die Augen, ist es, als hätte man seine Gesichtszüge abgewischt, und wer herantritt, um ihn anzusehen, erkennt ihn schon nicht mehr. Auf dem Foto im Reisepass trug der Reisende aus Kanada eine Brille wie ein Professor oder Anwalt, und er hatte sie auch in der Nacht getragen, als er ins Hotel kam, doch danach hatte er sie nicht mehr aufgesetzt. Manchmal trug er eine andere, eine gegen die Sonne, und wenn er von der hellen Straße eintrat und sie absetzte, waren seine Augen gerötet.

Die Augen hatten eine schwer zu beschreibende Ungleichheit, eine fehlende Symmetrie, genau wie die Ohren. Eines war größer und hing etwas tiefer. Der Mann an der Rezeption bemühte sich, Englisch mit ihm zu sprechen, um sich in der Sprache zu üben, doch der Gast verstand ihn nicht oder hörte schlecht. Er nickte oder bewegte nur ein wenig den Kopf, schaute dabei zur Seite und verzog die Mundwinkel, als verbeiße er sich einen Schmerz, und das Wenige, was er sagte, war unverständlich, außer, er wollte etwas erfahren: wie man zur Botschaft von Südafrika kam, zur kanadischen, zum Hafen, wo man englischsprachige Zeitungen kaufen konnte.

Der Stoß Zeitungen, den er unterm Arm trug, verstärkte noch den Eindruck eines dubiosen Professors, den er am ersten Abend hinterlassen hatte und der auch auf dem Passfoto zum Ausdruck kam, viel weniger jedoch auf seinem Gesicht im Lauf der Tage: ein betrügerischer Professor, der seine Dissertation gefälscht hat oder erwischt wurde, wie er eine Studentin begrapschte, sich an einer Schülerin rieb. Ein Leichenbestatter mit Alkoholgeruch im Atem. Zeugen, die ihn am 5. April in Atlanta gesehen hatten, frühmorgens, etwas mehr als zwölf Stunden nach dem Schuss, gaben an, sie hätten ihn für einen Versicherungsvertreter gehalten oder für einen Prediger.

Er schloss seine Zimmertür ab und las auf dem Bett liegend die Zeitungen. Auf dem Nachttisch lagen ein Handbuch über Hypnose, ein Spionageroman mit dem Titel *Tangier Assignment*, ein Heft zu einem Fernkurs über Schlosserei, ein Buch mit einem Titel in Großbuchstaben, der über die ganze Umschlagseite ging: *Psycho-Kybernetik*. Der Boden am Fußende des Bettes war voller zerblätteter englischer und amerikanischer Zeitungen. In einer portugiesischen Zeitung stand auf einer Seite eine Liste aller Schiffe, die im Hafen einliefen oder ausliefen. In der Schublade eines Tischchens am Fenster verwahrte er Reiseprospekte aus Südafrika auf, einige Städtenamen waren unterstrichen, an den Rändern standen Zahlenreihen. Es waren Berechnungen, Summen, Reste, kleine Mengen stets, arithmetische Operationen, um den Gegenwert von Dollars und Escudos zu ermitteln. Auf einem Schreibblock mit dem Briefkopf des Hotels hatte er verschiedene Unterschriften geübt: Ramon Sneyd, Ramon George Sneyd, R. Sneyd, R. G. Sneyd, Ramon G. Sneyd. In zehn Tagen bekam er weder Anrufe noch Besuch und gab auch keine Briefe oder Ansichtskarten ab, die auf die Post gebracht werden sollten. Ein Brief aus der Rhodesischen Botschaft wurde für ihn abgegeben, sein Name, der des Hotels und die Anschrift säuberlich mit Schreibmaschine auf den Umschlag getippt. Am anderen Morgen lagen der geöffnete Umschlag und der Brief – eine kurze offizielle Mitteilung – im Papierkorb des Hotelzimmers.

In einer der ersten Nächte hörte der hinter seiner Rezeption dösende Nachtportier lautes Gelächter an der Drehtür des Hotels, aus der er dann eine junge, stark geschminkte Frau mit übertriebenem Dekolleté hereintreten und mit ihren hohen Stöckelabsätzen auf dem abgetretenen Teppichboden umknicken sah. Hinter der Frau erschien der ernste Gast mit seiner Professorenbrille, das Gesicht so bleich wie Wachs oder weiß wie Kreide, mit einer Zigarette in der Hand. Die Frau nahm seinen Arm, und da sie etwas größer war als er, beugte sie sich ein wenig hinab, um ihm etwas ins Ohr zu flüstern, zu dem er nickte, als hätte er es verstanden. Sie nahm ihm die Zigarette aus den Fingern, die er für sie gehalten hatte, während sie sich das Gesicht puderte oder das Rot der Lippen nachzog. Er löste sich von ihr und reckte sich wahrnehmbar, bevor er mit seinem unsteten Blick um den Schlüssel bat, wobei er dem Nachtportier diesmal jedoch kurz in die Augen sah. Seine hellblauen, fast farblosen Augen waren zusammengekniffen und deuteten darauf hin, dass er getrunken hatte. Er hielt das etwas schwankende Gleichgewicht eines Betrunkenen, der jederzeit umfallen kann. Ein sehr bleicher Betrunkener, gekleidet wie ein Professor mit Gelehrtenbrille, ein Professor, den man vormittags beim Verlassen einer Peepshow oder eines Pornozeitschriftenladens erwischen kann, ein Leichenbestatter ohne Ethos.

Der Mann an der Rezeption schluckte und sagte in seinem pedantischen Englisch, Frauenbesuch im Hotelzimmer sei nicht gestattet. Einen Moment lang starrte ihn der Gast mit einem Ausdruck von Überraschung oder missglücktem Lächeln direkt in die Augen, wie jemand, der seine Gesichtsmuskeln nicht ganz in der Gewalt hat. Er stand benommen da, als die Frau den Nachtportier mit einem Fluch auf Portugiesisch bedachte, ihn am Arm zog und jetzt in einem rudimentären Englisch erklärte, sie kenne einen viel besseren Platz, eine richtige Suite. Sie zerrte ihn nach draußen, und beide blieben in der Drehtür stecken. Zwischen zwei Blättern der gläsernen Tür gefangen, warf der Gast mit seinen hellen kleinen Augen, das blasse Gesicht völlig ausdruckslos, einen Blick zurück zum Nachtportier.

3

Zum ersten Mal kam ich Anfang Januar 1987 nach Lissabon, weil ich an einem Roman schrieb, der zum Teil dort spielte. Mir war gar nicht bewusst, wie jung ich war. Ich selbst hielt mich nicht für jung und glaubte, mein Leben verlaufe in festen Bahnen, in Zukunft werde sich nicht mehr viel ändern: dreißig Jahre, fast einunddreißig, verheiratet, ein Kind, das zweite unterwegs, Autor eines Buches, eine Hypothek, die Anfang des nächsten Jahrhunderts abbezahlt sein würde, und ein sicherer Arbeitsplatz als Staatsbeamter. Unter seiner stillen Oberfläche bestand mein Dasein aus einer wahllosen Aneinanderreihung bruchstückhafter Leben, einem Nichtausleben frustrierter Sehnsüchte, aus verstreuten Teilen, die nicht zusammenpassten. Das meiste von dem, was ich tat, berührte mich nicht. Was ich in meinem Innern war und was mir wirklich etwas bedeutete, blieb einem Großteil der Menschen um mich herum verborgen. Aus Bequemlichkeit und der puren Trägheit äußerlicher Zwänge hatte ich jahrelang Konformität und Missstimmung kultiviert, das Gefühl, Transitwelten zu bewohnen, die nichts miteinander zu tun hatten und in keiner von denen ich ganz zu Hause war. Ich war Beamter, weil ich nichts anderes gefunden hatte, um meinen Lebensunterhalt zu bestreiten, aber ich war auch – oder eigentlich – Schriftsteller, obwohl mir nicht einfiel, das Wort wie selbstverständlich zu benutzen. Jemand sich selbst als »Schriftsteller« bezeichnen zu hören kam mir so peinlich vor, wie wenn er sich »Dichter« genannt hätte. Wie kann einer sicher sein, dass er ein Dichter ist? Ich war über eine Stellenausschreibung Beamter geworden, doch das gab mir noch nicht das Gefühl, in dieselbe Welt zu gehören, die meine Kollegen im Büro auf so bequeme Weise bevölkerten. Ich war einer von ihnen, weil ich einen Großteil meines Lebens in diesem Büro verbrachte und weil sie mir Zuneigung entgegenbrachten; gleichzeitig kam ich ihnen seltsam vor, weil ich Artikel für eine Zeitung schrieb, einen Roman veröffentlicht hatte und in meiner täglichen Arbeit vor allem mit komischen Leuten zu tun hatte, meistens mit Fremden, die sich auffällig oder exzentrisch kleideten, Künstler, Musiker, Theaterschauspieler, Eindringlinge in jenem städtischen Bürogebäude, in dem ich sie empfing. Klar war aber auch, dass ich für diese Künstler, die in den meisten Fällen nichts von meinen literarischen Neigungen wussten, ein Beamter war, der behäbig hinter seinem Metalltisch hockte und bei seiner förmlichen Arbeit und mit seinem förmlichen Äußeren nichts von ihnen wusste und verstand.

Ich führte ein Leben im Büro und ein zweites außerhalb davon, genauso zerstückelt wie das erste. Ich war verheiratet, aber meine Frau arbeitete in einer anderen Stadt und wir sahen uns nur an den Wochenenden. Von Freitagnachmittag bis Sonntagabend war ich verheiratet und hatte einen Sohn, und von Montag bis Freitag lebte ich allein. Freitagnachmittags nahm ich den Bus und war in einer guten Stunde in meinem anderen Dasein angekommen. Kam meine Frau mit dem Auto, den Jungen auf dem Rücksitz, nach Granada, waren das Familienleben und das Vatersein für mich am frühen Montagmorgen zu Ende. Die Wohnung, in die ich am Abend zurückkehrte, war dann schon wieder die eines Alleinstehenden. An den Freitagen, an denen sie nach Granada kam, verbrachte ich ein bis zwei Stunden mit Putzen in dem Bemühen, die sich über mehrere Tage angesammelte männliche Unordnung zu beseitigen. Es war stets ein lästiger Übergang von einer Welt zur anderen, von der Einsamkeit zur Geselligkeit, von den Gespenstern zu wirklichen Menschen. Sogar die Wohnung war eine andere. Das Kind in meinen Armen drückte sich an mich, wenn wir uns wiedersahen, sein rundes Gesichtchen ganz nah an meinem Gesicht, seine Beine um mich geschlungen.

Auch die Stadt veränderte sich in diesen zwei oder drei Tagen. Sie wurde morgendlich und aufgeräumt, und der Abend kam viel früher; ihre Topografie bestimmten nicht mehr nächtliche Bars, sondern Spaziergänge zu Schaukeln, Supermärkten und Eisdielen; das frühmorgendliche Erwachen roch nach Puder, Schweiß und Babyöl, nicht nach Kater und kalter Zigarettenasche; statt Billie Holiday, John Coltrane oder Tete Montoliu erklangen jetzt Trickfilmmelodien aus der Musikanlage. Die Literatur führte an den Wochenenden ein Schattendasein.

Es gab kaum Berührungspunkte zwischen meinen getrennten Welten. Ihre Bewohner vermischten sich nicht und wussten oft nicht einmal von der Existenz der anderen. Mir fiel es ebenso leicht, vollkommen in eine meiner Welten einzutauchen, wie sie hinter mir zu lassen oder zumindest vorübergehend auszusetzen. In dieser Zeit kam mir das andere Leben dann wie ein Haus vor, in dem während der Abwesenheit seines Bewohners jemand lebt. Ich fühlte mich zwar nicht ständig unter Spannung wie ein Betrüger, doch war mir die Sicherheit, etwas zu besitzen, ebenfalls fremd. Der Titel eines Romans von Patricia Highsmith traf mein Lebensgefühl am besten: *Das Zittern des Fälschers*. Manchmal ging ich mit meiner Frau und meinem Sohn spazieren und erblickte von ferne einen Bewohner meiner Montag-bis-Freitag-Welt oder der Welt der Nacht und nicht des Tages und wechselte dann die Straßenseite, um ihm nicht zu begegnen. Ich konnte bis drei oder vier Uhr morgens in einer verqualmten Bar mit Literaten, Musikern oder Flamencotänzern trinken, drückte um fünf nach acht in der Stadtverwaltung die Stechuhr und tat so, als interessierten mich die Unterhaltungen meiner Kollegen in dieser angenehmen Stunde, in der die Büros noch nicht für den Publikumsverkehr geöffnet waren. Das vorhersehbare und ereignislose Leben in Granada ödete mich an, doch wenn ich nach Madrid kam, erfassten mich Schwindel und Angst, und ich bestieg mit unbeschreiblicher Erleichterung den Zug zurück. Wenn ich allein war, zog ich fast jede Nacht durch die Bars. In jener Zeit, den Achtzigerjahren, schien sich in den nächtlichen Bars jeden Moment etwas Strahlendes und Entscheidendes ereignen zu können, eine Begegnung oder Offenbarung, ein Abenteuer, das ein Leben veränderte, wenn man nur lange genug durchhielt und trank und mehr noch, wenn man außer Alkohol auch Haschisch und Kokain konsumierte und rauchte, bis einem die Lungen brannten. So gut wie immer jedoch hielt sich ein Teil von mir zurück, blieb wachsam und gestattete mir nicht, mich ganz zu verlieren, der Trunkenheit hinzugeben oder der kichernden und stets ein bisschen lächerlichen Blödsinnigkeit des Cannabis. Ein Rest von Skepsis gegenüber dem, was ich gerade erlebte, als würde ich von außen daraufschauen. Ich sah heimlich auf die Uhr und überschlug, wie lange ich würde schlafen können, bis um sieben der Wecker klingelte. Ich spürte schon das Schwindelgefühl, diese beginnende Übelkeit, und den kruden Nachgeschmack des Alkohols, der die Trunkenheit in Verruf bringt, aber nicht beseitigt und sich noch auf der Zunge und im Atem hält, wenn man am Morgen in den Spiegel schaut. Ich mochte diese Momente verräucherten Glanzes im Flamencorausch, wenn man die Zeit vergisst und alles wie in trübem Glas gespiegelt oder in das zuckende Licht eines Öllämpchens getaucht erscheint, wenn das Klacken der Sohlen und das Klatschen der Hände direkt in den Schläfen widerhallten und in der klaustrophobischen Ausweglosigkeit der geschlossenen Tavernen und des primitiven Rausches von Branntwein und Schnaps die Stimmen der Sänger vor Heiserkeit zu zerreißen drohen.

Doch ab einem gewissen Punkt wollte ich nur noch nach Hause, nach draußen auf die dunkle Straße gehen und die klare, frische Luft einatmen, Ruhe haben. Ich erinnere mich an eine Nacht Ende September auf der Plaza Bib-Rambla, es war noch sommerlich warm. Das Semester hatte begonnen, und ich lebte nach langen Ferienwochen als Ehemann und Vater wieder allein. Der Sänger – scharfe Adlernase im ernsten Gesicht eines Zigeuners oder Indianers – war ein Freund von mir. Ich hatte bei der Vorbereitung des Konzerts mitgeholfen und ihm einen offiziellen Briefumschlag überreicht, der das Honorar des Abends in bar enthielt. Ich gab ihm den Umschlag, er schaute hinein, ohne nachzuzählen, und unterschrieb die Quittung. Fünfundzwanzigtausend Peseten. Er gab alles aus in dieser Nacht. Die ganzen fünfundzwanzigtausend Peseten rannen ihm im Lauf der Nacht durch die Finger, weil er alle einlud und jeden freihielt, eine ganze Truppe von Freunden, Verwandten, Kollegen, Bekannten und Schmarotzern, zu der auch ich gehörte. Wir zogen von Bar zu Bar über die Gassen und Plätze des Realejoviertels und dann des Albaicín, zu geheimen Lokalen in dunklen Gebäuden, wo man auf eine bestimmte Weise anklopfen musste, damit einem die Tür geöffnet wurde. Unerschöpfliche Mengen von Haschisch gingen durch die Hände der Flamencos und ihrer Gefolgsleute, die mit fachmännischen Fingern die duftenden Brösel mit hellem Tabak vermischt auf Zigarettenpapier streuten und zusammenrollten.

Ich stolperte über das Kopfsteinpflaster des Albaicín und fürchtete zurückzubleiben, mich im Gewirr der Gassen zu verlaufen und nie mehr den Ausgang aus diesem Labyrinth zu finden. Eine oder zwei Frauen aus der Gruppe gefielen mir besonders, doch im Nebel des doppelten Rausches von Alkohol und Haschisch war mir, als hätte ich etwas Ungenügendes oder Peinliches an mir, das mir die Erfüllung des Verlangens unmöglich machte. Ich ließ mich mit den anderen treiben, verlor mich im Glück ihrer Gesellschaft und der wogenden Musik, doch ein Teil von mir hielt sich abseits, am Rand, treulos, fremd. Einer in der

Kohorte jener Nacht war ein Trödler, ein Antiquar oder Kunsthändler, der mich schon deshalb einschüchterte, weil er die Figur eines Harpuniers hatte und eine tabakraue Donnerstimme, die unabweisliche Befehle gab, wenn sie eine neue Runde Getränke orderte oder auf der Straße den Namen der nächsten anzusteuernden Kneipe verkündete. Er hatte die sonnengegerbte Haut eines Seemanns, blaue Augen, eine wilde Lockenpracht zwischen Blond und Grau, wie ein Ire, und er humpelte, auf zwei Krücken gestützt, einen Fuß in Gips. In den Bars legte er das eingegipste Bein auf einen Schemel, und wenn ihm jemand querkam, fuchtelte er drohend mit einer seiner Krücken. Je betrunkener er wurde, desto taumelnder wurde sein Gang durch die Gassen und umso unvermeidlicher erschien sein Zusammenbruch. Inmitten unseres lärmenden Treibens richteten sich seine kleinen blauen Augen manchmal auf mich, als traue er mir nicht über den Weg. In einer der letzten Bars, in denen wir landeten, versuchte er auf die Beine zu kommen, legte mir seine Pranke auf die Schulter, und mit halb auf die Brust gesunkenem Kopf und Argwohn im Blick knurrte er mit schleppender Stimme: »Ich weiß nicht, ob du ein Spitzel der Unterwelt im Rathaus bist oder ein Spitzel des Rathauses in der Unterwelt.«

Vor jedem meiner Leben verbarg ich mich im anderen. Zwischen dem, was ich tat, und dem, was ich mir wünschte oder erträumte, gab es kaum einen Zusammenhang. Ich hatte akzeptiert, einen Sohn zu haben, wie ich akzeptiert hatte, zu heiraten oder mir eine Tätigkeit in der Verwaltung gesucht und angenommen hatte, ohne groß darüber nachzudenken, ohne klare Vorstellung von den unausweichlichen Konsequenzen dieser Dinge. Vielleicht lag es daran, dass ich mich allein in der Literatur und im Kino wirklich zu Hause fühlte, dort, wo alles passieren kann, zugleich aber auch nichts, wo die langweiligen Regeln des täglichen Lebens nicht gelten, wo geschossen, aber niemand getötet wird, wo Unglück zu Tränen rührt, aber keinen wirklichen Schmerz verursacht, Geschichten so sauber beginnen, wie sie enden, ohne Rückstände zu hinterlassen, wie Zigaretten, die keinen Krebs verursachen, keinen schlechten Atem und keine Asche hinterlassen, nur Rauch, der sich über den Darstellern in der Luft kräuselt, in dünnen Fäden zwischen den sinnlichen Lippen einer unwirklichen und begehrenswerten Frau aufsteigt, wenn möglich in Schwarz-Weiß. Ich schaute Filme und las Bücher, um mich in ihnen zu verstecken, um von der Mittelmäßigkeit des Alltags erlöst zu werden, von meinem Verstellen und meiner Feigheit. Mit der Literatur und dem Kino nährte ich eine vollkommen unkritische Selbstvergessenheit nach Art eines Halbwüchsigen. Meine ganze Aufmerksamkeit war allein auf mich gerichtet, und doch sah ich mich nicht. Einmal, bei einem dieser traurigen Wortgefechte mit gegenseitigen Vorwürfen, die meine Verlobte oder vielleicht schon Ehefrau und ich manchmal hatten, sagte sie mir: »Du hast so viel Einfühlungsvermögen für die Figuren deiner Romane und Filme, aber keinen Blick für den Menschen an deiner Seite.«

Ich war Familienvater und zurückgebliebener Jugendlicher, Schriftstellerlehrling und städtischer Beamter, Spitzel des Rathauses in der Unterwelt oder der Unterwelt im Rathaus. Wenn mir eine Frau gefiel, sah ich sie durch den Lichtschleier des Kinos. Das Verlangen weckte in mir keine Kühnheit, sondern Erstarrung. Insgeheim litt ich unter einer sexuellen Verunsicherung, die eher Fünfzehn- oder Sechzehnjährigen eigen ist, der körperlichen Unzulänglichkeit eines ehemals dicken Kindes, das die Demütigungen des Turnunterrichts nicht verwunden hat. Ich hing dieser krankhaften Überzeugung an, die vielen provinziellen Literaturnovizen zu eigen ist, dass das wahre Leben irgendwo anders stattfand, dass die Einbildungskraft reicher und mächtiger ist als die Wirklichkeit und das Verlangen wertvoller als seine Erfüllung; dass Riesen denkwürdiger sind als Windmühlen und ausgedachte Geschichten weit vollkommener als das ewig gleiche ziel- und glanzlose Geschehen des täglichen Tuns. Ich glaubte, Krankheit sei romantischer als Gesundheit, Trunkenheit romantischer als Nüchternheit und Aufregung romantischer als Ruhe, glaubte, dass alles Kostbare und Erleuchtende flüchtig sein müsse, da nur das Mittelmaß von Dauer sei, glaubte, dass verbotene Leidenschaft heimlich und die Ehe langweilig sein müsse, Kreativität chaotisch, Alltagsarbeit gewöhnlich und die Unbestimmtheit und Ferne schön, glaubte an die Abgestumpftheit des Konkreten und die Hellsicht des Deliriums, glaubte, dass die Vernunft fade Kälte sei, die Nacht Aufruhr bedeute und der Morgen Unterwerfung.

Bevor ich mich versah, kündigte sich ein zweites Kind an. Teilweise überwacht von meiner Frau, die einen Monat vor der Geburt in Mutterschutz ging und mit dem Jungen bei mir in Granada wohnte, war es jetzt noch schwieriger, mich zu verstecken und meinen Unregelmäßigkeiten zu frönen. Vormittags arbeitete ich im Büro, und nach der Arbeit kehrte ich in ein häusliches Dasein zurück, das es so schon immer gegeben zu haben schien. Ich kam nach Hause, und mein Sohn lief mir entgegen, meine Frau hatte die Wohnung aufgeräumt und mit dem Essen auf mich gewartet. Dann brachte ich meinen Sohn für den Mittagsschlaf ins Bett, las ihm vor und döste neben ihm ein. Später ging ich in mein Arbeitszimmer und schrieb an meinem Roman. Nach und nach gelangte ich zu der Überzeugung, dass ich, wenn ich ihn beenden wollte, wie ich es mir vorstellte, nach Lissabon würde fahren müssen.

Ich fuhr nicht nach Lissabon, um die Schauplätze einer Geschichte zu recherchieren, die ich längst im Kopf hatte, sondern um sie dort zu finden, um Leerstellen auszufüllen, wichtige

Örtlichkeiten des Geschehens kennenzulernen. Vielleicht fuhr ich auch oder hauptsächlich, um mich unter dem Vorwand des Schreibens ein paar Tage zu verdrücken. Ich erinnere mich noch an die genauen Daten. Am ersten Tag des neuen Jahres, an einem kalten sonnigen Morgen, die Straßen waren noch leer, nahm ich einen Zug vom Bahnhof Linares-Baeza. An diesem Tag und zu dieser Uhrzeit reiste so gut wie niemand sonst. Am nächsten Tag wurde mein Sohn Arturo einen Monat alt. Am 2. Dezember 1986 hörte ich nachmittags eine Platte von Gerry Mulligan und Chet Baker, als meine Frau niederkam. Ich hörte nachmittags immer Musik bis fünf oder sechs und begann dann zu schreiben. Wir lebten in einer kleinen Sozialwohnung am Rande von Granada, in Richtung Berge, am Ufer des Río Genil. Wie in Wellen erreicht mich die Vergangenheit. Vormittags arbeitete ich in einem Gebäude an der Plaza de los Campos, in unmittelbarer Nähe der Plaza Mariana Pineda. Von meiner Wohnung bis zum Büro waren es ungefähr zwanzig Minuten zu Fuß. Wenn im Frühsommer der Schnee auf den Bergen schmolz oder wenn es stark geregnet hatte, konnte man von meiner Wohnung aus die ganze Nacht über das Brausen des Flusses hören. Als mein Sohn geboren wurde, hatte ich noch keine drei Monate an meinem Roman geschrieben. Viel früher schon hatte ich ein ums andere Mal versucht, einen Anfang zu finden, mich jedoch immer wieder festgefahren oder keine Lust mehr gehabt, und wenn ich mich auch zum Weiterschreiben zwang, war doch jede Seite eine widerwillige Qual. Vielleicht funktionierte die Geschichte nicht, weil sie ein Abklatsch oder eine Kostümierung der Wirklichkeit war. Und da sie wortwörtlich und freiwillig der Realität folgte, hatte sie nichts mit Lissabon zu tun.

In Lissabon war ich noch nie gewesen. Der Schauplatz meines Romans war Granada, weil in Granada die Dinge passiert waren oder hätten passieren oder nicht passieren können, die ich darin erzählen wollte, aber nicht anders zu erzählen wusste oder mich nicht traute als in Form eines Kriminalromans. Literatur macht man aus dem, was da ist und was nicht da ist. Aber mir gelang es weder, die Welt, die ich vor Augen hatte, zu fiktionalisieren, noch Figuren zu erfinden, die in meiner gegenwärtigen Zeit ein ähnliches Leben führten wie ich. Fiktion hatte für mich mit dem Imaginären, dem Geträumten zu tun, mit unerreichbarem Verlangen. Granada war die glanzlose Alltagsstadt. Wenn ich mir meine Figuren darin vorstellte, wurde Granada eine andere Stadt. Meine Romanhelden waren romantische Projektionen meiner selbst; einer Frau, in die ich mich mit sechzehn oder siebzehn Jahren verliebt hatte; ihres Mannes, den sie kurze Zeit mit mir betrog. Mich selbst oder sie oder ihn realistisch darzustellen wäre mir genauso schwergefallen, wie ohne den Filter der Literatur über die tatsächlichen Orte zu schreiben, an denen all dies stattgefunden hatte, über das ganz Konkrete und Alltägliche meines Lebens.

Wenn ich die Augen schloss und schreiben wollte, wurde Granada zu einem winterlichen Ort am Meer, so wie ich – übermütig, aber unwahrscheinlich – zu einem Jazzpianisten wurde, meine Angebetete zu einer Leinwandheldin und ihr Ehemann zu einem rachsüchtigen Finsterling. Ich stellte mir vor, meine unzureichende Liebesgeschichte mit ihrer bedrückenden Provinzialität und dem armseligen Ehebruch hätte flamencohafte Leidenschaft gekannt, in der Verfolgungen und Revolver eine Rolle gespielt hätten, und dass man von der Anhöhe der Alhambra und der Terrasse des Albaicín auf das Meer schaute anstatt auf die Vega.

Und da fiel mir etwas auf. Wie in Träumen, in denen ein Ort zugleich ein anderer ist, war Granada in meinem Romanentwurf auch San Sebastián. Während meines Militärdienstes hatte ich 1980 ein ganzes Jahr in San Sebastián verbracht. Die Einbildungskraft hat ihre eigenen Regeln. Die Geschichte besaß zwar noch keine eigenständige Form, hatte sich aber schon von ihrem realen Umfeld befreit, da sie selbst ihren Schauplatz und ihre

Atmosphäre gefunden hatte. Die engen Gassen um die Kathedrale von Granada waren jetzt die der Altstadt von San Sebastián, wenn sie menschenleer sind, nachdem die Bars geschlossen haben. In einer regnerischen Nacht verabredet sich ein Mann mit einer Frau unter den Kolonnaden der Plaza de la Constitución. Die nächtlichen Schatten waren die meiner Erinnerung und auch die der Kriminalfilme in Schwarz-Weiß, die ich damals so gerne sah, Filme von Flucht und Verfolgung, von niedrigen Lampen, Zigarettenqualm und rauchenden Frauen mit sinnlich geöffneten Lippen, die Revolver trugen und Männern, die sie blind vor Liebe verfolgten, tödliche Fallen stellen konnten. Mit dreißig Jahren glaubte ich, nicht mehr jung zu sein und an einer adoleszenten Literaturvergiftung zu leiden.

Lissabon war viel früher Teil des Titels meines Romans als der Handlung. Ein guter Titel ist nicht nur ein dem Ende aufgedrücktes Etikett, sondern eine in der Ferne entzündete Flamme, die schwach ein unbekanntes Material beleuchtet, ein verschwommenes Mondlicht in nächtlicher Landschaft, eine Laterne, die einen möglichen Weg erhellt, ohne dass man weiß, wer den Strahl darauf richtet. Damals schrieb ich auf der Schreibmaschine. Ich hatte immer noch dieselbe Reiseschreibmaschine im Haus, auf der ich schon mit vierzehn oder fünfzehn Jahren geschrieben hatte. Im Büro benutzte ich eine elektrische Canon, die aufregend schnell war und mit ihrem gedämpften Anschlag der Tasten die Buchstaben auf dem Papier lebendig werden ließ, nachdem sie über ein schmales Bildschirmfenster gelaufen waren. Die Canon justierte die Seitenränder automatisch. Das Blatt kam so sauber und ohne Streichungen heraus, als hätte allein schon die Technologie den Stil bereinigt.

Der Name Lissabon hatte jedoch auch seine Zeit gebraucht, um auf den Titel zu gelangen, der eine ganze Weile ohne begleitende

Geschichte existierte, wie der Umschlag eines Buches voller leerer Seiten. An seinen Ursprung erinnerte ich mich, als ich Jahre später einen Eintrag in einem alten Notizbuch fand; eines dieser Dinge, die man gewissenhaft notiert und dann vollständig vergisst.

Auf die erste Seite hatte ich geschrieben: »Der Winter in Florenz.« Sonst stand im ganzen Notizbuch nichts. An Florenz hatte ich früher gedacht als an Lissabon, und es war dann genauso spurlos daraus verschwunden, wie Träume verschwinden, die beim Aufwachen noch klar und lebendig sind. Ein Tontechniker, der mit Jazzmusikern auf Tournee ging, besuchte mich eines Vormittags im Büro. Ich hatte ihn länger nicht gesehen. Er war ein freundlicher Mann, aber immerzu angespannt wegen des Drucks, der durch seine Arbeit und das ständige Reisen auf ihm lastete, weil die Gagen nicht rechtzeitig ausgezahlt wurden und die Raten für die teure, empfindliche Ausrüstung bezahlt werden mussten. Ich mochte es, wenn er mir Geschichten über Musiker erzählte. Vor einigen Jahren hatte er an zwei aufeinanderfolgenden Abenden die Tontechnik für Bill Evans in einem Club oder kleinen Theater in Barcelona eingerichtet. Geplant war nur ein einziger Auftritt, und so füllte sich das Lokal. Am nächsten Tag verpasste Evans jedoch das Flugzeug, mit dem sein Bassist und sein Schlagzeuger abgereist waren, und so improvisierten die Organisatoren am Abend darauf ein zweites Konzert nur mit ihm allein. Da keine Zeit zum Plakatieren gewesen war, spielte Evans in einem so gut wie leeren Saal. Der Tontechniker erzählte mir, es sei eines der denkwürdigsten Konzerte seines Lebens gewesen. Bill Evans – erschöpft, krank, mitgenommen von all den Reisen und Hotels, in seinem hageren Gesicht ein von der Sucht gezeichneter Mund, gekleidet mit seinem korrekten, aber schon etwas verschlissenen Anzug – spielte ohne Pause über eine Stunde, vollkommen abwesend, mit gesenktem Kopf, als sei niemand da, der ihm zuhörte.

In Florenz hatte er Chet Baker begleitet. Er war mit einem Gehilfen im leeren Saal zurückgeblieben und packte das Equipment ein, und als sie in die Eingangshalle kamen, sahen sie Baker mit dem Rücken zu ihnen in seinem kurzen Mantel und mit dem Trompetenfutteral in der Hand vor dem Fenster zur Straße stehen. Es regnete in Strömen. Der Techniker hatte seinen Lieferwagen auf der anderen Straßenseite geparkt und bot Baker an, ihn ins Hotel zu fahren. Der Gehilfe wollte ihm den Beifahrerplatz überlassen, doch Chet Baker zog es vor, hinten zu sitzen. Der Tontechniker erzählte mir, während der Fahrt im Regen durch wenig bekannte und schlecht beleuchtete Straßen habe er Chet Baker ab und zu im Rückspiegel betrachtet, das kleine zusammengekniffene Gesicht voller Falten, das fettige Haar, die reliquienartige Stirnlocke, das hinfällige Flair seiner Jugendlichkeit. Er saß aufrecht in seinem Sitz, den Blick gleichgültig ins Nichts gerichtet, unbeeindruckt von der Stadt jenseits des Fensters, den hinter dem Regenvorhang auftauchenden klassischen Gebäuden. Je nachdem ob sie durch gut beleuchtete Straßen fuhren oder nicht, war Chet Bakers Gesicht zu sehen oder blieb im Dunkeln. Dem Tontechniker fielen die schimmernden Augen auf, und er schwor, er habe über die lederne Haut der Wange eine Träne rinnen sehen. Einige Monate später war Chet Baker tot. Er war aus dem Fenster eines Hotels in Amsterdam gefallen oder hatte sich hinausgestürzt.

Am nächsten Tag hatte er geplant, nach Spanien zurückzukehren. Eigentlich hatte er dort aber nichts Dringendes zu tun, oder nichts, was nicht auch seine Gehilfen erledigen konnten, und er fühlte sich nach der langen Tournee müde und erschöpft. Es reizte ihn überhaupt nicht, wieder in Granada zu sein. Es war Winter, und in Florenz war es kalt und regnete viel. Auf den Straßen und in den Museen waren kaum Touristen. Einigermaßen verblüfft kam ihm da die Erkenntnis, dass er schon seit Jahren nicht mehr ausgespannt hatte von seiner Arbeit, dem ewigen

Hin und Her von einer Stadt zur anderen, einem Land zum anderen, von den Konzertsälen und Hotels, in denen er maximal zwei Nächte verbrachte, von der aufreibenden Arbeit des Aufbauens und wieder Abbauens, den Launen, Marotten und Überspanntheiten der Musiker, den auf Flughäfen verlorenen Stunden, den Tagen und Nächten, die er sich am Steuer eines Lieferwagens verausgabte. Vielleicht lag es auch daran, dass er verheiratet war und ein, zwei kleine Kinder hatte, an seinem aufreibenden Familienleben und den drängenden Vaterpflichten, verschlimmert noch durch das schlechte Gewissen, weil er so lange fort war, an den unvernünftigen Reisen und Arbeitszeiten.

Also beschloss er, ein paar Tage in Florenz zu bleiben und die günstigen Hotelpreise der Nebensaison auszunutzen. Er verbrachte seine Zeit mit Nichtstun. Hörte es auf zu regnen, ging er ohne Ziel spazieren, warm angezogen gegen die schneidende Kälte und die Feuchtigkeit, die ihm besonders auf abendlichen Spaziergängen am Ufer des Arno zusetzte. Die Säle der Uffizien waren nur schwach beleuchtet, und die Wärter rieben sich über elektrischen Heizöfchen die Hände. An hellen Tagen brach sich das Sonnenlicht an den Graten des behauenen Steins. Bei mehrstündigen Wanderungen erfroren ihm die Hände in den Handschuhen und Manteltaschen.

Die Frist, die er sich gesetzt hatte, lief ab, und er verlängerte sie. Magen und Geist stärkte er sich bei Nudelgerichten mit Bohnen in kleinen Restaurants am Ende dunkler, von hohen Mauern gesäumter Gassen, in die nie ein Lichtstrahl fiel. Weder die Architektur noch die Fresken in den Kirchen sagten ihm viel. In den Uffizien kam er in einen Saal, in dessen Halbdunkel, nur von ein paar Strahlern beleuchtet, die gerade restaurierte *Geburt der Venus* ausgestellt war. Er besuchte das Museum vor allem, um durch die breiten Galerien mit ihren Marmorböden und den klassischen Büsten in den Ecken zu wandeln und durch die Fenster auf den Fluss zu blicken. Er mochte das Grün in den

Augen der Göttin und den zarten Schwung ihrer Hände und Füße, das Gold des wehenden Haars, das derselbe Wind bewegte, der auch die winzigen Wellen kräuselte. Eines Tages entdeckte er *Die Opferung Isaaks* von Caravaggio. Das Brutale und Fanatische darin erschreckte ihn auf eine Weise wie kein anderes Gemälde je zuvor. Er verließ den Saal und kam nach einer Weile zurück, erzählte er mir. Er fürchtete sich sogar, allein vor dem Bild zu stehen, wenn an bewölkten Tagen das düstere Museum so gut wie menschenleer war.

Eines Tages erschrak er, als er sich zu erinnern versuchte und nicht mehr wusste, wie viele Tage er bereits in Florenz war. Er hatte jedes Zeitgefühl verloren. Er wusste, wie spät es war, wenn er auf die Uhr schaute, doch im Hotelzimmer gab es keinen Kalender, und es gelang ihm nicht, sich an das aktuelle Datum zu erinnern und daher auch nicht daran, wie viele Tage und Wochen seit dem letzten vergangen waren, an das er sich erinnerte, dem des Konzerts von Chet Baker. Auch sein eigenes Alter wusste er nicht mehr, weil er sich zwar an sein Geburtsjahr erinnerte, aber nicht mehr daran, welches Jahr man im Augenblick schrieb. Voller Schrecken dachte er, dass er schon sehr alt sein könne und nichts davon mitbekommen hatte. Er fürchtete, wenn er in den Badezimmerspiegel schaute, einen glatzköpfigen oder weißhaarigen Fremden zu erblicken.

Das einzige Zeitgefühl im Reinzustand, das er kannte, war das für den Winter. Es war wie eine Nebelbank, aus der er nie hinausfinden würde, so weit er sich auch entfernte. Er lebte im Winter, wie er in Florenz lebte oder auf einer Insel oder in einem über Vergangenheit und Zukunft schwebenden Zauberreich, in einer Gegenwart ohne Nachfolge und ohne Anfang. Ihm schwindelte, und zugleich empfand er eine wunderbare Ruhe. Bekannte und geliebte Menschen waren in so weiter Ferne, als erinnere er sich erst wieder nach langer, langer Zeit an sie. Er war versucht, die Rezeption anzurufen und nach dem Datum zu fragen, unterließ es jedoch aus Scham. Er wollte in Granada anrufen und mit seiner Frau sprechen, konnte sich jedoch nicht an die Telefonnummer erinnern. Im fiel die Vorwahl von Spanien ein, dann – mit größerer Mühe – die von Granada, und als er sich an die nächste Nummer wagte, war alles davor wieder vergessen und er musste von vorn anfangen. Voller Verlangen dachte er an die nackte Venus von Botticelli und voller Angst an den Isaak von Caravaggio, an die starke, unerbittliche Hand des Alten, die das angstverzerrte Gesicht des Jungen gegen den Opferstein drückte. Die Figuren auf den Bildern waren wirklicher als jeder Mensch aus Fleisch und Blut nach all den Tagen, in denen er nur mit Fremden zu tun gehabt hatte, mit denen er sich kaum verständigen konnte – in denen er, mit Ausnahme der Kellner in den Restaurants, eigentlich mit niemand gesprochen hatte.

Er erkannte, dass er im Begriff stand, eine Panikattacke zu bekommen. Er nahm zwei Schlaftabletten und merkte, wie seine Wachheit nach und nach in Schlaf überging. Am nächsten Morgen erwachte er ohne jede Spur von Zeitamnesie. Er sagte mir, er habe sich erleichtert gefühlt, aber auch ein wenig enttäuscht. Wieder nahmen Tag, Monat, Jahr und Stunde, sein eigener Name, seine Arbeit und seine Vergangenheit ihren angestammten Platz im Zeitregister ein – wie die Elemente im Periodensystem. Er kam zu der Einsicht, dass er nach Granada zurückmusste, dass er Geld verlor und seine Familie vernachlässigte. Und jetzt, mehrere Monate später, vermisste er den Winter in Florenz, diesen Winter ohne Zeit und Datum, in dem er wie in einem anderen Land gelebt hatte. »Und jetzt wieder dies«, sagte er mit einer unwillkürlichen Geste des Widerwillens seiner ausgestreckten Hand, mit Blick zu mir auf meinem Bürostuhl hinter dem Metalltisch, auf dem unter all den Papieren wahrscheinlich auch einige Anträge auf Erstattung seiner Tätigkeiten lagen, die ich noch bearbeiten musste.

Von Lissabon erzählte mir damals ein Freund, der Maler Juan Vida, der gerade einen kurzen Abstecher dorthin unternommen hatte. Er sprach von einem großen Platz mit der Reiterstatue eines Königs in der Mitte, seinem Gefolge von Elefanten und einem öffentlichen Fahrstuhl, der wie der Eiffelturm aussah und von der Unterstadt zu einem auf einem Hügel liegenden Viertel führte. Der Fahrstuhl hatte eine Kabine aus poliertem Holz, die beim Hinauffahren knarrte, sowie Kurbeln und Hebel aus glänzendem Messing. Er sagte, an klaren Tagen werde das grelle Licht vom Dunst gedämpft, der über dem Fluss liege, und dass die Ankunft in dieser Stadt etwas von einer Zeitreise habe, denn manchmal habe er den Eindruck gehabt, im Granada seiner Kindheit anzukommen, dem Granada der versteckten Textilgeschäfte und Kolonialwarenläden und der lärmenden Menschen auf den Plätzen. Genau wie in Granada gab es auf einer Anhöhe eine maurische Zitadelle, ein Viertel mit Gässchen, Treppen, Steigen und Aussichtsterrassen, die ein ebenso undurchdringliches Labyrinth bildeten wie das Albaicín. In Lissabon gab es so altvertraute Plätze wie die Bib-Rambla, mit still in der Sonne sitzenden alten Männern und an den Straßenecken Schuhputzer und anders als in Granada Grüppchen von Schwarzen und nicht von Zigeunern. Lissabon mit dem Auto verlassend, erreichte er eine Art Seebad mit an bewaldeten Hängen am Meer stehenden pastellfarbenen Villen und einer Steilküste, die A Boca da Morte hieß und an der man kaum wagte, zu den Wellen des Atlantiks hinunterzuschauen, die sich schäumend an den Klippen brachen und so hoch hinaufspritzten, dass man Tropfen abbekam.

Ich hatte ich weiß nicht wie viele Seiten meines Romans geschrieben, aber es ging dennoch nicht richtig voran. Die Sache war so ermüdend, wie eine Sanddüne hinaufzustapfen, bei jedem Schritt im Sand einzusinken und niemals oben anzukommen. Am Ende der vielen Seiten hatten sich die beiden Liebenden, die den roten Faden der Geschichte bilden sollten, noch nicht einmal kennengelernt. Jeden Morgen ging ich ins Büro und steckte meine Karte in die Stechuhr. Jeden Nachmittag setzte ich mich zum Schreiben in meinem kleinen Arbeitszimmer ans Fenster, von dem aus ich die oberen Stockwerke und Dächer der Siedlung sehen konnte und darüber, in der Ferne, die kahlen Bergrücken in der Nähe der Alhambra, die rötlichen Mauern und die Zypressen des Friedhofs.

Ich glaubte, dieses Panorama noch viele Jahre lang zu sehen. Abends, wenn das Blau des Himmels blasser wurde, trat der rötliche Ton der Hänge und der aus gleicher Erde errichteten Lehmmauern noch deutlicher hervor. Tatsache war, dass ich keine vorausschauende Fantasie besaß. Ich war unfähig, mir den Umfang und die Zeitspanne, die es brauchen würde, vorzustellen. Ich konnte mir nicht vorstellen, wie mein dreijähriger Sohn erwachsen wurde oder die Kinder, die auf dem Spielplatz zwischen den Häusern spielten oder Süßigkeiten in Juans Laden kauften, der vor knapp zwei Jahren in dem neuen Viertel aufgemacht hatte, in das nach und nach immer mehr Leute zogen, junge Paare mit kleinen Kindern und begrenztem Einkommen, Nutznießer des sozialen Wohnungsbaus.

Unsere Wohnung würden wir erst in einer unwahrscheinlichen Zukunft abbezahlt haben, zu Beginn eines neuen Jahrhunderts, 2001. Nicht einmal an meinen neuen Sohn, der in wenigen Monaten geboren würde, verwendete ich viele Gedanken, außer wenn mich eine grundlose Angst überfiel, er könne krank zur Welt kommen. Ich begleitete meine Frau zu den Besuchen beim Gynäkologen und sah diesen körnigen, pulsenden Schatten auf dem Bildschirm des Ultraschallgeräts, der sich mit aquatischer Langsamkeit bewegte. Der Arzt setzte einen Verstärker auf die planetarische Rundung ihres Bauches, und im Sprechzimmer ertönte wie ein Klopfen oder wie trockene Paukenschläge der pochende Herzschlag meines Sohnes, seine winzige

Hartnäckigkeit in diesem wässrigen, warmen, dunklen Refugium, für das ich keine Vorstellungskraft übrighatte, nicht einmal Neugier.

Ich kaufte mir auf Raten eine elektrische Canon; so eine wie die, die ich im Büro benutzte. Als ich sie aus dem Karton nahm und dann von der Plastikumhüllung befreite, roch sie betäubend neu, nach eingefettetem Metall, nach Tinte. Auf meinem Schreibtisch lag immer ein Stapel leerer Blätter. Das Papier verlieh dem Akt des Schreibens Stofflichkeit. Das weiße Rechteck war der sichtbare Beweis für den Sprung in die Leere, die sich zwischen dem Nichtgeschriebenen und dem Geschriebenen auftut; des Staunens darüber, dass etwas ist, wo kurz vorher noch nichts war. Der Gang zum Schreibwarenladen, um Schreibmaschinenpapier zu kaufen, war der erste Schritt in einem Ritual, zu dem damals auch der Kauf einer Schachtel Zigaretten gehörte, das Feuerzeug in Reichweite, der Aschenbecher, in dem sich die Kippen häuften, während die Luft vom Qualm eingetrübt wurde, obwohl ich das in dem kleinen, mit Büchern vollgestopften Zimmer kaum mitbekam. Ohne dass wir es merkten, lebten wir ein Leben, umnebelt von Tabakqualm.

Eines Nachmittags im September setzte ich mich mutlos wie immer an die neue Schreibmaschine und sah mich plötzlich etwas schreiben, womit ich gar nicht gerechnet hatte; einen vollkommen improvisierten ersten Satz, lang und voller Finten, in dem ohne langweiliges Vorgeplänkel alles enthalten war, was ich bis zu diesem Augenblick über die Geschichte wusste, und sogar noch vieles mehr, von dem ich keine Ahnung gehabt hatte. In allen meinen Aufzeichnungen war die Geschichte bisher in der dritten Person erzählt worden. Jetzt erzählte jemand, der den Protagonisten von außen sah, ein beobachtender Zeuge, der manchmal Bescheid weiß, andere Male spekuliert oder fabuliert, der auf die Geschichte schaut, aber nicht an ihr teilhat oder nur eine Nebenrolle spielt, und von dem man eigentlich nichts weiß, weil er eigentlich ein Niemand ist.

Ich hatte gerade *Der große Gatsby* gelesen und war beeindruckt von der Erzählstimme, dem Blick und der Stimme Nick Carraways. Gatsby, über den Nick berichtete, war kein Held; er war ein Held, weil Nick ihn so sah. Dass er das Zeug zur Legende hatte, lag nicht in ihm selbst oder seinen Taten, sondern in der Sichtweise des anderen. Seine Zwiespältigkeit, der blinde Fleck im Zentrum seines Charakters und im größten Teil seiner Biografie, war letzthin das Ergebnis fehlender Information. In hohem Maße eine Erfindung seiner selbst, gelangt Jay Gatsby erst im Blick der anderen zu voller Größe. Alles, was man von ihm nicht wusste und was nicht gesagt wurde, hob seine Person noch heraus und vertiefte sein Geheimnis, so wie das leere Blatt Papier oder die leere Leinwand den ersten Versuchen ihre wahre Kraft verleiht. Malen ist bis zu einem gewissen Punkt nicht malen, und schreiben heißt, Dinge nicht zu sagen, sondern Hinweise zu liefern, die in der Vorstellung des Lesers Gestalt annehmen, so wie einzelne Pinselstriche und perspektivische Verkürzungen des Malers erst im Geiste des Betrachters und nicht schon auf der Leinwand ihre Figürlichkeit erlangen.

Aber es war nicht so, dass ich Dinge verbarg: Ich wusste sie nur nicht, und sie bedeuteten auch nichts. Mein Fehler war bislang gewesen, dass ich unnötige Details anhäufte, den gesamten Raum der Geschichte ausfüllen wollte, so ungeschickt, wie ein mittelmäßiger Maler sein ganzes Bild mit Farbe füllt oder ein auf Affekt bedachter Musiker Noten übereinanderstapelt, bis für Stille nicht mehr der geringste Platz ist. Jetzt zeichnete ich meine Figuren vor allem mit dem, was ich nicht erzählte oder nicht von ihnen wusste; und die Geschichte entfaltete sich vor meinen Augen wie eine Salve von Mündungsblitzen oder ein Pinselstrichstakkato auf einer großen weißen Fläche. Wie die Helden in den Zelluloidgeschichten des Kinos, so sollten auch meine

Figuren nur in der Gegenwart des Erzählten existieren. Wenn überhaupt, kämen sie aus einer sehr nahen Vergangenheit und verschwänden spurlos in der unmittelbaren Zukunft. Sie besäßen keine Bindungen, keine Herkunft, keine Kindheitserinnerungen, keine familiären Verpflichtungen, keinen festen Wohnsitz, keine Arbeit, die sie an einem einzigen Ort festhielt. Sie würden alles das sein, was ich nicht war. Sie würden in einer Parallelwelt zu meiner leben, wenngleich sie in Städten wohnten, die eine Art Kehrseite des realen Granada darstellten, in dem eine Geschichte anzusiedeln mir unmöglich gewesen war. Es waren Städte, die hauptsächlich aus der Strahlkraft ihrer Namen bestanden, aus den fernen Bildern meiner eigenen Erinnerung und Reiseberichten anderer: das San Sebastián meiner Streifzüge als Soldat in Zivil, der ich auf der Suche nach dem schlichten Glück war, ohne Uniform und mit den Händen in den Hosentaschen durch die Straßen schlenderte, an der Mündung des Urumea das Kantabrische Meer sah und der Wind des Nachts im Schein der Kugellampen, die auf der Brücke zum Kursaal standen, die wütend schäumenden Wellen aufwühlte; das Florenz der einsamen Wintertage des Tontechnikers, der Bill Evans und Chet Baker erlebt hatte; das Lissabon meines Freundes Juan Vida, sein eiserner Fahrstuhl, der an den Eiffelturm denken ließ, und dem Platz, der bis ans Wasser eines Flusses reichte, der breit war wie ein Meer; die Steilküste von A Boca da Morte, Felsklippen mit Schiffbrüchigen und Verfolgungsjagden im Kino, zwei Männer kämpfen am Rande des Abgrunds, einer möglicherweise mit angstverzerrtem Gesicht vor schäumender Gischt, doch eigentlich nur dem Flackerlicht der Filmvorführung.

Dabei war in diesem intuitiven Anfang, in dem langen ersten Absatz, eine noch unvorhergesehenere Stadt aufgetaucht, ein mutmaßliches und zugleich wahrhaftiges Madrid, beschränkt auf wenige Schauplätze einer eigentlich geheimen und gründlich misslungenen Reise im Winter zuvor, auf der ich zwei oder drei Tage lang vergeblich dem Gespenst des Verlangens hinterhergelaufen war, glück- und ruhelos Orte abklappernd, die, befreit vom tristen Grau des eigenen Erlebens, jetzt als Brennpunkte der Geschichte zu mir zurückkamen. Ein großes düsteres Hotel auf der Gran Vía, in dem ich abgestiegen war, direkt gegenüber dem Gebäude der Telefónica, wo die Calle de Fuencarral ihren Anfang nimmt; das *Café Central*, in dem ich zerstreut einer Jazzcombo zugehört hatte; ein altes Speiserestaurant in der Cava Alta, das *Viuda de Vacas*; das diesige Licht eines Sonntagmorgens auf der Plaza de Santa Ana, hell und kalt wie das Bier in den Krügen an der Theke der *Cervecería Alemana*; der Übergang vom bereits geschwächten Sonnenlicht des späten Nachmittags zur Trostlosigkeit der Winternacht, die ich allein auf den breiten Gehwegen der dunklen Calle de Alcalá zubrachte, in jenem schäbigen Madrid der mittleren Achtzigerjahre, als die Einmündungen der Fuencarral und der Hortaleza in die Gran Vía finstere Tunnel waren voller Huren und Junkies, mit Dealern in den Hauseingängen und Leuchtschriften von billigen Hotels. Gemäß meiner kaum vorhandenen und auch ein wenig angstbesetzten Ortskenntnis gab es nichts, was diese Plätze miteinander verband. Da sie nicht einer zusammenhängenden Topografie angehörten, führten sie in meinem Geiste das strahlende Dasein von Inseln. Sie existierten nur im Verhältnis zu meinem Roman, so wie einige dieser in den Hollywoodstudios sorgfältig nachgebauten Straßenzüge von New York. Literatur war die Kehrseite der Realität und das Kino wahrhaftiger als das Leben.

4

Er war nach Mitternacht in einer unbewohnten Stadt gelandet. Er hatte sie vom Flugzeug aus gesehen, die Hände in die Seitenlehnen seines Sitzes gekrallt, als der Landeanflug begann, als eine Tragfläche abrupt nach oben schwang und sich in der schwarzen Nacht die Linie des Meeres am Horizont abzeichnete. Unten sah er die Stadt, eine vom Nebel gedimmte Konstellation blasser Lichter. Auf der im Mondlicht schimmernden Fläche des Meeres sah er ein Schiff mit beleuchtetem Bugaufbau und Deck. Täglich verließen Frachtschiffe Lissabon in Richtung der afrikanischen Kolonien, in Richtung Brasilien, Goa in Indien, Macau. Macau ist eine Insel im Perlflussdelta. Die Maschine aus London war die letzte, die in dieser Nacht in Lissabon landete. Weniger als die Hälfte der Sitzplätze war besetzt. Er gehörte zu den stillen Passagieren, die lesen oder dösen, in der Mehrzahl Männer, ans Fliegen gewöhnte Geschäftsleute oder Diplomaten, die Aktenkoffer öffneten, Papiere durchsahen und auf ihre Armbanduhren schauten, um sich zu vergewissern, dass die Maschine keine Verspätung hatte. Im Dämmerlicht der Kabine wurden sie vom schmalen Strahl der Leselampe über dem Sitz beleuchtet. Einige rauchten Zigaretten und ließen die Eiswürfel in ihren Whiskygläsern klingeln, die ihnen von lautlosen, dienstfertig sich über sie beugenden Stewardessen gereicht wurden. Niemand hätte sagen können, dass er nicht auch genauso ein Fluggast war. Mantel, Anzug, Krawatte, weißes Hemd und Brille, die verräterischen Details korrigiert oder unauffällig im gedämpften Licht. Das Einzige, was er noch hätte brauchen können, war ein Aktenköfferchen, das er wie selbstverständlich auf dem Klapptisch vor sich geöffnet hätte, ein beanspruchter Geschäftsmann, der die Zeit des Fluges nutzt. James Bond führt in einem solchen Koffer seine Pistole, Magazine und den Schalldämpfer mit sich. Sie jedoch werden dicke Geldbündel in ledernen Brieftaschen darin aufbewahren, Reiseschecks und Kärtchen mit aufgedrucktem Namen, Berufsbezeichnung, Adresse und Telefonnummer.

Das Licht des Leselämpchens beleuchtete seine Hände, die ein aufgeschlagenes Buch hielten, ließ die frisch manikürten Fingernägel glänzen. Am Flughafen Heathrow hatte er einen Koffer aufgegeben, der zwölf Kilogramm wog. Das Flugzeug war eine Maschine der British European Airways mit Abflug um 22.40 Uhr und Ankunft um 01.15 Uhr in der Frühe. Die trivialen exakten Daten geben einem das trügerische Gefühl von Allwissenheit. Vor der Landung setzte er seine Brille wieder auf, um sicherzugehen, dass er sie nicht vergaß. Wenn er sich konzentrierte, konnte er spüren, wie sich seine Lippen zu diesem angedeuteten Lächeln verzogen, das auf dem Passfoto zu sehen war. Die Eigentümerin des Gasthauses in Memphis berichtete, wenn er mit ihr sprach, habe er immer ein grundloses, gezwungenes Lächeln aufgesetzt, das sie nervös gemacht habe. Diesen reservierten, jedoch leutseligen Ausdruck würde er vor dem Beamten der Einwanderungsbehörde beibehalten, die im Ankunftsbereich des Flughafens untergebracht war, wo sich um diese Zeit so gut wie kein Mensch aufhielt. Das leichte Grau seiner Schläfen unterstrich noch sein respektables Aussehen.

Das Buch, in dem er las, hieß *Psycho-Kybernetik* und war von Dr. Maxwell Maltz. Es liegt jetzt vor mir auf meinem Schreibtisch. Er las langsam, murmelte manche Sätze, um sie besser zu verstehen, und las sie noch einmal. Einige unterstrich er mit einem Bleistift. »Ein Mensch handelt, fühlt, verhält sich stets entsprechend dem, was er in Bezug auf sich selbst und seine Umgebung für wahr hält.« Er hatte auch einen Spionageroman dabei sowie einen Armvoll Zeitungen und Zeitschriften. Ein paar hatte er schon beim Besteigen des Flugzeugs dabei, und dann überflog er auch noch die, welche die Stewardessen ihm anboten. Flugreisende pflegten Zeitungen und Zeitschriften unter dem Arm zu tragen, Tüten mit den Emblemen von Fluggesellschaften oder leichte Aktenköfferchen. Er blätterte sich durch die Titelseiten der Zeitungen und die farbigen Umschlagseiten der Wochenzeitschriften; musterte zuerst immer die Fotos; die Überschriften, bei denen er sich jetzt mehr auf die kleineren Meldungen auf den Innenseiten konzentrierte, da die Suche – besser gesagt: die Jagd – nachgelassen hatte oder unterbrochen worden war und weil schlicht und einfach auch Dinge geschahen, die die Ereignisse von vor einigen Tagen oder Wochen an den Rand drängten. Dreitausendeinhundertundfünfzig FBI-Agenten waren an der Suche nach ihm beteiligt, die berittene Königliche Kanadische Polizei, die mexikanische Polizei. Sonderermittler von Interpol hatten eine scheinbar sichere Spur verfolgt, die zu seinem Aufenthalt in einem zwielichtigen Viertel von Sydney, Australien, führte. Wenn er die Zeitungen ordentlich zu falten versuchte, gerieten ihm die großformatigen Blätter unweigerlich zu einem raschelnden Durcheinander.

Schon als Kind hatten ihn Zeitungen fasziniert, die Fotografien und Werbeanzeigen der Zeitschriften, alles, was es an gedruckten Buchstaben und Bildern gab, die glücklichen Gesichter von Männern und Frauen in den Autoreklamen, die lächelnden Hausfrauen in ihren glänzenden weißen Küchen. Er merkte sich Gesten und imitierte sie: wie man ein Whiskyglas hielt, sodass die Hemdmanschetten halb aus dem Ärmel schauten, damit man die Manschettenknöpfe sehen konnte; wie man ein Feuerzeug zückte, um einer Dame, sobald sie zur Zigarette greift, genau in dem Moment Feuer zu geben, wenn sie die Zigarette an die Lippen führt.

Aber er suchte nicht nur nach dem alten Namen und den Fahndungsfotos der Polizei, die ihm nicht mehr glichen. Er suchte – und fürchtete ihn auch zu finden, weil er wusste, dass er früher oder später auftauchen würde – den jetzigen Namen, den er schon ganz flüssig in die Kästchen der Formulare eintrug und mit lauter Stimme nannte, wenn er danach gefragt wurde. Mit einem Anflug von Schicksalsergebenheit stellte er sich den Augenblick vor, in dem sie ihn erkennen würden. Mit Schicksalsergebenheit und Angst und einem Bodensatz von selbstgefälligem Stolz. Wenn man sich in größtmöglicher Klarheit zukünftige Situationen vorstellte, war es der Psychokybernetik zufolge möglich, schon im Voraus den besten Ausgang zu finden. Im Laboratorium der Fantasie wurden wohltuende Erfahrungen synthetisiert, so wie in chemischen Laboratorien Vitamine.

Er würde sich dem Schalter nähern und gehorsam hinter der weißen Linie warten, während der Passagier vor ihm die Formalitäten furchtlos und ohne Schwierigkeiten hinter sich brachte. Wenn er seinen eine Woche zuvor in Toronto ausgestellten Pass überreichte, würde er in den Augen des überprüfenden Beamten oder Polizisten einen schrägen Blick auf irgendwas und dann auf ihn bemerken, auf sein Gesicht, das er gewohnheitsgemäß zur Seite drehen würde, zur rechten, befangen, aber nicht allzu sehr, eher wie ein schüchterner Reflex, der auch etwas von Ergebenheit hatte, den Blick zu Boden gerichtet, das Kinn nah an der Schulter, die hellen Augen, die sein Gegenüber nicht sehen würde, die Wimpern in nervöser Bewegung wie das Flirren von Insektenflügeln.

In der Nacht zuvor oder beim letzten Tagesanbruch, er war sich nicht mehr sicher, hatte er so einen Moment schon einmal erlebt, in dem anderen Flughafen, in Heathrow, nach einer Reise nicht nur von etwas über zwei Stunden, sondern einer ganzen Nacht, die plötzlich endete, als die Lichter in der Maschine angingen und es schon sieben Uhr morgens war, obwohl es nicht mal zwei gewesen war, als ihm die Augen zufielen, obwohl draußen noch eine undurchdringliche Dunkelheit herrschte und die Landebahn schwarzglänzend im Regen lag. Neben dem Einreiseschalter stand eine britische Fahne. In der Gesäßtasche spürte er das Gewicht des Revolvers, Marke Liberty Chief, Kaliber .38, aus japanischer Herstellung. Die Vergangenheit ist voller exotischer Einzelheiten. 1968 gibt es an den Flughäfen weder Sicherheitskontrollen noch Metalldetektoren, und wer auf der Flucht ist, kann sich ohne Schwierigkeiten per Post eine Geburtsurkunde auf einen anderen Namen bestellen und damit an einen legalen kanadischen Pass kommen. Der Polizist von der Einwanderungsbehörde sprach ihn auf eine so seltsame Weise an, dass er gar nicht gleich begriff, dass es dennoch Englisch war. Hinter ihm hing ein farbiges Porträt der englischen Königin an der Wand. 007 im Dienste Ihrer Majestät. Der Polizist war frisch rasiert und roch nach Aftershave. Ein gewissenhafter Neuling, die Schlimmsten. Sein Dienst hatte gerade angefangen. Er verglich den Pass mit dem Einreisezettel, stutzte bei dem minimalen Unterschied, dem einzigen undeutlichen Buchstaben. Wegen einer winzigen Geste oder einem einzigen Buchstaben nimmt dein Leben für immer einen anderen Lauf. Gesicht und Foto stimmten zwar überein, jedoch nicht der mit Hand in Großbuchstaben ins Einreiseformular eingetragene Name mit dem Namen, der unter einer glatten Plastikoberfläche im Pass abgedruckt war. Sneyd, Sneya.

Ein Tippfehler, sagte er und bemühte sich um ein Lächeln, wobei er sich die Brille auf der Nase hochschob, die so schmal war, dass das Gestell rutschte, nach der Operation vielleicht noch mehr, ein bisschen Schweißbildung, das sehr blasse Gesicht, besonders jetzt im Licht der Neonröhren, den Revolver in der Hosentasche, sekundenbruchteillange Verdunkelungen durch das Flattern der Wimpern. Der Griff des Revolvers war mit Isolierband umwickelt. Der Beamte musterte den aufgeschlagenen Pass, das Formular und ihn, ohne an seinen Augen hängen zu bleiben, musterte die Reihe der wartenden Reisenden hinter der weißen Linie, die großen Fenster am Ende des Saals, gegen deren Scheiben die Regenböen klatschten. Er griff daraufhin in die Innentasche seines Mantels und zog einen länglichen Umschlag mit offiziellem Stempel hervor, suchte mit nervösen Fingern und zeigte dem Beamten schließlich eine Geburtsurkunde mit seinem vollständigen Namen ohne Fehler, in Großbuchstaben getippt und mit offiziellen Stempeln beglaubigt, Sneyd und nicht Sneya, Ramon George Sneyd, kanadischer Staatsbürger, geboren in Toronto am 8. Oktober 1932. Er sagte, er habe auch eine offizielle Impfbescheinigung und suchte in seinen Taschen, bis er sie fand. Der Held des Romans, den er gerade las, war ebenfalls Kanadier, ehemals, während des Krieges, ein Agent des britischen Geheimdienstes. Der Roman hieß *Tangier Assignment*. Auf dem Umschlag sieht man eine schwarzhaarige Frau mit dem Rücken zum Betrachter auf einem Handtuch im Sand sitzen, das Oberteil des Bikinis hat sie ausgezogen, und man sieht den weißen Streifen auf der gebräunten Haut. In der Ausgabe, die ich besitze, ist das billige Papier vergilbt und brüchig, die Seiten lösen sich, die Umschlagecken sind abgestoßen nach jahrelangem Herumliegen auf Dachböden, in Antiquariaten, in den Kisten von Bücherständen unter freiem Himmel.

Der Name des Helden war Robert Belcourt. Die Spione erreichten ihre Einsatzorte inkognito, gaben sich als Geschäftsleute aus, als internationale Reporter oder Fotografen. Sie handelten gern auf eigene Faust, und obwohl sie keine Angst vor gefährlichen Missionen hatten, waren sie undiszipliniert, unberechenbar und strapazierten die Geduld ihrer Vorgesetzten. Sie verführten attraktive und immer gefährliche, manchmal sogar tödliche Frauen, wenn diese für feindliche Geheimdienste arbeiteten. Robert Belcourt sprach fünf Sprachen, leitete eine Filmproduktionsfirma, konnte Segeljachten und Motorboote fahren. Unter dem Vorwand, in Tanger nach Schauplätzen für einen Film zu suchen, ermittelte er im Milieu der Schmuggler und folgte einer Spur, die ihn zum sowjetischen Spionagechef in Nordafrika führte.

Der Beamte verglich das Einreiseformular mit der Geburtsurkunde und dem Pass, indem er Zeile für Zeile mit einem sehr spitzen Bleistift Millimeter über dem Papier abfuhr. Berührte er das Papier, würde die Spitze abbrechen. Einen solchen spitzen Bleistift konnte man in die Halsschlagader stoßen und so das Verbluten herbeiführen. Mit sanftem Strich umkreiste er die zwei verschiedenen Namen: Sneyd, Sneya. Die kleine Schneide des Anspitzers war bestimmt so scharf wie die Klinge des Rasiermessers, das der Polizist an diesem Morgen benutzt haben würde, als es draußen noch dunkel war und er sich im Spiegel anschaute, das blaue Uniformhemd gebügelt und bis oben hin zugeknöpft. »Ein Tippfehler«, wiederholte er, nickte – er war schuld an diesem kleinen Versehen – in vorauseilender Gefügigkeit beinahe dankbar, seine Handflächen waren feucht, der oberste Hemdknopf scheuerte die Haut wund, als er wie schwebend durch den neonhellen, schattenlosen Flur marschierte, nachdem der Polizist ihn mit einer Handbewegung weitergewunken, ihn bereits vergessen hatte und mit müder Miene auf den nächsten Fluggast wartete.

Von sieben Uhr morgens bis zum Boarding des Nachtflugs nach Lissabon blieb er im Flughafengebäude von Heathrow. Ein einzelner Mann, einen ganzen Tag lang im Transitbereich eines Flughafens; jemand, der erst am Tag zuvor zum ersten Mal ein Flugzeug bestiegen, nie zuvor einen Flughafen betreten hatte. Das alles muss fremd und beunruhigend für ihn gewesen sein. Er hatte noch nie auf einer Rolltreppe gestanden. Er wusste nicht, wie man sein Gepäck aufgab und sich an den Anzeigen orientierte. In dem Gewirr von Zeichen verlief er sich. Die Lautsprecherdurchsagen, Aufrufe der Nummern demnächst startender Flüge und der Wartesäle machten ihn ganz benommen. Er wusste nicht, was ein Gate war. Er folgte anderen und tat, was diese taten. Nach der Passkontrolle folgte er dem abscheulichen Dicken und gelangte in die Halle, in der sich die Gepäckbänder drehten.

Er nahm seinen Koffer und wusste nicht, wohin. Jenseits der hohen Fensterfronten war London eine Landschaft aus Flugzeughallen, Landepisten und einem tief hängenden, wolkenverhangenen Himmel, unter dem es mit fortschreitender Stunde nicht heller wurde. Im Selbstbedienungsrestaurant schob er sein Tablett zur Kasse und schaute die Kassiererin beim Bezahlen nicht an. Er musste sehen, was die anderen taten, um zu wissen, wie er sich verhalten sollte, wo er das Tablett, das Besteck und die Papierserviette bekam. Er suchte sich einen abgelegenen Tisch in der Nähe eines Ausgangs, wo er nicht auffiel und zugleich alles beobachten konnte. Dass er mehr oder weniger aussah wie die meisten Männer in diesem Flughafen, beruhigte ihn. Wenn ihn jetzt einer seiner Kumpels aus dem Gefängnis sehen könnte oder jemand aus der Familie, sein Vater. Sein Vater lebte jetzt in einer Hütte, die nur aus einem einzigen Raum bestand, umgeben von Schrott und in Gesellschaft mehrerer Deutscher Schäferhunde, die jeden wütend anbellten, der in ihre Nähe kam. Er hatte mit Journalisten gesprochen, wahrscheinlich, um ihnen ein bisschen Geld abzuknöpfen, doch in der Zeitung hieß es, er habe sich geweigert, sich fotografieren zu lassen. »Wenn die Neger erfahren, dass ich sein Vater bin, zünden sie mir das Haus über dem Kopf an und erschießen meine Hunde oder hängen sie auf.« Er sagte auch, sein Sohn sei nicht gescheit genug, um allein gehandelt zu haben; vermutlich sei er mittlerweile tot.

Am Ende der Korridore identifizierte er immer schnell die Uniformen von Angestellten, Polizisten oder Wachleuten. Gefährlicher waren Polizisten in Zivil, die er allerdings auf den ersten

Blick erkannte. Es stand ihnen ins Gesicht geschrieben. An der Tür eines Polizeipostens, die aus geriffeltem Glas bestand, entdeckte er von ferne den Steckbrief mit weißen Buchstaben auf schwarzem Grund, *Wanted*, und darunter drei Fotos, eines von vorn, eines im Profil, beide acht Jahre alt, und das dritte noch seltsamer, noch nutzloser, weil es ihm überhaupt nicht ähnlich sah, das Foto als Kellner mit Smoking und Fliege, die Augen wie eingebrannt und ohne jede Ähnlichkeit mit seinen. Der geliehene Smoking saß erbärmlich schlecht, und die Fliege war schief und verknittert.

Er schlich um die Kioske im Flughafen, betrachtete die bunten Umschlagbilder der Taschenbücher. Er begab sich in die entlegeneren Zonen, wo Zeitschriften mit nackten oder halb nackten Frauen auf den Titelseiten gezeigt wurden. Illustrierte mit Frauen, mit Jachten, Reisen, Luxuswohnungen und Autos auf Hochglanzpapier, in lebhaften Farben, blauer Himmel und im Abendlicht sich brechende Wellen, goldene Armreifen und Armbanduhren auf gebräunter Haut, die dunkle Honigfarbe des Rums in den Gläsern und andererseits das Gold in den Whiskygläsern mit Eis, perlende Tropfen auf eisgekühltem Glas. Bevor er eine Zeitung aus dem Ständer nahm, ließ er seinen Blick über die Titelseiten aller anderen schweifen. Vielleicht wusste er, dass das Auslieferungsabkommen zwischen den Vereinigten Staaten und Portugal Delikte ausschloss, die mit der Todesstrafe geahndet werden konnten. Möglich aber auch, dass er gar nicht geplant hatte, nach Lissabon zu fliegen, sondern nur nach London. Er las den Namen auf der Anzeigentafel für die Abflüge; die Buchstaben wechselnd mit dem trockenen Klacken umfallender Dominosteine und dann diesen Namen bildend, Lissabon, und in ihm eine Erinnerung weckend von etwas, das er irgendwo gehört oder gelesen hatte, in einer dieser Zeitungen, die er immerzu las, bei einer Unterhaltung von Seeleuten in einer Hafenbar in Montreal, in der *Neptune Tavern* mit ihrem im alkoholischen Halbdunkel schimmernden Holz. Vielleicht hatte er auch gar nichts geplant und wurde nur von einem Fluchtinstinkt getrieben, so schnell so weit wie möglich zu entkommen, oder er konnte schon gar nicht mehr zwischen einem durchführbaren Plan und Fantasiegespinst unterscheiden. Einen ganzen Tag lang im Transitbereich herumsitzen, mit dem Rücken zu den Gängen, Reihen mit Plastiksitzen wählend, in denen sonst niemand saß, das Gesicht den Fenstern zugewandt, einer ersten Helligkeit, die sich durch den Nebel kämpfte und ihn später, mit fortschreitendem Tag, auflöste oder in regnerischem Grau verharrte, bis es schließlich Abend wurde nach einer Zeit einzig der Langeweile und Stille, unterbrochen allein von Durchsagen abgehender Flüge in ferne Weltgegenden und Aufrufen verspäteter Passagiere.

Er tauschte den Rückflug nach Toronto gegen einen Flugschein nach Lissabon und bekam vierzehn Dollar zurück. Später sagte er, er habe von einer Telefonzelle im Flughafen aus die Portugiesische Botschaft angerufen, und dort habe man ihm versichert, er könne in Lissabon ein Visum für Angola oder Südafrika beantragen. Ein Mann, den Rücken einem zugewandt, mit einem Koffer zwischen den Beinen, das Haar im Nacken scharf ausrasiert, die abstehenden Ohren von hinten noch auffälliger, eines größer als das andere, einen Stoß zerfledderter Zeitungen auf dem Nebensitz und einen Roman in den Händen. Ab und zu sank ihm der Kopf auf die Brust, bevor er mit einem letzten Nicken in den Schlaf fiel.

Er suchte den Waschraum auf und schöpfte sich vor dem Spiegel kaltes Wasser ins Gesicht. Er öffnete seinen kleinen Waschbeutel und rasierte sich gründlich. Das kalte Wasser und das Aftershave vertrieben seine Müdigkeit. Als er sich die Brille wieder aufsetzte, fühlte er sich so sicher wie hinter einer Maske. Er war ein kanadischer Professor auf Europareise. Er fuhr nach Lissabon, um dort eine Zweigstelle für das pharmazeutische

Unternehmens aufzubauen, für das er arbeitete. Er fuhr nach Lissabon, um seine Stelle als Offizier oder Küchenchef auf einem Handelsschiff anzutreten, das die Route zu den portugiesischen Kolonien in Afrika bediente. Am Ende des Tresens eines auf Antik gemachten Pubs mit gedämpftem Licht bestellte er einen Hamburger und ein Bier und war entsetzt über den räuberischen Preis, den man ihm abverlangte, nachdem er ihn in Dollar umgerechnet hatte. Mit einem nachhaltigen Gefühl von Panik begriff er plötzlich, dass ihm das Geld ausgehen könnte, bevor seine Zeit ablief. Er war der Einzige in der Bar ohne Begleitung. Neben dem Regal mit den Flaschen lief ein Radio, doch die anderen Trinker unterhielten sich laut und lachten mit geröteten Gesichtern, und er konnte nicht verstehen, was offenbar eine Nachrichtensendung war. In einem Moment der Stille glaubte er den alten Namen zu hören, mit einem Akzent ausgesprochen, sodass er nicht mehr wiederzuerkennen war. Auf dem stummen Bildschirm eines Fernsehers hinter einer Glaswand sah er das alte Gesicht, das fremde, entsetzte Gesicht eines anderen, der er nicht mehr war, vor einer mit waagerechten Linien unterteilten Wand, an deren unterem Rand die schwarze Häftlingsnummer auf weißem Grund zu sehen war, das Gesicht eines ganz anderen Lebens, acht Jahre zuvor. Er stieß eine Glastür auf, um zu hören, was in den Fernsehnachrichten gesagt wurde. Eine Textzeile unter einer Fotografie: »Geflohen oder verscharrt?« Im nächsten Moment war auf dem Bildschirm eine Menge wütender Männer mit Bärten zu sehen, die Fäuste schüttelten und Fahnen schwenkten. Gleich darauf ein Werbefilm, in dem junge Leute beiderlei Geschlechts in Badekleidung an einem Palmenstrand Orangensaft tranken.

Sie konnten ihn für tot erklären und mit der Suche aufhören; sie konnten einen verstümmelten Leichnam vorzeigen und sagen, es sei seiner, und so das Scheitern ihrer Jagd verschleiern. Er wurde unsichtbar. Er verschwand aus der Welt. Bärtig, unbekannt, an einem Strand wie dem von Puerto Vallarta, in einem mit Palmstroh gedeckten Haus auf einer Lichtung am Hang mit Blick aufs Meer, am Ende eines Weges, der durch den Dschungel führte, umgeben von prasselndem Regen, dem Gesang und dem Krächzen von Vögeln.

Jetzt, in Lissabon, auf einem anderen Flughafen, trug er die Geburtsurkunde immer noch im selben Umschlag in derselben Manteltasche. Die Landung hatte ihn zwar weniger geängstigt als die in Heathrow, aber er war doch erleichtert, als er die letzte Stufe der Gangway hinunterging und soliden Asphalt unter den Füßen hatte. Die Nachtluft strich so sanft über sein Gesicht, wie er es noch nie verspürt hatte, und er nahm es auch nicht bewusst wahr. Der Flughafen war klein, menschenleer und dunkel. Die Schritte der müde hintereinander herschreitenden Passagiere hallten durch Korridore und Wartesäle. Wenn ein Mensch weiß, dass er ein weltweit gesuchter und mit Gefängnis, vielleicht sogar dem elektrischen Stuhl bedrohter Flüchtiger ist, wird er sich wie ein ebensolcher verhalten und damit den Argwohn anderer auf sich ziehen. Mit konsequenter Autosuggestion kannst du dich formen, als wärest du aus Töpferton, und zu dem Menschen werden, der du sein willst, schrieb Reverend Xavier von Koss in seinem *Handbuch zur Hypnose*.

Das angedeutete Lächeln kroch in sein Gesicht, in die Mundwinkel, als er vor der Passkontrolle stehen blieb. Wenn du den Namen, den du gewählt hast, ganz natürlich aussprichst, wird keiner argwöhnen, dass er falsch ist; wenn du ihn aussprichst wie einer, der noch nie einen erfundenen Namen hatte, sich noch nie eine neue Identität hat zulegen müssen. Still sagte er sich seinen jetzigen Namen vor, versuchte, die anderen weitgehend zu vergessen, die Möglichkeit auszuschalten, dass einer von ihnen unbedacht über seine Lippen kam. Er sagte ihn sich laut und in verschiedenen Tonlagen vor, um sich an ihn zu gewöhnen.

Ramon George Sneyd. Er hatte den Namen in der Stadtbibliothek von Toronto gefunden, als er dort in einer Zeitung von 1932 das Geburtenregister las. Er sprach den Namen vor dem Spiegel aus und achtete dabei auf die Bewegungen seiner Lippen, bemüht, den Klang so gut wie möglich mit seinem Gesichtsausdruck abzustimmen. Leute, die sich immer so nennen, wie sie wirklich heißen, wissen nicht, wie schwierig es ist, einen falschen Namen auszuwählen. Sie benutzen ihr Leben lang denselben Namen und glauben, er gehöre zu ihnen wie das Gesicht oder die Hände. Genauso könnte man ihn einem dieser Romanhelden geben. Man liest ihn und merkt, dass er nicht stimmen kann, ein lächerlicher Name, wie kein Mensch ihn trägt. Die Namen in den James-Bond-Romanen waren die besten. Zwei New Yorker Killer, die immer zusammen auftreten, heißen Sluggsy und Horror. Sluggsy Morant, Sol »Horror« Horowitz. Er sucht nach Namen, und wenn er einen findet, der ihn überzeugt, versucht er, ihn im Gedächtnis zu behalten, doch besser ist es, ihn gleich aufzuschreiben.

Den Nachnamen Starvo hat er möglicherweise aus einem James-Bond-Roman, Stavro. Die besten Namen findet man auf Grabsteinen. Der Friedhof ist eine Fundgrube für sichere Namen. Ebenso die Namenslisten der Neugeborenen und kürzlich Verstorbenen in einer Kleinstadtzeitung. Ein guter Name kann auch der einer Stadt sein, durch die man fährt, ohne dort zu übernachten, nur einen Moment lang ist der Name im Scheinwerferlicht sichtbar und verschwindet dann für immer in der Dunkelheit. Ein Name, den man findet, wenn man aufs Geratewohl ein Telefonbuch aufschlägt oder im Kleinanzeigenteil einer Zeitung. Namen, die man in einem Film hört oder im Abspann liest, während man sich nur widerwillig ans Licht gewöhnt und aus dem Sessel erhebt, in einem dieser Tag und Nacht geöffneten Kinos, Zuflucht von Betrunkenen, Verrückten und Wohnsitzlosen, die mit offenem Mund schnarchen, nach muffiger Kleidung und gescheiterter Existenz riechen, Kunden von Pfandhäusern und Schnapsläden, Gäste von Nachtasylen, in denen es auf den Toiletten nicht einmal Klopapier gibt. John Willard ist ein guter Name. Harvey Lowmeyer. John Larry Raynes. Paul Edward Bridgman. Galt, Eric S. Galt, Eric Starvo Galt.

Er verbirgt sich zwischen dem menschlichen Abschaum dieser Viertel, gehört aber nicht dazu. Mit seinem Anzug, seiner Krawatte und seinen Krokodillederschuhen geht er über Bürgersteige, auf denen die Betrunkenen in der Sonne liegen und schlafen. Tadellos gekleidet hatte er morgens um acht ein Gästehaus verlassen, in dem Kakerlaken über den Nachttisch krabbelten, überall Müll herumlag und auf den Fluren Flecken von Erbrochenem zu sehen waren. Wenn er ohne Rast gefahren ist und im Auto übernachten muss, wäscht er sich morgens gewissenhaft in den beengten Toiletten der Tankstellen. Manchmal fährt er drei Tage am Stück und hält nur an, um etwas zu essen zu kaufen, auf die Toilette zu gehen oder auf einer Nebenstraße maximal ein Stündchen zu schlafen. Den Namen Eric S. Galt vermisst er ebenso wie den weißen 66er Mustang, mit dem er vierundzwanzigtausend Kilometer unterwegs war, ein nicht mehr ganz weißes Modell, jetzt gelblich weiß, am Kühler ein silbernes Schild mit einem galoppierenden Wildpferd, mit glänzenden Radkappen und roten Ledersitzen. Er trat aufs Gaspedal, und der Mustang ging ab wie ein übermütiges Fohlen, die sportliche Schnauze gefletschten Zähnen gleich.

Im Bad eines Motelzimmers hat er sein einziges Paar Wechselunterwäsche die ganze Nacht lang eingeweicht, am nächsten Morgen gewaschen und zum Trocknen aufgehängt. Wenn du nach draußen gehst, kann es sein, dass der Mann am Empfang dich mit dem Namen ruft, den du ins Anmelderegister eingetragen hast, und wenn du nicht aufpasst, gehst du einfach weiter, weil du dich nicht an den Namen erinnerst und nicht weißt, dass du gemeint bist. Du kannst dich nicht Smith oder Brown oder Jones nennen, weil du, würdest du ganz normal nach deinem Namen gefragt, jedes Mal aufs Neue ratlos wärst.

Man braucht einen ungewöhnlichen, aber nicht ausgefallenen Namen. Man benötigt Konzentration und mentale Disziplin, damit der Name so bald wie möglich Teil von einem wird, und man muss eine einfache Unterschrift einüben. Reverend von Koss versichert in seinem Buch, dass wir nur zehn Prozent unserer Gehirnkapazität nutzen. Bei den Intelligenztests, den die Psychologen im Gefängnis mit ihm durchführten, erreichte er immer eine überdurchschnittliche Punktzahl. Nicht viel, aber doch. Die Lehrerin in der Grundschule behandelte ihn, als sei er geistig zurückgeblieben, doch der Geschichtslehrer in der Oberstufe bemerkte seine Vorliebe für Landkarten und Zeitungen und schenkte ihm einen Schulatlas.

Hat man sich einmal für einen Namen entschieden, muss man ihn sich so oft vorsagen wie die Katholiken die Rosenkranzgesätze. Muss an den Rändern der Zeitungsseiten immer wieder die Unterschrift üben und dann das Blatt in kleine Stücke zerreißen. Seine Mutter hatte den Atlas verkauft oder hatte ihn dem Typen im Schnapsladen im Gegenzug für eine Flasche billigen Wein gegeben. Man muss sich frisch rasiert vor dem Spiegel aufstellen, die Wangen mit Aftershave besprüht, und den Namen mit verschiedenen Betonungen für unterschiedliche Situationen aussprechen, muss ihn, ohne zu zögern, buchstabieren können, was noch wichtiger ist. Im Gefängnis nannte ihn ein Zellengenosse spöttisch, aber auch ein bisschen bewundernd, »den Denker«, da er ihn immer nur lesen sah. Handbücher über Yoga, Wörterbücher, Broschüren über Hypnose, Romane, Zeitschriften, Bücher über Fotografie, illustrierte Anleitungen zu Gymnastikübungen. Selbsthypnose ist das Geheimnis des Erfolgs. Galt: ge, a, el, te. Sneyd: es, en, e, ypsilon, de. Wenn nötig, muss man von einem Namen zum anderen springen können, von einem Pass zum anderen, von einem ganzen Leben zu einem völlig anderen, einem anderen Geburtsdatum, einem anderen Wohnort, sogar einem anderen Land, zu anderen fiktiven Berufen, anderen Eltern. Wenn man ihn nach seinen Eltern fragte und er um eine Antwort nicht herumkam, sagte er, sie seien schon vor langer Zeit gestorben.

Dem Flughafenangestellten in Lissabon sagte er, er sei Manager einer internationalen Leihwagenfirma. Die Firma, für die James Bond angeblich arbeitete, hieß Universal Exports. Der Flughafenangestellte hatte ein verknittertes Uniformhemd an, hatte einen Bartschatten ums Kinn und seine Augen waren sehr dunkel. Er hieß Antonio Rocha Fama. Das ist ein guter Name, der sich anhört, als wäre er erfunden. Er könnte sich konzentrieren und ihm hypnotisierende Wellen schicken, damit er den falsch geschriebenen Namen übersieht, diesen einen Buchstaben, der sich gegen ihn verschworen hatte. Das Erste, was man beim Hypnosetraining lernt, ist, nicht zu blinzeln. Ein einziger Wimpernschlag im falschen Moment reicht aus, damit die schon fast hypnotisierte Person aus der Trance erwacht. Neben der Reihe der eben Angekommenen wischte eine müde aussehende schwarze Putzfrau den Boden und schob dabei einen Eimer mit schmutzigem Wasser vor sich her. Seltsam, dass es auch in Portugal Neger gab. Er hatte geglaubt, Portugal sei wie Mexiko, dort gäbe es Leute, die wie Indios aussähen, aber keine Neger. In London hatte es Neger gegeben, die Koffer schleppten und die Toiletten im Flughafen säuberten. In einer Bar hatte einer ganz selbstverständlich zwischen zwei Weißen gesessen und getrunken. Der Beamte bemerkte den falsch geschriebenen Namen. Aber er war schläfrig und müde zu dieser Unzeit im einsamen Flughafengebäude, in der Stille, so müde wie die Putzfrau, die mit dem Fuß den Eimer vor sich herstieß und sich auf den Wischmopp stützte, um den Kopf einen roten Fetzen Stoff. Als wäre sie noch in Afrika. Er zog den Umschlag mit der Urkunde hervor, beflissen wie beim ersten Mal, verdrossen, ein kanadischer Staatsbürger, der nichts zu befürchten hat, ein Geschäftsmann oder Unternehmer auf Geschäftsreise. Der Beamte fuhr sich mit der Hand durch die widerspenstigen Locken und gab ihm den Pass zurück. »Besser, Sie lassen das in der Botschaft in Ordnung bringen, bevor Sie wieder fliegen«, sagte er mit geröteten Augen und blass vor Übermüdung, selbst erleichtert darüber, den anderen ziehen lassen zu können.

Jenseits des Taxifensters war Lissabon eine Stadt, so menschenleer wie der Flughafen. Die Reifen holperten über Kopfsteinpflaster. Er sah Villen mit Gärten im Dunkeln, abblätternde Mauern im Scheinwerferlicht, Gebäude mit vielen Balkonen und Fenstern, die unbewohnt aussahen, doch manchmal brannte hinter den Gardinen eines einzelnen Zimmers eine Lampe. Die Lichtkegel der Scheinwerfer bohrten sich durch Baumreihen, strichen über Treppen von Palästen, Ruinengrundstücke mit Baggern und Kränen, mit Metallplatten abgedeckte Baugruben.

Zu einer Tageszeit durch eine Stadt zu fahren, in der alles geschlossen und kein Mensch auf der Straße war, glich einer Geheimfahrt im Schutz der Nacht. In Spionageromanen mochte er immer den Moment, wenn der Agent in die fremde Stadt kommt, in der er seinen Auftrag zu erfüllen hat.

Einmal hatte er wartend bis spät nachts am Rand eines Dorfes ausgeharrt. Er hatte sich in einer Eisenbahnbaracke versteckt und durch ein schmales Fensterchen auf die Hauptstraße gespäht, so gut wie die einzige Straße, die sich nach und nach leerte, auf der jetzt keine Autos mehr fuhren. Vom Kirchturm, möglicherweise auch vom Turm des Justizgebäudes schlug eine Glocke Mitternacht. Er hatte seit zwei Tagen nichts gegessen und seit fünf Tagen seine Schuhe nicht mehr ausgezogen. Von seinem Versteck aus sah er die beleuchtete Straßenecke und die Leuchtreklame einer Cafeteria. Sie verkündete mit pulsenden

Neonblitzen, dass sie vierundzwanzig Stunden geöffnet war. Er war der Flüchtige gewesen, der sich wie ein wildes Tier am Wegrand geduckt und Wasser aus Pfützen getrunken hatte und war jetzt der kanadische Geschäftsmann auf dem Rücksitz eines Taxis in einer nächtlichen Stadt, die wie ausgestorben war: Lissabon. Ein Spion in geheimer Mission in einem fremden Land. In dem Roman *Der 9. Befehl*, der sich auch in seinem Gepäck fand, als er verhaftet wurde, reist Spezialagent Quiller nach Bangkok auf der Suche nach einem Mörder, der einen Mordanschlag auf ein Mitglied der königlichen Familie plant, die sich auf Staatsbesuch in Thailand befindet. Quiller ist ein zynischer Einzelgänger, doch seine Vorgesetzten wissen, dass sich keiner so unauffällig durch Bangkoks Unterwelt bewegt wie er. Im Rückspiegel sah er seine Augen auf unbehagliche Weise mit dem fragenden Blick des Taxifahrers im Lichtschein des Armaturenbretts konfrontiert.

Der Psychokybernetik zufolge ist das menschliche Gehirn ein Computer, der nur nach den Programmen arbeitet, die in ihm installiert worden sind. Alle Dinge, die zu erledigen sind, müssen in die Vorstellungswelt projiziert werden wie auf einen Bildschirm, auf dem jedes Detail seinen exakten Platz hat und jedes einzelne Berücksichtigung findet. Der Erfolg ist auf dieselbe Weise zu programmieren, wie viel zu oft der Misserfolg programmiert wird.

Das Taxi hielt vor einer roten Ampel, und er sah sich seinen Revolver ziehen und dem Taxifahrer ins Genick drücken, der in seiner unverständlichen öligen Sprache ohne Unterlass auf ihn einredete, lästig wie Lebertran. Für den Bruchteil einer Sekunde sah er die ganze Szene vor sich, und ebenso schnell verwarf er sie wieder. Wo sollte er nach dem Überfall hin, mit seinem Koffer und der Reisetasche, in einer fremden Stadt? Und wie viel Geld konnte er schon bei sich haben, dieser Taxifahrer mit der schiefen Kappe auf dem Kopf und seiner Bauernvisage, mit diesem alten Auto, das wie ein Klapperkasten über das Kopfsteinpflaster der immer schmaler werdenden Straßen holperte. Gestenreich und mit einigen Brocken Englisch hatte er ihm versichert, er werde ihn zu einem guten, preiswerten, ruhigen Hotel in guter Lage fahren. Wie alle Taxifahrer sah er aus wie ein Dieb und Betrüger. Das umso mehr noch, als er breit grinsend ausstieg und sagte, sie seien am Ziel.

Die Straße war kurz und nach beiden Seiten offen. Ein Journalist des *Life Magazine* schrieb ein paar Wochen später, sie habe nach Kohle und gebratenen Hähnchen gerochen. Das einzige Licht, das außer den beiden funzeligen Laternen an den Ecken auf die Straße fiel, war das aus der Halle des Hotels. *Hotel Portugal*, Rua João das Regras, No. 4. Er zögerte einen Moment an der Drehtür, bevor er eintrat. Das Gebäude hatte ganz offensichtlich bessere Zeiten gesehen, und die Straße war erbärmlich; vielleicht versuchte man, ihn hereinzulegen, einen Touristen, dem man leicht das Geld abknöpfen kann. Er drückte gegen die Tür, und da er übermüdet war, überkam ihn ein leichtes Schwindelgefühl und er fürchtete, mit seinem Koffer in der Drehtür stecken zu bleiben. Im Vestibül hing ein ranziger Geruch von altem Teppich und Staub, und das Licht war gedämpft wie in einem Aquarium. Er zuckte zurück, als ein Hotelboy ihm den Koffer aus der Hand nehmen wollte. Er hatte ihn nicht herankommen sehen. Du kannst noch so wachsam sein, es gibt immer jemand, der dir unbemerkt nahe kommt. Mit viel Übung kann man telepathische Kräfte entwickeln, mit denen man einen Angriff Sekunden vor seinem Stattfinden erkennen kann. In geheimen Regierungslaboratorien forschen sie nach Techniken, sich unsichtbar zu machen. Lee Harvey Oswald ermordete Kennedy in einer Art Trance, in die ihn die Hypnoseabteilung der CIA versetzt hatte. Er umklammerte den Koffergriff mit seiner bleichen Hand, und unter der angespannten Haut traten deutlich die Handknöchel hervor. Vielleicht griff er auch nach seinem Revolver, wenngleich es schwierig gewesen sein dürfte, ihn aus der Gesäßtasche seiner Hose zu ziehen, wo er doch einen Mantel anhatte. Ein Schulterhalfter wäre gut. Bevor er zu einem Treffen ging, bei dem Sex lockte und Gefahr lauerte, betrachtete Bond sich im Spiegel, um zu überprüfen, ob die Pistole unauffällig unter dem maßgeschneiderten und perfekt sitzenden Jackett verborgen war. James Bond hält sich in Form, obwohl er im Schnitt sechzig Zigaretten am Tag raucht. Der Mantel von Ramon George Sneyd trug im Futter das Etikett eines Geschäfts in Toronto. Keiner der Angestellten erinnerte sich später daran, ihm den Mantel verkauft zu haben. Die besten Maßanzüge der Welt wurden in London von den Schneidern in der Savile Row gemacht. Seinen eigenen hatte er im vorigen Sommer bei einer Schneiderei in Montreal in Auftrag gegeben, in Andy's Men Shop. Es war das erste Mal in seinem Leben, dass er einen Anzug besaß. Der Mann an der Rezeption des *Hotel Portugal* sah ihn lächelnd an. Die Jacke seiner Uniform schien aus dem vergangenen Jahrhundert zu stammen, genau wie das ganze Hotel. Sein Gesicht war von Müdigkeit gezeichnet, denn es war zwei Uhr morgens. Lissabon war eine nächtliche Stadt, nur bewohnt von einigen Schlaflosen.

Es gibt Dinge, die man weiß, und Dinge, die man nie erfahren wird. Der Name des Mannes an der Rezeption war Gentil Soares. Damals war er jung. Möglicherweise lebt er noch. Jedenfalls war er das 2006, als ihn ein portugiesischer Journalist – Vladimiro Nunes – interviewte. Er sagte, der Mann habe beim Sprechen zu Boden geschaut oder auch das Gesicht etwas zur Seite gedreht und sein Englisch habe er schlecht verstanden, weil er leise gesprochen und die Zähne nicht auseinandergekriegt habe. Er sagte, manchmal habe er ganze Tage im Zimmer verbracht und dann wieder sei er früh aus dem Haus gegangen und spät abends zurückgekommen oder sogar erst in den Morgenstunden.

In der Nacht seiner Ankunft trug er dieselbe Brille wie auf dem Passfoto, doch in den darauffolgenden Tagen trug er sie nie mehr oder ging mit Sonnenbrille nach draußen. Er war sehr blass und sah erschöpft und gleichzeitig wachsam aus, nervös und übermüdet. Als der Rezeptionist ihn fragte, wie viele Tage er in Lissabon zu bleiben gedenke, sagte er, er habe einen Vertrag als Chefmaschinist auf einem Schiff, es sei aber noch nicht klar, wann es ablege. Auf dem Weg zum Fahrstuhl nahm er von einem Tischchen eine englische Zeitung mit, die ein anderer Gast dort aufgeschlagen hatte liegen lassen. Dem Boy, der ihm den Koffer nach oben trug, gab er kein Trinkgeld.

Das Zimmer No. 2 lag im ersten Stock. Er trat auf den Balkon hinaus, und obwohl die Straße darunter nur schmal war, drang ihm Meeresluft in die Nase, vermischt allerdings mit dem deutlich näheren Geruch von Abwasser und Urin. Von unten an der Straßenecke hörte er eine leise Unterhaltung, ein Lachen. Im Schatten eines Hauseingangs hielt eine Frau ihre Zigarette dem Feuerzeug entgegen, das ein Mann ihr reichte. In der Zwei-Uhrdreißig-Stille des frühen Morgen hörte er das Nebelhorn eines Schiffes. Er sank aufs Bett, ohne sich die Schnürsenkel seiner Schuhe aufzubinden. Er wusste nicht mehr, seit wann er sie nicht mehr ausgezogen hatte. Es würde ihm auch schwerfallen mit seinen geschwollenen Füßen. Wenigstens hätten sie keine Blasen und würden nicht bluten, wenn er die Schuhe herunterbekäme. Er fiel in den Schlaf wie in einen dunklen Schacht. Er wachte mit dem Gefühl auf, viel zu lange geschlafen zu haben, eine ganze Nacht und einen ganzen Tag, und als wäre jetzt wieder Nacht, und während er geschlafen hatte, wäre etwas Unabänderliches passiert. Er erwachte aus einem Traum, in dem er in einer engen Zelle kauerte oder sich in einer Röhre versteckt hielt und zu ersticken drohte. Er war von der Erschütterung einer vorbeifahrenden U-Bahn aufgewacht, die die Kette der Nachttischlampe hatte klimpern lassen. Er schaute auf seine Uhr, und es war erst eine Stunde vergangen, seit ihm die Augen zugefallen waren. Er wusste nicht, dass Transatlantikflüge das Schlafgefühl durcheinanderbringen. In keiner der zehn Nächte, die er in Lissabon verbrachte, schlief er gut. Er spürte die Erschütterungen der U-Bahnen im nahen Tunnel und musste an die endlosen Güterzüge denken, die er in seiner Schlaflosigkeit in der Gefängniszelle gehört hatte.

5

Ich hatte noch nie in solch einem Zustand hellwacher Trance geschrieben. Gelöst von fast allen ihren Bindungen an die tristen Wirklichkeitserlebnisse, aus denen sie hervorgegangen war, fand die Geschichte jetzt gegen meinen Willen zu ihrer Gestalt, so wie Erlebtes und Fantastisches ganz von allein im Verlauf eines Traums zusammenfinden.

Um Granada auszulöschen, schrieb ich Madrid, schrieb ich San Sebastián, schrieb ich Lissabon. Bei diesen Namen leuchtete eine Reihe von Bildern und visuellen Echos auf. Ich schrieb Namen von Figuren und Örtlichkeiten nieder, und jeder trug schon den Kern seiner eigenen Geschichte in sich sowie die halb sichtbaren und halb unsichtbaren Fäden, die sie miteinander verbanden. Einen einzigen Namen, den des Erzählers des Romans, gab es noch nicht, was aber nichts ausmachte. Keinen Namen zu haben war wie kein Gesicht, kein eigenes Leben zu haben. Er wäre allein das, was er beobachtete. Leben würde er nur in dem Maße, wie er dem Leben der anderen beiwohnte und darüber berichtete. Er war aus dem Nick Carraway von Scott Fitzgerald entstanden, doch da wusste ich noch nicht, dass Nick Carraway von Joseph Conrads Marlow inspiriert war.

Ausgerechnet der, der die Geschichte erzählt, hat keinen Platz in ihr. Er ist eine Kamera, ein unsichtbarer Mensch. Er ist die Kamera, die in Robert Montgomerys Film die Perspektive des Detektivs Philip Marlowe einnimmt. Er ist der Leser oder Kinogänger, der ganz in den geschriebenen Seiten oder im Dämmerlicht eines Kinosaals aufgeht. Du gehst ins Kino, um dein Leben aufzugeben. Sind da noch andere, verschwindet dein Schatten zwischen gleichartigen Schatten, löst sich auf, da alle zur selben Zeit das Gleiche sehen und hören wie du selbst. Sind keine anderen da, verfügst du über den Luxus eines ganzen Kinos nur für dich, so wie allein dir und niemand sonst das Buch gehört, das du gerade liest. Ich hatte mir meine Bildung oder geistige Missbildung in jenen Kinos von Granada angeeignet, die Filme in Originalversion zeigten. Im Kino *Príncipe* und im *Alhambra-Kino*, beide in unmittelbarer Nachbarschaft zueinander, eines auf dem Campo del Príncipe und das andere in der Calle Molinos. In ihnen tauchte ich ein wie ein Taucher in Tiefen, die, obwohl nur wenige Meter vom Festland entfernt, eine Welt, befremdlicher als die Oberfläche des Mondes, eröffnen. So habe ich immer schon in Dinge und Orte eintauchen wollen, die mir gefallen, in Städte, in die ich komme, in Sprachen, die ich lernen möchte, wobei ich mühelos alle familiären Bande, mein Leben und meine Heimatstadt, mein Land und meinen Namen hinter mir lassen kann.

Vielleicht handelt es sich um dieselbe Fähigkeit zur Wirklichkeitsflucht, wie man sie beim kindlichen Spiel und So-tun-als-ob beobachten kann; ein Verlassen des Unmittelbaren, durch das jedoch die Realitätswahrnehmung nicht getrübt wird. Sie wird nur suspendiert, derweil die Intelligenz imaginativ andere Möglichkeiten erkundet, fremde Identitäten ausprobiert, sich in vielversprechende oder bedrohliche Welten entführen lässt, die nicht existent oder unzugänglich sind. Ich merkte allerdings nicht, dass meiner Flucht nach innen ein Ansatz von Erbitterung innewohnte. Ich war kein Kind und kein Jugendlicher mehr, und dennoch spielte ich Verstecken; aber mit einem höheren Einsatz, denn das Gewicht der Verantwortung, die jetzt auf mir lastete, war ungleich schwerer, die Falle viel enger, in die ich mich aus Unachtsamkeit, aus Willensschwäche oder mangels Mut begeben hatte, hatte ich doch, narkotisiert von meinen Träumereien und daran gewöhnt, mich in sie zurückzuziehen wie ein Opiumraucher, der das Tageslicht nicht mehr ertragen kann, weder Augen für mich selbst noch für meine nähere Umgebung.

Penibel und geduldig arbeitete ich wie ein Häftling in seiner Zelle illusorische Pläne aus, die mir helfen sollten, mein Leben radikal zu ändern. Unterdessen rief mich in der übel beleumdeten Wirklichkeit eines Morgens meine Frau an und teilte mir mit, dass wir ein weiteres Kind bekämen. Ich war fantastischerweise der Pianist meines Romans und schrieb ihm all jene Eigenschaften zu, die ich selbst gern gehabt hätte, obwohl sie – wie das musikalische Talent – unerreichbar für mich waren, oder die im eigenen Leben zu verwirklichen ich nicht gewusst oder gewagt hatte: ungebundene Freiheit; die Geschmeidigkeit, sich zwischen Ländern und Sprachen zu bewegen; die volle und einsame Hingabe an eine Berufung.

Zugleich war ich der weniger strahlende namenlose Erzähler, der nur zuschaut, nicht agiert und nur vertretungsweise lebendig ist, der voller Neid die Leidenschaften der anderen beobachtet, von denen er aus einem unbekannten Grund ausgeschlossen bleibt, und nicht die objektive Kamera, die meine Kinobegeisterung mir einredete. Niemand ist nur ein Blick oder eine Kamera. So untauglich ich sowohl für die Ehe als auch für flüchtige Liebeleien war, so wenig taugte ich auch für Verwaltungsarbeit, Familienleben und methodische Besäufnisse in nächtlichen Bars und stürzte mich folglich in eine Art innere Erstarrung, die fast ausschließlich von Fiktionen lebte: solchen, die ich selbst erfand, und denen, die mir im Kino, in Liedern und Literatur begegneten.

Der Alkohol wurde zu einem tückischen Verbündeten. Trinken schien damals ein Teil der literarischen Tätigkeit zu sein, ein Weg zur Entlastung und Erleuchtung. Die großen Schriftsteller tranken oder hatten bis zum Umfallen getrunken. Alle Leinwandhelden tranken und rauchten. Jazzmusiker waren heroin- oder alkoholabhängig oder beides, wie Charlie Parker. Billie Holiday hielt sich zuletzt nur noch mühsam auf den Beinen und sang mit der teigigen Stimme von Betrunkenen. Edgar Allan Poe, Baudelaire, Paul Verlaine: zu Lebzeiten eingelegt in Absinth; William Faulkner in Bourbon; Malcolm Lowry, der sich dem Gin und dem Mezcal opferte; Carson McCullers mit seinem bleichen Gesicht und den blutunterlaufenen Augen; Marguerite Duras, vom Alkohol aufgeschwemmt wie eine Kröte oder ein aufgeblasener Schlauch; Raymond Chandler, Ernest Hemingway, Dashiell Hammett, die Besten der Besten, die Aristokratie der Literatur und des Delirium tremens. In Granada hatten wir unseren eigenen Olymp legendärer Trinker, prophetischer Trunkenbolde, die nach Mitternacht wie Schatten umherschlichen, bekannte oder unbekannte Säufer, berühmte Professoren, Dichter, entgleiste Bohemiens, die den Zug der Generationen verpasst hatten, alten Freunden auf die Nerven gingen, sie um Geld oder eine Zigarette anbettelten und ihnen ihren sauren Schnapsatem ins Gesicht bliesen. Es war, als wäre etwas Heiliges oder Erschreckendes an diesen Betrunkenen im Endstadium, eine Aufopferung, ein radikaler Abfall von der Normalität. An den Bartresen drängten sich im Tabakdunst und Stimmengewirr die Literaten, fuchtelten mit Gläsern und Zigaretten in den Händen, und der Alkohol leerte, je weiter die Nacht fortschritt, über sie ein Füllhorn aus voll seliger Verbrüderung, extremer Geistesschärfe und Gelehrsamkeit, ästhetischem Wagemut und politischem Draufgängertum. Niemand würde etwas Originelles oder Denkwürdiges zustande bringen, wenn er nicht bereit war, den Preis dafür zu zahlen, seine Gesundheit und seinen Verstand einzusetzen für eine dieser süßesten und saftigsten Früchte, die einzig am Rand des Wahnsinns oder vielleicht sogar des Selbstmords gediehen.

Wenn die Nacht in den Morgen überging, musste man Lou Reed, Rimbaud, Jimi Hendrix, Antonin Artaud, Alejandra Pizarnik, Chet Baker, Scott Fitzgerald sein. Dichter aus Barcelona oder

Madrid zogen durch die Stadt und versorgten sie mit Legenden von Besäufnissen und sexuellen Ausschweifungen, die immer nur am Ende einer langen Nacht stattfanden. Mich beeindruckte die Antwort, die Humphrey Bogart in *Casablanca* gibt, als er gefragt wird, welches seine Nationalität sei: »Betrunken«. Nach der Sperrstunde sitzt Rick Blaine im Halbdunkel seiner leeren Bar und trinkt eine ganze Flasche Bourbon. Neben der Flasche steht nur noch ein Glas auf dem Tisch, ein Aschenbecher, und daneben liegt eine Schachtel Zigaretten. Dann geht vor ihm eine Tür auf, und in ihrem hellen Rechteck erscheint wie ein Trugbild des Alkohols oder der Erinnerung die hohe Gestalt Ingrid Bergmans. Wer hätte nicht an einem solchen Ort, in diesem Zauberreich, leben mögen.

Ich hatte noch nie Bourbon getrunken, so wie ich auch nie in Lissabon und so gut wie sonst nirgends gewesen war und nicht in Hotels gewohnt hatte; aber es war das Getränk, das meine Figuren pausenlos tranken. Hin und wieder hatte ich mal getrunken und das auch nur gedankenlos. Doch damals fing ich an, regelmäßiger zu trinken, manchmal in Gesellschaft, andere Male allein, um mir Mut anzutrinken, wenn es ans Schreiben ging. Ingrid Bergman war eine Ikone; aber die Flasche, Zigaretten und Aschenbecher konnte jeder haben. Ich begann zu trinken, und bald schon stellte sich eine befreiende Erregung ein, eine Erwartung. Die Bar war gastlich, und dazu trugen das Dämmerlicht bei, der Qualm, der Lärm der Leute, die Musik, die Herzlichkeit der Freunde, die Hitzigkeit der Gespräche, die Lockungen der Frauen, ob bekannt oder unbekannt, die Blicke, die man am Tresen miteinander wechselte. Wieder draußen, auf dem Weg zu einer anderen Bar, war die nächtliche Stadt wie ein großes Versprechen, ein Abgrund, ein Rätsel. In dieser Zeit ohne Mobiltelefone und sonstiger elektronischer Kommunikation konnte man Stunden mit der Suche nach jemand verbringen, ohne ihn zu finden, und je mehr man suchte, umso mehr Gespenster erblickte man in der Ferne oder von hinten und umso dringender wurde das Verlangen. Es gab aber auch unverhoffte Begegnungen, wenn man um eine Straßenecke bog, plötzliche Zusammentreffen, die Schicksalsschlägen glichen.

Das Schicksal dieser Nacht und des ganzen Lebens hing davon ab, ob man die eine Straße oder eine andere nahm, ob man die paar Minuten, nachdem man stundenlang vergebens gewartet hatte, noch in der Bar blieb, bis das ersehnte Gesicht draußen vor der Fensterscheibe auftauchte. *Oh, show me the way to the next whisky bar,* heißt es im hämmernden Totentanz des Liedes von Kurt Weill und Brecht. Die nächste Bar, der nächste Drink, die nächste Zigarette, so schnell vorbei, daher gleich noch einmal, ein paar Minuten noch, ein Stündchen, als könnte die Nacht sich dehnen und das Morgengrauen nach hinten verschoben werden, der Schimpf und die Strafe des Tageslichts.

Manchmal ging ich zu einer vernünftigen Zeit; aber nicht aus Vernunft, sondern aus Mutlosigkeit, aus trauriger Überzeugung, nicht den Schneid zu haben, mich mit Haut und Haar dem großen Wirbelwind des Lebens auszusetzen, und dass dies mir auch den Zugang zum Erfahren der Liebe und zur Meisterschaft im Schreiben verwehrte. Dann wieder trank ich, bis ich nicht mehr gehen konnte und nicht mehr wusste, was ich tat, bis zu dem Punkt, an dem ein Unbekannter, der in mir verborgen gewesen war, hervorzutreten und sich meines Willens zu bemächtigen schien, der mich durch dunkle Straßen und um Hausecken stolpern ließ, wo ich stehen bleiben musste, um nicht umzufallen oder mich zu erbrechen.

Auf dem Heimweg verlief ich mich in einer sich drehenden Stadt, in der ich meine Schritte hörte, als wären es die eines anderen, des Unbekannten, der sich meiner bemächtigt hatte und mir Dinge ins Ohr raunte, die in Wirklichkeit ich selber stammelte. Ich ging zu Fuß nach Hause und verirrte mich oder setzte mich – zitternd vor Kälte in diesen Granadiner Nächten – auf einem der Plätze mit einem Springbrunnen, in dem das Wasser plätscherte, auf eine Bank. Oder ich saß zusammengesunken im Fond eines Taxis, bei offenem Fenster, damit mir der Wind ins Gesicht wehte, und betrachtete die vorüberziehende Stadt, welche jene, die nur tagsüber leben, nie zu sehen bekommen, die Stadt der Gespenster und der letzten Trinker, die der ersten Lichter, die bei Tagesanbruch in dunklen Gebäuden angehen. Ein paarmal wachte ich auch komplett angekleidet im Bett oder auf dem Sofa auf und wusste nicht, wie und wann ich nach Hause gekommen war, ob mich jemand gebracht hatte. Der Alkohol war eine ätzende Substanz, die ganze Bereiche der Erinnerung fraß. Später, in den verlorenen Stunden des Katers, häuften sich Reue, Furcht und die Scham über etwas, von dem ich nicht mehr wusste, was es war.

Die Normalität des Alltags half mir, wieder auf die Beine zu kommen. Mir wurde übel vom strengen Geruch des Alkohols in den verschwitzten Bettlaken und beim ersten Pinkeln nach dem Aufstehen. Ich heilte mich mit Schreiben. Ich erfand meine Geschichte beziehungsweise sah sie in meiner Fantasie ihren Lauf nehmen, als säße ich allein in einem Kinosaal. Ich arbeitete keine Handlung aus: Ich sah einzelne Bilder, gleich den Fotos, die neben den Kassenhäuschen der Kinos hingen, als ich klein war; Szenenbilder, die einen lockten, sich den Film anzusehen, und wenn man das nicht konnte, ihn sich zumindest vorzustellen oder sich aufgrund der Fotos draußen zusammenzufantasieren.

Ich sah von hinten einen Mann auf den Straßen, als alle Bars schon geschlossen hatten.

Auf der Uferpromenade von San Sebastián sah ich eine Frau mit Sonnenbrille in einer Bar am Fenster sitzen, den Blick auf die Kantabrische See gerichtet. Ich sah längliche Luftpostbriefe mit blau-weiß-rotem Rand, frankiert mit exotischen Marken.

Ich sah zwei Liebende, die sich nach Jahren der Trennung wieder begegnen und einander nicht erkennen; nur wenige Schritte fehlen noch, um die letzte Distanz zu überwinden, deren Opfer sie geworden sind, und sie wissen es noch nicht. Ich sah eine von einem Revolver ausgebeulte Manteltasche und einen Stadtplan von Lissabon, markiert mit einem Kreuz. Ich erblickte einen lieben Freund aus den Jahren studentischer Armut in Granada, der eine heruntergekommene Bar betrieb, in die niemand einkehrte, und der trotz dieses Pechs das breite Grinsen in seinem runden geröteten Gesicht nicht verlor, das mit seinen leuchtend blauen Augen und lockigen blonden Haaren eher das eines Iren als eines Spaniers war.

Als wir noch zusammenwohnten, band sich mein Freund ab und zu eine alte Soutane, die er aus seiner Seminaristenzeit herübergerettet hatte, als Küchenschürze um. Ich brauchte seine Identität gar nicht zu verändern, um eine literarische Figur aus ihm zu machen: Sie brach gleichsam aus ihm hervor wie ein Jubelschrei, der einzig aus seiner Gegenwart und Rechtschaffenheit bestand, genau wie sein erfundener Name: Floro Bloom. Die Bar, in der mein armer Freund jahrelang seine Gesundheit aufs Spiel setzte und seine wenigen Ersparnisse verlor, war ein baufälliger Schuppen, so einladend wie eine Garage, in einer Art südamerikanischem Stil eingerichtet und gelegen in einem Viertel mit hässlichen Wohnblocks, in denen hauptsächlich Studenten zur Miete wohnten, in der Nähe des Camino de Ronda. Schreiben bedeutete, Figuren und Örtlichkeiten mit dem Zellophan einer illusorischen Schönheit zu umhüllen, sie mit einer fantastischen Geografie zu verwöhnen. Granada war San Sebastián: Eine düstere Straße mit in den Sechzigerjahren als Spekulationsobjekte hochgezogenen Mietskasernen wurde zu einer Strandpromenade; ein tristes Café ohne Gäste war ein Jazzclub, der nächtliche Trinker mit einer Neonleuchtschrift lockte: *Lady Bird*. Ich begann zu schreiben, und die Namen von Figuren und

Örtlichkeiten erstanden vor meinem inneren Auge, Erinnerungen verwandelten sich in Filmszenen oder Titel von Liedern, von denen einige wirklich existierten und andere nicht. Ich wollte, dass meine Geschichte wie ein Film vor den Augen des Lesers ablief. Ich wollte Musik hörbar werden lassen; dieselbe Musik, die mich inspirierte und die sich im Fluss und im Atemrhythmus meiner Worte fand. Die Schrift sollte Musik sein, und die Musik sollte klingen wie in den Filmen, die mich all die Jahre im *Príncipe* und im *Alhambra* verzauberten, eine lichte Legierung von Bildern und den Wörtern in fremder Sprache; aus Italienisch und der Musik von Nino Rota in den Filmen von Fellini; aus Englisch und der Musik von Ennio Morricone in *Es war einmal in Amerika*; aus Französisch und Englisch und der Musik von Gato Barbieri im *Der letzte Tango in Paris*; aus Englisch und all der erstaunlichen Musik der Filme von Stanley Kubrick; aus Französisch und mit Miles Davis im *Fahrstuhl zum Schafott* von Louis Malle; Albéniz und dem Pasodoble *En er mundo* in *Der Süden* von Victor Erice; die Musik und das Kino und die fremden Sprachen und auch das Verlangen, denn viele dieser Filme kamen mit Verspätung zu uns, nach dem Ende der Diktatur, und manchmal zeigten sie im Lichterglanz der Leinwand, was wir im Kino noch nie gesehen hatten – die unglaubliche, niederschmetternde Schönheit nackter Frauen: Dominique Sanda in *Der große Irrtum* und in *1900*; die selbstmörderisch verliebte Japanerin *Im Reich der Sinne*; die nackte Frau mit der Silberperücke, die in *Uhrwerk Orange* durch eine in blaues Licht getauchte Szene läuft, wobei die Synthesizerversion von Purcells *Funeral of Queen Mary* zu hören ist; Marisa Berenson nackt und schmachtend mit verlorenem Blick, als lausche sie der Suite von Händel oder dem *Marche Funèbre* von Schubert, die wiederholt in *Barry Lyndon* gespielt werden, wie zwei Schmerzenslieder, die sich im Laufe des Lebens vereinen; Fanny Ardant in den letzten Filmen von Truffaut; Susan Sarandon, die sich in *Atlantic City* die Brüste mit zwei halben Zitronen einreibt, um den Fischgeruch loszuwerden, und dabei von Burt Lancaster beobachtet wird.

Ich wollte für mein Schreiben eine Phrasierung, eine Erregung wie in der Jazzmusik, ohne dass dieses Wort ein einziges Mal im Roman auftauchte. Fiktiv zu schreiben heißt, die Welt durch die Augen eines anderen zu sehen, sie mit anderen Ohren zu hören. Es ist die Tollkühnheit, zu glauben, man könne herausfinden, was heimlich im Gehirn eines anderen vorgeht, egal wem, eines Mörders, eines Flüchtenden, eines Mannes, der sich im Abendlicht an eine Brüstung lehnt, ein oder zwei Minuten bevor ein Schuss aus einem Gewehr ihm das Kinn zerschmettert, den Hals durchbohrt oder das Rückgrat zerfetzt, eines Musikers, der mit geschlossenen Augen Klavier spielt.

Ich liebte den Jazz; aber ich glaube, noch lieber waren mir die Jazzmusiker. Ich liebte die Musik als solche und auch als ethisches und ästhetisches Modell für das Verfassen von Literatur, ihre Mischung aus Disziplin und Hingabe, aus virtuosem technischem Können und absoluter Kontrolle, aus gleichermaßen Improvisation und Verzückung, Leichtigkeit und Tiefe, Tempo und Verzögerung. So sollte das klingen, was ich schrieb, mit mächtigem Anfangsschub und ohne zu wissen, wohin es ging, manchmal gradlinig und andere Male auf Umwegen, auf denen ich mich zu verlaufen drohte und dann doch unerwartete Schätze fand.

Eine undeutliche Szene, eine Metapher, ein Name. Ich wollte das Wort Firma schreiben, vertippte mich jedoch und hatte Birma geschrieben. Und sogleich kam mir dieser andere herrliche Name Burma in den Sinn mit seiner Verheißung von Reisen in den Orient, seinem Klang von Verzauberung. Der abenteuerlichste und verrückteste Teil meiner Geschichte entsprang diesem Namen wie einem Samenkorn, wie einem Sesam-öffne-dich, der eine Schatzkammer vor mir auftat. Burma war ein handgeschriebenes Wort auf einem Stadtplan von Lissabon; war das Losungswort für die Mitglieder eines Geheimbundes; war der Name, der in roten oder blauen Neonbuchstaben über einer Tür blinkte, die sowohl Zugang zu einem labyrinthischen Hafenbordell als auch zum geheimen Treffpunkt eines Schmugglerrings sein konnte; war der Name eines Musikstücks, in dem der Trompeter nach einem langen Solo das Instrument von den Lippen nahm und mit heiserer Stimme ganz dicht am Mikrofon ein ums andere Mal *Burma, Burma, Burma* murmelte, so wie John Coltrane litaneiartig *A love supreme, a love supreme, a love supreme* flüstert. Im Jazz wird das Thema eines Liedes zu Beginn angespielt und scheint danach in Vergessenheit zu geraten, die Musiker scheinen sich auf den Nebenwegen der Improvisation so weit davon zu entfernen, dass sie es nie wiederfinden werden. Vielleicht klingt hier und da eine einzelne Note wie eine flüchtige Erinnerung an, diese Ahnung von Vergangenem inmitten der Gegenwart, so schnell ersterbend, wie sie aufgekommen ist. Doch dann beruhigte sich all das Ausufernde, die Musik kehrte in ihr Fahrwasser zurück, und wenn das Anfangsthema wiederkehrte, war es keine einfache Repetition, sondern hatte sich durch das dazwischen Geschehene verändert, wie ein Mensch nach einer langen Reise an seinen Ursprungsort zurückkehrt und innerlich verändert ist, die Dinge von früher jetzt mit anderen Augen sieht.

Jazzmusiker faszinierten mich sehr viel mehr als Schriftsteller oder Maler. In meinem provinziellen Granada der Achtzigerjahre waren sie vorüberziehende Kometen, die den strahlenden Glanz anderer Sonnensysteme mitbrachten. Durch meine Arbeit damals sah ich viele der Berühmtesten, die noch am Leben waren, und einige lernte ich kennen. Schriftsteller, selbst die drittklassigen, sonstige Künstler und lokale Möchtegernrockstars neigten gern zu Eitelkeit und Arroganz und gefielen sich im pfauenhaften Gebaren als Genies. Jazzmusiker hingegen verrichteten diszipliniert und entspannt ihre Arbeit. Sie kamen müde von der Reise und den Hotelaufenthalten an und begannen zu spielen, und schon nach ein paar Minuten war man gefangen im unfehlbaren *drive* der Musik. War das Konzert zu Ende, ließen sie ihre Instrumente auf der Bühne zurück und verließen sie müde und erleichtert, wie jemand, der sein Tagewerk vollbracht hat.

Damals konnte ich nicht wissen, dass ich die letzten Zeugen und Überlebenden eines Goldenen Zeitalters erlebte, die mit den Pionieren und den legendären Toten gespielt hatten. Ich sah Dexter Gordon, hochgewachsen und hager wie eine Gestalt aus Picassos blauer Periode. Ich sah Chet Baker mit seinem kleinen, zerfurchten Gesicht und dem nach Art von alten Säufern nach hinten gekämmten fettigen Haar. Miles Davis in roter Lederjacke, das Gesicht hinter einer riesigen Sonnenbrille verborgen, die spinnenartigen Finger über die goldenen Ventile seiner Trompete huschend. Ich sah Art Blakey mit seiner ledernen Haut, schwarz wie Ebenholz, unter den Jupiterlampen schwitzen und seine Echsenzunge zeigen. Ich sah Sonny Stitt, Carmen McRae und Phil Woods mit ihrem akustischen Quintett, nach all den Verstärkerexzessen eine Wohltat; Johnny Griffin, klein und verwegen; Tom Harrell, in Autismus versunken und still wie ein Mönch mit gesenktem Kopf, die Trompete in Händen, auf sein Solo wartend. Ich sah den Schlagzeuger Billy Higgins, der immer spielte, als koste es ihn keinerlei Kraft, und das stets mit einem glücklichen Lächeln im Gesicht. Ich sah Woody Shaw, beinahe blind und sich kaum bewegend wegen der Diabetes, die ihn wenig später umbrachte. Kurz bevor das Konzert begann, kämmte seine Frau ihm hinter der Bühne liebevoll und aufmerksam das grau melierte Kraushaar mit einem kleinen blauen Plastikkamm. Ich sah Paquito D'Rivera, der gerade aus Kuba geflohen war, in schwarzes Leder gekleidet mit Cowboystiefeln auf die Bühne stürmen und sein *All The Things You Are* hinausschmettern. Viele Male sah ich Tete Montoliu, der einer meiner

Helden war mit seinen grünen oder rosa Plastikbrillen, mit seinem seltsamen Blindenlächeln, das Gesicht ein wenig angehoben, als lausche er in die Ferne, den weißen fleischigen Händen mit dem Ehering am Finger, seinen förmlichen Anzügen, wie von einem Büroangestellten oder Textilvertreter, der auf der Bühne und in den komplizierten Labyrinthen hinter dem Vorhang stets ein wenig verloren wirkte, der Schwerfälligkeit, mit der er aufstand oder still am Piano sitzen blieb und den Applaus empfing, die Fingerspitzen einer Hand auf dem Deckel oder am Rand der Tasten. Manchmal ging ich nach einem Konzert mit ihm und anderen Musikern essen. Auch da blieb er eher abwesend, zeigte oft dasselbe statische Lächeln, das er auch aufsetzte, wenn er sich mit Höchstgeschwindigkeit in die Windungen einer Improvisation hineinmanövrierte. Ich bemerkte, wie er alles mit den Fingern berührte, als wolle er es sich mit dem Tastsinn ansehen, das Besteck, den Tellerrand, das Glas. Er strich über die Tischdecke, faltete und strich die Serviette glatt. Die anderen Musiker, die nach der körperlichen Anstrengung und maximalen Konzentration während des Konzerts nun ihr Bier genossen, wischten sich mit dem Handrücken genüsslich den Schaum von den Lippen, streckten die Beine aus und lehnten sich auf ihren Stühlen nach hinten, redeten durcheinander und lachten. Tete dagegen wahrte Haltung in seinem grauen Anzug, mit seiner Krawatte und seinem etwas orientierungslosen Lächeln, die Hände auf der Tischdecke, versunken in diese Jazzerwelt, die sein Leben war und ihm dennoch fremd, und ungewöhnlich in seiner Blindheit und katalanischen Förmlichkeit, unter der er eine Wildheit verbarg, die ganz unerwartet hervorbrechen konnte, sobald er am Klavier saß, ohne Vorwarnung, ohne dass er sich warm spielen musste, jäh, zwingend.

Ich sah Elvin Jones in einem Quartett, in dem seine japanische Frau Piano spielte, winzig neben ihm und unscheinbar im

Vergleich zu seiner gewaltigen Präsenz gleich einem Turm oder Baum. Ich werde das nie vergessen. Elvin Jones, mit muskulösem Nacken und rasiertem Schädel, betrat die Bühne wie einen Boxring mit schwarzen Shorts und einem in der Taille zusammengebundenen Seidenhemd mit einem japanischen Muster aus Vögeln und Bambusstäben. Schwarze Turnschuhe und weiße Socken. Das Hemd über seiner Athletenbrust halb geöffnet. Vom ersten Schlag der Stöcke auf das Fell der Trommeln und vom ersten Schaben der metallenen Besen am Rand der Becken öffnete sich die Stille zum urwüchsigen, geheiligten Raum der Musik von John Coltrane, ihrem religiösen Ernst, ihrer Tiefgründigkeit. Es war eine Sternstunde musikalischer Virtuosität und eine spirituelle Session, denn wenn man die Augen schloss, meinte man, die Toten und die Lebenden und alle Abwesenden stünden gemeinsam auf der Bühne, herbeigerufen und zusammengeführt von der Musik, von Elvin Jones' Schlagzeug und dem Piano, das nach McCoy Tyner klang, jedoch mit einem feinen Hauch von Lakonik. Die Toten hörte man dank der Fähigkeit von Jazzinstrumenten, wie menschliche Stimmen zu klingen: Coltranes Saxofon, Eric Dolphys Sax und Bassklarinette, Jim Garrisons Kontrabass, die drei Toten in der Blüte ihres Lebens, die drei Einzigartigen, Außergewöhnlichen, jeder besessen von einer ganz eigenen Spielart ihres gemeinsamen Fiebers und mit einer Kühnheit musizierend, wie es sie im Jazz bis dahin noch nicht gegeben hatte. Es war das Goldene Zeitalter der frühen Sechzigerjahre, der maximalen Freiheit und dem Bekenntnis zu den Ursprüngen, dem Blues und den Spirituals, den Arbeitsgesängen der Sklaven und den visionären Beschwörungen baptistischer Prediger, zu ästhetischem Radikalismus und politischer Raserei. In dieser Nacht dem Piano und dem Schlagzeug zu lauschen versetzte einen in eine Welt und eine Zeit zurück, die nur noch bruchstückhaft vorhanden waren, auf Schallplatten oder in den Erinnerungen derer, die sie noch erlebt hatten in den Clubs von New York, wo John Coltrane und seine Musiker stundenlang ohne Pause spielten, im *Five Spot*, im *Village Gate*, im *Village Vanguard*, mythische Orte längst, eng wie Höhlen, gewölbte Keller, in die man über schmale Treppen hinabstieg, Katakomben.

Nach und nach blieben die anderen zurück und schwiegen, und Elvin Jones spielte solo. Im Licht der blauen und roten Scheinwerfer glänzte der Schweiß auf seinem rasierten Schädel, seinem Hals und seiner Brust. Er spielte mit geschlossenen Augen und lächelte oder schnitt Grimassen von Verstimmung oder Schmerz. Es war so ein Abend, an dem man sich im Zustand maximaler Aufnahmefähigkeit und Wachheit befindet, das Gehör sich weitet und man das Gefühl hat, jeden Ton einzeln wahrzunehmen und jeden Melodienlauf, jeden Bruch im Rhythmus und jede einzelne Harmonienfolge. Elvin Jones spielte ein minutenlanges Solo, und immer wieder wandelte sich dieser machtvolle musikalische Strom zu ungewohnten rhythmischen Mustern, zu seismischen Trommelgewittern und Sekunden später zu subtilen Klängen wie von Wind oder Regentropfen auf Blättern, einer Polyfonie von Hämmern, Peitschen, Schlagen, ratternden Rädern, rauschenden Wassern und Ekstase auf fellbespannten Bongos bei Tänzen ums Lagerfeuer. Die äußere Zeit, die der Uhren und Stunden, existierte nicht mehr. Es gab nur noch die mit liturgischer Feierlichkeit und in fiebernder Trance zelebrierte Zeit des Schlagzeugs von Elvin Jones, der gegen die atemlose Erwartung des Publikums antrommelte, gleich einem Herzen in der Dunkelkammer eines menschlichen Körpers, gleich sich dehnender und schrumpfender Lungen, dem Pulsen des Blutes.

Ich wusste nicht, wie lange das Solo schon dauerte, und wollte nicht, dass es jemals endete. Über seine Trommeln und Becken gebeugt, begab sich Elvin Jones in einen Dschungel, den er selbst heranwachsen ließ, sich scheinbar über lange Minuten darin verirrte und dann einen Weg wiederfand und verbreiterte, den er kurz zuvor nur angedeutet hatte. Mit zusammengekniffenen Augen und einem breiten Lachen im Gesicht ließ er das Dreschen aufs Metall, auf die gestrafften Tierhäute, das hohle Holz und die Samenkörner in den ausgehöhlten Kürbissen zu einer krachend auflodernden Explosion sich vereinen, zusammensinken zu einem sanften Regen im Wald, in dem jedes Blatt oder Zweiglein einen Tontupfer zum großen Gesamtkonzert beisteuert, Mauern und gläserne Türme einstürzen in jubelndem Desaster. Dann kehrte er nach und nach, wie aus weiter Ferne oder aus tiefer Erde hervorkommend, zu dem zurück, was nie gefehlt hatte, dem nüchternen Pulsschlag des Blues, dem Stampfen der Lokomotive, dem anfänglichen Takt der Hände und Füße. Als er zu spielen aufhörte, als er aufstand und sich für den Applaus bedankte, ging Elvin Jones beinahe schwankend von der Bühne, das Seidenhemd, von Schweiß durchtränkt, klebte ihm am Körper.

Ich sah Dizzy Gillespie innerhalb eines Jahrzehnts ziemlich regelmäßig. Ich sah ihn auf der Höhe seines musikalischen Könnens und seiner physischen Kraft und später seinen altersbedingten Verfall. Manchmal trug er eine verbeulte Kappe mit Ohrenklappen und Knöpfen, die zu seinen aufgeblasenen Backen passte, und zuletzt die bunte Mütze eines afrikanischen Stammeshäuptlings oder Würdenträgers mit einer Art schillerndem Staubmantel. Mein Englisch reichte aus, um ihm zu sagen, wie sehr ich ihn verehrte, und ihm Fragen zu stellen, doch sobald er schnell sprach, kam ich nicht mehr mit und verstand nicht mehr alles, was er mir erzählte. Es entrüstete ihn, dass Jazzmusik oft mit einem liederlichen Leben, mit Alkohol und Drogen in Verbindung gebracht wurde. Er redete sich in Rage, und ich verstand ihn noch schlechter. John Coltrane habe das volle Ausmaß seines Talents erst gezeigt, nachdem er vom Heroin gelassen habe, sagte er. Heroin und Alkohol hätten bei Charlie Parker nicht bewirkt, dass er ein besserer Musiker wurde, sondern nur, dass er mit vierunddreißig Jahren starb. Und was ihn selbst anging, sagte er mir, mit seinem Daumen an die Brust stoßend, könnte er die Konzerte, die er in seinem Alter jedes Jahr auf der halben Welt gab, geben, wenn er sich nicht wie ein Sportler um seine Gesundheit kümmern würde? Eines Nachts besuchte ich ihn im *Teatro Isabel la Católica,* in Granada, in seiner Garderobe. Er saß vor dem Spiegel, die Beine weit auseinander, den afrikanischen Morgenmantel bis zur Taille gerafft. Er trug eine schwarze Hose, sehr große schwarze Schuhe und kurze rote Söckchen. Als ich eintrat, erblickte ich einen Moment lang das Gesicht von Dizzy Gillespie, wenn er allein war, ohne das breite Komödiantenlächeln und die aufgeblasenen Backen. Die Trompete stand neben ihm auf der Erde, und seine Hände ruhten in einer Geste großer Müdigkeit auf seinen Knien. Er saß so geistesabwesend vor dem Spiegel, ohne sich darin anzusehen, dass er nicht hörte, wie die Tür aufging. Er war damals dreiundsiebzig Jahre alt und hatte bis Anfang jenes Novembers insgesamt dreihundert Konzerte gegeben. Ich war mit ihm beim Abendessen gewesen, bei dem er pausenlos geplaudert hatte, doch ein paar Stunden später, als er mich eintreten sah und mich anlächelte, erkannte er mich ganz offensichtlich nicht. Er hatte mir erzählt, die meisten Städte, in die er kam, seien kaum mehr als Namen, Lichtflecke im Fensterchen der Flugzeuge, mit denen er nachts eintraf, Stadtlandschaften hinter dem Fenster eines Taxis oder Hotels, in dem er meistens sehr spät ankam und aus dem er früh wieder abreiste. Er fragte mich, ob Granada am Meer liege.

6

Wie sieht dieselben Dinge, die du siehst, jener, der dir in nichts ähnelt; der so anders ist als du und dir so fremd, dass du ihn dir beinahe nicht vorstellen kannst, obwohl du wie manisch Informationen über ihn sammelst; der eines Morgens im Mai das Hotel verließ und durch die schmale schattige Straße zu dem Platz ging, auf dem das Denkmal eines Königs zu Pferde stand, und in dessen Helligkeit er die schmerzenden Augen zusammenkniff, da dieses jähe grelle Licht ihn blendete, das von den Kalksteinfassaden der Gebäude und den winzigen Mosaiksteinchen der Gehwege reflektiert wurde, einer Pflasterung, wie er sie noch nie gesehen hatte. Er war bisher nur auf Gehwegen mit quadratischen Zementplatten gegangen, wie man sie in allen amerikanischen Städten findet. Wie sieht jemand, wenn er aus dem Hotel tritt, Lissabon, der noch nie in dieser Stadt gewesen ist, der sich zum ersten Mal in seinem Leben in einer europäischen Stadt aufhält, die er nachts vom Fenster des Taxis aus, mit dem er vom Flughafen gekommen ist, als dunkel, arm und menschenleer wahrgenommen hat, der vielleicht vor Übermüdung oder wegen des langen Transatlantikfluges schlecht geschlafen hat, der wer weiß wie viele Nächte schon schlecht oder überhaupt nicht geschlafen hat, weil er auf der Flucht ist, der bis spät nachts wach bleibt, um die letzten Nachrichten im Fernsehen zu sehen oder im Radio zu hören oder die Zeitungen von der ersten bis zur letzten Seite durchzulesen.

Nichts ist mehr geblieben von dem, der er vorher gewesen ist, mit Ausnahme dessen, was sich nicht auslöschen lässt: den Fingerabdrücken. Doch um die zu nehmen, müssen sie ihn erst einmal fassen, einen Verdacht gegen ihn hegen. Im Moment ist das noch unwahrscheinlich, zumal hier am anderen Ende der Welt, in dieser Stadt, in die vielleicht eine spontane Idee ihn geführt hat. Von Lissabon aus würde es leichter sein, in diese Gebiete auf der Landkarte Afrikas zu gelangen, die in den Zeitungen bei Nachrichten über Revolutionen oder Bürgerkriege abgebildet sind; bei Nachrichten über weiße Söldner, die in Kolonialkriegen kämpfen, tönende Namen voller dunkler Vokale, Angola, Biafra, Kongo, Rhodesien, tapfere Legionäre in Tarnuniformen und mit roten oder grünen Käppis, die ihn wie einen Helden aufnehmen werden, wenn sie erfahren, wer er ist, was er getan hat. Aus einem Erdkundebuch, das er im Gefängnis gelesen hat, lernte er die Namen der portugiesischen Kolonien auswendig. Immer wieder sagte er sich die Namen von Ländern und Hauptstädten auf, um die Schlaflosigkeit zu bekämpfen, oder die ewigen Appelle im Gefängnis, politische Hauptstädte und Wirtschaftskapitalen, schiffbare Flüsse, Buchten, natürliche Häfen. Er lernte seitenweise unfehlbare Tricks, Frauen zu verführen, Fachvokabular für Segler, Weinmarken, Namen und Daten von Schlachten des Ersten Weltkriegs, Namen der Inseln des Pazifiks, die Namen der Planeten des Sonnensystems und der Satelliten, die im Orbit um einige von ihnen kreisten.

Schon als er aus dem Hotel trat, roch es nach Hafen. Nach Kohlenqualm und Bratenfett. Nichts ist bezeichnender als ein Geruch, nichts flüchtiger. Es roch und klang nach Afrika, und alles war voller afrikanischer Farben an dieser Ecke eines Platzes, an die er auf der Suche nach einem Kiosk von der Rua João das Regras aus in nur wenigen Minuten gelangte: schwarze Frauen in bunten Gewändern mit Turbanen auf dem Kopf, Gruppen von Männern, die auf Bänken saßen und schwatzten, fast konspirativ am Zaun vor einer Kirche auf den Fersen hockten, in der Sonne rauchend, bekleidet mit Wollmützen und abgetragenen Anzügen, formell beinahe und so entspannt, wie er es bei den Schwarzen in Amerika nie erlebt hatte. Sie bewegten sich weder herausfordernd noch argwöhnisch, während von irgendwoher dichter Bratenduft herbeiwehte und mit ihm eine Musik, die sich mit den Stimmen vermischte; ein zu einer Trommel umfunktionierter umgedrehter Eimer, der mit Stöcken geschlagen wurde und ähnlich klang wie die afrikanischen Stimmen und mit ihnen verschmolz.

Er trug einen Stadtplan bei sich, in dem ihm der Mann von der Rezeption den Weg zum Hafen eingezeichnet hatte, doch eigentlich benötigte er gar keinen Stadtplan, da er sich instinktiv an jene Orte treiben ließ, ohne nach ihnen suchen zu müssen. In der Stadt ankam und die Hafengebäude, billigen Hotels und Pfandhäuser selbst fand, die Bars mit den Nutten und die Läden mit gebrauchten Pornozeitschriften, die Schnapsläden mit dem billigen Alkohol für Trinker. Es gibt Orte, nach denen fragt man nicht den ersten Besten, so wie man nach der Post oder einer Apotheke fragt. Wie sahen diese Augen wohl genau das, was du jetzt siehst, dabei Zeichen erkennend, die für dich unsichtbar sind, so wie das Gehör Frequenzen aufnimmt, die für dich unhörbar sind, und die Nasenflügel Gerüche, die du nicht wahrnimmst, Gerüche von billigen Desinfektionsmitteln und Abwässern, vom stehenden Wasser an den Hafenmauern, von verfaultem Obst und Fisch, von Teer. Wie es wohl ist, in einem Zustand ständiger Wachsamkeit zu leben, die niemals nachlässt und zum Normalzustand des Daseins auf dieser Welt geworden ist? Wie ein Spion auf geheimer Mission in einem feindlichen Land zu leben, wie ein Schatten, unter fremdem Namen und einer unsicheren Tarnung, seinem Schicksal preisgegeben, alle Kommunikationskanäle unterbrochen, ohne Sender oder totem Briefkasten, um eine Nachricht abzusetzen, ohne Geld auch bald und in einem Land, das immer feindlich bleibt, so viele Grenzen man auch hinter sich lässt. Jeden Schritt kalkulieren, jedes Wort bemessen; durch das Guckloch schauen, bevor man die Tür öffnet; nicht vergessen, den Riegel vorzuschieben; dabei ist er in Hotels gewesen, in denen es weder Riegel noch Türspione gab und manchmal nicht einmal Türen. Schlafen, ohne sich auszuziehen und die Bettdecke aufzuschlagen, eine dieser fadenscheinigen Decken der Hotels, in denen er absteigt, die er sofort findet, wenn er in einer Stadt ankommt, ohne dass er jemand fragen muss; in die Hotelhalle hinuntergehen und sich unauffällig die Gesichter einprägen; einen Platz im Halbdunkel des Bartresens suchen, von dem aus man die Tür im Auge behalten kann; die Toiletten aufsuchen und dabei überprüfen, ob es einen Notausgang gibt, ein Fensterchen über der Kloschüssel, das auf eine Seitengasse geht. Ein Bier trinken und danach noch eines und ein oder zwei Gläschen Bourbon dazu, wonach man sich schon ein bisschen betrunken fühlt, aber Nein sagen, wenn der Wirt diesem neuen Gast, der so ganz anders ist als seine üblichen Gäste, eine weitere Runde spendieren will, diesem Gast, der an einem Abend kam und sich danach nicht mehr sehen ließ, oder der mehrere Tage hintereinander, mehrere Wochen kam, schweigsam, irgendwie fehl am Platz, auf den Fernseher fixiert, auf den niemand sonst in der Bar achtet, in dem jetzt das sonntägliche Nachtprogramm läuft, *FBI: The Ten Most Wanted Criminals,* voller Angst, unter den zehn Fahndungsfotos oder Phantomzeichnungen das eigene Gesicht zu erkennen; Angst und ein Bodensatz von stets enttäuschter Eitelkeit, bis auf das letzte Mal, die Nummer eins der »Zehn Meistgesuchten Verbrecher«. Da schwoll die Eitelkeit zu Stolz, und Angst und Schrecken bis zur Übelkeit verwandelten sich in ein überschwängliches Gefühl, straffrei zu bleiben, und in kühnen Trotz. Dem, der einen Hinweis gab, der zu seiner Verhaftung führte, wurde eine Belohnung von hunderttausend Dollar geboten.

Wie nimmt jemand das beschauliche Treiben in einer der Straßen dieser Stadt wahr, der mehr als sein halbes Erwachsenenleben im

Gefängnis verbracht hat, stets auf der Hut, stets nach allen Seiten spähend, sich so unauffällig bewegend, dass er keine Aufmerksamkeit auf sich zieht, die ihm gefährlich werden könnte, trotzdem so entschlossen, ohne herausfordernd zu wirken, dass jeder gewarnt sein sollte, der versucht sein könnte, ihn zu demütigen oder anzugreifen; in einem riesigen düsteren Gefängnis mit hallenden Gewölben und Türmen mit Schießscharten, auf denen nachts Scheinwerfer eingeschaltet werden und die Gewehrläufe der Wächter funkeln.

Hier, in Lissabon, schien es keinerlei Bedrohung zu geben. Die Menschen sprachen grummelnd ihre unverständliche Sprache. Ein Zimmermädchen grüßte ihn mit einem Lächeln und einer leichten Verbeugung, als er aus dem Hotelzimmer trat. Ihr Name war Maria Celeste. Sie hatte schwarzes Haar und ein ernstes, freundliches Portugiesengesicht. Auf einem in seinem Hotelzimmer aufgenommenen Foto lehnt sie an einer Kommode und trägt einen schwarzen Kittel mit gefältelter weißer Schürze. Hinterher sagte sie, er sei immer sehr gut gekleidet und sein Zimmer sehr aufgeräumt gewesen, aber er habe weder geduscht noch gebadet und habe das Hotel jeden Morgen um die gleiche Zeit verlassen.

Der schon sehr verschlissene Teppichboden dämpfte seine Schritte. Die Stimmen, die ihn ansprachen und die er draußen auf der Straße hörte, umwogten ihn wie ein einschläfernder und erstickender Flor, weil er kein Wort verstand. Sein Leben lang hatte er die Welt wie durch einen gläsernen Schirm gesehen, durch das Fenster eines Zimmers, in dem außer ihm niemand war. Wie mag es sein, sich mit einem Mal von einer Sprache umfangen zu sehen, die nicht Englisch ist, sondern ein Flor oder eine Mattscheibe zwischen einem selbst und der Welt; nichts zu verstehen von den Schildern auf den Straßen und den Reklamen in den Schaufenstern, nicht ein Wort von den Rufen der Straßenhändler oder der im Vorbeigehen aufgeschnappten

Unterhaltungen. Unvernünftigerweise hatte er geglaubt, dass man in Lissabon Spanisch spräche oder dass Portugiesisch und Spanisch sich sehr ähnlich seien. Doch auch auf Spanisch konnte er nur den ein oder anderen Satz, schmutzige Wörter hauptsächlich. Er ging an Fenstern von Cafés oder kleinen Restaurants vorbei, hinter denen er große Töpfe sah, in denen irgendwelche Dinge köchelten. Er sah in die Fenster gehängte Speisekarten und handgeschriebene Zettel, auf denen zweifellos die Tagesgerichte samt Preisen notiert waren. Er starb vor Hunger, und zugleich stießen die fremden Gerüche ihn ab. Er traute sich nicht, eine dieser winzigen Höhlen, mit Papierdecken auf den Tischen, zu betreten. Sie wirkten zusammengeschrumpft, versteckt, ganz anders als alles, was er kannte und ihm einen Vergleich ermöglicht, einen Hinweis gegeben hätte. Es gab Lebensmittelläden mit Regalwänden wie in Bibliotheken und Angestellten in grauen Kitteln hinter Marmortheken. Aus ihrem düsteren Innern drangen Aromen nach draußen, wie sie sein Geruchssinn noch nie wahrgenommen hatte, Aromen von frisch geröstetem und gemahlenem Kaffee, von Stockfisch, Gewürzen, Schweinefleisch in Schmalz aus offenen Tonnen, von eingelegten Heringen und Olivenöl.

Es roch nach gebratenem Fett und Fleisch, und er starb vor Verlangen nach einem Hamburger. Am liebsten hockte er am Tresen eines rund um die Uhr geöffneten Diners, bestellte einen nur leicht angebratenen Hamburger, triefend vor Fett und mit reichlich Ketchup und Senf, und dazu eine Pepsi. Aus dem Gefängnis hatte er die Angewohnheit beibehalten, sehr schnell zu essen, mit dem Gesicht über dem Teller, aus den Augenwinkeln beide Seiten beobachtend. Es war befremdend, ihn mit Anzug, Brille und Krawatte ein solches Lokal betreten zu sehen, doch noch wunderlicher war es, ihn dann essen zu sehen und zu hören, ihn die Pommes händeweise in den Mund stopfen zu sehen.

Hier und da hielt man ihn für einen Polizisten in Zivil oder einen Polizeispitzel. Jetzt, im diesig glitzernden Morgenlicht auf dem Platz mit dem Reiterdenkmal in der Mitte, einem Rüstung tragenden früheren König, brach er vor Hunger beinahe zusammen, und ihm fehlte die Kraft, weiter nach dem Kiosk mit den ausländischen Zeitungen zu suchen, den der Rezeptionist im Hotel ihm eingezeichnet hatte. Er kam zu einem noch größeren Platz, auf dem statt eines Königs zu Pferd ein anderer König oder was immer auf der Spitze einer Säule thronte. Ein alter Zellengenosse hatte bewundernd von ihm berichtet, dass er sich damit gebrüstet habe, Atheist zu sein und das Buch eines Philosophen namens Nietzsche zu lesen. Der Gehweg war hier breiter, und auf ihm wimmelte es von Straßenhändlern und Bettlern, sonnenverbrannten Männern, die Geschwüre herzeigten und mit amputierten Beinen zwischen Caféhaustischen umherkrochen. Sein Herz hüpfte, als er in der Ferne die breiten Blätter der *Herald Tribune* und der *Times* erkannte, die mit Klammern an anderen Zeitungen und knallbunten Illustrierten eines Kiosks befestigt waren und in der sanften Brise wogten wie Wäsche auf der Leine. Inmitten dieser ganzen unverständlichen Welt waren es allein jene Zeitungen, die Wörter enthielten, die er verstand und deren Schlagzeilen er schon von fern erkannte. Er kaufte die *Times*, die *Tribune, Life Magazine, Newsweek*. Den Verkäufer verwirrte, dass er bezahlte, ohne ihn auch nur ein Mal anzusehen, ihm bloß eine Handvoll Münzen hinstreckte.

Benommen, hungrig, tat er etwas, das er noch nie getan hatte. Er setzte sich draußen vor ein Café in den Schatten einer Markise, ein Café für bessere Leute offenbar, mit glänzenden Spiegeln im Innern, Theken aus dunklem Holz und Marmor, Kellnern mit knappen schwarzen Jacken und Fliegen, wie in alten Filmen. Voller Unbehagen nahm er Platz, ängstlich sogar, weil er nicht wusste, wie es dort zuging, und fürchtete, eines solchen Ortes verwiesen zu werden, wo man sich von seinem seriösen

Äußeren nicht täuschen lassen würde. Die Geheimagenten der Romane fühlen sich in den besten Cafés und berühmtesten Restaurants wie zu Hause und wählen nach einem kurzen Blick in die Weinkarte, ohne zu zögern, den besten und meistens auch teuersten Wein. Der Kellner kam mit einem silbernen Tablett zu ihm und sagte ihm lächelnd etwas, von dem er nicht ein einziges Wort verstand. Er saß da mit hängenden Schultern, den Packen Zeitungen an die Brust gedrückt. Er sagte: »Kaffee«. Er sagte noch einmal »Kaffee«, als der Kellner etwas murmelte, von dem nicht ein Wort zu erkennen war. Erst später kam er darauf, dass er ihn auf Englisch angesprochen oder anzusprechen versucht hatte. Er sagte noch einmal »*coffee*«, ohne den anderen dabei anzusehen. Mit einer gewissen Plumpheit, die dem Kellner nicht verborgen blieb, zeigte er mit der Hand auf ein Schaufenster, in dem eine Pyramide aus Gebäck aufgetürmt war. Als der Kellner sich abwandte, wäre er am liebsten aufgesprungen und davongelaufen.

Er tat jedoch nichts, als den Gehweg jenseits des Schattens der Markise zu betrachten, das glänzende Pflaster aus winzigen Steinchen, die Bäume auf der anderen Straßenseite, die Figuren aus weißem Stein oder aus Marmor am Sockel der Säule, auf deren Spitze die Statue eines Königs stand, dunkelgrüne Bronze gegen blauen Himmel, die vorbeigehenden Leute. Es war, als wäre er auf einem Schwarz-Weiß-Foto, in einem dieser alten Filme, die im Gefängnis gezeigt wurden, mit Leuten der damaligen Zeit, in denen ein Mann mit pomadigem Haar in einem Café sitzt und eine Zigarette raucht und aufschaut, als eine Frau mit Hut oder kurzem Schleier vor dem Gesicht zu ihm tritt, oder in denen der wartende Mann ein Spion ist und eine Verabredung hat, bei der ihm wichtige Dokumente übergeben werden oder ein Kennwort mitgeteilt wird, eine Geheimbotschaft übermittelt oder ein neuer Auftrag. Aber er muss auch Vorsicht walten lassen, denn die Verabredung kann eine Falle sein und die

Frau der Köder, und sobald er aufsteht, ist ein Polizist zur Stelle oder ein Verräter mit eigenartigem Akzent, ein Ausländer, mit schmalem Oberlippenbärtchen und Krawattennadel.

Er verschlang das Gebäck mit wenigen Bissen. Die Zeitungsseiten blätterte er so hastig und nachlässig um, dass einige von ihnen mit Sahne beschmiert wurden. Gesicht und Name fanden sich auf einer der Innenseiten. Eines der alten Gesichter von vor Monaten, in Los Angeles. Er war dicker, nicht wiederzuerkennen, mit Sonnenbrille und einem Hängekinn über dem Krawattenknoten. Der Seitenschatten ließ den Kinnspalt deutlicher hervortreten. Man muss in Abständen zunehmen und wieder abnehmen, viel essen, Bier, Milchshakes und süße Limonaden trinken und dann wieder strenge Diät halten. Wer dich als dick in Erinnerung hat, wird dich nicht so leicht wiedererkennen, wenn er dich später schlank sieht. Korpulenz und Schlankheit wirken auf Fotos stets übertrieben. Instinktiv hob er den Blick zu einem der Spiegel im Café, und das Gesicht, das er sah, war schärfer und kantiger, das Gesicht eines schlankeren, jüngeren Mannes.

Diesmal hieß es in der Zeitung, ein Zeuge habe ihn in der Cafeteria des Flughafens von Caracas erkannt, und er habe einen grünen Mantel und einen Aktenkoffer getragen. Sie sagten, was sie fast an allen vorherigen Tagen gesagt hatten, änderten hier und da ein Detail, damit es so aussah, als machten die Ermittlungen Fortschritte. Es hieß, er sei in einem Luxusrestaurant in Genf gesehen worden, in Begleitung einer Blondine, und beide hätten sich laut lachend unterhalten, er habe mit fachmännischer Miene die teuersten Gerichte und Weine bestellt, die Frau habe ihn, ohne die Stimme zu senken, über Dienstleistungen und Preise von Prostituierten informiert. Es hieß, er habe die Grenze zwischen Mexiko und Guatemala in einer Urwaldregion auf fast unpassierbaren Wegen in einem Taxi überquert; er sei im Flughafen von San Juan, Puerto Rico, gesehen worden, wo er sich nach einem Ticket nach Jamaika erkundigt habe; er sei in der Maschine eines ehemaligen Söldners von Key West nach Kuba geflogen, wo man jeden Tag damit rechnete, dass Fidel Castro ihm offiziell politisches Asyl gewähren werde; er sei am Strand von Acapulco totgeschlagen und verscharrt worden.

Wie es wohl war, für einen Moment jene Erleichterung zu empfinden, dass die Flucht geglückt war, dass seine Verfolger weit zurückgefallen waren, den großen Platz zu betrachten, den Gesprächen und den Schritten der Leute zu lauschen, dem Klirren von Besteck und dem Klappern der Teller im Innern des Lokals, dem Plätschern des Wassers im Springbrunnen, dem Singsang der Bettler und Straßenhändler, sich weit fort und – vorübergehend – in Sicherheit zu wissen in einer Stadt, in der er keinen Menschen verstand und in der niemand ein Interesse daran zu haben schien, ihn zu erkennen? Wie sah er, frisch in Lissabon eingetroffen, die Praça do Rossio an diesem ersten Morgen, dieser Mann im dunklen Anzug mit Sonnenbrille, der auf der Terrasse der *Pastelaria Suiça* saß und englischsprachige Zeitungen las oder so tat, als läse er sie, in Wirklichkeit sein bleiches Gesicht damit verdeckend, unauffällig zwischen all den anderen Gästen, obwohl man nur etwas genauer hätte hinschauen müssen, um das Besondere an ihm zu bemerken, nicht weil an ihm etwas auffällig war, sondern wegen etwas, das man nicht benennen konnte, etwas Befremdlichem, eine tiefe Einsamkeit wie von einem Tier oder einer Statue; oder von einer dieser hölzernen Schneiderpuppen, die man in den schummerigen Schaufenstern von Herrenschneidern sah, an denen er wenig später vorbeikam, den Stoß Zeitungen unterm Arm, auf einer geraden Straße, an deren Ende ein Torbogen aus weißem Stein oder Marmor stand und im diesigen Licht dahinter sich der Rücken eines weiteren bronzenen Königs auf einem weiteren Pferd auf einem weiteren Sockel abzeichnete. Oder als er, ohne dass ihm jemand den Weg gezeigt hätte, auf die Lagerhallen und Bars des Cais do Sodré stieß; die Gassen, in denen es nach Bier, Pisse und den Abfällen von faulendem Fisch und Gemüse aus der nahen Markthalle stank und in die kaum jemals das Tageslicht drang.

Er hätte einen Taxifahrer fragen und sich von ihm den Weg erklären lassen können. Das Hotel, das Essen und der Kaffee waren ausgesprochen billig, und als er am Flughafen Geld gewechselt hatte, war ihm ein ungewöhnlich dickes Bündel Scheine in die Hand gedrückt worden, was ihm das kindische Gefühl gab, plötzlich reich zu sein. Aber das Geld würde bald ausgegeben sein, und er konnte sich nicht vorstellen, wie er an neues kommen sollte, und er musste doch noch die Schiffspassage nach Afrika kaufen und bis zur Abfahrt des Schiffes von irgendetwas leben.

An seinem ersten Tag in Lissabon fuhr er im Taxi zum Cais do Sodré, oder vielleicht nahm er auch die Straßenbahn. Er ging auf dem schmalen Bürgersteig der Rua do Arsenal oder am Flussufer entlang, schützte sich mit der Sonnenbrille gegen das grelle Morgenlicht. Er kam immer näher, und schon bevor er da war, erkannte er die ersten Anzeichen von dem, was er suchte, eine Art Verdichtung der Atmosphäre, eine gewisse Schwere in der Luft, dunkle Hauseingänge und Schilder billiger Hotels, Bars mit ausländischen Namen, zweifelhafte, wie in Tunneln eingeklemmte Läden und Lokale, nur angelehnte Türen, dahinter Treppen, die in dämmrigen Fluren endeten. Schon am Vormittag standen Frauen auf den Straßen. Alte, stark geschminkte Frauen, ganz junge Frauen, dicke Frauen, die in niedrigen Fenstern hinter in Konservendosen gepflanzten Geranien ihre ausladenden Dekolletés zeigten, schwarze Frauen, Frauen, die indisch oder arabisch aussahen.

Je weiter er in das Viertel vordrang, desto dichter wurden die Gruppen von Männern, Horden von Seeleuten, die ihn zwangen, den Gehweg zu verlassen. Kadetten in Uniform, Soldaten auf dem letzten Landgang vor der Einschiffung zu den afrikanischen Kolonien; eine allgegenwärtige, lüsterne, vulgäre, streitsüchtige, alkoholisierte Männlichkeit. Er hielt nach einem betrunkenen Seemann Ausschau, der allein unterwegs war, ohne Begleitung in einer Seitengasse verschwinden konnte, dem Pass und Brieftasche zu stehlen ein Leichtes wäre. Es war wie in Montreal, in Saint Louis, in New Orleans, ein ähnliches Dickicht, ein Dschungel von Gerüchen und Menschen, ein Versprechen von Spaß und Zerstreuung, ein Versprechen von Reisen und Schiffs- und Städtenamen, das seine liebsten Lügen wahr erscheinen ließ. Er war Koch auf einem Frachter, der den Mississippi befuhr. Er war Erster Offizier und verbrachte nach einer Reihe aufreibender Fahrten jetzt eine geruhsame Zeit an Land. Er war Reporter und wartete auf eine Überfahrt zu den Kolonien, in Gebiete, in denen Regierungstruppen gegen aufständische Guerillas kämpften. Bei seiner geheimen Mission auf der Insel von Dr. No nennt James Bond sich John Bryce und behauptet, Ornithologe zu sein. Betrunkene Dialoge in Englisch drangen an seine Ohren, und das Rosa, das Rot, das Blau der Neonreklamen sprang ihm in die Augen, verführerisch blinkende Namen an von feuchter Meeresluft zerfressenen Mauern, über angelehnten Türen und schweren Vorhängen, durch die vertraute Gerüche drangen, unter Balkonen mit zum Trocknen aufgehängter und im Wind wehender Wäsche: Jakarta, Oslo, Kopenhagen, Burma, *Arizona Bar, Niagara Bar, California Bar, Bolero Bar.*

Es schien, als musterte er die Frauen auf den Bürgersteigen mit der Gewissenhaftigkeit eines ebenso seriösen wie verderbten Professors, eines auf Geschlechtskrankheiten spezialisierten Arztes. John Bryce klingt wie ein echter Name. Ornithologie ist das Studium der Vögel. Wie mochte es sein, am Ende auf unverkennbare Gerüche zu stoßen: von Raumspray und den Teppichböden im Eingang der Bars mit ihren roten oder schwarzen Vorhängen und dem rosafarbenen Licht, von in Butter und nicht in

Öl gebratenen Pommes frites und von gegrilltem Rindfleisch, Gerüche, die aus dem dunklen Innern eines tunneltiefen Gewölbegangs nach draußen dringen, wo die verlockendste Leuchtreklame von allen blinkt, ein Cowboyhut, ein Kaktus und ein Bierkrug in bunten Neonschlingen, ein Name, den es fünfundvierzig Jahre später und an derselben Stelle immer noch gibt: *Texas Bar.*

7

Mehr als drei Monate lang hatte ich fast so flüssig geschrieben, als würde ich mit geschlossenen Augen spielen, als hätte ich mich der äußeren Wirklichkeit entziehen können wie der Musiker, der sich über sein Piano beugt und das Hintergrundgeräusch von trinkenden Gästen und klingenden Gläsern in einem Club nicht hört, den Lärm der Eiswürfel, die ein unachtsamer Barmann im metallenen Shaker schüttelt; jeder Ablenkung abhold und so aufmerksam zugleich den inneren Eingebungen, Intuitionen und Erfahrungssplittern folgend, die mein Schreiben befruchten könnten, so wie der Musiker sein Gehör ganz auf das gerichtet hält, was die anderen spielen, auf die treibende Kraft der Rhythmusgruppe, die schnalzenden Saiten des Basses und das Hämmern, Streichen und Klirren des Schlagzeugs.

Mein Sohn wurde geboren, und bevor meine Frau blass und zufrieden aus dem Krankenhaus zurückkehrte, den winzigen, mit Mützchen und Wolldecken gegen die Dezemberkälte geschützten Säugling im Arm, hatte ich schon wieder mit dem Schreiben angefangen. Ich kaufte Windeln in der Drogerie und auf dem Heimweg ein Paket Schreibmaschinenpapier im Schreibwarenladen; manchmal auch im Supermarkt eine Flasche von dem billigen Whisky, den ich mir leisten konnte. Alkohol und Nikotin waren so unabdingbar für die Literatur wie Tinte und Papier.

Irgendein unerwartetes Ereignis, irgendeine zufällige Begegnung ließ sich beinahe unmittelbar als Material für meinen unersättlichen, elastischen Roman verwenden. Gesicht und Figur von William Burroughs auf einem Zeitungsfoto lieferten mir das Aussehen des alten Trompeters, der in meiner Geschichte die Rolle des Vorbilds und Meisters spielte: sein ernstes, mit einem Flair von Ausschweifung umflortes Aussehen mit Mantel, Hut, Brille, dem eingefallenen Gesicht, der schwarzen Krawatte, die würdige Leichenbittermiene. Eines Nachmittags hörte ich vor meiner gewohnten Zeit auf zu schreiben, da ich eine Verabredung mit einem Bekannten hatte, der im Albaicínviertel wohnte. Als ich ankam und mich schon ärgerte und bedauerte, meine Arbeit wegen einer gesellschaftlichen Verpflichtung im Stich gelassen zu haben, waren bereits zwei weitere Gäste da, ein Mann und eine Frau. Der Mann groß, schwarz, breit, kräftig, wortreich, mit einer goldenen Armbanduhr und dicken Ringen an den Händen, mit einem karibisch-französischen Akzent und einer Bassstimme, die die Luft erzittern ließ, wenn er in Gelächter ausbrach; die Frau blond, weiß, farblos, mit glattem Haar und sehr hellen Augen, still, in aufrechter Haltung und bewegungslos, hielt auf sehr vornehme Art eine Teetasse mit blauem Muster so blass wie die Venen, die durch die Haut ihres Handrückens schimmerten.

Der Mann handelte mit Antiquitäten, die junge Frau war seine Sekretärin. Sofort als ich sie sah, musste ich an einen kurzen Vers aus García Lorcas *Dichter in New York* denken: »Das Chlorophyll der blonden Frauen.« Als sie mir vorgestellt wurde, murmelte sie, ihr Name sei Laurel, was die Anmutung von der Kälte eines pflanzlichen Metabolismus noch verstärkte. Schon auf dem Rückweg war ich entschlossen, sie in meinen Roman einzubringen und Daphne zu nennen, wie die Nymphe Daphne, die sich in einen Lorbeerbaum verwandelt, um den Nachstellungen Apollos zu entgehen. Und so hatte ich für sie und ihn ganz mühelos einen zwar zweitrangigen, aber doch bedeutenden Platz in meiner Geschichte gefunden.

Das Erste, was Adam in der Schöpfungsgeschichte tut, ist, den Tieren ihre Namen zu geben. Im *Don Quijote* – einem Roman, der sich gleichsam beim Schreiben vor den Augen des Lesers entwickelt – erfindet der Edelmann Alonso Quijano zuerst einen Namen für sich, dann für sein Pferd und für seine Angebetete, Dulcinea del Toboso; einen Namen, der ihm »musikalisch, ungewöhnlich und bedeutsam« erscheint. Die Personennamen der Literatur klingen uns so geläufig und selbstverständlich, dass wir uns nur noch mit Mühe daran erinnern, dass sie von jemand geprägt worden sind. Prousts Madame Verdurin wäre längst nicht so lächerlich, würde sie nicht Madame Verdurin heißen; die Schönheit der Herzogin von Guermantes weniger strahlend, wäre ihr Name nicht Orianne. Kapitän Ahabs Name ist ein Sinnbild seiner Verblendung, ein ebenso mächtiges Attribut seiner Figur wie seine aus Narwalhorn geschnitzte Beinprothese, die mit Riemen und Schnallen an dem Stumpf befestigt ist, den ihm der weiße Wal gelassen hat. Dieser Name trägt den Klang des in schlaflosen Nächten auf die Decksplanken der *Pequod* stampfenden Holzbeins in sich.

Am Anfang der Fiktion stehen immer die Namen ihrer Figuren. Philip Marlow, Sansón Carrasco, Isidora Rufete, Frédéric Moreau, Clawdia Chauchat, Hans Castorp, Beatriz Viterbo, Moses Herzog, Teresa Panza. Den falschen Namen wählen heißt, eine Figur der Unwahrscheinlichkeit preisgeben. Ein Name ist kein Etikett oder Symbol, sondern ein Akkord, der in der Einbildung subtile Resonanzen weckt. Ohne je in Lissabon gewesen zu sein, ahnt man seine Atmosphäre bereits in den Silben und Vokalen des Namens. Man wird nie wissen, wann es angebrachter ist, mit dem Schreiben aufzuhören, statt damit fortzufahren; welche Unterbrechung einen Fund ermöglicht, auf den man nicht gestoßen wäre, wenn man seinen Arbeitsplatz nicht verlassen hätte.

An einem bestimmten Punkt jedoch stockte das Schreiben. Am Ende eines Kapitels, mitten auf einer Seite. Der mühelose Fluss war schlagartig unterbrochen, so wie die Erzählung im ersten Teil des *Don Quijote* in der Luft hängen bleibt, zu Beginn des Zweikampfes zwischen dem Ritter und dem Mann aus Biskaya; beide zu Pferd, mit erhobenen Schwertern, auf einem staubigen Weg, während die Zeugen schweigend zuschauen. Cervantes sagt, er kann nicht weiterschreiben, weil just an dieser Stelle das Manuskript endet, auf dem seine Erzählung beruht. Sein Scherz hat möglicherweise eine reale Grundlage: Er dramatisiert auf komische Weise diesen Grenzzustand des Schreibens, die weiße Leere, die nach dem letzten geschriebenen Wort stets vor einem liegt, das Blinken des Cursors auf dem virtuellen Computerblatt, die Grenze zwischen dem, was bereits existiert, und dem, was noch nicht existiert, was noch nicht einmal im Bewusstsein dessen ist, der schreibt, und auch nicht daraus zu entspringen scheint, sondern direkt aus den Nervenenden der Fingerspitzen; der Tinte, die aus der Feder fließt, welche wiederum über das Papier kratzt wie ein richtiges Handwerkszeug; aus dem Kohlestift auf den Skizzenblock, aus dem ins Aquarellwasser oder ins Ölpigment getupften Pinsel.

Schreiben ist eine Arbeit an der Grenze; ein Vorangehen von dem, was man nicht weiß, zu dem, was man weiß. Man zeichnet nicht die Landkarte eines Territoriums, sondern erforscht es ohne weitere Anhaltspunkte als die grobe Orientierung an den Himmelsrichtungen. Die Ideen am Anfang sind nur der Ausgangspunkt. Die Lampe, die gerade einmal die allernächsten Schritte beleuchtet, geht auch erst an, wenn man mit dem Schreiben beginnt. Jede Pause ist eine kurze Verschnaufpause und ein neuer Ausgangspunkt. Ein Punkt, das Ende eines Absatzes, das plötzliche Auftauchen eines Kapitelendes. Die Unterbrechungen einer Geschichte regen den archaischen Appetit an, mehr wissen und hören oder lesen zu wollen, die Gier nach dem »Fortsetzung folgt« bei den Romanabdrucken in Zeitungen oder auf der letzten Seite der Comicheftchen, die wir als Kinder verschlungen haben.

Zu anderen Zeiten gab es von außen bestimmte Pausen, die ihre Bedeutung für die Modulation des Schreibrhythmus gehabt haben mögen: der Moment, in dem die Feder trocken wurde und wieder ins Tintenfass getunkt werden musste; wenn auf der Schreibmaschine das Ende einer Zeile erreicht war und der Wagen zurückgeschoben werden musste, wobei der Hebel gleichzeitig eine neue Zeile nach oben springen ließ; oder wenn das Blatt vollgeschrieben war und ein neues in die Walze eingespannt und an dem Zylinder aus schwarzem Hartgummi hochgedreht wurde, auf dem diffus die Abdrücke sämtlicher Buchstabentasten zu sehen waren, die man jemals angeschlagen hatte, aller Wörter, die auf der Maschine je geschrieben worden waren.

Ein neues Blatt in die Schreibmaschine und ein anderes auf den wachsenden Stapel der schon beschriebenen. Der Fortschritt war sichtbar und greifbar, von den ersten losen Blättern bis zu dem soliden Stapel, der im Lauf der Monate in die Höhe gewachsen war, obwohl man kaum glauben konnte, dass das mühsame Füllen millimeterbruchteilhoher Blätter zu einer erkennbaren Zunahme führte, ähnlich den Jahresringen eines Baumes. Hinzu kamen noch die Pausen beim Anzünden einer Zigarette, die sich verdichtende Qualmwolke im geschlossenen Zimmer, die wachsende Zahl der Kippen im Aschenbecher und das im Blut zirkulierende Nikotin, das die Suchtreflexe in den Synapsen nährte und befriedigte. Schreiben, ohne zu rauchen, kam mir so unwahrscheinlich vor wie Schreiben ohne Papier, direkt auf die schwarze Gummiwalze. Die Literatur wurde auf Zigarettenpapier geschrieben. Das rot-weiße Marlboro-Päckchen und das Feuerzeug waren auf dem Schreibtisch so unverzichtbar wie das frische Paket weißer Blätter. Es war die Feuerzeugflamme, die die Glut der Imagination entzündete und sie bei jedem Zug neu aufglühen ließ. Mit beinahe religiöser Inbrunst glaubten wir, Leberzirrhose, Emphysem und Lungenkrebs seien Kollateralschäden des kreativen Schaffens, der Beweis von Talent.

Tabakqualm war die Atmosphäre der Jazzclubs, der Nachtbars und der Schreibzimmer von Schriftstellern; der wehende Schleier, der die leuchtenden Gesichter der Frauen in den alten Filmen noch strahlender aussehen ließ. Vom Tabak zu lassen war ebenso unmöglich und tadelnswert, wie vom Schreiben oder vom Trinken zu lassen, eine existenzielle Kapitulation vor der schlaffen Tyrannei der Gesundheit, des Ehelebens, des Vaterseins, der Arbeit im Büro. Gesundsein war etwas für Rechte. Die Nacht war poetischer als der Tag, Quälen und Bangen verdienstvoller als stilles Glück, Betrunkenheit weitblickender als Nüchternsein. Wir ahnten nicht, dass sprühender Geist eine ebensolche Fata Morgana sein konnte wie das erregende Prickeln des Kokains.

Ich hatte ein Kapitel mit dem Wort »Lissabon« abgeschlossen und sah mich außerstande, mit dem nächsten zu beginnen. Die Anmaßung, einen Roman über eine Stadt zu schreiben, in der ich nie gewesen war, ließ sich nicht länger durchhalten. Am Ende des Kapitels stand der Held im Begriff, ein Flugzeug nach Lissabon zu besteigen. Zu dieser Zeit wohnte er beneidenswert literarisch in einem Hotel in Paris, lag auf dem Bett und las Krimis. Ich hatte eine ungefähre Idee von dem, was ihm in Lissabon zustoßen würde, aber ich konnte es mir nicht mit dieser bildlichen Deutlichkeit vorstellen, die einen in den Stand setzt, ausgedachte Dinge so zu erzählen, als würde man sich an sie erinnern. Es sollte nächtliche Verfolgungen geben; einen Club mit einer Neonschrift über der Tür, in der das Wort »Burma« leuchtete; einen kranken Mann, bleich wie ein Totenschädel, unter der weißen Decke eines Krankenhausbettes; ein kleines Gemälde von Cézanne mit diesem Berg, den er im Lauf der Jahre immer wieder gemalt und gezeichnet hat; einen Zweikampf auf Leben und Tod am Rande eines Abgrunds; ein leidenschaftliches Wiedersehen zweier Liebender, das Versöhnung und Abschied zugleich sein sollte; ein nahezu posthumes Konzert, auf dem der alte Maestro und sein Schüler spielten, welch Letzterer in zwei aufeinanderfolgenden Nächten die Fülle der Liebe und der Musik erleben sollte, ihren Zauber und ihre Vergänglichkeit.

Ich schrieb, um mich der Illusion von etwas zu bemächtigen, das in meinem Leben zu erreichen ich nicht imstande war. Doch alles war so unbestimmt, wie Traumsequenzen, die nicht zusammenpassten und die zu vervollständigen unmöglich war, lose Enden, zusammenhanglose Bilder. Ich hatte einen Punkt gesetzt, einen Absatz eingezogen, das Blatt aus der Maschine genommen und es auf den schon recht ansehnlichen Stapel des seit Mitte September Geschriebenen gelegt, die Blätter in die Hände genommen und zusammengestaucht, damit Kanten und Ecken sauber aufeinanderlagen und die materielle Beschaffenheit eines Buches erkennbar wurde. Aber ich glaube, ich hatte nicht einmal ein neues Blatt in die Maschine gespannt. Es war sinnlos, mich mit dem Austüfteln einer gekünstelten Handlung für die losen Fäden meiner Geschichte abzuquälen. Wenn ich den Roman weiterschreiben und zum Leben erwecken wollte, blieb mir nichts anderes übrig, als nach Lissabon zu reisen.

Aber das war nicht so einfach. Ich hatte einen neugeborenen Sohn und einen weiteren, der dreieinhalb Jahre alt war. Von der Geburt geschwächt und betrübt über meine Gleichgültigkeit, war meine Frau schwerlich in der Lage, sich allein um beide Kinder zu kümmern. Ich konnte höchstens ein oder zwei Tage von der Arbeit fernbleiben und mir auch selbstverständlich eine längere Reise nicht leisten. Aus schlechtem Gewissen und männlicher Feigheit schob ich die Entscheidung vor mir her. Als ich mich dann zur Reise entschloss, ein paar passende Tage suchte, ein billiges Hotel in Lissabon buchte und eine Rückfahrkarte, verriet ich immer noch nichts von meinem Vorhaben.

Am Morgen des ersten Januartages stieg ich in Madrid mit gleichermaßen dem Gefühl von Befreiung wie schlechtem Gewissen in den Zug, wie ein Fliehender, der auch ein Verräter war. Die Jahre vergehen, und die Erinnerungen werden schwächer, nicht jedoch der Kummer über den Schmerz, den man verursacht hat.

Am späten Vormittag traf ich in Madrid ein. Die Straßen waren menschenleer und die Alleen ohne Autoverkehr breiter, sehr seltsam die Ruhe und Stille. An der Ecke Banco de España sah ich eine Pfütze aus Erbrochenem und zerborstenen Flaschen, nachhaltige Überreste der Silvesternacht. Ich kannte niemand in Madrid. Der Zug nach Lissabon ging erst um elf Uhr nachts. Es war einer dieser eisigen, strahlend hellen Wintertage, die sich schon nachmittags übergangslos der abendlichen Trostlosigkeit ergeben, dem düsteren Ende des Sonntags entgegenstreben. Ich aß in einem billigen Lokal in der Calle de Atocha, in einer dieser glanzlosen Kneipen, die von Reisenden aus der Provinz frequentiert werden, die sich nicht den Dunstkreis des Bahnhofs zu verlassen trauen. Da die Zeit nicht verrann und Erschöpfung die Aufregung des Reisens überlagerte, ging ich in ein Kino. Ich sah *Der Name der Rose*. Der junge Mönch, der von seinem schlauen und gelehrten Meister lernt und sich viele Jahre später an diese Zeit erinnert, ließ mich an den unerfahrenen Pianisten meines Romans denken, an seine Verehrung für den Meister, dem er in Lissabon wiederbegegnen und dort eine der Prüfungen seines Lebens bestehen wird. Im Roman wie im Film verbirgt sich unter der Haut abenteuerlicher Handlung das unvordenklich alte Knochengerüst der mündlichen Überlieferung, die Herausforderung, die Suche, die Reise zur Offenbarung, zur Reife oder Entzauberung.

Ich betrat das Kino im hellen Tageslicht der unbewohnten, in der Ruhe des 1. Januars versunkenen Stadt, und als ich herauskam, war es schon dunkel und die Straßen waren voller Menschen. Ich hatte meine Reisetasche im Schließfach des Bahnhofs gelassen und bummelte mit den Händen in den Manteltaschen unbehindert durch Madrid. Die Stadt bedrückte mich und schüchterte mich ein, da ich nur die Straßen und Gebäude von Granada zum Maßstab hatte.

Damals fuhren die Züge noch aus dem alten Bahnhof mit seinen Kuppeln aus Eisen und Glas. Schon die goldenen Lettern auf blauem Grund versprachen am dürftig beleuchteten Bahnsteig eine fantastische Reise mit dem Lusitania-Express. Der Name »Lissabon« auf den Anzeigetafeln an jedem Waggon war die objektive Bestätigung einer ganz unwahrscheinlichen Tatsache. Ich würde in diesen Zug einsteigen, der – genau wie die Züge in den Filmen – einen langen Gang hatte, der an den Abteilen vorbeiführte. Ich würde auf einem Fensterplatz sitzen, wenn sich der Zug um Punkt elf Uhr abends in Bewegung setzte. Die bevorstehende Abfahrt, der Bahnsteig und die Stadt meines Zielbahnhofs schallten wiederholt aus den Lautsprechern unter den Kuppeln, über ein stetes Hintergrundgeräusch von ankommenden und abfahrenden Zügen hinweg.

Dass ich die Nacht auf einer unbequemen schmalen Bank würde verbringen müssen, war ein absolut unbedeutendes Detail. Bei Tagesanbruch würde der Zug bereits durch frühnebelige grüne Felder in der Nähe von Lissabon rattern. Ich hatte zwar den Kopf voller Reisen, doch mehr als zweimal hatte ich Spanien bisher nicht verlassen. Zum ersten Mal reiste ich jetzt allein in eine fremde Hauptstadt.

Ich fuhr nur für drei Tage, genauer gesagt, für drei Tage und für zwei Nächte im Hotel. An Gepäck hatte ich nur das Nötigste dabei: eine Reisetasche, ein Schreibheft, eine Fotokamera und einen Stadtplan von Lissabon; nichts von den erdrückenden Lasten der Familienurlaube: Kindersitze für die Autorückbank, Kartons voller Windeln, Handtücher, Trinkflaschen, Stofftiere, Schnuller, Fieberthermometer, Puder, Feuchtigkeitscremes, Klappkinderwagen, Riesenkoffer voller Kleidung, die unmöglich zu schließen und noch unmöglicher im Kofferraum unterzubringen waren, Märchen- und Kinderliederkassetten, Tücher für vorhersehbare Übelkeit und Erbrechen unterwegs.

In jener Zeit ohne Mobiltelefone war man schon im Moment des Aufbruchs vollkommen allein. In dieser Einsamkeit der unmittelbar bevorstehenden Abfahrt wurden alltäglichste Handlungen zu etwas Mysteriösem, zu rauschhaftem Überschwang.

Der Zug nahm die ganze Länge des Bahnsteigs ein, wie ein Schiff an der Mole, alle Fenster waren erleuchtet. Ein Bahnarbeiter schlug mit einem Hammer gegen Räder und Bremsen, Schaffner erwarteten die Reisenden am Fuß der hohen Trittroste, die Ansagen aus den Lautsprechern hallten unter dem Gewölbe der dunklen Kuppel aus Eisen und Glas, auf der Uhr vor dem großen Mittelfenster näherte sich der Minutenzeiger mit spasmischem Rucken der Elf. Die Deckenbögen der Bahnhofshalle sahen aus wie von gotischer Kathedrale oder persischer Moschee, von in Wasser sich spiegelndem Luftschloss. Aus den Fenstern lehnten Reisende, um sich zu verabschieden, standen halb auf den Trittgittern, einen Fuß noch am Boden, mit einer Hand die Haltestange umklammernd, als wollten sie eigentlich nicht fort und fürchteten zugleich, der Zug könne ohne sie fahren. Es war ein alter Schnellzug mit hohen Waggons, gestrichen in einem militärischen Graugrün, mit Gängen vor den einzelnen Abteilen. Auf den Schlafwagenwaggons prangten die goldenen Buchstaben auf heraldischem Blau wie beim Orient-Express. Compagnie Internationale des Wagons-Lits. In diesen Wagen würde jemand Madrid verlassen, um nie mehr wiederzukehren; eine umwerfende Frau würde mir im dürftig beleuchteten Gang begegnen, sehr spät erst, wenn der Zug schon mehrere Stunden unterwegs war und die übrigen Reisenden schliefen. Endlich war es so weit. Die Schaffner schlossen, eine nach der anderen, die Türen der Waggons. Aus dem Lautsprecher scholl ein letzter Aufruf. Der Lusitania-Express nach Lissabon stand zur Abfahrt bereit.

Das erste metallische Rucken beim Anfahren des Zuges vermittelte einem das satte, körperliche Gefühl, dass die Reise begonnen hatte, einem jähen Einschnitt gleich, der einen vom gewohnten Alltag trennt und befreit; wie der Augenblick, in dem die Musiker zu spielen anfangen; als würde man von einer mächtigen Strömung erfasst; als würde man in die ersten Bilder eines Films eintauchen oder in die ersten Sätze eines Buches. Jeder Beginn ist ein »Es war einmal« und der Anfang der Schöpfungsgeschichte, der erste Vers der *Ilias*, die erste Zeile des *Don Quijote* oder des *Lazarillo de Tormes* oder von *Moby Dick*. Nennt mich Ismael. Vor allen Dingen erfahre Euer Gnaden, dass ich Lazaro von Tormes heiße. Wenn ein Reisender in einer Winternacht. Als ich Terry Lennox zum ersten Mal sah, lag er betrunken auf der Straße, drei Blocks von meinem Büro entfernt. Es gibt vielleicht keinen besseren Anfang als die sachliche Beschreibung sehr präziser Vorkommnisse. So beansprucht oder imitiert Literatur die Objektivität der Welt. Deswegen ist mein liebster Romananfang jener, den Flaubert für *Die Erziehung des Herzens* erfand, der von dem Beginn einer Reise handelt und etwas von einem amtlichen Protokoll oder einem Logbucheintrag hat: »Von der *Ville de Montereau*, die am 15. September 1840 gegen sechs Uhr morgens zur Abfahrt bereit vor dem Quai-Bernard lag, wirbelte dichter Dampf auf.« Am 1. Januar 1987 um elf Uhr nachts verließ der Lusitania-Express den Bahnhof von Madrid Atocha in Richtung Lissabon. Am 8. Mai 1968 traf ein Reisender – etwa vierzig, dunkler Anzug und Mantel – um ein Uhr fünfzehn morgens mit einer Maschine aus London auf dem Flughafen von Lissabon ein.

8

Es gibt noch eine andere Version von seiner Ankunft in der *Texas Bar*. Es ist am Morgen, aber vielleicht ein wenig früher. Er hat den Koffer bei sich, den Mantel unter dem Arm, die Reisetasche, er war also noch nicht im Hotel. Der jungen Frau, die am Tresen trank, fiel das auf, sagte sie später, der Koffer, der Eindruck von neu angekommen, von verloren, den er machte, in der zwar nicht überfüllten, doch zu dieser Stunde schon sehr belebten Bar, diesem Babylon, sagten Jahre später die Alten, die sich noch daran erinnern konnten, Kellner in Rente, rüstige Lüstlinge von einst. Wie also hatte er die Nacht herumgebracht seit seiner Ankunft in Lissabon, mit dem Koffer, in der fremden, unbekannten, menschenleeren Stadt. Der Verkehr stand still, die Läden waren geschlossen, die Schaufenster unbeleuchtet, in den Stoffgeschäften standen gespenstische Schaufensterpuppen, Wasser plätscherte in der Stille der Praça de Rossio ins Becken des Springbrunnens, das nebelfeuchte Kopfsteinpflaster glitzerte glanzlackig in der Nacht.

Anstatt ins *Hotel Portugal* brachte ihn das Taxi vom Flughafen direkt zum Cais do Sodré. Vielleicht hatte er nach Frauen und Bars gefragt, die um diese Zeit noch geöffnet hatten. Nach der Dunkelheit und Stille stieg er aus dem Taxi und fand sich in der blinkenden Neonhölle der Nachtbars wieder, inmitten Fetzen von Musik, die an den gerafften roten Vorhängen vorbei auf die Straße schallten, dem Lärm einer trinkenden Meute von Männern, Betrunkenen, von Alkohol und der Nähe von Frauen aufgeputschten Matrosen. Und er so ganz anders als die anderen, so allein, so fehl am Platz. Doch in wie vielen Lokalen mochte er gewesen sein in all diesen Stunden, bevor er die *Texas Bar* betrat, mit seiner geschulterten Tasche und dem Koffer, müde von der langen Reise, sich einen Weg bahnend zwischen feiernden Seeleuten und tanzenden Paaren, die sich im Rhythmus der Musik über die Tanzflächen schoben, Frauen, die ihn an den Straßenecken ansprachen oder ihm von Balkonen zuriefen, ihre wogenden Dekolletés über den Geländern hängend wie die roten Blüten der Geranien aus den Blumentöpfen.

Wenn er seine erste Nacht nicht im *Hotel Portugal* verbrachte, ist diese zeitliche Leerstelle nicht zu füllen. Plötzlich ist er da, mit all seinen Sachen, exotisch, ganz er selbst, in der *Texas Bar*, mit dem Prestige des unverwechselbaren Ausländers, in einem Halbdunkel, das umso schützender ist, als er am frühen Morgen oder in der ersten Morgenstunde seine Zuflucht darin gesucht hat, vor sich ein Bier, ab und zu einen verstohlenen Blick auf die Frau werfend, die am Ende des gepolsterten Tresens saß und ihm zulächelte. Mit knapper Geste forderte er den Kellner auf, ihm ein neues Getränk zu bringen. In einer der flüchtigen Vergangenheiten, die er in Gesprächen mit Fremden improvisierte, hatte er mehrere Jahre eine vornehme Cocktailbar in Acapulco geführt; eine Bar unter einem Palmstrohdach, nur wenige Schritte vom Strand entfernt, so nah am Meer, dass man die auf den goldenen Sand schlagenden Wellen unter den bloßen Füßen spürte und das Platzen der Schaumbläschen hören konnte, wenn das Wasser ins Meer zurücklief. Er rauchte zwar nicht, hatte jedoch stets ein Feuerzeug bereit, um der Frau in der *Texas Bar* Feuer geben zu können, sobald sie danach verlangte; ein Feuerzeug oder eine Schachtel Streichhölzer. Unter seinen letzten Habseligkeiten fand sich eine Streichholzschachtel mit dem Schriftzug und der Adresse eines Restaurants in Toronto, dem *New Goravale*. James Bonds Ronson-Feuerzeug war versilbert und so glatt wie ein Zigarettenetui, wie eine versteckt getragene Pistole. Er betrachtete sich in dem Spiegel hinter den Flaschenbatterien der Bar, prüfte sorgfältig sein Aussehen, zufrieden, mit einem Anflug von Nervosität. »Das Gesicht eines Mannes zu verändern heißt so gut wie unweigerlich, seine Zukunft zu verändern«, hatte in dem Buch von Dr. Maxwell Maltz gestanden. Im Dämmerlicht der Bar, im teilweise abgeblätterten Spiegel hinter den Flaschen, begutachtete er aus den Augenwinkeln sein durch die Schönheitsoperation verändertes Profil, die weniger spitze Nase, das nicht mehr so vorstehende Kinn, dieses rätselhafte und vielleicht ansprechende Gesicht, das die junge Frau mit den kurzen Haaren jetzt unverhohlen anstarrte. Schade, dass er keine Zeit mehr gehabt hatte, sich die Ohren richten zu lassen. In einem James-Bond-Roman hatte er den Satz unterstrichen: »Er war ein Einzelgänger, ein Mann, der stets allein unterwegs war und sein Herz niemandem öffnete.«

Von ihrem Ende des Tresens prostete die Frau ihm mit dem Glas zu, das der Kellner ihr soeben hingestellt hatte. Sie waren sich aufgefallen, waren sich beinahe vertraut vorgekommen, sofort nachdem er den roten Plüschvorhang zur Seite geschlagen und blinzelnd stehen geblieben war, um sich an das jähe Halbdunkel und die unerwartete Geräumigkeit der *Texas Bar* zu gewöhnen, die mit Schiffsmodellen, Steuerrädern, Fischernetzen, Riemen und Bullaugen dekoriert war, genau wie die *Neptune Tavern* in Montreal, wie lang war das her, am Beginn der Flucht, in jener fernen Zeit, die im Moment des Schusses aufgehört hatte zu existieren. Inmitten der Gäste, ihrer lärmenden Unterhaltungen, lauten Rufe und der Musik erkannten sich beide in ihrer gegenseitigen Fremdheit. Sie allein an der Bar, sehr aufrecht sitzend, isoliert, noch neu, mit einer Zigarette zwischen den Fingern, an der sie nur selten zog, als Zitat einer Romanfigur oder Filmdiva, vor einem Getränk in der Farbe von künstlicher Frucht und mit alkoholischem Geschmack, an dem sie nur genippt hatte, da ihr vom Alkohol schnell schwindelig wurde, genau wie vom

Tabak, ihr wurde immer übel davon, und sie verlor das Zeitempfinden, ganz besonders an einem Ort wie diesem, an den nie das Tageslicht drang, immer dieselbe Uhrzeit herrschte, die ewig gleiche, niemals endende Nacht.

Die Einbildungskraft weiß nichts vorherzusagen. Diese Frau hieß, heißt vielleicht immer noch, Maria I.S. Ich habe ihren Namen und die Initialen niedergeschrieben und danach wieder gelöscht. Wenn man über Personen des wirklichen Lebens schreibt, muss man sich erst an den Gedanken gewöhnen, dass sie im Unterschied zu erfundenen Gestalten verletzlich sind und das, was wir über sie schreiben, ihr Leben beeinflussen kann. Sie ist auch kein Stereotyp: Sie fällt im Gewoge von Gesichtern, Stimmen und Zigarettenqualm der *Texas Bar* deswegen auf, weil sie nicht wie eine Prostituierte aussieht. Es gibt ein Foto von ihr im *Life Magazine*, das nur wenige Wochen später aufgenommen wurde. Sie ist viel jünger, als man sich das vorgestellt hätte. Sie trägt kurzes dunkles, nach Art der Sechzigerjahre frisiertes Haar und ist nicht geschminkt. Sie zeigt auch keinen freizügigen Ausschnitt, sondern trägt eine raffiniert geschnittene, hochgeschlossene Bluse, die ihre schlanke Figur betont; eine leichte Bluse mit über den Handgelenken zurückgeschlagenen Ärmeln, ein Armband, eine lange Halskette mit einem Kruzifix vielleicht oder einem geweihten Medaillon. Sie hat lange schmale Hände, ovale Fingernägel, eine vornehme Gestalt. Ihr Gesicht zeigt ein junges, unbekümmertes, intelligentes Lächeln. Sie freut sich, dass die Amerikaner sie fotografieren, und ist etwas aufgeregt. Als jene Nummer der Zeitschrift Ende Juni in Lissabon erschien, gab es Zeitungskioskbesitzer und Kellner auf dem Cais do Sodré, die sie auf der Straße erkannten und ihr sagten, sie sehe auf den Bildern aus wie ein Filmstar.

Ein Exemplar der Zeitschrift hat sie über viele Jahre gut versteckt aufbewahrt. Damals hat sie gerade erst angefangen, sich zu prostituieren. Sie muss ihre Eltern und ihre Geschwister versorgen, eine arme Lissabonner Familie. Die Eltern sind alt und gebeugt, die Geschwister faulenzen herum oder kränkeln. Sie tut so, als ginge sie jeden Morgen zur Arbeit in ein Geschäft, darum ist sie immer schon so früh in der *Texas Bar*. Diese Stunden des Tages sind ihr die liebsten, da ist es fast immer ruhig, ohne diese Massen von Gästen und den Radau, der immer wilder wird, je weiter die Nacht fortschreitet. Die Kunden um diese Vormittagszeit sind meist nicht mehr so junge Männer, gebildeter, oft aber auch wunderlicher. Nach fünf Uhr nachmittags ist sie nie mehr in der Bar oder mit einem Kunden zusammen, da sie rechtzeitig zu Hause sein muss, als hätte sie im Büro oder im Geschäft Feierabend. Solange niemand in ihrer Familie und in der Nachbarschaft weiß und sich nicht einmal vorstellen kann, womit sie ihr Geld verdient, ist das Schlafen mit Männern für Geld weniger beschämend, nur ein Fleck, der wieder beseitigt ist, sobald sie sich gründlich gewaschen und wieder angezogen hat und mit dem Geld in der Handtasche die Pension verlässt. Ein paar Schritte weiter, hinter der nächsten Straßenecke, ist sie eine Frau aus Lissabon wie jede andere, die mit leicht nach vorn geneigtem Kopf und trippelnden Schritten über die Mosaiken der Bürgersteige geht. Die merkwürdigsten Dinge im Leben passieren einem, ohne dass man es recht mitbekommt.

Fast vierzig Jahre später erinnert sich Maria I.S. – ihre Augen von der Farbe saurer Milch rein zufällig auf das Bild des Hl. Antonius an der Wand gerichtet, den sie nicht sieht –, dass sie an einem Sonntagabend Hure wurde. Sie kam aus dem Kino und ging nach Hause, allein, irgendwie traurig, in Gedanken noch bei dem Film, als sie an einem Taxi vorbeikam, das am Straßenrand parkte. Der Fahrer, der rauchend an der Motorhaube lehnte, schaute ihr entgegen. Aus den Augenwinkeln sah sie, dass jemand auf dem Rücksitz saß, eine breite, männliche, dunkle Gestalt, eine brennende Zigarette in der Hand. Sie wunderte sich immer noch darüber, welche wichtige Rolle das Rauchen bei solchen Gelegenheiten noch immer spielte. Der Taxifahrer musterte sie von ferne, ihr frisches Gesicht, den Schwung ihrer Lippen, Kinn, Wangen, die schmalen Augen, die schiefen Absätze, die dürftige Strickjacke, den glanzlosen Rock. Er fragte sie irgendwas, nur damit sie stehen blieb: ob sie in der Nähe wohne, ob sie aus dem Kino komme, dessen Markise und handgemalten Plakate im Hintergrund leuchteten.

Er bot ihr eine Zigarette an, eine echte amerikanische, wie er sagte, doch sie schüttelte den Kopf. Im Taxi, nah am Fenster, saß wie in einem Leichenwagen ein schwarz gekleideter Mann mit fleischigem Gesicht und beobachtete sie. Der Taxifahrer trat näher zu ihr und sagte leise, in einem leutseligen Ton, der irgendwie nicht zu seinen glänzenden Augen und seinem Gesichtsausdruck passte, wenn sie sich fünfhundert Escudos verdienen wolle, brauche sie nur ins Taxi einzusteigen und neben dem Fahrgast Platz zu nehmen, der dort saß, ein Bekannter von ihm, Kavalier durch und durch, absolut vertrauenswürdig. Er, der Fahrer, würde sie beide zu einer verschwiegenen, sauberen Pension fahren, gar nicht weit entfernt. Als sie in das Taxi stieg, bewegte sich der Mann auf dem Leder des Rücksitzes, um ihr Platz zu machen, beide Hände flach auf den Hosenbeinen, am Ringfinger der einen ein dicker Ring. Das Deckenlicht beleuchtete die Hände, jedoch nicht das Gesicht.

Der Lauf der Jahre hat ihre Erinnerungen nicht getrübt. Als sie in Blindheit versank, wurde die nahe Vergangenheit schnell undeutlich, doch die Bilder aus der Zeit, als sie jung war und noch sehen konnte, traten umso klarer hervor. Es war, als sähe sie in der schützenden Dunkelheit eines Kinos Filme in Farbe auf der Leinwand oder wieder die knallbunten ganzseitigen Anzeigen in jener Nummer des *Life Magazine*, in der ihr Foto erschienen war, sie ganz entspannt lächelnd in der Tür der *Texas*

Bar. Sie hatte die Zeitschrift tief unten in der Schublade einer Kommode verwahrt, unter der vergilbten Bettwäsche, die ihrer Mutter gehört hatte und die sie nicht mehr benutzte. Aber ihre Tochter wuchs heran, ein aufgewecktes Kind, das nichts lieber tat, als Verstecke im Haus ausfindig zu machen und in Schubladen zu wühlen, und sie war voller Angst, dass sie die Zeitschrift fand, das Foto sah und ihre Mutter erkannte, obwohl sie sich in kurzer Zeit stark verändert hatte, schon bevor ihre Sehkraft nachließ, noch während sie bei wohlhabenden Leuten als Putzfrau arbeiten konnte.

Die Vorstellung kann sich nicht ausmalen, was das Leben für einen bereithält, die Schicksalsschläge, die Veränderungen, die über eine lange Zeit hinweg eintreten. Die Zukunft kann etwas sehr Langwieriges sein. Im Mai 1968 war Maria I.S. fünfundzwanzig Jahre alt. Im Unterschied zu Romanfiguren leben richtige Menschen weiter, wenn das Scheinwerferlicht einer Geschichte, in dem sie einmal gestanden haben, erloschen ist. Im Jahr 2006 ist sie eine träge, in die Breite gegangene blinde Frau mit einem weißen Fleck in den Augen. Ein Journalist aus Lissabon, Vladimiro Nunes, hat sie aufgespürt. Zum ersten Mal seit sie weiß nicht wie vielen Jahren erinnert sich wieder jemand an das, was passiert ist, und das macht sie einerseits misstrauisch, andererseits schmeichelt es ihr. Sie wohnt mit ihrem Mann in einem Außenbezirk der Stadt, wo vor allem Emigranten leben, in einer Straße mit Abfällen auf den Gehwegen, Graffiti an den abblätternden Mauern, eisernen Rollläden vor aufgegebenen Läden, und an den Straßenecken lungern junge Afrikaner herum. Manchmal röhrt mit hohem Tempo der Geländewagen eines Drogenhändlers vorbei, die getönten Seitenfenster halb heruntergelassen, aus denen dröhnender Hip-Hop-Beat nach draußen schallt. Ihre Wohnung befindet sich im dritten oder vierten Stock eines Gebäudes ohne Fahrstuhl. Eine aufgeräumte, aber ärmliche Wohnung mit bestickten Gardinen und

Häkeldeckchen auf den Rückenlehnen der kunststoffbezogenen Sesseln, mit klapprigen Möbeln und gerahmten Heiligenbildern an den Wänden, der Hl. Antonius mit dem Jesuskind, die von den Hirten angebetete Jungfrau von Fatima, Familienfotos, die sie nicht sehen kann, von denen sie aber weiß, wo sich jedes befindet und die sie vorsichtig anfasst, wenn sie den Staub abwischt, so auch das Foto ihrer verstorbenen Tochter im silbernen Rahmen auf dem Fernseher.

In dem vom Leben gezeichneten breitflächigen Gesicht findet sich keine Spur mehr von der jungen Frau auf dem Foto des *Life Magazine*. Die blicklosen Augen bewegen sich mit nervösem Zucken, kehren zu der Stimme zurück, die fragt und erklärt, verharren in der vom Fenster kommenden Helligkeit. Manchmal dauert es, bis sie antwortet, doch nicht, weil sie sich nicht erinnert, sondern weil sie sich ablenken lässt von den Geräuschen der Tiere in der kleinen Wohnung: Kanarienvögel in Käfigen auf der Terrasse und in der Küche, zwei Hunde, von denen einer den Besucher anknurrt, zwei mittelgroße Schildkröten. Die Frau bewegt sich tastend durch die schmalen Gänge zwischen den Möbeln und setzt ihre Schritte noch behutsamer, um nicht auf eine der Schildkröten zu treten, die immerzu von einer Stelle zur anderen kriechen, langsam, in ihre Panzer geduckt, und mit den Zehen eigentümliche Geräusche auf dem Linoleum machen. Von der Straße dringen Musikfetzen mit stark aufgedrehten Bässen herein, knatternde Motorradauspüffe. Vor dem Hintergrund der zwitschernden und flatternden Vögel spricht die Frau mit monotoner Stimme, die genauso ausdruckslos ist wie ihr Gesicht. Eine der Schildkröten sitzt in einer Ecke hinter dem Fernseher fest. Sie will vorwärts, doch das hornige Sauriermaul stößt gegen die Wand, die Füße schurren über das Linoleum.

Sie erinnert sich noch an ihre Zeit in der *Texas Bar*, wo sie ihren und der Familie Lebensunterhalt verdiente, indem sie mit Männern ins Bett ging, erinnerte sich, dass das schlechte

Gewissen im Lauf der Jahre und mit einem zunehmenden Gefühl von Unwirklichkeit nachließ. Sie war die junge, schlanke, dunkelhaarige Frau, und zugleich war es eine andere. Als sie in einem Moment, in dem sonst niemand in der Wohnung war, die Zeitschrift aus der Schublade nahm und sie draußen in die Mülltonne warf, war ihre Sehkraft schon geschwächt. Sie erkannte die Gesichter auf den Fotos nur noch mit Mühe – und mit noch größerer Mühe die Buchstaben, die Schlagzeilen und die unverständlichen Wörter in Englisch. Sie sah auch das Medaillon nicht mehr gut, das sie angelegt hatte, bevor sie vor dem ausländischen Fotografen posierte, aber sie erinnerte sich daran, genau wie an das Armband an ihrem linken Handgelenk, dem Geschenk eines Kunden, aus Gold, einem Kunden, der Juwelier gewesen war.

Nicht mehr wusste sie jedoch, wo sie den Badeanzug gelassen hatte, den der Amerikaner aus der *Texas Bar* ihr geschenkt hatte, als sie auf der Straße nach einem Taxi suchten, das sie in die Pension bringen sollte, er im grellen Tageslicht plötzlich sehr blass, nicht mehr ganz so attraktiv mit seinen schmalen Lippen, der scharf geschnittenen Nase, dem Grübchen am Kinn. »Einen grünen Badeanzug, jawohl, mein Herr«, sagt sie mit einem verirrten Lächeln, bei dem sie die Lider zusammenkneift, aus einem modernen Gewebe, das sich eng an den Körper schmiegte und sehr schnell trocknete. Ihr war, als könne sie es unter ihren Fingern fühlen, wie es da auf dem Tresen des Geschäfts gelegen hatte, in das sie mit ihm gegangen war, nachdem sie eine Weile vor dem Schaufenster gestanden und sich das Teil angeschaut hatten, in dem sie sich wohlgefällig mit dem großen Amerikaner an ihrer Seite gespiegelt gesehen hatte; Amerikaner oder Kanadier, das wusste sie nicht so genau, kannte den Unterschied nicht, er mit seinen dunklen Brillengläsern, die Hände in den Hosentaschen, Mantel, Koffer und Reisetasche hatte er in der Garderobe der *Texas Bar* gelassen, hatte gesagt, er käme später zurück, um sie abzuholen.

Daran erinnerte sie sich gut, so wie an viele andere Dinge vor ihrer Blindheit, die ihr daher lebendiger vor Augen standen. Sie war um den Tresen herum zu ihm gegangen, noch unsicher auf ihren hochhackigen Schuhen, in der einen Hand das Glas, in der anderen die Zigarette, an der sie ab und zu ein paar schnelle Züge nahm und deren Rauch sie langsam zwischen ihren geschwungenen Lippen entweichen ließ, wie sie es von den Filmstars im Kino kannte. Aus der Nähe sah sie seine sehr hellen Augen deutlicher und die grau melierten Schläfen, die ihn so distinguiert wirken ließen. Er flüsterte ihr ins Ohr, streifte ihr Haar mit seinem Gesicht, und die englischen Wörter schienen aufregender und geheimnisvoller zu sein, weil sie sie nicht verstand, eine trunkene Akustik voller Versprechen. Manchmal benutzte er spanische Wörter, legte große Sorgfalt in die Aussprache, manchmal verstand sie sie dann und andere Male nicht, dennoch nickte sie immer, lächelte, den Kopf nach hinten geworfen, eine Spur von Karmin an der Zigarette, wenn sie sie aus dem Mund nahm, berührte ihn mit der Hand am Ellenbogen, am Knie, jeder auf seinem hohen Barhocker, das Profil dem beleuchteten Spiegel hinter den Flaschen zugewandt, in dem sie sich und ihn gern aus den Augenwinkeln betrachtete. Es gefiel ihr, dass er so anders war als die übrigen Trinker, als jeder der üblichen Gäste in der *Texas Bar* und dem Cais do Sodré, so ernst, so schüchtern, dass er sie kaum berührte und ihrem Blick auszuweichen schien, gerade erst angekommen von wer weiß woher.

Er sagte, oder sie glaubte verstanden zu haben, dass er sagte, sein Schiff habe am frühen Morgen im Überseehafen festgemacht, aber nicht, welches sein Heimathafen war und wie lange er zu bleiben gedachte noch weswegen er nach Lissabon gekommen war. Möglicherweise war er ein Geschäftsmann und hatte viel Geld. Ein Mann mit blauen Augen, mit Anzug und Krawatte, der Englisch sprach, war bestimmt reich, mit Krokodillederschuhen, der lässig Geldscheine aus verschiedenen Ländern aus der Tasche zog und ihr zögernd, aber doch entschlossen Feuer mit seinem Feuerzeug gab, wenn es auch nicht besonders teuer aussah. Die Bar füllte sich, es wurde immer lauter, die Musik war aufgedreht worden, doch sie beide waren von den anderen isoliert, waren anders als sie, saßen nah beieinander, berührten sich kaum, erlebten zwischendurch schwierige Momente der Stille, in denen er den Kopf zur Seite drehte und auf den Boden schaute oder auf den Boden seines Glases oder die Augen geschlossen hielt oder sich ihr zuwandte und etwas fragte oder etwas vorschlug, das sie nicht verstand. Transaktionen in groben, gewöhnlichen Worten auf Englisch oder Spanisch, unter Zuhilfenahme von Gesten mit den Fingern, kompliziert durch das langsame Umrechnen der Währungen, das er bewerkstelligen musste, so müde, wie er war, so ungeduldig, näher an sie heranrückend, die Stimme noch dunkler an ihrem Ohr.

Später ging er unbeholfen an ihrer Seite, ein wenig hinter ihr, weil er es nicht gewohnt war, seine Schritte denen einer anderen Person anzugleichen, und schon gar nicht auf diesen Straßen mit ihrer holprigen Pflasterung, ihren steilen Anstiegen und schmalen Bürgersteigen, mit Seitengassen und Bögen und Treppen. Vor dem Schaufenster eines Kleidergeschäfts sah er sie stehen bleiben. Kleiderpuppen mit kaltem, anachronistischem Lächeln und verlorenen Blicken, aufgereiht vor einem plumpen Horizont aus ausgeschnittenen Palmen und einer Sonne aus Karton, die an Plastikfäden hing. Er war es, der sich anbot, ihr den Badeanzug zu kaufen, erklärte sie später rückblickend mit Stolz, der in achtunddreißig Jahren nicht gelitten hatte. Er sagte: *»Like it?«*, und sie nickte und wiederholte die Worte, um zu zeigen, dass sie sie nicht vergessen hatte: *like, yes, beach.*

Der Verkäufer behandelte sie ungewohnt respektvoll, da er sie in Begleitung eines so gut gekleideten, so seriösen Fremden sah, der seine Sonnenbrille auch im Laden nicht absetzte und sich unter der Tür ein wenig vorgebeugt hatte, weil er so groß war, größer noch in der Erinnerung. Er nahm eine Handvoll Geldscheine nicht aus der Brief-, sondern direkt aus der Jackentasche und gab sie dem Verkäufer, damit er zurückbehielt, was es kostete, und akzeptierte das Wechselgeld, ohne einen Blick darauf zu werfen. Mit derselben Nachlässigkeit bezahlte er später das Taxi und das Pensionszimmer und die dreihundert Escudos, die er mit ihr vereinbart hatte. Mit Gleichgültigkeit und Staunen sah er zu, wie ihm das Geld unter den Händen zerrann, als wäre es eigentlich kein richtiges Geld, mit fatalistischem Blick auf das Unausweichliche, so wie er schon viele Dinge in seinem Leben hatte passieren sehen.

Maria schwieg einen Moment, ein Schattenriss gegen das durch Jalousien gefilterte Fensterlicht, derweil die Schildkröten sich irgendwo unter den Stühlen und dem Tisch bewegten, in dem schmalen dunklen Spalt unter dem Sofa. Sie sagte, sie habe nichts empfunden mit den Männern, die sie bezahlten, doch mit ihm sei es schön gewesen. Sie sagte Worte, die sie in den Telenovelas gehört hatte, denen sie treu geblieben war, obwohl sie sie nicht mehr anschauen konnte. Sie sagte, sie habe sich ihm hingegeben, sie hätten Liebe gemacht. Sie faltete die breiten Hände im Schoß über der Küchenschürze und wandte das Gesicht wieder dem Besucher zu, der schon seit einer Weile keine Fragen mehr zu stellen brauchte. Etwas leiser sagte sie, unerwartet rüde: »Er war ein richtiger Kerl, dieser Mann.«

Sie sah ihn urplötzlich eingeschlafen neben sich, die Füße aus dem schmalen Bett hängend, nachdem er sich mit einer Art heiserem Seufzen auf den Rücken geworfen hatte in dem kleinen, besser gesagt schäbigen Zimmer, das sie nach all den Malen in- und auswendig kannte, die Stockflecken an der Decke, die Kommode mit dem Spiegel, in dem sich trübe die Leiber spiegelten, die zu kurze Matratze und das quietschende Sprungfederbett mit der Kuhle in der Mitte.

Nachdem er sich von ihr gelöst hatte, sank er wie vom Blitz erschlagen auf den Rücken und schlief ein, atmete mit einem merkwürdigen Geräusch durch die Nase, mit offenem Mund, unter flachen Zuckungen, die über den ganzen Körper liefen, unverständliche Worte murmelnd, ein Fremder mit ungewöhnlichem Namen für einen, der Englisch sprach, Ramon, Amerikaner oder Kanadier, mit einer kleinen Narbe auf der Stirn, mit einem Grübchen am Kinn wie ein Hollywoodschauspieler.

Sie aber musste gehen, musste kurz nach fünf zu Hause sein, damit die Eltern und die nutzlosen Geschwister weiterhin glaubten, sie arbeite in einem Büro oder Geschäft, oder weiterhin so tun konnten, als ob sie es glaubten. Sie ging ins winzige Bad, um sich zu waschen, ein Bad mit einem Fensterchen, von dem aus man Dächer und Katzen sah, den hellen Himmel über Lissabon.

Als sie wieder ins Zimmer kam, war er wach. Er fragte sie, ob sie ein Kind habe. Sie wusste auch noch, welches Wort er benutzte: »*Bambino?*« Aber sie sprach mit niemand über ihre Tochter. Sie war jung gestorben, und sie sagt nicht, woran, aber sie zeigt dem Journalisten das gerahmte Foto auf dem Fernseher, wie auf einem Altar, mit einem Gesicht und einem Lächeln in diesem Gesicht, beides schon alt, anachronistisch wie die Toten.

Auf dem Weg zurück in die *Texas Bar* warf sie im Taxi einen verstohlenen Blick auf ihre Uhr. Wenn sie sich nicht beeilte, würde sie zu spät kommen. Sie wartete im Taxi auf ihn, während er sein Gepäck holte. Als sie ihn mit dem Koffer und dem Mantel über dem Arm herauskommen sah, so blass im Tageslicht, da fiel ihr auf, was für ein seltsamer Mensch er war, was sie alles nicht über ihn wusste und niemals über ihn erfahren würde. Sie war es, erinnerte sie sich später, die ihm das *Hotel Portugal* empfahl.

Das Paket mit dem Badeanzug hielt sie auf den Knien. Er schaute aus dem Rückfenster des Taxis, und ab und zu betrachtete er sich selbst im Rückspiegel oder sah sie an, die aufrecht an seiner Seite saß, die Knie aneinander, all das schon hinter sich lassend, was in den letzten Stunden gewesen war, und wieder die werdend, die Nachbarn und Eltern erleben würden, wenn sie zu Fuß nach Hause kam, da sie das Taxi ein paar Straßen weiter halten lassen würde, damit es so aussah, als hätte sie nach der Arbeit die Straßenbahn genommen.

Er sagte ihr, er würde sie gern in dem Badeanzug sehen. Anderntags würden sie zusammen zum Strand gehen, schön früh, *tomorrow, beach*. Das Taxi hielt an der Ecke Rua João das Regras. Sie zeigte ihm das Schild des *Hotel Portugal*. Bevor sie sich trennten, legten sie mühevoll die Einzelheiten ihres Treffens am nächsten Morgen fest: neun, Hoteleingang, Badeanzug, *beach*.

Zu dieser Zeit fand sie sich im Hotel ein, unsicher ob ihres Äußeren, als sie durch die Hotelhalle ging, Argwohn und Seitenblicke fürchtend. Der Rezeptionist schaute ins Gästebuch und teilte ihr halb bedauernd, halb spöttisch mit, Señor Ramon habe das Hotel und die Stadt vor einer Stunde verlassen, er habe ein dringendes Telegramm bekommen und telefonisch ein Flugticket bestellt, wohin er fliegen wollte, wisse er nicht.

Im Verlauf mehrerer Tage und Nächte wurde er in anderen Bars gesehen. Man erinnerte sich an ihn fast immer als an jemanden, der allein an einer Ecke des Tresens saß, langsam ein Bier trinkend, damit es lange vorhielt. Die Namen der Bars glitzern mit ihren Neonschriften in der Ferne der Zeit, wie im leichten Nebeldunst einer Lissabonner Nacht, die klangvollen exotischen Namen wie von geheimes Codes in Abständen aufleuchtend und erlöschend: *Arizona Bar, Niagara Bar, California Bar, Europa Bar, Bolero Bar, Tagide Nightclub, Maxine's.*

Im *Maxine's* lernte er Gloria S.R. kennen. Er verbrachte mindestens eine Nacht mit ihr. Sie war blond, schlank, hatte kurzes gekräuseltes Haar. Möglicherweise war sie es, mit der er in der Halle des *Hotel Portugal* auftauchte und die er nicht mit aufs Zimmer nehmen konnte. Er bot ihr ein Kleid und ein Paar

Strümpfe an, und sie dachte, es sei ein Geschenk, eine Aufmerksamkeit dieses so förmlichen, so zurückhaltenden und schüchternen ausländischen Kunden. Aber es war kein Geschenk, sondern der Versuch, sie in Naturalien zu bezahlen. Sie erinnerte sich später, dass er die nervöse Angewohnheit gehabt hatte, sich am rechten Ohrläppchen zu kratzen und dass er immer auf der Suche nach amerikanischen oder englischen Zeitungen gewesen war. Als sie gefragt wurde, wie sie sich denn verständigt hätten, da sie ja kein Englisch und er kein Portugiesisch sprach, antwortete sie lachend, sie hätten sich in der internationalen Sprache der Liebe unterhalten.

Wer weiß schon etwas über die Erinnerungen von Fremden, wie viele verschiedene Vergangenheiten sie vor einem verbergen. In der Pension, in die sie ihn gebracht hatte, nachdem man sie des Hotels verwies, sprachen sie flüsternd miteinander, und keiner von ihnen verstand den anderen. Es war eine Erleichterung für ihn, laut sagen zu können, was er alles getan hatte und warum er seit einem Monat und einer Woche auf der Flucht war und sich versteckte, sich selbst erzählen zu hören, wer er wirklich war, welches Verbrechen er begangen hatte und dass sie ihn nicht erwischt hatten. Nichts zu erfinden. Zu sagen, wer er war, und trotzdem unsichtbar und straflos zu bleiben. Worte auszusprechen, die exakt mit Taten übereinstimmten, präzise Namen von Menschen und Orten, das auf das Fensterbrett im schmutzigen Badezimmer aufgelegte Jagdgewehr, das eingestellte Zielfernrohr, die Kuppe des Zeigefingers, der sich auf den Abzug legt, als das Visier die Entfernung so verkürzt, dass der Mann im dunkelblauen Anzug deutlich zu erkennen ist, der jenseits des Parkplatzes und eines vermüllten und überwucherten Grundstücks am Balkongeländer vor seinem Zimmer lehnt.

Was im Visier sichtbar wurde, erreichte beim Blick durch das Teleskop absolute Präzision. Er konnte den sich bewegenden Mund des Mannes sehen, seine schmalen Augen, die dicken

Lippen. Er sah den Glanz des Rasierwassers im frisch rasierten Gesicht, den gepflegten Schnurrbart, die Falten im teuren Seidenstoff seines Anzugs, die Manschettenknöpfe an den voluminösen Ärmelaufschlägen des Oberhemds, dieser große Heuchler, heilige Prediger und geile Affe, sein lautloses Lachen so nah, genau in der Mitte des Fadenkreuzes.

Er sagte das alles in einem murmelnden Tonfall, während die Frau sich mühte, seinen Anweisungen zu folgen, die er mit Gesten gab, mit knappen spanischen Worten, die er aus seinen Tagen in Mexiko mehr schlecht als recht behalten hatte, den Rücken gewölbt und sichtbar, das wirre blonde Haar seine Lenden streifend, das blond gefärbte Haar, das ihr halb ins Gesicht fiel, als sie sich schließlich aufrichtete, eine verschwitzte Strähne in der Stirn, und sich mit dem Handrücken über den Mund wischte, während er sprach und erzählte, in diesem verwahrlosten Pensionszimmer, in dem niemand ihn finden konnte, in einer schmalen Gasse, die an einer Treppe endete, neben einem offenen Fenster, durch das Stimmen von Betrunkenen und Hafengerüche hereindrangen, das Tuten der Schiffe auf dem nebligen Fluss.

An der Zimmerdecke baumelte eine rot angemalte Glühbirne. Das Bett und die beiden Körper doppelten sich im Spiegel einer bürgerlichen Schlafzimmerkommode von vor dreißig Jahren. Sie rauchte, während sie ihn betrachtete, seine blassen schmalen Lippen, aus denen Worte hervorsprudelten, die sie nicht verstand, seine unsteten Augen, die ihren Blicken auswichen, seine abstehenden Ohren und sein Haar, das nicht durcheinandergeraten war, das niemals ungekämmt aussah. Als mehrere Wochen später die ausländischen Ermittler zu ihr kamen, Polizisten in Zivil, die ihr Fragen stellten und dann warteten, bis der Dolmetscher sie ihr übersetzt hatte, lernte sie, auf den Moment zu warten, an dem sie ihr das Foto zeigten und sie beobachteten, lernte, mit kokettem Augenaufschlag und instinktiver Vorsicht zu nicken, eingeschüchtert und geschmeichelt, mitleidig, mit Bedauern und vielleicht etwas von spätem Grusel an den Mann denkend, der vermutlich wieder Gefängniskleidung trug und in London in einer Zelle saß, bleicher denn je, auf den die Auslieferung wartete und höchstwahrscheinlich der elektrische Stuhl.

9

An der Station Santa Apolónia stieg ich aus und lief los, ohne genau zu wissen, wohin, ohne den Druck, ein Taxi nehmen und das Hotel erreichen zu müssen. Es war acht Uhr morgens, der Himmel war sehr klar, die Luft mild und etwas feucht, das Licht von einer Weichheit, die man fühlen zu können meinte, die das Gesicht streichelte und einen mit einem zarten Willkommen empfing. Ich kam aus der trockenen Winterkälte, der eisigen harten Helligkeit Granadas und Madrids. Ein Licht wie das in Lissabon hatten meine Augen noch nie gesehen. Dieses Licht besänftigte alle Farben: das Blau des Himmels und das Rot der Dächer, das Blau, Grün, Gelb und Ocker der vom Meeresklima geplagten Mauern, den Glanz der gekachelten Wände, die geöffneten roten Blüten in den Kronen großer tropischer Bäume mit Stämmen, die den Rücken von Dickhäutern glichen.

Mit meiner Reisetasche in der Hand ging ich, ohne anzuhalten, an der Reihe der Taxis entlang. Die hinter den Hafengebäuden und dem schimmernden Band des Flusses soeben aufgegangene Sonne brachte die Kacheln an den Hausfassaden und die Fenster in den Gebäuden zum Leuchten, ebenso die auf den stufenförmig an einem Hang sich hinaufziehenden Terrassen zum Trocknen aufgehängte Wäsche. Aus kleinen Cafés und Konditoreien stiegen mir warme Frühstücksdüfte in die Nase. Ich ging an den Hauswänden aufgegebener Lagerhallen entlang, lief durch Straßen mit den Namen von alten Handelsgütern: Ribera del Trigo, Jardim do Tabaco. Das Gefühl von Ferne war hier deutlicher spürbar als in Paris oder in Italien, den einzigen Örtlichkeiten außerhalb Spaniens, die ich kannte. Alle Welt hat klare Vorstellungen von Paris, von Florenz, von Rom. Wer nie in Lissabon war, kann sich nicht vorstellen, wie es ist. Vorbeigehend an Kiosken, Cafés oder Läden, denen Gerüche von Kolonialwaren entströmten, hörte ich Leute sich unterhalten, und die Sprache war wie ein akustisches Äquivalent zum Licht: viel leiser als in Spanien, ein murmelnder Klang, vertraut und rätselhaft zugleich, mit Vokalen, die am Ende der Wörter zu verdunsten schienen.

Links von mir war offener Raum, der Fluss, die Anlegestellen, Hafengebäude, der hoch aufragende Bug eines Dampfers. Zu meiner Rechten, am Fuß des Hügels, der sich zu den weißen Glockentürmen von Kirchen und wie chinesische Dächer geschwungenen Dachtraufen emporzog, sah ich kleine Läden, tunnelartige Bögen an den Eingängen steiler Gassen, so schmal wie die des Albaicín, in denen es nach feuchten Toreinfahrten, düsteren Ecken, Abwassergräben und Abfall roch.

Der Gedanke, dass mich niemand hier kannte und kein Mensch in diesem Moment wissen konnte, wo ich mich aufhielt, verlieh mir ein Gefühl trunkener Leichtigkeit, ein hemmungsloses Glücksempfinden, das sich selbst genügte und weder Resultat noch Konsequenzen brauchte. Ich hatte mich aller Fesseln entledigt, aller Verpflichtungen, Arbeitszeiten, Lebensloyalitäten, wie die Aeronauten in den Romanen von Jules Verne, die aus dem Ballonkorb alle schweren und unnötigen Dinge, die das Aufsteigen behinderten, über Bord warfen. Ich gewann eine alte Fähigkeit zurück, die auszuüben ich in meinem Leben nur selten Gelegenheit hatte: die Fähigkeit, mich einem Ort oder einer Situation umstandslos zu entziehen; mich dem Unvermuteten unvermittelt hinzugeben, was ich gerade noch getan hatte, komplett zu vergessen; mich für etwas, das mich begeisterte, wie in einem Dschungel zu verirren, wie in einer Taucherglocke zu versenken, in einem Roman, einem Film, einer Musik oder einer Gemütsbewegung; mich ganz und gar zu verlieren, ohne eine

Spur zu hinterlassen oder einen Faden, der mich zurückbringen konnte, ohne Reue, ohne Wehmut, ohne Erinnerung; wie ein Spion, der, ohne zu zögern, seine neue Identität annimmt; wie ein Eidbrüchiger oder Betrüger, der seine jüngste Vergangenheit keines Blickes mehr würdigt und auch die Tür nicht hört, die hinter ihm zuschlägt.

Ich vermisste niemand und verwässerte den gegenwärtigen Augenblick mit keiner einzigen Erinnerung. Ich dachte weder an meine mit beiden Kindern belastete Frau noch an meinen dreieinhalbjährigen Sohn oder den, der genau an diesem Tag einen Monat alt wurde, auch nicht an meine Arbeit in Granada, wo ich nur drei Tage später wieder erscheinen musste.

Ich dachte nicht einmal an das Buch, das ich mit nach Lissabon genommen hatte. Ich war reines Sehen, reines Hören, ein Kameraobjektiv, die Kraft meiner Beine und die Lust, die frische feuchte Luft einzuatmen, die Gerüche des Hafens und des Meeres, und das Krächzen der Möwen und den Ton der Schiffssirenen zu hören. Ich war die Hand am Griff meiner Reisetasche, war namenlos glücklich, in einem Café zu sitzen und die Menschen auf der Straße zu betrachten, die Stimmen um mich herum zu hören, einen Milchkaffee zu trinken, der nach einer beinahe schlaflosen Nacht im Zug den Magen wärmte, ein frisch gebackenes Milchbrötchen zu probieren, es weich und warm in meiner Hand zu spüren und seinen Namen zu lernen: Pão de Deus.

Die drei Tage, die jetzt vor mir lagen, waren ein leeres Notizbuch, offen für alle Verheißungen wie das neue Notizbuch in meiner Tasche. Anzukommen in der Stadt mit dem Zug, hinauszutreten in den frischen Morgen, in das Licht, das sich blendend im Fluss wälzte und erst auf den Dächern und in den Straßenfluchten sanfter wurde, war der reine und entscheidende Anfang von etwas Neuem, die erste Seite eines Romans, die Fülle einer soeben betretenen Welt.

Ich bewegte mich ohne eine Spur von Müdigkeit und ohne zu wissen, wohin, hypnotisiert von der Stadt, doch mit einem Gefühl von Unwohlsein nach der beinahe schlaflosen Nacht im Zug. In meinem Notizbuch hatte ich zwar Namen und Anschrift meines Hotels notiert, wusste aber nicht, ob es ganz in der Nähe oder weit entfernt war, und besaß auch keinen Stadtplan. Das Flussufer führte mich in dieselbe Richtung wie ein Segelschiff, das gen Westen fuhr, wo ich mit nie gekannter Bewegtheit die Umrisse der Brücke des 25. April erkennen konnte. Wir Bewohner des trockenen Landesinnern sind ja stets gerührt von der Nähe des Meeres und der Schönheit von Brücken über Flüsse, die so viel mehr Wasser führen, als wir es uns in unserer Vorstellung ausgemalt haben.

Ich bog um eine Straßenecke und stand unverhofft auf dem weitläufigsten Platz, den ich je gesehen hatte, da sich eine Seite in ganzer Breite zum Tejo hin öffnete, der strahlt und kein Ufer zu haben scheint an Vormittagen wie diesem, wenn das Sonnenlicht quecksilbrig glänzend auf der Wasseroberfläche liegt, so still, als wäre sie aus auf Hochglanz poliertem Metall. Gleich erkannte ich wieder, was der Maler Juan Vida mir in meinem Büro erzählt und mit Bleistift auf ein Blatt Papier gezeichnet hatte: den Triumphbogen, der die Säulengänge teilt, und genau in der Mitte des Platzes den von einem eisernen Zaun eingefassten Sockel mit dem Elefanten, dem Pferd und den allegorischen Figuren mit ihren Trompeten; und darüber, hoch oben, der König auf seinem prächtigen Ross aus Bronze, bewegungslos in Richtung Süden reitend, das Gesicht gen Westen gedreht, zur Mündung des Flusses hin; der König mit seinem Helm und dem barocken Federbusch darauf, der einer Fontäne oder einem Geysir glich und stets auch von einer Taube als Ausguck genutzt wurde; die bronzene Schlangen zertretenden Hufe des Pferdes. Die Sichtachsen des Platzes waren von einer schier kaiserlich-königlichen Maßlosigkeit. Die Menschen kamen in Wellen von den Fähren am Anleger und verteilten sich in geschäftiger Hast unter den Bögen der Kolonnaden, strömten den schattigen Ecken und Straßenmündungen zu. Mich an die Skizze erinnernd, die Juan mir gezeichnet hatte, damit ich die Praça do Comércio fand, erkannte ich die beiden Säulen an den Seiten der Treppe, die zum Wasser führte. Oben auf jeder Säule befindet sich eine steinerne Kugel und auf jeder Kugel eine Möwe im Profil. Der Platz stößt wie ein Schiffsbug in den Fluss. Hinter ihm erstreckt sich die ganze Stadt.

Das Wasser ist zurückgegangen, doch die geriffelte Rampe kann man dennoch nicht betreten, weil Algen und grünlicher Schlamm sie glitschig machen. Der Wind im Gesicht ist feucht und frisch und riecht nach offenem Meer. In einem Abstand von wenigen Metern still den Fluss betrachtend, scheint man doch sehr viel weiter von ihm entfernt zu sein, winzig vor dem ozeanischen Hintergrund der Landschaft, allein, staunend, die namenlose Silhouette eines Reisenden am Ufer, wie eine Figur von Caspar David Friedrich, dort platziert vom Maler oder Fotografen, der die Gestalt von hinten erfasst, damit man eine Vorstellung vom gewaltigen Ausmaß des Raums bekommt.

Es gibt prophetische Gesichter, sagt Balzac. Es gibt auch sprechende Orte, die einen, kaum dass man sie betritt, schaudern machen durch einen Anklang oder eine Ahnung von Geschichten, die in der Fantasie jederzeit Wirklichkeit werden könnten, wie eine plötzliche Erinnerung oder auch eine erfundene Erinnerung, die noch viel verführerischer und detailreicher sein kann als jede wirkliche; wie ein lichter, bizarrer, einleuchtender Traum, den ein jähes Erwachen vor dem Vergessen bewahrt.

Was ich erlebte, glitt bereits hinüber auf die noch zu schreibenden Seiten meines unterbrochenen Romans. Ich musste dringend Fotos und Notizen machen, damit nichts in Vergessenheit geriet. Von der Mitte des Platzes aus machte ich ein Foto vom Cais das Colunas, das Juan Vidas Zeichnung wiedergab. In der Mitte stand eine Gestalt mit dem Rücken zu mir, die ich selbst vor dem Fluss oder auch eine Figur meines Romans hätte sein können. Ich würde gern auf dieselbe entäußerte Art erzählen können, wie ein Fotograf erzählt oder wie Edward Hopper erzählt, ohne zu erzählen, auf eine Art, in der alle Handlungsdetails unterdrückt werden und man umstandslos zum Kern kommt, zur vollkommenen Entblößung, dem reinen Gerüst mündlicher Überlieferungen, die existieren und weitergegeben werden, ohne dass jemand sie aufschreibt, die unveränderlich sind in ihren Grundzügen und niemals mit denselben Worten erzählt, von jeder Erzählstimme modifiziert werden und doch immer dieselben sind, wie ein Jazzsong immer der gleiche bleibt und jedes Mal anders klingt, so unpersönlich wie das gesprochene Wort und seine vielfältigen Wendungen und doch imstande, jedes Mal das Innerste, Öffentlichste, Allgemeingültigste und Geheimste auszudrücken.

Ich bin der, der sich fast siebenundzwanzig Jahre später an diesen Januarmorgen erinnert, und ich bin und bin zugleich nicht der soeben in Lissabon eingetroffene junge Mann mit Reisetasche und dicker Winterjacke, der an der Treppe der Praça do Comércio steht, wenige Schritte von den Stufen entfernt, gegen die ganz leichte Wellen schlagen, die dann gleitend über den von Algen grünen glatten Stein zurückweichen. Ich bin der, der ein Foto macht, auf dem eine Gestalt von hinten zu sehen sein wird; aber ich bin auch diese Gestalt eines namenlosen Reisenden vielleicht oder einer erfundenen Figur. Auf einem Gemälde oder Foto ist es nicht erforderlich, dass die Gestalt darauf einen Namen hat oder man ihr Gesicht sehen kann, wenn sie sich umdreht, und schon gar nicht, dass man ihr eine Geschichte zuschreibt, die über das Unmittelbare, Sichtbare hinausgeht. Fehlende Information und Geheimnis sind exakt das Gleiche. Es gibt kein Vorher und kein Nachher. Der größte Teil der Zeichnung besteht aus weißem Papier. Der Platz, der Anleger, der Fluss und die Gestalt mit dem Rücken zur Kamera sagen ohne Worte alles, was es zu sagen gibt. Poesie ist, nicht darüber hinauszugehen und atmen und Gewicht annehmen zu lassen, was in der Geschichte nicht erzählt wird.

Mein Hotel war sehr preisgünstig und lag weit von der Stadtmitte entfernt in einer langweiligen Straße, die ich vergessen habe, noch hinter dem Park Eduardo VII. Ich erinnere mich an das schmale Bett mit einer blauen, etwas abgenutzten Decke, vor einem hohen Fenster, das auf eine Dachlandschaft ging. Ich wurde nicht müde, dieses weiche Licht zu betrachten, das sanfte Rot der Dachziegel und das gedämpfte, etwas zerlaufene Blau des Himmels, wie hinter einem Schleier, ohne Leuchtkraft.

Da ich früh angekommen war, zog sich der Vormittag in die Länge. Die Zeit war in Lissabon von einer friedfertigen, keinen Schmerz bereitenden Dauer, ähnlich heiter wie das Licht. Ich ließ die Reisetasche ungeöffnet auf dem Bett, ungeduldig, wusch mir das Gesicht und war nicht exakt ich selbst im Spiegel über dem Waschbecken, in meiner Einsamkeit des eben erst Angekommenen, von ermüdenden biografischen Zusätzen Befreiten; ein Gast, der seinen Meldezettel ausfüllt und einen Identitätsnachweis vorzeigt, ein Foto und einen Namen, egal ob falsch oder nicht, eine Adresse, Geburtsort und -datum, sonst nichts, eine Unterschrift unten auf dem Zettel.

Ich nahm Kamera und Notizbuch und ging nach draußen. An der Rezeption bat ich um einen Stadtplan. Ich hatte den ganzen Tag vor mir, den nächsten auch, und den übernächsten, den letzten, bis zehn Uhr abends, und würde jede Stunde nutzen, bis mein Zug zurück nach Madrid abführe. Es war der 2. Januar. Mein jüngster Sohn war gerade einen Monat alt. Vielleicht hatte er eine schlechte Nacht gehabt und weinen müssen, bis er rot angelaufen war, hatte sein winziges offenes Händchen in der Dunkelheit ausgestreckt auf der Suche nach der Hand seiner

Mutter. Er war so klein, dass er nur die Hälfte seines Schlafsacks ausfüllte. Seine Fingernägel waren durchsichtig und verletzlich wie Insektenflügel. Er hatte blondes, weiches Haar, eine breite Stirn und helle, staunende Augen. Möglich aber, dass ich mich gar nicht richtig an ihn erinnerte.

Ich dachte an nichts und niemand außerhalb meiner kurzen Zeitinsel, meiner drei Fluchttage in die Fiktion und die Zuflucht von Lissabon. Ich wurde bald einunddreißig Jahre alt und hatte noch nie das Gefühl gehabt, so aus vollen Lungen in Freiheit zu atmen, mich ganz und gar meiner Berufung hingeben zu können und allen meinen Launen, allem, wonach ich mich so sehnte und das zu tun ich doch so wenig Gelegenheit gehabt hatte: allein und ganz auf eigene Faust eine fremde Stadt zu erkunden, die mir ihre Gastfreundschaft gewährte und meinen Neigungen entgegenkam, sobald ich sie betreten hatte, in der ich mich treiben ließ auf ihren rutschigen Wellenmustergehwegen, ihren gepflasterten, steil ansteigenden Gassen und ihren Treppen.

Mir war vom ersten Augenblick an klar, dass dies die Stadt war, die ich brauchte. Zu ihr war ich gekommen, weil mein entstehender Roman mich zu ihr geführt hatte, und jetzt musste ich meine Zeit nutzen, meine Augen und Ohren offen halten und meine Vorstellungskraft schärfen, um all das zu entdecken, was ich noch nicht kannte. Der Stadtplan von Lissabon in meiner Tasche war auch das weiße Blatt Papier, auf das die noch verworrenen Wege meiner Protagonisten gezeichnet werden würden, Begegnungen, Verfolgungen und Fluchten, die deutlichere Gestalt annehmen würden, je länger ich die Stadt erkundete, mehr und mehr erkennbar auf dem Netz der Straßen gleich einer unsichtbaren Schrift über der Flamme einer Kerze oder Bildern im veralteten Prozess fotografischer Entwicklung.

Vielleicht hatte ich seit Kindertagen, als ich in Schlafzimmern und auf dämmrigen Dachböden stöberte und ganze Vor- oder

Nachmittage allein spielen konnte, nicht mehr so viel Zeit gehabt, mich müßig meinen Tagträumereien hinzugeben.

Zeit und Geld. In Lissabon war alles viel billiger, und ich hatte zum ersten Mal in meinem Leben das Gefühl von finanzieller Sorglosigkeit. Ich konnte mit dem Taxi ins Hotel zurückfahren, ohne Gewissensbisse in guten Restaurants mit gestärkten Tischdecken und silbernem Besteck essen, mit uniformierten Kellnern, die einen mit zurückhaltender Höflichkeit und Sachverstand bedienten, mit einer herzlichen Freundlichkeit, die den Essensgenuss noch steigerte. An solchen Orten war ich beinahe eine Romanfigur, ein allein reisender Fremder, der die Menü- und die Weinkarte studiert und insgeheim darüber staunt, dass er sich mühelos leisten kann, was nie zuvor auch nur annähernd im Bereich seiner Möglichkeiten stand, und nicht ganz erfolglos eine Lässigkeit zur Schau stellt, an der es ihm bislang gemangelt hat.

Ich stellte fest, dass ich gern allein aß und Leute beobachtete. Ich verwöhnte mich mit privaten Gelagen. Als früh aufstehender Stadtbummler hatte ich gegen Mittag schon ordentlich Hunger und bestellte meinen ersten Reis mit Meeresfrüchten, meine erste halbe Flasche gut gekühlten *vinho verde*, meinen ersten *aguardente velha*. Die süße Schläfrigkeit verschwand, wenn ich wieder loszulaufen begann, die Schatten feuchter als zuvor, die Sonne auf den Fassaden und den nach Westen gehenden Terrassen noch goldener.

Lissabon bedeutete, die Helligkeit aus dem Schatten heraus zu sehen und die Weite aus dem Verborgenen, das Entdecken von Exotischem direkt neben Provinziellem, dunkle Gesichter und die Farben und Gerüche Afrikas neben Konditoreien und Straßenständen mit gerösteten Kastanien, deren Duft in der etwas kälter werdenden Luft des ausgehenden Tages verwehte. Von der sonnenbeschienenen Terrasse der *Pastelaria Suiça,* auf der Praça do Rossio, konnte ich die filigrane Eisenkonstruktion des

Fahrstuhls von Santa Justa sehen. In ihn einzusteigen war wie das Betreten einer futuristischen Apparatur aus dem 19. Jahrhundert, einer Flugmaschine von Jules Verne, des Unterseebootes von Kapitän Nemo. Oben auf die Brüstung seiner Aussichtsplattform gestützt, sah ich die eckigen Türme des Castelo de São Jorge aus den bewaldeten Hängen aufragen, die schattigen Vertikalen der Zypressen, die hohen Gartenmauern, dahinter den Fluss, den Kupferglanz der untergehenden Sonne. Mir war, als sähe ich den Hügel der Alhambra zu dieser selben Abendstunde von der Plaza de San Nicolás aus. Sogar der Turm des Klosters Nossa Senhora da Graça erinnerte mich an den Turm von Santa Maria in der Alhambra. Der Tejo in der Ferne flach und dunstig wie die Vega. Ich sah, was ich mir vorgestellt hatte, als ich die ersten Anfänge meines Romans entwarf, meine Fata-Morgana-Stadt, ein Granada am Meer.

10

Als er geboren wurde, war seine Mutter neunzehn Jahre alt. In den darauffolgenden zwanzig Jahren bekam sie acht weitere Kinder. Manchmal betrank sie sich allein – und manchmal mit ihrem Mann. Sie lebten in einer Hütte ohne fließendes Wasser und ohne Strom. Ihre zweite Tochter, Marjorie, verbrannte mit sechs Jahren bei lebendigem Leib, als sie mit Streichhölzern spielte. Seine Mutter wurde öfter wegen Trunkenheit und Ruhestörung, wegen Diebstahl und Prostitution verhaftet. Wenn sie kein Geld für billigen Wein hatte, stahl sie in Läden, und wenn sie nicht stahl, prostituierte sie sich bei anderen Säufern, bei geilen alten Säcken. Um das Saufen bezahlen zu können, prostituierte sie schließlich ihre zwölfjährige Tochter. Die kleinsten Kinder wurden ihr vom Sozialamt weggenommen. Eine Sozialarbeiterin, die sich in ihrem Haus umsah, öffnete einen Schrank und wurde von herauspurzelnden leeren Flaschen beinahe erschlagen. Die Kinder waren verlaust und spielten inmitten von Müll und Flaschen. Mit einundfünfzig Jahren starb die Mutter an Leberzirrhose.

Sein Vater war Schrotthändler und fuhr einen klapprigen Lieferwagen, der jeden Moment auseinanderzubrechen drohte. Irgendwann hatte er die Nase voll vom Schrott, weil er nichts einbrachte, wie er sagte, und weil jeder ihn übervorteilte und betrog, und dann verkaufte er alles, erwarb eine kleine Ranch und versuchte sich an Landwirtschaft und Viehhaltung. Die Ranch erwies sich als ein Flecken ödes Land mit einer halb verfallenen Hütte darauf, und schon nach kurzer Zeit war ein Müll- und Schrottplatz daraus geworden.

Sein Vater wechselte immer mal wieder den Beruf, den Wohnsitz und die Stadt und schleppte jedes Mal die ganze wachsende Familie mit sich. Er änderte auch seinen Nachnamen, erfand Varianten, damit es Gläubiger oder Gesetzeshüter im Fall eines Falles schwerer hätten, ihn zu finden. Ein Mann sollte so wenig Spuren hinterlassen, wie es ihm nur möglich ist. Du vertauschst einen Buchstaben deines Nachnamens und hast sie schon genarrt, zumindest wird es ihnen schwerer fallen, dich zu finden, und du gewinnst ein wenig Zeit. Manchmal nannten sie sich Raynes, andere Male Ryan, Roy, Rayn. Keines seiner acht Kinder hatte exakt den gleichen Nachnamen. Überkam ihn eine Depression, lag er tagelang im Bett, und seine Kinder hatten still zu sein oder das Haus zu verlassen, damit er seine Ruhe hatte, selbst im Winter. Eines ehrlichen Mannes Arbeit wurde von keinem gewürdigt und vermochte nichts gegen all die Tricks und Fallen der Gauner und der Mächtigen, der Blutsauger, der Schmarotzer anderer Leute Arbeit, der Kommunisten, der Neger, der Katholiken, der Juden, der Banken, der Geldverleiher, der Steuereintreiber, der Prediger. Die Neger lagen den lieben Tag lang faul herum und paarten sich wie die Tiere.

Der einzige Beruf, der seinen Respekt verdiente, war der des Bankräubers. Ein Bankräuber geht in die Bank und entreißt den Blutsaugern ihr Geld, setzt sein Leben aufs Spiel, zu dessen Verteidigung er nichts als seine Handfeuerwaffe hat, den Revolver mit dem Perlmuttgriff, die Flinte mit den abgesägten Läufen, die Maschinenpistole, die mit ihrem Bleiregen Schreibtische verwüstet, Stapel betrügerischer Papiere zerfetzt und die Milchglasscheiben der Büros zu Bruch gehen lässt.

Von einem Tag auf den anderen erfasste ihn ein Energieschub und er weckte seinen ältesten Sohn in der Frühe, ließ ihn nicht zur Schule gehen, weil er ihm im Geschäft helfen sollte. Die beste Schule war die Schule des Lebens. Die Lehrer waren Komplizen der Prediger, der Kommunisten, der Juden und Neger,

Schmarotzer wie sie, mit unmäßig langen Ferien, die auch noch bezahlt wurden, alles auf Kosten der Arbeit anständiger Leute, für die es keine Samstage und keine Sonntage gab, keinen 4. Juli und kein Thanksgiving. In den viel zu großen abgetragenen Kleidern des Vaters saß der Junge mit leerem Magen zitternd im Auto und hörte, halb schlafend, wilde Wutreden in diesem Schrottwagen, der selber ein fahrender Schrotthaufen war.

Die Leute im Ort waren stolz darauf, dass sich noch nie ein Schwarzer getraut hatte, über Nacht bei ihnen zu bleiben. Sein Vater trat hart auf die Bremse, und das Vehikel kam klappernd und scheppernd an der Ecke einer Billardhalle zum Stehen, deren Leuchtreklame im ersten Licht des heraufziehenden Tages noch blinkte. Das Leben eines Mannes konnte nicht nur aus Arbeit bestehen. Sein Vater kaufte ihm eine Limonade oder kaufte ihm gar nichts, und er verbrachte den ganzen Tag dösend auf einem Barhocker, das Tageslicht vergessend, im Blick nur den in einem Nebel aus Zigarettenqualm und betrunkenem Geschwätz Billard spielenden Vater, behext von dem grellen Rechteck elektrischen Lichts über dem grünen Filz, den dahinflitzenden Kugeln und dem trockenen Klacken des aneinanderstoßenden Elfenbeins, halb tot vor Hunger.

1944, im Alter von sechzehn Jahren, fand er seine erste Arbeitsstelle in der Gerberei einer Schuhfabrik. Er blieb dort zwei Jahre. In dieser ganzen Zeit führte er ein geordnetes, arbeitsames Leben. Für die Leute war er ein frühreifer Knauser. Bei bescheidenem Lohn gelang es ihm, in zwei Jahren tausend Dollar auf seinem Sparkonto anzusammeln. Er rauchte nicht. Bei den Mädchen war er schüchtern und zurückhaltend. Bei seinem Chef in der Gerberei beliebt. Seine Großmutter, seine Großtante und sein Onkel, bei denen er wohnte, um Abstand von seinen Eltern und Geschwistern zu halten, beschrieben ihn als einen guten Jungen, sauber, verantwortungsvoll, vertrauenswürdig. Er sparte so gut wie jeden Cent, der ihm in die Finger kam. Er wollte was werden, jemand sein. Er schien seltsam, weil er ein Einzelgänger war. Einzig zu seinem Chef, der wie ein Vater für ihn war, hielt er eine gewisse Nähe. Der Mann war Deutscher und bemühte sich, ihm den Beruf des Gerbers beizubringen. Er sei ein Nazi, wurde gemunkelt. Sogar während des Krieges sprach er mit Bewunderung von Hitler und lehnte Roosevelt ab, weil der sich mit Stalin verbündet hatte, um Deutschland anzugreifen. Die Fabrik lieferte Schuhwerk für die Armee. Nach dem Krieg blieben die militärischen Aufträge aus, und die Fabrik musste schließen. Hinterher sagte er, sein Leben wäre anders verlaufen, wenn die Schuhfabrik weiterexistiert hätte.

Sechs Wochen nach Schließung der Fabrik trat er in die Armee ein. Während der Grundausbildung tat er sich bei Schießübungen durch seine Treffsicherheit hervor. Danach wurde er zur Militärpolizei nach Bremerhaven, in Deutschland, abkommandiert. Bremerhaven war damals noch eine Stadt in Trümmern. Schwarzmarkt und Prostitution waren so sichtbar wie die Auswirkungen der Bombardements in den Tagen des Krieges. Amerikanische Soldaten wurden von Trupps ehemaliger Nazis in Hinterhalte gelockt, wenn sie sich nachts allein in dunkle Straßen wagten, in Berge von Schutt und Trümmern, wo hier und da trübes Licht aus einem Keller glomm, die rote Leuchtschrift eines Cabarets. In den Cabarets mischten sich schwarze Soldaten umstandslos unter die weißen, und die deutschen Frauen tanzten in aller Öffentlichkeit mit ihnen, umarmten sie und zeigten keine Scheu, mit ihnen ins Bett zu gehen. In Deutschland fing er mit dem Trinken an und begann bei Schlägereien mitzumachen. Wegen Trunkenheit und Widerstand gegen die Obrigkeit angeklagt, verbrachte er drei Monate in einem Militärgefängnis. Im Dezember 1948 wurde er »wegen Unfähigkeit und mangelnder Eignung zum Militärdienst« vorzeitig entlassen.

1949 verbrachte er acht Monate im Gefängnis, weil er die Kasse eines Chinarestaurants gestohlen hatte, in das er sich nach Geschäftsschluss durch einen Lüftungsschacht einschlich. Sein Fluchtversuch scheiterte, weil er unterwegs seinen nachlässig in der Gesäßtasche verstauten Militärausweis verlor und daher leicht identifiziert und verhaftet werden konnte. 1950 wurde er zu zwei Jahren Haft im Staatsgefängnis von Illinois verurteilt, weil er einen Taxifahrer überfallen hatte. Er drückte ihm den Lauf einer Pistole in den Nacken, doch der Taxifahrer versetzte ihm einen Stoß, sprang aus dem Wagen und rannte davon. Er stieg auf den Fahrersitz und wollte mit dem Taxi fliehen, doch der Fahrer hatte den Zündschlüssel abgezogen. Von 1955 bis 1958 verbüßte er eine Strafe wegen Postbetrugs im Bundesgefängnis von Leavenworth. In Leavenworth belegte er Fernkurse für Spanisch, Stilistik, Maschinenschreiben sowie Gesundheit und Hygiene. 1957 bekam er wegen guter Führung die Erlaubnis, den Rest seiner Haftstraße auf einer Gefängnisfarm mit weniger strengen Haftbedingungen zu verbringen. Er lehnte die Verlegung ab, weil auf der Farm weiße und schwarze Häftlinge zusammenarbeiteten und in den gleichen Schlafräumen schliefen.

1959 verhaftete ihn die Polizei zwanzig Minuten nachdem er einen Supermarkt überfallen hatte. Er und sein Komplize hatten hundertneunzig Dollar erbeutet. Sie hatten den Überfall genau geplant, jedoch – während sie die Einzelheiten austüftelten – so viel getrunken, dass sie, als sie am Supermarkt ankamen, sturzbesoffen waren und alles schiefging. Beim Gerangel mit einem Wachmann schlug ihm dieser mit dem Pistolengriff auf den Kopf. Auf den Profilfotos erkennt man im schmutzigen wirren Haar eine Verletzung so breit wie die Sattelwunde eines Pferdes. Auf einer Ganzkörperaufnahme ist er angezogen wie ein Bauernlümmel: mit kariertem Hemd, einer herunterhängenden Hose mit ausgefransten Beinen und großen alten Schuhen, in denen er keine Socken trägt. Der Richter verurteilte ihn zu zwanzig Jahren Haft im Staatsgefängnis von Missouri. Als man ihn in Handschellen aus dem Gerichtssaal führte, befreite er sich mit einem Stoß von seinen Wächtern und rannte etwa eine Viertelstunde lang kreuz und quer durch das Justizgebäude, bevor man seiner wieder habhaft wurde.

Sein Verhalten im Gefängnis war tadellos. Vielleicht entdeckte und perfektionierte er dort sein Talent, unauffällig zu sein und keine Erinnerung zu hinterlassen. Er hatte zwar Umgang mit anderen Gefangenen, doch die am meisten mit ihm zu tun hatten, betrachteten ihn als Einzelgänger. Er sprach weder über seine Familie noch über seine Vergangenheit. Alles, was man aus ihm herausbekam, war, dass sein Vater und seine Mutter tot waren. In der Gefängnisbibliothek las er juristische Fachbücher, geografische Enzyklopädien, Selbsthilfehandbücher, Spionageromane und Krimis. Er hatte eine Vorliebe für Landkarten, Reisezeitschriften und für James-Bond-Romane.

Um sich in Form zu halten, machte er Kniebeugen und gymnastische Übungen. Er war ausgesprochen sparsam. Er rauchte nicht und spielte nicht Karten. Er nahm Amphetamine, dealte damit, und jemand sah ihn sie sich wohl auch mal spritzen. Er hatte sehr dünne Venen und traf sie nicht mit der Nadel. Er verdiente sich kleinere Beträge damit, dass er anderen Häftlingen bereits gelesene Krimis und Sexmagazine auslieh.

In seiner ruhigen, unauffälligen Art war er immer auf der Suche nach Fluchtmöglichkeiten. Einem Mitgefangenen sagte er, er hoffe, einen tiefen Tunnel graben zu können, der bis nach Virginia führte, und sich dort für immer in einer Höhle oder einem Wald zu verstecken. Er perfektionierte Pläne für sein späteres Leben, berechnete Einzelheiten, die allein aufgrund ihrer Genauigkeit eine trügerische Realität gewannen: Wenn er entlassen würde, würde er nur noch ein einziges, gut vorbereitetes

Ding drehen, das ihm zwanzig- oder dreißigtausend Dollar einbrächte; wenn er nicht viel ausgab, konnte das Geld bis an sein Lebensende reichen, irgendwo an einem abgelegenen Strand, in einem Fischerdorf in Mexiko.

Im Dezember 1966 unterzog er sich auf eigenen Wunsch einer Untersuchung in der psychiatrischen Krankenabteilung des Gefängnisses. Er klagte über Schmerzen im Solarplexus, Herzrasen und etwas, das er »intrakraniale Spannung« nannte. Er erzählte dem Psychiater, er habe all diese Wörter in einem medizinischen Handbuch in der Bibliothek gelesen. Beim Lesen beugte er sich tief über das aufgeschlagene Buch, sprach die Wörter leise mit, notierte sich die schwierigsten in einem Heft, um ihre Bedeutung später in einem Wörterbuch nachzuschlagen. Schon öfter, sagte er, habe er Symptome für Krebs und Herzerkrankungen bei sich festgestellt. Er konsultierte ein Fachbuch für Medizin und stellte an sich genau die Symptome einer Krankheit fest, von der er gerade las. Der Psychiater diagnostizierte eine obsessiv-zwanghafte und antisoziale Persönlichkeitsstörung. »Der Patient gehört zum Typus antisozial mit Zügen von Rastlosigkeit und Depression.« Sein Intelligenzquotient lag bei 108, leicht über dem Mittelwert.

Am 23. April floh er, versteckt in einem Brotkarren, den andere Häftlinge zu einem Auslieferungs-Lkw brachten, aus dem Gefängnis. Es dauerte beinahe zwei Wochen, bis der Haftbefehl an die Öffentlichkeit ging. Auf dem Fahndungsplakat mit seinem Foto und seinen Fingerabdrücken waren Letztere verwechselt worden. Die ausgeschriebene Belohnung für jeden, der Hinweise lieferte, die zu seiner Festnahme führten, betrug fünfzig Dollar. Als er davon erfuhr, war er beleidigt wegen des so geringfügigen Betrages. Mit grundlosem Optimismus hatte er angenommen, sich nach seiner Flucht auf der FBI-Liste der zehn meistgesuchten Verbrecher wiederzufinden.

Nachdem er aus dem Kasten des Brotlieferwagens gesprungen war, marschierte er am Flussufer entlang, folgte der Eisenbahnlinie. Er versteckte sich in einem Tunnel unter den Gleisen, bis es dunkel wurde, hörte Radio, um herauszufinden, ob in irgendeiner Nachrichtensendung von seinem Ausbruch berichtet wurde. Er lief die ganze Nacht, fast ohne Pause, aß zwischendurch halb geschmolzene Schokoriegel. Bei Tagesanbruch versteckte er sich wieder und marschierte erst weiter, wenn es dunkel wurde. Wenn er ein Haus mit erleuchteten Fenstern sah, umrundete er es weiträumig, bevor die Hunde zu bellen begannen.

Am dritten Tag war sein Vorrat an Schokoriegeln aufgebraucht. Er hatte stark geschwollene Füße, zog sich die Schuhe aber nicht aus, weil er danach nicht mehr hineingepasst hätte. In der dritten Nacht kam er in der Nähe des Flusses an einen verlassenen Wohnwagen. Er fand eine halbe Flasche Wein, etwas zu essen und eine Wolldecke. Er ging in einen Wald, wickelte sich in die Decke ein und schlief unter einem Baum. Als er aufwachte, regnete es, und er marschierte wieder los, die tropfnasse Decke über Kopf und Schultern gelegt. Es wurde hell, und er ließ sich zitternd von der Sonne trocknen. Während seines Marsches in der vierten Nacht konnte er sich kaum noch auf den Beinen halten. Bei Anbruch des fünften Tages regnete es wieder. Im Wohnwagen hatte er auch eine Schachtel Streichhölzer gefunden. Unter einer Eisenbahnbrücke entzündete er ein Feuer, um sich aufzuwärmen. Er versuchte, es zu löschen, als er hörte, wie sich jemand näherte. Es waren zwei Bahnarbeiter, die ihn fragten, was er da mache, und die ihres Weges gingen, als er ihnen sagte, er wolle jagen und er werde das Feuer gewissenhaft löschen und losziehen, sobald es aufhöre zu regnen. Am Morgen des sechsten Tages erreichte er eine kleine Stadt. Er wartete in der Umgebung, bis es dunkel wurde. In einem Laden kaufte er zwei Bier und mehrere Sandwiches.

Am 3. Mai 1967 – er nannte sich mittlerweile John Larry Raynes – begann er als Tellerwäscher in einem Restaurant in einem Wohnviertel außerhalb von Chicago, dem *Indian Trail*. Die Besitzerin, Mrs Klingman, hatte die beste Erinnerung an ihn. Sie bedauerte, dass er nur so kurz geblieben war. »Er war ein so angenehmer Mann«, erinnerte sie sich ein Jahr später, als Fremde bei ihr vorstellig wurden und sich nach ihm erkundigten. »Er war zwei oder drei Monate bei uns, und wir haben es wirklich bedauert, dass er ging. Er hat als Tellerwäscher angefangen, doch wir haben ihn schon bald befördert und auch besser bezahlt. Er war still, sauber, zupackend, zuverlässig. Er kam nie auch nur eine Minute zu spät. Mir hat es leidgetan, dass er gegangen ist. Er war eine Zeit lang jagen gewesen, und seine Füße waren übel zugerichtet. Meine Schwester brachte ihm einen dieser langen Verbände aus dem Krankenhaus mit und zeigte ihm, wie er sie anlegen musste. Er war ihr sehr dankbar. Hoffentlich geht es ihm jetzt gut. Kurz nachdem er gegangen war, haben wir ihm an die Adresse, die er uns hinterlassen hat, geschrieben, wie sehr wir ihn geschätzt haben und dass wir stets einen Arbeitsplatz für ihn frei halten.«

Für ein Gehalt von einhundertsiebzehn Dollar arbeitete er zwei Monate lang im *Indian Trail*. »Er war sehr schüchtern«, sagte eine Arbeitskollegin. »Er ergriff nie die Initiative zu einem Gespräch. Er war ein einsamer Mann. Er sagte, er müsse kündigen, weil er, um die Lizenz als Seemann bei der Handelsmarine zu behalten, wieder zur See fahren müsse.«

»Man hat mir Arbeit auf einem Schiff angeboten, und ich werde sie annehmen.«

Jeden Tag nahm er nach Feierabend den Autobus, um zu seiner gemieteten Wohnung zu fahren. Dort trank er jeden Abend ein oder zwei Bier, bevor er zu Bett ging. Er las die *Chicago Tribune* von der ersten bis zur letzten Seite, besonders intensiv die Kleinanzeigen, und hörte Transistorradio. Manchmal las er auch Mysterythriller oder Spionageromane, Bücher über Kanada und Südamerika, Illustrierte mit schreiend bunten Titelblättern. Bücher kaufte er an Straßenständen. In einem Notizbuch notierte er jede Ausgabe, die er tätigte. Zweimal in der Woche ging er abends in eine Bar, wo er Wodka mit Orangensaft trank, da er den Geschmack von Whisky nicht mochte.

Im Juli 1967 war er in Montreal und nannte sich da schon Eric Starvo Galt. Wahrscheinlich hatte er dabei an einen der größenwahnsinnigen Oberschurken aus den James-Bond-Romanen gedacht, Ernst Stavro Blofeld. Er mietete ein Zimmer in einem Gästehaus im Hafengebiet, am Ufer des St. Lorenz-Stroms, in einer Straße mit Bars, Nachtclubs und billigen Hotels. Im Keller des Gebäudes gab es einen Club namens *Acapulco*, dessen Leuchtschrift *Acapulco-Show, Sombreros, Ponchos* versprach. Zu dieser Zeit legten jährlich etwa sechstausend Schiffe im Hafen von Montreal an. Dort wurde das Heroin aus Marseille gelöscht. Wenn er sich in einer Bar oder am Tresen einer Hamburgerkneipe mit jemand unterhielt, erzählte er, er sei Seemann auf Landgang und müsse bald wieder aufs Schiff. Am häufigsten besuchte er die *Neptune Tavern*. Die Deckenlampen hingen von großen Schiffssteuerrädern herab. Auch das Getränkeregal hinter der Theke hatte die Form eines Steuerrades. Das Mobiliar war aus dunkler Eiche mit Messingbeschlägen wie an Seemannskisten.

Am Morgen des 19. Juli unternahm er einen bewaffneten Überfall auf einen Supermarkt und erbeutete die tausendsiebenhundert kanadischen Dollar, die sich in der Kasse befanden. Am Nachmittag kaufte er sich einen braunen Anzug, eine Hose aus Wollstoff, ein weißes Hemd, ein gelbes Hemd, eine gelbe Badehose, einen roten Pyjama, Socken, Unterwäsche und Krawatten.

Im Frisiersalon des altehrwürdigen und luxuriösen Hotels *Queen Elizabeth* ließ er sich die Haare schneiden, und zum ersten Mal in seinem Leben kniete eine junge, uniformierte Angestellte vor ihm und manikürte ihm die Fingernägel. Am 21. Juli gab er einen maßgeschneiderten Anzug aus braunem Wollstoff in Auftrag.

Bis zu diesem Tag hatte er noch nie einen Anzug besessen und sich noch nie eine Krawatte umgebunden. Noch nie hatte er mit einer Frau geschlafen, die keine der billigen Huren war, wie er sie von der Straße auflas. Im Gefängnis erzählte er einem Mithäftling mit aufgesetzter Kennermiene, Frauen benutze man und werfe sie dann weg, ein Mann in Gefahr könne ihnen nicht trauen.

Am 31. Juli wohnte er im *Grey Rocks Inn* am Lake Ouimet, einer bewaldeten Gegend mit ruhigen Unterkünften für Bergwanderer. In dieser Nacht lernte er in einem Salon des Hotels, in dem ein Ball mit Orchester veranstaltet wurde, eine attraktive Frau von etwas über dreißig Jahren kennen, der er aufgefallen war, weil er in dem Trubel der einzige Mann war, der allein an einem Tisch saß und nicht tanzte. Sie hatte zwei kleine Kinder und befand sich mitten in einem bitteren und komplizierten Scheidungsprozess. Sie war mit einer Freundin in das Hotel am See gekommen, um ein paar Tage auszuspannen. »Er war ein adretter, eleganter und schüchterner Mann. Es war seine Schüchternheit, die mich für ihn einnahm. Er war gebildet, hörte aufmerksam zu und sprach nicht viel. Er hatte so gar nichts Aggressives an sich. Alle Männer auf dem Ball machten sich an einen heran, versuchten einen anzutatschen und hatten nichts anderes im Sinn, als einen mit auf ihr Zimmer oder ins Auto zu nehmen. Eric war nicht so. Er führte sich nicht auf und war kein Angeber. Er war großzügig, aber er verschwendete sein Geld nicht und machte auch keine großspurige Sache daraus, mich einzuladen. Ich musste ihn beinahe auf die Tanzfläche zerren. Ich tanze leidenschaftlich gern. Aber er war so was von unbeholfen. Er hatte kein Gehör für Musik. Ich versuchte, ihn zu führen, und er nahm es dankbar an. Er sagte, er sei aus Chicago und arbeite im Geschäft seines Bruders. Ich glaube, ich habe mich mit Eric sehr wohlgefühlt. Er wirkte so einsam und so verloren. Es war nicht so, dass man Mitleid mit ihm hatte, man wollte ihm nur helfen, damit er ein bisschen Spaß hatte und nicht immer nur allein war. Je später es wurde, umso mehr Vertrauen schien er zu fassen und mich beschützen zu wollen. Wenn andere Männer sich unter Scherzen an mich heranmachten, verscheuchte Eric sie, ganz ruhig, aber bestimmt. Einer Frau gefällt so was. Besonders einer Frau, die sich verschmäht fühlt. Wir tranken viel, aber wir betranken uns nicht. Wir wussten beide genau, was wir taten. Später gingen wir auf sein Zimmer. Und ich blieb bis zum nächsten Morgen. Ich habe zwar nur begrenzte Erfahrung mit Männern, aber es ist nicht gelogen, wenn ich behaupte, dass Eric sich bei mir ganz normal verhielt. Er hatte eine sehr hohe, sehr schmeichelhafte Meinung von mir.«

Sie wunderte sich, dass einer, der so gut gekleidet war, einen so alten Wagen fuhr. Sichtlich beschämt erklärte er ihr, der Wagen gehöre in Wirklichkeit der Frau seines Bruders. Einige Zeit später sahen sie sich in Montreal wieder. Er war jetzt nervöser, geistesabwesender. Als sie auf rassische Themen zu sprechen kamen, schien er mit einem Mal ein ganz anderer zu sein, gewalttätiger, voll zorniger Anspannung, obwohl er nicht laut wurde. Er sagte, sie ergreife Partei für die Neger, weil sie sie nicht kenne und nie unter welchen habe leben müssen.

Am 25. August fuhr er mit dem Zug von Chicago nach Birmingham, Alabama. Die Nacht verbrachte er in einem Hotel gegenüber dem Bahnhof. Ins Melderegister trug er sich als John L. Raynes ein. Am nächsten Tag mietete er ein Zimmer in einem

Gästehaus, das weder ein Schild noch einen Namen hatte und in einer von Prostituierten, Drogensüchtigen und Trinkern frequentierten Gegend lag. Dort nannte er sich Eric S. Galt. Er sagte, er sei Schiffsbauingenieur und entwerfe Schiffe auf einer Werft in Pascagoula, Mississippi. Für den Besitzer der Pension war er ein vorbildlicher Gast, so seriös und so gut gekleidet, dass er völlig fehl am Platz wirkte in diesem heruntergekommenen Viertel, unter all den verkrachten Existenzen, die dort verkehrten, den Betrunkenen, die schon um neun Uhr morgens darauf warteten, dass der Schnapsladen an der Ecke öffnete, den Gammlern und Hippies. »Er verschwand jeden Morgen nach dem Frühstück, und du sahst ihn erst wieder, wenn es Abendessen gab.« Danach saß er ruhig eine ganze Zeit im Gemeinschaftsraum vor dem Fernseher. Nie bekam er Besuch oder gingen Telefonanrufe für ihn ein.

Am 30. August kaufte er einen gebrauchten Ford Mustang, Baujahr 1966. Es war ein sportliches Modell mit niedrigem Dach, markanter Schnauze, roten Ledersitzen und einem Radio mit Elfenbein imitierenden Plastikknöpfen. In einem Film dieser Jahre fährt James Bond einen roten Mustang. Er hatte das Angebot in den Kleinanzeigen der Lokalzeitung gefunden. Der Verkäufer wunderte sich, dass er am helllichten Tag, mitten auf der Straße, ein dickes Bündel Hundert- und Zwanzigdollarnoten aus der Hosentasche zog und neben dem Auto die Geldscheine abzählte, als reiße er sie von einem Kalenderblatt ab. Er erklärte ihm, er arbeite als Matrose auf einem Mississippi-Lastkahn zwischen New Orleans, Memphis und Saint Louis. Der Wagen hatte dreiundzwanzigtausend Meilen auf dem Tacho. Er arbeite gern auf Schiffen, sagte er, aber die langen Dreiwochenschichten seien sehr anstrengend. Der Verkäufer wunderte sich, dass er als Matrose so blass war und so schmale, weiche Hände hatte. Ihm fiel auf, dass er keinen Ehering trug.

Der Wirt des Gästehauses war ganz angetan von ihm. »Sie können sich keinen angenehmeren Menschen vorstellten als Eric S. Galt. Ruhig, wohlerzogen, sauber. An jedem Wochenanfang zahlte er pünktlich und im Voraus. Wenn du mit ihm geredet hast, sprach er meistens über das Wetter. Ich hielt ihn für einen anständigen Kerl, der gerade keine Arbeit hatte.«

Auf dem Antrag für einen Führerschein des Staates Alabama gab er an, am 20. Juli 1931 geboren zu sein; Gewicht: siebenundachtzig Kilo; Größe: einen Meter achtzig; Augenfarbe: blau; Haarfarbe: braun; Beruf: Seemann, arbeitslos. Die Führerscheinprüfung bestand er mit einer guten Note. Der Sehtest bescheinigte ihm ein perfektes Sehvermögen auf beiden Augen. Eric Starvo Galts Existenz gewinnt ein Stück an Solidität, denn jetzt ist er ein Name und ein Foto auf einem Führerschein.

Er hatte eine gebrauchte Reiseschreibmaschine gekauft. Auf ihr schrieb er am 1. September einen Brief an eine Firma für fotografisches Zubehör in Chicago und bestellte einen Projektor von Kodak, eine Super-8-Filmkamera von Kodak, ein sechs Meter langes Fernauslöserkabel. Am 5. Oktober kaufte er in einem Fotogeschäft in Birmingham eine Polaroidkamera. Von da an trug er sie bis zum Tag seiner Verhaftung, zehn Monate später, immer bei sich. Er bestellte gern Sachen im Versandhandel und freute sich, die in Illustrierten abgedruckten Bestellzettel mit der Schreibmaschine auszufüllen. An eine Firma in Hollywood schickte er eine Postanweisung über einen Dollar für die Bestellung eines chemischen Mittels namens E.Z., das, bestreicht man eine Glasscheibe damit, aus dieser einen doppelseitigen Spiegel machte. Dieses Produkt wurde in billigen Kriminalromanen beworben. Aus solchen Heftchen schnitt er Angebote für Fernstudien aus, für Mittel gegen Haarausfall, für Handbücher zum Erlernen von Karate, Hypnose oder Stenografie. Er schrieb sich für einen Fernkurs in Schlosserei ein, der von einer Schule in New Jersey angeboten wurde, der Locksmith International. Beim *Modern Photo Bookstore*, in New York, bestellte er mit einem aus der Zeitschrift *Modern Photography* ausgeschnittenen Bestellcoupon eine *Focal Encyclopedia of Photography*. Darauf hinterließ er einen deutlichen Fingerabdruck seines linken Daumens.

Jeden Sonntag suchte er um neun Uhr abends eine Bar, die einen Fernseher hatte, um sich die Sendung *FBI: Die zehn meistgesuchten Verbrecher* anzusehen. Auf dem Höhepunkt der Sendung wurde rückläufig die Liste der zehn in den Vereinigten Staaten meistgesuchten Verbrecher präsentiert. Jeden Sonntag erwartete er, seinen Namen und sein Foto vom Haftbefehl auf der Liste zu entdecken.

Er besaß weder einen Pass noch eine Geburtsurkunde, ebenso wenig eine Sozialversicherungsnummer und auch keine Dokumente oder Papiere, dass er jemals irgendwo gearbeitet hätte. Er hatte einen Führerschein, die Fahrzeugpapiere eines auf den Namen Eric Starvo Galt zugelassenen Autos, ein Schließfach in einer Bank, die Adresse eines Wohnsitzes, der das Gästehaus war. Es vermittelte ihm wohl eine gewisse innere Sicherheit, dies als Briefkopf über die Geschäftsbriefe zu setzen, die er unter falschem Namen auf seiner Reiseschreibmaschine schrieb; einem Namen, der überzeugend klang, an Geheimagenten denken ließ, Eric Starvo Galt, Eric S. Galt, das S mit Punkt beinahe so etwas wie eine Auszeichnung, 2608 Highland Avenue, Birmingham, Alabama. Die Kästchen auf den Bestellcoupons, die er aus Zeitschriften ausschnitt, füllte er sorgfältig mit Großbuchstaben aus. Die Adressen auf den Briefumschlägen schrieb er stets mit der Schreibmaschine. Wenn er das Gästehaus verließ, trug er die bereits frankierten Briefe in der Tasche und empfand ein leises Gefühl von Befriedigung, wenn er sie in den Schlitz des blauen Briefkastens gleiten ließ.

Gleich nachdem er sich in Birmingham niedergelassen hatte, schrieb er sich in einer Tanzschule ein. Vor allem interessierten ihn Latinotänze, Cha-Cha-Cha, Bolero, Mambo. Seine Tanzlehrerin sagte: »Er war ein ungeschickter Einzelgänger, der zweioder dreimal hier aufgetaucht ist, aber niemals tanzen gelernt hätte, selbst wenn er jeden einzelnen Tag seines restlichen Lebens geübt hätte.« Er war zurückhaltend und ausweichend. Er hatte eine gerade, schmale Nase, sprach mit deutlichem Südstaatenakzent und hatte, entgegen seines Maßanzugs und seiner stets auf Hochglanz polierten Krokodillederschuhe, eine eher ländliche als urbane Ausdrucksweise. Er trug einen goldenen Ring mit einem dunklen Stein.

Jeden Abend kehrte er mit der *Birmingham News* unterm Arm ins Gästehaus zurück. Er las sie gewissenhaft in seinem Zimmer, von den Schlagzeilen der Titelseite bis zu den Kleinanzeigen, den Nachrichten über landwirtschaftliche Wettbewerbe, Ankündigungen religiöser Veranstaltungen in den verschiedenen Kirchen, Geburtsanzeigen, Todesanzeigen, dem Kinoprogramm. Am 1. Oktober sah er die Verkaufsanzeige für einen gebrauchten Revolver, Kaliber .38, mit kurzem Lauf, japanische Produktion, Marke Liberty Chief. Er rief kurzerhand die Telefonnummer an, die in der Anzeige angegeben war, und wurde wenig später im Haus des Verkäufers vorstellig, der sich später weder an sein Gesicht noch an sein sonstiges Aussehen erinnern konnte. Er bezahlte fünfundsechzig Dollar für den Revolver. Der Sohn des Verkäufers jedoch erinnerte sich recht genau: Er sagte aus, der Mann sei zwischen vierzig und fünfundvierzig Jahre alt gewesen, habe etwa fünfundachtzig Kilo gewogen und sei zwischen einem Meter dreiundsiebzig und fünfundsiebzig groß gewesen; er habe dunkles Haar mit angegrauten Schläfen gehabt, mit Südstaatenakzent gesprochen, ein Freizeithemd und eine Hose aus Wollstoff getragen.

Er litt unter Schlaflosigkeit, hatte einen entzündeten Hals und trockenen Husten. Er fürchtete, es könne eine Lungenentzündung oder Lungenkrebs sein. Ein Arzt verschrieb ihm Antibiotika. Er ging zu einem Psychiater, der ihm zwar zuhörte, aber kaum Aufmerksamkeit schenkte und ihm nach einem Blick auf die Uhr ein Antidepressivum verschrieb.

Frühmorgens am 6. Oktober verstaute er seinen Koffer, seine Schreibmaschine und seine Kameras im Auto und verabschiedete sich vom Eigentümer des Gästehauses. Er sagte, er habe nun doch Arbeit auf einem Handelsschiff gefunden, das am nächsten Tag aus dem Hafen von Mobile auslaufe. Beinahe nonstop durchquerte er Richtung Südwesten die Staaten Alabama, Mississippi, Louisiana und Texas. Auf der Landkarte, die auseinandergefaltet neben ihm auf dem roten Leder des Beifahrersitzes lag, hatte jeder Staat eine andere Farbe: Alabama war gelb, Mississippi blassrosa, Louisiana grün, Texas violett.

In dreißig Stunden legte er an die zweitausend Kilometer zurück. Um sich wachzuhalten und die ganze Nacht durchfahren zu können, schluckte er Amphetamine. Vor sich im Scheinwerferlicht sah er die unveränderlich geradeaus führende Straße, die Leuchtreklamen und die bunten Neonlichter der Tankstellen, die windschiefen Holzhütten der Schwarzen auf kahlen Lichtungen, Motels, rund um die Uhr geöffnete Schnellrestaurants, eine endlose Landschaft von eintönigen Wäldern, Baumwollfeldern und rötlichen Wüstenböden. Am Nachmittag des 7. Oktober überquerte er in Nuevo Laredo die Grenze nach Mexiko. Ihm wurde ein Touristenaufkleber an die Windschutzscheibe geklebt, auf dem dieses Datum vermerkt war. In der Gefängnisbibliothek hatte er in der Zeitschrift *True* eine Reportage mit Farbfotos über Puerto Vallarta gelesen: weiße Sandstrände, über die Schaumkronen der Wellen geneigte Palmen, Bungalows mit Palmwedeldächern und Veranden zum Meer. Von Acapulco aus kam man über eine ungeteerte Straße dorthin, in der Regenzeit ein lehmiger Fluss.

Er kreuzte mit seinem weißen Mustang in Puerto Vallarta auf, wo man solch ein Auto noch nie gesehen hatte. Zunächst stieg er im Hotel *Río* ab, danach im *Tropicana*, direkt am Strand, an der Bahía de las Ballenas, der Walfischbucht. Von der Veranda seines Zimmers aus sah er den Pazifik am Ende der Bucht und die Wasserfontänen, die von den Buckelbergen der Wale aufstiegen. Auf dem Rücksitz des Mustang lag die Reiseschreibmaschine. Er erzählt jetzt, er sei Schriftsteller; ein amerikanischer Schriftsteller wahrscheinlich, der nach Puerto Vallarta gekommen war, um Ruhe zu finden, entschlossen, hier einen unterbrochenen Roman zu Ende zu bringen, ein Drehbuch vielleicht. Er trug das Haar mit Pomade nach hinten gekämmt und eine golldumrandete Sonnenbrille. Die Polaroid hing ihm immer über der Schulter. Auch die Super-8-Kamera von Kodak führte er stets mit sich. Auf der Terrasse und durch die nicht sehr dicken Zimmerwände des Hotels war ständig das Klappern seiner Schreibmaschine zu hören. Einige Wochen zuvor hatte John Huston in Puerto Vallarta *Die Nacht des Leguan* gedreht. Wenn man genau hinsieht, kann man in dem Film wenige Sekunden lang aus einem fahrenden Bus heraus die Fassade und den Namenszug des Hotels *Río* erkennen, ein Wimpernschlag der Vergangenheit.

Er wurde Stammgast in zweien der Bordelle von Puerto Vallarta, in *Casa Susana* und *Casa Azul*. *Casa Susana* hatte einen Salon mit einem Boden aus nackter Erde, einem Bartresen und einer Musikbox, die amerikanische Erfolgsschlager vergangener Jahre spielte. Die Platten hatten oft Sprünge, und damit sie weiterspielten, musste man gegen den Apparat treten oder mit der Faust daraufschlagen. Die Frauen saßen, sich Kühlung zufächelnd, in der Hitze glänzend, mit gespreizten Beinen auf niedrigen Stühlen an der Rückwand, Lippen und Augen in den braunen

Gesichtern stark geschminkt. Zwischen den Tischen liefen nackte Kinder sowie Tiere umher, Schweine, Hühner, Hunde. In der *Casa Susana* lernte er eine sehr dunkelhäutige, blond gefärbte junge Frau kennen, die sich Irma nannte, nach dem Film *Das Mädchen Irma la Douce*. Ihr richtiger Name war Manuela Medrano López. Irma erzählte später, der Amerikaner mit dem weißen Sportwagen, Eric, habe sie in seinem Mustang zu einsamen Stränden mitgenommen und fotografiert, mal angezogen, mal nackt, manchmal in verführerischen Posen. Er ließ sie sich mit gespreizten Beinen und hochgezogenem Rock auf den Fahrersitz setzen. Er machte ihr vage Versprechungen, sie als Star für eine Produktionsfirma von Pornofilmen unter Vertrag zu nehmen, die er in Los Angeles gründen wollte. Die Pornoindustrie steckte damals noch in den Kinderschuhen und war halb illegal. Eric, der Amerikaner, war ein stiller Mann, der niemals lachte. Mal zeigte er sich spendabel, mal feilschte er um ihren Liebeslohn. Stets hatte er seine Polaroidkamera dabei sowie ein kleines Konversationslexikon Spanisch, obwohl er kaum mehr als ein paar Wörter kannte und nichts verstand, wenn man etwas zu ihm sagte. Er war sehr interessiert, lateinamerikanische Tänze zu lernen. Manchmal fuhr er allein in seinem Wagen davon. Irma nahm an, dass er dann auf einer der Pflanzungen im Landesinnern Marihuana kaufte. Eines Tages war er ziemlich betrunken und bat sie im Salon der *Casa Susana*, ihn zu heiraten. Zuerst musste sie lachen, und dann sagte sie Nein. Wie könne sie ihm vertrauen, sagte sie, wenn er immer mit anderen Frauen ausgehe. Sie sagte es ihm halb auf Spanisch, halb auf Englisch, in unzusammenhängenden Worten und gestenreich, deutete auf eine der Huren, mit der er manchmal verschwand, vielleicht um sie zu kränken, eine kleine Dunkelhäutige, jünger als sie, die Chilindrina genannt wurde. Da machte er ein grimmiges Gesicht, zog den Revolver aus der Gesäßtasche seiner Hose und zielte zwischen ihre Augen.

In der *Casa Azul* erwarteten die Frauen die Männer in engen, auf unterschiedlicher Höhe gelegenen horizontalen Kämmerchen, ähnlich den Waben eines Bienenstocks. Um zu ihnen zu kommen, musste man eine Handleiter anlegen. Man stieg hinauf und schaute im Vorüberklettern in ein Kämmerchen, in dem die Frau einen zu sich lockte. Schreien, Schnaufen und Keuchen war von überallher zu hören, wirkte gleichsam als Einladung, als klangliches Aphrodisiakum. Ihn sahen sie oft die schmalen Leitern hinaufklettern: Sonnenbrille, bunt gemusterte Touristenhemden, die Haut so bleich, dass sie sich nicht einmal in der Sonne rötete, spröde wie Bimsstein, wie ungelöschter Kalk.

Der abgelegenste Strand von allen war der von Mismaloya, fünfzehn Kilometer von Puerto Vallarta entfernt. Es gab dort nur eine *Cantina*, und nur wenige Touristen kamen bis dorthin. Der Kellner der *Cantina* erkannte ihn Monate später, als man ihm Fotos vorlegte; seinen Namen, sagte er, habe er aber nie gehört. Er erinnerte sich, dass er mit einer blondierten Frau in einem funkelnden weißen Auto gekommen war, dass er etwas zu trinken bestellt und sich dann mit der Frau in den Schatten der Palmen zurückgezogen habe, direkt am Wasser. In dem Film *Die Nacht des Leguan* badet Ava Gardner – betrunken und schamlos – nachts am Strand von Mismaloya in Begleitung von zwei deutlich jüngeren Männern, die später am Strand um sie herumlaufen und Maracas schütteln.

Am 14. November 1967 verließ er Puerto Vallarta. In der Nacht davor hatte er sich in der *Casa Susana* schwer betrunken, hatte lallend auf Irma oder Manuela eingeredet, die davon nichts verstanden haben dürfte, obwohl an diesem Abend keine Lieder aus der Musikbox dröhnten. Er hatte sich mit einem schwarzen Matrosen geprügelt, der genauso betrunken war wie er und ihn unabsichtlich angerempelt hatte. Der Schwarze war größer und kräftiger als er, gab jedoch klein bei, als er den Revolver in seiner Hand sah. In seinem schmalen Konversationswörterbuch nach den richtigen Worten suchend, erklärte er Manuela später, wenn er in den Vereinigten Staaten ein bestimmtes Geschäft abgeschlossen habe, werde er zurückkommen und sie holen. Er nahm ein Päckchen Marihuana mit und versteckte es im Reserverad des Mustang.

Ohne Eile fuhr er die Küstenstraßen am Pazifik bis nach Los Angeles hinauf. Sein größtes Vergnügen war es, beim Fahren ein kaltes Bier zu trinken und im Autoradio Countrymusik zu hören. Er hatte die Sonnenbrille aufgesetzt, den linken Ellenbogen im offenen Fenster aufgestützt, der feuchte Seewind wehte ihm ins Gesicht, das leichte Sommerhemd war bis zur Brust aufgeknöpft, die Haut verbrannt von der Sonne am Strand von Mismaloya. Er mochte die Songs von Johnny Cash. Staunend sah er sich selbst, voller Bewunderung, von außen, als sähe er sich in einem Film oder läse einen Roman, dessen Held erstaunlicherweise er selbst war; der Motor des Mustang vibrierte unterm Gaspedal, die Musik im Radio, voll aufgedreht, wurde vom Fahrtwind verweht.

Am 19. November mietete er ein Apartment im Hotel *St. Francis*, auf dem Hollywood Boulevard, eine Gegend mit billigen Hotels, Schnapsläden und Stripteaselokalen. Im *St. Francis* wohnten hauptsächlich arme Rentner, alte Junggesellen, honorige Alkoholiker, nicht wenige mit unterschiedlichen Graden von Behinderung. Aber auch Striptease- und Bauchtänzerinnen, die in den Clubs der Umgebung arbeiteten, fast alle benannt mit blühender orientalischer Fantasie: *Club Fez, Seventh Veil, Arabian Nights*. Im Parterre des Hotel *St. Francis* gab es eine schummrige Bar mit Namen *Sultan Room*, die hauptsächlich von Dauergästen besucht wurde. Sie saßen stundenlang im Dämmerlicht an der Bar und nippten an ihren Getränken. An der Ecke gegenüber gab es eine noch dunklere Bar, die schon früher öffnete:

Rabbit's Foot, dort wurde ab halb sieben Uhr morgens Alkohol ausgeschenkt. Die Leuchtreklamen von *Sultan Room* und *Rabbit's Foot* blinkten abwechselnd auf gegenüberliegenden Straßenseiten, einige der Buchstaben waren ausgefallen. Ein Kellner aus dem *Rabbit's Foot* erinnerte sich später vor allem daran, dass er wie ein Südstaatenprovinzler gewirkt hatte, der neu in der großen Stadt war: der dunkle Anzug, die Schnürsenkel-Krawatte, die großen abstehenden Ohren, sein scheuer, staunender Gesichtsausdruck, die Art zu sprechen.

Während seines Aufenthalts im Hotel *St. Francis* kaufte er sich einen tragbaren Fernseher, Marke Zenith, mit Plastikgehäuse, einem Tragegriff an der Oberseite und zwei verstellbaren Antennen. Im *Sultan Room* lernte er eine Kellnerin kennen, Maria Bonino. Sie war Exotik- und Stripteasetänzerin gewesen und unter verschiedenen Künstlernamen aufgetreten: Marie Martin, Marie Dennino, Mary Martinello, fast immer im selben, nahe gelegenen Club, dem *Mousetrap*. Durch sie kam er in Kontakt mit einem Gelegenheitssongschreiber, Charles Stein, der hin und wieder mit LSD dealte und es auch selbst nahm. Er war ein kahlköpfiger Hippie mit Vollbart, Perlenketten und mit schmutzigen Füßen in Sandalen. Er sagte, seit er den christlichen Glauben wiedergefunden habe, spüre er die Schwingungen des Universums. Im Vergleich zu seinem abgerissenen Äußeren fiel die korrekte Kleidung von Eric Starvo Galt besonders ins Auge. Im Handschuhfach seines Autos führte Charles Stein immer ein Fernglas und einen Fotoapparat mit sich, für den Fall, dass außerirdische Raumschiffe am Himmel erscheinen sollten. Sie unternahmen zusammen eine Fahrt nach New Orleans, sechstausend Kilometer hin und zurück, in Galts Mustang, um dort Nichten von Stein abzuholen. Während der Fahrt nachts durch die Wüste bremste Stein abrupt, weil er sicher war, die Lichter einer fliegenden Untertasse gesehen zu haben. Er erzählte hinterher, dass

Galt unterwegs zwei- oder dreimal von Telefonzellen am Rande der schnurgeraden, niemals endenden Straße telefoniert habe. Er erwachte auf dem Beifahrersitz, wo er mehrere Stunden geschlafen hatte, und fand sich allein im Auto wieder, das auf einem Seitenstreifen parkte, ein gutes Stück von einer Tankstelle entfernt. Es war vier oder fünf Uhr morgens, und er bibberte vor Kälte. In der Dunkelheit leuchtete wie ein Fanal eine Telefonzelle, und drinnen erblickte er Galt, der still in den Hörer lauschte. Danach kam er zum Auto zurück und fuhr los, ohne ein Wort mit ihm zu sprechen. Stein sagte, er sei sicher gewesen, dass der Name, den er benutzte, falsch war: Er habe nicht ausgesehen wie einer, der Galt hieß, schon gar nicht Eric; höchstens Bill, Bob oder Jim.

Der Heilige Abend 1967 war seit acht Jahren der erste, den er außerhalb eines Gefängnisses verbrachte. Weihnachten, erklärte er später mit einem Anflug von Geringschätzung, war etwas für Leute mit Familienbindung. Für einen Einzelgänger wie ihn bedeutete es nichts. »Ein Abend wie jeder andere, an dem man sich in eine Bar setzt und später im Hotelzimmer noch ein oder zwei Bier trinkt, vielleicht eine Weile fernsieht.« Er wusste nicht mehr, was er in dieser Nacht gemacht hatte. Er erinnerte sich aber, dass er am 31. Dezember durch die Wüste nach Las Vegas gefahren war. Er fuhr eine Weile durch die Stadt, in der er noch nie gewesen war, und ging nicht einmal in ein Casino. Er drehte ein paar Runden in seinem Mustang und sah die Leute Münzen in Spielautomaten werfen. Auf einem Parkplatz schlief er zusammengekauert auf der Rückbank im Auto. Bei Tagesanbruch wurde er zitternd vor Kälte wach und fuhr auf dem breiten verwaisten Highway am ersten Morgen des Jahres 1968 nach Los Angeles zurück.

Am 4. Januar suchte er Reverend Xavier von Koss auf, Hypnoselehrer und Präsident der Internationalen Koss-Gesellschaft für Hypnose, »international anerkannte Autorität auf dem Gebiet der Hypnose, Selbsthypnose und persönlichen Selbstheilung«. Reverend von Koss erklärte ihm, zur Stärkung seines Selbstbewusstseins brauche er klare Ziele im Leben. Er sagte, von Koss habe versucht, ihn in Hypnose zu versetzen, doch als er ihn bat, die Augen zu schließen und sich ganz dem Tacktack eines Metronoms hinzugeben, habe er sehr starke unbewusste Widerstände bemerkt.

Auf Anweisung von Reverend von Koss kaufte er sich folgende Bücher: *Setzen Sie Ihre verborgenen mentalen Kräfte gewinnbringend ein* von William D. Henry, *Selbsthypnose – Technik und Anwendung im täglichen Leben* von Leslie M. LeCron, *Erfolg kommt nicht von ungefähr. Psycho-Kybernetik* von Maxwell Maltz. Von Letzterem fand sich ein zerlesenes Exemplar mit zahlreichen Unterstreichungen in seinem Gepäck, als er in Heathrow verhaftet wurde. Damals bestellte er im Versandhandel auch eine Reihe Bücher mit sexueller Thematik, vielleicht als Vorbereitung auf seinen geplanten Einstieg ins Pornofilmgeschäft: *Die sexuelle Antwort der Frau, Sexualanatomie, Ungewöhnliche weibliche Sexualpraktiken, Die sexuelle Sensibilität bei Mann und Frau.*

Am 26. Februar bestellte er bei einer Firma für Erotika ein Paar japanische Handschellen aus Stahl, mit Spitzen verziert und ausgeschlagen mit Samt. In halblegalen Sexblättern, die ihm in neutralen braunen Umschlägen per Post zugestellt wurden, schaltete er Anzeigen, in denen er die Bekanntschaft leidenschaftlicher und diskreter Frauen suchte. Der Text war stets der gleiche: »Junggeselle, weiß, 36 Jahre, sucht diskretes Zusammensein mit verheirateter, temperamentvoller Frau«.

Er betrachtete sich lange im Spiegel über dem Waschbecken seines Zimmers und versuchte herauszufinden, welche seiner Gesichtszüge am ehesten zu einer Identifizierung führen, jemand am wahrscheinlichsten im Gedächtnis bleiben könnten. Er nahm Polaroids von sich aus verschiedenen Winkeln auf, mit unterschiedlichem Licht, prüfte mithilfe von Spiegeln Profile und Ansichten von oben oder unten. Er riss die Folie vom Polaroidbild ab und sah Sekunde um Sekunde sein Gesicht im weißen Fotorechteck erscheinen. Er ließ es trocknen und betrachtete es aufs Neue. Fast alles in seinem Gesicht war vollkommen normal. Das glatte Haar, eher dunkel als hell, die blauen Augen, das Kinn mit dem Grübchen. Er hatte eine kleine Narbe auf der Stirn, die jedoch kaum zu sehen war. Gefahr bestand bei der Nase und den Ohren. Die Nase ragte etwas zu spitz hervor. Das linke Ohr war größer als das rechte, stand weiter vom Kopf ab und hatte ein längeres Läppchen. Einige dieser Polaroids schickte er später an Frauen, mit denen er über die Kontaktanzeigen in Briefwechsel getreten war.

In seinem Buch *Psycho-Kybernetik* erklärte Dr. Maxwell Maltz, Schönheitschirurg und Professor für Ästhetische Chirurgie an den Universitäten von Managua und San Salvador, dass das menschliche Gehirn genauso funktioniert wie ein Elektronenhirn: Es wird programmiert, um bestimmte Ziele zu erreichen. Ein Elektronenhirn bestimmt die Abschusszeit, die Flugbahn und den Einschlagspunkt einer Atomrakete; ebenso bestimmt das Elektronenhirn des menschlichen Geistes den Weg des Lebens zur Erreichung eines bestimmten Ziels, das Erfolg genannt wird: der Erfolg des Autoverkäufers, der die Konkurrenz hinter sich lässt; der des Sportlers, der schneller als alle anderen das Ziel erreicht oder besser trifft; der des Mannes von Welt, der beruflich auf dem Höhepunkt steht, souverän die schwierigsten Gesellschaftstänze beherrscht, auf einer Gesellschaft die attraktivste Frau bezaubert. Die Information, die ein Elektronenhirn braucht, um adäquat zu funktionieren, führt ihm der Programmierer zu. Ein Mensch indes ist stets in Bewegung, fühlt und handelt nach dem, was er als gesicherte Information über sich selbst und seine Umgebung betrachtet. Ist die Information falsch, kann das Ergebnis zur Katastrophe führen, ähnlich wie bei einem Elektronenhirn, wenn die eingefütterten Daten fehlerhaft sind oder dem angestrebten Ziel nicht entsprechen.

Am 15. Januar belegte er in der Lau International School of Bartending einen Barmixer-Kurs, der bis zum 2. März dauerte. Dem Direktor der Schule zufolge war er »ein angenehmer Mensch mit leichtem Südstaatenakzent, recht intelligent, der in dem Beruf etwas hätte werden können«. Ein Kollege erinnerte sich, dass er schwer von Begriff war und Anweisungen nicht gleich verstand, weil er immer einen überaus nervösen Eindruck machte. Er hatte ihn sagen hören, er sei Chefkoch auf einem Handelsschiff gewesen. Andere erinnerten sich an ihn als Linkshänder; dieser Kollege war jedoch sicher, dass er Rechtshänder gewesen war. Er war zwar kein Raucher, doch der eine oder andere erinnerte sich an ihn mit einer Zigarette zwischen den nervösen Fingern mit ihren auffällig polierten Fingernägeln. Am letzten Tag des Kurses kam er mit einem geliehenen knappen Kellnerjäckchen und schwarzer Fliege in die Schule. Von jedem Schüler wurde ein Foto mit dem Direktor gemacht, wie dieser ihm das Diplom überreichte, die Hand schüttelte und beide breit lächelnd in die Kamera schauten. Er schloss die Augen gerade in dem Moment, als der Fotograf auf den Auslöser drückte.

Das menschliche Hirn programmiert sich selbst aufgrund eines gewissen Eigenbildes, das man von sich hat. Selbstbeeinflussung und Hypnose können dabei machtvolle Helfer sein. Zur Stützung seiner Thesen zitierte Dr. Maxwell Maltz die Forschungsergebnisse von Dr. J. B. Rhine, dem Direktor des Parapsychologischen Labors der Universität von Duke. Dort war im Experiment festgestellt worden, dass der Mensch Zugang zu Wissen, Gedanken und Vorgängen hat, die ihm auf anderen Wegen als denen des rationalen Verstandes zugänglich geworden sind. Schafft sich der Mensch ein falsches Selbstbild, verurteilt er sich damit zum Misserfolg. Sieht er sich selbst als hässlich, unbeholfen oder für Frauen wenig attraktiv, so überträgt sich dieses Bild auf übersinnlichem Wege, und die Frauen sehen ihn, wie er sich selbst sieht, und deshalb meiden sie ihn. Dank der Selbsthypnose kann sich das Hirn so programmieren, dass negative Bilder zurückgewiesen werden. Erst dann zeige sich die mentale Kraft in ihrer ganzen Fülle, versicherte Dr. Maltz. In der Forschungseinrichtung für Gesellschaftliche Beziehungen, in Harvard, hatte sich Dr. Theodore Xenophon in ausführlichen und gewissenhaften Untersuchungen mit Hypnosephänomenen befasst.

Der Mensch programmiert sein Gehirn, damit er sich selbst als Sieger, als großer Verführer sieht, und das Wunder geschieht, vorausgesetzt, das angestrebte Ziel wurde im Geiste bis ins Kleinste visualisiert, immer wieder, möglichst in einem abgedunkelten Zimmer, mit geschlossenen Augen. Golfchampions gestanden, der wesentliche Teil ihres Trainings bestehe aus der exakten Visualisierung ihrer Schläge, einschließlich des letzten Stückchens, auf dem der Golfball ins Loch rolle, des Widerstands der Grashalme, des Taus auf den Gräsern, des Drucks der Hände auf dem Griff des Schlägers. Erfolgreiche Verkäufer, die die Vorgaben ihres Unternehmens übertroffen hatten, sahen sich selbst mit breitem Lächeln auf den Käufer zugehen und ihm mit genau dem richtigen Maß an Kraft die Hand drücken. Ein Tänzer konnte ein ums andere Mal bis zur körperlichen Erschöpfung immer die gleichen Tanzschritte üben; hatte er sich nicht psychokybernetisch programmiert, würde er niemals schwebend über die Tanzfläche gleiten.

Im Dezember schrieb er sich zu einem Kurs ein, um Rumba tanzen zu lernen. Der Kurs fand in einer Akademie namens National Dance Studios statt, einem trüben Gewölbekeller, dem der Popularitätsverlust der Gesellschaftstänze zu schaffen machte und der nur noch von einer gespenstischen Klientel einsamer Menschen aufgesucht wurde. Es war ein Intensivkurs, bestehend aus fünfundzwanzig Stunden Gruppenunterricht und weiteren fünfundzwanzig Stunden Einzelunterricht oder »personalisiertem Unterricht«, wie der Direktor der Tanzschule es nannte. »Er wirkte wie ein richtiger Südstaatengentleman«, sagte eine der Tanzlehrerinnen; »gesunde Zähne, saubere, manikürte Fingernägel, einen goldenen Ring mit einem dunklen Stein, goldene Manschettenknöpfe. Man sah ihm an, dass er Geld hatte. Er zog hundert Dollar in Zwanzigerscheinen aus der Hosentasche, um die Einschreibegebühr zu bezahlen, und am nächsten Tag bezahlte er den Rest, ebenfalls in bar, vierhundertfünfundsechzig Dollar, als wäre das nichts. Er war gut gekleidet, wenn auch nicht gerade vornehm, abgesehen von den Schuhen aus schwarzem Krokodilleder, die sehr weich waren und eine feine Ledersohle hatten. Er gehörte zu diesen schüchternen und in sich gekehrten Typen, die tanzen lernen wollen und es brauchen, obwohl er sich schwertat und nie locker wurde. Vor allem in großen Gruppen und bei Frauen war er schüchtern. Er schaute einem nie in die Augen. Wenn er einem mal die Hand gab, dann mit einem schlaffen Händedruck. Entweder hielt er den Blick in die Ferne gerichtet oder den Kopf gesenkt. Er saß auf einem Stuhl, und es sah aus, als betrachte er etwas in weiter Ferne oder sei in Gedanken versunken. Wenn er nervös war, rieb er sich an einem Ohrläppchen. Er lächelte nur selten und wenn, dann wirkte es immer irgendwie gezwungen. Wenn es im Gespräch persönlich wurde, schwieg er. Verschlossen wie eine Auster. Oft sah ich ihn nach dem Unterricht, immer allein, in seinem weißen Auto davonfahren. Zum letzten Mal war er am 18. Februar in der Akademie. Er ging, bevor der Kurs zu Ende war. Er sagte, er wolle als Matrose auf einer Handelsroute auf dem Mississippi anheuern. Er hatte sehr schöne blaue Augen mit großen Pupillen. Unterschrieben hat er mit der linken Hand.«

Am 5. März unterzog er sich in der Praxis von Dr. Russell Hadley auf dem Hollywood Boulevard einer Schönheitsoperation mit örtlicher Betäubung, um die vorstehende Nasenspitze etwas zurückzunehmen. Zwei Tage später kehrte er zurück, um vom Arzt den Verband abnehmen und den Heilprozess begutachten zu lassen. Beim dritten Besuch, am 11. März, zog Dr. Hadley ihm die Fäden. Als Monate später Zivilpolizisten zu ihm kamen, Fragen stellten und ihm Fotos zeigten, stellte er erstaunt fest, dass er sich an das Gesicht dieses Patienten, den er operiert und so gründlich untersucht hatte, nicht erinnern konnte. In seinem Buch über Psychokybernetik versichert Dr. Maltz, dass abgestumpfte Häftlinge, harte Burschen, die sich im Gefängnis einer Schönheitsoperation unterzogen, um ihre unangenehmsten physiognomischen Züge korrigieren zu lassen, ihr Verhalten danach komplett geändert und sich mustergültig benommen hätten, um möglichst bald bedingten Straferlass zu bekommen, und später vorbildliche Bürger und nützliche Mitglieder der Gesellschaft geworden seien.

Am 18. März, einem Montag, verließ er Los Angeles. Jetzt durchquerte er auf einem langen Rückweg das Land von West nach Ost: Arizona, New Mexico, Texas, Louisiana, Mississippi, Alabama, Georgia, Tennessee, schließlich Memphis. Den ganzen 21. März verbrachte er in New Orleans. Von dort fuhr er nach Selma, Alabama, wo in diesen Tagen Martin Luther King mehrere öffentliche Auftritte hatte. Davor war King in Los Angeles gewesen. Von Selma reiste er nach Atlanta und blieb dort fünf Tage. Das Gästehaus, in dem er in Atlanta unterkam, hatte nicht einmal eine Rezeption. Der Verwalter führte den Laden von einem Kabuff im Erdgeschoss aus. Er war so betrunken, dass er nicht mehr wusste, welche Zimmer belegt waren und welche nicht, und das Gästebuch konnte er auch nicht finden. Als Ray eintraf, war der Verwalter schon zwei Wochen am Stück betrunken gewesen. Er wunderte sich, als er diesen herausgeputzten Gast eintreten sah mit seinem dunklen Anzug und dem teuren Koffer, gut rasiert, die Haare frisch geschnitten. Anfangs hielt er ihn für einen Polizisten. Im Auto hatte er einen Stadtplan von Atlanta, auf dem er mit rotem Bleistift die Orte eingekreist hatte, an denen Martin Luther King sich gewöhnlich aufhielt: sein Haus, das Haus seiner Eltern, die Kirche, in der er Prediger war, Ebenezer.

Am 29. März fuhr er von Atlanta nach Birmingham, Alabama. Zuletzt war er im Oktober des Vorjahres in der Stadt gewesen. Im Melderegister eines Motels trug er sich als Eric S. Galt ein. Ein paar Stunden später, als er in einem Waffengeschäft ein Jagdgewehr mit Zielfernrohr kaufte, gab er seinen Namen mit Harvey Lowmeyr oder Lowmeyer an. Er brauchte keinerlei Ausweis vorzulegen. Er sagte, er plane mit seinem Bruder einen Jagdausflug nach Idaho, wo sie Hirsche jagen wollten. Die Verkäufer in dem Geschäft hatten den Eindruck, dieser blasse, schmächtige Kunde habe weder Ahnung von der Jagd noch vom Leben in freier Natur, und auch nicht von Feuerwaffen. Er wog das Gewehr unbeholfen in der Hand, schaute sich aber genau die Gebrauchsanweisung und Montageanleitung an. Er setzte sich eine Brille mit dickem Schildpattrahmen auf, um die kleinen Buchstaben lesen zu können, und hatte rosige, manikürte Fingernägel. Sein brauner Anzug schien teuer zu sein, war aber verknittert, als hätte er in ihm geschlafen. Seine Krawatte war verdreht. Sein Atem roch leicht nach Alkohol. Am nächsten Tag, einem Samstag, kam er schon morgens früh mit demselben verknitterten Anzug und derselben Brille zurück und sagte, er brauche ein Gewehr mit einer stärkeren Schussleistung. Er entschied sich dann für eines, das eine Austrittsgeschwindigkeit von neunhundert Metern pro Sekunde hatte und ausgereicht hätte, ein in vollem Galopp angreifendes ausgewachsenes Nashorn zu stoppen. Das Zielfernrohr ließ er sich aufmontieren. Sie sahen ihn über den Asphalt des Parkplatzes zu seinem Auto gehen, mit hängenden Schultern, den Gewehrkasten in der Hand, als wäre er ein Koffer, die Fußspitzen nach außen gerichtet, ein Ohr war größer als das andere.

Am 1. April brachte er einen Beutel schmutziger Wäsche zu einer Trockenreinigung in Atlanta: vier Oberhemden, drei Unterhosen, ein Paar Socken, ein Handtuch, ein Sportjackett, eine Anzughose, eine Krawatte. Die Angestellte wunderte sich, einen so gut gekleideten Kunden zu sehen in diesem Viertel, das in letzter Zeit ärgerlicherweise von Hippies, Drogensüchtigen und Bettlern überlaufen war.

Am 3. April kam er auf dem Weg von Atlanta nach Memphis vom Highway ab und fuhr auf einem unasphaltierten Weg bis zu einer abgelegenen Niederlassung: eine Weide, umgefallene weiße Zäune, eine verlassene Hütte. Er holte das Gewehr aus dem Kofferraum und montierte das Zielfernrohr. Während seines Militärdienstes hatte er sich als ausgezeichneter Schütze hervorgetan. Er schob ein Magazin ein, prüfte Zug und Druckpunkt des Abzugs und legte den Kolben probeweise in die Schulterbeuge. Durch das Zielfernrohr sah er weit entfernte Dinge so deutlich vor sich, als befänden sie sich direkt vor ihm: eine rostige Blechdose, ein Baumstamm, ein Vogelfutterbehältnis, das von einem Ast herabhing und aus einer Plastikflasche bestand, die man in der Mitte durchgeschnitten hatte. Am Abzug genügte leichter Druck, schon detonierte der Schuss. Im Fadenkreuz des Zielfernrohrs zerplatzten die Dinge in splitterndes Glas und wirbelnden Staub. Nach jedem Schuss lag große Stille über dem Land.

Die Fahrt von Atlanta nach Memphis dauerte sieben Stunden. Er hielt unterwegs zweimal an. In einem Drugstore kaufte er ein Päckchen Gillette-Rasierklingen. Der Verkäufer erinnerte sich später an ihn, weil nur selten jemand in den Laden kam, der Anzug und Krawatte trug, und weil die Sachen sichtlich zu warm waren für die dort herrschende schwüle Hitze. Danach hielt er ungefähr hundert Kilometer weiter an einem Friseurladen, wo er sich die Haare schneiden ließ. Als er sich Memphis näherte, bezog sich der Himmel, und der Wind zerrte an den Baumkronen. Am vorzeitig verdunkelten Horizont gingen Blitze nieder.

Um Viertel nach sieben Uhr abends mietete er ein Zimmer im *New Rebel Motel* außerhalb von Memphis unter dem Namen Eric S. Galt. Der Regen klatschte wütend gegen die Fenster. Der Donner krachte, als bräche die Erdkruste auf. Der Nachtwächter sah auf seiner Runde um das Motel den geparkten weißen Mustang vor Galts Zimmer und dass das Licht um fünf nach vier Uhr morgens noch immer brannte.

Am 4. April kaufte er sich morgens eine Zeitung mit dem Foto Martin Luther Kings auf der Titelseite, unter dem erwähnt wurde, in welchem Motel er wohnte; demselben, in dem er immer abstieg, wenn er in Memphis war, dem *Lorraine*. In einem gehässigen Leitartikel hieß es, King sei nur nach Memphis gekommen, um die Schwarzen aufzuwiegeln und Unruhe zu schüren, vergleichbar dem gefährlichen Extremismus der streikenden Müllmänner der Stadt.

Um drei Uhr nachmittags mietete er ein Zimmer in einem Gästehaus nicht weit vom *Lorraine Motel* entfernt, in einer heruntergekommenen Gegend am Stadtrand mit den üblichen Pfandhäusern, Schnapsläden, Hotels für Tippelbrüder und Säufer in unmittelbarer Nachbarschaft. Seinen Namen gab er mit John Willard an. Ein Identitätsnachweis war in einem Haus wie diesem nicht nötig.

Der Frau am Empfang des Gästehauses kam der Neuankömmling genauso fehl am Platz vor wie das Auto, das er vor dem Eingang geparkt hatte. Es klopfte an dem Zimmer, das sie als Büro benutzte, und als sie die Tür öffnete, ohne die Sicherheitskette abzunehmen, erblickte sie einen blassen Mann mit dreieckigem Gesicht und unstetem Blick, der ein irritierendes, gezwungenes Lächeln zeigte, wie losgelöst von den übrigen Gesichtszügen, ein ulkig verzerrtes Grinsen.

Durch einen Flur mit vielen Türen führte sie ihn zu einem freien Zimmer. Es war mit einem Vorhängeschloss verriegelt. Wo früher die Türklinke gewesen war, ragte aus einem Loch der Haken eines Kleiderbügels aus Draht. Im Zimmer gab es ein zerfleddertes grünes Sofa, eine bucklige Matratze auf einem Sprungfederrahmen und an der Decke eine trübe Glühbirne. Über dem Sims eines Kamins, der schon seit Jahren nicht mehr benutzt worden war, hing eine absurde Girlande aus Weihnachtskugeln mit verstaubten und verblassten künstlichen Stechpalmenblättern. Die Betreiberin – Bessie Brewer, eine dicke Frau mit glatten fettigen Haaren in einem Männerhemd – entschuldigte sich für den starken Geruch von Desinfektionsmittel; der Vormieter, ein alter Säufer, sei vor einer Woche in dem Zimmer gestorben.

Offenbar zufrieden und immer noch mit diesem Grinsen im Gesicht fragte er nach dem Bad. Es war direkt nebenan. Über der Tür war mit Heftpflaster ein handbeschriebenes Schild festgeklebt: *Toilet & Bath*. Die Kloschüssel hatte keinen Deckel, und auf dem Boden der Dusche stand eine Pfütze schmutzigen Wassers. Durch das Fenster konnte man über ein brachliegendes Grundstück voller Gerümpel und Schutthaufen hinweg die lange Balkonreihe des *Lorraine Motel* sehen, die offene Glasschiebetür eines Zimmers, halb verhangen von einer durchsichtigen Gardine, die der Wind blähte wie ein Segel. Der 4. April 1968 war ein Donnerstag.

II

Ich suchte ein Krankenhaus mit kalten, hallenden Fluren und hohen Decken, von denen weiße Kugellampen hingen; einen Nachtclub mit einem Schild über der Tür, darauf nur ein Wort stand: »Burma«, einer Tür, durch die man in ein Labyrinth von eisernen Treppen, ächzenden Lastenaufzügen, feucht riechenden Kellergewölben oder Lagerhallen aus rotem Backstein und gestapelten Packen tropischer Waren gelangte; ein abgelegenes Haus, in dem eine allein lebende Frau wohnte, die gegen Mitternacht einem Mann öffnen würde, der auf der Flucht und wahrscheinlich verwundet war; einen Jazzclub oder ein Theater, in dem ein alter, todkranker Musiker zum letzten Mal spielte.

Ich wollte einen Zug, in dem eine Verfolgung stattfand, und einen Abgrund, an dessen Rand zwei Männer kämpften, von denen einer in die Tiefe stürzen würde, die fuchtelnde Silhouette immer kleiner werdend vor den hohen Schaumkronen der Wellen, die inmitten einem Meer von kinematografischer Klarheit in einer dioramablauen, albtraumhaften Nacht gegen schroffe Klippen krachten.

Ich suchte Schauplätze für meinen Roman, vor allem aber einen visuellen Anreiz, der mich zu den Begegnungen und Abenteuern meiner Figuren führen könnte. Die Handlungsstränge, die ich im Vorhinein in dem mutmaßlichen Lissabon meiner Vorstellung angesiedelt hatte, verlegte ich nicht in das tatsächliche Lissabon. Die Handlung nahm Gestalt an, während ich mich mit offenen Augen, mit Kamera und Notizbuch ruhelos durch die Stadt bewegte gleich einem Menschen, der in jedes Gesicht schaut, das ihm begegnet, stets in der Hoffnung, auf die eine Person zu treffen, schon von fern in der Menge die eine Gestalt zu erkennen, die sein Herz einmal aussetzen lässt, ihn trifft wie ein Blitz aus Neugier und Verlangen; das Gesicht, das er so sehr liebt, dass er es nicht behalten kann, das seine Erinnerung löscht, sobald er es aus den Augen verliert; das vergebens zu suchen er stunden- oder tagelang imstande ist; das immer gänzlich unerwartet kommt, wenn es schließlich auftaucht an einem dieser transitorischen Orte, an denen unmittelbares Möglichwerden wie ein Magnetfeld wirkt: Straßenecken, um die man nicht biegen kann, ohne einen lichten Stich in der Magengegend zu verspüren; Treppen, Schwellen, Eingangshallen; Straßen, die sich dafür eignen, weil man dort einmal eine Gegenwart gespürt hat, einen Schatten.

Lissabon war eine reale Stadt und zugleich wie ein Modell von Lissabon. Die strenge Ordnung der Straßen in der Baixa ließ an eine säuberlich gebaute Modellbaustadt denken, mit ihren Reihen identischer Fenster, den gleichförmigen Fassaden. Die Praça do Rossio war ein wimmelndes Ensemble aus Fußgängern, Geschäften und Handwerken, aber auch ein abstrakter Platz, das Modell eines Platzes: mit seiner symmetrischen Achse, die sich nach Süden hin zu einem Triumphbogen und einem Reiterdenkmal verlängerte, mit seinem klassizistischen Theater auf einer der Seiten, der von einer Königsstatue gekrönten Säule in der Mitte und den rosa und blauen Schriftzügen auf den Dächern, die in der Abenddämmerung zu leuchten begannen. Als ich atemlos die Calçada do Carmo hinaufstieg, sah ich ein Krankenhaus mit verblassten rosa Mauern und hohen Fenstern, die nach Osten gingen. Vielleicht traf dort in einem kalten Zimmer am Ende eines Flurs der junge Schüler auf seinen todkranken und vom Leben enttäuschten Lehrer, in einem Bett mit weiß gestrichenem Eisengestell, das gelbe Gesicht auf weißem Kissen, unter der Bettdecke der kaum noch zu erkennende

Körper. Die Geräusche Lissabons klängen in dem Zimmer wie Meeresrauschen.

Hinter der Rossio öffnete sich eine Gasse, in der ein rötlich blinkender Schriftzug zum schweren, den hämmernden Bass jenes Verstärkers dämpfenden Plüschvorhang einer Peepshow lockte, der in den Schläfen und im Brustkorb dröhnte, wenn man sich ins Innere begab. Dieses Lokal, das ich durch reinen Zufall entdeckt hatte, wurde umstandslos zu einem Teil meines Romans. Ich hatte das angenehme Gefühl, dass alles folgenlos blieb, was ich in dieser Stadt, in der mich kein Mensch kannte, an Aufregendem und Verwerflichem tat. An einem Schalter wechselte eine Frau Geldscheine in Münzen zu fünfundzwanzig Escudos. Ich war einer der Fremden, die wie Schatten im trüben Licht rosafarbener oder grüner Lampen umherschlenderten, Männer in dicken Winterjacken, rauchend, in einer Art Keller mit Zementboden und schwarzen Vorhängen an den Wänden, es roch nach Raumspray und Feuchtigkeit, Musik dröhnte von der niedrigen Decke.

In einem Korridor reihten sich schmale Türen mit Nummern. Über jeder Tür war ein rotes Lämpchen angebracht, das anging, wenn jemand eintrat. Das Lämpchen erlosch, und heraus kam ein Mann, verstohlen, mit zu Boden gerichtetem Blick. Ich drückte eine der Türen auf und befand mich in einer nahezu dunklen Kabine. Noch nie war ich an einem solchen Ort gewesen. Ich erinnere mich an das Bullauge, aus dem eine diffuse Helligkeit strömte, an eine Rolle groben Toilettenpapiers auf einer Konsole neben dem Apparat, in den man die Münzen warf, und an die Musik, die in dem engen Kabuff noch lauter in den Ohren dröhnte.

Als die Münzen in den Apparat fielen, wurde das Glas des Bullauges durchsichtig, als hätte jemand die beschlagene Scheibe abgewischt. Dahinter sah man eine nackte Frau auf einem mit Kissen bestückten runden Bett, das eine Drehbühne war. Um sie herum sah man einen Kreis von Bullaugen. Für die Frau waren es runde Spiegel, in denen sie sich sehen konnte, wohl wissend, dass sich hinter jedem Glas ein Mann verbarg, der ihr zuschaute.

Sie war schlank, gelenkig, attraktiv. Sie bog und dehnte sich, hob die Hüften auf dem runden Bett in die Höhe und spreizte die Beine oder vollführte auf allen vieren langsame, rhythmische Bewegungen mit einem Ausdruck disziplinierter Langeweile im Gesicht, gleichgültig gegenüber der Obszönität ihres Tuns, als vollführte sie bloß gymnastische Übungen, folgte den Anweisungen eines Handbuchs. Sie war von Blicken eingekreist und sah keinen Menschen. Sie drehte sich langsam vor den Bullaugen und konnte nicht erkennen, hinter welchem ein Mann stand und welches zu einer leeren Kabine gehörte. Auf dem Rücken liegend, bewegten sich ihre nackten Füße mit rot lackierten Zehennägeln und rosigen Fersen wie Fischlein oder Vögel in der Luft.

Jahre später in Madrid erzählte mir jemand, den ich gerade kennengelernt hatte, eine Geschichte. Wir saßen in einer Hotelhalle und tranken etwas. Er gehörte zu den Menschen, die etwas loswerden müssen; etwas, das sie restlos ausfüllt und überzuquellen droht, ein Glück, das erst vollständig ist, wenn es mitgeteilt wird, wenn es Zeugen dafür gibt, wenn ein Teil des Geheimnisses, von dem es lebt, gelüftet wird, das höchste Unterpfand zwischen zwei Liebenden. Es war ein später Vormittag im Januar. Ich kannte mich noch nicht gut aus in Madrid. Die Fenster der Halle gingen auf die Goya. Niemand wusste, dass du gekommen warst, um dich mit mir zu treffen, und in diesem Moment in einem der Zimmer auf mich wartetest.

Es regnete heftig. Starker Verkehr auf der Straße, viele Leute auf dem Bürgersteig vor dem Hotel. Niedrige Lampen spendeten Licht, und im Bereich der Bar gab es dämmerige Ecken. Ab und zu unterbrach sich mein Gesprächspartner, um einen Schluck von seinem Milchkaffee zu trinken, der schon seit einer

Weile kalt geworden sein durfte. Er war ein schmaler, schmächtiger Mensch, etwas jünger als ich, mit ausgeprägten Wangenknochen und sehnigen Händen. Er sprach und schaute dabei wie ein Bekehrter, ein Erleuchteter. Er sah mich auch nicht an; zu besessen war er von seinem Bericht, so ausgefüllt davon, dass er in seiner Intensität alles um sich her vergaß, den lauwarmen Kaffee, das hässliche Grau des Wintermorgens und die Tatsache, dass wir uns kaum kannten.

Sein Staunen über das, was er da erlebte, seine Ungläubigkeit und auch Dankbarkeit waren noch nicht erloschen. Wenn er mich anschaute, dann, um zu sehen, welche Wirkung das Gesagte auf mich hatte, unsicher, ob ich es verstehen konnte; gelegentlich auch trotzig.

Er erzählte mir, er erlebe gerade die große Liebe seines Lebens. Noch nie habe eine Frau eine derartige Leidenschaft in ihm geweckt, noch nie sei er mit einer sexuell so hemmungslos gewesen. Er könne jedoch niemandem erzählen, wie sie sich kennengelernt hätten. Das war ein Geheimnis, welches sie noch stärker aneinanderband, aber auch eine Strafe. Sie mussten sich absprechen, um glaubhafte Geschichten zu erfinden. Tatsache war, dass sie sich in der Peepshow kennengelernt hatten, in der sie mehrere Stunden am Tag oder in der Nacht auftrat, je nachdem, welche Schicht sie hatte. Er recherchierte für eine Reportage über die Halbwelt der Erotikgeschäfte, der Stripteaselokale und Sexkinos, die in Madrid zunehmend ins Licht der Öffentlichkeit traten. Er sah sie in der Peepshow und verliebte sich sofort in sie. Er füllte sich die Taschen mit Münzen und warf eine nach der anderen in den Schlitz, um sie, besessen von einer Mischung aus sexueller Erregung und Zärtlichkeit, die ihn willenlos machte wie ein starkes Narkotikum, immerzu anschauen zu können. Er drückte sein Gesicht gegen die Scheibe, um das lustvolle Betrachten noch zu steigern. Er wollte jeden einzelnen ihrer Gesichtszüge kennenlernen, jede Eigenheit ihres biegsamen Körpers, dargeboten und doch verboten, in seiner verführerischen Nähe unerreichbar.

In einer Bar nebenan bezog er Wache, um sie herauskommen zu sehen. Ihm war klar, dass er seine Besuche in der Peepshow einschränken musste, um nicht den Argwohn der Bediensteten zu erregen. Als er sie zum ersten Mal auf der Straße traf, hätte er sie beinahe nicht erkannt. Er verliebte sich noch mehr in sie, als er sie angekleidet sah, in einer dicken dunklen Winterjacke, mit einer großen Tasche über der Schulter, eine Wollmütze schräg auf dem Kopf, eine kleine Gestalt, keineswegs auffällig, das Gesicht jünger ohne Schminke, ohne das harte Helldunkel des wechselnden Lichts.

Eines Nachts dann traute er sich, sie anzusprechen. Er zeigte ihr seinen Presseausweis, seinen Fotoapparat. Nicht ohne Argwohn willigte sie ein, sich sein Reportageprojekt anzuhören. Sie tranken etwas am Tresen der Bar, in der er so oft darauf gewartet hatte, sie aus der Show kommen zu sehen, blass und ängstlich im Neonlicht drinnen, weit fort von den Gesprächen der anderen Gäste, vom Fußballlärm aus dem Fernseher, vom Geklingel der Spielautomaten. Beide vergaßen alles um sie herum. Noch in derselben Nacht wurden sie ein Paar.

Seit einer Woche wohnten sie jetzt zusammen in einer gemieteten, halb leeren Wohnung. Er war bei der Zeitung nicht fest angestellt, kassierte nur ein Honorar für jede veröffentlichte Reportage. Sie tanzte in der Peepshow, und an manchen Tagen posierte sie nackte vor einer Zeichenklasse der Fachrichtung Angewandte Kunst. Mehr hatte sie nicht, um ihr Tanzstudium zu finanzieren. Hin und wieder ging er, ohne ihr davon etwas zu sagen, in die Kabine, in der er sie zum ersten Mal gesehen hatte, beobachtete sie und starb vor Eifersucht und Verlangen.

Ich hörte ihm zu, wie er mir sein Geheimnis erzählte, und bewahrte mein eigenes, von dem er nichts ahnte. Er war noch nicht verschwunden, da stellte ich mir schon vor, wie ich durch die Halle zu den Fahrstühlen ging, zu der Tür mit der Nummer des Zimmers, in dem du auf mich wartetest.

Es war keine Zeit zu verlieren. Ich füllte Filmspule um Filmspule und Seite um Seite meines Hefts. Trunken von Bildern und erschöpft vom Wandern, konnte ich in der ersten Nacht im Hotel nicht schlafen. Mir blieb noch ein ganzer Tag, eine weitere Nacht und noch ein Tag. Ich löschte das Licht, doch an Schlaf war nicht mehr zu denken. Meine Erinnerungen an den ersten Tag in Lissabon waren bereits von Fiktion verseucht. Die Schlaflosigkeit war wie eine Kinoleinwand in der Höhlung der geschlossenen Augen. Ich hatte zu Hause angerufen und im Hintergrund das unablässige Weinen meines Sohnes gehört. Es war seltsam, sich nach einer Reise von weniger als zwei Tagen so fern von allem zu fühlen. Noch seltsamer war der Gedanke, dass ich nur drei oder vier Tage später wieder in meinem Büro in Granada sitzen würde.

Jede Stunde, jede Minute musste ausgekostet werden. Am nächsten Morgen eilte ich gleich die Treppe zur Station del Rossio hinauf und nahm einen Zug nach Cascais. Ich spürte einer Landschaft nach, vor allem aber dem Klang eines Namens: Boca do Inferno. In diesen Abgrund hinabzuschauen, hatte Juan Vida mir gesagt, gebe einem das Gefühl, an den Rand der Welt gekommen zu sein.

Es gab dort einen Leuchtturm, der aber nicht rund war, sondern prismatisch, von Palmen umstanden und weiß-blau gestreift. Ein Restaurant hieß *Mar do Inferno*. Von der Bahnstation aus wanderte ich an dem lichten blauen Morgen auf einer Landstraße entlang. Noch bevor ich die Steilküste erreichte, wurde mir schwindelig vom Wind und von der blendenden Weite des Meeres. Noch nie hatte ich in einen so tiefen Abgrund geschaut. Es war egal, ob man hier stand, weil man etwas suchte oder weil man vor etwas floh: Hier ging es keinen Schritt mehr weiter. Es war die uralte Vorstellung von der *finis terrae*, der letzten Grenze zwischen dem Bekannten und dem Unbekannten. Große Frachtschiffe zogen in Richtung offenes Meer, dunkle Flecken auf der glänzenden, vom Wind gekräuselten Wasserfläche. Furchtsam beugte ich mich über den senkrechten Abgrund und fotografierte, das Gesicht feucht von unsichtbaren Schaumspritzern. Ich stellte mir den Ort wie in einem Roman vor, in finsterer Nacht, das tosende Meer, sich weiß am dunklen Grund brechende Wellen, das schweifende Licht des Leuchtturms. Zwar wusste ich noch nicht genau, wie und warum, aber irgendjemand würde eines Nachts in diesen Abgrund stürzen.

Hinterher machte ich mir eifrig Notizen, allein und glücklich, am Fenster des Restaurants *Mar do Inferno*, hungrig nach langem Gehen, ein wenig benommen schon vom *vinho verde*, den ich trank, während ich auf das Essen wartete, mich davontragen ließ von der leichten Trunkenheit durch Wein und abenteuerliche Gedanken, der reinen Fülle der wirklichen Welt, jenes einfachen, klaren Moments meines Lebens, dem Geschmack des Essens und der zurückhaltenden Freundlichkeit der Kellner, mein kleines Portugiesischwörterbuch neben mir, mein Heft, meinen Bleistift, den Fotoapparat, den von selbst Gestalt annehmenden Roman voller ungeahnter Einzelheiten, so vollständig wie ein anderes Leben, das meinem glich und sich von alleine schrieb.

Dennoch hatte ich den Eindruck, in meine erfundene Welt einzutauchen, als ich am Nachmittag oder am nächsten Tag in Sintra ausstieg und Villen mit Gärten passierte, im Hintergrund die Ausläufer der Stadt, ein Hügel mit dunklen Pinien, zwei merkwürdige eiförmige Schornsteine, die wie Türme oder geologische Geschwulste die Dächer eines Palastes überragten. Beim Gehen hörte ich den Kies unter meinen Schritten knirschen. Meine Erinnerung zeigt mir eine goldene Nachmittagssonne, lässt mich feuchte, fruchtbare Erde riechen, Holzfeuerrauch in der abkühlenden Luft, ich sehe ocker und rosa aufleuchtende Mauern von Landhäusern, von vereinzelten hohen Gebäuden wie Sanatorien am Bergeshang, am Ende schmaler Landstraßen. Es gab Villen inmitten verwilderter Gärten und andere, die von verborgenem Luxus raunten, von lichten letzten Refugien, langen Genesungen, prachtvoll wie der »Zauberberg«.

In Sintra und nicht in Lissabon würde das Sanatorium stehen, das ich gesucht hatte. Ich fotografierte Türmchen, Erker, Gärten, Zäune, auf Kacheln geschriebene Namen von Häusern. Ich sprang über ein Mäuerchen und drang in den dschungelgrünen Tunnel eines verlassenen Gartens ein, erreichte eine Eingangshalle, deren Tür nur angelehnt war, die aufzustoßen ich jedoch nicht wagte, als ich plötzlich auf Glasscherben trat.

Ein Name gefiel mir besonders gut: Quinta dos Lobos. Beinahe hörte ich schon ein Tor sich knarrend öffnen in der Nacht, in der feuchten, nach Wald riechenden Luft.

Nach diesem einen Mal bin ich nicht mehr in Sintra gewesen. Ich weiß nicht, ob ich mich an das erinnere, was ich damals gesehen oder was ich in einem der letzten Kapitel meines Romans geschrieben habe. Im Zug zurück nach Lissabon fiel mir auf, dass die Waggons sehr alt waren und man über Plattformen mit seitlichem Geländer von einem zum anderen gelangte anstatt durch überdachte Gänge. Wenn der Zug Fahrt aufnahm, war es schwierig, auf den beweglichen Metallplatten das Gleichgewicht zu wahren.

Plötzlich wusste ich, dass die beiden in dieselbe Frau verliebten Männer, die sich jahrelang gehasst haben und sich dann überraschenderweise in Lissabon begegnen, nicht am Rand des Abgrunds in Cascais kämpfen werden, sondern auf dieser Plattform zwischen zwei Waggons des aus Sintra kommenden Zuges. Ohne große Willensanstrengung stürmten die Bilder wie Wellenberge auf mich ein, so gleitend und mühelos wie die Landschaft vor dem Fenster des Abteils. Auf einem kleinen Bahnhof machte der Zug halt, und für einen kurzen, präzisen Moment sah ich ganz aus der Nähe in das beleuchtete Innere des Zuges, der aus der Gegenrichtung kam, sah die Gesichter der Menschen, die zu mir hinschauten wie ich zu ihnen. Dies wäre der Moment, in dem der Held meines Romans wie in einem Traum oder einer Spiegelung auf der anderen Seite die Frau erblicken würde, von der er jahrelang nichts mehr gehört hatte, mit der er von San Sebastián aus zu einer misslungenen Reise nach Lissabon aufgebrochen war.

Ich musste erst mit diesem Zug fahren, um dieses Wiedererkennen, diese sich kreuzenden Blicke zu erfinden. Doch was ich auch tat, das Träumen von meinem Roman hörte nicht auf. Wenn ich durch die Stadt lief, bewegte ich mich in ihm. An der Station Cais do Sodré stieg ich aus, ganz benommen von Einsamkeit und Fiktion. Auf dem Bahnsteig beugte sich ein Mann hinunter und küsste leidenschaftlich eine Frau im Rollstuhl. Durch die Straßen des Viertels bummelnd, sah ich, wie Leuchtwürmchen in der Abenddämmerung die Neonlichter der Matrosenbars und der Nachtclubs angehen, sah das rote Licht aus dem Innern auf die Gehwege fallen, las die Namen von Hafenstädten, Oslo, Kopenhagen, Jakarta oder von Staaten und Orten aus Amerika, die so rätselhaft exotisch klingen und das Versprechen von Sex in sich tragen, *Arizona Bar, California Bar, Niagara Bar, Texas Bar.* Manchmal will Fiktion die Wirklichkeit ersetzen, und andere Male begnügt sie sich damit, unwichtige Details hinzuzufügen. In jenem Wörterdschungel leuchtender Namen in der Nacht von Lissabon wäre es ein Leichtes gewesen, an den Straßenecken, Durchgängen und Kolonnaden, am Ende schmaler Gassen noch einen weiteren von mir erfundenen, vorweggenommenen oder mit Neonschrift hingemalten Namen hinzuzufügen, der von ferne blinkend einer Einladung glich, nachdem er mehrere Monate zuvor durch einen Tippfehler auf einem weißen Blatt Papier erschienen war: Burma.

12

Kurz vor dem Morgengrauen oder mit dem ersten Licht des Tages kehrte er allein ins *Hotel Portugal* zurück und blieb manchmal bis zum Abend in seinem Zimmer im ersten Stock, der No. 2, bei abgeschlossener Tür und vorgeschobenem Riegel, die Vorhänge zugezogen. Er kehrte schlampig zurück, wenn auch nicht gänzlich derangiert: mit loser Krawatte, hochgebogenen Kragenspitzen, das fettige Haar straff zurückgekämmt, nach ausgeschwitztem Alkohol riechend. Die Sonnenbrille schützte seine Augen vor dem exzessiven Licht des frühen Tages, unterm Arm trug er den Stoß Zeitschriften und Zeitungen, den Kopf hielt er gesenkt und angestrengt schief, damit es bloß keinen Blickkontakt mit dem Rezeptionisten gab. Es sah aus wie ein Tick, wie ein schmerzhafter Muskelkrampf, oder als zeige er eine possenhafte Zerknirschung, weil er die ganze Nacht weggeblieben war.

Er hatte eine Papiertüte mit Lebensmittel dabei, die er unterwegs in kleinen Läden der näheren Umgebung gekauft hatte, Kekspackungen, Konservendosen, Kondensmilch. Das Zimmermädchen, Maria Celeste, fand Krümel und Angeknabbertes auf der Bettdecke, die manchmal gar nicht aufgeschlagen war, so als hätte er gar nicht im Bett geschlafen, sondern daraufgelegen, ohne sich auszuziehen, nicht einmal die Schuhe, denn am Fußende waren Spuren von Schmutz und Lehm zu finden. Er telefonierte nicht und bekam auch keine Anrufe. Auf den Zeitungen hatten die Konservendosen einen fettigen Rand hinterlassen.

Seine fadenscheinige und auch schon geflickte Unterwäsche weichte er im Waschbecken ein. Er wusch auch seine Hemden selbst. Auf dem Nachttisch oder auf dem Boden am

Kopfende des Bettes lagen die Bücher, billige Ausgaben, die er mitgebracht hatte und bis zum Schluss behielt: das Hypnosehandbuch von Prof. Alfred Lunk, eigentlich nur ein zusammengeheftetes, schlecht gedrucktes Manuskript, das Buch über Psychokybernetik von Dr. Maxwell Maltz, zwei Krimis mit den Agenten Quiller und Robert Belcourt, ein Kompendium des Schlosserkurses vom Locksmith Institute aus New Jersey. In der Schublade bewahrte er Illustrierte auf mit Farbfotos von nackten Frauen in skandalösen Posen, Nahaufnahmen von Mündern und weit geöffneten Schenkeln, aber auch andere mit abenteuerlichen oder erotischen Umschlagillustrationen, *True Magazine*, *Men's Real Adventures*, mit Reportagen über Expeditionen zu im Urwald versunkenen Tempeln oder über Segelabenteuer in der pazifischen Inselwelt mit ihren exotischen Namen, die er sich mit lauter Stimme vorsagte, nicht sicher, ob er sie korrekt aussprach, Namen von Inseln, die sich anhörten wie die Namen nackter, williger eingeborener Frauen, Bora Bora, Moorea, Aitutaki, Kiritimati, Banaba.

Auf losen Blättern und Zeitungsrändern fanden sich Additionen minimaler Beträge, kleiner Zahlen, Summen und Reste, Multiplikationen, aufgelistete Ausgaben. In der Toilettenschüssel schwammen manchmal Papierschnipsel, winzig wie Konfetti; in den Taschen seiner Hosen und Jacken fanden sich ebensolche Schnipsel, oftmals zerrissene Kleinanzeigen, dazu amerikanische Centmünzen, aus Gewohnheit gewordener nervöser Vorsicht in kleinste Stücke zerrissenes Papier, wie er auch die Ränder der Papiertischdecken in Speiselokalen mit seinen Fingernägeln einriss oder die Kassenbons seiner Einkäufe zu kleinen Kügelchen zerknüllte, wie auch Untersetzer aus Karton mit dem aufgedruckten Namen eines Clubs, dem Sombrero und dem Kaktus der *Texas Bar*.

In der Sektion Hafennachrichten einer portugiesischen Zeitung las er täglich die Namen von Frachtschiffen, studierte ihre

Ankunfts- und Abfahrtszeiten. Auf einem großen, unordentlich gefalteten Stadtplan hatte er Adressen eingekreist: die Botschaft von Kanada auf der Avenida da Liberdade; die der Republik Südafrika, sehr viel weiter im Norden, noch jenseits der großen Statue eines Königs oder Würdenträgers, umgeben von Löwen, und des Parks, in dem er einmal nach einer durchzechten Nacht im feuchten Schatten eines Baumes eingeschlafen war.

Er fuhr aus dem Schlaf auf, weil er glaubte, beraubt worden zu sein. Es herrschte eine schwüle Hitze, und der enge Hemdkragen reizte die Haut. Er tastete seine Taschen nach dem Pass, dem Revolver, dem Geld ab, dem immer dünner werdenden Bündel von Zwanzigdollarnoten, dem der schäbigen portugiesischen Scheine. Genauso bedrückend wie das Gefühl, dass ihm vermutlich schon die Zeit davonlief, war das Gefühl, dass das Geld rasch knapp wurde; Zeit und Geld, beides zerrann ihm unter den Händen. Leere Tage, aufgeschobene oder enttäuschte Erwartungen, Zeitfenster, die sich schlossen. Und er allein mit beinahe leeren Taschen gegen all die, die nach fünf Wochen immer noch nicht aufgehört hatten, nach ihm zu suchen, Tausende, in Amerika, in Europa, in Mexiko, in Kanada, Polizisten in Uniform, Agenten in Zivil, Bundespolizei, Archive durchschnüffelnde Bürokraten, Wissenschaftler in weißen Kitteln, die in Labors Fingerabdrücke, Haare, Schriftproben, getrockneten Speichel auf der Rückseite von Briefmarken untersuchen, jedenfalls sagen das Spitzel, Gefängniswärter, Männer in grauen Anzügen, die an Haustüren klingeln und Ausweise vorzeigen. 3075 FBI-Agenten sind nur für diese Suche abgestellt, heißt es in einem Bericht von J. Edgar Hoover aus jenen Tagen; bislang sind 781 407 Dollar dafür ausgegeben worden; die Agenten haben im Verlauf der Ermittlungen 332 849 Meilen zurückgelegt; das Justizministerium der Vereinigten Staaten überprüft 2 153 000 Anträge auf Ausstellung eines Reisepasses; die kanadische Polizei hat 200 000 zu überprüfen; 53 000 Fingerabdrücke sind untersucht worden. Etwas, womit er nie gerechnet hatte und was er bis ans Ende seines Lebens nicht fassen konnte, war, dass dieser ganze Aufwand getrieben wurde, weil ein Neger zu Tode gekommen war.

In dieser Stadt, in der die Menschen wie lethargisch und alle Bewegungen langsam waren, erfasste ihn eine Art Lähmung, die etwas von unüberwindlicher Erschöpfung und Verhexung hatte. Er verbrachte den ganzen Tag auf dem Bett in seinem Hotelzimmer liegend oder spazierte draußen herum, bis er in Gegenden kam, in denen er noch nie gewesen war, in denen er sich verlief und jedes Zeitgefühl verlor.

Instinktiv mied er breite gerade Straßen und das Tageslicht. Er spähte in die Schaufenster kleiner Juwelierläden und schätzte die Möglichkeiten eines Überfalls ab. Aber er kannte nicht einmal die vier oder fünf Worte, die dafür unerlässlich waren, oder jemand, dem er die Beute verkaufen konnte. Er bekam Panik bei dem Gedanken, verhaftet, verurteilt und ins Gefängnis eines Landes gesteckt zu werden, dessen Sprache er nicht beherrschte. Und was gab es in den meisten dieser Läden mit ihren schmalen Theken, den alten Verkäufern und wertlosen Waren schon zu stehlen! Und wohin fliehen und wie, ohne Auto in dieser Stadt mit ihren krummen Straßen, Hügeln, Treppen und engen Gassen, die vor einem Abfallhaufen endeten oder einer eingefallenen Mauer, Toreinfahrten, aus denen das Plärren von Kindern drang und der Geruch von Stockfisch und gebratenen Sardinen.

Die dicken, lautstark schwatzenden Frauen verstummten, wenn er vorbeiging, der auffällige Fremde mit seinem viel zu förmlichen dunklen Anzug in dieser Maihitze, mit dem aufgeschlagenen Stadtplan in der Hand, sich mit dem Taschentuch den Schweiß aus dem Gesicht wischend, während er einen nicht enden wollenden Hügel hinaufstieg, der immer steiler wurde. Dann bog er um eine Ecke und hatte zwischen von Feuchtigkeit zerfressenen Mauern und aufgehängter Wäsche plötzlich einen weiten Blick auf den Fluss, auf die roten Pfeiler und Spannkabel der im Dunst verschwimmenden Brücke. Hinter den Dockanlagen aus rotem Ziegelstein hoben sich Kräne mit geneigten Hälsen und Masten von auf dem Wasser schaukelnden Segeljachten in die Höhe, der aufragende runde Bug eines Frachtdampfers. Große bewegungslose Schiffe ankerten in der Flussmitte. Eilige Fähren verkehrten zwischen den Ufern, eine Kielspur aus schäumenden Kreisen hinterlassend.

Das Tuten der Sirenen vermischte sich mit dem Rumpeln der Züge und der Kräne im Verladehafen, dem Brummen der Motorboote und dem Kreischen der Möwen und dem Rattern der abwärtsfahrenden Straßenbahnen. Er konnte sich nicht an das Kopfsteinpflaster gewöhnen in dieser Stadt mit ihren engen, verwinkelten Gassen, Treppen und kippenden Winkeln. Er ging hinunter zum Hafen und zum Fluss und fürchtete, auf den glatten Mosaiken der Gehwege zu stolpern oder auszugleiten, während die zum Trocknen aufgehängte Wäsche über seinem Kopf im Wind knatterte und die Hafengerüche immer intensiver wurden, der Geruch von Teer und faulendem Fisch, der Geruch von Weinkeller, der Geruch von Schlamm und Algen, der Geruch von Maschinenöl, von Farbe und Rost, der Geruch von Säcken mit Kaffee und Kästen voll Stockfisch, von dämmerigen Lagerhallen.

Hin und wieder kaufte er sich Zeitschriften über Segelsport, vertiefte sich in die Farbfotografien, den goldenen Kupferglanz an den abgeriebenen Stellen der Instrumente, die Planken aus Tropenholz auf den Decks, auf denen sich Blondinen in Badeanzügen und mit Sonnenbrillen auf Liegen rekelten, Drinks in hohen Gläsern in der Hand und extralange Mentholzigaretten zwischen den Fingern. Mit seinem Diplom der International School of Bartending hätte er ohne Weiteres Arbeit als Kellner oder gar Obersteward auf einer Jacht finden können – weißer Spencer, weiße Mütze, fachkundig den Cocktailshaker schüttelnd. Die von ihren Millionärsgatten gelangweilten und sexuell unbefriedigten Frauen gaben sich vorbehaltlos den braun gebrannten, kräftigen Matrosen der Besatzung hin, zwinkerten über den Rand ihrer Sonnenbrille dem uniformierten Barmann zu, der ihnen die Getränke brachte und trotz Wellengang mit hoch erhobenem Tablett sichere Balance zu wahren wusste. Der Geheimagent Robert Belcourt lenkte in der Nacht das Schnellboot von Tabakschmugglern von Tanger nach Palermo.

Obgleich sein blasses Gesicht und sein Landrattenhabitus in hoffnungslosem Widerspruch dazu standen, erzählte er Fremden oder Frauen in Bars je nach Laune oder nach Gutgläubigkeit seiner Zuhörer immer wieder, dass er bei der Handelsmarine arbeite, mal als Offizier, mal als Barmann oder Koch. Er war wochenlang an Bord, befuhr den Mississippi auf langsamen majestätischen Schiffen von New Orleans bis Saint Louis. Im Golf von Mexiko fuhr er bis zu den karibischen Inseln, ankerte im Hafen von Havanna.

Im kühlen Halbdunkel von Bars mit großen Ventilatoren an den Decken trank er Daiquiris und Mojitos, und da er diplomierter Barmann war, konnte er den Kellnern Hinweise geben und sie von seinem Lieblingsplatz am Ende des Tresens aus über Mischungsverhältnisse aufklären; während langer Landgänge war er vom Uniformzwang befreit, angetan mit einem weißen Leinenanzug. Mulattinnen näherten sich ihm mit schwingenden Hüften, genau wie auf den Reklametafeln für Daiquiris und Rum. Später folgte er ihnen Treppen hinauf, pralle Hintern vor der Nase, zu Schlafzimmern mit vorgezogenen Gardinen, die sich in der Meeresbrise blähten.

Das Licht war wie auf einer knallbunten Fotodoppelseite im *Life Magazine*. Alles war hell und explizit wie in den Pornoheften mit ihrem Hochglanzpapier und ihren gynäkologischen

Details. Er überquerte Eisenbahnschienen und kam zu einem Kai, an dem eine Reihe von Loren in den offenen Bauch eines Schiffes hinabglitten. Am Bug stand in weißen Buchstaben ein Name geschrieben: *Minerva Zoe.* Ein Offizier mit kurz geschorenem weißblondem Haar erklärte ihm auf Englisch, sie werde in drei Tagen nach Angola auslaufen. Er sah ihn an, als würde ihm sein Gesicht oder sein Aussehen ganz allgemein bekannt vorkommen. Die *Minerva Zoe* war ein Frachtschiff, hatte aber Platz für eine begrenzte Anzahl von Passagieren. Das Ticket für eine einfache Fahrt kostete etwas weniger als dreihundert Dollar. Ein kanadischer Staatsbürger hatte als einzige Formalie ein Visum zu beantragen, ein einfacher Vorgang im Überseeministerium. Angola sei aber kein idealer Ort, um Urlaub zu machen, sagte der Offizier mit einem schmalen Lächeln im nordisch roten Gesicht. Es herrschte Krieg, obwohl die Zeitungen in Portugal kaum darüber schrieben oder nur von Siegen berichteten, ein grausamer, blutiger Krieg, *a most vicious bloody war.*

Er würde mit eigenen Augen sehen, was er sich bislang immer nur vorgestellt hatte, mit einer außergewöhnlichen Konzentrationsfähigkeit vorgestellt hatte, antrainiert in zahllosen regungslos auf Zellenpritschen oder in Zimmern von Gästehäusern zugebrachten Stunden, den Blick an die Decke oder zur Wand gerichtet, lang ausgestreckt, vollständig bekleidet, manchmal mit einem Revolver unter dem Kopfkissen oder einem von ihm selbst gespitzten Pfriem, den Griff mit einer Kordel, mit Pflaster oder Isolierband umwickelt, immer wachsam, auf nahe oder ferne Geräusche lauschend. Er würde das Ufer davongleiten und zurückweichen sehen, von Deck aus, an die Reling gelehnt, oder besser noch, weil sicherer, durch das Bullauge einer Kabine, in der er das Vibrieren der Maschinen spürte, das wunderbare körperliche Gefühl, unwiderruflich unterwegs zu sein, auf eine sehr viel umfassendere Art, als wenn er in einem Auto aufs Gaspedal treten oder sich furchtsam in den Sitz eines startenden Flugzeugs drücken würde.

Er wäre nicht mehr der, der die Schiffe vertäut an einem Kai liegen sah, der fasziniert zuschaute, wie sich der Rumpf vom steinernen Rand löste, während die Matrosen an Deck ihre Arbeit taten und mit zunehmender Entfernung kleiner wurden, die Passagiere mit Händen oder Taschentüchern winkten. Er wäre, sich am Handlauf festhaltend, einen schwankenden Laufsteg hinaufgegangen. Er hätte einwandfreie Papiere vorgezeigt, Fotos mit seinem ganz und gar unverdächtigen Namen, die Stempel auf dem Visum. Seine Kabine wäre zwar kleiner als die schäbigsten Zimmer der Gästehäuser, in denen er abzusteigen pflegte, doch wenn er sich hinlegte, würde er nicht das Gefühl haben, in einer Zelle gelandet oder in eine Falle geraten zu sein, weil er in Bewegung blieb, obwohl er doch auf einem Bett lag, mit seinem dunklen Anzug, seinen Krokodillederschuhen, ohne die Schildpattbrille abzunehmen, die er sich aufgesetzt hatte, bevor er an Bord ging, um dem Passfoto noch mehr zu ähneln.

Er führe los, den im Dunst verblassenden Glanz der weißen Stadt hinter sich lassend, die rötlichen Dächer und die Glockentürme, die Mauern mit der überquellenden Vegetation verwilderter Gärten, die gekachelten Fassaden mit abspringendem Putz und davor der zum Trocknen aufgehängten Wäsche. Wenn sie unter der Brücke mit den roten Pfeilern hindurchführen, würde das Schiff ihren breiten Schatten durchschneiden, der quer über dem Fluss lag, die Wasseroberfläche, auf der die Sonne so intensiv glitzerte, dass es in den Augen schmerzte. Auf dem Stadtplan hatte er die Umrisse der Flussmündung studiert. Wirklich unterwegs fühlen würde er sich erst, wenn die Steilküste und der Leuchtturm hinter ihm lägen, vor sich nur noch das offene Meer, wie er es nie gesehen hatte, nicht einmal von den Kais in Montreal aus oder vom Balkon seines Hotelzimmers in Puerto

Vallarta, wo Tag und Nacht das Rauschen des Pazifiks zu hören war und der Wind die Palmenwipfel bog und zerzauste.

Vom Balkon seines Fensters im *Hotel Tropicana* sah er nachts die auf den Strand schwappenden Wellen glitzern und die flackernden Feuer, an denen der Fisch gebraten wurde. Doch diese nur einige Monate zurückliegende Erinnerung schien nicht seine eigene zu sein. Sie gehörte zum Leben eines anderen und einer Zeit, die ihm sehr viel ferner war, oder nicht einmal das, zu einem erfundenen Leben, einem Film oder einem Roman, einer Werbung für Rum, einer geschwindelten Vergangenheit, die man am Bartresen erzählt. Gerade in Lissabon eingetroffen, erfuhr er, dass man seine Spur bis Puerto Vallarta verfolgt und dort Irma aufgespürt hatte, denn in einer Zeitung sah er sein Gesicht, das man aus einem Foto von ihnen beiden ausgeschnitten hatte, das nicht hätte entstehen dürfen. Aber er hatte getrunken und Marihuana geraucht, hatte auf der Hotelterrasse gesessen und Mojitos getrunken, auf die großen, still am Horizont liegenden Tanker gestarrt, während sie spanisch redete und lachte und ihre Freundin sie fotografierte, wie Irma sich mit ihrem geblümten Dekolletee an ihn schmiegte und er sein auffällig dunkles Gesicht unwillig zur Seite drehte, stark gebräunt, gerötet eher, mit seiner Sonnenbrille, dem straff zurückgekämmten Haar, schwarz auf dem Foto, zu seiner Erleichterung nicht zu erkennen. Jedes Foto, das sie von ihm fanden und auf Fahndungsplakaten und in allen Zeitungen in allen Städten der Welt verbreiteten, unterschied sich so von jedem vorherigen, dass es nur Ratlosigkeit hervorrief, anstatt die Suche zu erleichtern.

Bis Einbruch der Nacht zurückgezogen in seinem Zimmer des *Hotel Portugal* und sich dann durch Nebenstraßen zum Cais do Sodré schleichend, konnte er nicht wissen, wie weit er unsichtbar geworden war, sich seiner Vorstellung angenähert hatte, spurlos abzutauchen, wie ein schwindender Schatten, wie in dem Schwarz-Weiß-Film jener Gangster, der sich einer Gesichtsoperation unterzieht, und als man ihm den Verband abnimmt, hat er das Gesicht von Humphrey Bogart, oder wie der Oberbösewicht Ernst Stavro Blofeld, der in einem James-Bond-Roman dick, träge und bleich ist, hervorquellende Augen und eine Glatze hat, und in anderen hager und gebräunt ist, mit weißem Haar und einer Brille mit grün schimmernden Gläsern.

Er war irgendeiner der Männer und Frauen, die sich in den Spiegeln des *Maxine's* oder der *Texas Bar* betrachteten; einer, der auftauchte und wieder verschwand, wenn er an einem Schaufenster vorbeiging.

In Lissabon war er unsichtbar, und zugleich hatte es den Anschein, als wäre er überall. Am Morgen des 5. April war er bei Tagesanbruch in die Unsichtbarkeit entschwunden, am Tag nach dem Schuss, nachdem er die ganze Nacht von Memphis nach Atlanta gefahren war, unterwegs vielleicht angehalten hatte, um an einem abgelegenen Plätzchen ein oder zwei Stunden im Auto zu schlafen. Von einem Fenster aus beobachtete jemand den weißen Wagen, der auf einem Parkplatz zwischen zwei Mietskasernen aus dunklem Ziegelstein hielt. Der Himmel über den Dächern war schon blau, doch unten auf der Straße hielten sich noch nächtliche dunkle Stellen. Das weiße Auto kam mit eingeschalteten Scheinwerfern. Jemand schaut frühmorgens oben aus dem Fenster und bemerkt diesen Mustang, der in einem einfachen Arbeiterviertel sofort auffällt, hört das Motorengeräusch ersterben, während gleichzeitig die Lichter ausgehen. Die Fenster einiger Frühaufsteher in diesen einförmigen dunklen Wohnblocks sind schon erleuchtet. So merkwürdig wie die Gegenwart des Autos ist auch, dass ein weißer Mann am Steuer sitzt, der aussteigt und wie selbstverständlich davongeht, nachdem er eine Plastiktasche aus dem Kofferraum geholt hat, den er dann abschließt, als er den Deckel mit einem trockenen Schlag, der in der morgendlichen Stille deutlich zu hören ist, zugeklappt hat.

Er schaut nach rechts und links, aber nicht nach oben, nicht zu dem Fenster, von dem aus ihn jemand beobachtet und sich später an ihn erinnern wird, wenn auch nicht gleich, erst als der Mustang schon mehrere Tage am selben Platz steht, von den Nachbarn mit zurückhaltender Neugier beäugt, von spielenden Kindern, die sich ihm nähern und mit an die Fensterscheiben gedrückten Gesichtern ins Innere spähen, den Aufkleber von der mexikanischen Grenze betrachten. Jemand wird sich erinnern, diesen weißen Mann gesehen zu haben, der so gar nicht hierherpasst im frühen Morgenlicht und in dieses Viertel mit Sozialwohnungen für Schwarze, chic angezogen, mit Anzug und Krawatte, mit einer Reisetasche über der Schulter zur Straßenecke geht und dahinter verschwindet.

Ungefähr eine Stunde später holte ein Mann, der ihm sehr ähnlich sah, saubere Wäsche aus einer Wäscherei in Atlanta ab. Die Angestellte, die ihn bediente, Miss Peters, sagte aus, er sei ein seriöser Kunde gewesen, gut gekleidet, schüchtern, eine gepflegte Erscheinung. Sie sah durchs Fenster, wie er zu Fuß davonging, nicht in dem weißen Mustang wegfuhr, den er sonst vor dem Geschäft stehen hatte.

Man hatte ihn im Flughafen von San Juan, Puerto Rico, gesehen, wo er ein Ticket nach Jamaika oder Aruba kaufen wollte. Sehr nervös war er da, bewegte die Lippen, ohne ein Wort zu sagen, schmale, trockene Lippen, zupfte sich am Ohrläppchen, schmal aber kräftig, ohne Hut, das Haar rötlich braun, die Vorderzähne ein wenig vorstehend, blaue Augen, bekleidet mit einem braunen Anzug, einem blauen Hemd und schwarzen Schuhen, einen braunen Koffer mit auffallend großem Griff in der Hand.

Ein mexikanischer Taxifahrer erinnerte sich, ihn von Tapachula nach Ciudad Hidalgo gefahren zu haben, bis ans Ufer eines

Flusses, der die Grenze zwischen Mexiko und Guatemala bildet. Er sagte, er habe sich einen Bart stehen lassen, eine Narbe über dem rechten Auge gehabt, eine Pistole getragen und einen grünen Rucksack über der Schulter.

Am 8. Mai war er in der Bar des *International Inn* in Tampa. Zwei Tage später wurde er an Deck eines Kreuzfahrtschiffes von Jacksonville nach Key West gesehen, aber auch friedlich frühstückend in einer Cafeteria des Flughafens von Chicago. Eine Frau war sicher, ihn in einem wenig beleuchteten Bereich der Halle des Hotels *Miami International* erkannt zu haben. Er trug dunkle Hosen und ein offenes Hemd. Er wirkte unruhig und erschöpft. Er war in einem Sessel kurzzeitig eingenickt. Gegen Viertel vor zwei Uhr nachmittags verließ er das Hotel.

Am 9. März war er im Restaurant *Lido*, auf Curaçao, und eine amerikanische Touristin, die ihn vom Nebentisch aus beobachtete, hörte ihn das Essen mit einem starken Südstaatenakzent bestellen, und ihr fiel auf, dass er ein offenes weißes, stark zerknittertes Hemd trug, hellbraunes Haar hatte, länger als auf den Fotos, ein von Sonnenbrand gerötetes Gesicht und ein Grübchen am Kinn.

Am 11. Mai fuhr er in einem roten Mercury auf einer Landstraße in Arkansas. Der Fahrer, der ihn überholte, sagte aus, er habe eine spitze Nase gehabt und ein Ohr sei größer gewesen als das andere. Er wurde in einem Indiodorf in der Wüste von Sonora gesehen, wo er mit einer sehr jungen Frau und einem etwa siebenjährigen Kind zusammenlebte. Gleichzeitig erschien auf der Titelseite der *New York Times* ein ausgeschnittenes Foto, das anonym ans FBI geschickt worden war: Der Bürgermeister von New York empfängt den von Toronto, und unter den Leuten ihres Gefolges sieht man ein Gesicht mit spitzer Nase, zurückgekämmtem Haar und Sonnenbrille, das eindeutig seines ist, wie der Informant oder Zeuge behauptet, der mit Rotstift einen Kreis um das Gesicht gezogen, es ausgeschnitten und mit der Post zugesandt hat.

In einem Hotel in Columbus, Ohio, wurde er gesehen, mit einem Hut, der fast sein Gesicht verdeckte, und zwei Koffern, und wie er eine Nacht im Voraus bezahlte. Im internationalen Bereich des Flughafens von Los Angeles wartete er auf einen Flug. Er war das allgegenwärtige Gespenst der Flughäfen und Greyhound-Busstationen, der unzeitige Geist in Hotelbars und Cafés.

Eines Abends im Mai saß er um halb elf in einem Plastiksitz im Flughafen von Denver, Colorado, vor einem eingeschalteten Fernsehapparat, den er aber nicht beachtete, weil er in die Lektüre eines Exemplars des *Life Magazine* vertieft war. Verstohlen riss er eine Seite heraus und steckte sie in die Tasche, und als er ging, ließ er die Zeitschrift auf dem Sitz liegen. Die Seite, die er herausgerissen hatte, enthielt einen Bericht über die Ermordung von Präsident Kennedy.

Er wurde im Nachtbus von Houston nach Mexiko-Stadt gesehen, in einem Drugstore am Stadtrand von Alliance, Ohio, bei einem Friseur in Stanford, Florida. Am 21. April hielt er an einer Tankstelle in Pennsylvania; er fuhr einen blauen Mustang und bat die Bediensteten, ein paar Stunden im Auto schlafen zu dürfen, da er am nächsten Tag in Chicago sein müsse und keine Zeit verlieren dürfe. Er habe sehr müde ausgesehen, und sein Anzug sei verknittert gewesen.

Am 5. Mai sah ihn eine Frau in einer ansonsten menschenleeren Kirche von Tucson knien und beten.

Er hatte sich am Stadtrand von Kansas City in einem Häuschen versteckt, und von einem nahe gelegenen Flugplatz aus war er mit einem Sportflugzeug nach Belle Glade, in Florida, geflogen und von dort weiter nach Kuba.

Er war tot, und man hatte ihn in Ruinen außerhalb von Mexiko-Stadt formlos verscharrt und mit Steinen und Abfall bedeckt, hieß es in einem anonymen Brief, der in Kanada abgeschickt wurde und eine Karte enthielt, auf der die Stelle des Grabes mit einem Bleistiftkreuz markiert war.

Am 17. Mai fuhr er in einem weißen Chevrolet-Pick-up mit New-Mexico-Kennzeichen an einer Tankstelle in Oklahoma City vor. Er trug Freizeitkleidung, helle Hose und Tennisschuhe. In Los Angeles arbeitete er als Kellner in einer Schwulenbar. Eine Nacht schlief er im Woodland Motor Court in Thomasville, Georgia. Er kam in einem weißen 66er Mustang, sein einziges Gepäckstück war ein Waschbeutel, und dem Mann an der Rezeption erschien er scheu und nervös.

Er war in Argentinien und in der Schweiz, im *Clark Hotel* in Los Angeles, im *Carolina Motel* in Columbia, South Carolina, im *Holiday Inn* von Tucson, wo er einen sehr trockenen Husten hatte und müde wirkte, in einem Wohnwagenpark mitten in einem Wäldchen in Arkansas, arbeitete als Gepäckträger im *Sun Castle Club* in Pompano, Florida, fuhr per Anhalter auf einer einsamen Landstraße in Georgia. Am 29. April aß er um vierzehn Uhr fünfundvierzig am Tresen von *Glenn's Bakery and Coffee Shop* in Crescent City, Kalifornien. Er trug ein kariertes Sportjackett, ein weißes Hemd, eine graue Hose und machte einen nervösen Eindruck. Er saß auf einem Platz in der letzten Reihe eines Flugzeugs von New Orleans nach Frankfurt. Er hatte sich einen Schnauzbart wachsen lassen und besuchte einen Laden für Angelbedarf in Portland, Oregon. Er fuhr in einem Bus von Palo Alto nach San Francisco. Er hatte graue Schläfen und hätte eine Rasur benötigt. Er war stark gebräunt, jedoch auf eine künstliche Weise, als hätte er Schminke aufgetragen, und er trug einen Schnurrbart, der wie angeklebt aussah.

In einem Wartesaal des Flughafens von Portland sah er fern. In einem Greyhoundbus saß er bei der Abfahrt aus Tulsa, Oklahoma, auf dem hintersten Sitz. Er trug das Haar stoppelkurz und hatte braune Augen. Er trug einen braunen Anzug, einen braunen Wollpullover, ein blaues Hemd. Seinem Sitznachbarn flüsterte er zu: »Ich habe einen Mann getötet. Ich werde in achtundvierzig Staaten gesucht. Ich kann dir alles über diesen Neger, King, erzählen. Zwanzig von uns waren daran beteiligt. Aber niemand verdächtigt uns, weil wir Polizisten sind.«

In einem Vorort von Dallas hatte er eine geladene Pistole und eine Maschinenpistole in seinem weißen Mustang, und auf dem Rücksitz hechelte mit heraushängender Zunge ein abgerichteter und blutrünstiger Dobermann. Wenn er trank, wurde er laut und wetterte gegen Neger, Juden und Katholiken.

In der Cafeteria einer Greyhoundstation in Jackson, Florida, nippte er morgens um drei bekleidet mit schwarzem Hemd und hellgrauer Hose nachdenklich an einer Orangenlimonade. Er arbeitete als Barmann in einem Hotel in Monterrey und als Koch in einem Strandrestaurant auf Isla Mujeres. Er lief am Rand einer Landstraße in der Nähe von Phoenix, Arizona. Er trank allein am Tresen der *Aztec Bar* in El Paso. Er fuhr ein 67er Plymouth-Fury-Cabrio.

An ein und demselben Tag wurde er in Oaxaca und in einem Einkaufszentrum in Cleveland gesehen. Bevor er nach Isla Mujeres ging, hatte er sich im Hotel *Isabella*, in Mexiko-Stadt, einquartiert. Er hatte sich das Haar blond gefärbt und trug eine automatische Pistole bei sich. Er war in Mérida, in Yucatán, und reiste von dort nach New Orleans. In New York, in der *Oasis Bar*, Ecke 7th Avenue und 23rd Street, trug er einen blauen Blazer und eine Hose aus Wollstoff. Der Kellner fragte ihn, was er arbeite, und er sagte, er sei bei der Handelsmarine.

Man sah ihn frühmorgens eine Bankfiliale im Zentrum von Genf mit einer ledernen Aktenmappe unter dem Arm verlassen. In einer Bar im Hafenviertel von Sydney sprach ein australischer Polizeiinformant mit ihm und erkannte ihn. Er wurde im Flughafen von Seoul und in dem von Hongkong gesehen. In einem Park in Taipeh saß er im Schatten an einem Teich, gebräunt, mit Sonnenbrille, und warf den Enten Brotkrumen zu. Im *Sheraton Hotel* in Washington wurde er im Publikum gesehen, das an einem Kongress über Tropenkrankheiten teilnahm. Er sprach mit niemand und hörte auch dem Vortragenden nicht zu. Unter den förmlich gekleideten Besuchern wirkte er fehl am Platz. Er trug ein offenes Hemd, beige oder weiß und nicht ganz sauber, eine dunkle Hose und schwarze Schuhe. Keine Socken.

Er kaufte Zeitungen und Zeitschriften am Kiosk der Praça do Rossio und kehrte gleich ins Hotel zurück. Seine Umgebung schien er nicht wahrzunehmen. Weder achtete er auf die Mosaike der Bürgersteige noch auf die weißen Häuser, rosa verwaschenen Fassaden und Gartenmauern, die sich bis zum Castelo de São Jorge den Hang hinaufzogen. Um das knapp werdende Geld zu sparen, setzte er sich auch nicht mehr auf die Terrasse der *Pastelaria Suiça*. Von der Praça do Rossio zur Praça da Figueira ging er über eine schattige Seitenstraße. Er achtete nicht auf die Straßenhändler, die auf den Gehsteigen Krimskrams verkauften, nicht auf die Krüppel und nicht auf die in der Sonne lungernden Schwarzen oder die kleinen Speisegaststätten, aus denen ihm unbekannte Gerüche drangen. Auch vor dem Schaufenster des Schlossergeschäfts gegenüber dem *Hotel Portugal* blieb er nicht mehr stehen. Er bat um seinen Zimmerschlüssel und wich dem Blick des Rezeptionisten aus. Rasch stieg er über den abgetretenen Läufer die Treppe hinauf. Er schloss seine Zimmertür auf, und kaum war er drinnen, schloss er wieder ab und schob den Riegel vor. Das Bett war frisch gemacht und roch sauber, doch er bemerkte es nicht.

Er faltete das Kopfkissen und legte sich aufs Bett, ohne die Schuhe auszuziehen, obwohl er immer schmerzende Füße hatte, seit er nach seiner Flucht sechs Tage und sechs Nächte gelaufen war. Während er eine nach der anderen die Zeitungen von der ersten bis zur letzten Seite durchsah, naschte er alles Mögliche, cremige Kuchen, Pommes frites aus der Tüte, gebrannte Erdnüsse. Er kaute und blätterte durch die Seiten, suchte mit gierigen Blicken, ließ nichts aus, denn manchmal versteckten sich die wertvollsten Informationen ganz hinten.

Die portugiesische Zeitung durchforstete er auf der Suche nach dem Kinoprogramm und den Informationen über Abfahrt und Ankunft von Schiffen. An manchen Tagen ging er ins Kino, um allein zu sein, um englische Stimmen zu hören und weil er sich im Dunkeln geborgen fühlte. Er sah *Planet der Affen*. Er sah einen Film über weiße Söldner in Afrika mit dem Titel *Katanga – Einmal Hölle und zurück*. Laut las er sich die Namen von Schiffen vor, von Zielhäfen und Häfen, die während der Überfahrt angelaufen wurden. Mozambique, Indien, Beira, Sofala, Angola Luanda, Patria, Infante Dom Henrique, Veracruz. Wenn er später an den Kais entlangwanderte, erkannte er einige der Namen wieder, die in weißen Lettern an den Bug gemalt waren. Plötzlich las er etwas über sich selbst. Vor Angst blieb ihm beinah sein Herz stehen, dann siegte die Neugier, und es stellte sich sogar eine geheime Selbstgefälligkeit ein. Er las seriöse Berichte in angesehenen Zeitungen, die dennoch jeden Wahrheitsgehalt vermissen ließen und so fantastisch klangen wie Episoden aus einem Spionageroman. Experten in chemischer und psychischer Manipulation hätten ihn programmiert und abgerichtet, damit er den Mord beging und auf seiner Flucht falsche Fährten legte, die die Suche hintertreiben sollten. Eine Organisation namens Internationaler Revolutionsrat, der Martin Luther King insgeheim angehört habe, habe seinen Tod geplant, um ihn loszuwerden und einen Aufstand der gesamten schwarzen Bevölkerung zu provozieren.

Stundenlang las er in seinem Zimmer im *Hotel Portugal* bei zugezogenen Vorhängen, im Hintergrund das Lärmen von Lissabon, das wiederkehrende Beben, das die Metrozüge verursachten, sein Gesicht in den ausladenden Zeitungen vergraben, vor sich den Kommodenspiegel, in dem er sich manchmal betrachtete, wenn er die Augen über den Zeitungsrand hob, einen Fremden, den einzigen Menschen, der ihm ähnlich sah, seinen einzigen Vertrauten und Gesprächspartner auf der Welt, so einsam wie

Charlton Heston auf dem Planeten Erde der Zukunft, auf dem die Affenhorden herrschten. Er las, dass der, der am 4. April aus dem Badezimmerfenster des Gästehauses in Memphis geschossen hatte, nicht er gewesen war, sondern eine als Mann verkleidete Frau; dass er zwar der Schütze gewesen, aber von FBI-Psychologen hypnotisiert worden war; dass er im Auftrag der Geheimdienste von Rot-China gehandelt hatte und von diesen bezahlt worden war in der Absicht, die Vereinigten Staaten ins Chaos zu stürzen und dadurch den weltweiten Sieg des Kommunismus zu beschleunigen; dass man ihm fünfzigtausend Dollar bezahlt hatte; dass er den Verfolgern des FBI definitiv entkommen war und unauffindbar bleiben würde; dass er, nachdem er seinen Auftrag ausgeführt hatte, eliminiert worden war, damit er nicht mehr aussagen konnte gegen die Verschwörer im Dunkeln, die für immer straflos bleiben würden.

Mit krankhafter Ungeduld, in der ungläubigen Erwartung, nie gefasst zu werden, suchte er nach Meldungen über seinen wahrscheinlichen Tod, nach Gerüchten. In den aus Einsamkeit, Erschöpfung und Schlaflosigkeit resultierenden Wahnvorstellungen fürchtete er, schon tot zu sein und nur nichts davon gemerkt zu haben. Was für einen Unterschied machte es schon, tot zu sein oder dieses bleierne Leben auf Abruf in Lissabon zu führen! Ein ganzes Jahr lang war er Eric Starvo Galt gewesen, und dann, in Toronto, hatte die Identität, die dieser Name bezeichnete, von einem Tag auf den anderen aufgehört zu existieren. In Toronto hatte er mehrere Tage lang mit zwei neuen, verschiedenen Namen in zwei Gästehäusern gewohnt, deren eines von einer polnischen Frau und das andere von einer Chinesin geführt wurde. Keine von ihnen sprach oder verstand hinreichend Englisch. Einer erzählte er, er heiße Paul Edward Bridgman. Für die andere war er Ramon George Sneyd. Er konnte die verwesende Leiche im Kofferraum eines am Flughafen von Atlanta geparkten Chevrolet Malibu sein, der auf dem Bauch liegend, mit bis zu den Knien heruntergezogenen Hosen, umgestülpten Taschen und einem Genickschuss aufgefunden wurde; oder die andere Leiche, auf die der anonyme Brief hinwies, verscharrt in den Ruinen von Cuicuilco, neben einer tausendvierhundert Jahre alten Pyramide mitten in einem Lavafeld.

Man fand ihn am Fuß einer Abraumhalde in einer Bergbauregion von Pennsylvania, bekleidet nur mit kurzer Hose und Unterhemd, mit drei Einschusslöchern in der Brust. Eine Zeit lang schien man sicher zu sein, ihn an einem Strand in Acapulco gefunden zu haben, im Sand verbuddelt, zusammengeschlagen und enthauptet. Weil die Krebse, die schon seine Augen gefressen hatten, auch die Fingerkuppen angenagt hatten, war es nicht möglich gewesen, seine Fingerabdrücke abzunehmen. Eine Plastiktüte mit von Blut und Körperflüssigkeit getränktem Sand wurde sichergestellt und per Flugzeug ins FBI-Labor geschickt.

Er war der geheimnisvolle Fremde, der Strohmann, der Sündenbock, der Auftragskiller, ein Rädchen im Getriebe oder Teil eines Netzes, das bis zum Mord von John F. Kennedy nach Dallas reichte, »eine hoch entwickelte Mordmaschine« hatte ihn im Fernsehen ein tuntig fuchtelnder und mit schriller Zwergenstimme sprechender Typ genannt; ein offenbar auf Kriminalfälle spezialisierter Schriftsteller: Es existiere eine Organisation, die ihre Vollstrecker intensiv ausbilde und mit Gehirnwäsche dazu bringe, Personen des öffentlichen Lebens umzubringen; es war, als spreche er von den Verschwörungen des Dr. Julius No, des Mannes mit den krebsscherenartigen orthopädischen Händen, im gepanzerten Raum seines unterirdischen Refugiums auf einer kleinen Insel in der Karibik, oder auch der von Ernst Stavro Blofeld kontrollierten Organisation *Spectre* in der uneinnehmbaren Felsenfestung in den Alpen.

Er las in seinem Hotelzimmer, und ihm schwindelte vor lauter Lesen und im Halbdunkel verschwimmenden Wörtern, kleinen Druckbuchstaben auf dem billigen Papier von Zeitungen und Taschenbüchern. Das Tageslicht schwand, doch er machte die Nachttischlampe nicht an. Unbequem ans Kopfende des Bettes gelehnt, las er mit dem gefalteten steifen Kopfkissen im Nacken, mit verdrehtem Hals. Wenn er zu lesen aufhörte, blieb er lethargisch liegen, und die losen Zeitungsseiten glitten zu Boden oder raschelten wie trockene Maisblätter, wenn er sich auf dem Bett bewegte. Wenn er schläfrig wurde, aber noch einigermaßen bei Bewusstsein war, geriet ihm das Gefühl für Zeit und Raum durcheinander. Dann war er in der Zelle im Staatsgefängnis von Missouri, und die menschlichen Stimmen von der nahen Plaza hallten von den hohen düsteren Gewölben der Gefängnisgalerien wider, die Glocke einer Straßenbahn klang wie das metallische Zuschlagen der Gittertür einer Zelle. Er war in der Nacht des 3. April im *New Rebel Motel* am Stadtrand von Memphis, wo ein Tornado die Baumwipfel wie wild wogende Wellen peitschte, das Krachen des Donners die Fensterscheiben erzittern ließ und Hagelkörner mit einer Wucht dagegen prallten, dass es wie das trockene Krachen von Schüssen klang. Das Zimmer war immer dasselbe, doch die Namen der Motels oder Städte gerieten ihm durcheinander. Das Aufschrecken und das Nicht-wissen-wo zerrissen den Schlummer wie ein schriller Klingelton. Er lag auf dem schmutzigen Bett in der Pension von Memphis, die nicht einmal einen Namen hatte, war in der Nachmittagshitze eingeschlafen, als er dringend hätte wach bleiben, den umlaufenden Balkon im zweiten Stock des *Lorraine Motel* im Auge behalten müssen, direkt über den geparkten Autos, sich mit dem Gewehr vertraut machen müssen, mit dem Gefühl, es in seinen Händen zu halten.

Davon träumte er manchmal, dass er im Zimmer 5B auf dem Bett lag oder sich kurz aufs Sofa gelegt hatte und eingeschlafen war und obwohl er aufwachen wollte, ihm dies nicht gelang, und derweil der andere, ganz in der Nähe, im gegenüberliegenden Motel, nur getrennt durch ein brach liegendes Grundstück voller Müll und Gestrüpp, auf den Balkon trat, sich mit aufgekrempelten Ärmeln ans Geländer lehnte, nach einer Weile wieder ins Zimmer zurückging und hinter der türkisblauen Tür von No. 306 und der vor dem großen Fenster zugezogenen Gardine verschwand. Im Traum oder in der lebhaften Fantasie seines erschöpften Bewusstseins wusste er, was ein paar Minuten später passieren würde, eine sehr kurze, doch nicht unzureichende Zeit später, wenn er nur ganz wach würde und schnell und entschlossen handelte.

Es bot sich ihm eine zweite Gelegenheit. Der Mann, dessen schwarzes Gesicht jetzt von Rasier- oder Duftwasser glänzte, erschien wieder auf dem Balkon, nicht mehr in Hemdsärmeln, sondern mit einem dunkelblauen Jackett, mit goldenen Manschettenknöpfen an den blütenweißen Hemdaufschlägen, glänzend im rötlichen Licht der Sechs-Uhr-Abendsonne, die seinen Schatten an die Zimmertür warf. Er musste nur ganz wach werden, schnell auf die Beine kommen, das Gewehr in die alte Decke einwickeln, die er aus irgendeinem anderen Motel mitgenommen hatte, ungesehen das Bad erreichen und die Tür hinter sich abschließen, den Gewehrlauf auf den Fensterrahmen auflegen, das Visier einstellen und zielen, das Klopfen eines betrunkenen Gastes an der Tür ignorieren, sich die schweißnassen Hände an der Hose abreiben, damit ihm nicht das Gewehr entglitt, und den Schweiß von der Stirn, der ihm in die Augen rann; er musste sorgfältig zielen und das Bild im Zielfernrohr noch näher heranholen, sich breitbeinig hinstellen, um auf dem glitschigen Badezimmerboden nicht das Gleichgewicht zu verlieren. Vor allem aber musste er aufwachen, den bösen Zauber der Unbeweglichkeit und Trägheit durchbrechen und wissen, wo er sich befand, in welchem Zimmer welchen Hotels in welcher Stadt an welchem Tag welchen Monats und Jahres, zu welcher

Uhrzeit vor welchem Fenster oder Balkon in Memphis, Birmingham, Puerto Vallarta, Atlanta, Acapulco, Los Angeles, Selma, Montreal oder Toronto.

Er öffnete die Augen und richtete sich im Bett auf, doch das Wachsein entließ ihn nicht aus der Ungewissheit, denn das Zimmer lag im Dunkeln. Ein langes rasselndes Geräusch war einen Moment lang das eines Zellengitters, dann, mit einem Aufatmen, war es der Metallrollladen der Eisenwarenhandlung auf der anderen Seite der Rua João das Regras, der bei Geschäftsschluss heruntergelassen wurde. Angeregt von diesem Erlebnis, stellten sich jetzt, wie zur Bestätigung, auch die anderen Geräusche der Stadt ein. Straßenbahngebimmel, Rufe der Straßenverkäufer, Fernsehstimmen aus einem offenen Fenster, dazu das Klappern von Geschirr und Besteck aus einem Esszimmer, die Erschütterungen der Metro, Schwalbengezwitscher, die Stimme eines Nachrichtensprechers im Radio, die Lustgeräusche einer Frau aus einem Zimmer in der Nähe aber nicht nebenan, das Rascheln der Zeitungen unter seinen Füßen.

Ohne Licht zu machen, ging er ins Bad, um sich das Gesicht zu waschen. Mit Befremden betrachtete er seine eigenen verschwommenen Gesichtszüge im Dämmerlicht des Spiegels. Er befeuchtete den Kamm und fuhr sich damit durchs Haar, zog den Scheitel nach, drückte die Welle über der Stirn zurecht. Er richtete sich den zu engen und etwas verdrehten Krawattenknoten, den er schon seit Langem nicht mehr neu gebunden hatte. Das Gesicht, das er sah, war das der alten, billig gedruckten Polizeifotos, das der anderen Namen, die in Zeitungen veröffentlicht wurden und in Großbuchstaben auf den Fahndungsplakaten erschienen, auf den Bildschirmen der Fernseher am Sonntagabend im Programm des FBI, wo er Woche um Woche Platz eins auf der Liste der zehn Meistgesuchten hielt.

Er schaute sich in die Augen und hielt über eine Minute durch, ohne zu blinzeln. Das Gesicht eines Mannes zu verändern heißt, sein Schicksal ändern. Er zog die Muskeln seiner Mundwinkel nach oben, bis ihm genau das Lächeln gelang, das auf dem Foto seines kanadischen Passes zu sehen war. Dann setzte er sich die Brille auf und war wieder Ramon George Sneyd.

Es war schon dunkel, als er auf die Rua João das Regras trat und quer über die Praça da Figueira in Richtung der Rossio ging. Er hatte keinen Mantel angezogen. Den Revolver trug er in der Jackentasche. Aus den Augenwinkeln betrachtete er sich in den Straßenbahnfenstern und Schaufensterscheiben, war so ohne Substanz wie sein Spiegelbild, wie sein Schatten, unsichtbar und straffrei, aus der Ferne angezogen von den Neonlichtern, die an den Straßenecken, in den Gassen und tunneltiefen Torbögen des Cais do Sodré bereits glitzern würden.

13

Wie im Flug. Kaum in Lissabon angekommen, musste ich schon wieder fort. Ein Wimpernschlag und meine Reise war zu Ende. Du erwachst in einem Zug und schlägst die Augen auf, begegnest im Abteilfenster und später beim Verlassen des Bahnhofs einem frühmorgendlichen Licht, das keinem anderen der bekannten Lichter ähnelt. Du schließt sie, und als du sie wieder öffnest, sind die drei Tage deiner Reise vorbei, es ist Nacht, und du stehst im Bahnhof von Santa Apolónia. Die zuletzt erlebte Zeit wird so dehnbar und grenzenlos wie in Träumen, wie auf fantastischen Reisen, die man in einem Moment des Dösens unternimmt, in ganzen Zeitaltern eines in vollen Zügen genossenen Lebens, wie man es in der Minute vor dem Erwachen durchlebt.

Der Lusitania-Express stand auf einem schattigen Nebengleis zur Abfahrt bereit: eine Reihe erleuchteter Abteilfenster, die Metalltüren offen, die Schaffner auf den Trittbrettern. Sobald er sich in Bewegung setzte, würde Lissabon zur Erinnerung: in ein Heft gekritzelte Worte und Streichholzschachteln mit Namen von Restaurants, eine Filmrolle mit Fotos, die ich zum Entwickeln bringen würde, sobald ich in Granada wäre, ein vom vielen Auf- und Zusammenfalten zerfledderter Stadtplan mit Bleistiftnotizen und Streckeneinzeichnungen, eingekreisten Orten, die ich gesucht hatte, unterstrichenen Namen, mein kleines Wörterbuch für Portugiesisch, die Anthologie mit Gedichten von Fernando Pessoa, die ich mir am ersten Morgen zusammen mit Wörterbuch und Stadtplan in einem Papiergeschäft gekauft hatte, eine Seite hatte ich umgeknickt, sie markierte den Anfang des *Opiário* von Álvaro de Campos, in dem ich einen Vers entdeckt hatte, der irgendwie in meinem Roman auftauchen sollte, *Um Oriente ao oriente do Oriente*, die Musik einer Litanei oder Beschwörung, wie wenn John Coltrane immerzu wiederholt: *A love supreme, a love supreme, a love supreme, a love supreme, a love supreme.*

Der Kummer darüber, schon wieder fahren zu müssen und aufs Neue bald die Mauern und Steilhänge meiner täglichen Verpflichtungen vor mir aufragen zu sehen, wurde ausgeglichen durch die Gewissheit, meine Zeit maximal und optimal genutzt, im Grenzbereich zwischen Erinnerung und Fantasie all die visuellen Eindrücke, die ich brauchte, festgehalten zu haben; sowohl die mit vollem Bedacht gesuchten als auch die anderen, noch wertvolleren, unerwarteten, die Gesichter zweier Liebender, die sich eine Sekunde lang in zwei aneinander vorbeifahrenden Zügen sehen, das Krankenhaus mit den rosa leuchtenden Mauern an einem dunklen bewaldeten Hang am Abend, als gerade die Lichter angehen, die Gartenmauer und das Tor, neben dem auf Kacheln der Name *Quinta dos Lobos* steht, die junge Frau, die sich im trägen Rhythmus einer Musik auf einem runden, sich drehenden Bett entkleidet, im Innern eines prismatischen Raums in rosafarbenem Licht, umgeben von runden Spiegeln, die perlmuttweiße Haut noch heller im Kontrast zum roten Bezug des Bettes, das gelangweilte, gymnastische Agieren und das Verweigern von Blickkontakt mit den Bullaugen ringsum, hinter denen sich die Voyeure in ihren engen Kabinen verstecken, in denen es nach Desinfektionsmittel riecht und die Münzen im Wert von fünfundzwanzig Escudos mit trockenem Klacken in den Münzautomaten fallen, der auf einer Konsole steht, und daneben eine Rolle Toilettenpapier.

Ich verdrückte mich wie ein Spion, der seinen Auftrag erfüllt hat, die Fotos in der Filmspule meiner Kamera, wie ein wertvoller geheimer Mikrofilm. Am Abend zuvor war ich im *Hot Clube de*

Portugal gewesen, an einem abschüssigen, menschenleeren dunklen Platz, der Praça da Alegria, einem jener Orte, die er auf dem Stadtplan markiert hatte, bevor er das Hotel verließ. An diesem Platz befand sich Anfang 1987 – und befindet sich vielleicht immer noch – die Neonreklame und der lockend beleuchtete Einlass des Cabarets *Maxime*, in dem Ramon George Sneyd ein paarmal mit einer platinblonden Prostituierten war, die gern laut lachte, Gloria Sousa, mit der er vielleicht zu Fuß den nicht sehr langen Weg von der Praça a Alegria bis zur Rua João das Regras zurückgelegt hatte.

Ich war zur Hausnummer 4 gegangen, einem Gebäude mit einer fest verschlossenen Metalltür, und dachte, ich habe mich vielleicht geirrt, weil nirgends Licht zu sehen oder der Club geschlossen war, was mich nicht überrascht hätte in dieser verlassenen Häuserreihe mit ihren von den Fassaden abblätternden Kacheln, mit Vorhängeschlössern verschlossenen Türen und Fenstern ohne Scheiben, nur schwach beleuchtet von Lampen, die an über der Straße gespannten Kabeln hingen. Bei Wind schwankten die Lampen, sodass ihre Lichtkreise sich über das Straßenpflaster und die Hauswände bewegten und die Schatten ins Riesenhafte wachsen ließen, so wie früher, als ich als Kind an der Hand meines Vaters ging, der mich nachts über gepflasterte Straßen und düstere Plätze, auf denen unsere Schritte hallten, nach Hause brachte.

Mit einer Entschlossenheit, zu der ich damals nur selten fand, wagte ich, an die Tür des *Hot Clube* zu klopfen. Vielleicht gab es über der Tür eine Leuchtschrift, die ich vergessen habe, jetzt aber nicht hinzufügen will, um der Erinnerung eine präzise – doch auch fiktive – Genauigkeit zu verleihen. Ich war zum *Hot Clube* gegangen, weil ich Lust hatte, Jazz zu hören und etwas zu trinken, vor allem aber, weil ich ein Lokal erleben wollte, in dem vielleicht die Musiker meines Romans spielten. Ich pochte noch einmal mit den Fingerknöcheln, und da öffnete sich die Tür, als hätte ich versehentlich das richtige Geheimzeichen geklopft.

Die Einsamkeit, die ermüdenden Wanderungen, das Fremdsein in der Stadt, die giftige Dosis an Literatur, das alles hielt mich in einem schlafwandlerischen Dauerzustand. Ein schwarzes Mädchen mit Rollkragenpullover, gewaltiger Kraushaarmähne und den Gesichtszügen einer äthiopischen Prinzessin sagte mir, der Club öffne erst in einer Stunde. Ich hätte mich auf der Stelle in sie verlieben können.

Wie es im Club aussah und was für ein Konzert ich hörte, das weiß ich nicht mehr. Die Erinnerung webt insgeheim an ihrer schlaflosen Romanversion, macht das Erlebte zum fruchtbaren Mutterboden der Fiktion; sie bietet mir trügerische Bilder anderer Jazzclubs an, in denen ich viele Jahre später verkehrte, niedrige Backsteingewölbe mit Postern an den Wänden, enge Treppen und Keller in New York, die neutrale Fassade des *Village Vanguard*.

Am Ende spielten die Musiker meines Romans in einem teilweise erfundenen Lokal. Der Eingang war der eines uralten Kinos mit Stuck und allegorischen Kacheln des Art nouveau, das ich gleich zwischen der Rossio und der Rua dos Sapateiros entdeckt hatte. Es trug den herrlichen Namen *Animatógrafo do Rossio*. Es hatte, wie so viele andere Dinge in Lissabon, einen gewissen, dem Lauf der Zeit geschuldeten Verfall überdauert, ohne jedoch ruinös zu werden. Das lag an dieser halb mitleidigen, halb sorglosen Geduld mit dem Anachronistischen, das mir an der Stadt sofort gefallen hatte, zweifellos wegen des Kontrastes zu dem barbarischen Zerstörungswillen, dessen Opfer die spanischen Städte geworden sind. Hineingegangen bin ich nicht. Das Innere stellte ich mir vor wie das der Kinos in meiner Heimatstadt im Winter, mit vergoldetem Stuck und roten Vorhängen, mit schmalen, von Kugellampen erhellten Gängen, einem altmodischen Luxus, in dem wir wie in einer Blase unsere Kinoträume träumten, in roten verschlissenen Samtsesseln mit knarrenden Scharnieren, hohlen Säulen und purpurnen Kapitellen. In einem solchen Saal begleitete mein Jazznovize seinen Meister auf dem Piano, der Trompeter hatte etwas von Clifford Brown und Chet Baker, ohne dass man hätte sagen können, ob er schwarz war oder weiß, so wie man auch nicht wissen konnte, welches die Haarfarbe meiner Heldin war, die lange nicht in Erscheinung trat und dann gleich wieder verschwand, die unverhofft auftauchte und gerade, wenn man sie berühren zu können glaubte, sich wie ein Geist auflöste, weil sie keine Frau aus Fleisch und Blut war, sondern die Projektion eines Verlangens, das von Filmen und Romanen genährt wurde, vor allem jedoch von der männlichen Unfähigkeit, Frauen so zu sehen, wie sie sind, sie mit Aufmerksamkeit zu betrachten und sie nicht nur aus jugendlicher Bangigkeit und Verzückung, aus plumper Faszination zu vergöttern.

Aber das war ich, kurz vor meinem einunddreißigsten Geburtstag, ein verspäteter Heranwachsender, wie ein Spion versteckt hinter meiner sichtbaren Identität als Beamter, als amtlich und kirchlich verheirateter Mann, als Vater von zwei Söhnen, als Spitzel der Unterwelt im Rathaus oder des Rathauses in der Unterwelt, brav allen meinen Verpflichtungen nachkommend und im dichten Netz familiärer Bindungen zappelnd, denen ich für drei Tage entflohen war, um nach Lissabon zu fahren, und zu denen ich jetzt zurückkehrte in diesem Zug, der durch eine dunkle Landschaft mit Bergsilhouetten und vereinzelt beleuchteten Häusern fuhr, der Grenze entgegen, an der er nicht anhalten würde, da Spanien und Portugal bereits Teil der Europäischen Union waren. Wie ein Heranwachsender wand ich mich in melodramatischem Selbstmitleid und bewohnte mürrisch eine wirkliche Welt, in der ich mich fremd fühlte und im Grunde überlegen, von der ich eigentlich nichts mitbekam, wie ich auch nichts davon mitbekam, wie meine düstere, egoistische Haltung sich auf jene auswirken mochte, die mein Leben mit mir teilten und mir nahestanden.

Zweifellos gab es auch Phasen des Glücks, die ich nicht zu danken wusste, die unbemerkt an mir vorübergingen und die ich vergessen habe oder an die mich zu erinnern mir jetzt – so viele Jahre später – peinlich wäre. In den Leerstellen meines Gedächtnisses ist das Bedauern beinahe ebenso intensiv eingegraben wie das Wissen, Schaden angerichtet zu haben, in meiner sicheren Erinnerung. Das Bedauern entwickelt im Lauf der Zeit eine ungewöhnliche Zähigkeit. Es nährt sich von der Erinnerung, und wenn die Erinnerung erloschen ist, heftet es sich an den Gedächtnisverlust wie ein Organismus, der die extremsten Bedingungen überleben kann.

In einem Januar siebenundzwanzig Jahre später denke ich öfter und länger als damals daran, was meine Frau in jenen Tagen meiner Abwesenheit, meines Aufenthalts in Lissabon, empfunden haben mag. Da erholte sie sich noch von der Geburt unseres zweiten Sohnes, musste sich während der Weihnachtsfeiertage, die wir stets mit ihrer und meiner Familie in Úbeda verbrachten, ohne meine Hilfe um ihn und seinen älteren Bruder kümmern, umfangen vom weiten Netz der Familie, in dem sie sich so beschützt und aufgehoben fühlte und das für mich meist nur ein dumpfes Ärgernis darstellte, Eltern, Großeltern, Onkel und Vettern, alles mal zwei, Familienbesuche und Spaziergänge, Begegnungen mit der Verwandtschaft und mit Bekannten auf der Straße, wo ich den Kinderwagen mit dem Neugeborenen schob, sie an meinem Arm ging und unser älterer Sohn an ihrer Hand oder an meiner oder an unseren beiden Händen zugleich, weil er uns beide spüren und seinen Platz zwischen uns sichern wollte, jetzt, da es das Brüderchen gab, vielleicht auch, weil er uns durch seine Vermittlung zusammenhalten wollte, seinen Vater an der einen Hand, die Mutter an der anderen. Mit dem naturhaften Instinkt von Kindern würde er das Zerren meines zentrifugalen Impulses spüren, die umgekehrte Magnetwirkung zwischen den beiden Erwachsenen, alles, was er mit seinen kindlichen

Augen zu sehen bekäme und nur wenige Jahre später heimlich mit anhören würde, verunsichert, erschrocken, noch zu sehr Kind, um zu begreifen, doch auch nicht mehr genug, um den Schmerz nicht zu spüren, das giftige Klima von Streit und erbittertem Groll.

Was mochte sie in diesen drei Tagen gedacht haben, als ich sie höchstens ein- oder zweimal anrief, um mich nach dem Neugeborenen zu erkundigen? Was hat sie sich wohl vorgestellt, was ich dort tun würde, während ich mir in Lissabon die Abenteuer meiner Romanhelden ausdachte? Grund hätte sie gehabt, nicht zu glauben, was ich ihr erzählte. Ich hatte sie schon öfter belogen, und da ich nicht besonders geschickt im Lügen und auch nicht im Aussprechen der Wahrheit war, hatte sie mich leicht ertappen können. Kurz vor meinem einunddreißigsten Geburtstag war ich ein verschlossener Spätentwickler, der den Blick abwendet und sich in sein Zimmer verkriecht, um mit ihm angetanem Unrecht zu hadern und in Literatur und Musik Zuflucht vor der Wirklichkeit zu suchen.

In der Cafeteria des Zuges saßen ein paar trinkende Spanier und unterhielten sich lautstark mit brüllendem Gelächter. Der Lärmpegel des Lebens nahm wieder zu. Mir war es leichtgefallen, mich an die portugiesischen Manieren zu gewöhnen, an den gedämpften, wohlerzogenen Ton der Stimmen. In diesen drei Tagen hatte ich in einem geistigen Grenzbereich gelebt, in einem Niemandsland oder Niemand-außer-mir-Land, das halb in der fantastischen, halb in der realen Welt angesiedelt war, mit seinem klar bezeichneten Anfang und Ende jetzt aber schon hinter mir lag.

Jetzt hieß es, zurückkehren und sich wieder an die Schreibmaschine setzen, damit all das Erlebte und Gelernte in Worte überführt, der Erzählfaden wieder aufgenommen werden konnte, der vor viel zu vielen Tagen abgerissen war. Auf einem weißen

Blatt gab es keine Hinweise auf eine Örtlichkeit. Nach dem Punkt am Ende des letzten Satzes gab es nichts mehr. Der Zug fuhr durch die Dunkelheit, und ich spürte schon die auf mich zukommende Arbeit, den Augenblick der Wahrheit, wenn ich mich an meinen Schreibtisch setzte, auf der einen Seite die Mappe mit den schon beschriebenen Blättern, auf der anderen den Packen unbeschriebenen Papiers und in der Mitte vor mir die Schreibmaschine, deren Tasten die taktile Erinnerung meiner Fingerkuppen sogleich wiedererkennen würde. Und auch die Notizen, die ich mir gemacht hatte, und die Fotos, die ich entwickeln lassen würde, sobald ich angekommen war.

Es gab nur wenige Reisende im Zug, und ich saß allein in meinem Abteil. Ich konnte es mir in der Fensterecke bequem machen und auf den Schlaf warten, während ich Schatten vorüberhuschen, Mondlicht auf Flüssen glitzern und in der Tiefe der Nacht die Lichter unbewohnter Dörfer sah.

Als ich erwachte, graute der Morgen über einer kahlen Ebene in der Nähe von Madrid. Die ganze Reise war in meiner Erinnerung wie ein Traum. In Atocha nahm ich einen anderen Zug, und zu Mittag war ich schon wieder bei meiner Familie. In meiner Erinnerung gibt es kein einziges Bild von diesem Wiedersehen.

Am Abend dieses Tages – dem 5. Januar – fand der Dreikönigsumzug statt. Ich hatte mit meiner Frau verabredet, dass wir mit unserem älteren Sohn hingehen würden. Auf der Straße traf ich einen Freund aus Jugendtagen, den ich seit Jahren nicht gesehen hatte. Wir begrüßten uns mit einer Umarmung und gingen auf ein Bier in eine Bar. Bis der Umzug begann, blieb noch eine Weile Zeit. In der Bar trafen wir weitere Freunde von früher. Die Unruhe über mein Zuspätkommen beschwichtigte ich mit noch einem Bier, doch die verlorene Zeit nagte in meinem Innern an mir, und zugleich wurde ich wütend auf meine familiären Verpflichtungen, fing an, mich als Opfer erdrückender Umstände zu fühlen, für die ich nichts konnte, sah mich gefesselt von Verantwortlichkeiten, denen meine Freunde – weniger feige oder weniger rücksichtsvoll als ich – sich nicht unterwarfen. Noch einen Tag zuvor hatte ich in Lissabon das fantastische Leben eines Schriftstellers und beinahe einer Romanfigur geführt, und jetzt – zurück in der Stadt meiner Jugend, im zunehmenden Rausch von Alkohol und Haschisch und damit einhergehender Freundschaftssentimentalität – benahm ich mich wie ein Siebzehn- oder Achtzehnjähriger, der sich von den Erinnerungen an vergangene Zeiten aufwühlen lässt.

Wir zogen durch die Bars, es wurde immer später, seit einer ganzen Weile schon waren der ferne Lärm des Umzugs und das Knallen von Feuerwerkskörpern verhallt. Mit meiner Frau und meinem Sohn nicht beim Dreikönigsumzug gewesen zu sein war weniger schlimm, als die ganze Zeit über kein Lebenszeichen von mir gegeben, nicht einmal angerufen und mir eine Entschuldigung ausgedacht zu haben, die die Verspätung, das Alleinlassen hätte rechtfertigen können. Da die Katastrophe nicht mehr rückgängig zu machen war, konnte noch ein Bier in einer weiteren verrauchten Bar voller verschwommener Gesichter und Stimmen nicht schaden. Das Schuldgefühl war eine Vorwegnahme des bevorstehenden Katers. Ich lachte mit meinen Freunden, wir erzählten uns mit schlaffem Haschischgrinsen Geschichten aus alten Zeiten und Erlebnisse aus dem Gymnasium, stolperten um drei oder vier Uhr morgens durch dieselben Straßen wie damals nach Hause. Die Angst vor den Anklagen und Vorwürfen des nächsten Tages war vielleicht noch bedrückender als das Schuldgefühl. Sie bewog mich, mir Entschuldigungen auszudenken, in Verteidigungsstellung zu gehen, mich jetzt schon als Opfer einer unverdienten Schelte zu sehen. Hatte man denn nicht das Recht, eine Nacht mit seinen besten Freunden durchzumachen, den wirklich wahren, die einen schon kannten, als man noch mit kurzen Hosen auf der Straße spielte? Heute empfinde ich die

Scham, vor der ich mich damals mit den erfindungsreichen Ausreden dessen, der zu viel getrunken hat, gedrückt habe.

Ich dachte, dass meine Frau mit den Kindern nach dem Dreikönigsumzug über Nacht bei ihren Eltern geblieben war. Um fünf Uhr morgens schlich ich mich ins Haus der Meinen, fand nur mit Mühe das Schlüsselloch in der Tür. Zum Schlafen legte ich mich in mein Jugendzimmer, löschte das Licht und war so betrunken, dass ich glaubte, das Bett schwanke in der Dunkelheit, als befände ich mich wieder im Liegewagen nach Lissabon, jedoch ohne eine Spur von dem Zustand der Gnade, den ich dort kennengelernt hatte, am Boden zerstört, mit einem dumpfen Gefühl von Elend und Schmach. Das habe ich nicht vergessen.

14

Er fühlte sich von sesshaften Leuten angezogen, von Menschen, die Durchreisende ankommen sehen, die in Vorzimmern sitzen, hinter Empfangstheken und Registrierkassen oder den ganzen Tag lang bewegungslos von einer Passkontrollstelle oder einem Laden, den vielleicht stundenlang keiner betritt, hinaus auf die Straße schauen.

Vor allem Beamte und Behördenbedienstete faszinierten ihn, Angestellte in ihren Büros; sie zogen ihn an und schüchterten ihn zugleich ein durch die Allmacht, die sie hinter ihrer Sesshaftigkeit verbargen. Sie forderten Papiere, setzten unwiderrufliche Fristen, und je nach ihren Vorgaben verstrich die Zeit, oder sie blieb stehen. Einige in dunklen Anzügen, andere in Uniformen, saßen sie hinter Schreibtischen und verhörten einen Gefangenen, machten sich Notizen, tuschelten untereinander, entschieden, ob man vorübergehend auf freien Fuß gesetzt wurde oder nicht. Monate und Jahre der Zukunft eines Menschen, sein ganzes Leben hing von diesen Notizen ab, von diesen gemurmelten Worten.

Wenn er ein Büro betrat, senkte er den Kopf wie jemand, der eine Kirche betritt. Solange er nicht dazu aufgefordert wurde, setzte er sich nicht, wartete geduldig im Stehen, dass man die Augen zu ihm hob, ihm zu verstehen gab, dass man ihn wahrgenommen hatte, wo sie doch so versunken in ihre Arbeit oder ihre Gespräche waren, irgendein Zeichen jedenfalls, dass man sein Klopfen gehört hatte oder die sich hinter ihm schließende Tür mit dem Milchglasfenster. In manchen Läden klingelte ein Glöckchen, wenn man die Tür aufstieß.

Bevor er eintrat, schluckte er, räusperte sich, richtete den

Krawattenknoten und fuhr sich mit der Hand über die Frisur, ganz leicht nur, um sie nicht flach zu drücken. Wenn sich die Gelegenheit bot, überprüfte er sein Aussehen im Spiegel einer öffentlichen Toilette oder in dem kleinen Taschenspiegel, den er bei seiner Flucht aus dem Gefängnis mitgenommen hatte, fuhr sich ein letztes Mal mit dem Plastikkamm durchs Haar. Der Verkäufer des Waffengeschäfts in Birmingham, wo er das Gewehr gekauft hatte, sagte aus, er sei bescheiden aufgetreten.

Er trat an den Schalter oder den Schreibtisch und sprach manchmal so leise, dass man seine Frage nicht verstand. Dann musste er sich noch einmal räuspern und die Frage wiederholen; fürchtete, rot zu werden, wusste um sein nervöses Blinzeln, das er nicht abstellen konnte. Sie saßen beschützt und eingekapselt in ihren Büros wie Muscheln in ihren Schalen, die sie höchstens einen winzigen Spalt weit öffneten, festgeklebt an Felsen, von denen sie kein Mensch losbekam, umgeben von kleinen Objekten, für ihre Arbeit notwendigen Gegenständen, Stempeln, Stempelkissen, pilzförmigen Heftapparaten, Plastikdöschen mit kleinen Pinseln in einer weißen Flüssigkeit, mit denen sie Tippfehler übermalten, umgeben auch von gerahmten Fotos von Gattinnen oder Kindern, persönlichen Dingen wie einem Heiligenbildchen, einem Väschen mit einer Blume auf einem Metallschrank, einem Kalender mit Anmerkungen und Streichungen, neben der Schreibmaschine ein lustiges Figürchen; so viele Dinge in Reichweite ihrer Hände, ihnen zu Diensten, aufbewahrt in Schubladen: Heftklammern, Bleistifte, schwarzrote Farbbänder für die Schreibmaschine, Anspitzer, das ganze Instrumentarium für die täglich wiederkehrende Arbeit, während der immer gleichen Anzahl von Stunden, von neun bis fünf, von Montag bis Freitag oder Samstag, der Weg zur Arbeit, die Vorbereitungen für den Feierabend, wenn nur noch eine halbe Stunde bis Dienstschluss fehlt, kein Publikumsverkehr mehr ist und jeder seine Sachen zusammenpackt, Ordner in die

Metallschränke räumt, Hüllen über die Schreibmaschinen stülpt, Herren über das Leben anderer, ohne es zu wissen.

Die Angestellte im Reisebüro in Toronto – Kennedy Travel – reichte ihm lächelnd den Reisepass über den weiß lackierten Schreibtisch und zusammen mit dem Pass das Rückflugticket nach London. Sie sagte: »Gute Reise, Mr. Sneyd«, und er war zunächst verblüfft, mit dem neuen Pass und dem Ticket in der Hand; zum ersten Mal in seinem Leben besaß er einen Pass und ein Flugticket; war verwirrt vor Staunen darüber, dass, was er für unmöglich gehalten hatte, so einfach gewesen war.

In diesem Moment klingelte das Telefon, und die Angestellte hob den Hörer ab und kümmerte sich nicht mehr um ihn, bemerkte nichts von dem Glücksfall, der ihm zuteilgeworden war, spielte mit dem Kugelschreiber zwischen ihren Fingern mit den langen, lackierten Nägeln, während sie an ihrem komfortablen Arbeitsplatz Reiserouten beschrieb und Fahrtzeiten erklärte, umgeben von farbenfrohen Plakaten, blauen Himmeln und Stränden mit Palmen, Schlössern mit Türmen und Schieferdächern auf bewaldeten Bergen, an den Ufern von Flüssen, auf denen Ausflugsdampfer fuhren.

Er blieb noch eine Weile so stehen, erschöpft, vorübergehend freigesprochen, in seiner förmlichen Erscheinung mit der Schildpattbrille und genau demselben Gesicht wie auf dem Passfoto, ungläubig immer noch ob der Leichtigkeit der unmittelbar bevorstehenden Flucht, weil dieses Gesicht in nichts mehr dem auf den Fahndungsplakaten glich und der neue Name nicht mit dem Flüchtenden in Verbindung gebracht werden konnte, auch mit keiner anderen seiner vielen Identitäten, John Larry Rayns, John Willard, Paul Edward Bridgman, Harvey Lowmeyer, Eric Starvo Galt. Die Angestellte des Reisebüros legte den Telefonhörer auf und sah vor sich den leeren Stuhl, dann die Tür mit dem mattierten Glas, die hinter dem blassen, menschenscheuen Mann ins Schloss fiel, dem sie geholfen hatte, einen Pass zu beantragen und ausgehändigt zu bekommen. Vor kaum einer Minute hatte sie ihn noch gesehen und wusste schon nicht mehr, wie er ausgesehen hatte. Später sagte sie, er sei förmlich mit der Tapete des Büros verschmolzen.

Jetzt wartete er in einem anderen Büro, in Lissabon. Sein weiteres Leben lag wieder in der Hand dieser sesshaften Leute, die Schreibmaschine schrieben und Dokumente prüften. Wieder sah ihn der Beamte im Überseeministerium eintreten, behutsam die Mattglastür aufdrücken, mit einer Geste der Ehrerbietung, der Schüchternheit, besser gesagt, eine Hand auf dem Türgriff, unter dem anderen Arm den tabakfarbenen Mantel, für das Maiklima so übertrieben wie der dunkle Anzug.

Doch wenn die Geste, die ganze Haltung auch ehrerbietig war, so verriet der Blick in den wenigen Sekunden, in denen er auf den des Beamten traf, bevor er sich wieder zu Boden richtete oder im Nichts verlor, etwas anderes; der Blick aus diesen hellblauen Augen, in denen gleichzeitig Bösartigkeit und Furcht, Trotz und nahendes Ende, Schlafmangel und Übermüdung zu erkennen waren und noch etwas mehr, ein ganz eigener Spott, ein Anflug von Sarkasmus. Es war, als befände er sich in einer gläsernen Glocke oder hinter einer Glaswand, vollkommen isoliert in seiner Fremdheit und seiner völligen Unkenntnis des Portugiesischen, gefügig neben anderen auf einer Bank vor den Büroschaltern sitzend, sich nicht von dem Platz rührend, den man ihm zugewiesen hatte, mit der anhaltenden Lethargie eines Menschen, der schlecht schläft, den Rücken gestrafft und an das abblätternde blasse Verwaltungsgrün der Wand gedrückt, den Mantel sorgfältig über den Knien gefaltet, ernst wie bei einer Totenwache oder im Wartezimmer eines Anwalts oder Arztes, die Hosenbeine zu kurz, genau wie die schwarzen Socken, sehr weiße Waden, und dieses Paar Schuhe ohne Schnürsenkel mit den aufgemalten Krokodilschuppen.

Der andere, höherrangige Beamte bemerkte es bereits beim ersten Blick, als sie über den Flur zu seinem Büro gingen; der, der ihm Auskunft über Visa für die Kolonien geben konnte, der mit einem Faltenbalgordner unter dem Arm nach dem zweiten Morgenkaffee genüsslich eine Zigarette rauchte und sichtlich zufrieden war mit seiner Stellung in der Welt, ein Altgedienter, Namen und Amtsbezeichnung ins Mattglas der Tür graviert und in eine Plakette, die auf seinem Schreibtisch stand; zwischen zwei Ablagen für Eingang und Ausgang, Aktenmappen, Antragsblättern mit Stempeln und Klebemarken, Gutachten, die auf seine Unterschrift warteten, welche er stets mit seinem Füllfederhalter gab, dessen goldene Kappe aus der Brusttasche seiner Anzugjacke lugte und ebenso im Licht glänzte wie die Ehrennadel im Knopfloch, diskrete Würdigung für seine vielen Jahre im Dienst.

Er inspizierte seine Umgebung mit derselben Pedanterie wie die Akten, die ihm zur Unterschrift vorgelegt wurden, mit kurzem Kopfnicken, nahm alles genau in Augenschein, bevor er es abzeichnete oder auch nicht. Er achtete auf die Sauberkeit der breiten Steintreppen, die zu den Büroräumen hinaufführten, wie auf die korrekte Kleidung der Untergebenen, denen er begegnete, die goldenen Ärmelaufschläge und Tressen an den Uniformen der Amtsdiener, registrierte die Abweichungen der Wanduhren in den Büros von der Zeit auf seiner Armbanduhr. Er sprach Englisch und Französisch und kümmerte sich persönlich um besondere Fälle, um Anträge, die von Ausländern gestellt wurden.

Manche wichtigen Briefe schrieb er persönlich auf der Schreibmaschine, anstatt sie seinem Sekretär zu diktieren. Er schrieb im Stehen, damit seine Hosenbeine nicht ausbeulten, hieß es. Beim weiblichen Personal genoss er einen Ruf als Verführer alter Schule von verheirateten Frauen und leidenschaftlichen Witwen, die noch Trauer trugen, in abgelegenen Landhäusern außerhalb von Sintra.

Die Schreibmaschine stand auf einem Pult vor dem Fenster, das auf eine Ecke des Platzes ging, auf die Balustrade und den Fluss, die von zwei Säulen eingefasste Treppe, die wie ein starrer Bug in die Strömung stieß. Manchmal hielten seine Zeigefinger über den Tasten inne, weil sein Blick einem vorüberfahrenden Schiff folgte oder einer am Ufer spazierenden Frau. Er schrieb mit zwei Fingern, die gelb von Nikotin und deren Nägel poliert waren, und mit einer Lesebrille, die ihm bis auf die Nasenspitze rutschte.

Mit instinktiv kritischem Blick waren ihm im Vorübergehen die Krokodillederschuhe des Besuchers aufgefallen, der auf dem Flur wartete, der offensichtliche Ausländer, von dem ihm sein Sekretär berichtet hatte, der sogleich aufsprang, als er ihn hereinkommen sah und ihm die Tür zu seinem Büro aufhielt, mit einer leichten Verbeugung, als er vorbeiging, ehrerbietig beinahe, wie ein Hotelpage, der zur Seite tritt, damit der Gast als Erster das Zimmer betreten kann. »Er ist Kanadier«, sagte er eilfertig, vor dem breiten Schreibtisch stehend, der viel größer war als sein eigener, aus dunklem Holz und nicht aus Metall, darauf ein Kruzifix und ein signiertes Foto des Präsidenten. »Er will nach Angola, geschäftehalber oder um einen Bruder zu suchen, der in Luanda lebt, Genaueres ist nicht zu erfahren, er spricht kein Portugiesisch.«

Hast verwässerte den nötigen Respekt. Man musste ein paar Minuten verstreichen lassen, damit die ganze Großartigkeit der Audienz zur Geltung kam. Die Ausländer hatten es immer eilig. Sie glaubten, ihr Pass gäbe ihnen alle möglichen Rechte. Ungeachtet aller Amtswege und Antragsfristen riefen sie an, sprachen laut in ihrer Sprache ins Telefon, als ob jeder sie verstehen, jeder ihnen gehorchen müsse, obwohl man sie nicht verstand.

Der diensthabende Vorgesetzte ließ daher ein paar Minuten verstreichen, bevor er die Tischglocke betätigte, die seinem

Sekretär signalisierte, dass er nun bereit war, den Besucher zu empfangen. Die Glocke und das Klingeln von Schreibmaschinen, wenn deren Wagen das Ende einer Zeile erreicht hatte, vermischten sich mit Stimmengemurmel und Tastengeklapper aus den Kontoren der Angestellten und den Büros, mit Schritten auf Holzbodenbrettern und knarrenden Treppen.

Durch angelehnte Fenster drangen das Krächzen der Möwen und das Geläut von Kirchenglocken. Alle paar Minuten dröhnte die Sirene der anlegenden oder ablegenden Fähre. Der Diensthabende – allein in seinem Büro, kurz vor der Pensionierung, mit ausgezeichnetem Appetit gesegnet, gestärkt durch die Tasse Kaffee, den kleinen Spaziergang und die Zigarette, die ihm die vormittägliche Arbeitszeit versüßt und nebenbei auch die Darmtätigkeit belebt hatten – drückte auf den Klingelknopf und lehnte sich, die weichen Handflächen aneinanderreibend, in seinem Schreibtischsessel zurück. Mehr unwillig als neugierig wartete er, dass die Tür aufging, nachdem sein Sekretär angeklopft hätte, dann gewandt wie ein Hotelpage zur Seite trat, damit der Besucher eintreten konnte, und seinen Vorgesetzten fragen würde, ob er noch etwas benötige. Nach einer verneinenden Antwort würde er »*obrigado*« murmeln und die Tür mit äußerster Behutsamkeit von außen schließen, sie nicht ins Schloss fallen lassen, aber doch so fest zuziehen, dass sie auf keinen Fall wieder aufgehen konnte.

Jetzt, da der Ausländer vor ihm saß, kam er ihm gar nicht fremd vor. Das helle Morgenlicht schien ihm ins Gesicht, und er wandte den Blick ab. Wie so viele Ausländer hatte er den Fehler begangen, in Winterkleidung nach Lissabon zu kommen. Diese eng gebundene Krawatte, der dunkle Anzug aus Wollstoff, der Mantel. Und darunter diese absurden Sommerfrischlerschuhe. Er näherte sich dem Schreibtisch etwas zaudernd, wie einer, der nicht sicher ist, ob er schon an der Reihe ist, die Sicherheitslinie vor der Passkontrolle eines Flughafens zu überschreiten.

Er sprach so leise und mit einem so merkwürdigen Akzent, dass er kaum zu verstehen war. Er sprach von einem Bruder oder einem Schwager, der in Angola lebte, der Familie schon seit mehreren Monaten nicht mehr geschrieben hatte, und dass sich alle Sorgen machten. Er sagte, er habe sich als Söldner dort im Krieg verpflichtet oder sein Import- und Exportgeschäft habe etwas mit Söldnern zu tun, und da richtete sich der Diensthabende in seinem Sessel auf, löste seinen Rücken von der Lehne, sehr ernst, während der andere weitermurmelte und etwas in seinen Taschen suchte. In seinem pedantischen und etwas verstaubten Englisch, das er gelernt hatte, als er während des Krieges BBC hörte, sagte er: »Portugal hat keine Kolonien. Es hat Überseeprovinzen. Und in Portugals Überseeprovinzen herrscht kein Krieg, und selbstverständlich gibt es dort auch keine Söldner.«

Der andere aber hörte nicht zu oder verstand ihn nicht, suchte weiter in seinen Taschen, den Hosentaschen und den Jackentaschen. Er faltete den Mantel auseinander und suchte auch dort, nervös, im Gesicht schwitzend, nach Schweiß riechend und nach Deodorant. In seinem Koffer fand man später ein Körperspray der Marke Right Guard. Er holte Dinge aus seinen Taschen und steckte sie wieder zurück oder legte sie auf dem Schreibtischrand ab, bemerkte nicht den empörten Blick des diensthabenden Beamten. Einen unordentlich zusammengefalteten Stadtplan von Lissabon, eine Schachtel Streichhölzer, einen Einwegrasierer, den Untersetzer eines Clubs.

Warum musste er immer alles vergessen! Am Ende fiel ihm etwas auf die Erde. Er hob es auf und reichte es dem Beamten mit einem Ausdruck von Erleichterung, der die Besorgnis nicht ganz auszulöschen vermochte. »Der Pass«, sagte er und fand oder zog danach noch ein anderes Dokument hervor, das der Diensthabende überflog, die Brille auf der Nasenspitze, es dann mit einer Handbewegung verwarf. Was half es ihm, dass der Inhaber eines kanadischen Passes ihm eine Geburtsurkunde vorlegte und dann noch ein Kärtchen, von dem er erst nicht wusste, was das sein sollte, ein Impfausweis. Entweder hatten sie überhaupt keine Papiere oder zu viele davon und vergrößerten bloß das Durcheinander. Mit erfahrenen Fingern klappte er die biegsamen Deckel des Passes auf, vertiefte sich still in die Überprüfung des Dokuments, nicht ohne einen gewissen Argwohn, es könne sich um eine Fälschung handeln und darum wäre der Ausländer so nervös, lege Papiere vor, die man gar nicht verlangt hatte, unsicher vor dem Schreibtisch stehend, etwas gefasster jetzt, da alles wieder in den Taschen verstaut war, jedoch zweifellos in größerer Unordnung als noch Augenblicke zuvor.

Aber er wusste, wie ein Pass sich anzufühlen hatte, kannte das gekörnte und gewässerte Papier, die Typografie, die eingeprägten goldenen Buchstaben auf dem Umschlag, die Stempel, die Tinte der Unterschriften. Und das Foto ließ natürlich keinen Zweifel, obwohl es den Eindruck vermittelte, wie er mit Blick auf das echte Vorbild feststellte, nachdem er jedes Detail überprüft hatte, dass es deutlich vor dem Ausstellungsdatum des Passes aufgenommen worden war, vor einigen Wochen in Toronto.

Der Mann auf dem Foto – Ramon George Sneya – sah ruhig und selbstgewiss aus, wie jemand, der mit sich zufrieden ist, seinen Platz im Leben hat, mit seinem ordentlichen Haarschnitt und seiner Brille, dem angedeuteten Lächeln, das die mutmaßliche Schwerfälligkeit der Kleidung ein wenig linderte, ein Universitätsprofessor oder das, was er jetzt offenbar zu sein vorgab, wenngleich man ihn nicht recht verstand, der Zuständige für die internationale Ausrichtung einer Fabrik zum Bau von Luxusjachten, auf der Suche nach neuen Märkten in Afrika.

Jetzt jedoch war er schlecht rasiert und wirkte sogar ein wenig ungepflegt, vor allem aber gealtert beziehungsweise verlebt, wie einer, der durch eine Krankheit, von der er noch nichts weiß, oder sonst ein Ungemach schneller verfällt als normal. Deshalb hatte er wohl auch diese Ticks, die man dem Mann auf dem

Passfoto kaum zuschreiben würde, diese Art, so heftig zu blinzeln und sich die vom Hemdkragen gerötete Haut zu reiben oder sich am rechten Ohrläppchen zu zupfen, dem Ohr, das etwas weiter abstand als das linke, vielleicht sogar auch etwas größer war.

Und jetzt kam der Diensthabende auch darauf, was ihm an dem Ausländer so bekannt vorgekommen war, als er ihn in sein Büro hatte eintreten sehen, sogar vorher schon, als er aus der Kaffeepause zurückkehrend an ihm vorbeigegangen war. Es war die Blässe des Gesichts, die förmliche Winterkleidung im Mai, der Argwohn und die Furcht in den Augen und ein flehender Zug, die Diskrepanz zwischen dem Gesicht und dem Passfoto, seine Marotte, in vollgestopften Taschen nach Dokumenten zu suchen, das abgestumpfte Warten, die innerlich rumorende Ungeduld und sogar die Art, wie er aus dem Fenster zur Treppe an der Mole schaute und auf die vorbeifahrenden Schiffe. Dieser Ausländer ähnelte, obgleich er weit seltsamer war als sie, den Flüchtlingen, die der diensthabende Beamte in genau dieses Büro hatte eintreten sehen, als er viel jünger war, noch am Anfang seiner langen und ehrenvollen Verwaltungslaufbahn, ein subalterner Schreiber, weit davon entfernt, ein eigenes Büro zu besitzen, im Frühsommer des Jahres 1940; Flüchtlinge aus kälteren Ländern, die keine Zeit gehabt hatten, die Winterkleidung zu wechseln, manche ehrbar und zerlumpt, andere, als wären sie einem Modejournal entsprungen, Männer und Frauen, mondän und heruntergekommen, Frauen mit langen Zigarettenspitzen zwischen rot geschminkten Lippen, imposante, befehlsgewohnte Männer, die im Wartezimmer zusammenbrachen und sich die Hände vors Gesicht schlugen. Alle suchten sie das Gleiche. Sie zeigten nutzlose Dokumente vor, echte oder gefälschte, nannten Abfahrtszeiten von Schiffen und Flugzeugen. Sie beantragten, was dieser Ausländer da heute beantragte, ein Visum. Sie saßen in allen Wartezimmern aller erdenklichen Büros. Unter den Kolonnaden des Platzes vertraten sie sich die Beine bei feuchter Meeresluft und Sommersonne. Sie schlichen durch die Halle der Hauptpost in Erwartung von Briefen, Geburtsurkunden, Zertifikaten, ohne die es ihnen nicht möglich war, dieses Blatt Papier zu bekommen, das ihnen erlaubte, Europa möglichst weit hinter sich zu lassen.

Er hatte sie gesehen und erinnerte sich noch gut an sie. An Frauen mit abgetretenen Absätzen, die Koffer an sich gepresst, mit Aktenmappen aus abgegriffenem Leder. Es war das erste Mal, dass diese Gesichter auftauchten, alle mit dem gleichen Ausdruck, trotz kleiner Unterschiede in Herkunft oder Stellung, dann Tag für Tag aufs Neue in den immer gleichen Wartezimmern, unten, unter den Kolonnaden, an der Treppe zum Wasser, in verqualmten Cafés; und eines Tages waren sie plötzlich nicht mehr da, für immer verschwunden, und ihr Platz wurde von anderen eingenommen, Gesichter und Gestalten im Transit vor dem Hintergrund der Stadt, die immer dieselbe blieb; in der er, der diensthabende Beamte, damals ein junger Angestellter am Beginn seiner Laufbahn, der durch eine ausgezeichnete Handschrift und fehlerfreies Maschinenschreiben hervorstach, in nächtlichen Stunden englische Handbücher studierte und BBC-Sendungen lauschte, um die Aussprache zu erlernen, Tag für Tag den gleichen Dienst verrichtete und dieselben Wege ging, fleißig, beständig, zustimmend oder missbilligend alles im Blick, was ihm unterwegs begegnete, und jedem, der bei ihm ein Visum für die Überseeprovinzen beantragte, die unabdingbaren Regeln und Fristen der bürokratischen Verwaltung erklärte.

Mit größtem Vergnügen würde er seinen Sekretär anweisen, Mr Sneyd beim Ausfüllen des Visumantrags behilflich zu sein und ihm zu erklären, welche Dokumente außer dem Pass dafür erforderlich waren. Er sprach langsam, sich seines Englischs nicht ganz sicher, vor allem deswegen, weil der andere zuhörte und ihn nicht dabei anschaute, mit Gesten, die Zustimmung zu signalisieren schienen, aber auch bloß nervöse Zuckungen sein konnten.

Wann, hatte der Besucher gesagt, lief dieser Frachter nach Angola aus? In drei Tagen? Er hielt drei Finger vor die huschenden Augen des Mannes und wiederholte: »*three?*«. Seine Hände öffneten sich in einer Geste der Niedergeschlagenheit, beinahe Klage angesichts der Widrigkeiten der Kolonialverwaltung, des Schicksals. Sosehr er und jeder seiner Untergebenen sich auch bemühen mochten, ein Visum für Angola würde nicht vor in sieben Tagen zu haben sein, *seven days*, wiederholte er, obwohl der Besucher in seinem Traueranzug ihn nicht anschaute, vor ihm stand wie bei einer Totenwache, aus den Augenwinkeln zu beiden Seiten spähend, als suche er unauffällig nach einem Ausgang, der nicht die Tür war.

15

Ein Roman ist ein Geisteszustand, ein warmes Interieur, in das man sich zurückzieht, solange man schreibt; wie ein Kokon, den man Faser für Faser von innen webt und in den man sich einschließt, die Außenwelt jenseits dieser lichtdurchlässigen Hülle nur noch als vage Helligkeit wahrnehmend. Einen Roman schreibt man, um zu beichten und sich zu verstecken. Der Roman und der besondere Geisteszustand, in den es sich zu versenken gilt, wenn man ihn schreiben will, bedingen sich gegenseitig, haben eine besondere Wellenlänge, wie eine Musik, die man von ferne hört und festhalten will, indem man sie niederschreibt.

Der Geisteszustand entsteht mit dem Roman und erlöscht mit seinem Ende. Er ist ein Haus, das man zwar als sein eigenes empfindet, in das man aber nie mehr zurückkehren wird; eine Musik, die nicht mehr existiert, sobald man zu spielen aufhört. Was bleibt, ist natürlich das Buch, der gedruckte Roman, so wie auch eine Aufnahme bleibt. Doch was man geschaffen hat, hat sich bereits von einem entfernt und wird für einige Zeit eine schmerzliche Leere hinterlassen, ein Gefühl von Betrogensein beinahe, von unbehauster Trostlosigkeit.

Jeder Arbeitstag stützt sich auf die Erwartung des Endes, auf dessen vielversprechender Nähe. Jeden Tag setzt man sich zum Schreiben hin in der Hoffnung, dass das Feuer der Erfindungsgabe zu lodern beginnt, die Seele zu weißem Rot erglüht, wie Emily Dickinson schreibt. Und jeder Tag ist voller Angst, dass dies nicht geschieht, dass die täglichen Pflichten und Ablenkungen, die Hast und die schlichte erbärmliche Faulheit, die übliche

Mutlosigkeit und das Gift der Unsicherheit diesen Geisteszustand zugrunde gerichtet haben. Denn der Roman ist eine Glut, die unter der kalten Asche weiterglüht – noch lange nachdem die Flammen erloschen sind; ein glühendes Scheit, das man verborgen bei sich trägt, wie ein Nomade aus grauer Vorzeit, während man sich durch jenen Teil des Lebens bewegt, der nicht aufs Schreiben aus ist oder darauf, alles fürs Schreiben Notwendige in sich aufzunehmen; während man ins Büro geht und sieben Stunden dort sitzt, mit Arbeitskollegen Kaffee trinkt, während man beim Essenkochen hilft und hinterher den Tisch abräumt, während man die Kinder zur Schule bringt, ihnen die Schulbrote schmiert oder die Wassertemperatur in der Badewanne prüft, während man telefoniert, Zeitung liest und mit voll beladenem Auto auf Familienbesuch fährt oder zerstreut eine Arbeit erledigt.

Je mehr Tage vergehen, umso mehr Hindernisse stellen sich einem in den Weg und mit einer Komplikation nach der anderen auch die Rückkehr zum Roman infrage; umso mehr wächst die Furcht davor, ihn zu verlieren, davor, dass das glühende Scheit erloschen sein könnte, wenn man sich schließlich an die Arbeit setzt, der besondere Geisteszustand sich in Luft aufgelöst haben könnte, das ganze Haus sogar, das einem Schutz geboten hatte, so wie sich durch einen trivialen Fehltritt plötzlich Schätze und Paläste in einem alten Märchen in nichts auflösen, wie ein Traum beim Aufwachen verlöscht. Es herrscht ein Bedauern über all die Seiten, die nicht geschrieben worden sind, eine Negativbilanz all der Worte, die am Ende eines Tages auf dem Blatt stehen würden, wäre man beim Schreiben geblieben anstatt mit dem Sohn zum Kinderarzt gegangen oder zu einer öffentlichen Veranstaltung.

Nach den Weihnachtsferien kehrte ich mit meiner Frau und meinen Kindern nach Granada zurück, und dort, in unserer kalten Wohnung, lag die Mappe mit den beschriebenen Seiten an derselben Stelle, an die ich sie gelegt hatte, bevor ich nach Úbeda und nach Lissabon gefahren war: neben der Schreibmaschine mit der übergezogenen Hülle.

Es war, als hätten die Bilder, die ich während meines Aufenthalts in der Stadt so deutlich vor mir gesehen hatte wie lebhafte Träume oder die Hochglanzaufnahmen in Filmen, ihre lebendige Farbe verloren, ihren Glanz einer wirklichen Existenz. Ich stand jeden Tag früh auf, steckte meine Karte in die Stechuhr und blieb bis drei Uhr nachmittags im Büro. Wir schliefen schlecht, weil das Kind in der Nacht oft aufwachte.

Aus diesen oder jenen Gründen schob ich den Tag und den Moment des Schreibbeginns hinaus. Auf meinem Schreibtisch vor dem Fenster stand die Schreibmaschine, und daneben lagen der Stoß beschriebener und der Stoß leerer Blätter, die Schachtel Zigaretten und das Feuerzeug neben dem Aschenbecher und jetzt auch noch das Notizbuch und der Umschlag mit den Fotos aus Lissabon.

Nicht einen Tag in meinem Leben habe ich mich zum Schreiben hingesetzt ohne ein bedrückendes Gefühl von Mutlosigkeit und Unvermögen. So war es vor siebenundzwanzig Jahren in der Sozialbauwohnung in Granada, und so ist es heute, an diesem Nachmittag, genau jetzt, an einem frühen Abend Anfang Februar 2014, vor einem Fenster, das auf eine verschneite New Yorker Straße geht.

Der Mann von achtundfünfzig Jahren und der junge, sorgenvolle Vater, der ich war, haben nur dieses gemeinsam: die durch nichts zu beschwichtigende Ungewissheit, die Hoffnungslosigkeit, die ebenso schwer zu besiegen ist; oft setzt aber auch ein zunehmender Denkfluss ein, der die Mutlosigkeit überschwemmt, und plötzlich ist wieder jener Geisteszustand erreicht, in dem die Geschichte von allein heranwächst, in Trippelschritten manchmal, mit kleinen Vorstößen, einem tröpfelnden Wasserhahn gleich, dann wieder in Schüben, in wilden

Stößen, wie ein rauschendes Hochwasser, das einen jubelnd und erschrocken mit sich reißt, die Zeit vergessen lässt, sodass man zwischen sich und der Arbeit nicht mehr unterscheiden kann, wie ein Läufer, der einen solchen Grad von Konzentration und Kraftentwicklung erreicht hat, dass das Laufen kein bewusster Akt mehr ist.

Als ich mich wieder in meinen Roman vertiefte, gab es kein Zurück mehr. Mit der wiedergewonnenen Disziplin gelang der Übergang von Mutlosigkeit zu Euphorie, vom bewegungslosen Ausharren vor der Schreibmaschine zum Tastengewitter des Schreibens nun jeden Nachmittag schneller. Ich erinnere mich an Nachmittage und Abende häuslicher Behaglichkeit, von ehelicher und familiärer Harmonie; sonntagvormittags auf dem Paseo de la Bomba und dem Paseo del Salón, mit unserem älteren Sohn an der Hand und dem Kleinen im Kinderwagen, zugedeckt bis zum Kinn. Ohne Unterbrechung schreiben zu können, heiterte mich auf. Arbeiten ist immer meine mächtigste Waffe gegen Depression gewesen. Die Geburt eines Brüderchens hatte unserem ältesten Sohn – mit seinen dreieinhalb Jahren – einen gewissen Reifeschub und Beschützerinstinkt verliehen. Nachdem er teilweise, aber auch sehr nachdrücklich noch die Flasche verlangte – ein Freund sagte, er halte sie so lässig wie ein Erwachsener seinen Gin Tonic –, entsagte er ihr von einem Tag auf den anderen. Als er sah, dass sie seinem neugeborenen Brüderchen gegeben wurde, dachte er wohl, die Milchflasche sei für einen großen Bruder nicht mehr das Richtige.

Jeden Abend brachte ich ihn zu Bett, erzählte ihm eine Geschichte und deckte ihn dann gut zu in seinem halbdunklen Zimmer, in das nur das Licht aus meinem Arbeitszimmer fiel. Er wollte, dass die Tür seines Zimmers und die zu meinem angelehnt blieben, bis er eingeschlafen war. Ich las ihm alte spanische Märchen vor, die wir beide bald auswendig kannten, weil wir sie so oft gehört und gelesen hatten. Die Wiederholung nahm ihnen nichts von ihrem Zauber. Das Wissen darum, was passieren würde, machte das Durchleben der Intrige noch spannender, anstatt es abzuschwächen. Keine Abweichung, die mir aus Nachlässigkeit oder Ermüdung unterlief, wurde akzeptiert. Im Nebenzimmer verbrachte ich täglich Stunden damit, eine Handlung fortzuspinnen, die die Aufmerksamkeit und Neugierde des Lesers durch das rasant erzählte Unerwartete fesseln sollte. Was meinen Sohn vor Erwartung zittern ließ, war die Erzählung dessen, was er schon kannte. Für ihn war die Wiederholung des Immergleichen eine nie verschleißende Neuigkeit; eine Musik, die ihm immer mehr gefiel, je öfter er sie hörte.

Doch fast mehr noch als alte Märchen wollte er Geschichten hören, die ich aus dem Stegreif für ihn erfand. Dabei galten Regeln, die wenig flexibel waren, einen sehr begrenzten Spielraum hatten. Die Personen entsprangen zum Teil der Fantasie, hatten ihren Ursprung in Filmen oder Trickfilmserien, die er mochte, und waren zum Teil nah an der Realität: Ein Junge, der zwar einen anderen Namen hatte, war eindeutig er, seine Eltern ähnelten seiner Mutter und mir, verfügten gelegentlich aber über Superkräfte; eine Freundin glich dem Nachbarmädchen aufs Haar, und ein jüngerer Bruder konnte aufgrund einer rätselhaften Behinderung immer noch nicht sprechen.

Wie jedes Kind in seinem Alter konnte mein Sohn mit seinen etwas über drei Jahren die Zusammenhänge und Unterschiede zwischen Wirklichkeit und Fantasie schon erkennen und war imstande, wiederkehrende Elemente und unvermutete Neuerungen in einer Erzählstruktur zu unterscheiden. Er formulierte auch Wünsche über mögliche Handlungen, ahnte jedoch, dass eine willkürlich nach seinen Launen zusammengebastelte Geschichte jeden Wert verlöre, auch wenn sie sich an seine Vorgaben hielt. Eine Geschichte ist nicht überzeugend, so sie nicht den Eindruck erweckt, ganz aus sich heraus zu existieren, natürlich und zufällig wie das Leben selbst, zugleich jedoch die Regeln erkennen lässt, nach denen sie funktioniert, und nicht toleriert, dass sie gebrochen werden.

War die Geschichte zu Ende erzählt, wollte der Junge nicht einschlafen, sondern eine weitere hören oder besser: noch einmal genau die gleiche. Die Fiktion hatte eine körperlich sichtbare, suchterzeugende Wirkung auf ihn: Eine Geschichte stachelte ihn an, weitere Geschichten hören zu wollen, anstatt ihn müde werden zu lassen. Wenn der Junge mitten in einer Geschichte schließlich einschlief, hatte er denselben Ausdruck satter Zufriedenheit im Gesicht wie sein kleiner Bruder, nachdem er an der Brust getrunken hatte. Ich verließ still das Zimmer, damit er nicht aufwachte, und einen Moment später saß ich an meinem Schreibtisch und schrieb.

Je näher ich dem Ende kam, desto schneller wurde der Rhythmus des Romans. Die Geschwindigkeit des Schreibens entsprach der der Jagden und Fluchten meiner Figuren. Das Balladentempo der ersten Kapitel steigerte sich jetzt zu einem atemlosen Bebop-Wirbel; hin zu dem Moment, in dem die Hände des Musikers sich so schnell bewegen, dass es sich unmöglich um ein geplantes oder kontrolliertes Tun handeln kann, wenn er den Kopf zurückwirft und die Augen schließt und lächelt, als wäre er in einem Traum.

Das wirkliche Lissabon wurde einfach zu einer abstrakten Stadt; einem Modell, dessen Maßstab genau auf die Handlung abgestimmt war, die darin spielte: so wie die Modelle von Rimini oder Rom, die Fellini in Cinecittà nachbauen ließ, oder von dem düsteren rudimentären New York der Schwarz-Weiß-Thriller, die in Hollywood gedreht wurden. Der namenlose Erzähler im Roman war nie in Lissabon gewesen, sodass es für ihn eine Stadt war, die nur in seiner Einbildung existierte, genau wie es bei mir gewesen war und es für die meisten Leser sein würde, die das

Buch in die Hand bekämen. Parallel zur Welt der wirklichen Städte gibt es die der Städte aus der Literatur, dem Kino und der Musik, die in der Vorstellung all derer existieren, die sie nicht kennen und sehr wahrscheinlich niemals kennenlernen werden. Ich wollte, dass ein Leser meines Romans sich Lissabon vorstellte, wie ich mir Brüssel vorstellte, wenn ich Paquito D'Rivera *Brussels in the Rain* spielen hörte; dass er es erahnte, wie man das gespenstische Wien in *Der dritte Mann* erahnt: ein Hauseingang, ein Friedhof, eine Landstraße, ein Nachtclub, die Kanalisation, barocke Treppenstufen, die in einem Schutthaufen enden.

Ich hatte mich so mit Filmen vollgesogen, dass mir erst viel später auffiel, dass ich das Schlussbild der Heldin meines Romans – diese unwirkliche Frau, die immer dann auftauchte, wenn man sie nicht erwartete, und die verschwand, sobald man nach ihr suchte – der letzten Szene des Films *Laura* entlehnt hatte: ein Mann allein in einem abgedunkelten Zimmer und Gene Tierney in der Tür, nicht einfach hereingekommen, sondern aus dem Nichts erschienen wie ein Geist im Fantasy-Roman, nicht in einem weiß schimmernden Kleid, sondern im offenen Mantel, Haar und Schultern nass vom Regen.

Es war kein visuelles Zitat und auch kein postmodernes Augenzwinkern. Das war eine schamlose Liebeserklärung, eine bedingungslose Kapitulation ohne jede Ironie und vermutlich auch ohne schlechtem Gewissen wegen einer wohl nicht ganz auskurierten jugendlichen Romantik. Ich habe schon viele Jahre nicht mehr in diesen Roman hineingeschaut. Ich glaube, ihn jetzt zu lesen, wäre genauso peinlich und verwirrend, wie mir ein genaues Bild davon zu machen, wer ich damals gewesen bin: ein gegenwärtiges Bild ohne den Filter einer weit zurückliegenden Zeit, ohne die Korrekturen und Nachsichtigkeiten der Erinnerung. An was ich mich erinnere, sind Blitzlichtbilder, Einstellungen einer beweglichen Kamera: zuletzt ein Bürgersteig auf der Gran Vía in Madrid von oben gesehen, von einem

Fenster im zweiten oder dritten Stock, das Gebäude der Telefónica beleuchtet und ein Filmregen, der aufgespannte Schirme glänzen lässt, die Frau mit dem Rücken zur Kamera, der weiße Fleck des wehenden Regenmantels, der zwischen all den Leuten im Schlund der U-Bahn verschwindet, auf diese plötzliche und unwiderrufliche Weise verschwindet, die das ausschließliche Privileg erfundener Figuren ist.

Ich tippte den letzten Punkt und zog das Blatt aus der Schreibmaschine. Ich legte es mit der Schrift nach unten auf den schon recht ansehnlichen Stoß, der in den vergangenen fünf Monaten Millimeter um Millimeter gewachsen war. Erreicht man die letzte Seite eines Buches, hat man nicht immer ein zweifelsfreies Gefühl von sauberem Abschluss, von unendlicher Erleichterung, fertig geworden zu sein, eine einsame, widerspenstige Arbeit vollendet zu haben, die Jahre oder zumindest lange Monate gedauert hat. Der Moment ist gekommen, den man so sehr herbeigesehnt hat, und nichts passiert, man empfindet nichts, außer Erschöpfung. Das Zimmer ist noch dasselbe, das Fenster, der Schreibtisch, der Lärm von der Straße. Und dann überfällt einen der Verdacht von Nichtigkeit und Verirrung, und aus der Erschöpfung wird Entmutigung bei dem Gedanken, dass man wieder von vorn anfangen und alles noch einmal durchsehen muss, wahrscheinlich unentschuldbare Schwächen in der Handlung entdecken wird, stilistische Eintönigkeit, Widersprüchlichkeiten und logische Fehler, bis zum Erbrechen wiederholte Wörter; denn in jedem Roman gibt es ein Wort, allgegenwärtig und unsichtbar, das man viel zu oft hingeschrieben hat, ohne es zu merken, wie die immer gleichen Fehler, die man in seinem Leben macht.

Was ich diesmal fühlte, war eine große Leichtigkeit, eine stille Freude. Ich verließ mein Zimmer und ging in die Küche, wo meine Frau dem Großen sein Abendessen gab. Der Kleine schlief in seiner Wiege. Ich nahm mir ein Bier aus dem Kühlschrank und setzte mich zu ihnen, aß auch etwas, obwohl ich keinen Hunger hatte. Sie schaute mich lächelnd an und fragte, ob ich fertig sei. Ich sagte Ja; unglaublich, aber wahr. Es ist jedes Mal unglaublich.

16

Er würde nichts tun, wenn er könnte, wenn man ihn für tot erklärte und nicht weiter nach ihm suchen würde, er diese Leiche im Flughafen von Atlanta oder an einem Strand in Mexiko wäre, mit von Krebsen gefressenen Augen und abgeknabberten Fingerkuppen; er würde nichts tun, wenn er eine Bank oder einen Juwelierladen überfallen und genug Beute gemacht hätte, zwanzig- oder dreißigtausend Dollar, um den Rest seines Lebens gut versteckt, unsichtbar, sparsam, irgendwo zu leben, er war ja daran gewöhnt, mit sehr wenig auszukommen, seit er angefangen hatte, eigenes Geld zu verdienen, genau zu kalkulieren, was er ausgab, nie mehr als das, was er sich leisten konnte, was er sich für jedes Bedürfnis, jedes Laster zurücklegte, das Zimmer in einem billigen Gästehaus, einfaches Essen, Batterien für das Transistorradio, das er sich beim Hören ans Ohr hielt, gebrauchte Bücher und Erotikmagazine, das tägliche Kleingeld für eine oder zwei Zeitungen, zwei Bier abends im Zimmer und für Frauen natürlich, Huren meistens, die billigsten, die er finden konnte, das war am sichersten und ging am schnellsten, ohne Zögern, ohne Umschweife, sogar ohne die Notwendigkeit, dass sie sich verstanden, ein paar Worte, die in allen Sprachen ähnlich klangen, universale Gesten, »die universale Sprache der Liebe«, sagte lachend die blonde Frau, die er in Lissabon im *Maxime* kennenlernte, nicht die andere, die erste, die aus der *Texas Bar*, der er einen Badeanzug schenkte und versprach, mit ihr an den Strand zu gehen, was er später bereute, nicht, weil sie ihm nicht gefiel, sondern weil er das Risiko hätte vermeiden müssen. Es war immer sicherer, eine Person nur ein Mal zu treffen, egal ob

Mann oder Frau, ihr keine Gelegenheit zu geben, sich an ihn zu erinnern, ihnen sein Gesicht nicht so vertraut werden zu lassen, dass sie es später in einer Zeitung oder in den Fernsehnachrichten wiedererkannten.

Er sagte ihr, sie solle ihn um neun Uhr morgens im Hotel abholen, dem Tag nach seiner Ankunft in Lissabon, am 9. Mai, doch kurz vorher, vom Frühstück kommend, bat er den Mann an der Rezeption, wenn sie eintreffe, solle er ihr sagen, der Gast habe abreisen und Lissabon verlassen müssen, eine geschäftliche Angelegenheit, dieser Ausländer, den sie für reich hielt, nur weil er Amerikaner oder Kanadier war, Englisch sprach und am Tresen der *Texas Bar* Whisky mit Eis getrunken hatte. Eine Weile saß er am Fenster hinter der halb vorgezogenen Gardine, beobachtete die Straße mit ihren Schaufenstern von Eisenwarenhandlung und Schuhläden und den Pensionsschildern. Ein paar Minuten vor neun sah er sie aus der großen Helligkeit des Platzes kommen, wo die Straßenbahnen fuhren, in einem leichten Sommerkleid, einer Strickjacke, eine Handtasche sittsam über der Schulter, flache Schuhe, ungeschminkt.

Sie schaute zu den Hotelfenstern hinauf, konnte ihn aber nicht erkennen, weil er hinter der Gardine saß, und weil sie nicht wissen konnte, in welchem Zimmer er wohnte. Er blieb auf dem Stuhl sitzen, ernst, wie bei einer Totenfeier, ohne den Blick von dem Streifen Straßenpflaster zu nehmen, den er von seinem Fenster aus sehen konnte, bis sie wieder in sein Blickfeld kam, von hinten jetzt, davongehend, vom feuchten Dunkel der Straße zur Helligkeit des nahe gelegenen Platzes, langsameren Schrittes jetzt. Während der übrigen Tage, die er in Lissabon war, sah er sie nicht wieder, obwohl er weiterhin die *Texas Bar* besuchte.

Er würde in Lissabon bleiben, wenn er dort irgendwie zu Geld käme, besser noch als in Puerto Vallarta wäre das, sicherer.

Letzthin lag Puerto Vallarta näher an den Vereinigten Staaten, und obwohl es ein abgelegener Ort war, war es auch ein kleiner Ort, an dem ein Amerikaner auffiel und wo es amerikanische Touristen gab, die ihn erkennen konnten, die in Cantinas oder Bordellen von ihm hörten, in der *Casa Azul* und der *Casa Susana* mit ihrem planenüberdachten Innenhof und den seit Jahren immer gleichen Liedern in der Musikbox. Besser Lissabon, natürlich, wo er, um seine Spuren zu verwischen, nur die Treppe einer engen Gasse hinaufsteigen oder vielleicht ein Zimmer zur Miete in einem dieser großen, düsteren, halb leer stehenden Gebäude finden musste, in einer der Seitenstraßen, die bis an den Fluss oder das Meer führten, oder sich für ein paar Wochen in einem noch versteckteren Gästehaus einquartieren, an einem stillen kleinen Platz, wie dem, zu dem er mit ihr im Taxi gefahren war, nachdem sie aus dem Dunkel der *Texas Bar* getreten waren, eher erschöpft als erregt, so müde, dass er beinahe eingeschlafen wäre, als das Taxi durch verwinkelte schmale Straßen holperte, eine verwirrende Gegend mit jähen Sonnen- und Schattenflächen, mit einander zurufenden Frauen, Girlanden von Balkon zu Balkon aufgehängter Wäsche und gelben Straßenbahnen, die um die Ecke bogen und frontal auf sie zukamen.

Das Taxi hielt auf einem kleinen Platz, der ganz im Schatten eines Baumes lag. Ich war dort: Travessa do Fala-Só. Er bezahlte, während sie draußen vor einer Haustür auf ihn wartete und in ihrer unverständlichen Sprache etwas zu ihm sagte, durchsetzt mit einfachen englischen Wörtern und Gesten: *room, cheap, clean, bath, money*. Er war hinter ihr eine Treppe hinaufgestiegen, die ganz oben von einem Dachfenster erhellt wurde, eine Treppe mit blau gestrichenen Stufen, dasselbe glänzende Blau wie das Geländer, über das sie ihre Hand mit den unlackierten Fingernägeln gleiten ließ, ohne sich auch nur ein Mal zu ihm umzudrehen, der auf dieser steilen Treppe außer Atem geriet und nur noch oben ankommen, endlich haben wollte, was er suchte, immer dasselbe, sagte einer seiner Brüder sarkastisch, Jerry, die vor ihm kniende Frau, deren Kopf sich immer schneller bewegte und von ihm mit dem Druck seiner Hände reguliert wurde, ohne dass er ihr ins Gesicht sehen, sich fragen musste, was diese fremden Augen in ihm wohl sahen, Augen, in denen vielleicht Argwohn und Misstrauen zu erkennen war, doch nicht einmal eine Vorspiegelung von Verlangen.

Er würde in einem Zimmer wie diesem bleiben, mit dem offenen Fenster über den Dächern, davor die Krone des großen, von Vögeln durchflatterten Baumes, wo er nichts mehr hörte, nicht einmal den Verkehr aus der Stadt, der plötzlich in weite Ferne gerückt war, eine Bucht oder ein See der Stille am Ende der Welt. Es würde sein, als hätte er einen Tunnel in den Boden seiner Zelle gegraben, immer tiefer, durch geheime Gänge und Rohrleitungen, in die er sich mit Yogaverrenkungen hineinzwängen und durch noch engere unterirdische Gänge weiterkriechen musste, und dann, noch tiefer, in dunkler Erde, mit der Schnauze und den Schaufelklauen eines Nagers, eines Maulwurfs, wie auf den Fotografien in *National Geographic*, die mit einer Spezialkamera aufgenommen worden waren und auf denen man lange Gänge und für den Winter sichere und gemütlich warme Höhlen sehen konnte, Vorratshöhlen mit Körnern, Kastanien und Nüssen, während oben auf der Erde Winterstürme über das Land fegen, die Scheinwerfer auf den Wachttürmen ihre rachsüchtigen Lichtfinger über Gefängnishöfe und umliegendes Brachland schicken, über das die Häftlinge fliehen, denen es gelungen ist, die Mauern zu überwinden. Er stelle sich einen Tunnel vor, der bis Virginia reichte, erinnerte man sich, habe er gesagt, bis zu einer tiefen Höhle im dichtesten Wald, die vor Verfolgern und wilden Tieren so sicher wäre wie ein Maulwurfsbau, wie die Höhlen tief in der Erde oder im Innern hohler Baumstämme, in denen Bären oder Eichhörnchen überwinterten.

Nichts täte er, wenn er in Sicherheit wäre und nicht das stete Tröpfeln des zu schnell versickernden Geldes ihn innerlich aushöhlen würde. Er täte nichts anderes, als seine Umwelt beobachten, angstfrei jetzt, sehen, ohne gesehen zu werden. Er würde sich immer sicherer fühlen in seinem Geschick, sich unsichtbar zu machen oder wenigstens in einem vagen Nebel von Ablenkung zu verschwinden, niemals aufzufallen, neugierig und ohne Neid zu schauen, gleichgültig sogar, all die Orte zu meiden, an die andere gebunden sind durch Dienststunden, Pflichten, Kinder, plumpe, unzufriedene Ehefrauen, an Tag für Tag die gleichen Aufgaben, ein ganzes Leben lang.

Er würde in seinem Pensionszimmer am Fenster sitzen oder auf dem Bett liegen, Romane lesen, die Zeitungen Seite für Seite, Artikel für Artikel nach Hinweisen auf die Jagd nach ihm durchforsten, oder besser noch an einem hinteren Tisch in einem Café, die Eingangstür im Blick, vielleicht noch mit der zusätzlichen Absicherung eines Hinterausgangs, oder draußen vor der *Pastelaria Suiça*, im Schatten der Sonnenschirme, mit einem einzigen Kaffee einen ganzen Vormittag herumbringen, ganz in der Nähe des kühl plätschernden Springbrunnens und des leiernden Singsangs der Bettler, vor der weißen Säule mit dem von Tauben und Möwen vollgeschissenen König oder Kaiser obendrauf. So unbeteiligt saß er an manchen Abenden und in manchen Nächten auch noch in den Bars des Cais do Sodré, am Ende des Tresens, trank sein Bier in kleinen Schlucken, damit es länger hielt, egal, ob es warm wurde oder abgestanden war, so allein wie ein Taucher am Grund des Meeres, im roten und blauen aquatischen Licht, das ihm aus den Spiegeln entgegenleuchtete und dem Zigarettenqualm in der Luft etwas Fließendes gab, wie ein Taucher, der hinter dem Glas seiner Taucherglocke die Fische und Pflanzen des Meeres beobachtete, Pflanzen, die in Wirklichkeit Tiere waren, Fische, die ihre Mäuler auf- und zuklappten, ohne dass ein Ton herauskam, Luftblasen, sonst nichts.

Er sah Gesichter und rot geschminkte Lippen in den Rauchschwaden vorübertreiben, im farbigen Dämmerlicht einer Unterwasserwelt, in kräuselndem Zigarettenqualm, Gelächter und Wörter in fremden Sprachen. Er beobachtete die Trunkenheit und die Lüsternheit der anderen, Männer und Frauen, ein Werben und Umschwänzeln wie bei exotischen Tieren. Da sich schnell herumgesprochen hatte, dass es schwierig oder ganz und gar unmöglich war, ihm Geld aus der Tasche zu ziehen, machte sich keine der Frauen mehr die Mühe, ihn anzusprechen, ihn um Feuer zu bitten oder sonst wie lästig zu werden. Er war wie ein Kontrolleur von etwas. Er hätte ein Kontrolleur, ein schüchterner Perverser, ein mutloser Voyeur sein können. Seit er denken konnte, hatte er die Welt und das Leben der anderen betrachtet, als wäre es ein dreidimensionaler Film, der um ihn herum ablief, in dem er selbst aber keine Rolle spielte, oder als glichen sie den knallbunten Werbeanzeigen in den Wochenillustrierten, die er so liebte und die er auch in Lissabon kaufte, obwohl sie da mit Verspätung eintrafen und überteuert waren, dieses glückliche, erfundene Leben, so lachhaft falsch und voller schamloser Versprechen. Hinter den beworbenen Dingen – Autos, alkoholische Getränke, Mentholzigaretten mit Filter, Klimaanlagen, Farbfernseher mit Fernbedienung, Bräunungscremes – verbarg sich noch etwas, an das alle Welt zu glauben schien, jede einzelne Person in den Werbeanzeigen, ein entfesseltes Glück, grenzenloses Abenteuer und die unmittelbare Befriedigung allen Verlangens, des sichtbaren und geheimen, sexueller Fantasien, Frauen in Bikinis, die gebräunte Männer anhimmelten, Männer, die Gläser mit goldenen Getränken und Eiswürfeln in Händen hielten oder an männlich behaarten Handgelenken Uhren aus Edelstahl trugen, junge Leute, die am abendlichen Strand wie eine fröhliche Affenhorde um ein Lagerfeuer tanzen, jeder eine eisgekühlte Flasche Coca-Cola in der Hand, eine Brünette mit glattem Haar und prominenter Oberweite beugt sich mit halb geschlossenen

Augen über einen Mann, der sie zu sich heranzieht und im perlenden Glanz einer Champagnermarke mit einer ihrer Haarsträhnen spielt.

Das faszinierte ihn auf den großen Seiten des *Life Magazine*, all dieser Glanz: ein Auto mit glänzendem Kühlergrill, perspektivisch in die Breite gezogen, einem Haifischmaul ähnlich, vor einem Hintergrund mit Palmen und blauem Himmel, an dem ein Helikopter zu sehen ist, darunter ein Name wie eine Farbexplosion, Pontiac Firebird. Ein Spray gegen Schweißfüße. Ein Angestellter oder Verkäufer einer Versicherung mit dem unerschütterlichen strahlenden Lächeln dessen, der einen niemals im Stich lassen wird, »Immer da, wenn Sie uns brauchen«. Zwei- oder dreisitzige Sofas. Ein junges, sehr attraktives Paar, das J&B-Whisky trinkt. Eine gut gelaunte Familie am Frühstückstisch, die einmütig große Gläser mit Orangensaft einer bestimmten Marke hochhält. Eine Doppelseite mit den neuesten Modellen von Chrysler, nicht nur Autos, sondern auch Raketen, Panzerfahrzeuge, Wohnwagen, Bagger, Schulbusse. Ein Überangebot von Waren, das schier aus den Seiten quillt – hohe Gläser mit hellem Bier und überlaufendem Schaum, mit perlenden Kondenstropfen am Glas. Ein metallicfarben glänzender Volvo. Eine Klimaanlage von Frigidaire, die dankbaren und glücklichen Menschen mitten im Sommer ein eisiges Lüftchen zufächelt. Ein Aftershave von Redwood, mit dem sich ein Mann wie ein Mann fühlt und eine Frau wie eine richtige Frau. Die sechsundzwanzig verschiedenen Geschmäcker der Zahnpaste Crest. Alkohol und Zigaretten sind die Attribute zupackender Männlichkeit; der Rauch von Marlboro-Zigaretten weitet die Lungen und gibt reitenden Cowboys neue Kraft. »Ein Whiskey Sour Four Roses auf Eis in einem hohen Glas ist der neue Sommerkühlschrank, der dich von innen nach außen kühlt«; ein Mann im blauen Blazer, der mit einem Sack Golfschläger auf dem Rücken aus einem Privatjet steigt, wird unten von einer verführerischen Stewardess erwartet, die ihm eine Taschenflasche Old-Crow-Whiskey entgegenstreckt. Autos tragen Namen, die Feuer und Donner beschwören: Ein paar Seiten nach dem Pontiac Firebird kommt der Ford Thunderbird.

Er las in dem abgeschlossenen Zimmer No. 2, auf der Bettdecke liegend, ohne die Schuhe ausgezogen zu haben, wenn er eindöste, glitten Zeitschriften und einzelne Zeitungsseiten zu Boden. Kaum war er im Zimmer, schloss er die Tür ab und schob den Riegel vor. Das trockene Klacken des Riegels gab ihm ein unmittelbares Gefühl von Sicherheit. Er hatte immer ein waches Ohr für Geräusche von außen, im Versteck lauernd wie eine Maus oder ein Kakerlak, dachte er, weil er Artikel über diese Spezies und ihre extreme Sensibilität für Gefahren gelesen hatte, ihren Geruchssinn und ihr Gehör, die beweglichen Antennen der Kakerlaken, ihre alarmierte Wachsamkeit, wenn im Bad das Licht anging und man sie überraschte, bewegungslos, herausfordernd, flink auf der Flucht in die Ritzen, in die sie sich verkrochen und aus denen sie gefahrlos beobachten konnten, mit tastenden Antennen, Sensoren an den Füßen und unterm Bauch, die sich nähernde Schritte schon frühzeitig bemerkten.

Die Außenwelt drang nur indirekt zu ihm vor, stets auch ein wenig verzerrt, was ihm zwar bewusst war, was er aber nicht kalkulieren konnte, so, als wäre er noch im Gefängnis und jede wichtige Information erreiche ihn gefiltert, bruchstückhaft, auf unzuverlässigen Wegen, von Mund zu Mund, aus zweiter oder dritter Hand, aus unvollständigen Zeitungen, die ihn zudem mit einer Verspätung erreichten, dass sie für ihn kaum noch von Wert waren. Ins Gefängnis kam die Außenwelt mit der vagen Konfusion von lauten Stimmen, metallischen Geräuschen und hallenden Echos in den Gängen. Wie in einer Kaserne, war auch im Gefängnis die Außenwelt wie wegradiert oder verstummt, und man gewöhnte sich daran zu leben, als gäbe es sie nur in diesem unvollständigen Zustand. Die ganzen vierundzwanzig Stunden des Tages dachte man daran, in die äußere Welt zurückzukehren, zugleich jedoch verlor man ganz schnell jeden verlässlichen Kontakt zu ihr, was an der Isolation und der mentalen Enge lag, an die man sich gewöhnte, und weil die Menschen von draußen – selbst die nächsten – einem fremd wurden, obwohl sie Briefe schrieben und Päckchen schickten, obwohl sie einen ab und zu besuchten, verzagt und so fern von einem hinter dem Trenngitter, unbehaglich, ungeduldig darauf wartend, wieder gehen, den bedrückenden Gerüchen und Geräuschen des Gefängnisses endlich entfliehen zu können.

Von Kindesbeinen an, schon als er noch zur Schule ging, sei ihm klar gewesen, dass es im Gefängnis wie in Freiheit eine Welt außerhalb seiner Familie gab, die mit dieser absolut nichts zu tun hatte, suchte er begierig nach aller Art von Information, schriftlicher oder mündlicher, aus verramschten Büchern oder von der Straße aufgelesenen Zeitungsseiten, aus Radiosendungen oder von Erwachsenen abgelauschten Gesprächen. Aber es war nur eine bruchstückhafte Information, zum großen Teil nicht verstanden wegen seiner erbärmlichen Nichtkenntnis vieler Worte, wegen seines Mangels an Bezugspunkten, die für andere selbstverständlich waren, außerdem war sie oft schon veraltet, wenn er sie bekam, wie die Atlanten in der Schule oder später im Gefängnis, in denen noch Reiche oder Länder eingezeichnet waren, die es lange nicht mehr gab, oder Kolonien, die längst ihre Unabhängigkeit erlangt und jetzt einen anderen Namen hatten.

Mit unbelohntem Eifer las er sich durch medizinische Wälzer oder juristische Handbücher, zum großen Teil veraltet, darin Zeichnungen oder Stahlstiche statt Fotografien, Abhandlungen, geschrieben in einer gewundenen Sprache, die er nicht verstand, über Gesetze, die schon seit vielen Jahren abgeschafft waren. Er schaute sich Zeitschriften oder erotische Kalender mit Fotos von nackten Frauen an, die jung gewesen waren, als vom Koreakrieg noch keine Rede war. Mit fanatischer Aufmerksamkeit las er Ausgaben von *National Geographic*, in denen Fotos von Arktisforschern zu sehen waren, die mit Luftschiffen in der Eiswüste des Nordpols landeten, oder nackte und bemalte Eingeborene, Angehörige ausgestorbener Stämme, Urwaldbewohner, von denen man nicht einmal mehr die Namen kannte.

Er konnte sich auf die Informationen, die ihn erreichten, auch nicht verlassen. Man konnte nie sicher sein. Die Regierung hatte höchste Geheimhaltung über den Fund eines in New Mexico abgestürzten Raumschiffs von Außerirdischen angeordnet. Ein Großteil dessen, was die Zeitungen schrieben, war Lüge und Propaganda. Präsident Roosevelt hatte zugelassen, dass die Japaner Pearl Harbor angriffen, damit die Vereinigten Staaten in den Krieg gegen Hitler eintraten. Die schwarzen Prediger, die von den Kanzeln gegen die Rassentrennung im Süden wetterten, waren sowjetische Agenten. Das von kommunistischen Doppelagenten unterwanderte FBI unternahm nichts, um sie zu enttarnen.

Wenn sein Vater ihn früher mit einer der Zeitungen überraschte, die er von der Straße aufgelesen hatte, riss er sie ihm aus der Hand und machte sich über ihn lustig. Eine Zeitung taugte einzig dazu, sich damit den Hintern abzuwischen. Alles, was darin stand, war gelogen. Die Reklame diente nur dazu, Blödmänner zu täuschen. Die Zeitungsschreiber waren alle gekauft und genau solches Diebsgesindel wie Ärzte, Anwälte, katholische Priester und Juden.

Allein in seiner Zelle oder auf einer Bank in der Bibliothek sitzend, oder in den Motelzimmern, in denen er nach seiner Flucht aus dem Gefängnis wohnte, stellte er sich vor, dass es eine Methode geben müsse, einen Zugangscode, der einen in die Lage versetzte, all diese Dinge zu verstehen, Wahrheit von Lüge zu unterscheiden, Gültiges von Überholtem oder in Verruf Geratenem, so etwas wie die Dechiffriermaschinen, mit denen die Geheimdienste im Krieg feindliche Nachrichten entzifferten, eine sichere Art und Weise herauszufinden, was wahr und vertrauenswürdig war – nur wenig – und was es nicht war – so gut wie alles –, um die Spreu vom Weizen zu trennen, vielleicht sogar die Botschaften abfangen zu können, welche die Herren der Welt untereinander austauschten, die Mächtigen, die Juden, die überall mitmischten, ohne Spuren zu hinterlassen, die Kommunisten.

Als er jünger war und noch weniger wusste, während seines ersten längeren Gefängnisaufenthalts, den er nutzte, um Maschinenschreiben zu lernen, hatte er mit Hingabe die Ansprachen von Senator Joe McCarthy im Radio und in den Zeitungen verfolgt. Der Senator war der einzige Politiker, der den Mut hatte, die Wahrheit auszusprechen, mit dem Finger auf die Landesverräter zu zeigen, die sich hinter ihren Privilegien verschanzten. Während die anderen beim Kartenspiel im Gemeinschaftsraum herumschrien oder ihn aufforderten, einen anderen Sender einzustellen, einen mit öder Tanzmusik, drückte er das Ohr an den riesigen alten Radiokasten, aus dem aus großer Ferne, doch kraftvoll, von statischen Störgeräuschen unterbrochen, die eifernde Stimme von Senator McCarthy ertönte, der in einer Direktübertragung furchtlos Feinde enttarnte, die sehr viel mächtiger waren als er selbst. Und er stellte sich ihn, den er nur ein einziges Mal auf einem unscharfen Zeitungsfoto gesehen hatte, als mutigen Staatsanwalt in einem Film vor, der den wahren Schuldigen – die niemand in Verdacht gehabt hatte – die Maske vom Gesicht reißt und sie anklagt. Es war unvermeidlich, dass sie jetzt Jagd auf ihn machten, so wie man auch auf Hitler und Mussolini Jagd gemacht hatte, ihn genau wie sie verleumdeten und in den Dreck zerrten, ihren Opfermut mit Undank und Rache belohnten. Die meisten Menschen waren verblödet und applaudierten dem Sturz dessen, den sie gerade noch gefeiert hatten, spuckten auf den Leichnam jenes Menschen, den sie bis vor Kurzem bewundert und gefürchtet, massenweise auf öffentlichen Plätzen bejubelt hatten.

Nachts, im Dunkeln, in seiner Zelle, den Kopf auf dem schmutzigen groben Kopfkissenbezug, kam in jenen Stunden, in denen er nicht mehr wie besessen Fluchtpläne schmiedete, die Außenwelt durch das Radio zu ihm, das japanische Transistorradio mit der Plastikverkleidung und der ausziehbaren Antenne, das er im Konsum gekauft hatte. Er hielt sich das Radio ans Ohr und hörte Stimmen, Werbung für irgendwelche Dinge, die Lieder von Johnny Cash, die ihn erschauern ließen, Berichte über fremde Menschen, die draußen vermutlich alle kannten. Er hörte echte Sirenen, echte Schüsse, Gesänge, Predigten von Predigern, wütendes Geschrei von weißen Bürgern aus dem Süden. Und im Hintergrund die ihm immer vertrauter werdende scheinheilige Stimme, die klangvolle, feierliche Stimme des größten Heuchlers von allen, dieses Negers von so zwielichtiger Herkunft, dass er Mund und Nase afrikanischer Neger und die Schlitzaugen eines Asiaten hatte, der seine Stimme erhob und die Bibel beschwor, die schwarzhäutigen Massen, die ihm folgten, aufhetzte und als barbarische Heerscharen losschickte, die Städte des Südens zu erobern. Der Prophet mit den maßgeschneiderten Seidenanzügen, den goldenen Manschettenknöpfen und goldenen Krawattennadeln, der sie zum Sturm auf Schulen, Autobusse und Imbisstheken trieb, der Wolf im Schafspelz, der heimliche Kommunist, der auswendig aus der Bibel zitierte, der lüsterne Prediger, der mit schamlosen weißen Frauen schlief, Frauen, wie jene, die er während seiner Militärzeit in Deutschland gesehen hatte, wo er auch die tiefe Verdorbenheit der Welt zu erkennen gelernt hatte, die Verlogenheit dessen, was einem als das Heiligste erscheint, blonde Frauen, die sich bedenkenlos zu schwarzen Soldaten ins Bett legten, und das für ein Paar Nylonstrümpfe oder ein Päckchen Zigaretten, und die Geschlechtskrankheiten, die sie sich bei ihnen holten, später an gutgläubige Weiße weitergaben, die sie verführten.

Er floh aus dem Gefängnis, und das Erste, das nicht zu vergessen er sich sorgte, bevor er sich im Brotkarren versteckte, war sein kleines Radio, das er sich zwischen die Beine klemmte und später ans Ohr hielt, um nicht einzuschlafen, als er nächtelang durchmarschierte. In Motelzimmern schlief er ein, ohne es abzustellen, und in seinen Träumen hörte er es weiter laufen. Die Schlagzeilen und Sätze in Anführungszeichen, die er in Zeitungen las und nur zum Teil verstand, wurden ihm klarer, wenn sie eine Stimme bekamen, wenn er sie sich laut und langsam vorlas, schwierige Wörter sorgfältig artikulierte: unangebracht, Neurophysiologie, Realpolitik, außersinnlich, telepathisch.

Die einzigen Stimmen, die er gehört hatte, während er mit dem Mustang in stillen Nächten durch die Wüsten von Arizona, New Mexico und Texas fuhr, waren die aus dem Radio. Wenn ein Sender schwächer wurde, drehte er den Programmknopf und suchte schnell einen neuen, ohne den Blick von dem Lichtkegel zu nehmen, den die Scheinwerfer auf die dunkle Landstraße warfen. Er hörte die Stimmen von schlaflosen Frauen, die in frühen Morgenstunden beim Radiosender anriefen und ankündigten, Selbstmord zu begehen, oder einen Mann anflehten, zu ihnen zu kommen und sie aus ihrem einsamen Zimmer zu erlösen. Er hörte Prediger, die den bevorstehenden Weltuntergang verkündeten oder die Ankunft Jesu Christi in einem außerirdischen Raumschiff. Er hörte die Direktübertragung der in den Sommernächten von Schwarzen provozierten Unruhen in einigen Städten, die Explosionen von Bomben und das Knistern von Bränden, das Bersten der Fensterscheiben überfallener

Geschäfte, Polizeisirenen und das Krachen einstürzender brennender Gebäude.

Nicht einmal nachdem er sich in Los Angeles einen tragbaren Fernseher gekauft hatte, hörte er auf, Radio zu hören. Beim Fernseher ging oft das Bild oder der Ton verloren, dann musste man an der Antenne drehen, bis sie wieder korrekt ausgerichtet war. Er ließ ihn an und sah die lautlosen Bilder mit der Stimme des Radios am Ohr. Ob er ihn nachmittags einschaltete oder mitten in der Nacht, immer öfter sah er dieses Gesicht, genau wie auf den Titelseiten der Zeitungen und Illustrierten. Der Prophet, der Moses seines Volkes, der Nobelpreisträger, der schamlose Kommunist, der jetzt offen sein Land verriet, indem er sich auf die Seite der gelben Horden aus Nordvietnam stellte, der Saboteure, des Vietcong. Der Held der Armen, der erster Klasse reiste und in Luxushotels übernachtete, der die Hand biss, die ihm zu essen gegeben hatte, der jetzt einen weiteren Marsch auf Washington verkündete, Hunderttausende oder Millionen von Negern aus dem Süden, die Parks und Plätze der Hauptstadt überrannten, wie eine Plage aus den bereits brennenden und zerstörten Städten des Nordens herbeiströmten.

Seit er den Fernseher hatte, konnte er das Gesicht aus der Nähe sehen. Eine Fernsehkamera war wie ein Fernglas. Davor war er eine Reihe von Fotos in Zeitungen gewesen, ein Name in den Großbuchstaben einer Schlagzeile, eine bedrohliche salbungsvolle Stimme im Radio. In seinem Zimmer im Hotel *St. Francis*, in Los Angeles, stellte er den Fernseher auf eine Kommode, und wenn das schwarz-weiße Flimmern sich zu einem Bild verdichtete, sah er gleich wieder dieses Gesicht, in Großaufnahme, im zitternden Schwarz-Weiß des gewölbten Bildschirms, schwitzend unter den Scheinwerfern der Kameras oder in der Mittagssonne auf einer Tribüne, ein breites, fleischiges Gesicht mit wulstigen Lippen und dem vom Hemdkragen eingezwängten

Doppelkinn des Genussmenschen, dem makellosen Kragen eines maßgeschneiderten und perfekt gebügelten Hemdes. Auf einer eingeblendeten Zeile las er, dass der Neger just in diesem Augenblick, an dieser Stelle, in Los Angeles, eine Rede hielt, so nah, dass er in seinem Mustang in weniger als zehn Minuten vor Ort sein, unterwegs vielleicht die Stimme im Radio hören könnte, die niemals endende Predigt, begleitet von diesem Hintergrundrauschen der Menschenmasse, des aufgewiegelten Packs. Auf dem hinteren Teil des billigen Plastikgehäuses seines Fernsehers hatte er mit der Spitze seiner Nagelschere eingeritzt: »Martin Luther Coon«.

Er hatte sofort das Radio eingeschaltet, sobald er aus Memphis hinausgefahren war, am 4. April, es war beinahe schon dunkel, ganz ruhig plötzlich, seit er die Staatsgrenze von Mississippi überquert hatte und keine Sirenen mehr hörte, keine Scheinwerfer und keine rotierenden Lichter von Polizeiwagen im Rückspiegel mehr sah. Er hörte Autoradio, und plötzlich, erschrocken und verärgert, als hätte er einen Talisman vergessen, fiel ihm ein, dass in dem Koffer, den er zusammen mit dem Gewehr hatte fallen lassen, das kleine Radio gewesen war. Der Verlust beunruhigte ihn fast ebenso sehr, als wenn er unachtsamerweise Fingerabdrücke hinterlassen hätte. In dieser letzten Nacht, in der er ohne Pause mit dem Mustang in Richtung Atlanta fuhr, immer auf Nebenstraßen, mit einem Halt nur, um zu tanken, als der Kampf gegen die Müdigkeit immer mühsamer wurde trotz der Tabletten, die er kaute und mit viel zu wenig Speichel hinunterschluckte, sodass sie im Hals kratzten, hörte er im Radio konfuse Stimmen, furchtsame und rachsüchtige, die von einem sprachen, der keinen Namen hatte und der zweifellos er war, der einen dunklen Anzug trug und um die vierzig Jahre alt war, den er jedoch überhaupt nicht mit sich selbst in Verbindung bringen konnte, der ihm so fern war und ohne jeden Zusammenhang mit ihm, dass es ihm eine aufregende und gefährliche Illusion von Straflosigkeit bescherte. Ein Radiosprecher sagte, der Verdächtige sei in Richtung Mississippi geflohen und habe einen weißen Mustang mit Alabama-Kennzeichen gefahren.

Nicht einmal jetzt, so fern und fast schon in Sicherheit, im klaren Licht von Lissabon, verflog die Trübheit der Außenwelt, die düstere Beschaffenheit der Wörter und Bilder, die ihn erreichten, der Glaswand, die ihn von den anderen trennte. Unsichtbare Gitter und Mauern aus Luft umzingelten ihn, waren so real wie ein Druck auf der Brust, wie das Stechen im Kopf, das der Hinweis auf einen Hirntumor sein konnte. Sosehr er auch suchte, er würde nie einen Spalt, einen möglichen Fluchtweg finden. Er zählte Scheine und Münzen auf dem Nachttisch, überschlug, was er ausgegeben hatte und wie viele Tage sein Geld reichen würde, welche Reise er sich noch leisten konnte. Von einem erhöhten Park mit Eisengeländer und Holzbänken, die auf den Fluss schauten, sah er ein Schiff von der Mole ablegen, sah Stränge von Eisenbahnschienen, über die alte Züge krochen, die Lagerschuppen im Hafen. Im Westen verschwammen die roten Bögen der Brücke im Dunst. Die Entfernung, die klare Luft bis zum gegenüberliegenden Ufer mit seinem Baumbestand und seinen weißen Häusern, waren die Mauern, die ihm den Weg versperrten. Auf den Reklameseiten des *Life Magazine* steuerten sonnengebräunte Männer Segelschiffe zu den Inseln der Karibik oder der Südsee, rauchten extralange Filterzigaretten oder hielten hohe Gläser mit Eis und Canadian Club Whisky oder Bacardi Rum in der Hand. Vom Aussichtspunkt in dem kleinen Park am Museum für antike Kunst, das er gar nicht wahrnahm, konnte er die Hand ausstrecken und die glatte Glaswand berühren, die ihn von der Welt trennte, die blasse, schweißfeuchte Stirn dagegendrücken, auf der eine kleine Narbe zu sehen war. Die englischen und amerikanischen Zeitungen, die er an einem Kiosk auf der Rossio kaufte, waren mehrere Tage alt. Er hatte sich in Toronto ein anderes Transistorradio gekauft, das einzuschalten jetzt jedoch nutzlos war, da alle darin zu hörenden Stimmen Portugiesisch sprachen. Aufmerksam lauschend, hatte er einmal seinen alten Namen zu hören geglaubt, jedoch nicht verstanden, was über ihn gesagt wurde, der Name, der jetzt für immer mit dem anderen in Verbindung gebracht würde, *»The Big Nigger«*, hatte er zufrieden wiederholt, der unerwartete Märtyrer, das Opfer, der Held, der das heilige Verdienst einer nie gekannten Belohnung in Höhe von hunderttausend Dollar für die Ergreifung des Mörders für sich in Anspruch nehmen konnte.

Mit sehr viel weniger als hunderttausend Dollar würde er für immer verschwinden, seine Spur vom Antlitz der Erde tilgen können, verborgen in diesem Zimmer an dem kleinen Platz im Schatten eines Baumes, am Ende einer Treppe mit blauem Geländer. Viele Stunden lang hatte er sich in jenem anderen eingeschlossen, dem im *Hotel Portugal*, das er schon nach wenigen Tagen nicht mehr würde bezahlen können, in dem er still verharrte, begleitet nur vom Rascheln der Zeitungsseiten und dem luxuriöseren Schnalzen der Hochglanzblätter der Zeitschriften, in dem er wie ein lauerndes Tier auf die Geräusche von draußen lauschte, lauter noch und detaillierter in der Einbildung. Um Mitternacht kamen Schritte über den Hotelflur, näherten sich seiner Tür und entfernten sich wieder nach einem Moment der Stille, in dem er Gefahr gewittert hatte. Stimmen aus den Nebenzimmern, ein unterdrücktes Lachen, das heisere Röcheln eines Mannes, der gerade kommt und sich dann aufs Bett fallen lässt, dass die Sprungfedern quietschen, Musik aus einem offenen Fenster auf der anderen Straßenseite, Klappern von Besteck und Unterhaltungsfetzen einer Familie beim Abendessen. Und in zwei oder drei Nächten, immer zur gleichen Zeit, im Morgengrauen, eine Frau, die stöhnte, beinahe jaulte, einer schreienden Katze gleich, direkt hinter der Wand, so nah, dass er hören konnte, wie das Bett sich bewegte, das Kopfteil rhythmisch gegen die Trennwand stieß.

Er stellte sich vor, die Frau auf der anderen Seite der Wand sei die, die er am ersten Tag in der *Texas Bar* kennengelernt hatte. Für ihn passierte jetzt, da er kein Geld mehr hatte, um Frauen bezahlen zu können, fast nicht einmal mehr einen Drink, alles auf der anderen Seite einer Mauer, ob sichtbar oder unsichtbar, alles entfernt, wie damals, als er in dem Mustang auf den Landstraßen des Südens fuhr und in das Innere eines anderen Autos sehen konnte, das er überholte, oder ein Pärchen im Spiegel der *Texas Bar* beobachtete oder im *Maxime* oder in der *Niagara Bar* oder der *California Bar* oder der *Arizona*. Er blickte verstohlen um sich, wie aus der heimlichen und sicheren Distanz eines Fernglases oder dieser Spiegel, die er hätte benutzen wollen, wenn er Pornofilme gedreht hätte, in einem anderen Leben, das weder in der Vergangenheit noch in der Zukunft lag, weil es nie existiert hatte, wie ihm das im Lauf der Jahre vielleicht vorkommen würde, als hätten diese Tage in Lissabon ebenfalls nicht existiert, in denen er nichts getan hatte und auch so gut wie nichts gewesen war, Ramon George Sneyd, nicht einmal das, Sneya.

17

Am Sonntagmorgen stehe ich sehr früh auf und gehe nach draußen. Ich habe fast die ganze Nacht nicht geschlafen. Um eins bin ich ins Bett gegangen und um zwei erwachte ich aus einem bösen Traum. Um drei Uhr las ich Mário Cesariny und Fernando Pessoa mithilfe eines Wörterbuchs auf Portugiesisch. Bei Pessoa unterstrich ich: »*Todo começo é involuntário.*«

Um vier fiel mein Blick hinter der halb aufgezogenen Gardine auf das Fenster gegenüber, durch das man in ein Arbeitszimmer sah, in dem ein Mann mit dem Rücken zum Fenster an einem Computer schrieb oder auch bloß auf den Bildschirm starrte, von dem das einzige Licht im Zimmer kam. Er schien in absoluter Konzentration versunken in der Stille dieser frühen Stunde. Ich hätte gern ein starkes Fernglas gehabt, um beobachten zu können, was auf dem Bildschirm dieses Computers zu sehen war, was den Mann so spät noch wach hielt und in Bann schlug, in diesem großen düsteren Raum, diesem unrenovierten Gebäude der Rua da Conceição, in dem er möglicherweise der einzige Mieter war.

Um fünf war ich es, der mit dem Rücken zu meinem Fenster auf einen Bildschirm starrte, versunken in der Lektüre eines FBI-Memorandums, das großenteils aus der Übersetzung eines ursprünglich auf Portugiesisch verfassten Berichts bestand, unterschrieben am 24. Juni 1968 von Chefinspektor José Manuel da Cunha Passo, mit Briefkopf und Stempel der PIDE, der politischen Polizei der Salazar-Diktatur. Es war der vollständige Bericht über seine Nachforschungen zu den Aktivitäten des Verdächtigen Ramon George Sneyd während der knapp zehn Tage, die er in Lissabon verbrachte, vom 8. bis zum 17. Mai, die vollständige Liste der Nachtbars, die er besuchte, mit der genauen Dauer der Verhöre, denen die Personen unterzogen wurden, die mit dem Genannten zu tun gehabt hatten, sowie der fruchtlosen Ermittlungen bei den wichtigsten Banken in der Stadt mit dem Ziel festzustellen, ob der genannte Verdächtige in einer dieser Banken irgendeine Finanztransaktion getätigt hatte.

Um fünf Uhr morgens in einer Wohnung der Baixa von Lissabon, an der Ecke Rua dos Fanqueiros und Rua da Conceição, kann ich meine Schlaflosigkeit bekämpfen, indem ich im Internet die FBI-Datenbanken durchforste, fotokopierte und eingescannte Seiten, Kopien von Kopien früherer Kopien, mit manchmal kaum noch leserlichen Buchstaben von Schreibmaschinentasten oder Großbuchstaben von Fernschreibern, mit geschwärzten Stellen, die Namen verbergen oder einen Satz oder eine ganze Seite, mit Datums-, Eingangs- und Ausgangsstempeln. Der Bildschirm des Laptops und die Leselampe beleuchten die Zimmerecke mit dem Schreibtisch, auf dem meine Hände liegen und das offene Heft, in dem ich mir Dinge notiere.

Der Bericht von Inspektor Cunha Passo ist sehr schlecht lesbar, so als stamme er von einem hastig fotokopierten Durchschlag aus oft benutztem Kohlepapier. Die Augäpfel schmerzen mir vom angestrengten Hinsehen. Am 15. Mai war die infrage kommende Person in der Zweigstelle der South African Airways und zog Erkundigungen über Flüge nach Kapstadt und Salisbury ein, der Hauptstadt von Rhodesien. Am 16. Mai besuchte sie die kanadische Botschaft in der Avenida da Liberdade No. 198 und im Anschluss daran das Fotostudio Lusitania, ganz in der Nähe, am Parque Mayer, wo sie sechs Passfotos von sich machen ließ. Um fünf ist das Licht im Fenster des Hauses gegenüber schon seit einer Weile erloschen, und das ganze große Gebäude liegt jetzt im Dunkeln. Auf einer in Großbuchstaben getippten Liste führte Chefinspektor Cunha Passo all die Namen zwielichtiger

Lokale auf, in denen die Anwesenheit des Verdächtigen festgestellt worden war: *Texas Bar, Arizona Bar, Niagara Bar, California Bar, Europa Bar, Atlantic Bar, Bolero Bar, Maxime Night Club, Garbo Bar & Night Club, Fontória Night Club, Tágide Night Club, Nina's Night Club.*

Um sechs zeigte sich ein lichtes Blau über den Dächern und den Kabelsträngen der Straßenbahnen, die sich daran entlangziehen. Wenige Minuten nach sechs zeigte sich die erste Straßenbahn am Ende der Straße, beleuchtet und leer wie ein Geisterschiff, eine Geisterbahn. Chefinspektor Cunha Passo kann zufrieden darauf verweisen, dass sämtliche Straftaten untersucht werden, die zwischen dem 8. und dem 16. Mai in Lissabon begangen wurden, um festzustellen, ob die infrage kommende Person an einigen davon beteiligt war. Meine Augen brennen vor Schlafmangel und von dem langen Starren auf den Bildschirm mit dem glänzenden Weiß der eingescannten Seiten all der Berichte. Um sieben habe ich den Blick vom Bildschirm abgewandt, und im Zimmer lag eine bläulich-graue Helligkeit. Das Blau über den Dächern ist jetzt viel heller, das Rosa ist am Rand einer Wolke über dem Turm der Magdalenenkirche zu sehen. Durch die amerikanische Botschaft in Lissabon lässt FBI-Direktor J. Edgar Hoover einen persönlichen Glückwunsch- und Dankesbrief an Chefinspektor Sr. José Manuel da Cunha Passo überreichen.

Ich habe mich gezwungen, nach draußen zu gehen, um in erster Linie nicht mehr auf den Bildschirm zu starren. Das Übermaß an Helligkeit während einer ganzen schlaflosen Nacht machte mich merkwürdig leicht, als befände ich mich außerhalb meiner selbst. Verstärkt wurde dieses Gefühl noch durch die erneute Anwesenheit in Lissabon. Die von indischen oder pakistanischen Immigranten betriebenen kleinen Bars, Konditoreien und Kolonialwarenläden, die gewöhnlich bis Mitternacht geöffnet haben, sind noch geschlossen.

Ich gehe die Rua dos Fanqueiros hinunter und biege um die Ecke der Rua do Arsenal, gelange auf die Praça do Comércio, die heute so gut wie menschenleer ist, keine Spur von den in Wellen von den Fähren strömenden Menschen, die sie an Werktagen frequentieren. Ich mag die müßiggängerische Qualität und Ziellosigkeit in den Gedichten von Mário Cesariny, die sehr viel irdischer sind als die von Pessoa, bevölkert von der Gegenwart wirklicher Menschen, nicht bloß seiner eigenen, im etwas autistischen Fieber der Heteronyme vervielfachten. *»Em todas as ruas te encontro«*, schreibt Cesariny, *»em todas as ruas te perco.«*

Weit hinten am Fluss zeichnet sich eine einsame Gestalt ab. Am Aussichtspunkt der Treppe, die sich wie ein Schiffsbug ins Wasser schiebt, findet sich fast immer jemand, der zeichnet, liest, schreibt oder den Horizont betrachtet, sogar zu dieser frühen Stunde. Jemand, der in ein Notizbuch schreibt. Jemand, der auf seinem Mobiltelefon Nachrichten schreibt oder liest, ganz versunken in den winzigen Bildschirm in seiner Hand, den Kopf gesenkt, ohne einen Blick für dieses herrliche Ufer, den weiten Fluss, die rote Brücke des 25. April, die Maßlosigkeit der menschlichen Bauten und die noch maßlosere Natur, den Fluss, der dem Meer zustrebt, von dem diese salzige Brise heranweht, schwer vom sumpfigen Geruch der Algen, weil das Wasser so niedrig steht.

Die Stufen des Cais das Colunas gehen über in eine Rampe, die geriffelt ist, damit man nicht ausgleitet auf dem von Algen, einer Art schwammigen Meerwassermoos bedeckten Stein. Das Wasser ist bis weit hinter die beiden Säulen zurückgewichen und hat neben der Treppe zuerst einen kleinen Strand aus weißem Sand freigelegt und danach ein mit Steinen durchsetztes ausgedehntes Stück von Schlamm und Algen, auf dem Möwen und Reiher schreiten und mit zielgenauen Kopfbewegungen nach Nahrung picken. Die langen spitzen Schnäbel stoßen in den Schlamm und schütteln die gefangene Beute in der Luft, einen

Gründling oder Krebs mit zappelnden Beinen, der schnell verschluckt wird, damit die Jagd weitergehen kann. Ich setze meinen Fuß auf den Strand, und die Sohlen meiner Schuhe versinken im feuchten Sand, später im herb riechenden Schlamm zwischen den Steinen. Es gibt hier Schalen von Muscheln und sich seitwärts zwischen Kiesel verziehende Krebse, winzige Luftbläschen, die den Reihern eine versteckte Beute anzeigen.

Die Ebbe hat ein großes Lastwagenrad mit verrosteter Felge freigelegt, bedeckt mit Algen und kantigen Miesmuschelsträngen. Es gibt Backsteinstücke, die gerundet und glatt geschliffen wie Kieselsteine sind, Fischlarven, die in Tümpeln zappeln, von der Flut angeschwemmtes und von der Ebbe liegen gelassenes Treibholz, zerbrochene Kacheln. Es gibt tote Quallen aus durchscheinender Gelatine, mit einer unerklärlichen Anatomie wie von gestrandeten außerirdischen Wesen.

Genau hier verläuft die Grenze, an dieser Treppe und dem angrenzenden Strand; dies ist das Reich ursprünglichen Lebens, das den Sprung vom Wasser aufs Land vollzieht, durch den Schlamm kriecht, sich vom schwachen Wellenschlag hin und her tragen lässt, vom höheren Wellengang der vorbeifahrenden Schiffe. Frühes Leben und menschlicher Müll, eine Girlande von Abfall, die am Ufer den Höchststand der Flut anzeigt: Zigarettenfilter, Plastiktüten, Einwegfeuerzeuge, Kondome, Wäscheklammern, Getränkedosen, ein Senftütchen von McDonald's, eine zerknüllte Zigarettenschachtel, eine Kreditkarte. Im feuchten Sand sind deutlich die keilförmigen Fußabdrücke der Reiher und Möwen zu sehen. Ich gehe vorsichtig, um sie nicht zu zerstören, gefolgt von meinem langen Schatten. Ich sammle Kachelstücke mit rundgeschliffenen Kanten ein und stecke sie mit einer Art verstohlener Gier in die Tasche. Es gibt nichts, das nicht auf die eine oder andere Art des Andenkens wert wäre.

Für jemand, der von der Mitte des Platzes oder von den Kolonnaden aus um diese menschenleere Zeit zum Fluss hin schaut, muss ich eine einsame Silhouette sein, vollkommen abstrakt, die Hieroglyphe einer menschlichen Erscheinung, ein Schatten. Mit einem Mal kommt mir der Gedanke, dass vielleicht auch er einmal eine solche Silhouette war, eines Morgens im Mai vor fünfundvierzig Jahren, in dieser unveränderlichen Landschaft des leer gefegten viereckigen Platzes, der Bögen aus weißem Stein, gegenüber der Fluss, das Bronzepferd auf dem Sockel und der König mit dem Helmbusch, als er wieder einmal eine ganze Nacht in den Bars durchgebracht hatte oder mit einer Prostituierten in einer Pension gewesen war und ins Hotel zurückkehrte, als es bereits Tag zu werden begann, verkatert und dumpf von Schlafmangel, die Furcht des Flüchtigen vorübergehend vom Alkohol betäubt, eine Sonnenbrille auf der Nase gegen die heraufziehende Helligkeit.

Um wieder klar im Kopf zu werden, ging er zur Treppe; bei Ebbe bis zum Strand. Dort stand er bewegungslos, mit dem Rücken zum Platz, über den Fluss blickend und ihn riechend, was ihn – gebannt von der Ähnlichkeit – an den Mississippi erinnerte, der flache grüne Horizont des jenseitigen Ufers, rechts die Brücke, und in der Ferne, genau wie in Memphis, der violette Dunst, die langsam dahingleitenden Schiffe.

Ans Ufer gehen und die nach Schlamm und Algen riechende Atlantikluft einatmen, mildert zwar die Müdigkeit einer durchzechten Nacht, lindert aber nicht die Vergiftung, das Fieber. Wie sähen wohl die Fußabdrücke aus, die die Schuhe von Ramon George Sneyd an dieser Stelle im Sand hinterlassen würden? Wer kann schon wirklich wissen, was im Kopf eines anderen vorgeht, wie dieser Ort – mit seinen Augen gesehen – auf ihn gewirkt hat! Er trägt heimlich die ungeheuerliche Auszeichnung mit sich herum, der meistgesuchte Verbrecher der Welt zu sein, Sonntag für Sonntag die Nummer eins auf der berüchtigten Liste des FBI. Eitelkeit und Schrecken gehören ganz allein ihm. Was er einige Wochen zuvor getan hat, löst sich wahrscheinlich in der Banalität des Unmittelbaren, des Alltäglichen auf, im bedrückenden Wissen, ständig auf der Flucht zu sein, im unerwarteten Entsetzen darüber, mit solcher Erbitterung verfolgt zu werden, während das Lynchen von Schwarzen im Süden bis heute meist straflos bleibt.

Auf dem Rückweg zur Wohnung werde ich zum Teil denselben Weg gehen, den er auf dem Weg zum *Hotel Portugal* genommen hat. Ich werde mich an den Schreibtisch setzen, und wenn der Laptop hochgefahren ist, wird er dieselbe Seite der FBI-Datenbank zeigen, die aufgeschlagen war, als ich ging. Sollte ich nach dem Frühstück einschlafen, wird seine obsessive Gegenwart in meine Träume eindringen, wird die Lieblichkeit des Schlafzimmers mit den zugezogenen Vorhängen, in dem die Wärme deines Körpers noch spürbar ist, wenigstens zu einem Teil verderben.

In den Jahren, als ich dich noch nicht kannte, glaubte ich, Aufgabe der Literatur müsse es sein, perfekte Formen hervorzubringen, den Dingen eine Symmetrie zu geben und ein Echo hervorzurufen, das den Erfahrungen der Welt eine Ordnung und Bedeutung verliehe, die ihnen ansonsten vorenthalten würde. Voller Leidenschaft dachte ich mir Handlungsverläufe, kriminalistische Rätsel, überraschende Wendungen, unerwartete Lösungen aus, Geschichten mit durchschlagendem Anfang und einem Ende wie ein harter Trommelwirbel, wie ein aufblitzendes Messer oder ein herabzuckender Blitz, der die Nebelbänke der erzählten Geschichte mit einem Schlag aufreißen sollte. Ich liebte die Krimis von Chesterton und war überzeugt, dass einige der besten davon von Borges geschrieben worden waren. Ich studierte die Romanstrukturen von Bioy Casares, wie ein Architekt die Pläne eines klaren, strengen Gebäudes von Le Corbusier oder Mies van der Rohe studieren würde. Ich wollte Romanschlüsse erfinden, die mit dem beschriebenen Geheimnis, dessen Lösung sie darboten, mithalten konnten.

Erst nach und nach, in einem späteren Leben, wurde mir klar, dass Schönheit, Harmonie, Symmetrie Eigenschaften oder spontane Folgen natürlicher Prozesse sind, die keiner Intelligenz bedürfen, die ordnend in sie eingreift, so wie natürliche Auslese ohne Richtung und ohne Zweck stattfindet und selbstverständlich ohne ein höheres Wesen, das ihre Gesetzmäßigkeit bestimmt. Die Symmetrie eines Blattes, eines Baumes oder Körpers stellt sich von selbst her, kraft der in der DNA verschlüsselten Anweisungen. Die Schlangenlinie eines Flusses oder die Verzweigungen seiner Arme in einem Delta zeichnen sich von selbst in die Ebene ein, so wie Adern auf einem Handrücken oder Wasserrinnsale auf dem Sand, wenn das Meer sich zurückzieht. Das Höchste, was Fantasie erhoffen kann, ist nicht, die amorphe Materie realen Geschehens mittels Fiktion zu verbessern, sondern das herauszustellen, was genau besehen seine spontane und dennoch rigorose Ordnung ausmacht, sein Gestaltungsmodell zu werden, eine maßstabsgetreue Darstellung seines Verlaufs. Emily Dickinson schreibt in einem Brief: »Die Natur ist ein verwunschenes Haus; die Kunst ist ein Haus, das verwunschen sein will.«

Einen Monat lang bin ich in Lissabon täglich zu dem kleinen Strand hinuntergegangen, der sich an einer Seite des Cais das Colunas erstreckt. Auf dieser Reise ist er mir zum ersten Mal ins Auge gefallen. Jeden Tag ist der Höchststand der Flut durch einen unregelmäßigen Saum bezeichnet, wie der von geologischen Gesteinsschichten, bestehend aus winzigen, wie an einer Kette aufgereihten Gegenständen am Wasserrand: kleine Muscheln, Bruchstücke von Muscheln, Reste aus buntem Plastik, Kugeln oder Perlen, abgeschliffene Stücke von zerbrochenen Kacheln,

Holzstückchen. Es gibt mehrere solcher Linien hintereinander, gleich flüchtigen fossilen Abdrücken des jeweiligen Wasserstands, von einer ungefähren Parallelität, wie die Jahresringe eines Baumstamms. Manchmal kreuzen sich die Linien und formen Konturen wie von Gebirgslandschaften auf einer chinesischen Zeichnung. Den scheinbar unsicheren Strich und die kraftvolle Ausführung, wie von einem in Chinatinte getauchten Pinsel auf ein Blatt Reispapier gemalt, haben Meer oder Fluss auf dem ebenso glatten Sand hinterlassen, haben winzige Dinge angeschwemmt und wieder mit sich genommen, die sie vorher schon mitgeschleift, zerkleinert, zermahlen, immer wieder zurückgelassen haben über Jahre und Jahrhunderte.

In früher Morgenstunde, am Nachmittag und spätabends gehe ich zum Platz und zum Strand hinunter. Ich gehe immer denselben Weg, wie bei der Interpretation eines sich wiederholenden musikalischen Motivs, erkunde Variationen, die markiert werden vom Licht, von der Tageszeit, vom Geruch der Luft, von den Menschen, von vorbeifahrenden Straßenbahnen. Am frühen Morgen sind da in Decken gewickelte und in Schlafsäcke gemummelte Obdachlose oder späte Hippies. Alle paar Tage kommt ein junger, etwas verrückt wirkender junger Mann, der stundenlang unermüdlich, still und allein am Wasserrand komplizierte Sandgebilde errichtet: eine Sirene, einen Neptun mit Dreizack und Krone, einen Wal, eine riesige Schildkröte, eine Froschfamilie, die mit gekreuzten Beinen auf einem Sofa sitzt. Der Sandbildner geht barfuß mit hochgekrempelten Hosenbeinen. Er hat lange Haare und einen Bart, seine Haut ist tief gebräunt, sein Körper abgezehrt wie der eines Schiffbrüchigen; eines Schiffbrüchigen, der nach Jahren der Einsamkeit auf einer verlassenen Insel die Fähigkeit verloren hat, mit anderen Menschen zu kommunizieren. Die Flut unterspült seine Skulpturen trotz ihres festen Fundaments. Der Wind schmirgelt ihre Züge wie die von Sphinxen oder Pharaonenstatuen im Sand von Ägypten.

Immer stehen Leute am Ende des Platzes, an der Treppe, wie am Rand einer Bühne, die so breit ist wie der Horizont und der Fluss in seiner ozeanischen Weite. Immer gibt es jemanden, der fotografiert. Immer gibt es Pärchen. Einige dicht aneinandergeschmiegt, andere, die vorsichtigen Abstand wahren, unsicher ob der Möglichkeiten oder unsichtbaren Grenzen des nahen Beinanders. Auf den niedrigen Mauern sitzen Leute. Ebenso auf den Steinbänken entlang der Brustwehr. Zwei Frauen unterhalten sich, auf den Steinstufen sitzend, die das Wasser erreichen wird, wenn es noch ein wenig steigt. Zwischen ihnen: eine Flasche Weißwein und eine Tüte Pommes frites. Sie schenken sich den Wein in Plastikbechern ein und lassen nicht den Blick voneinander. Sie trinken Wein und unterhalten sich, zwei attraktive Frauen mittleren Alters, streichen sich graue Haarsträhnen aus dem Gesicht, die der Wind durcheinanderweht. Sie schauen sich an oder auf den Fluss hinaus, auf ein Segelschiff oder einen vorüberziehenden Frachter, zu einem dieser riesigen weißen Kreuzfahrtschiffe, die aussehen wie mehrstöckige Touristenhotels.

An einem Ort von solcher Kraft verschmelzen weit voneinander entfernte Personen im Lauf der Zeit zu einem einzigen Ganzen. Im Turm an der Westseite des Platzes haben wir uns eine Ausstellung über Flüchtlinge aus ganz Europa angesehen, die im Sommer und Herbst des Jahres 1940 nach Lissabon kamen, mit der großen seismischen Welle des Falls von Paris und der deutschen Besetzung Frankreichs. *Lisboa em tempo de guerra, A última fronteira.* Auf dem Tejo starteten die Wasserflugzeuge Richtung England oder Amerika, landeten die aus Casablanca und Tanger. Vom Ufer des Cais das Colunas sehe ich die Sonne in den Fenstern der Ausstellungsräume glitzern, die bis vor Kurzem noch

Büros von Ministerien gewesen sein dürften. Die Silhouetten der mit dem Rücken zu mir an der Treppe am Wasser Stehenden könnten die von Erich Maria Remarque oder Arthur Koestler sein, die der namenlosen Flüchtlinge, denen die Flucht gelang und die keinerlei Spur hinterließen. Aber auch die meine im Januar 1987, die von Ramon George Sneyd, 1968, vielleicht auch die von Ilsa und Victor László, 1941, in einem dieser schimärischen Universen, in denen Filme und Romane auch nach dem Ende noch weitergehen.

18

Du bemerkst einen Fehler just in dem Moment, in dem er nicht mehr gutzumachen ist, eine Sekunde oder Zehntelsekunde nachdem du ihn begangen hast; oder sogar früher noch, während du ihn begehst, wenn du etwas tust und gleich weißt, dass es falsch ist, aber trotzdem weitermachst, hilfloser Zeuge deines eigenen Tuns oder deines hypnotischen und katastrophalen Nichttuns. Du durchlebst diesen Moment immer wieder, untersuchst ihn im Nachhinein wie ein Insekt unter der Lupe, jede Einzelheit, Sekunde für Sekunde, in der Stille eines von innen verschlossenen Zimmers oder schlaflos auf der harten Pritsche einer Zelle an die Decke starrend.

Er besaß ein unfehlbares Gedächtnis für die Einzelheiten seiner früheren Fehler, für das Erkennen des exakten Moments, in dem ein Unheil sich anzubahnen begann. Fotografisches Gedächtnis. In der Sequenz des Rückblicks auf vergangene Ereignisse fand er das eine Bild, auf dem die Geste des Irrtums erkennbar war. Mit zusammengekniffenen Augen versuchte er, seine Aufmerksamkeit zu schärfen und sah Orte, bog um die Ecken von Korridoren und näherte sich verschlossenen Türen wie bei einer Kamerafahrt auf Schienen. Aber sein Gedächtnis war mehr als nur fotografisch: Es war olfaktorisch, taktil. Der Griff des Kunststoffkoffers mit der harten Naht, die in seine linke Handfläche schnitt, kurz bevor er den Koffer fallen ließ, als er nach dem Schuss auf die Straße trat, auf den Bürgersteig der South Main Street und es schon dunkel zu werden begann und er die zwei uniformierten Polizisten sah, die auf ihn zuliefen, auf der Straße auseinanderstrebten, als wollten sie den Verkehr aufhalten.

Mit immer noch schmerzender Schulter war er aus dem Bad gekommen, und als er aus der Tür trat, sah er vor sich den Flur mit den nummerierten Zimmertüren und am Ende, über dem Rechteck der Treppe, die zur Straße führte, das Schild mit den rötlich leuchtenden Lettern EXIT; verdreckt, ein Buchstabe erloschen, zeigte es ein seltsames Wort: XIT.

Das Fernglas hatte er in den Koffer gestopft und den Reißverschluss offen gelassen, um das Gewehr daraufzulegen, das nicht hineinpasste, weshalb er es in dieselbe alte Decke gewickelt hatte, in der er es bereits aus dem Kofferraum geholt und ins Gästehaus getragen hatte. Er spürte einen stechenden Schmerz in den Trommelfellen, und der Kopf dröhnte ihm von der Schallwelle in dem kleinen geschlossenen Raum. In den Nasenflügeln spürte er den juckenden Pulvergeruch und den der von Urin und Erbrochenem geschwängerten Luft, von schmutziger Wäsche und ungelüfteten Zimmern.

Wie eine Beschwörung zeigte das Wort XIT den Ausweg an. Er war sich seiner eigenen Schritte so wenig bewusst wie der Geräusche um ihn herum. Wie schwebend ging er geradeaus, den Koffer mit dem Gewehr in der linken Hand, einfach irgendwie in die Decke gewickelt, das Gewehr, das nur ein einziges Mal abgefeuert worden war.

Kein einziger Fehler bis hierher. Wie eine von einem Elektronenhirn gelenkte Rakete, die unfehlbar ihr Ziel findet. Wie ein millimetergenau ausgeführter Plan in einem Agententhriller. Er durchschritt den schmalen Flur, ohne seine Bewegungen oder das Geräusch seiner Schritte wahrzunehmen, so laut- und schwerelos, wie es hieß, dass die Astronauten sich auf dem Mond bewegten. Den Kopf hielt er schräg, in Richtung der den Zimmertüren abgewandten Seite.

Ein Wimpernschlag, und auf dem Flur, schon ganz nah an

der Treppe und dem Wort XIT, war ein Schatten, etwas Dunkles, jemand, der ihm den Weg versperrte. Er drehte den Kopf noch ein bisschen weiter zur Seite, sodass sein Kinn fast die Schulter berührte, und starrte zu Boden, umklammerte den Koffergriff mit schweißfeuchter Hand. Mit einem Mal konnte er wieder hören. Das Pfeifen im Ohr und die Schmerzen im Trommelfell hielten zwar noch an, doch auch die Geräusche der Welt waren wieder da.

Ein unrasierter Mann stand an der offenen Tür eines Zimmers, in das er eine Sekunde lang im Vorbeigehen einen Blick warf: unaufgeräumt und schmutzig war es, mit einem ungemachten Bett, auf dem jemand lag, ein alter Fernseher lief. Ein Mützenschirm mit einem Reklamelogo beschattete das Gesicht des Mannes, der einen großen Mund mit wenigen Zähnen und einer dicken feuchten Zunge bewegte, von Barthaaren umgeben, ein Gesicht, violett vom Alkohol, mit hervorquellenden Augen hinter einer dicken Brille mit gebrochenem Bügel, der mit Pflaster geflickt worden war.

All das sah er, durchlebte es später noch einmal, als er es sich wieder vor Augen führte, als zeichne er es, als untersuche er ein Foto unter dem fordernden Vergrößerungsglas der Erinnerung. Dem Mund des Mannes entrang sich ein Knurren, und seinem mageren Körper entströmte ein Geruch von Unsauberkeit. Er trug eine Pyjamahose, die ihm auf den Hüften hing, und ein Trägerunterhemd unter einem karierten Hemd, das er offen trug. Der schlabberige Hals des Unterhemds hatte einen schmutzigen Rand. Das Krächzen des Mannes klang wie eine unvollständige Frage oder Feststellung, in der mehrmals das Wort Schuss vorkam. »Das war ein Schuss, keine Frage«, sagte er nickend und zwängte sich durch den engen Spalt zwischen dem Körper des Mannes und der abgeschabten Flurwand, wobei er die rechte Hand hob, um sein Gesicht zu verdecken, mit einer Bewegung, wie um sich vor Sonnenlicht zu schützen.

Er war weitergegangen, und das war richtig gewesen, denn die Treppe unter dem Schild XIT war der einzige Ausweg. Er hatte nicht der instinktiven Versuchung nachgegeben, sich umzudrehen, als er sah, dass der Mann ihm in den Weg trat, der ihn hätte festhalten und vielleicht sogar identifizieren können, obwohl es im Flur nur wenig Licht gab und er betrunken war und durch diese dicken Brillengläser wohl auch nicht gut sehen konnte. Seine Entschlossenheit schien ihm den Weg frei zu machen. Der Betrunkene trat zur Seite, unterwürfig fast, wie man einer Autoritätsperson den Vortritt lässt. Wenn du dich im Geiste als einen Menschen denkst, der Respekt einflößt, dann wird man dich respektieren und vielleicht sogar fürchten. Möglicherweise hatte der Betrunkene auch die aus der Decke ragende Mündung des Gewehrs gesehen. Wie die Badezimmertür dem Druck seiner Finger nachgegeben und der Betrunkene ihm den Weg frei gemacht hatte, so erleichterten ihm die steilen Treppenstufen nun den Weg nach unten, und das durch die gläserne Eingangstür fallende Licht von draußen erhellte ihn.

Zwar fiel Licht herein, doch sehen konnte man durch das milchige Glas nichts. Von der letzten Treppenstufe aus waren es höchstens zwei Schritte mit ausgestreckter rechter Hand, dann wären dahinter schon der Gehweg und auf der anderen Seite von South Main die Schaufenster der Geschäfte und Handwerkerläden, die Ecke, an der die Straße jäh abfiel und nach Osten führte, bis zum Ende der Stadt, bis zur Bahnstation und der offenen Landstraße, die ihn – wenn er im Mustang saß, den Wagen anließ und aufs Gaspedal drückte, sodass die feuchte Luft vom Fluss durchs offene Seitenfensterchen hereinwehte – in wenigen Minuten zur Grenze nach Mississippi brächte.

Er brauchte dem Gehweg nur bis zur Straßenecke zu folgen, dann noch ein kleines Stückchen, ohne sich zum *Lorraine Motel* umzuwenden, zu dem Balkon, auf dem der zusammengesunkene Körper verblutete, von dem man jetzt Hilferufe vernahm und möglicherweise auch Sirenen von Rettungswagen, nur zwanzig, dreißig Schritte noch bis zum Mustang, der am Randstein parkte, bis Koffer und Gewehr, in die Decke eingewickelt, im Kofferraum verstaut oder auf den Rücksitz geworfen waren, bis die Reise begann, die er sich im Laboratorium seiner Fantasie so oft vorgestellt hatte.

Er sah deutlich vor sich, was geschehen oder was er selbst ein paar Sekunden später tun würde. Wenn man sich Dinge ganz genau vorstellte, würden sie passieren. Dr. Maxwell Maltz hatte ganz recht. Seltsamerweise hörte man immer noch keine Polizeisirenen. Die Sonne war untergegangen, doch immer noch hielt sich eine statische Helligkeit in der Luft. Er war am Fenster von *Jim's Grill* vorbeigegangen, in dem der Name als kursiver, rosafarbener Schriftzug blinkte, verziert mit einem irischen Kleeblatt in grünem Neon. Jetzt erreichte er die Ecke und einen verstaubten dunklen Laden mit Plattenspielern und anderen Musikinstrumenten im Schaufenster, Canipe Amusement Company.

Da sah er die beiden Polizisten – viel zu alt und korpulent für eine Verfolgung, die Aussicht auf Erfolg haben könnte – in einigem Abstand nebeneinander über die Straße auf sich zukommen, einer öffnete umständlich sein Pistolenhalfter. Sie schauten hoch zu Fenstern und Balkonen. Der im schwindenden Licht weiß glänzende Mustang, ein paar Meter weiter, war plötzlich unendlich fern. Koffer und Gewehr wogen schwerer denn je, zogen seinen Arm zur Erde. Die Naht des Kunststoffgriffs schnitt in seine linke Handfläche. Im nächsten Moment würden sie ihn bemerken, ihre Pistolen auf ihn richten und rufen, er solle den Koffer fallen lassen und die Hände heben, und alles wäre zu Ende.

Sich etwas so intensiv vorzustellen, birgt die Gefahr, dass es tatsächlich passiert. Du machst einen Fehler, du weißt, dass es einer ist, und eine Sekunde danach ist alles zu spät. Der gerade vergangene, noch nicht ganz beendete Augenblick ist bereits

Teil einer unwiderruflichen Vergangenheit. Du erlebst ihn noch einmal in Zeitlupe, unter einem Mikroskop, in ruhelosem Schlaf. Du zerlegst die Bewegung in jedes einzelne ihrer für das menschliche Auge unsichtbaren Bilder, wie diese Einzelfotos vom Abschuss einer Kugel oder des Flügelschlags eines Vogels, die in *Modern Photography* gezeigt wurden. So identifizierst du den präzisen Bruchteil der Zeit, den minimalen Unterschied, der den Untergang bringt und anstatt der Rettung Gefängnis und Flucht, diesen weit überzogenen Preis, zwanzig Jahre Haft für eine fehlerhafte Minute beim Überfall, den elektrischen Stuhl für einen Revolver, der ins Blaue hinein abgefeuert wurde.

Er öffnete die schmerzenden Finger, ließ den Koffer jedoch nicht los. In seine Richtung gehend, mit der Pistole gen Himmel zielend, kam einer der beiden Polizisten direkt am Mustang vorbei. Er tastete in der Hosentasche nach dem Autoschlüssel und brauchte einen panischen Moment lang, bis er ihn mit den Fingerkuppen ertastete. Just an der Ecke, hinter der der Bürgersteig, auf dem er ging, an einem Stück Brachland endete, bildete das Schaufenster des Musikgeschäfts einen schattigen Winkel, in den man sich hätte zurückziehen oder etwas verstecken können. Die Polizisten beanspruchten in ihrer schnaufenden Korpulenz die ganze Breite der unbefahrenen Straße, verunsichert, weil sie nicht wussten, nach was sie suchten. Ihre Bäuche quollen über die zu eng geschnallten Gürtel, an denen schwere Funkgeräte hingen, Patronentaschen und Handschellen.

Vielleicht hätte er den Koffer nicht losgelassen, wenn er nicht diesen geeigneten Schattenplatz an der Ecke gesehen hätte, nur wenige Meter von seinem geparkten Auto entfernt, unter dem Schaufenster des Musikgeschäfts, das einen verlassenen Eindruck machte. Seine Finger lockerten sich, ohne dass er seinen Schritt verlangsamte oder anhielt, ohne dass er ihn beschleunigte, ohne dass die Polizisten ihn bemerkten, als wäre er plötzlich unsichtbar. Und im selben Moment, als er den in die Decke gewickelten

Koffer losließ und dieser geräuschlos in das Schattenloch auf dem Gehweg fiel, erkannte er, dass er einen Fehler beging, dass es kein Zurück mehr gab, seine Vorsorge umsonst gewesen war, da die Polizisten schon an ihm vorbeigegangen waren, den kurzen Weg zu seinem Auto freigegeben hatten und jetzt lärmend die Tür des Gästehauses aufrissen.

Das Auto mit seiner markanten sportlichen Schnauze wartete am Randstein, still und ergeben wie ein Hund. Jetzt, da keine unmittelbare Gefahr mehr bestand und er sich erst ein paar Schritte von der Ecke entfernt hatte, hätte er noch umkehren, den Koffer nehmen und in wenigen Sekunden im Kofferraum des Mustang verstauen können.

Doch zu ihm zurückzugehen war so unmöglich, wie eine Minute in der Zeit zurückzugehen. Du begehst einen kurzen Fehler und bezahlst dafür den Rest deines Lebens. In den gefühllosen Fingern und der Handfläche spürte er noch den Druck des Kunststoffgriffs. Er streckte die Finger, als er sich dem Auto näherte, und kramte in der Hosentasche, um den Schlüssel bereit zu haben. Er könnte ihm aus der Hand fallen, dann wäre er verloren. In weiter Ferne hörte er jetzt Sirenen von Polizei- und Krankenwagen. Wenn er den Kopf nach links wandte, würde er das Schild des *Lorraine Motel* erblicken, das jetzt erleuchtet war, und den Balkon, auf dem sich entsetzte Menschen drängten und gegenseitig behinderten, als sie dem tödlich Verwundeten helfen wollten, der gegen die Wand geschleudert worden war, nachdem der Rückstoß des Gewehrs den Lauf nach oben gerissen hatte.

Sich umzudrehen, war eine fast ebenso unwiderstehliche Versuchung wie einen Moment zuvor die, den Koffer fallen zu lassen; ein weiterer Fehler, der die Katastrophe noch verschlimmern würde. Wie ein Betrunkener stolperte er voran, voller Entsetzen und Erregung, überwältigt von der unwiderruflichen Ausführung des so lange im Geiste gewälzten Plans, ungläubig noch, dass es tatsächlich passiert war. Noch hätte er umkehren können, zwei Schritte höchstens, Koffer, Gewehr und Decke an sich nehmen, alles im Auto verstauen und fliehen können, die Sachen bei nächster Gelegenheit verschwinden lassen, Zeit gewinnen, alle Spuren verwischen, die sie mit Sicherheit finden, die ihnen nach und nach die Möglichkeit geben würden, ihn zu identifizieren und Jagd auf ihn zu machen.

Das unentwegte, sich überlagernde Heulen von Sirenen kam immer näher. Warum hatte er sich keine Gummihandschuhe übergezogen oder Pflaster auf die Fingerkuppen geklebt! Er stand neben dem Auto und schaffte es nicht, den Schlüssel ins Schloss zu stecken. Auf dem Metall von so weichem Gelb, dass es weiß wirkte, spürte er noch die Wärme der Sonne. Seine Finger begannen schon zu zittern, als die Tür endlich aufging. Er setzte sich ans Steuer und sah hinter der abfallenden Kurve der South Main Street die roten und blauen Lichter von Streifenwagen heraufkommen. Er drehte den Zündschlüssel, und sofort sprang der Motor an. Unter seiner Schuhsohle vibrierte das Gaspedal.

Er fuhr nach Süden bis ans Ende der Stadt über die Straße, die jetzt breiter wirkte, weil die Gebäude zu beiden Seiten niedriger wurden, ließ den düsteren Backsteinklotz des Bahnhofs hinter sich, beschleunigte auf der Landstraße, die ihn in wenigen Minuten zur Staatsgrenze bringen würde. Auf beiden Seiten horizontales, am Ende des Tages dunkles Dickicht, unterbrochen von Baumwollfeldern, grob zusammengezimmerten Holzhäusern auf verschwommenen Lichtungen, Industriegebäude mit langen Reihen zerbrochener Fenster, in denen noch untergegangenes Sonnenlicht glomm. Im Rückspiegel hatte er die letzten Lichter von Memphis zurückbleiben sehen. Die Geschwindigkeit ließ die Entfernung schrumpfen. Im Radio hörte man Fetzen von Musik, Reklame, Predigten, weitere Reklame. Er stellte das Radio aus, und durch das offene Seitenfensterchen drang jetzt nur noch die ländlich stille Abendluft herein. Im Schatteneck unter dem Schaufenster war das Bündel mit Koffer und Gewehr vielleicht nicht entdeckt worden und noch niemandem aufgefallen.

Ist der Fehler erst einmal begangen, geschieht er immer wieder mit der unerbittlichen Beharrlichkeit des Tickens einer Zeitbombe. Hinterher durchlebst du den Moment so deutlich, dass es dir unglaublich erscheint, ihn nicht mehr rückgängig machen zu können. Du versuchst dich an jedes einzelne Teil zu erinnern, das du zurückgelassen hast und das dich verraten könnte, und die Anstrengung ist so intensiv, dass die Erinnerung durcheinandergerät und schließlich blockiert. Land zu gewinnen und den Fehler weit hinter sich zu lassen, ist keine Lösung, sondern eine Täuschung. So schnell du auch sein magst; das, was wie ein weggeworfenes Bündel alter Wäsche aussieht, bleibt unbewegt dort liegen und will gefunden werden.

Fünfundzwanzig Minuten nach sechs war er bereits in Mississippi. Grelles Licht von Tankstellen in der Nacht, hohe Leuchtreklamen von Motels, rosa, blaues, grünes Neon vor dem schwarzen Hintergrund von Wäldern. Plötzlich musste er dringend pinkeln. Du hältst an, um in einer Tankstelle zu pinkeln, und diese verlorenen Minuten können reichen, damit du dein gesamtes restliches Leben im Gefängnis verbringst oder mit brutalen Stromstößen auf dem elektrischen Stuhl gegrillt wirst. Vom ersten Tag seiner Flucht an versuchte er in schlaflosen Nächten, in Toronto, in Lissabon, zu rekapitulieren, was er an den Orten, durch die er gekommen war, alles zurückgelassen hatte, als könnte das Erstellen eines kompletten Inventars aller vergessenen oder verlorenen Sachen ihm irgendeinen Vorteil bringen, ihn einer Absolution würdig machen.

Ein Kissenbezug, zwei Bettlaken, ein paar Unterhosen, ein Baumwollunterhemd, eine Gummisandale, ein leichtes schwarz-weiß kariertes Jackett, ein kurzärmeliges Hemd der Marke Arturo Rossetti, eine kurze Sporthose der Marke Diplomat Hong Kong, ein Messer mit rostiger Klinge, eine verschlissene Decke zum Teil aus Synthetik, eine Zange, eine Packung Heftpflaster, eine Landkarte von Georgia und eine von Alabama, wie man sie an den Standard-Oil-Tankstellen bekommt, den Hauptteil des *Memphis Commercial Appeal* mit einem Bericht auf dem Titelblatt vom Besuch Martin Luther Kings in der Stadt, und auf einer Innenseite ein Foto, auf dem er am Balkongeländer des *Lorraine Motel* steht, vor einer Zimmertür, über der man deutlich die Nummer 306 erkennt, eine Rolle Toilettenpapier, ein Reiseetui von Gillette mit einem Rasierer, Rasiercreme, Aftershave, Deodorant, Pomade und einer Ersatzklinge, ein weiß-gelbes Handtuch, ein nicht ganz sauberes Taschentuch, eine Tube Zahnpaste der Marke Colgate, ein Paar schwarze Socken, eine Dose Deodorant der Marke Right Guard, ein Transistorradio der Marke Channel Master mit einer herausgekratzten Seriennummer im Innern des Gehäuses, ein Röhrchen Bufferin-Kopfschmerztabletten, eine Tube Brylcreem-Brillantine, ein Stück Cashmere-Bouquet-Seife, eine Zahnbürste von Depsodent mit rotem Griff, ein Kamm, ein Fläschchen Shampoo Head & Shoulders, eine Dose schwarzer Schuhcreme der Marke Kiwi, ein Behälter Rasierschaum Palmolive Rapid-Shave, ein brauner Knopf, zwei Anstecknadeln, zwei Dosen Schlitz-Bier, zwei Kleiderbügel aus Plastik, etwas krümelige dunkle Erde, braune Haare von einem weißen Mann im Kamm, ein zerbissener Zahnstocher, ein Fernglas, ein Remington-Gewehr, Modell 760 Gamemaster, Kaliber .30-06 mit einem Zielfernrohr Marke Redfield, verkauft am 29. März in einem Waffengeschäft in Birmingham, Alabama, an einen nervösen blassen Mann, der sich Harvey Lowmeyer nannte. Auf dem Gewehr gab es einen Fingerabdruck, identisch mit einem, der auf einer der Schlitz-Bierdosen gefunden wurde, auf dem glatten Blech klar zu erkennen, so deutlich, dass es ein Leichtes sein durfte, ihn in der großen Fingerabdruckdatei des FBI wiederzufinden, unter Abdrücken von weißen Männern zwischen dreißig und etwas über vierzig Jahren. Du begehst einen Fehler und weißt, dass du es tust, doch es hilft alles nichts. Und schließlich wird der Fehler genauso tödlich sein, wenn du ihn nicht bemerkt hast, wenn du die Bierdose einfach aus dem Sixpack reißt und dankbar das kühle Metall an deinen Fingern spürst.

19

Als er aus dem Schatten der Kolonnaden auf den sonnigen Platz trat, schmerzte ihm das grelle Licht in den Augen. Die feuchte Hitze kam vom diesigen Fluss, dem stillen Wasser der Hochflut, das die Basis der beiden Säulen an der Treppe umspülte, die Treppenstufen dunkel von Algen, mit schillernden Ölflecken auf der glatten Oberfläche, mit einem Geruch von altem Schlamm, faulendem Obst und toten Tieren, wie der Mississippi in New Orleans, das ferne Ufer im heißen Dunst versunken, genau wie in Memphis. An der dem Fluss am nächsten gelegenen Ecke trat er aus dem Schatten auf den hellen Platz, den absurden Mantel über dem Arm, das Gewicht des Revolvers in der Gesäßtasche der Hose, des geladenen Revolvers, der ihm nichts nützen würde, den er nicht benutzen und auf niemanden richten würde. Wie würde man auf Portugiesisch »Hände hoch« sagen, »dies ist ein Überfall, keine Bewegung, heraus mit dem Geld«? Er könnte den Revolver an den Kopf eines dieser Juweliere halten, die er über die Theken ihrer winzigen Lädchen gebeugt sah, in dem schmalen Halbdunkel, in dem fein gearbeitete goldene Ohrgehänge schimmerten. Einen Moment lang würde er in entsetzte Augen schauen, würde seine Handfläche den Revolvergriff umklammern, doch nicht einmal den Arm würde er in diesem beengten Raum ausstrecken können. Er würde Schmuck zusammenraffen und in seine Jackentaschen stopfen, während der Lauf weiterhin auf die Stirn des Juweliers gerichtet blieb, die so schweißfeucht war wie seine Hand, die den Revolver hielt.

Doch wo sollte er dann hin, in welche Richtung sollte er laufen, ohne Fluchtwagen in dieser Stadt mit ihren engen Straßen, verkehrsfreien Plätzen, Straßenbahnen, Sackgassen und steilen Stiegen? Wo und wem sollte er die Beute verkaufen? Er tastete nach der schlaffen Geldbörse in der Hosentasche, in der sich nur wenige Münzen und einige hastig hineingestopfte Geldscheine befanden. Zeit wie Geld rannen ihm durch die Finger, ohne dass er etwas dagegen tun konnte, ohne dass ihm ein Ausweg einfiel, nicht eine verrückte Idee, als er die Steinstufen des Ministeriums hinunterging, mit gesenktem Kopf Angestellten und uniformierten Polizisten begegnete, die Geräusche von Ventilatoren und klappernden Schreibmaschinen hinter sich ließ.

Er ging in Richtung Fluss und Anlegestellen und machte sogleich wieder kehrt, als Sonne und feuchte Luft sein Gesicht trafen. Frachtschiffe mit auf den Bug gemalten Namen, weiße Überseedampfer, Segelschiffe mit schimmernden Decksplanken und messingfarben glänzender Reling. Es blieb keine Zeit mehr, um am Anleger zu stehen und ihnen zuzuschauen, Seereisen zusammenzufantasieren, sein ganzes Leben von diesem Zauber bestimmt, in Hafenstädten, und er ans Land gebunden, zusehend, wie andere fortgingen, die der weiten Welt der Flüsse und der Meere angehörten, eine andere Rasse, immer sonnengebräunt, blonder Flaum auf kräftigen Unterarmen, harte, erfahrene Hände, die ein Steuerruder halten, Segel in die Höhe ziehen und an Strickleitern hinaufklettern konnten.

Es blieb keine Zeit für nichts. Er machte auf dem Absatz kehrt, wandte sich dem Schatten der Kolonnaden zu, den Rücken der schmerzenden Helligkeit und dem Fluss zugekehrt, dem stillen, öligen Wasser, dem bläulichen Dunst, der die Distanzen dehnte und in der Ferne die Umrisse der Brücke zerfließen ließ, unter der schon bald die großen Schiffe in Richtung Meer verschwinden würden, dem Atlantischen Ozean der alten Weltkarten, die er als Kind in der Schule gesehen und später eingehend in der Gefängnisbibliothek studiert hatte, die Längen- und die Breitengrade, die Inseln, die südlichen Küsten von Afrika und Amerika hinunter nach Kap Hoorn oder dem Kap der Guten Hoffnung, die Küsten von Biafra und Angola, die Mündung des Kongo, die unvorstellbaren Weiten Südafrikas, in denen ein Mensch verloren gehen konnte, ohne eine Spur zurückzulassen, ein Wüsten- oder Urwaldforscher, ein Negeraufseher in einem Diamantenbergwerk, ein Großwildjäger, ein Söldner mit grünem Barett und Tarnuniform.

Das Gewehr, das er nur ein einziges Mal abgefeuert hatte, wog dreieinhalb Kilo. In dem Geschäft, in dem er es kaufte, sagte er, er hieße Harvey Lowmeyer. Er mochte diesen Namen und fand es gut, dass er ihn nur bei dieser Gelegenheit benutzt hatte. Man wollte keinerlei Ausweis von ihm sehen. Sie betrachteten ihn argwöhnisch, ungläubig, auch etwas sarkastisch. Der Inhaber des Waffengeschäfts und sein Gehilfe mit ihren grinsenden Gesichtern von geistig Zurückgebliebenen, beide schwergewichtig, rot wie Stiernacken und auf irgendwas kauend, während sie sprachen, erfahrene Jäger beide, musterten den Eindringling, den blassen Neuankömmling mit seinem Anzug und seiner Krawatte, der ganz so aussah, als hätte er noch nie eine Waffe in der Hand gehabt oder in der freien Natur gelebt, und erst recht noch nie einen Hirsch oder Elch erlegt. Den FBI-Ermittlern sagten sie später, nicht einen Moment hätten sie ihm die Geschichte geglaubt, die er ihnen erzählte, dass er mit seinem Bruder auf die Jagd gehen wolle. Wohin wollte er denn mit diesen weißen Händen und den manikürten Nägeln, den Halbschuhen aus Krokodilleder und seiner dicken Brille! Er war mager und sah nicht sehr gesund aus, doch als der Gehilfe ihn von der Seite sah, bemerkte er einen erstaunlichen Bauch, den der Mann immer wieder nervös betastete, einen vom vielen Sitzen und von mangelnder Bewegung schlaffen Bauch, »der Bauch eines Sesselfurzers«, dachte er verächtlich, keine Wampe wie von Jägern oder Biertrinkern, den üblichen Kunden des Waffengeschäfts.

Sie sagten, man habe ihm angesehen, dass er keine Übung darin hatte, ein Gewehr in der Hand zu halten, es über der Schulter zu tragen, ans Gesicht zu heben und zu zielen. Den Preis, den sie ihm nannten, bezahlte er bar, zählte Zwanzigdollarnoten einzeln ab. Seine Brille rutschte ihm über die schmale Nase nach unten. Der Bedienungsbroschüre wandte er mehr Aufmerksamkeit zu als dem Gewehr selbst. Er nahm die Brille ab und hielt die Broschüre näher an die Augen, deren Lider kaum Wimpern hatten und die gerötet waren, wie vor Erschöpfung oder von Schlafmangel. Mehrere Stunden, nachdem er das Geschäft mit dem Gewehr in einem länglichen Karton verlassen hatte, rief er an und fragte, ob er es gegen ein Modell mit größerem Kaliber umtauschen könne. Er sagte, sein Bruder oder Schwager hätte ihm gesagt, in den Wäldern, in denen sie jagen wollten, wären die Elche riesig. Der Geschäftsinhaber und sein Gehilfe mussten lachen bei der Vorstellung, wie er einen bewaldeten Hang hinaufkletterte, das für ihn viel zu schwere Gewehr auf der Schulter, mit seinen Krokodillederhalbschuhen durch das Unterholz stolpernd, in seinem Begräbnisanzug vor Kälte zitternd. Am nächsten Tag kam er gleich nach Geschäftsöffnung wieder, sie gaben ihm ein neues Gewehr und montierten ein Zielfernrohr darauf. Sie verkauften ihm auch Spezialmunition mit abgeflachter Spitze, die Gewebe und Knochen wirksamer zerreißen und zerbrechen sollte als spitze Geschosse.

Er erinnerte sich nicht, den Schuss gehört zu haben. Wohl jedoch den heftigen Schmerz des Rückstoßes in der Schulter und die Taubheit nach dem Knall gespürt zu haben sowie die Stille, die ihn umfing, während er sich aus dem Staub machte. Er sah das schmutzige Bad und dann den Flur des Gästehauses wie aus einer Blase heraus, durch die kein Geräusch zu ihm drang. Die schief in den Angeln hängende Tür eines der Zimmer öffnete sich, und ein wie ein Penner gekleideter und betrunken aussehender Gast bewegte vor ihm lautlos die Lippen. Er sah ihn hinter sich zurückbleiben, als wäre der Flur eine Landstraße und er entferne sich mit dem Auto. Seine Füße schritten voran, und er wusste nicht, wohin sie ihn führten, seine Hand drückte eine Schwingtür auf. Im stillen Innenraum seines Kopfes glaubte er von fern eine Sirene zu hören, eine Ambulanz oder einen Streifenwagen.

Jetzt, an diesem heißen Vormittag in Lissabon, hatte er das Gefühl, in eine ähnliche Stille abzustürzen. Wie der plötzliche Knall eines Schusses unterdrückte jetzt die Panik alle Geräusche von außen. Er bewegte die Lippen, aber sagte nichts und sprach auch niemand an. Instinktiv wandte er sich von der Hauptstraße ab, die in Richtung Fluss auf den Platz mündete. Er suchte den Schatten der schmalsten Nebenstraße, Rua dos Sapateiros. Er bewegte die Lippen, ohne ein Wort herauszubringen, lief hastig, aber in keine bestimmte Richtung. Rasch, immer geradeaus und ohne Ziel, wie ihm Gefängnishof, Schritte, die an einer Mauer endeten, an hohen, von Stacheldrahtrollen gekrönten Drahtzäunen, vor geschlossenen Eisentoren unter den Türmen der Wachen. Lissabon bestand aus Sackgassen, und auf dem Stadtplan, den er gefaltet in seiner Tasche trug, waren die Anmerkungen und aufgezeichneten Wege so verschlungen wie die Gänge eines Gefängnisses. Kleine Werkstätten, Eingänge zu Schustereien, Speiselokalen, dunkle Lagerhallen, aus denen es nach Kaffee roch, Druckereien, aus denen das rhythmische Rattern von Maschinen drang und ein Geruch von feuchtem Papier und Druckerschwärze, winzige Büros. Jeder Durchgang, jede Treppe schien in einem Keller zu enden, an einer Mauer, einer verrammelten Tür. Im Torbogen am Ende der Straße konnte ein Gitter herunterrasseln, sobald er in seine Nähe käme. Wenn er in diesen seltsamen Aufzug stieg, der zu einer Kirchenruine hinauffuhr, würde sich das Scherengitter hinter ihm schließen wie eine Zellentür zur Stunde des abendlichen Appells.

Die unüberwindlichste Mauer von allen war die trügerische Breite des Flusses. Anstelle von Geräuschen nahm er nur das Pochen seines Blutes in den Schläfen wahr, den beginnenden Schmerz in seinen Schädelknochen. Er erkannte mögliche Symptome eines Hirntumors, über die er in der medizinischen Enzyklopädie gelesen hatte. Er kaute Aspirintabletten, die er zusammen mit kanadischen und portugiesischen Münzen lose in der Jackentasche oder den Hosentaschen trug und die er ohne Wasser hinunterschluckte.

Im Hotelzimmer würde er methodisch die Brieftasche und alle sonstigen Taschen durchsuchen und genau nachzählen, wie viel Geld ihm noch blieb. Amerikanische Dollar, Pfund, kanadische Dollar, verknitterte Scheine aus Portugal, ein Durcheinander von Münzen aus vier verschiedenen Ländern, kleine Centstücke, die wie winzige Parasiten in den Kleidernähten hafteten, wie Wasser oder Sand zwischen den Fingern. Die wöchentliche Rechnung des Hotels würde er begleichen müssen, sobald er eintraf, da der Mann an der Rezeption ihn inzwischen schon anstarrte, wenn sie sich begegneten, und sich seine öligen Bücklinge sparte. In den Bars bestellte er nur noch Bier. Eine Flasche hielt so lange vor, dass sie am Ende lauwarm und abgestanden war. Das Wechselgeld strich er bis zum letzten Centavo ein, schaute dabei zur Seite, um nicht dem abschätzigen Blick des Kellners zu begegnen. In den letzten Tagen war er nicht mehr in die *Texas Bar* gegangen, weil er die blonde Frau nicht mehr treffen wollte, die immer so laut lachte. Die schmutzige Wäsche wusch er selbst, rubbelte sie gründlich unter dem Wasserhahn, stand gebeugt vor dem Spiegel, in dem er sich nicht mehr anschaute. In dieser primitiven Stadt gab es keine Wäschereien. Keine Wäschereien und keine Hotdog-Stände, keine billigen Hamburger-Lokale und keine Stripteaselokale, keine erkennbaren Pfandleihen, in denen man gestohlene Ware losschlagen konnte, keine Schiffe, die einen ans andere Ende der

Welt brachten, und keine Rekrutierungsbüros für Söldner. Es gab gar nichts. Es gab keine Möglichkeit zu bleiben und keine Möglichkeit zu gehen. Es war der Arsch der Welt, die endgültige Sackgasse, in der es nach Abfall und nach Pisse roch, Wäsche zum Trocknen zwischen den Häusern aufgehängt war, arme dunkelhäutige Menschen wohnten, die unsägliche Dinge aßen und sich in einer unverständlichen Sprache unterhielten oder anschrien.

Bei keiner der aus dem Telefonbuch des Hotels herausgesuchten und mühsam im Stadtplan eingezeichneten Adressen hatte er etwas erreicht. Es gab keine Stelle mehr, zu der er gehen konnte, um wieder nur argwöhnische Blicke, halb verstandene Worte, wohlerzogenes Zögern zu ernten. Auf dem Stadtplan hatte er den Weg vom Hotel zur Botschaft der Südafrikanischen Republik eingezeichnet, und auf der Suche danach hatte er sich in einem weit abgelegenen Viertel verlaufen. Avenida Luís Bívar, No. 10. Ein Wartezimmer wie das eines erfolglosen Zahnarztes. Plakate von Städten mit nächtlich erleuchteten Wolkenkratzern oder Wüstengegenden mit wandernden Elefanten. Lachende blonde Kinder mit Schuluniformen in einem Park. Ein Angestellter hinter seinem Schreibtisch, der ihm geistesabwesend zuhörte und sagte, er solle ihn einen Moment entschuldigen. Er war sehr durstig und musste schlucken. Vielleicht hatte der Mann ihn erkannt und würde jetzt die Polizei rufen.

Der Angestellte kam mit einer Mappe voller Formulare zurück. Es waren Kästchen auszufüllen und alle möglichen Fragen zu beantworten, Geburtsurkunde und Impfbescheinigungen, Diplome und Referenzen vorzulegen, und in etwa zwei Monaten würde man den Antragsteller informieren, wie entschieden worden sei. Er ließ durchblicken, politisches Asyl beantragen zu wollen, sprach viel zu leise, räusperte sich, zupfte sich am rechten Ohrläppchen. Er sagte oder deutete etwas an bezüglich bewaffneter Einheiten, keine Söldner, etwas Seriöseres, wovon er in einer Zeitschrift gelesen hatte, Spezialeinsätze, Expeditionskorps.

Der Angestellte verstand nicht oder tat lächelnd so, als verstehe er nicht. Er sagte, er wisse nicht, ob es in Lissabon eine Vertretung von Rhodesien oder Biafra gebe, eine Botschaft selbstverständlich nicht, irgendeine inoffizielle Niederlassung.

Er trat auf die Straße, einen kleinen Platz mit Bäumen, mit einem Café oder einem Lebensmittelladen an der Ecke. Nicht einmal mit seinem Stadtplan konnte er feststellen, wo er sich genau befand. Er kaufte eine Schachtel Kekse, auf die er für den Verkäufer mit dem Finger zeigte, und eine Coca-Cola, die nicht kalt war. In den Taschen seiner Jacke und seiner Hose fanden sich später Krümel von Keksen und Kartoffelchips.

Er setzte sich auf eine Bank, aß die Kekse und trank einen Schluck Coca-Cola, den Mantel über den Knien gefaltet, den Stadtplan von Lissabon aufgeschlagen auf dem Mantel. Wo immer er hinkam in diesem Jahr, hinterließ er eine Spur von Straßenkarten und Stadtplänen, auf denen mit Bleistift Strecken eingezeichnet waren, mit Datumsangaben und eingekreisten Adressen. In dem von Lissabon war das Überseeministerium markiert, die Botschaft von Kanada, von Südafrika, die Avenida Torre de Belém. Auch wurde eine Broschüre mit den Flugplänen der South African Airways bei ihm gefunden, in der die Abflüge nach Salisbury, der Hauptstadt von Rhodesien, unterstrichen waren.

Er versteifte sich, als er jemand ungewöhnlich nah an sich herankommen spürte. Der Angestellte der südafrikanischen Botschaft setzte sich neben ihn auf die Bank, einen Augenblick nur, schaute kaum zu ihm herüber, so als kenne er ihn gar nicht und hätte sein Büro nur kurz verlassen, um Luft zu schnappen und sich die Beine zu vertreten. Er schob ihm ein gefaltetes Stück Papier zu, ein kleines liniertes Blatt. Wie er so auf der Bank saß, die Hände im Schoß und ein schüchternes Lächeln auf den Lippen, wirkte er wie eine mütterliche ältere Dame, eine ledige Tante. In einer weiblichen Handschrift stand da: »Vertretung von Biafra, Avda. Torre de Belém 16«.

In Romanen passierte das dauernd. Unbekannte überbrachten Botschaften, bestellten einen Agenten an einen unerwarteten Ort, um ihn mit einer Mission zu betrauen, schriftliche Anweisungen zu übergeben, Landkarten, Losungswörter, Schlüssel für geheime Verstecke. Der Angestellte drückte ihm kurz die Hand, in die er das Papier gelegt hatte, und in diesem Händedruck lag ein Hauch von Zärtlichkeit. Die Hand war weicher und wärmer als seine eigene. Er sah ihn aus den Augenwinkeln davongehen, mit leicht wiegenden Hüften. Auf der Bank hatte er einen welken Duft von Kölnischwasser hinterlassen. Vielleicht war die Adresse aber eine Falle. Er suchte auf dem Stadtplan und fand sie sehr weit entfernt. Er musste zum Platz mit dem König zu Pferd und Blick über das Wasser zurückkehren und von dort eine Straßenbahn nehmen. Unterwegs aß er weiter Kekse, und ihm war schummerig zumute, irgendwas zwischen Überdruss und Hunger, sein Mund war voll süßen Backwerks. Die Straßenbahn fuhr an den Lagerhallen des Hafens vorbei, an Kränen und Segelmasten, näherte sich langsam der im Dunst liegenden roten Brücke, ließ sie allmählich hinter sich. Alles überaus langsam, verlorene und vergeudete Zeit, langes Warten an den Haltestellen, alte Leute, die mühsam die ausgetretenen Holzstufen erklommen und später ewig brauchten, um sie wieder hinabzusteigen, es dauerte Minuten, und auch drinnen in der Straßenbahn warteten alle mit träger Geduld.

Durch die offenen Fenster drangen die Gerüche des Meeres und das Geschrei der Möwen herein. An einer Ecke, auf die ihn der Straßenbahnfahrer gestenreich hingewiesen hatte, stieg er aus und blieb eine Weile auf dem Gehweg stehen, den aufgeschlagenen Stadtplan in der Hand, ein menschlicher Umriss in dieser Stadt zwischen dem 8. und dem 17. Mai, eine Gegenwart oder ein Geist, in Lissabon genauso unwahrscheinlich wie in anderen Städten, in denen man ihn gesehen haben wollte während dieser Zeitklammer, in der die Suche gescheitert, seine Spur sich verloren zu haben schien.

Eine Frau sah ihn in einer Bar in Indianapolis. Jemand erkannte das Gesicht, das täglich in den Zeitungen abgedruckt war und im Radio beschrieben wurde, als er in Las Vegas an einer Telefonzelle vorbeiging. Ein Tankstellenbesitzer in Americus, Georgia, sah ihn einen blauen Chevrolet volltanken. In Brooklyn hatte er einen Brief in einen Postkasten geworfen. Außerhalb von Buffalo hielt ein Autofahrer vor einer roten Ampel und erkannte sein Profil im Auto neben ihm. Er wurde in Sydney, Australien, in Tripoli, in Seoul und auf der Veranda eines Dschungelhotels in Guatemala gesehen, auf der Gangway eines gerade in Bogotá gelandeten Flugzeugs, beim Besteigen eines Busses in Tulsa, Oklahoma, untergetaucht in einer Touristengruppe in Siena oder im *Hotel Bristol* in Lagos, Nigeria.

In seit fünfundvierzig Jahren in den Archiven des FBI aufbewahrten anonymen Briefen wurde behauptet, er sei von Komplizen umgebracht worden, die die Spuren einer Verschwörung verwischen wollten, bei der er nur eine Marionette gewesen war; seine Leiche sei in den Ruinen der Ausgrabungsstätte von Capilco, in Mexiko, D.F., verscharrt worden, auf einer Abraumhalde in der Nähe eines Kohlebergwerks in Pennsylvania.

Er stand in einem Außenbezirk von Lissabon auf einer kaum befahrenen Straße, von der aus man den Fluss sehen konnte, eine Straße gesäumt von niedrigen Häusern mit Gärten, Avenida Torre de Belém, mit einem im Wind flatternden Stadtplan in den Händen, wo er argwöhnisch den Eingang der No. 16 betrachtete, der so gar nichts Offizielles hatte, keine Fahne und nicht einmal eine Plakette neben der Tür. Es war ein einstöckiges Landhaus mit einer weißen, halb von violetten Blumen, von denen er nicht wusste, dass sie Bougainvillea hießen, überwucherten Mauer davor, hinter der das Kläffen eines Hundes und das Knattern eines Motorrasenmähers zu hören waren. Die Regierung von Biafra war international nicht anerkannt. Da sie ein Paria unter den Ländern der Welt war, kostete es sie vielleicht nichts, einem Flüchtigen politisches Asyl zu gewähren. Im Land herrschte Krieg, und es besaß Diamantminen und Erdölvorkommen, sodass Söldnerarmeen bezahlt werden konnten, Männer, die rücksichtslos von Waffen Gebrauch machten, mit denen man Nashörner und Elefanten erlegen konnte, von Maschinengewehren, die eine Menschenmenge niedermähten wie Schnitter mit ihren Sensen das Korn.

Er faltete den Stadtplan zusammen und steckte ihn in die Jackentasche. Vor dem Tor der No. 16 richtete er sich auf, streckte das Kinn vor und zog den Bauch ein, schob die Brille auf der Nase hoch, räusperte sich, tastete nach dem Revolver in einer Innentasche. In dem Buch über Psychokybernetik hieß es, man müsse in seinem Bewusstsein das Bild von sich selbst herstellen, das die anderen sehen sollten. Er musste es in seine äußere Erscheinung einmeißeln, eingravieren. Wenn du willst, dass andere dich sehen, wie du gesehen werden willst, musst du zuerst dich selbst so sehen. Er drückte entschlossen auf die Klingel. Das Wichtigste war, nicht zögerlich zu wirken. Er drückte die Klingel, wartete, starr, das Gesicht so in die Höhe gestreckt, dass er den Hemdkragen im Nacken spürte. Keine Reaktion. Der Hund bellte, und der Rasenmäher knatterte, so nah, dass der Geruch von verbranntem Benzin und frisch gemähtem Gras zu ihm herüberwehte.

Er klingelte noch einmal. Vielleicht wurde das Klingeln vom Gebell und vom Rasenmäher übertönt. Schließlich öffnete sich das Tor automatisch. Dann fiel es mit einem alarmierenden metallischen Knacken hinter ihm ins Schloss. Sollte eine Flucht nötig werden, könnte er an den Ranken die Mauer hinaufklettern und auf die Straße springen. Ein Weg verlief in gerader Linie durch den Garten zum Haus. Von irgendwoher bellte wütend der Hund, sehen konnte er ihn aber nicht.

Im Schatten des Eingangs bat eine schwarze Frau ihn hinein. Sie trug eine verblichene Schürze, wie ein Dienstmädchen oder eine Krankenschwester, und rauchte eine Zigarette. Es war, als hätte man ihn erwartet. Im Vorzimmer stand ein Schreibtisch aus Metall, dahinter saß ein Schwarzer mit Tropenjacke, an der Wand hinter ihm hing eine mit Heftklammern festgepinnte Flagge. Auf dem Schreibtisch, auf dessen Platte der Schwarze seine muskulösen Arme aufstützte, stand nichts außer einem Telefon. Er ärgerte sich, vor einem Neger stehen zu müssen, der sich gelangweilt in einem Drehsessel fläzte. Als er das Wort an ihn richtete, war ihm der leise und verwaschene Ton seiner eigenen Stimme unangenehm. Eine der Heftklammern, mit denen die Fahne an der Wand befestigt war, hatte sich gelöst. Er erwähnte Reisevorhaben, geschäftliche Absichten, Erträge. Der Schwarze deutete lustlos auf einen Korridor hinter sich. »Ganz am Ende, letzte Tür.«

Als er über das Linoleum des Flurs ging, dachte er an einen anderen Flur, in dem Gästehaus in Memphis, weit fort, in der Distanz des Nichtgeschehenen, der fernen Vergangenheit, an die Hitze und den Geruch von gärendem Urin, die Badezimmertür am Ende des Flurs, halb ausgehängt, der Haken eines Kleiderbügels, der aus dem Loch ragte, wo vorher der Türgriff gewesen war. Stets bestand die Möglichkeit, dass sich hinter einer geschlossenen Tür eine andere Welt auftat, wenn man dagegendrückte. Eine männliche Stimme mit britischem Akzent sagte von drinnen: »Treten Sie bitte ein.«

Das Büro war kleiner, als er sich vorgestellt hatte, eine Besenkammer beinahe, ohne Fenster, mit zusammengewürfeltem Mobiliar, einem Regal mit juristischen Wälzern. Der Raum wurde noch kleiner dadurch, dass sich zwei große Männer darin aufhielten, ein Schwarzer und ein Weißer. Der Schwarze saß hinter einem Schreibtisch, und der Weiße stand davor, trug einen hellen Anzug und eine Brille mit dicken Gläsern, rauchte mit einer Zigarettenspitze und blies den Rauch nicht aus, sondern ließ ihn aus dem offenen Mund hinauskräuseln. Der Schwarze trug eine Militäruniform, die viel zu überladen war, um echt zu sein, Kampfstiefel, unter der Schulterklappe seiner Tarnjacke eine zusammengerollte Baskenmütze, Schnallen, Gürtel, Sterne an den Jackenaufschlägen, Bart und eine Ray-Ban-Sonnenbrille mit Goldgestell, die er zwischen den Fingern drehte, aber nie aufsetzte.

Der Weiße rückte ihm einen Stuhl heran, damit er sich setze. Es war ein wackliger Stuhl, und er setzte sich vorsichtig auf die Kante, da er fürchtete, er könne unter seinem Gewicht zusammenbrechen. Der Schwarze war der mit dem britischen Akzent. Es war, als würde er die BBC hören oder wie in einem dieser Filme, in denen Toga tragende Römer auf Divanen lagen, tranken und dabei sprachen wie englische Snobs. Eine ganze Weile redeten sie über nichtssagende Dinge. Vor allem der Schwarze sprach mit seinem vornehmen Akzent und mit Gesten, zu denen auch das Öffnen und Schließen der Brillenbügel gehörte, die auf mögliche indirekte Bedeutungen seiner Worte wiesen, als wollten sie die Rauchschleier imitieren, die aus dem offenen Mund des anderen wehten, bläuliche Fäden zwischen seinen gelben Zähnen.

Der Grundton der Konversation, die mehr ein Monolog war, drehte sich um den betrüblichen Zustand der Welt, das Zerbrechen aller Werte, Krieg und Elend, Aufstände und Brandlegungen in den Schwarzenvierteln der Vereinigten Staaten, Sex und Drogen überall, und diese bestialische Musik, der Rock and Roll, rebellische Studenten in Paris, Muttersöhnchen, die in der Sorbonne die rote Fahne hissten.

Entschlossene und bewaffnete Männer retteten in Krisenzeiten korrumpierte Gesellschaften und käufliche Politiker, ohne etwas dafür zu bekommen, außer manchmal einen Dolchstoß in den Rücken. Mit seiner pedantischen britischen Aussprache erwähnte der Schwarze den Namen Oswald Spengler. »Immer ist es eine Handvoll Soldaten, die eine Zivilisation rettet.« Ehrerbietig bezog er sich auf die französischen Legionäre von Dien

Bien Phu, wies auf das vergebliche Opfer der Fallschirmjäger in Algerien hin.

Danach herrschte Grabesstille. Auf dem Regal summte ein kleiner tragbarer Ventilator. Er nannte seinen Namen, an den er sich immer noch nicht gewöhnt hatte, zog seinen Pass hervor und reichte ihn dem Schwarzen über den Tisch. Der andere beugte sich vor, um das Deckblatt des Passes zu betrachten, hielt die schwarze Zigarettenspitze nah an seinem Gesicht. Keiner von beiden schlug ihn auf. Der Schwarze bemerkte, ohne Argwohn offenbar, sein Akzent klinge gar nicht kanadisch. Sie hörten ihn sprechen und warfen sich kurze Blicke zu. Der Schwarze schnalzte mit der Zunge, schob die Ellenbogen auf dem Tisch nach vorn und stützte das bärtige Kinn mit einer Geste wohlwollenden Interesses in die Hände.

Er erkannte, dass sie ihm nicht glaubten, genau wie die Verkäufer des Waffengeschäfts in Birmingham ihm nicht geglaubt hatten. Die professorale Brille, das blasse Gesicht, die zarten, schmalen Hände. Es klopfte an der Tür. Er spürte ein kaltes Ziehen im Nacken, das ihm den ganzen Rücken hinunterlief. Eine Bewegung mit der rechten Hand zur Innentasche seiner Jacke, und sie würden ihn nicht mehr auf diese Weise anschauen, wenn sie den Revolver sähen.

Der hereinkam, war ein Weißer oder so weiß, wie einer dieser Portugiesen eben sein konnte. Er sagte etwas zu dem Mann mit der Brille, in einer Sprache, die er nicht erkennen konnte, einer europäischen möglicherweise, aber nicht Portugiesisch. In dem kleinen ungelüfteten Zimmer war es heiß. Sein Hemd aus Kunstfasern klebte ihm am Körper. Nachdem der Hereingekommene seine Nachricht überbracht hatte, die er nicht verstehen sollte, ging er, und der Schwarze verabschiedete ihn mit einem Wink seiner Brille. Danach legte er sie auf den Tisch und schaute wieder ihn an, voller Interesse, großmütig, beinahe traurig, rieb seine breiten Handflächen aneinander, deren Haut hell und rosig war.

Der andere schaute zu, saß halb auf der Tischkante, ein Bein unbequem über das andere geschlagen, mit wippendem Fuß, ein Schuh mit Schnürsenkel, weiß wie der eines Kolonialbeamten in den Tropen, wie der Leinenanzug. Erst jetzt wurde ihm klar, dass die Sprache, die der zuletzt Hereingekommene gesprochen hatte, Französisch gewesen war. Er hatte sie in den Bars von Montreal immer im Hintergrund gehört. Ein Wort hatte er verstanden: *journaliste.*

Sie vermuteten also, dass er Journalist war und als Söldneranwärter durchgehen wollte oder als politischer Flüchtling, ein Journalist oder ein Spion vielleicht, obwohl er das nicht mit Sicherheit wissen konnte, nicht sicher war, ob er das meiste von dem, was der Schwarze in der Militäruniform gesagt hatte, überhaupt richtig verstanden hatte, und ob dieser verstanden hatte, was er ihm gesagt hatte. Der Zigarettenspitzenraucher hatte noch kein Wort gesprochen. Gesichter und Worte verschwammen gleichermaßen in der rauchgeschwängerten Luft, die von den winzigen Flügeln des Ventilators kaum durcheinandergewirbelt wurde in diesem fensterlosen Raum, von dem er nicht wusste, wie lange er sich schon darin aufhielt, mit einem dumpfen Gefühl von Widerwillen und Gefahr aufhielt, während ihm die Brille auf der schweißnassen Nase nach unten rutschte.

Der Schwarze wuchtete sich abrupt in die Höhe, und sein mächtiger Körper nahm jetzt noch mehr Raum ein, sein muskulöser Oberkörper unter dem gespannten Uniformhemd, mit großen Schweißflecken unter den Achseln, nach Moschus riechender Negerschweiß, der die Luft noch schwerer machte. Allein am Geruch konnte man – mit geschlossenen Augen – eine Rasse erkennen.

Der Schwarze gab ihm mit seiner riesigen Pranke die Hand, legte die andere mit einem zusätzlichen Händedruck darüber, hielt ihn fest, dass es fast schmerzte, das Gesicht kummervoll, bedrohlich. Mit seinem Akzent eines englischen Aristokraten sagte er in herzlichem Ton, er solle jetzt verschwinden und sich nicht einfallen lassen, noch einmal wiederzukommen.

Der andere trat dicht an ihn heran und nickte bestätigend. Er kam so nah, als wollte er sichergehen, dass er das Gesicht nie mehr vergaß, den offenen Mund mit seinem nach Nikotin riechenden Atem, mit besonderem Augenmerk auf die Nasenspitze, das Kinn, vielleicht war er auf die Merkmale der Schönheitsoperationen aufmerksam geworden.

Es fiel ihm schwer, seinen nächsten Erinnerungen konkrete Tage zuzuschreiben, sie in eine klare Linie zu bringen. Die Nacht seiner Ankunft in Lissabon, die dunkelhaarige junge Frau in der *Texas Bar*, das Büro mit dem Fenster zum Fluss und die Landkarten der Kolonien an den Wänden, die Blondine aus dem *Maxime* mit ihrem skandalösen Gelächter, die stöhnte, als würde sie vor Lust sterben, das Landhaus mit dem Hundegebell und dem Rasenmäher, die Botschaft von Südafrika, der in frischem Schwarz gestrichene, hoch aufragende Bug des Schiffes kurz vor dem Auslaufen nach Angola. Solange er keine Zeitungen kaufte, war er sich des Wochentags und Datums nicht sicher. Aber selbst danach war er es nicht ganz, weil die Zeitungen mit zwei oder drei Tagen Verspätung in dieser Stadt am Arsch der Welt eintrafen, in der die Zeit auf eine andere Weise zu vergehen schien, viel langsamer, bleierner, fast so wie die Zeit im Gefängnis, im Rhythmus der Straßenbahnen und Fußgänger.

Er lief jetzt schneller als jeder andere auf dem Bürgersteig der schmalen Straße, überholte Leute, sich beinahe mit den Ellenbogen einen Weg bahnend, obwohl er kein festes Ziel vor Augen hatte und es nichts gab, wohin er gehen konnte, rasch und mit gesenktem Kopf, wie bei den Freigängen im Gefängnis, vor sich einen unsichtbaren Abgrund oder einen leeren Raum, die zerbrochenen weißen Steine der Gehwege mit ihren Mustern von Bögen oder Wellen, ihren Schildern mit den Namen von Geschäften, insgeheim in einem Tempo, das dem Herzrasen glich, das ihn mitten in der Nacht aus dem Schlaf schrecken ließ. Jetzt stand ihm Schweiß auf der Stirn. Als er am Kiosk auf dem großen Platz die Schlagzeilen der englischsprachigen Zeitungen las, glitten ihm die Münzen aus der verschwitzen Hand. Beim ersten Überblick stellte er fest, dass weder Name noch Foto auf den Titelseiten war, aber er musste sie gründlich durchsehen, von der ersten bis zur letzten Seite, falls es doch einen Hinweis gab, sein altes Gesicht oder sein richtiger Name in einer unauffälligen Ecke, am Ende einer Nachricht. Es beunruhigte ihn, dass der Zeitungsverkäufer ihn schon wiedererkannte und grüßte, obwohl er ihm nie ins Gesicht sah und nie ein Wort mit ihm wechselte, nur mit dem Finger auf die Zeitungen zeigte oder sie selbst aus dem Ständer nahm, die Londoner *Times*, den *Daily Telegraph*, diese allerdings nicht immer, die *International Herald Tribune*, die *Financial Times*, ein ausländischer Geschäftsmann auf der Durchreise in Lissabon, der sich rasch entfernte, sobald er bezahlt hatte, jedoch nicht ohne mit dem Kleingeld durcheinanderzugeraten. Manchmal streckte er einfach nur die offene Hand mit einigen Münzen darin aus und drehte den Kopf zur Seite, während der Zeitungsverkäufer kassierte, nervös, erinnerte der sich später, als hätte er es immer eilig, einen Zug oder ein Taxi zu bekommen, pünktlich irgendwo sein zu müssen mit diesem ganzen Stoß Zeitungen unter dem Arm, die er schon im Weggehen durchzublättern begann, ohne in seiner Kopflosigkeit auf anderes zu achten und mit seiner zerstreuten Miene, die gerötete Nasenspitze tief in den raschelnden Zeitungsseiten.

Rasch überquerte er den Platz und auch den nächsten, und in weniger als zehn Minuten war er schon in der Straße des Hotels, hatte die Halle durchschritten und sich hinter Schloss und Riegel in seinem Zimmer verbarrikadiert, die Zeitungen aufs Bett geworfen und so hastig durchgeblättert, dass sie auseinanderfielen, mit ängstlichen Blicken, die zwei Seiten auf einmal überflogen. Sie lagen zerknittert auf der Decke und zwischen den Laken, auf dem Boden vor dem Bett, ausgebreitet wie Decken auf dem Tisch, an dem er seine immer willkürlicheren und einfacheren Mahlzeiten einnahm, das Billigste, was es gab, Dosen mit Sardinen, die er halb leer gegessen in den Papierkorb warf, Keksschachteln, zerdrückte Tüten mit Resten von Kartoffelchips.

Diesmal jedoch sah er – schon zum Gehen gewandt – aus den Augenwinkeln etwas, das ihn innehalten, sich umdrehen und nach weiteren Münzen in seiner Tasche suchen ließ.

Die weißen Buchstaben, das rote Rechteck oben auf der Titelseite des *Life Magazin*, das mit großer Verspätung in Lissabon eingetroffen war, die Ausgabe vom 3. Mai 1968, das ganze Titelblatt ein großes altes Schwarz-Weiß-Foto aus einer anderen Zeit, von vor vielen Jahren: die Reihen ernster und staunender Kindergesichter, einige ungläubig lächelnd, alte verwaschene und oft geflickte Hemden, blaue Arbeitslatzhosen. Er schaute sich alle Gesichter einzeln an, und sie kamen ihm bekannt vor, aber nicht real. Es waren die üblichen Gesichter von Klassenfotos aus seiner Schulzeit, Gesichter, gezeichnet von Mangel und Rückständigkeit, von Argwohn und Neugier vor der Kamera, die sie mit einem großen Blitz blenden würde. In einer Ecke sah er ein rundliches Gesicht, das letzte in der zweiten Reihe rechts, aber er hätte nicht gewusst, dass es seines war, hätte nicht ein roter Pfeil darauf gezeigt.

Da erinnerte er sich an den Tag, an dem der Fotograf in die Schule gekommen war. Er erhielt hinterher keinen Abzug, da er die fünf Cents dafür nicht auftreiben konnte. Er duckte sich hinter dem Jungen in der Reihe vor ihm, damit man sein zu großes Hemd nicht sah, das von seinem Vater war, und auch nicht seine Schuhe ohne Schnürsenkel. Auf dem Foto sieht man nur seinen Pony, seine Stirn und ein bisschen von seinen Augen. Er bezahlte die Zeitschrift und versteckte sie zwischen den größeren Seiten der Zeitungen. Nachdenklich und verstohlen überquerte er die Praça do Rossio und danach die de la Figueira in Richtung der Rua João das Regras und des *Hotel Portugal*. Er hatte das Gefühl, über seinem Kopf schwebe derselbe rote Pfeil, der ihn von den anderen auf dem Titelfoto des *Life Magazine* abhob. Von Kind an gezeichnet, würden sie sagen, grinsend wie Schakale, zufrieden, die weit zurückliegende Spur verfolgt und das Foto entdeckt und jenem dafür bezahlt zu haben, was nötig war, der es in einem vergessenen Pappkarton gefunden und mit dem schmutzigen Finger des Verräters darauf gezeigt hatte. Jetzt hatte er wirklich das Gefühl, dass sie ihm auf den Fersen waren, jetzt, da er bis nachts sein Zimmer nicht verließ, kein Licht machte, manchmal Hunger bekam und lustlos auf irgendwas herumkaute, zeitweise mit Herzklopfen und stechenden Kopfschmerzen, auf die Seiten der Zeitungen tretend und besorgter denn je, weil in keiner etwas über ihn stand, kein einziger Hinweis auf den Fortgang der Jagd.

20

Jedem Ende wohnt ein Anfang inne. Doch es dauert, bis man es merkt. Finale und Präludien beginnen schleichend, und erst nach einer Weile entdeckst du ihre Spur in gewöhnlich ganz normal erscheinenden Momenten. In einem November kehre ich nach Lissabon zurück, vier Jahre nach meiner ersten Reise und dem Abschluss des Romans, der mich in die Stadt gebracht hatte. In dieser Zeit hat der Roman mein Leben verändert; zwar nicht so sehr wie in den ersten Monaten, aber doch viel mehr, als ich mir hätte träumen lassen, als ich jemals hätte hoffen können.

Die unmittelbare Zukunft ist ein unbekanntes Land. Ich lebe immer noch in Granada, aber die Arbeit im Büro habe ich vor über zwei Jahren aufgegeben. Jetzt bin ich kein Beamter mehr, der schreibt und Bücher veröffentlicht, ohne dass jemand Notiz davon nimmt, sondern ein bekannter Autor. Mein Lissabon-Roman wurde nach und nach und völlig unerwartet zu einem Verkaufserfolg. Er bekam Preise, er wird verfilmt, Dizzy Gillespie hat die Musik dazu geschrieben und spielt selbst die Rolle des Trompeters, der die beste Zeit hinter sich hat. Der Junge, der geboren wurde, als ich den Roman schrieb, wird jetzt vier Jahre alt. Außerdem gibt es im Haushalt jetzt noch ein Mädchen, das im September ein Jahr alt geworden ist. Wir wohnen auch nicht mehr in der Sozialbauwohnung am Fluss. Dank des unerwarteten und wundersamen Geldsegens, den der Roman mir eingebracht hat, sind wir vor ein paar Monaten in ein Haus mit Garten umgezogen, in eine ruhige Wohngegend mit altem Baumbestand, noch in der Stadt, jedoch abgelegen, mit hellen Zimmern, großen Fenstern und einem geräumigeren Arbeitszimmer für mich, in dem mein Computer und meine Musikanlage stehen. Ich arbeite jetzt am Computer. Es gibt immer noch Tage, an denen ich aufstehe und mich erst an den Gedanken gewöhnen muss, dass ich den ganzen Vormittag für mich habe, eine Zeit ausschließlich zu meiner Verfügung, in der ich früher meinen Verpflichtungen im Büro nachgehen musste. Damals war jeder Morgen ein mühseliger steiler Weg, der um acht Uhr begann und um drei Uhr nachmittags endete. Heute ist der Weg eben, ein Zeitgeschenk, das im Flug vergeht, wenn man es sich nicht einteilt, mit Zeitunglesen beim Frühstück an einem Fensterplatz im Café, beim Spaziergang mit einem Freund durch die Innenstadt, beginnend, nachdem man die Kinder zur Schule gebracht hat, und endend, wenn sie wieder abgeholt werden müssen, die Kinder, die jetzt immer bei mir sind, weil meine Frau in der Nähe von Granada arbeitet und jeden Tag abends wieder nach Hause kommt.

Dieses Mal bin ich von Granada nach Madrid mit dem Flugzeug geflogen. Um elf Uhr nachts werde ich den Lusitania-Express nach Lissabon nehmen. Seit meiner ersten Reise war ich nicht mehr in der Stadt. Während der letzten zwei oder drei Jahre habe ich ein Leben wie in der Schwebe geführt, in einem Taumel von Verpflichtungen, von einer Reise zur nächsten eilend. Ein überwältigender Erfolg ist schlagartig über mich gekommen, wahrscheinlich unverdient oder zumindest willkürlich, wie das immer so ist, und ich habe noch nicht gelernt, mich zu schützen und Nein zu sagen. Was mich bis zu einem gewissen Grad die Bodenhaftung bewahren lässt – außer der Liebe zur Arbeit, zu jenem Teil des Berufes, der unverbrüchlich und ausschließlich darin besteht, mich zum Schreiben an den Schreibtisch zu setzen –, ist mein Familienleben, meine Frau und meine Kinder, die mein Anker sind.

Jede Reise ist ein Ausnahmezustand, eine Atempause, ein Schmeicheln der Eitelkeit. Du kommst in eine Stadt, und ein freundlicher Mensch holt dich ab, bringt dich in ein gutes Hotel, später in einen Veranstaltungssaal, in dem viele Menschen dich erwarten, um dich zu hören. Bis vor Kurzem hat dich niemand gekannt, und jetzt kommen sie, wenn dein Vortrag beendet ist, und stehen Schlange, um ein signiertes Buch mitzunehmen. Sie machen Fotos von dir und interviewen dich für die Zeitung oder einen lokalen Radiosender. Junge Literaten sprechen dich schüchtern und voller Ehrerbietung an, überreichen dir ein Buch mit Gedichten oder Erzählungen, dessen Publikation sie selbst bezahlt haben.

Vor wenigen Jahren noch war ich es selbst, der mit bescheidenen Mitteln und voller Hoffnung sein erstes Buch finanzierte. Die Organisatoren gehen spät mit dir zum Abendessen, da die Veranstaltung sich arg in die Länge gezogen hat, und auch das Abendessen dauert, und danach muss man unweigerlich auf ein paar Drinks durch die nächtlichen Bars der Stadt ziehen, die immer jenen von Granada ähneln, sowohl in ihrer etwas schummrigen Beleuchtung als auch in der Musik, in den Gesichtern der Gäste, in der Illusion von Modernität und Weltläufigkeit, die die immerwährende Melancholie des Provinzlebens kaschiert.

In jeder Stadt führte jede Nacht ihre eigene Vielfalt von Illusionen vor, genährt und geadelt vom Alkohol. Nächtliche Spaziergänge über Plätze mit Kathedralen, wenn alle Bars schon geschlossen waren. Heimliche Alleingänge, nachdem die Gastgeber mich in der Hotelhalle verabschiedet hatten, auf der Suche nach etwas, von dem ich nicht wusste, was es war, einer Begegnung mit einer Unbekannten, einem Abenteuer, das nie Wirklichkeit wurde, irgendwas anderem, als allein und betrunken in einem unpersönlichen Hotelzimmer zu bleiben, aus dem ich am anderen Morgen wieder ausziehen würde. »Deine abweisende Einsamkeit in Hotels«, heißt es in einem zutreffenden Vers von García Lorca. Wenn ich nicht einschlafen konnte, lag ich im Bett und rauchte, schämte mich im Nachhinein vager Verfehlungen und konkreter Begebenheiten, sowohl solcher, die man, vom Alkohol befeuert, sagt oder tut, als auch solcher, die der Alkohol für einen plant oder begeht. Von jeder Reise brachte ich meinen Kindern als Geschenk einen Band *Tim und Struppi* mit.

Schon Monate vor dieser Rückkehr nach Lissabon hatte ich mit dem Trinken aufgehört. Es war am Ende eines nicht sonderlich ausgearteten ausufernden Tages, eines Tages wie jeder andere damals. Mittags hatte ich mit ein paar Freunden Bier getrunken. Danach hatten wir in einem Lokal, das wir sehr schätzten, dem *San Remo*, gegessen, Wein getrunken und geplaudert. Nach dem Essen blieben wir noch länger sitzen, da die Unterhaltung lebhafter geworden war und mit einer Flasche Whisky befeuert wurde, vielleicht auch noch mit einem dieser giftigen Kräuterschnäpse, die gerade in Mode kamen. Ich glaube, keiner von uns ging mit dem Gefühl, zu viel getrunken zu haben.

Am Abend waren meine Frau und ich im neuen Haus von Freunden zum Essen eingeladen, einem Paar mit zwei kleinen Kindern, einem Paar wie wir, mit ähnlichen Geschmäckern, literarischen Interessen. Vom Balkon des Esszimmers im oberen Stockwerk konnte man die Lichter von Vega de Granada sehen. Wir tranken Bier, zum Essen tranken wir Wein, hinterher Whisky und Gin Tonics, in derselben etwas fiebrigen Art, wie wir uns unterhielten und Zigaretten anzündeten, ohne uns etwas dabei zu denken.

Wir kamen spät nach Hause, beide müde, gut gelaunt. Ich hatte einen kleinen Schwips, mehr nicht, der sich nach einem Moment in der frischen Luft auf dem Balkon verzog, dann ging ich zu Bett.

Ich schlief sofort ein. Dann erwachte ich und dachte, ich müsse sterben. Mich im Dunkeln an den Wänden entlangtastend, um nicht umzufallen, schaffte ich es ins Bad. Kaum hatte ich die Tür hinter mir geschlossen, musste ich mich übergeben. Der Boden drehte sich unter meinen Füßen, und ein fürchterliches Würgen drückte mich gegen die Wand. Von kaltem Schweiß bedeckt, klappte ich unter trockenen Krämpfen nach vorn. Dann erbrach ich mich in Schwällen auf den Boden, in die Badewanne, ins Waschbecken, in die Toilettenschüssel und an den Spiegel, in dem ich mein Gesicht nicht wiedererkannte. Unter meinen bloßen Füßen war der Boden eine einzige Pfütze aus Erbrochenem. Von dem sauren Alkoholgestank wurde mir wieder übel und ich übergab mich erneut.

Mit einem Rest von klarem Verstand und Beschämung fürchtete ich, meine Frau und die Kinder könnten aufwachen. Meinem durchgeschüttelten zitternden Körper entströmte aus allen Öffnungen nach Alkohol stinkender Unrat. Alkohol im Schweiß, im Urin, in den Fäkalien, im Atem. Nach ich weiß nicht wie langer Zeit fand ich mich auf der Toilettenschüssel sitzend, den Kopf auf den Knien, ein zäher Faden von Speichel oder Erbrochenem hing mir aus dem offenen Mund und das Haar mir im Gesicht, schweißüberströmt atmete ich keuchend, mit einem rasselnden Geräusch in den Bronchien, mit einem Gefühl von totaler Erschöpfung, Erleichterung und vorläufiger Ruhe.

Es war eine mühselige Arbeit, aber ich bekam das Badezimmer sauber. Danach duschte ich lange und heiß. Dann zog ich mir einen sauberen Schlafanzug an. Ich ging ins Kinderzimmer und deckte die Kinder zu, vergewisserte mich, dass sie nicht aufgewacht waren. Ich glitt ins Bett, an die Seite meiner Frau, die fest schlief. Vielleicht hatte sie alles gehört und zog es vor, sich schlafend zu stellen, aus Diskretion oder weil es zu viel für sie war. Auf dem Wecker auf dem Nachttisch stellte ich überrascht fest, dass viel weniger Zeit vergangen war, als ich geglaubt hatte.

Viele Monate lang rührte ich keinen Tropfen Alkohol mehr an. Ich nahm stark ab, und das sehr schnell. Mein Gesicht im Spiegel wurde jünger. Es war erstaunlich, wie leicht ich mich jeden Morgen beim Aufstehen fühlte, ohne schweren Kopf. Das Rauchen hatte ich stark eingeschränkt und sah mich auf einmal mit einer körperlichen Leichtigkeit beschenkt, die in meinem Erwachsenendasein ganz neu für mich war. Ich begann, Tagebuch zu schreiben und Musik von Bach zu hören. Billie Holiday und die Boleros verursachten mir denselben Widerwillen wie der Alkohol. Ich stellte fest, dass der Geist ohne Trinken nicht etwa schrumpft, weil ihm die chemische Stimulanz fehlt, sondern dass er lichte, sich selbst belebende Euphorie verströmt, lange Blitze neuronaler Verbindungen. Ein schon fast krankhafter Anhänger von Borges, war ich übermäßig verliebt gewesen in, wie er es ausdrückt, Abendstimmungen, Hinterhöfe, Düsternis. Jetzt lernte ich, den Morgen zu genießen, das Zentrum und die Heiterkeit.

Natürlich war es eine etwas traurige Heiterkeit, die zerbrechliche Ruhe der Genesung. Die dieser Nacht der Agonie und Reue im Badezimmer vorausgegangenen Monate waren von einer zunehmenden Konfusion bestimmt, einem durchgängigen Delirium, stets verstärkt durch Alkohol, Lüge, Verletzung und Schuld, Versuche oder Vorspiegelungen eines Doppellebens, das immer unerträglicher wurde, verglichen mit dem sichtbaren Leben, dem ich entkommen wollte. Deswegen zogen mich damals Geschichten von Geheimagenten, von Verrätern und Hochstaplern an, Romane von Männern auf der Flucht, die ihren Tod vortäuschen und sich hinter einer neuen Identität verstecken, ihren Verfolgern endlich entkommen. Feige log ich zu Hause, aber ich log auch, wenn ich fortging. Von jeder Reise kehrte ich mit schlechtem Gewissen zurück, einem moralischen Kater, voller Angst, irgendetwas an mir zu haben, das mich verriet, in der Hand einen neuen Band von *Tim und Struppi*.

Nüchtern zu bleiben, kostete mich keinerlei Kraft. Einige der Versuchungen, die unwiderstehlich gewesen waren, als ich noch trank, erwiesen sich als trivial, jetzt, da ihnen der Glanz des Alkohols abhandengekommen war. Ehemals geistreiche Gesprächspartner erschienen mir redundant und langweilig, seit ich ihnen mit einem Glas Wasser oder einer Coca-Cola am Bartresen zuhörte. Die Glut einiger – nun rasch abkühlender – Freundschaften war, so zeigte sich, nicht eine Folge ehemaliger Wesensverwandtschaft und Loyalität gewesen, sondern der Gewohnheit gemeinsamen Alkoholkonsums. Vor Jahren, in der Universität, sagte mir ein Freund, der auf strikte Anordnung seines Arztes das Trinken aufgegeben hatte, einen Satz, den ich später dem alten Trompeter meines Romans in den Mund legte: dass das Leben ohne Alkohol seinen Glanz verliere und alles nur noch schwarz-weiß aussehe. Ich aber sah viel lebhaftere Farben, seit ich nicht mehr trank. Und wenn ich im Grunde ein wenig fürchtete, durch das Lassen vom Alkohol vor der leidenschaftlichen Intensität zu kapitulieren, die einen erst richtig lebendig macht und vielleicht auch erst zum Schreiben bringt, so war ich dennoch sicher, dass ich aus großer Gefahr gerettet, vor etwas Dunklem und möglicherweise Unwiderruflichem bewahrt worden war, dass ich – egal wie – eine Auszeit brauchte, ein Weniger an Reisen, mehr Zeit für meine Kinder, zu ehelicher Intimität zurückkehren musste, dass ich akzeptieren sollte, was ich war und was ich hatte, das neue Haus, in dem wir so gerne wohnten, das Leben in Granada, einen neuen Roman, an dem ich schon Jahre mit Unterbrechungen gearbeitet hatte, der vielversprechend war und neu geschrieben werden musste, da er weniger von Literatur beeinflusst sein sollte als von meinen persönlichen Erlebnissen und denen der Menschen, bei denen ich aufgewachsen war.

Vielleicht wäre es möglich, mit dem zufrieden zu sein, was man hatte, innerhalb der Grenzen, die man sich selbst durch sein Tun und sein Zögern gesteckt hatte, eines stillen Daseins ohne Dramatik, in dem man der Literatur die leidenschaftlichen Impulse anvertraute, die im wirklichen Leben so wenig fruchtbar gewesen waren. Nicht lügen, keinen Schaden anrichten, nicht leiden. Beim Schreiben trank ich Tee, Leitungswasser oder gar nichts. Das Gehirn brachte erstaunliche Stimulanzien hervor. Ohne Alkohol hielt die Erregung des Schreibens viel länger an, und die Wörter flossen aus den Fingerspitzen in die Tasten des Computers, setzten auf dem Bildschirm ihre euphorisierenden Substanzen frei.

In dieser geistigen Verfassung reiste ich zum zweiten Mal nach Lissabon. In Madrid blieben mir bis zur Abfahrt des Zuges noch ein paar Stunden. Eine Journalistin, die mich vor einigen Tagen in Granada besucht und mich interviewt hatte, hatte mir ihre Telefonnummer gegeben, doch ich konnte mich nicht dazu entschließen, sie anzurufen. Nach dem Interview hatten wir zusammen gegessen. Sie war sehr jung, rothaarig, attraktiv, hatte einen herrlichen Madrider Akzent, eine rasche Auffassungsgabe und einen ausgeprägten Sinn für Humor.

Ich schlenderte voller bittersüßer oder insgesamt eher bitterer Erinnerungen und Abschiede ohne Wiederkehr durch die Straßen der Innenstadt, die mir schon sehr vertraut waren. Wenn ich an einer beleuchteten Telefonzelle vorbeikam, dachte ich an die Nummer, die ich mir aufgeschrieben hatte, ging aber aus Schüchternheit oder Trägheit nicht hinein, um sie zu wählen. Viel zu früh gelangte ich zum Bahnhof und saß schon lange vor der Abfahrt in meinem Abteil des Lusitania-Express.

Diesmal reiste ich nicht in einem Abteil mit Stockbetten, sondern in einem eigenen Schlafwagenabteil. Ein Schaffner kam zu mir und bat mich höflich um ein Autogramm für den Roman mit dem Namen Lissabon im Titel. Ich tat die ganze Nacht kein Auge zu. Die Aufregung der einsamen Reise hinderte mich am Schlafen, ebenso der Wunsch, das gemütliche und komfortable Abteil in seiner ganzen Fülle auszukosten: die kleine Lampe über dem Bett, das Kopfkissen in meinem Rücken, an das ich mich lehnen konnte, um zu lesen, der sanfte Rhythmus des Zuges, die nächtliche Landschaft jenseits des Fensters.

Ich erinnere mich nicht mehr an die Eindrücke meiner Ankunft, an die Lage des Hotels, das sehr viel besser und zentraler gelegen war als das meiner ersten Reise. Wie im Licht eines kurzen, hellen Blitzes erinnere ich mich an das Gefühl, in der Sonne des Novembermorgens die Avenida da Liberdade hinunterzugehen, wieder die Pflasterung der Lissabonner Gehwege zu sehen, den blanken Glanz der kleinen Steinwürfel in einem sanften Weiß wie von Knochen.

Nur das ist mir von dieser Reise geblieben: die wohltuende Lichterflut, das plötzliche Wiedererkennen der Stadt nach beinahe vier Jahren. Ich weiß nicht mehr, was ich dort getan habe, mit wem ich zusammen war, wer mich eingeladen hatte. Diese Nacht im Hotel konnte ich auch kaum schlafen. Ich verbrachte sie in einem unruhigen Halbschlaf, ungeduldig und mit dem typischen klaustrophobischen Gefühl schlafloser Hotelzimmernächte, wenn man weiß, dass man am anderen Morgen früh aufstehen muss, weil die Pflicht der nächsten Reise ruft.

Ich flog nach Madrid zurück. Dort sollte ich an einer Veranstaltung zu Ehren von Adolfo Bioy Casares teilnehmen. Im Duty-free-Shop des Flughafens kaufte ich eine Flasche Single-Malt-Whisky. Ich trank jetzt hin und wieder, sehr bedacht, ein Glas Wein zum Essen oder am Abend, dann und wann ein Bier, gelegentlich einen Single Malt, den ich mir auf der Zunge zergehen ließ, den Geschmack von Rauch, von Algen und Barrique, den ich genussvoll auskosten konnte, weil meine Geschmacksnerven nicht vom Gewohnheitstrinken betäubt waren.

Das Gefühl, nicht wirklich auf der Erde zu sein, von einem Ort zum anderen zu schweben, verstärkte sich bei meiner Ankunft in Madrid, da mein Hotel in einer mir völlig unbekannten Gegend lag, die ich auf meinem geistigen Stadtplan nicht verorten konnte. *Hotel Mindanao*. Es war ein riesiger Bau von vulgärer Modernität, an einer breiten Allee gelegen, die mir vollkommen fremd war, mit hohen Gebäuden aus den Siebzigerjahren, die überall in Madrid hätten stehen können, in jeder anderen Stadt.

Am späten Vormittag hatte ich mein Zimmer bezogen, ganz ähnlich dem des Hotels in Lissabon. Bis sieben Uhr abends hatte ich nichts zu tun. Ich dachte daran, die Journalistin anzurufen, entschuldigte mich dann aber vor mir selbst damit, dass sie ja wahrscheinlich zu der Veranstaltung mit Bioy kommen würde. Vielleicht aß ich allein im Hotelrestaurant. Vom Zimmer aus rief ich in Granada an, um mit meinen Kindern zu sprechen. Erschöpft und schläfrig legte ich mich aufs Bett, konnte jedoch nicht einschlafen. Ich war nervös und ein wenig eingeschüchtert, weil ich Bioy kennenlernen würde. Einige seiner Romane und ein paar Kurzgeschichten hatten einen ebenso entscheidenden Einfluss auf mich gehabt wie die von Borges oder Onetti: die Leichtigkeit und Stringenz der Handlung, die Gegenwart des Unheimlichen und Fantastischen im Alltäglichen, die Ironie, seine Art, Erotik und Zärtlichkeit anzudeuten. Ich musste meinen Auftritt für den Abend vorbereiten. Wie gewöhnlich hatte ich das bis zum letzten Moment hinausgeschoben.

Bei der Veranstaltung für Bioy Casares traten auch Enrique Vila-Matas auf und der Dichter Juan Luis Panero, ein korpulenter Mann, Sanguiniker, herzlich und gesprächig, mit einer dröhnenden Stimme und ebensolchem Lachen, der sich mit der kategorischen Eloquenz spanischer Kaffeehausdiskutanten zu Gehör brachte. Mit Bioy ging er recht vertraut um. Bioy war sehr wohlerzogen, lieb, eine stattliche hagere Erscheinung, vom Alter leicht gebeugt, aber wohl erst seit Kurzem. Er war von einer makellosen Eleganz, die sich in seinem Anzug aus englischer Wolle und den festen Lederschuhen ebenso zeigte wie in seinem Benehmen, der höflichen Art, sich seinem Gegenüber zuzuwenden, sich zu bedanken. Sein Haar war grau mit einem rötlichen Schimmer, die Augen unter den dichten Brauen sehr hell, Wangen und Kiefer hatten etwas von der knochigen Noblesse eines alten Galans. Durch Borges und Bioy war ich recht schnell zu einem Liebhaber von Kriminalromanen und fantastischer Literatur geworden, deren formale Disziplin mit der von Poesie vergleichbar ist. In Bioys Geschichten aber gab es außerdem die Liebe zu den Frauen, die damit einhergehende Rechtfertigung einer Männlichkeit, die dem Weiblichen stets staunend und respektvoll begegnete, unweigerlich verführt durch das Zusammenspiel von Intelligenz und Schönheit, von Ästhetik und Lust, von all dem, was flüchtig, gedämpft, mehr zu ahnen als zu sehen war.

Unter den Gesichtern im Publikum erkannte ich das der Journalistin, die noch nicht du warst, die du leicht nicht hättest sein können. Sie stand hinten im Saal, nahe am Eingang, weil keine Plätze mehr frei waren, eben eingetroffen oder im Begriff zu gehen. Ich sah sie zum dritten Mal, und es war das erste Mal, dass ihre Anwesenheit mich berührte, und ich hoffte, dass sie nicht ging. Außer Namen und Beruf wusste ich nichts von ihr. Sie hätte am Ende der Veranstaltung verschwinden können, als der Ring, der sich um Bioy gebildet hatte, sich lange nicht auflösen wollte. Der Saal leerte sich, und sie blieb noch, kam aber nicht nach vorn. Alles geschah auf eine unbestimmte Weise, tastend oder unsicher, die sich mit anderen unwahrscheinlichen Dingen verbanden. Vor zwei Tagen noch war ich in Granada gewesen, gestern in Lissabon, heute Abend in Madrid bei Bioy Casares, sah sie unter den Leuten, die sich noch nicht zum Gehen entschließen konnten, als ich einen Moment den Blick abwandte von denen, die vor mir standen und mir etwas sagen, mir danken wollten, mir Bücher und Umschläge hinhielten, mich baten, einen Roman zu signieren, fast immer den von Lissabon, obwohl ich zu dieser Zeit schon zwei weitere veröffentlicht hatte.

Endlich war ich frei und wollte mich ihr zuwenden, als eine Dame auf mich zu trat. Eine ältere, ausländisch aussehende Dame, blond, korpulent, mit blauen Augen und einem runden Gesicht, einem dieser Gesichter, in denen noch die Züge der Jugend sichtbar waren, einer Jugend, die sich lange eine kindliche Form bewahrt hat. Sie gab mir die Hand und sprach mit dem Akzent von Buenos Aires, als sie mir sagte, sie heiße Dolly. Während sie heftig auf mich einzureden begann und ich nicht wusste, wie ich sie unterbrechen und mich von ihr losmachen sollte, würde die Journalistin die Geduld verlieren, und wenn ich wieder einen Blick in den leeren Saal würfe, würde ich sie nicht mehr sehen.

»Dolly, Dolly Onetti«, wiederholte die Dame. Sie sagte, sie überbringe mir eine Nachricht von Juan. Dolly nannte Onetti immer Juan, nicht Juan Carlos. So wie ihn bewunderte ich keinen anderen lebenden Autor. Die Dame trug einen langen Mantel und einen kleinen englischen Hut. Sie sagte, Juan habe meinen Roman gelesen und würde sich gern einmal mit mir unterhalten. An diesem Tag stürzte alles auf mich ein. Sie gab mir einen Zettel mit einer Anschrift und einer Telefonnummer. Sie sagte, ich solle morgen früh anrufen, ob ich komme, und sie erwarteten mich in jedem Fall gegen zwölf.

Zu dieser Journalistin zu gelangen war, wie im Traum jemanden erreichen zu wollen und nicht vorwärtszukommen. Dann sah ich ihr lächelndes Gesicht nah vor mir, die etwas schräg gestellten, leicht eingesunkenen Augen, das rötlich schimmernde lange Haar, die rot geschminkten Lippen. Sie sagte, sie habe nur auf mich gewartet, um Hallo und Lebewohl zu sagen. Ich sei sicher mit Bioy und den anderen Autoren zum Abendessen verabredet. Ich sagte, sie solle nicht gehen, sie könne doch zum Essen mitkommen. Das Hotelrestaurant war nur ein paar Schritte entfernt. Im Ausschnitt ihrer Bluse war ein Streifen schwarzer Spitze zu sehen. Ich bat sie, wenigstens auf ein Bier zu bleiben.

Sie warf einen Blick auf die Uhr und schaute sich suchend um, nach einem Telefon. Zwischen Veranstaltungssaal und Hotel verlor ich sie einen Moment lang aus den Augen und dachte, sie sei gegangen. Dann tauchte sie wieder auf, ruhiger jetzt, wenn auch erkennbar unsicher unter den anderen. Sie steckte ein paar lose Münzen zurück in ihre Handtasche.

Ich wusste nichts von ihr, und mit einem sehr männlichen Mangel an Vorstellungsvermögen oder Neugier kam ich gar nicht auf die Idee, mich zu fragen, ob sie wohl jemanden angerufen hatte, um zu sagen, dass sie später käme. Die ganze Zeit blieb unklar, wie lange sie noch bleiben würde: auf ein erstes Bier noch an der Hotelbar, auf ein Glas Wein, dann der gefährlich lange Weg von der Bar zum Tisch im Restaurant, das Warten und die Konversation vor dem Essen, als wir schon saßen, aber die Speisekarten noch nicht ausgeteilt waren, das weitere Warten, bis aufgetischt wurde. Sie saß neben mir, weil ich der Einzige war, den sie hier kannte; aber ich war ebenfalls weitgehend fremd, so wie sie für mich, obgleich die anderen vermutlich eine gewisse Nähe zwischen uns als selbstverständlich voraussetzten.

Bioy benahm sich ihr gegenüber wie der aufmerksame Kavalier, der ihre Unbehaglichkeit spürte und sich um sie bemühte. Es war die melancholisch verliebte Zuwendung eines kranken, kraftlosen Mannes von sechsundsiebzig Jahren zu einer begehrenswerten Frau von achtundzwanzig.

Das Abendessen nahm kein Ende, zog sich hin mit dieser aufreibenden Zähigkeit spanischer Mahlzeiten und Nachtische, das alles trotz der sichtbaren Erschöpfung Bioys, der am Morgen erst aus Buenos Aires gekommen war. Der Dichter Panero dominierte das Gespräch mit seiner polternden Stimme. Die Journalistin schaute sich das alles an, lauschte aufmerksam und mit einer gewissen ironischen Zurückhaltung den weitschweifigen Schriftstelleranekdoten, leicht vorgebeugt, wie ein etwas kurzsichtiger Mensch, der vergessen hat, seine Brille aufzusetzen. Sie hatte wenig gegessen und so gut wie nichts getrunken. Sie sagte mir, sie möge zwar die Wirkung des Alkohols, nicht jedoch den Geschmack und den Geruch, also trank sie lieber nicht. Sie machte Anstalten aufzustehen, ich bekam einen Schreck und bat sie, noch zu bleiben. Sie wollte zur Toilette oder noch einmal telefonieren und kramte in ihrer Handtasche nach den Münzen, bevor sie sich erhob. Sie blieb eine Weile fort, und ich fürchtete, dass sie gegangen war, um sich das unangenehme Verabschieden zu ersparen. Welch eine Erleichterung jedes Mal, sie zurückkehren zu sehen!

Es war anstrengend, gegen Ungeduld und Erschöpfung anzukämpfen. Ich wusste längst nicht mehr, wie viele Nächte ich nicht mehr richtig geschlafen hatte. Die schlaflose Nacht im Lusitania-Express, die im Hotel in Lissabon, die übliche schlaflose Nacht in Granada aus Nervosität vor dem nächsten Abend in Madrid. Es muss ein Fegefeuer geben, in dem die Strafe darin besteht, an einer Reihe spanischer Abendessen teilzunehmen, die spät beginnen, sich bis nach Mitternacht hinziehen, kein Ende finden und darüber hinaus noch in die Verlängerung endloser Verabschiedungsrunden gehen.

Nach mehreren Stunden erhoben wir uns endlich vom Tisch. An der Fahrstuhltür gab Bioy uns einem nach dem anderen die Hand, blass, erschöpft, geschwächt, warmherzig. Der Dichter Panero umarmte ihn wie ein Bär mit einem Trommelwirbel von Schulterklopfen. Und dann waren nur noch die Journalistin und ich da, und es gab keinen Grund für sie, nicht zu gehen. Ich begleitete sie zum Hoteleingang, es war zwei oder drei Uhr morgens. Um diese Zeit und durch den Filter des Verlangens, der Ungewissheit und Schlaflosigkeit wirkte die breite Allee noch unwirklicher. Es standen keine Taxis vor dem Hotel. Die Allee verlief abschüssig, und weiter oben, ganz am Ende, sah man eine Reihe grüner Taxilichter.

Bis vor einigen Minuten wollte die Zeit nicht vergehen, festgefahren im Sumpf von Abendessen, Nachtischen, Runden von Gin Tonics und Whiskeys, Zigaretten und Literaturtratsch. Jetzt würde sie mir in wenigen Sekunden davoneilen, würde, wenn wir schweigend die Reihe der wartenden Taxis erreichen, sie die Tür des ersten öffnen, sich von mir verabschieden und zu ich weiß nicht wem und wohin fahren würde, einfach verschwinden, wie sie heute Abend einfach unter den Gästen aufgetaucht war, eher am Rand des Geschehens, im Hintergrund, kein Teil von ihnen, allein, attraktiv, mit diesem ironischen Lächeln, mit dem sie sich auch später, während des Essens, der Gruppe entzogen hatte, unauffällig wie eine Katze, die Gegenstände umschleicht, ohne sie zu berühren, sie aufmerksam erkundet, ohne sie anzutasten.

Sie war wie keine andere Frau, die ich bislang kennengelernt hatte; von rascher, treffender Auffassungsgabe, scharfsinnig, ohne grausam zu sein, kultiviert, ohne darauf abzuheben, mit großer Leichtigkeit in der Art, über Dinge zu sprechen, die sie mochte, Filme, Lieder oder Bücher, und so sich auch begeisternd, ohne feierlich oder ehrfürchtig zu werden. Sie bewegte sich mit einer schwingenden Anmut, mit einer schwärmerischen Zuwendung gegenüber alltäglichen Dingen gleich einem Kind im Angesicht der Lichter eines Jahrmarktes. Freude und Leid berührte sie gleichermaßen, obwohl das Leben und die Arbeit in Madrid ihr von beidem noch nicht allzu viel mitgegeben haben dürften, eine leichte Überspanntheit, vielleicht ganz typisch für ihr Alter, half wohl auch, sich nicht dem Diktat der Mode zu unterwerfen, mit ihrer roten Mähne und ihrem Gesicht einer Stummfilmschauspielerin aus den Zwanzigerjahren, den unlackierten Fingernägeln, den Kopfhörerknöpfen eines Walkman, kurzen Stiefelchen und engen Hosen, Socken mit Mickymausmuster. Ich war selbst erstaunt, wie sehr ich sie begehrte. Im letzten Moment, am Bordsteinrand, neben der Taxitür, schluckte ich und sagte leise zu ihr: »Ich fände es schön, wenn du bei mir bliebst.«

Ich erinnere mich an sehr gedämpftes Licht, das große Bereiche des Zimmers im Schatten ließ und später deinen nackten Körper umspielte. Stunden vergingen, und es war immer noch Nacht hinter dem Fenster, über den Dächern und Balkonen dieser unwirklichen Stadt, die dennoch Madrid war, so neu, wie das Erstaunen und die Dankbarkeit, dir begegnet zu sein, ohne ein Gestern, ohne ein Morgen, in diesem Zimmer außerhalb der Welt, zwischen Zärtlichkeit und Vergehen, uns mit weit geöffneten Augen ungläubig anschauend, die Gesichter ganz nah beisammen, eines über dem anderen, das Gesicht, das man bis vor einem Moment noch nicht gesehen hat und danach nicht wiedersehen wird, fremd, erstaunt, geheim, das niemand sonst sehen wird.

Im Halbschlaf sah ich dich aufstehen, nackt durchs Halbdunkel gehen wie ein Blitz. Ich hörte die Dusche, und dann sah ich dich aus dem Bad kommen, still und leise, die auf Bett und Boden verstreute Kleidung zusammensuchen, dich anziehen und deine Sachen nehmen. Du hast dich zu mir herabgebeugt und mir einen Kuss gegeben, mir etwas ins Ohr geflüstert und die Nachttischlampe gelöscht. Draußen wurde es da schon hell. Ich schlief tief und hatte angenehme Träume, sehr detailliert und voll leuchtender Farben: die weißen Mauern und das Blau von Lissabon, die Scharlachblüten der Bougainvilleen, das helle Morgenlicht von Madrid. Sexuelle Beglückung intensiviert die Farben des Traums.

Mich weckte deine Stimme im Zimmer, doch als ich die Augen aufschlug, warst du nicht da. Deine Stimme erklang im Radio, das du auf dem Nachttisch eingeschaltet hattest. Es war eine klare, ausdrucksvolle Radiostimme, in die man sich verlieben kann, ohne je das Gesicht der Sprecherin gesehen zu haben. Diese Frau mit der so jung klingenden Stimme, die jetzt in einer Nachrichtensendung sprach, war dieselbe Frau, die die Nacht mit mir verbracht hatte. Ich wusste immer noch so gut wie nichts von ihr. Wir hatten uns auch nicht für ein nächstes Mal verabredet. Ich wusste nicht, ob ich sie wiedersehen würde.

So viele Dinge passierten mir gleichzeitig, dass ich sie weder in meinem Kopf noch in meiner Erinnerung geordnet bekam und es mir schwerfiel, ihre Wahrscheinlichkeit anzuerkennen. Um halb zwölf vormittags fuhr ich im Taxi durch Madrid, ohne die geringste Vorstellung davon, wo ich mich befand, und ohne etwas von dem zu erkennen, was ich durchs Taxifenster sah, etwas von dem zerstückelten Madrid meiner ein- oder zweitägigen Besuche. Ich hatte meine Reisetasche dabei und fuhr zu der Adresse, die Dolly Onetti mir gegeben hatte, in der Avenida de América. Von dort aus würde ich zum Flughafen fahren und meinen Rückflug nach Granada nehmen.

Die Flut der Begegnungen und Ereignisse, das wohlgehütete und ausgekostete Nachklingen der Stunden mit dir im Hotelzimmer dämpften die Nervosität, mit Onetti verabredet zu sein. Ich hielt den Griff der Reisetasche umklammert und spürte das Klopfen meines Herzens mitten in der Brust, als ich mit dem Fahrstuhl in das oberste Stockwerk des Gebäudes fuhr. Hinter dieser schlichten Tür am Ende des Flurs erwartete mich also der Schriftsteller, dem ich den wohl entscheidenden Impuls für meine Berufung verdankte.

Ich nahm all meinen Mut zusammen, reckte mich, atmete vor der Tür noch einmal tief durch und klingelte. Dolly öffnete mir und führte mich in ein Wohnzimmer, das ich im Halbdunkel in Erinnerung habe, im Gegenlicht der offenen Fenster auf einen Balkon über den Dächern von Madrid. »Juan fühlt sich nicht gut«, sagte Dolly, ohne die Stimme zu heben. »Er ist stark erkältet und hat die ganze Nacht nicht geschlafen.«

Es war eine Wohnung mit schlichtem Mobiliar, gediegenen, gebrauchten Dingen, mit Fotos und Postern an den Wänden, mit Regalen, in denen ich Hunderte Buchrücken von Kriminalromanen in Taschenbuchausgaben sah, den unvergesslichen Ausgaben des Séptimo Círculo und von Bruguera, die ich selbst reihenweise verschlungen hatte. »Juan liest unaufhörlich Krimis. Hat er einen beendet, fängt er gleich den nächsten an. Alle paar Tage trage ich die gelesenen zu einem Antiquar und bringe ihm ein paar neue mit. Da er nachts nicht schläft, hat er sie immer gleich durch.«

Onetti lag in einem kleinen Zimmer, kahl wie ein Krankenhauszimmer, auf einem Klappbett auf der Seite, wie verdreht, wackelig auf einen Ellenbogen gestützt, eine Zigarette zwischen den Fingern, die dünnen Beine in einer Pyjamahose, hellblau wie die eines Kranken, blaue Hausschuhe an den Füßen, violette Knöchel, der geblähte Bauch schob sich aus der halb geöffneten Pyjamajacke hervor. Er hatte große vorquellende Augen, einen dürren Bart und trug keine Brille. Sein Gesicht war violett und aufgeschwemmt vom Alkohol. Seine Hände waren lang und verdreht, nur noch imstande, Zigaretten, Gläser, Bücher, Feuerzeuge zu halten. Dolly sagte, wenigstens trinke er jetzt nur noch Wein, mit Wasser vermischt. Ein Glas Wein stand auf einem kleinen Klapptisch – solchen aus Krankenzimmern ähnlich – an seinem Bett.

Darüber hinaus gab es Bücher, lose Zeitungsseiten, Ausschnitte daraus, einen Aschenbecher voller Kippen, eine oder zwei Schachteln Zigaretten, eine Flasche abgefüllten Weins, ein Glas Wasser, Medizinfläschchen. Das hohe schmale Fenster, dem Onetti stets den Rücken zukehrte, ging auf einen Balkon voller Blumenkübel, von dem aus man den Himmel von Madrid über dem roten Backsteinturm auf der Avenida de América sah, auf dem des Nachts der Schriftzug der Iberia leuchtete.

Heute bedauere ich es, mir nicht gleich Notizen gemacht zu haben von allen Einzelheiten der Begegnung und unserem Gespräch, von dem, was Onetti mir vor vierundzwanzig Jahren erzählt hat, Erinnerungen von Erinnerungen, die er sich so oft versucht hatte ins Gedächtnis zu rufen, dass sie dabei verschlissen sind. Über dem Kopfende des Bettes ohne Rückenteil, über dem gefalteten und zerknautschten Kopfkissen, einem Kopfkissen nächtlicher Schlaflosigkeit, waren Fotos mit Heftzwecken oder Klebeband an der Wand befestigt: eine Foxterrierhündin, die vor Kurzem verstorben war, die Biche, Freunde und Enkelkinder; seine Tochter mit ihrem nordischen Gesicht, ein junges Mädchen mit dunklem Teint und braunen Haaren, eine Schönheit. Sie habe Juan vor Kurzem besucht, sagte Dolly in nachsichtigem Ton, und sie hätten sich stundenlang unterhalten. »Juan hat nämlich eine ziemlich lolitane Schwäche.« Wir sprachen über Humbert Humbert und Lolita: Onetti sagte, der Roman hätte nach der Nacht enden müssen, in der Humbert dem Mädchen Gewalt antut, alles Weitere sei unnötige Ausschmückung. Warum habe sich Nabokov nicht damit begnügen können, einen Kurzroman zu schreiben, sagte er mit diesem Ausdruck von tragischem Irrtum in seinem glupschäugigen Blick; krank, die Ohren von der Grippe verstopft, versuchte er, sich über die nahende Invalidität hinwegzusetzen, über die vorübergehende Taubheit, den Schimpf des Alters und der Jahre.

Er sprach von seiner Liebe zu Faulkner, den ich durch ihn für mich entdeckt hatte. Er zeigte mir einen Leserbrief, den er für eine Zeitung geschrieben hatte und in dem er sich über die Besessenheit mokierte, mit der Bischöfe und Kirchenleute sexuelle Leidenschaften regulieren oder verbieten wollen, zu denen sie – streng genommen – keine Meinung haben dürfen, weil sie nichts darüber wissen.

Ich erzählte ihm, wie schwierig es im Granada der Siebzigerjahre, als ich dort studierte, gewesen war, seine Bücher zu finden:

wie ich zum ersten Mal eine Ausgabe von *Das kurze Leben* sah oder in einem Haus, in dem ich zu Gast war, *Die Werft* hatte mitgehen lassen. Er erinnerte sich noch an das Glücksgefühl, als er mit einem soeben erschienenen Roman von Faulkner aus einem Buchladen kam und auf der Straße gleich darin zu lesen begann, dabei mit anderen Fußgängern zusammenstieß.

Mit langen Fingern, dünn wie Pinzetten und gelb von Nikotin, fummelte er die Zigaretten aus der Schachtel und zündete sie – aufgestützt auf dem Ellenbogen – mit einem Einwegfeuerzeug an. Er nahm tiefe Züge und streifte die Aschesäule, die sich bildete, nicht im Aschenbecher ab, sondern klopfte, was herunterfiel, nachlässig von der Pyjamajacke. Es war verwunderlich, dass es weder Brandflecken auf der Bettdecke noch auf dem Pyjama gab und dass nicht überhaupt alles einmal in Flammen aufgegangen war. Dolly sagte mir, dass sie aus Angst, er könnte mit brennender Zigarette einschlafen und alles in Brand setzen, nachts keine Ruhe fand.

Ich hätte mir gewünscht, den Mut aufzubringen, um Onetti von dem zu berichten, was mir vor ein paar Stunden erst mit dir passiert war. Von ihm hätte ich gern gelernt, wie man über Verlangen und Zärtlichkeit schreibt, über das Wunder und die Dankbarkeit, etwas erlebt zu haben, das man sich nie erträumt hätte, von dem man nicht einmal wusste, dass es existierte. Aus dem Gedächtnis zitierte ich eine Passage aus *La cara de la desgracia*, das jetzt insgeheim auf dich anspielte: »Und mit einem Mal hatte ich das nie Verdiente, ihr Gesicht, von der Ebene überwältigt und vom Glück unter dem Mond.« Das war für mich Onetti, viel mehr als Schäbigkeit und Verbitterung: die Ekstase des Schönen oder unerwartete Fülle, Larsens Liebeserklärung in *Die Werft*: »Jetzt ja, jetzt atme ich: sie ansehen und irgendwas zu ihr sagen. Ich weiß nicht, was das Leben mir zugedacht hat, aber diese Begegnung entschädigt mich schon. Ich sehe sie und schaue sie an«.

Er sprach mit mir wohlwollend über meinen Lissabon-Roman. Er sagte, er habe ihn hier auf seinem Nacht-, seinem Schlaflostisch liegen, bei der Medizin, den Zigaretten und Krimis, den Roman, in dem so viel war, was ich von ihm gelernt oder abgeschaut hatte, von der Musikalität seines Schreibens, seiner Art, die Dinge zu sehen. Und plötzlich sah ich die Begegnung mit ihm im Licht jener Geschichte, die vor über drei Jahren zu Ende gegangen war und allmählich hinter mir zurückzubleiben begann. Ohne sie hätte ich ihn nicht kennengelernt, wäre an diesem späten Vormittag nicht bei ihm, wäre nicht nach Lissabon zurückgekehrt, hätte dich nicht kennengelernt. Er war der alte kranke Maestro und ich der Schüler, der ihn besucht, sich um ihn kümmert und von ihm in die Geheimnisse des Berufes eingeweiht werden will, in die Musik oder die Literatur, egal.

Graham Greene hat einmal gesagt, Romane werden manchmal aus Erinnerungen an die Vergangenheit geschrieben, manchmal aber auch aus vorweggenommenen Erinnerungen an die Zukunft. Als ich an den Besuch des jungen Musikers im Krankenhaus, in dem sein Meister liegt, in meinem Roman dachte, hatte ich kaum etwas anderes erzählt als das, was mir gerade passierte.

Dolly sagte zu mir, Onetti trinke nur billigen Wein und schlechten Whisky, und das sei gar nicht gut für ihn. Ich bat sie, mir zu gestatten, ihm die Flasche Single-Malt-Whisky zu schenken, die ich am Tag zuvor in Lissabon, im Duty-free-Shop des Flughafens gekauft hatte. Sie war einverstanden und sagte mit ergebener Miene: »Wenigstens trinkt er dann was Gutes.«

Sie brachte zwei saubere Gläser und schenkte Onetti ein wenig Whisky ein, und ich trank auch etwas. Ich war so gut wie nüchtern und das Trinken nicht mehr gewohnt. Der Whisky schmeichelte sich unverzüglich bei mir ein. Ich erinnerte mich an die drei Dinge, die ihm, wie er sagte, am liebsten waren: »Das Schreiben, eine sanft sich steigernde Betrunkenheit, die körperliche Liebe.« Dolly erzählte eine Begebenheit aus der Zeit, als sie anfangs zusammen waren, sie war noch ein junges Mädchen, und er verfiel in Schweigen und sagte dann: »Rubén hat gesagt, dass es nur zwei Dinge gibt, Reue und Vergessen.«

Manchmal schwieg er lange und war schrecklich ernst, hielt eines seiner vorquellenden Augen auf mich, auf die Wand oder ins Leere gerichtet. Ich schaute heimlich und mit einem Gefühl von Illoyalität auf die Uhr. In Kürze würde ich zum Flughafen aufbrechen müssen, wenn ich meinen Flug nicht verpassen wollte. Er sagte zu Dolly, sie solle mir eines der beiden wertvollsten Bücher holen, die er besaß, den ersten der beiden Bände der monumentalen Faulkner-Biografie von Joseph Blotner. Dolly fragte, warum er mir nicht beide Bände gebe. »Um sicher zu gehen, dass er wiederkommt und mir den einen zurückbringt, um dann den anderen mitzunehmen.« Doch die Zeit verging, und ich kam nie zurück. Den zweiten Band schenkte mir Dolly nach seinem Tod. Als wir uns verabschiedeten, tat Onetti das mit einem festen Händedruck, halb seitlich im Bett aufgerichtet, mit einer unerwarteten Kraft in seinen schwachen Fingern, und sagte zu mir: »Es ist schön, sich als Freund zu fühlen.«

21

Jede Geschichte braucht ein Ende. Eine Geschichte besteht aus dem unaufhaltsamen Voranschreiten hin zu ihrer Auflösung. Man muss ihre innere Kraft spüren, nicht die des eigenen Gehens, sondern die des sich Gehenlassens, wenn man still steht und doch in Bewegung ist, geleitet von einer unpersönlichen höheren, jedoch nicht bedrückenden Kraft, mit der Geschwindigkeit eines Zuges oder Autos, wenn das Vorangleiten so machtvoll ist wie das Zurücklassen.

Der Schlusspunkt ist ein Gedankenstrich in der Zeit. Das kann eine durchschlagende Geste sein, die im Grunde aber so irrelevant ist wie ein Strich, der durchs Wasser oder durch den Sand gezogen wird. Es ist schwer, einen Anfang zu finden; aber noch schwerer ist es, ein Ende zu finden. Darüber hinaus gibt es nichts. Ein Kind nimmt nur äußerst widerstrebend hin, dass eine Geschichte zu Ende ist, obwohl ja das Wissen um den Ausgang der unwiderstehliche Magnet war, der seine Aufmerksamkeit angezogen hat. *Und wenn sie nicht gestorben sind, dann leben sie noch heute.* Das Kind jedoch sieht keinerlei Grund, warum das Märchen nicht endlos weitergehen kann oder soll, nicht einmal, wenn der Tod ein unwiderrufliches Ende zu setzen scheint. Der böse Wolf frisst Rotkäppchen, doch dann fängt ihn der Jäger, schneidet ihm den Bauch auf, und Rotkäppchen kommt unversehrt heraus. Das Märchen endet, aber das Kind will es noch einmal hören, und so fängt die Geschichte wieder von vorne an.

In den Anfangstagen des Kinos wurde die Dauer von Episodenfilmen von Mal zu Mal länger, war die letzte Szene einer

Episode stets voll höchster Gefahr und unerträglicher Spannung. Die durchgehenden Pferde einer Postkutsche, in der die Heldin saß, rasten auf einen Abgrund zu. Der unschuldig Verurteilte stand vor einem Erschießungskommando, oder ihm wurde der Strick um den Hals gelegt. Die Lunte einer Bombe zischte ihrem Ende entgegen, ohne dass die Beteiligten etwas von der Gefahr ahnten. Die Hände des Helden begannen von der Kante des Steilhangs abzurutschen. Kurz vor der Katastrophe wurde zu einer neuen Szene übergeblendet, und die Geschichte nahm einen anderen Verlauf, ähnlich einer Kletterpflanze, die weiterwächst, auch wenn einige ihrer Zweige gekappt wurden. Die europäische Musik schlägt stets einen geschlossenen Bogen vom Anfang zum Ende, ob in den drei Minuten eines Schlagers oder der langen Stunde einer großen Symphonie. Afrikanische Musik ist von unbestimmter Länge, so wie die indonesische Gamelanmusik, die von Phasen geringerer oder höherer Komplexität gekennzeichnet ist, gleich einem Regen im Wald, der im Lauf von Stunden mal mehr, mal weniger intensiv ist, aber nicht aufhört, und wenn er es doch tut, so ganz abrupt, ohne jede Vorankündigung, ohne einen Hinweis, dass es aufklaren könnte.

Dies nun ist ein mögliches Ende, das die eindeutigen Tatsachen nüchtern in den Blick nimmt. Am Morgen des 17. Mai 1968 bezahlte der kanadische Staatsbürger Ramon George Sneyd seine Rechnung im *Hotel Portugal* und nahm ein Taxi zum Flughafen. Allein die Daten und das Szenario der Stadt verleihen seinem Aufenthalt in Lissabon eine gewisse Konsistenz, geben zumindest eine Zeitspanne vor, eine räumliche Einheit, eine Andeutung von Symmetrie. Neun Tage zuvor war er mit einem Nachtflug aus London eingetroffen. Der Flug zurück nach London ging um elf Uhr morgens. Bei der Ankunft hatte er einen Koffer aufgegeben, der zwölf Kilo wog. Als er denselben Koffer beim Rückflug aufgab, wog er zwei Kilo mehr.

Bei der Ausgangskontrolle bemerkte der Polizist, der seinen Pass kontrollierte, dass darin der Einreisestempel für Portugal fehlte. Zum Glück sprach er Englisch. Sneyd, nervös, unterwürfig, ein bisschen verwirrt, suchte in den Taschen seines braunen Anzugs und seines Mantels, den er unter dem Arm geklemmt hielt, bis er den anderen Pass fand, den er auf der Seite mit dem Einreisestempel aufschlug, und wies auch auf den Fehler darin hin, durch den er gezwungen gewesen war, sich in der Botschaft seines Landes einen neuen Pass ausstellen zu lassen. Er legte die beiden Pässe auf den Schaltertresen, schob sich die Brille auf der Nase hoch und drückte den Mantel fester an sich, der sich öffnete und ihm zu entgleiten drohte. Die Fotos beider Pässe waren, obwohl im Abstand von einem Monat aufgenommen, beinahe identisch. Der gleiche Ansatz eines misslungenen Lächelns, die gleiche offizielle Förmlichkeit, dieselbe Krawatte, die Brille. Womöglich hatte der Polizist schon seine verlorene Spur wiedergefunden und versuchte, ihn abzulenken, während er heimlich einen Alarmknopf drückte.

Er schaute sich auf seine eigentümliche Weise um, wie, um es sich nicht anmerken zu lassen, als gehorche er einem nervösen Tick, was es möglicherweise auch war, einer von vielen, die er sich angewöhnt hatte: das zur einen oder anderen Seite abgewandte Gesicht, das an die Brust gedrückte Kinn, der Blick, der nur für einen Sekundenbruchteil die Augen seines Gegenübers traf. Der Polizist betrachtete den einen Pass, dann den anderen, dann schaute er ihn an, buchstabierte den Namen, beide fast identischen Versionen, Sneyd, Sneya, der minimale Unterschied ausreichend, um die Falle zuschnappen zu lassen, das Netz um ihn zu werfen, derweil die Zeit bis zum Abflug immer knapper wurde.

Die Anspannung brachte ihm das Gewicht des Revolvers in der Hosentasche ins Gedächtnis, die irrationale Möglichkeit, ihn zu ziehen und davonzulaufen, wohin, sich den Weg aus der Umzingelung derer freizuschießen, die ihn in die Zange zu nehmen suchten, in der Flughafenhalle, auf dem Gang zu den Flugsteigen.

Der Polizist gab ihm einen Pass zurück, den alten, dann stempelte er den anderen mit einem trockenen Klack des metallenen Apparats, den sie in Büros benutzten, bei den Ein- und Ausgangskontrollen, ein Tintendruck mit einem Datum, an Grenzübergängen, an den Schreibtischen von Gerichten und Kommissariaten, in den Verschlägen, in denen wie Parasiten jene hockten, die im Gefängnis für den Papierkram zuständig waren. Er gab ihm den Pass zurück und bedeutete ihm mit einer Geste, die sie immer machen, die sie ihr Leben lang einüben, die Handbewegung, die ihm erlaubt, weiterzugehen, die bisher verbotene Linie zu überschreiten, eine müde und auch verachtungsvolle Geste, die auch der Gefängniswärter machte, nachdem er das Verladen des Brotkarrens auf den Lastwagen überprüft hatte und zugleich das Zeichen gab, das Gefängnistor zu öffnen, derweil er zusammengekauert unter dem Brotblech ausharrte, zwischen zerdrückten Brötchen, sich das Niesen verkniff, weil ihn der Mehlstaub in der Nase und im Hals kitzelte, vor einem Jahr und vierzehn Tagen erst, einem ganzen Leben oder mehreren Leben.

Das Flugzeug startet an einem strahlenden Maimorgen vom Flughafen Lissabon, das wäre ein mögliches Ende. Die Erleichterung, davongekommen zu sein, vermischt sich mit dem Druckgefühl im Magen, dem Schwindelgefühl über der Leere, dem Beben der Motoren, als die Kabine sich vorn in die Höhe hebt und er sich mit beiden Händen an die Sitzlehnen klammert, den schrägen Horizont hinter dem Fenster sieht, den weißen Fleck des großen Platzes, der einem zum breiten, metallisch glänzenden Fluss hin gekippten Baukastenmodell gleicht, er zum letzten Mal in seinem Leben Lissabon erblickt.

Die Maschine stabilisiert sich, und er nimmt seine Brille ab, wischt sich mit dem Taschentuch über die schweißfeuchte Stirn, und das kurze Gefühl von Erleichterung weicht neuer Angst, denn innerhalb von nur zwei Stunden wird er wieder vor einer Kontrolle stehen, seinen Pass vorzeigen und vielleicht wieder Erklärungen abgeben müssen, Fragen beantworten, die er wegen des Akzents der britischen Beamten nur mit Mühe wird verstehen können.

Ein startendes Flugzeug oder ein aus dem Bahnhof fahrender Zug sind vortrefflich geeignet, einen Schluss anzuzeigen. In *Casablanca* steigen Ilsa und Victor László in ein Flugzeug, dessen Rumpf draußen im Nebel glänzt, die Propeller drehen sich, und in genau diesem Moment haben sie aufgehört zu existieren. Ihr Schicksal, das uns bis jetzt so am Herzen gelegen hat, ist nicht mehr unsere Sache. Die Personen treten in ein Zwischenreich der Nichtexistenz ein, aus dem sie zu befreien nicht mehr unsere Aufgabe ist. Im Unterschied zu lebenden Menschen verfügen sie über die Macht, spurlos zu verschwinden. Es gibt keine Detektive mehr, die das letzte Hotelzimmer, in dem sie wohnten, nach verwertbaren Fingerabdrücken untersuchen, Schubladen durchwühlen und den Papierkorb ausleeren, mit Gummihandschuhen und Pinzetten Haare aus dem Abfluss der Dusche zupfen oder Bartreste von den Schneideblättern eines Einwegrasierers. Das Einzige, was Ramon George Sneyd oder Sneya in dem Zimmer im ersten Stock des *Hotel Portugal* hinterließ, in dem er neun Tage verbrachte, war ein wildes Durcheinander von veralteten englischen und amerikanischen Tageszeitungen und einem Exemplar des *Life Magazine*. Der Mann an der Rezeption – Gentil Soares – sah ihn das Hotel ohne ein Wort des Abschieds verlassen, ungeschickt die Drehtür aufschieben, in der er beinahe mit seinem Koffer hängen geblieben wäre, und dachte – nicht ohne Erleichterung –, dass er ihn wohl nie mehr wiedersehen würde.

Ein Schluss ist ein Ausruhen. Ein Ende hat etwas von Absolution. Der Flüchtige muss nicht mehr fliehen. Rick Blaine verliert sich im Nebel, aus dem in Großbuchstaben *The End* erscheint, und der Schmerz über den Verlust Ilsas und die Ungewissheit der eigenen Zukunft erlöschen und hinterlassen keine Spur.

Ramon George Sneyds Flucht endet nicht. Sie zerfällt in Unentschlossenheiten, Fehler, falsche Schritte und Sackgassen. Als er von Toronto nach London flog und von London nach Lissabon, konnte er frei von Zweifeln glauben, in die richtige Richtung unterwegs zu sein, auf dem Höhepunkt einer Flucht, die ihn nach Afrika bringen würde, in die endgültige Freiheit. Im Hochgefühl seiner unvernünftigsten Spekulationen hatte er sich im Ruhm eines unschuldig Verfolgten, eines politischen Flüchtlings gesonnt. In Südafrika oder Rhodesien würden sie ihm einen glanzvollen Empfang bereiten; ihm, der als einsamer Held den großen Feind der weißen Rasse mit makelloser Unfehlbarkeit exekutiert hatte. Am Ende ist es immer eine Handvoll bewaffneter Männer, die die Zivilisation retten, hatte der Neger mit der falschen Uniform in der Vertretung von Biafra mit seinem weibischen englischen Akzent zu ihm gesagt. Jetzt jedoch kehrte er zurück und flog mit dem ihn schwächenden Gefühl nach London, sich in die Höhle des Löwen zu begeben, in eine Gasse, die an einer Mauer endete oder vor einem hohen Metallzaun mit eisernen Spitzen. Es war, als wäre er wieder ein dummer Dieb, der in die falsche Richtung davonlief, genau dahin, wo die Polizisten ihn erwarteten, wo ein Streifenwagen mit rotierendem Blaulicht ihm den Weg abschnitt. Es war ein stundenlanges Kriechen in der Dunkelheit, wie ein Maulwurf, durch ein enges Röhrensystem unter dem Gefängnis, um dann vor einem Gitter zu enden, das sich nicht bewegen lässt, und mit der derselben Beschwernis und noch größerer Erschöpfung dann zum Ausgangspunkt zurückkriechen zu müssen.

Nach dem Ende in Lissabon kehrt Ramon George Sneyd nach London zurück und kommt dort in einer dieser zweifelhaften Gegenden unter, die er stets ansteuert. Alles voller Neger,

Inder oder Pakistanis oder Araber mit Turbanen und Bärten, wer soll sich da auskennen! Alles, was er unausweichlich vor sich sieht, ist ein Ende in Elend. Das Geld rinnt ihm immer schneller durch die Finger, die englischen Scheine und Münzen, mit denen er sich nicht auskennt und um die ihn Taxifahrer, Kellner und Zeitungsverkäufer wahrscheinlich betrügen. Er spricht mit keinem Menschen. Er schläft nur wenig. Er kauft Zeitungen und zieht sich damit in ein Hotelzimmer mit fadenscheinigem Teppichboden und karierten Vorhängen aus synthetischem Stoff zurück, mit einem Fenster, das auf eine dunkle Backsteinmauer geht, an der der Regen herunterrinnt. Tagsüber der nie nachlassende Verkehrslärm und die Musik von Arabern und Negern auf der Straße. Nachts hört man die vom Flughafen startenden Maschinen auf den Langstrecken nach Afrika oder Asien, nach Fernost, in die Südsee.

Er liest Bücher, die er aus Amerika mitgebracht, und andere, die er billig an Straßenständen erworben hat. Immer wieder liest er dieselben Kapitel aus *Psycho-Kybernetik*, kann sich aber nicht konzentrieren. Er liest eine abgegriffene und mit Klammern zusammengeheftete Broschüre mit dem Titel *Wie man hypnotisiert* von Dr. Adolf F. Louk vom Internationalen Louk Institut für Hypnose. Adolf F. Louk ist ein noch fragwürdigerer Name als Eric S. Galt oder Ramon G. Sneyd. Er liegt ausgestreckt auf dem Bett und versucht, so tief ein- und auszuatmen wie es geht, so wie in der Broschüre angegeben, schließt die Augen, wiederholt im Geiste die ersten Schritte zur Selbsthypnose und ist mit den Gedanken längst wieder woanders. Sein Kopf schmerzt, als würde drinnen jemand so eine Trommel schlagen, wie sie die Neger immer benutzen. Der Kopf, das Herzklopfen, der stechende Schmerz im Magen, möglicherweise in den Eingeweiden, da könnte sich auch ein Krebs eingenistet haben.

Während er auf dem Bett die Zeitungen durchblättert, ohne

sich die Schuhe und manchmal auch nicht den Mantel auszuziehen, knabbert er an einer Tafel Schokolade oder kaut mit offenem Mund gesalzene Kartoffelchips, die er aus einer Tüte klaubt. Er döst mit einer Zeitung über dem Gesicht ein und wird geweckt vom Pochen seines Herzens. So sehr schmerzt ihm der Kopf, als würde er mit einem Messer oder elektrischen Bohrer von einer Seite zur anderen durchstoßen, dass er sicher ist, die Symptome eines Hirntumors zu erkennen. Er kaut immer zwei bitterkörnige Aspirin auf einmal, spült sie mit Leitungswasser hinunter, das er aus einem Plastikbecher trinkt, der auf dem Waschbecken steht. Er sieht aus wie ein Wasserglas, in das man sein Gebiss einlegt.

Er liest Romane, wenn er der Zeitungen überdrüssig ist oder sich voller Sarkasmus vor Augen hält, dass die Autoren des Buches über Hypnose und jenes über Psychokybernetik eindeutig Scharlatane sind. Sein Leben bei Banküberfällen oder im Drogenhandel zu riskieren, ist etwas für Armleuchter. Ohne den geringsten Kraftaufwand und ohne jede Gefahr kann man Millionen machen, indem man Bücher schreibt, mit denen dumme und gutgläubige Menschen hinters Licht geführt werden. Er liest Spionageromane, in denen Geheimagenten in gefährliche internationale Intrigen verwickelt werden. Er liest *Tangier Assignment*, wo der Geheimagent Ihrer Majestät den Namen Robert Belcourt trägt und zur Tarnung einer entspannten Arbeit als Filmproduzent nachgeht, der erster Klasse um die Welt fliegt und in Luxushotels absteigt, während er nach exotischen Schauplätzen für seine Filme Ausschau hält. Robert Belcourt ist ein außergewöhnlicher Name, männlich und distinguiert. Belcourt produziert Filme und schreibt sie auch selbst. An feinsandigen Palmenstränden und Hotel-Swimmingpools trifft er aufregende Frauen, die im Bikini in der Sonne liegen, Cocktails trinken und ihm zu Füßen liegen, ohne dass er ihnen Hauptrollen in einem seiner Filme versprechen muss.

Beim Lesen denkt er an die Tage in Puerto Vallarta zurück und es ist, als durchlebe er in der Erinnerung Passagen des Romans und Dinge, die ihm selbst niemals passiert sein konnten. Der Chef des britischen Geheimdienstes verabredet sich mit Belcourt an unverdächtigen Orten rund um den Planeten, wo er ihn mit Aufgaben betraut, die maximale Geheimhaltung erfordern und keine Spuren hinterlassen dürfen, welche auf die Regierung verweisen. Belcourt spricht Französisch, Spanisch, Italienisch und Deutsch. Dass er Italienisch beherrscht, ermöglicht es ihm, in eine Mafiaorganisation einzudringen, die in Tanger den Drogenhandel kontrolliert, wenngleich seine wahre Mission darin besteht, den für ganz Nordafrika zuständigen sowjetischen Spionagechef zu eliminieren.

Er ist müde, und ihm brennen die Augen, doch er liest weiter. Er weiß, wenn er das Buch zur Seite legt und das Licht löscht, wird die vielversprechende Schläfrigkeit verflogen sein. Unter den Dingen, die er bis zum Ende bei sich hat, befindet sich neben dem Roman *Tangier Assignment* noch ein anderer. Er heißt *Der 9. Befehl.* Ein Mitglied der britischen Königsfamilie ist zu einem Freundschaftsbesuch in Bangkok eingetroffen, und es droht ein Attentat auf sein Leben. Irgendwo zwischen den goldenen Kuppeln der Tempel wartet ein gefährlicher Mörder. Um ihn aufzuspüren, entsendet der Geheimdienst den Agenten Quiller nach Thailand. Quiller ist ein zynischer Einzelgänger, der die Dinge auf seine Art erledigt und immer im Streit mit seinen Vorgesetzten liegt, die ihn fürchten und doch nicht auf ihn verzichten können. Niemand außer ihm kann den bewaffneten Attentäter rechtzeitig im labyrinthischen Dschungel Bangkoks aufspüren, in dem Quiller sich wie ein Fisch im Wasser bewegt. In der Agentur – so der neutrale Name der geheimen Gegenspionage-Organisation – ist er als Level-neun-Agent in der obersten Kategorie eingestuft. Level neun heißt maximale Vertrauensstufe und bedeutet, dass er auch unter Folter niemals etwas verraten wird. Die Initialen haben einen eher verwaltungstechnischen Klang: R.U.T. *Reliable Under Torture*; sie klingen ähnlich wie die von Spezialagent James Bond, L.T.K. *Licence To Kill*. Er wird immer durchhalten, nichts gestehen, nichts verraten. Das hat er bewiesen, als er im Krieg ein Kommandounternehmen hinter den deutschen Linien befehligte. Nicht einmal die Gestapo konnte ihn brechen. Quiller ist außerdem ein bewundernswerter Name. Quiller Killer. Er trifft sich heimlich mit dem Direktor der Agentur und bekommt seine Instruktionen, niemals schriftlich, einen neutralen Umschlag voller nagelneuer Geldscheine, englische Pfund, Dollar, Baht, der in Thailand gültigen Währung. In Bangkok hat Quiller eingeborene Informanten und alte Kontakte aus Kriegszeiten, abgebrühte Veteranen wie er, Opiumraucher, geächtete Helden, die in den Hafenbars trinken und jede Arbeit, die man ihnen aufträgt, mit messerscharfer Effizienz erledigen – gegen eine entsprechende Menge Geld natürlich – und keine überflüssigen Fragen stellen. Sie haben junge eingeborene Geliebte, die ihnen mit ihren tausend erotischen Geheimnissen willig zu Diensten sind.

Er zählt englische Münzen und Scheine und stapelt sie ordentlich auf dem Nachttisch. Wie ein Bettler stochert er in öffentlichen Telefonzellen nach vergessenen Münzen. Auf der Straße schaut er zu Boden, und wenn er eine Münze entdeckt, bückt er sich schnell und hebt sie auf. In der Menschenmenge auf den Bürgersteigen, in den Läden und an den Zeitungsständen sieht er kaum Gesichter von Weißen. Es gibt Neger, Pakistanis, indische Frauen mit Saris, Bärtige mit olivenfarbener Haut und Turbanen. Es riecht nach scharf gewürzten Gerichten, die ihm den Magen umdrehen, und aus den Geschäften dringen Fetzen karibischer oder asiatischer Musik. Als er an einem Zeitungsstand vorbeikommt, dreht er abrupt den Kopf, da er seinen Namen in großen schwarzen Buchstaben auf der Titelseite eines Sensationsblatts gesehen zu haben glaubt, sein Gesicht auf dem Steckbrief eines von der Polizei gesuchten Räubers oder Mörders.

Er glaubt nicht mehr, dass ihn noch jemand sucht. Einen Teil des Geldes, das ihm so schnell zur Neige geht, gibt er dafür aus, jeden Tag jede erdenkliche Zeitung zu kaufen, an verschiedenen Kiosken, um keine Aufmerksamkeit zu erregen. Schon auf der Straße beginnt er zu lesen und rempelt dabei Leute an. Selbst bei Regen verschafft er sich blätternd einen ersten Überblick, und die Druckerschwärze zerläuft unter den Tropfen.

Er schaut nach links, als er die Straße überqueren will, und in diesem Moment kommt ein schwarzes Auto oder ein hoher roter Bus von rechts und überfährt ihn beinahe. Die andere Verkehrsführung hier überrascht ihn immer wieder. Er kommt mit dem Wert der Münzen nicht klar und verrechnet sich, wenn er den Gegenwert in Dollar herausfinden will. Die Turban tragenden Inder oder Pakistanis in den Zeitungskiosken betrügen ihn sicher jedes Mal, wenn sie ihm Wechselgeld geben. Die orientalischen Rassen sind von ihrem Wesen her falsch und verschlagen. Seit seiner Unterhaltung mit der Frau aus der *Texas Bar* in Lissabon hat er – mit Ausnahme kurzer Wortwechsel mit Kellnern oder Hotelbediensteten – mit keinem Menschen mehr ein Gespräch geführt. Er lebt in seiner falschen Identität wie ein Schiffbrüchiger auf einer einsamen Insel mitten im Ozean, wie ein mit Einzelhaft bestrafter Häftling, ein Affe in einem Käfig, denkt er, als er sich im abblätternden Spiegel über dem Waschbecken seines Zimmers sieht, jenseits des Bettes. Der Spiegel ist das Guckloch, durch das er späht. Er ist das Panzerglas im Besuchszimmer, und der Besucher auf der anderen Seite, der gekommen ist, um ihn zu sehen, ist er selbst. Er betrachtet sich im Spiegel, bringt jedoch keine Geduld für einen weiteren Versuch in Selbsthypnose mehr auf. Er sucht Bars, in denen ein Fernseher steht, auf dem eventuell ein Programm mit FBI-Nachrichten läuft. Vielleicht ist er schon nicht mehr die Nummer ein auf der Liste der meistgesuchten Verbrecher.

Nirgends mehr auch nur den geringsten Hinweis auf die weltweite Suche zu finden, die vor zwei Wochen noch sämtliche Nachrichtenkanäle beherrschte, verstört ihn mehr, als es ihn erleichtert. Es verstärkt sein Gefühl, gar nicht zu existieren, eine dumpfe Frustration, die unaufhörlich an ihm nagt. Am Ende wird er einfach verschwinden oder zerrinnen, wie ihm auch das Geld aus den Taschen verschwindet und zwischen den Fingern zerrinnt.

Aber er weiß, dass sie ihn suchen, unaufhaltsam wie Termiten, Tag für Tag kleine, dürftige Informationen hinzufügen, einen Fingerabdruck, den er nicht abgewischt hat, vielleicht einen Antrag auf Ausstellung eines Passes, der nicht ganz astrein zu sein scheint, oder die Aussage eines Hotelbediensteten oder eines Verkäufers in einem der Geschäfte, in denen er Passfotos machen ließ. Sie gaben bekannt, einen zweifelsfreien Abdruck auf dem Gewehr gefunden zu haben, dann das Etikett einer Wäscherei in einem Hemd von ihm, kurz darauf seine Häftlingsnummer, die er komplett vom Gehäuse des Transistorradios abgekratzt zu haben glaubte. Mittlerweile würden sie ihm so nah auf den Fersen sein, dass sie nicht den geringsten Hinweis mehr geben wollten, der ihn warnen könnte. Dreitausendfünfundsiebzig Agenten, hatte es im Radio geheißen, habe das FBI ausschließlich auf seinen Fall angesetzt. Dreitausendfünfundsiebzig Agenten gegen einen einzelnen Mann, und sie haben ihn immer noch nicht fangen können, denkt er in Momenten launenhafter Erregung, die jedoch gleich wieder verfliegt und etwas von einem Fieberanfall hat; trotz ihrer Labors, ihrer Mikroskope, ihrer Fernschreiber und internationalen Konferenzen, ihrer Netze von Informanten, ihren angeberischen Pistolen in Schulterhalftern, ihren glänzenden Polizeimarken, ihren elektronischen Rechnern. Wie viele weitere Agenten würden in Kanada, in Mexiko oder direkt hier in London nach ihm suchen? Wenn sie schon den neuen Namen ermittelt haben, der jetzt im Pass steht, werden sie sämtliche Kontrollstellen an den Flughäfen alarmiert haben. Hier gibt es nun keine Möglichkeit mehr, sich eine neue Identität zuzulegen. Jetzt bleibt ihm nichts anderes übrig, als weiterhin Ramon George Sneyd zu sein. Jedes Mal, wenn er den Namen nennen oder mit krummen Buchstaben in ein Hotelregister eintragen muss, wird er ihm unangenehmer, unwahrscheinlicher, scheint er mehr mit Gefahr behaftet.

Trotz der Sprache kommt ihm London als Stadt noch fremder vor als Lissabon. Die hunderttausend Dollar Belohnung für den, der seine Festnahme ermöglicht, sind von der Stadt Memphis und der wichtigsten Zeitung der Stadt ausgeschrieben worden. Das war eine richtige Schlagzeile, eine Anzeige über die ganze Seite; kein Gerücht wie das, es gebe eine geheime Auslobung von fünfzigtausend Dollar für den, der das vollbrachte, was so viele tun zu wollen nicht erwarten können, aber imstande zu sein behaupteten, was nur er allein jedoch in die Tat umgesetzt hatte. Der Kopf im Fadenkreuz des Zielfernrohrs, der Schuss, der kein Knall, sondern ein Schmerz in den Ohren gewesen war, der schmerzhafte Rückschlag des Kolbens gegen die Schulter, der ihn in der rostigen Badewanne ausgleiten ließ, obwohl er so vorsichtig gewesen war, sich breitbeinig hinzustellen. Sein Bruder hatte ihn gewarnt: Mit der Ermordung eines Negers war kein Geld zu machen. In der Übersetzung verliert sich die Niedertracht der Worte im Original: *There ain't no money in killing a nigger.*

Er dachte an die Zeit, als Geldbündel von Hundert-, Fünfzig- und Zwanzigdollarscheinen seine Taschen ausbeulten, seine Schritte dämpften, als er sie sich in die Schuhe gesteckt hatte. Er zählte Scheine aus einem Bündel ab, als würde er sie von einem Block abreißen, zählte blitzschnell mit den weichen Fingerkuppen seiner manikürten Hände. Ein Teil seines Gehirns und seines

Blickes zählte ab, der andere Teil war auf der Hut. Dem Tölpel, der ihm jetzt vor genau einem Jahr den 66er Mustang verkauft hatte, hatte er zweitausend Dollar in Hunderter- und Zwanzigerscheinen bezahlt, hatte sie ihm am helllichten Tag auf dem Gehweg direkt vor der Bank mit einer Unverfrorenheit hingeblättert, die den anderen eingeschüchtert, ihm aber auch Bewunderung abgenötigt hatte. Sie starrten beide auf das Geld, der Tölpel und sein tölpeliger Sohn, der auch eine dicke Brille trug, Vater und Sohn von scheinbar gleichem Alter, mit Bauchansatz und beginnender Glatze, mit dem gleichen Gesicht von sonntäglichen Kirchgängern und Kirchenliedsängern, beide voller Ungeduld, voll frommer Gier, des Geldes habhaft zu werden, obwohl sie hinterher sagten, der Käufer sei ihnen von Anfang an suspekt vorgekommen und hätte sie überreden müssen, ihm das Auto zu verkaufen, verlogene Brut, hatten beide für die Fotografen posiert, Vater und Sohn, und mit Sicherheit das Geld genommen, das die Journalisten ihnen boten, damit sie erzählten, wir haben gleich gemerkt, dass mit dem Mann was nicht stimmte, der sich Eric Starvo Galt nannte: »Vormalige Besitzer von Ford Mustang erinnern sich ein Jahr nach Begegnung mit ruchlosem Mörder.«

Die Frau an der Rezeption lächelt ihm jedes Mal aufmunternd zu, wenn sie ihn von der mit Teppichboden belegten Treppe in die Halle treten oder mit seinen Zeitungen unter dem Arm von draußen hereinkommen sieht. Sie war sehr jung und hieß Janet Nassau. Nie gab sie ihr Bemühen auf, ihn in ein Gespräch zu verwickeln. Über das Wetter, über den Verkehr, über Kanada, das Land der Zukunft, mit seinen endlosen Weiten, seinen Naturschätzen. Jedes Mal, wenn er kam oder ging, war es wie ein erstes Mal. Er schien sich nicht im Geringsten zu erinnern, veränderte kein Bisschen seine Mimik, wie ein Mensch, der mehrere Tage am selben Ort verbringt, denselben Personen begegnet, dieselben Stufen zu seinem Zimmer hinaufgeht. Er wirkte immer ein wenig verwirrt, wie einer, der aus der Helligkeit der Straße kommt und einen dunkleren Innenraum betritt. In zehn Tagen erhielt er nicht einen Anruf, nicht einen Besuch, nicht einen Brief. Wenn er den Schlüssel verlangte, sagte er jedes Mal die Zimmernummer, als erwarte er nicht, dass die Dame an der Rezeption sie von einem zum anderen Mal behalten könnte.

Sie hatte Mitleid mit ihm. Sie empfand das dringende Bedürfnis, ihn zu beschützen, vor jeder Art von Kränkung zu bewahren, was es auch sein mochte, der Glücklosigkeit, die ihn in das Hotel geführt hatte, nach England. Vielleicht war er vor Kurzem Witwer geworden. Er sah aus, als würde er eine schwarze Binde um den Mantelärmel tragen, einen schwarzen Knopf versteckter Trauer am Revers. Vielleicht kam er auch aus dem Gefängnis, wo er eine kurze, ungerechte Haftstrafe abgesessen hatte; ein Kassierer, der seiner Bank einen bescheidenen Geldbetrag entwendet hatte, um die Behandlung seiner kranken Frau oder eines Kindes bezahlen zu können, einer Tochter im Rollstuhl. Sie stellte ihn sich vor, wie er sanftmütig und voller Hingabe einen Krankenstuhl schob.

Schmerz und Einsamkeit hätten ihn zum Trinker machen können, doch sie nahm in seinem Atem weder Alkoholgeruch wahr, noch hortete er in seinem Zimmer leere Flaschen. Sie schalt sich selbst, wenn sie etwas Unlauteres bei ihm vermutete. Dass er sich in Parks oder bei Unterrichtsschluss an Mädchenschulen herumtrieb, die Hände in den Manteltaschen vergraben, sich einer allein spielenden Kleinen näherte, ihr mit einer Hand eine Süßigkeit anbot und die andere, in der Tasche verborgen, schnell hin und her bewegte. Solche Dinge hatte sie schon gesehen.

Ihrem Blick wich er immer aus, doch manchmal stand er wie abwesend oder geistesgestört vor ihr, seine Augen starr auf ihr Gesicht gerichtet, das er vielleicht gar nicht wahrnahm, sehr hell, blau, weit aufgerissen hinter den Brillengläsern. Er verließ das

Hotel, wie einer, der ins Büro geht, kurz vor neun Uhr morgens. Er legte den Schlüssel auf die Empfangstheke, und sie musterte ihn von oben bis unten mit liebevoller Anteilnahme. Wenn es regnete, riet sie ihm, einen Schirm mitzunehmen. Er hörte ihr einen Moment mit schief gelegtem Kopf zu, als verstehe er ihre Sprache nicht richtig. Sie hätte ihm den hochgestellten Jackenkragen herunterklappen, raten wollen, nicht so viel Deodorant zu benutzen, die Haare von Schultern und Revers seines Mantels klopfen wollen, die Schuppen. Wenn er eine schwierige Phase durchmachte und auf der Suche nach Arbeit war, dann wäre es ratsam, für ein vertrauenerweckendes Auftreten zu sorgen.

Wenn sie ihn hinausgehen sah, bat sie den Hotelboy, einen Moment die Rezeption zu übernehmen, und ging hinauf in das Zimmer des geheimnisvollen Gastes, wie sie ihn bei sich nannte. Das war riskant. Manchmal dauerte es den ganzen Tag, bis er zurückkam, andere Male war er nach einer halben Stunde wieder da, mit seinem Stoß Zeitungen, wie ein Professor, der mit Büchern beladen aus der Bibliothek kommt. Ein Professor irgendeiner abgelegenen und respektierlichen kanadischen Universität. Der Theologie, für semitische Sprachen, für etwas jedenfalls, das den Nichtigkeiten der Welt enthoben war.

Sie öffnete die Tür achtungsvoll und behutsam und schloss sie gleich von innen, musterte das kleine, nur von wenig Tageslicht erhellte Zimmer, ohne sich zu bewegen. Es war menschlich rührend und aufmerksam, dass er vor dem Gehen das Bett gemacht hatte. Die Angewohnheit eines alleinstehenden Herrn, eines Witwers, oder eines Ehemannes, der wegen der Krankheit oder Invalidität seiner Frau keine andere Wahl hat, als die häuslichen Arbeiten selbst zu verrichten. Die flammend blaue Bettdecke war perfekt glatt gestrichen. Ihr Rand endete genau an der geraden Linie des Kopfkissens. Ein frisch gewaschenes Hemd hing auf einem Bügel vor dem Fenster. Auf dem Nachttisch stand ein Transistorradio, und daneben lag ein Taschenbuch mit abgestoßenen Kanten. Ein alleinstehender Mann hat seine verständlichen Schwächen. Auf dem Umschlag des Buches war eine Frau im Bikini zu sehen, mit dem Rücken zum Betrachter und das Gesicht über die Schulter gewendet, den Mund mit den vollen Lippen leicht geöffnet, die großen Augen mit Lidstrich markiert, die schwarze Mähne vom Wind zerzaust. Als sie sich dem Nachttisch näherte, trat sie unvermutet auf Zeitungspapier. Sie sollte das Zimmer schnell wieder verlassen. Sie wusste nicht, wie viele Minuten sie schon darin verbracht hatte. Von irgendwoher kam das Geräusch eines Staubsaugers. Sie zog die Nachttischschublade halb auf. Es war so dunkel, dass sie nichts erkennen konnte. Sie schaltete die Nachttischlampe ein und achtete darauf, weder die Position des Radios noch des Taschenbuches zu verändern.

In der Nachttischschublade lag ein Pornoheft. Es musste aus zweiter Hand sein, da es keinen Umschlag hatte. Das ganzseitige Farbfoto, das sie entdeckte, war eine Nahaufnahme, so groß, dass Janet Nassau ein paar Sekunden brauchte, um zu begreifen, was da zu sehen war. Sie stieß die Schublade so heftig zu, als hätte sie sich die Fingerspitzen mit etwas beschmutzt. Im Schrank hingen eine Jacke und eine Freizeithose. Auf dem Boden stand der kleine verschlossene Koffer, den er bei der Ankunft bei sich gehabt hatte. Auf dem Bord über dem Waschbecken stand die Dose Right-Guard-Deodorant neben dem Plastikbecher, aus dem eine Zahnbürste und eine Tube Zahnpaste mit dem Logo einer Fluggesellschaft herausschauten.

Sie drückte behutsam die Klinke nach unten, wollte das Zimmer schnell wieder verlassen, mit schlechtem Gewissen und erschrocken über die Vorstellung, dass er gerade in diesem Augenblick zurückkommen könnte. Sie kehrte an ihren Platz an der Rezeption zurück und brauchte eine Weile, bis sie sich beruhigt hatte. Als sie ihn mehrere Stunden später das Hotel betreten sah, bemerkte sie, dass seine starren Gesichtsmuskeln kaum ein

Lächeln zuließen. Sie übergab ihm den Zimmerschlüssel zusammen mit einem Briefumschlag, auf dem das Logo des Hotels und sein mit Schreibmaschine getippter Name prangten. Der Geschäftsführer hatte ihr zwar aufgetragen, ihn dem Gast auszuhändigen, dennoch konnte sie sich eines Schuldgefühls nicht erwehren. Der Gast hielt den Umschlag in der Hand und schaute sie verständnislos an, dachte im ersten Moment vielleicht, es handle sich um einen Brief. »Ich muss zu meiner Bank gehen«, sagte er, ohne sie anzusehen, als spräche er mit sich selbst. »Ich werde heute noch zu meiner Bank gehen und Geld abheben.«

Er saß auf dem Bett, ohne sich den Mantel ausgezogen zu haben, und starrte auf die Wand, auf den Schrank. Er nahm seine Brille ab und rieb sich die Augen. Es war zwei Uhr nachmittags an einem Montag Anfang Juni, doch nach der Kälte und dem Nieselregen draußen und dem Dämmerlicht im Zimmer konnte es auch ein Dezemberabend sein. Das Zimmer war nicht viel größer als eine Zelle. Es fehlte bloß die Kloschüssel ohne Deckel neben dem Waschbecken. In einer Manteltasche hatte er ungefähr fünfundzwanzig Pfund in Scheinen und Münzen. In der anderen fühlte er den Umschlag mit der Hotelrechnung, spürte er das Gewicht des Revolvers. Er hatte zwei Aspirin gekaut, ohne Wasser hinuntergeschluckt und wartete jetzt darauf, dass sein Kopfschmerz nachließ. Wenn er die Augen schloss und sich im Halbdunkel still verhielt, würden die Schmerztabletten rascher wirken. Wenn er die Augen schloss und sich darauf konzentrierte, die Augäpfel in den Augenhöhlen zu spüren, wenn er sich selbst die Elektronensignale der psychokybernetischen Selbsthypnose übermittelte. Wenn dies keine Wirkung zeigte, lag es vielleicht daran, dass er nicht alle Anweisungen des Buches Schritt für Schritt befolgt hatte, kein Vertrauen gehabt hatte, dass er nicht nachdrücklich genug das gewünschte Bild seiner selbst projiziert hatte, das er erst deutlich vor sich sehen musste, damit es die anderen sehen konnten. Die blonde Pute an der Rezeption beispielsweise. Wenn er der bloß intensiv genug in die Augen geschaut und ihr den telepathischen Befehl gegeben hätte, ihm den Umschlag nicht auszuhändigen, hätte er jetzt noch eine Schonfrist gehabt. Er hätte auf sein Zimmer gehen, die Tür abschließen und den Rest des Tages und die ganze Nacht vor jeder Gefahr und jeder Dringlichkeit in Sicherheit sein können, einen ganzen weiteren Tag, oder fast einen ganzen, in einem seiner Romane lesen oder in der Zeitung nach einem Artikel dieses Reporters suchen können, der so kenntnisreich über die Kriege in Afrika und die Söldnerarmeen berichtete. Oder er hätte mit seinem Koffer in der Hand und dem Mantel über dem Arm das Hotel verlassen, hätte den Hotelboy, das Zimmermädchen und die Blonde an der Rezeption hypnotisiert und jeden anderen, der ihm in die Quere gekommen wäre, sodass keiner ihn auffordern würde, das Zimmer zu bezahlen, keiner ihn am Gehen hindern würde, seinem festen Blick sich fügend, apathisch wie wandelnde Zombies.

Er war so geistesabwesend, dass er vergaß, den Zimmerschlüssel dazulassen. Die Rezeptionistin wollte schon hinter ihm her rufen, hielt sich dann jedoch zurück, brach mittendrin ab, den Mund schon halb geöffnet, im Begriff, den Namen auszusprechen, das Lächeln zu vollenden. Er war sicher in Eile, um rechtzeitig zur Bank zu kommen, bevor sie schloss. Es hatte aufgehört zu regnen, und die Gehwege füllten sich wieder mit dem gewohnten Durcheinander von olivenfarbener Haut, schwarzen Gesichtern, Saris, Turbanen, langen Koteletten und wogenden Afros, über der Brust geöffneten Hemden, goldenen Ketten, japanischen Touristen hinter einem Fähnchen, einem Regenschirm, hochgereckt über die gehorsamen Köpfe einer Gruppe.

An dem Schaufenster, das er suchte, war er schon mehrere Male vorbeigegangen. Es war ein schmaler Juwelierladen, eingeklemmt zwischen zwei größeren und sichtlich besser gehenden Geschäften, wie von ihnen zusammengequetscht, ein alter, schmaler, in die Tiefe gehender Laden zwischen einem Farbfernsehergeschäft und einem Kleiderladen mit indischen oder schwarzen Schaufensterpuppen, wie einer dieser winzigen Juwelier- und Uhrmacherläden in Lissabon, hinter deren Fenster ein alter, tief über ein Uhrwerk gebeugter Mechaniker saß, eine runde Lupe ins Auge geklemmt.

Vor dem Schaufenster blieb er stehen und versuchte, ins Innere zu spähen. Er sah einen grauhaarigen blassen Mann, der einem Kunden ein schwarzes Kästchen zeigte, in dem etwas hell-auf glitzerte. Als er eintrat, klingelte ein Glöckchen. Am Ende der Theke befand sich eine Glastür, die nur angelehnt war, und dahinter erkannte man eine dunkel gekleidete Frau im Profil, mit grauem Haar und Brille, an einer Werkbank. Er schlenderte umher und schaute sich die Auslagen an, solange der Juwelier den anderen Kunden bediente. Beim Klingeln der Türglocke hatte die Frau halb in den Laden geschaut. Von den Bügeln ihrer Brille baumelte ein schwarzes Band. Die Frau sah kränklich aus, als wäre sie vorschnell gealtert. In der Manteltasche presste sich seine Hand um den Kolben des Revolvers, die Handfläche etwas feucht an dem mit Isolierband umwickelten Griff.

Als er den anderen Kunden hinausgehen sah, drehte er sich ein wenig zur Seite, damit man sein Gesicht nicht erkannte. Die Tür wurde geöffnet, und mit dem Klingeln des Glöckchens drangen Verkehrslärm und Straßengeräusche herein. Der Juwelier stand hinter seiner Theke, die Hände aufs Glas gestützt, und fragte, ob er ihm helfen könne. Er hatte violette Äderchen auf seiner knolligen Nase, blassrosa Wangen, schmächtige Schultern. Das kurzärmelige Hemd gab den Blick auf dürre Altmännerarme frei.

Mit der linken Hand riss er ihn an der Hemdbrust zu sich heran, und mit der rechten drückte er ihm den Lauf des

Revolvers an den Hals. Es war ein schlaffer Truthahnhals. Die kleinen Augen des Mannes starrten weniger angstvoll als ungläubig unter den wuchernden weißen Brauen hervor. Er drehte ihm den Arm um und stieß ihn mit dem Gesicht zur Wand, wobei er ihm weiter die Waffe an den Hals drückte.

Plötzlich sah er die Frau nicht mehr in der angelehnten Werkstatttür. Er drohte dem Alten und sprach ganz nah an seinem Ohr. Wenn er sein dünnes Ärmchen noch etwas weiter bog, würde es brechen. Mit einem Stoß beförderte er ihn zur Registrierkasse. Irgendwo gab es sicher noch einen Tresor, vermutlich im Hinterzimmer. Ein Schatten und ein Keuchen ließen ihn herumfahren, als es bereits zu spät war. Hinter ihm schwang die Frau mit beiden Händen einen Gegenstand in der Luft, von dem er nicht wusste, was es war. Um seinen Kopf zu schützen, ließ er den Alten los und wich unwillkürlich zur Tür zurück. Er musste sich an der Theke festhalten, sonst hätte ihn der Schlag in den Nacken zu Boden gehen lassen. In der Stille vernahm er deutlich das erregte Keuchen der Alten und des Mannes, der sich jetzt ihm zugewandt hatte, ihm im Gesicht kratzte und die Brille herunterzuschlagen suchte, um ihm die Finger in die Augen zu stoßen. Dann schrillte eine Alarmsirene los, dass sein Trommelfell dröhnte und der Kopfschmerz unerträglich wurde.

Mit einem Ruck riss er sich von dem Alten los und stieß die Frau gegen eine Vitrine. Im Davonstürzen spürte er, dass sein Mantel sich irgendwo verhakte und eine Tasche aufriss. Einen panischen Moment lang fürchtete er, es könnte die Tasche sein, in der er den Pass aufbewahrte. Er rannte über den Bürgersteig und hielt seine Brille fest. Hinter sich hörte er Stimmen und die immer noch schrillende Sirene, doch er drehte sich nicht um. Er hielt den Revolver fest, damit er ihm nicht aus der zerrissenen Tasche fiel. Er sah einen U-Bahn-Schacht und bahnte sich wie einer, der fürchtet, seinen Zug zu verpassen, einen Weg durch die Menge, die zur Stoßzeit die Treppen hinunterstrebte.

In der Kabine einer öffentlichen Toilette kam er wieder zu Atem, richtete seine Kleidung, prüfte den Inhalt seiner Taschen, Revolver, Münzen, die paar zerknitterten Scheine, darunter noch ein paar portugiesische, die Hotelrechnung, den Pass. Wer kam schon auf die Idee, mit all seinen Papieren in der Tasche einen Überfall zu begehen!

Er betrat den Waschraum und spritzte sich kaltes Wasser ins Gesicht, kämmte sich mit seinem Plastikkamm die Haare und zog einen sauberen Scheitel, drückte sich die Welle in die Stirn. Beim Betreten des Hotels hielt er die aufgerissene Tasche mit der Hand fest, doch die Rezeptionistin bemerkte sie. Sie hatte sich schon gedacht, dass er es nicht mehr zur Bank schaffen würde, bevor sie schloss.

Am nächsten Morgen stellte sie zufrieden, beinahe erleichtert, fest, dass die Manteltasche genäht war. Ein Mann, der sein Bett macht und seine Hemden wäscht, wird im Notfall auch Nadel und Faden zu handhaben wissen. Als er ihr den Zimmerschlüssel gab, sagte er, ohne ihr ins Gesicht zu sehen, jedoch in einem entschuldigenden Ton, der Wellen des Mitgefühls über sie hereinbrechen ließ, dass er die Rechnung bezahle, wenn er zurückkäme, er würde direkt zu seiner Bank gehen, so sagte er es, nicht zur Bank; ein glückloser Mann, der dennoch Vertrauen verdient, den die Bankangestellten erkennen und grüßen, obwohl sie wissen, dass er eine schlimme Zeit durchmacht, die kranke Frau vielleicht gestorben ist, ein untröstlicher Witwer, oder die untreue Frau hat ihn verlassen und übervorteilt, hat ihn aus dem Haus geworfen und es für sich behalten, sodass er vorübergehend im Hotel wohnen muss.

Drei Stunden später sah sie ihn zurückkommen. In der Umgebung waren Sirenen von Polizei und Ambulanzen zu hören gewesen. Der Hotelboy, der auf der Straße gewesen war, erzählte ihr aufgeregt, dass es in einer nahe gelegenen Sparkassenzweigstelle einen bewaffneten Raubüberfall gegeben habe. Er hatte gehört, dass der Kassierer Widerstand geleistet und der Räuber auf ihn geschossen oder ihm mit der Pistole auf den Kopf geschlagen hatte. Sie machte sich Gedanken, ob ihr Gast vielleicht gerade in dieser Zweigstelle sein Geld abgeholt hatte. Sie überwand sich und fragte ihn, als er hereinkam. Sie streckte ihm lächelnd den Schlüssel entgegen, noch bevor er danach fragte. Er vernahm die Frage, und das war eines dieser Male, dass er den Eindruck machte, die Sprache nicht zu verstehen, in der man ihn ansprach. Er schaute verblüfft, misstrauisch, legte den Kopf schief und machte ein erstauntes Gesicht. Er zuckte die Achseln und sagte, er habe nichts gehört. Aus der Nähe betrachtet, war die Manteltasche nur grob und deutlich sichtbar zusammengenäht. Er roch nach Schweiß. Die Haartolle klebte ihm schweißnass an der Stirn. Mit einer abrupten Bewegung zog er etwas aus der Tasche. Etwas fiel zu Boden, und als er sich bückte, um es aufzuheben, glitt ihm die Brille von der Nase. Die zusammengenähte Manteltasche wurde von einem Gegenstand ausgebeult, der anscheinend schwer war.

Es war sein Pass, der zu Boden gefallen war. In der Hand hielt er ein Bündel neuer Geldscheine zu fünf und zehn Pfund. Sie rochen auch neu. Er sagte, er wolle die Rechnung bezahlen, jetzt habe er etwas Geld von der Bank geholt, von seiner Bank. Er sagte, er gäbe das Zimmer auf, da er am Nachmittag noch einen Flug nach Deutschland nehmen müsse. Sie sagte zu ihm, sie hoffe, der Grund für die überstürzte Abreise sei kein Notfall, kein familiäres Ungemach. Wieder sah er sie einen Moment lang an, als verstehe er nicht und versuche eine Vorstellung davon zu bekommen, was sie sagte, indem er genau auf ihre Lippen schaute, nicht in ihre Augen.

Der Hotelboy lehnte am Tresen, machte aber keine Anstalten, ihm beim Hinaustragen des Koffers zu helfen. Er mochte ihn nicht, weil er ihm in den zehn Tagen im Hotel nicht ein einziges Mal Trinkgeld gegeben hatte. Das Heulen einer Sirene kam näher und entfernte sich wieder, nachdem die maximale Lautstärke erreicht worden war. Dann krachte ganz in der Nähe ein solch gewaltiger Donnerschlag, dass die verstaubten Glasperlen des Deckenleuchters klirrten und das Glöckchen erzitterte.

Der Nachmittag hatte sich plötzlich verdunkelt. Mit dem Donnerschlag war ein jäher Wolkenbruch niedergegangen. Der Regen oder Hagel schlug gegen die Fenster und auf die Markise des Hotels. Die Rezeptionistin Janet Nassau dachte mitleidig, beinahe mit schlechtem Gewissen daran, dass der Gast, wenn er das Hotel verließ, um zum Flughafen zu gelangen, kein Taxi finden würde. Im selben Augenblick erschien er am Fuß der Treppe in der Hotelhalle, mit seinem Koffer in der Hand und einer Umhängetasche aus Kunststoff, den Fotoapparat um den Hals und einem Stoß Zeitungen unter dem Arm, und schob sich wie ein vom Missgeschick heimgesuchter Tourist die Brille hoch, die ihm auf dem schweißfeuchten, viel zu schmalen Nasenrücken nach unten gerutscht war.

Sie warf einen vorwurfsvollen Blick zu dem Pagen hinüber, der angelegentlich die Falten eines Vorhangs betrachtete. Der Gast tastete seine Taschen ab, der Hose, der Jacke, des Mantels, bis er seinen Zimmerschlüssel fand. Was seine grob geflickte Manteltasche ausbeulte, musste schwerer sein als der Hotelschlüssel mit dem bronzenen Anhänger. Vom Unglück heimgesuchte Männer haben ausgebeulte Taschen. Janet Nassau bereitete ihr Lächeln vor, die Frage, ob er etwas brauche, ob sie ihm ein Taxi rufen solle, ob es nicht ratsamer sei, noch ein wenig zu warten, bis der Regen aufhörte oder wenigstens etwas nachließ. Ein Donner krachte jetzt in noch größerer Nähe und riss ihr von den Lippen, was sie gerade hatte sagen wollen. Sie sah den Gast von hinten, mit seinem Koffer, seiner Umhängetasche, seinem Fotoapparat und seinem Stoß Zeitungen, eingeklemmt in der Drehtür. Im nächsten Moment war er nicht mehr da.

Der Regen auf den Brillengläsern trübte ihm die Sicht auf die Straße. Er sah Scheinwerferkreise, verschwommene gelbe, rote und grüne Farbflecke von Ampeln. Das Wasser rann ihm in Strömen über die Stirn in die Augen. Er bog um die nächstbeste Ecke und fand sich in einer Straße ohne Verkehr und mit nicht mehr so hohen Häusern, mit gleichförmigen Fassaden, erleuchteten Fenstern und Säulenportalen, schwarz oder rot gestrichenen Haustüren mit vergoldeten Klopfern. Hier würde er wahrscheinlich kein anderes Hotel finden. Aber in dem letzten hätte er nicht bleiben können nach dem Überfall. Erst als er nach draußen rannte und hinter sich in der Sparkasse den Alarm losgehen hörte, merkte er, wie nah es lag. Durch die verwinkelte Topografie der Londoner Straßen hatte er das wieder einmal nicht erkannt.

Er glaubte, eine sichere Entfernung erreicht zu haben, und war in Wirklichkeit fast wieder am Ausgangspunkt. Zudem war alles so überstürzt gegangen, dass er vergessen hatte, sich Heftpflasterovale auszuschneiden und auf die Fingerkuppen zu kleben. Er war an den Bankschalter getreten und hatte mit dem unter einem Taschentuch verborgenen Revolverlauf auf den Kassierer gezielt. Der Kassierer schaute ihn an und beugte sich vor, weil er schlecht hörte oder weil er selbst zu leise gesprochen hatte. Anfangs bemerkte er den Revolver gar nicht. Ihm fiel auf, dass seine Krawatte verdreht war. Er musste das Taschentuch ein Stückchen zurückziehen, damit der Kassierer den Revolverlauf sah. Er schien nicht nur schwerhörig, sondern auch kurzsichtig zu sein. Als er schließlich begriff, zitterten ihm die Hände so sehr, dass er es nicht schaffte, die Geldscheine einzusammeln, die er eben noch gezählt hatte. Er schob den Lauf des Revolvers durch die Gitterstäbe des Schalterfensters und schlug ihn dem Kassierer an die kahle, vor Angst gerötete, schweißüberströmte Stirn. Er entriss ihm die Handvoll Scheine und stopfte sie sich in die Tasche. Er befahl ihm, auch sämtliche Scheine aus einer halb geöffneten Metallkassette herauszurücken, die neben ihm stand. Dem Kassierer jedoch zitterten die Hände so sehr, dass er alles zu Boden fallen ließ und durch auf Marmorfliesen krachendes Metall und klirrende Münzen einen beträchtlichen Lärm verursachte.

Bis zu diesem Augenblick war er sich nicht der Stille bewusst gewesen, in der sich alles abspielte, wie in der Kirche, die murmelnden Stimmen der Bankangestellten und Kunden in der Sparkassenzweigstelle. Es war, als würden durch den Lärm alle aufgeweckt. Alle blickten in dieselbe Richtung zu dem Mann mit Mantel, Brille und dem Revolver in der Hand, der rasch die Schalterhalle in Richtung Ausgang durchquerte, ohne dass ihm jemand in den Weg trat, schon einen Schrei ausstieß oder Alarm auslöste. Manchmal verging die Zeit sehr langsam, andere Male rasend schnell. Mitten in dieser Hast und Aufregung gab es ein Zentrum, eine Insel der Langsamkeit, ein Gefühl von Dingen, die sich in Zeitlupe bewegten: die sich vorstreckende rechte Hand, im Begriff, die Tür aufzustoßen, ohne dass ihre ausgestreckten Finger sie schon berührten, jäh heranbrausender Straßenlärm.

Es war, als flöhe er wieder aus dem Juweliergeschäft, eine nahezu exakte Wiederholung des vorigen Tages, oder desselben Tages ein paar Stunden früher, mit diesem ewigen Licht von Morgendämmerung oder diesigem Abend, war der Himmel jetzt stellenweise phosphorhell aufgerissen, kündigte ein Unwetter an. Er rannte und hielt in der Manteltasche den Revolvergriff umklammert, in der anderen das Bündel Banknoten, das sich erbärmlich dünn anfühlte.

Er zählte es im Hotelzimmer, auf dem Bett mit der flammend blauen Tagesdecke, die er nach dem Aufstehen glatt gestrichen hatte, bis kein Fältchen mehr zu sehen war. Mühevoll überschlug er den Gegenwert von Pfund zu Dollar.

Die Erlösung aus dem unmittelbaren Elend würde kaum über das Wochenende hinausreichen, doch weiter als zwei oder drei

Tage konnte er jetzt nicht mehr vorausdenken. Morgen war die Wiederholung von gestern, so wie das neue Zimmer, das er in einem anderen Hotel beziehen würde, exakt so war wie das im Hotel davor.

Am Mittwoch, dem 5. Juni, war der Gewitterhimmel um fünf Uhr nachmittags so dunkel, dass es schon Nacht zu werden begann. Er ging dicht an den Hauswänden entlang, suchte vergebens den Schutz der Regenrinnen gegen die herabrauschenden Wassermassen, die bereits seine Schuhe und Hosenbeine durchnässt hatten, die Haare, die Schultern des Mantels. Er erblickte ein blinkendes, rosafarbenes kleines Licht im Fenster eines Hauses, an dem nichts auf ein Hotel hindeutete. *Rooms.* Er drückte auf die Klingel und hörte drinnen ihren schwachen Widerhall. Es regnete immer noch, und niemand öffnete. Die Leuchtschrift war der einzige Hinweis darauf, dass das Haus bewohnt war. Schließlich öffnete eine große blonde Frau. Man ist nie nur eine vorübergehende Silhouette, ein Komparse, ein Nebendarsteller in den Geschichten anderer. Die Frau hieß Anna Thomas und war in Schweden geboren. *Hotel Pax* war der Name des stillen abgelegenen Gästehauses, das sie führte. Auf dem Gehweg, am Fuß der Backsteintreppe, im trüben Licht des Vestibüls sah sie einen tropfnassen Mann mit einem Koffer in der Hand, einem Plastikranzen über der Schulter, mit Büchern und Zeitungen unter dem Arm.

Sie sagte ihm, er solle schnell hereinkommen, nicht länger im Regen stehen. Der Mann blieb zögernd auf der Türschwelle stehen, besorgt, alles nass zu machen, den Teppich zu beschmutzen mit seinen durchnässten Schuhen, völlig absurden Schuhen bei einem solchen Wetter, aus Krokodilleder oder so, als wäre er ein Tourist in der Karibik.

Er fragte Anna Thomas, ob sie eine Kopfschmerztablette für ihn habe. Er zitterte, und seine Augen glänzten, als hätte er Fieber. Es fiel ihm sichtlich schwer, ein paar Worte hervorzubringen. Er bewegte die Lippen, ohne dass auch nur ein Laut über sie kam.

Am nächsten Morgen brachte Anna Thomas ihm das Frühstück zum Zimmer, dazu noch heißen Orangensaft mit Honig und ein Röhrchen Aspirin. Sie horchte an der Tür und vernahm keinen Laut. Leise klopfte sie mit den Knöcheln an die Tür, danach etwas lauter. Da keine Antwort kam, stellte sie das Tablett auf dem Boden ab. Sie hatte sich erst ein paar Schritte entfernt, als die Tür geöffnet wurde. Der Gast nahm das Tablett hastig und mit verstohlenen Bewegungen an sich. Anna Thomas beobachtete, dass er Anzug und Mantel trug.

Drei Tage blieb er im *Hotel Pax*. Die Tapete in seinem Zimmer hatte ein Muster von blauen Pfauen. Morgens gegen neun verließ er das Hotel, kehrte eine halbe oder eine Stunde später mit Zeitungen und Zeitschriften beladen zurück und ließ sich den Rest des Tages nicht mehr blicken. Am zweiten Morgen deutete Anna Thomas auf die Titelseite einer der Zeitungen, die er mitgebracht hatte, mit einem ganzseitigen Foto von Robert Kennedy, und sagte zu ihm, es sei furchtbar, unglaublich, auch ihn hätten sie ermordet. Der Gast machte eine unbestimmte, kummervolle Geste, nickte ernst, hielt den Kopf gesenkt und verschwand in seinem Zimmer. Er hatte eine Woche im Voraus bezahlt. Am Samstagmorgen fand Anna Thomas sein Zimmer leer vor.

Es gibt ein mögliches Ende, einen endgültigen Gedankenstrich in der Zeit. An diesem Morgen, dem 8. Juni, wurde Ramon George Sneyd – oder Sneya laut dem anderen Pass, den er immer noch bei sich führte – im Flughafen Heathrow verhaftet, als er die Maschine um elf Uhr fünfzig nach Brüssel besteigen wollte. Er hatte gehört, in Brüssel gäbe es ein Rekrutierungsbüro für Söldner, für den Krieg im Kongo. Die Polizisten, die ihn höflich in ein Büro begleiteten, wo seine Papiere überprüft wurden, sagten beinahe entschuldigend, es handle sich nur um eine Formalität, eine routinemäßige Überprüfung. Einer von ihnen zeigte sich schmerzvoll überrascht, als er ihn durchsuchte und in der

Gesäßtasche einen geladenen Revolver entdeckte. Später wurde der Revolver in die Liste jener Gegenstände aufgenommen, die er bei sich führte, als er verhaftet wurde, sowie derer, die sich im Koffer befanden, der schon aufgegeben und im Laderaum der Maschine nach Brüssel war.

Ein Revolver Liberty Chief, Kaliber .38. Eine Polaroidkamera. Ein Transistorradio Hi-Fi de luxe. Ein Mantel der Marke Noveline. Ein Anzug aus braunem Wollstoff. Eine blaue Mütze. Ein blaues Hemd. Eine Jacke und eine Freizeithose. Zwei Sonnenbrillen. Ein Collins-Taschenwörterbuch. Ein Plastikkamm. Eine Geldbörse aus Kunststoff. Eine portugiesische Fünfzigcentavomünze. Einundzwanzig Luftpostbriefumschläge. Eine Rolle Klebeband. Eine Broschüre mit dem Titel *Wie man hypnotisiert* von Dr. Adolf F. Louk, Direktor des Internationalen Louk Instituts für Hypnose. Ein Flaschenöffner. Ein leeres Schreibheft. Eine Streichholzschachtel des Restaurants *New Gonevale*, aus Toronto. Eine Nagelschere. Eine Portugalkarte. Ein Deodorant der Marke Right Guard. Ein Fläschchen Shampoo. Ein Stadtplan von London. Eine Geburtsurkunde auf den Namen Ramon George Sneyd. Zwei Stück Seife. Eine Brieftasche mit sechzig Pfund in Fünfpfundnoten. Eine Tube Pomade. Ein Taschenbuch mit dem Titel *Der 9. Befehl*. Eine Dose Rasierschaum. Ein Roman, ebenfalls gebraucht, sehr abgenutzt, mit dem Titel *Tangier Assignment*. Eine Zahnbürste. Ein Buch mit dem Titel *Psycho-Kybernetik*. Ein Inhalator. Ein Handspiegel. Eine Dose Schuhcreme, schwarz.

Sie legten ihm die mit Schreibmaschine getippte Liste vor und baten ihn, sie durchzulesen und zu unterschreiben, wenn sie ihm korrekt erscheine. Er suchte seine Brille, zuerst im Mantel, dann in den Jackentaschen, dann las er langsam, die Worte murmelnd, die schwierigeren Namen. Bei dem Polizisten, der ihm den Kugelschreiber zum Unterschreiben gegeben hatte, bedankte er sich weitschweifig. Er zögerte kurz, bevor er schrieb, »R.G. Sneyd«, und den Namen mit einem kurzen Schnörkel unterlegte. Ein Polizist in Zivil betrat das Büro, das ziemlich klein war, ohne Fenster, in dem das Stimmengewirr von draußen, die metallisch klingenden Lautsprecherdurchsagen, das Brausen der startenden Flugzeuge nicht zu hören waren. Er trat zu ihm und sagte in dem höflichen Ton eines Professors, der eine gewagte These aufstellt, vielleicht sei sein Name gar nicht Ramon George Sneyd, sondern vielmehr, sagte er zweifelnd, James Earl Ray?

Er gab keine Antwort. Er saß nach hinten gelehnt, die Beine ausgestreckt, den Kopf an die in einem tristen Hellgrün gestrichene Wand gelehnt, den Kugelschreiber, mit dem er soeben unterschrieben hatte, noch in der rechten Hand, die auf einer Mantelfalte im Schoß ruhte, in der Nähe der mit einem dunklen Faden zusammengenähten Tasche. Vielleicht dachte er voller Staunen, ungläubig noch, beinahe dankbar, dass er jetzt nicht mehr fliehen musste.

22

Mir gefällt der Titel dieser schrecklichen Autobiografie von Louis Althusser, *Die Zukunft hat Zeit.* Die Zukunft dauert nämlich sehr viel länger, als die Literatur uns fast immer glauben machen will. Man setzt einen Schlusspunkt unter einen Roman, ähnlich der finalen, misstönenden oder abschließenden, zweifelnden Note, die Thelonious Monk in der Schwebe lässt; eine unerwartete Lösung, die keinen Höhepunkt bezeichnet, sondern nur eine Unterbrechung, einen Schnörkel. Die Zeit jedoch nimmt ihren Lauf, auch wenn es uns nicht erlaubt ist, das weitere Schicksal der Romanfiguren über den Schluss hinaus zu verfolgen.

Niemand hat – wie Flaubert – das Talent oder die Kühnheit besessen, in einen Roman die Zukunft einzubringen, die gar nicht mehr zählt, weil sie erst nach dem Ende kommt; und scheinbar ist sie so überflüssig, dass der Leser sie nach einer Weile komplett vergisst. Nachlässige Erinnerung und Vergessen korrigieren Bücher im Nachhinein. Der ergebene Leser von *Madame Bovary* glaubt, sich zu erinnern, dass der Roman endet, wenn seine Protagonistin stirbt, wenn Emma den Geist aufgibt nach ihrem grauenvollen Todeskampf, dessen Lektüre unerträglich ist mit all den körperlichen Details, die Flaubert mit schier unmenschlicher Wollust ausbreitet, viel ausgeprägter noch als in den erotischen Szenen. Man vergisst es leicht, doch der Roman geht weiter, wenn die Geschichte schon erzählt ist, so wie er auch begonnen hat, lange bevor die Heldin in Erscheinung trat. Im Unterschied zu Romanen haben Geschichten, die das Leben schreibt, weder einen eindeutigen Anfang, noch halten sie definitive Auflösungen parat, und die Personen, die darin vorkommen, sind auch nicht als Haupt- oder Nebendarsteller aufgelistet.

Charles Bovary lebt weiter, vereinsamt in Ehrlosigkeit, Schande und Ruin. Er bewahrt sich eine krankhafte Verehrung für seine tote Frau, doch dann entdeckt er unerwartete, grausame Dinge über sie, Briefe, welche die Schmach bestätigen und über den Tod hinaus verlängern, die Lebenden wie eine Krankheit befallen, für die das unfehlbare Heilmittel aller Übel in Literatur oder Kino nicht existiert: der Punkt nach dem letzten Satz.

Erst nach den aufeinanderfolgenden Toden von Emma und Charles nimmt im Roman die Person Gestalt an, die als einzige vollkommen unschuldig ist, Opfer der einen und des anderen, an die der Leser schon gar nicht mehr gedacht hat, die er schlicht nicht wahrgenommen hat, genau wie ihr Vater oder ihre Mutter sie nicht wahrgenommen hatten, jeder nur von seinen eigenen Leidenschaften, vom eigenen Unglück beseelt. Es ist die Tochter, die Emma zur Welt brachte, ohne sie gewollt zu haben, deren Existenz ihr lästig war und die sie außerdem für hässlich hielt, die sie gleich nach der Geburt in die Obhut einer Amme gab, einer Bäuerin aus einem nahe gelegenen Dorf, die die Kleine auf eine Handvoll Stroh in ihrer schmutzigen Hütte bettete.

Die Kleine besitzt eine Geschichte, die genauso lang oder schmerzlich ist wie jede andere, aber sie hat kein Recht auf einen Roman; nicht einmal auf einen prominenten Platz im Roman von anderen. Als ihr Vater stirbt, gerät sie unter die Fuchtel von Verwandten, die sie schlecht behandeln. Das Letzte, was man von ihr erfährt, ist, dass sie in einer Fabrik arbeitet. Ich erinnere mich nicht einmal mehr, ob sie einen Namen hat.

Die Zukunft hat Zeit, und Geschichten aus der Wirklichkeit enden abrupt, enttäuschen den Drang, alles wissen zu wollen, oder fließen ineinander, verlieren sich, lose Fäden, von denen man nicht weiß, zu welcher Handlung sie gehören, die sich mit anderen ins Gehege kommen und weit von ihrem Ausgangspunkt entfernt ein Ende finden. Vom Leben geschriebene Geschichten ähneln dieser offenen afrikanischen oder orientalischen Musik, die sich mühelos und ohne große Variationen über viele Stunden, ganze Tage, Tage und Nächte hinziehen kann, dahinströmend wie ein Fluss, so wie ohne Ordnung, ohne Anfang und ohne Ende die Erzählungen aus *Tausendundeine Nacht* dahinströmen.

Die Fiktion jedoch ist – wie die europäische Musik – eine Kunst der Begrenzung. Was beginnt, muss auch enden. »In meinem Anfang ist mein Ende«, sagt T.S. Eliot. Der Start eines Flugzeugs oder die Abfahrt eines Zuges ist für jede Geschichte ein deutlicher und überzeugender Schluss. Ankunft und Abreise begrenzen die Fabel im Innern eines zeitlichen Rahmens, wie die beiden Ecktürme der Praça do Comércio die Weite des Himmels und des Tejo für den Blick begrenzen, die Andeutung von Ozean, die hinter dieser anderen Grenze beginnt, der Brücke des 25. April. In den letzten Bildern, auf den letzten Zeilen setzt sich der Zug in Bewegung, hebt das Flugzeug ab, und danach sind die Passagiere, die dort eingestiegen sind und die uns so sehr in Atem gehalten haben, nicht mehr unsere Sache. Jemand überschreitet eine Schwelle, steigt die Treppe eines U-Bahn-Eingangs hinunter oder verschwindet hinter einer sich schließenden Tür und hört auf zu existieren. Hinter den Türen der Fiktion gibt es nichts als die Leere auf der Rückseite einer Filmkulisse. Das Wort »Ende« ist über dieses letzte Bild geblendet, wenngleich wir es nicht sehen. In *Casablanca* hört der Motor des Flugzeugs in dem Moment zu brummen auf, in dem die Propeller im Nebel der Startbahn verschwinden. Die Maschine fliegt nach Lissabon, doch uns ist es egal, ob sie über dem Atlantik abstürzt und niemals ankommt. Es ist so verlockend wie verboten, sich Victor László und Ilsa vorzustellen, wie sie über die Praça do Comércio flanieren, sein heller Leinenanzug und ihr weißes Kleid leuchtend im hellen Licht von Lissabon, ihrer beider Silhouetten von fern vor dem Hintergrund des Flusses oder sie beide im kühlen Schatten der Kolonnaden und der Vorzimmer von Ministerien, auf dem Weg zum Postamt oder zu einer der offiziellen Niederlassungen, in denen man Visa für Amerika bekommt.

Eine Abreise, eine Ankunft und ein Datum geben den Geschichten einen Anfang und ein Ende, doch die Zukunft dauert an, und die Vergangenheit dauert so lange wie die Zukunft. Wo beginnt man eine Geschichte, von der man nicht weiß, wo und wie sie begann, ihren schäbigen Anfang nahm. Am frühen Morgen des 8. Mai 1968, um ein Uhr fünfzehn, kam Ramon George Sneyd in Lissabon an. Je präziser die topografischen und zeitlichen Details sind, umso überzeugender wird der Anfang oder der Schluss einer Geschichte wirken, der unerwartete Auftritt oder die plötzliche Abreise des Protagonisten. Am 17. Mai 1968 um neun Uhr morgens sieht der Rezeptionist des *Hotel Portugal* von dem Gast, der etwas über eine Woche lang das Zimmer No. 2 bewohnt hat, nur noch den Rücken, der in der Drehtür verschwindet, die Schultern etwas herabhängender als bei der Ankunft, sieht seinen dunklen Anzug und den unter den Arm geklemmten Mantel an dem schon warmen Morgen. Am 4. Januar 1987 verließ ich um elf Uhr nachts den Bahnhof Santa Apolonia in Lissabon in einem Zug mit dem romanhaften Namen Lusitania-Express.

Die Zukunft setzt sich fort: Ein paar Tage später war ich pünktlich morgens um acht wieder der städtische Beamte in Granada. Ich war auch Familienvater mit einem dreieinhalbjährigen Sohn und einem weiteren im Alter von einem Monat, einem Säugling, der sich mit der Hilflosigkeit frisch geworfener Welpen in seiner Wiege bewegte, mit seiner geröteten, gereizten Haut, ohne Haare, den geschwollenen Lidern ohne Wimpern, Hände und Füße so klein wie die Extremitäten von einem Kaninchen, Hündchen oder Kätzchen, mit winzigen durchscheinenden Fuß- und Fingernägeln, in biologischem Überlebenseifer gierig an die Brust seiner Mutter geklammert, rot und überfüttert danach, mit halb offenem Mund eingeschlafen, einen Milchfaden zwischen den Lippen, mit dem etwas muffigen Geruch von Neugeborenem und abgestandener Milch.

Die Fähigkeit, in die Ferne zu sehen, ist im Zeitlichen noch begrenzter als im Räumlichen. Am 2. Dezember 2012 – in einem anderen, zukünftigen Leben, das schon viele Jahre andauert und das ich mir bei meiner ersten Reise nach Lissabon nicht hätte vorstellen können – gehe ich nachts über die Praça do Rossio, ein wenig schwindelig von der Reise und ebenso von der optischen Wirkung des wellenförmigen Musters der Mosaikbepflasterung. Wir sind hier, weil dieser Sohn von mir, der einen Monat alt war, als ich mich zum ersten Mal in der Stadt aufhielt, jetzt hier lebt und heute sechsundzwanzig wird. Wir haben es gar nicht bemerkt, aber es ist viel Zeit vergangen, seit wir das letzte Mal hier waren. Die Zeit scheint aber auch schneller zu vergehen, denn wir erinnern uns an etwas, das, wie wir glauben, erst vor Kurzem passiert ist, und dann stellt sich heraus, dass es vor zehn oder fünfzehn Jahren war.

Seit wir angekommen sind und durch das Taxifenster die sanften Farben der Stadt sehen, das verblichene Rosa, Blau, Ocker und Gelb der Häuserfassaden im Nachmittagslicht eines Dezember, der milder ist als der, den wir vor ein paar Stunden in Madrid hinter uns gelassen haben, bedrückt uns das schlechte Gewissen darüber, so lange nicht mehr hier gewesen zu sein, das Befremden, dass so etwas passieren konnte. Wie kann eine solche Ferne Platz in einer so kurzen Distanz finden, in einer knappen Stunde Flugzeit!

Du hast die Vorhänge in dem Zimmer zurückgezogen, in dem wir zwei oder drei Tage bleiben werden, in einem Haus hoch auf einem Hügel, und die ganze Stadt liegt mit einem Mal ausgebreitet vor uns wie ein fantastisches Diorama, das andere Ufer des Tejo und die Brücke des 25. April verschwimmen in der Ferne, im Südwesten, und auf dieser Seite, beinahe direkt vor uns, ein bewaldeter Hang, gekrönt von einer im Nachmittagslicht weiß leuchtenden Kirche, und ein Stück dahinter die Mauern und Türme des Castelo de São Jorge mit wehenden Fahnen am sehr blauen Himmel über den Zinnen. Es ist, als sähe man von einem Landhaus hoch oben auf dem Albaicín auf die Alhambra. Das Haus selbst hat auch etwas von einem Landhaus, labyrinthisch von innen, mit engen Treppen, niedrigen Decken, verwinkelten Fluren, mit einer schlichten Fassade, hinter der sich Innenräume mit erstaunlichen Perspektiven verbergen, halbdunkle Zimmer und Korridore, die sich unerwartet auf die weite Welt öffnen. Es gibt einen Balkon mit einem eisernen Geländer, Blumentöpfen mit Geranien und Kakteen. Eine Treppe führt zu einem von einer Mauer eingefassten Gärtchen mit einem Granatapfelbaum und einem Zitronenbaum darin. Es wäre ein geschützter Platz für einen Obst- und Gemüsegarten, sonnig und vorteilhaft nach Süden ausgerichtet. Die Kirchenglocke, die die Stunden schlägt, klingt hell und klar.

Schließ die Fensterläden, zieh die Vorhänge zu, mach kein Licht. Im Innern dieses Halbdunkels ist Lissabon nur noch das Rauschen einer fernen Stadt. Als ich zum ersten Mal hier war, wusste ich so gut wie nichts vom Leben, vom Verlangen, vom Vergehen der Zeit. Ich schrieb nach Gehör. Sich entkleidend, ohne die Augen voneinander zu lassen, werden die Liebenden aufs Neue zwei Fremde, als würden sie in der Zeit zurückgehen zum ersten Mal, an dem sie miteinander allein im ersten Zimmer waren. Sie helfen sich beim Ausziehen und lassen dabei alles hinter sich, was sich an Erlebtem angesammelt hat, seit sie sich kennengelernt haben. Beide in derselben verletzlichen Unschuld erstrahlend, entsteigen sie den am Boden liegenden Kleidern wie einem Wasser, das sie gewaschen und gesalbt hat, gereinigt von Gewöhnung wie auch von der Müdigkeit, dem Schweiß und dem Missmut nach der Reise, jung, die Zeit hat sie reifer und schöner gemacht, gleichsam veredelt vom Staunen und der Dankbarkeit, sich so zu begehren, anonym in einer fremden Stadt und einem Zimmer, in dem sie nie zuvor gewesen sind.

Wenn sie das Verlangen überkommt, suchen sie sich und geben sich hin, so wie damals, als sie sich heimlich in Hotelzimmern trafen und nicht wussten, wann sie sich wiedersehen konnten, und manchmal nicht einmal, ob überhaupt. Jetzt haben sie den Überblick verloren, in wie vielen Zimmern in wie vielen Städten sie zusammen gewesen sind, in all den künstlich hergestellten Halbdunkeln, die sie an Vormittagen oder Nachmittagen oder an langen, in die Nacht hinübergleitenden Abenden beschützt haben, in Zimmern mit Fenstern, die auf hohe Häuserschluchten gingen, auf Buchten und Wälder, auf Plätze mit Kolonnaden und Denkmälern, auf tief hängende Winterhimmel, auf Innenhöfe, auf den Hügel der Alhambra, auf eine Straße in Madrid, in der gegen Abend die blaue Leuchtschrift der *Bar Santander* aufblühte, auf einen Platz mit Cafés und Straßenbahnen in Amsterdam, auf den stillen Dauerregen von Oslo, auf einen Hinterhof in New York, vollständig okkupiert von einem riesigen Ahornbaum, dessen scharlachrotes Leuchten im November das ganze Zimmer erfüllte, auf einen dunklen Wald voll feuchtem Moos und von Flechten überzogenen Baumstämmen am Rand von Breda, auf die Pinienwälder und das stille Blau des Wassers in der Bucht von Formentor, auf die weißen Terrassen von Cádiz, auf eine im weißen Wirbel eines Schneesturms ertrinkende Straße in New York, auf die Kirche und den Aussichtspunkt von Graça und das Castelo de São Jorge, die schon im Licht erstrahlen, als wir die Vorhänge zurückziehen und die Fensterläden aufstoßen nach einem kurzen behaglichen Schlaf, Halbschlaf besser gesagt, denn wir haben nie das Bewusstsein dafür verloren, dass wir nackt und eng umschlungen unter der sauber riechenden Bettdecke liegen in diesem fremden Zimmer, das wir noch zu unserem machen werden, versteckt wie ein Refugium.

Ich erinnere mich an den Plan, den Jorge Guillén seiner Frau in einem Brief mitteilte: »In vielen Städten leben und in allen dieselbe Frau lieben.« Ich konnte mir nie vorstellen, dass die Intensität dessen, was in der Literatur und im Kino immer so flüchtig erscheint, über viele Jahre hin erhalten bleiben, sich sogar vertiefen kann, mit einem Teil Heiterkeit und bedachtsamer Zärtlichkeit und einem von rasendem Wahn, wenn beider Lust sich der Schmerzgrenze und fast schon Besinnungslosigkeit nähert. Es gibt ein Gesicht von dir und ein Gesicht von mir, das nur in diesen Momenten existiert und das außer uns niemand je gesehen hat. Hinterher sehe ich dich vor dem Badezimmerspiegel die Lippen nachziehen, mit dem Rücken zu mir, die Schultern im Licht, den Rücken im Schatten. Du lachst über etwas und bist begehrenswerter als zu der Zeit, in der ich dich kennengelernt habe.

Jeder Anfang geschieht unfreiwillig. Später stieg ich die steilen Gassen der Mouraria hinunter, es war schon Nacht, die Straßen notdürftig beleuchtet, viel Müll an den Ecken, die Hauswände abgeblättert, eine Krankheit von Wandanstrichen wohin man sah, eine Seuche. Blinde Balkone, vernagelte Fenster an riesigen Gebäuden, in denen seit Langem kein Mensch mehr lebt. Es war erleichternd und traurig zugleich, irgendwo ein Zeichen von menschlichem Leben zu entdecken: zum Trocknen aufgehängte Wäsche auf einem Balkon, ein erleuchtetes offenes Fenster, aus dem die tröstlichen Geräusche einer Familie beim Abendessen drangen.

Lissabon war dreckiger, als ich es in Erinnerung hatte. An einem kleinen Platz gab es eine Art Lagerhalle mit einem hochgeschobenen Rolltor aus Metall, zu dem einzeln oder in Grüppchen Männer gingen, einige mit Bärten und Tuniken, angezogen von einer diffusen elektrischen Helligkeit, die aus dem Eingang drang. An der Wand stand auf Arabisch etwas geschrieben. Vermutlich war das ehemalige Lagerhaus jetzt eine Moschee. Unten am Hügel stieg ich ein paar gepflasterte Steinstufen hinunter zu einer schmalen, dichter bewohnten Straße mit vielen geöffneten Läden, einem neben dem anderen, Elektronikläden mit Mobiltelefonen, Obstgeschäften, Internetshops mit Angeboten für Geldtransfer in chinesischen Schriftzeichen oder solchen eines südostasiatischen Alphabets.

Ich sah Hindufrauen mit Saris, Musliminnen mit Gesichtsschleier und bodenlangen Gewändern, dunkelhäutige Kinder, die auf der Straße spielten, Kinderspiele im Dunkeln mit Singen und Klatschen, wie man sie seit Langem nicht mehr in den Städten sieht. Die Läden waren klein, bunt, tief wie Höhlen. Ich hatte nicht das Gefühl, in Lissabon zu sein. Ich konnte mich auch nicht erinnern, jemals in diesem Viertel gewesen zu sein. Auch einen Stadtplan hatte ich nicht dabei und wusste nicht, wie ich mich orientieren sollte. Irgendwann kam ich aus einer Gasse, die in die Praça da Figueira mündete. Jetzt wird mir erst klar, dass ich vermutlich durch die Rua João das Regras gegangen bin, an der Tür des alten *Hotel Portugal* vorbei, das im Begriff stand, geschlossen zu werden und damals vielleicht noch in einem ähnlichen Zustand war wie in den Siebzigerjahren, so langsam wie die Dinge in Lissabon verfallen. Aber ich sah kein Hotelschild, und ich betrat auch nicht den Empfang, in dem vor vierzig Jahren Gentil Soares als Rezeptionist gearbeitet hat.

Nachts hat die Praça da Figueira etwas von einer trostlosen und etwas schmuddeligen Kehrseite der Rossio, etwas von Parkplatz, mit diesem Denkmal eines Königs zu Pferd, das nicht in der Mitte des Platzes steht, sondern in einer Ecke, sodass die Weiträumigkeit einen Eindruck von Leere hinterlässt. Aber jetzt erkannte ich die Stadt wieder; nicht, weil ich endlich wusste, wo ich mich befand, sondern weil meine Sinne sich angesprochen fühlten; die subtilsten, die erhalten bleiben, weil sie von der bewussten Erinnerung nicht durch Gebrauch abgenutzt werden und sich reaktivieren, sobald sie ein Echo finden. Lissabon im Dezember war der kalte Dunst, der wie ein lichter Schleier über den feucht schimmernden Pflastersteinen und den weißen Fliesen der Gehwege schwebt, die glatt wie Knochen sind, war der Geruch von Kohlen und Qualm und die Rauchwolken, die aus den Ofenrohren der Straßenkarren quellen, an denen heiße Maronen verkauft werden.

Allein unterwegs, fand ich leichter in den Gemütszustand meiner ersten Reise zurück. Kaum hatte ich an einer Straßenecke den Namen Rua dos Douradores gelesen, ging ich los und erkundete sie. Denkt man an die ruhelosen Geister der Literatur und deren Städte ist Bernardo Soares in Lissabon genauso wenig sichtbar wie Leopold Bloom in Dublin, Max Estrella in Madrid, oder wie James Joyce in Triest, das aus manchen Blicklagen Lissabon sehr ähnlich ist. Andererseits ähnelt Joyce – schmächtiger Trinker mit in den Nacken geschobenem Hut, mit Brille und Fliege und gestutztem Bärtchen – auch Fernando Pessoa, sie waren zudem Zeitgenossen, spazierten durch ihre einander so ähnelnden Städte.

Die Reise, die Rückkehr, der Geburtstag meines Sohnes, das Hotelzimmer, der Blick aus dem Fenster, der Spaziergang hügelabwärts durch Mouraria weckten tief in mir einen eigentümlichen Zustand von Aufmerksamkeit, der Erwartung von etwas, ein sofortiges inneres Widerhallen jeden Reizes, den ich empfing, ein Mich-gehen-Lassen, das durch die Liebesmattigkeit noch verstärkt wurde. Fetzen von Bildern und Gefühlen all dessen, was vor kaum einer Stunde erst in der Heimlichkeit unseres Zimmers mit uns geschehen war, gingen mir durch den Kopf. James Joyce schreibt in *The Dead: »Moments of their secret life together burst like stars upon his memory.«* Eine der schönsten Geschichten über das Vergehen von Zeit, die es gibt, schrieb ein Fünfundzwanzigjähriger.

Ich hatte Lust, mich mit dir zu treffen, aber auch, die Zeit bis zu unserer Verabredung und der Ankunft meines Sohnes allein zu verbringen. Ich dachte darüber nach, wie Vaterschaft und Mutterschaft das Wahrnehmen von Zeit verändern. 1986 war kein abstraktes Datum der Vergangenheit, sondern das Jahr, in dem mein Sohn geboren wurde, den heute zu besuchen wir nach Lissabon gekommen waren. Genau um diese Zeit war er geboren, gegen acht Uhr abends an diesem Tag im Dezember in einem zwar schon kalten, aber noch nicht winterlichen Granada mit diesiger Luft, die in der Nähe seiner beiden Flüsse, an einem von denen wir wohnten, als mein Sohn geboren wurde, in Nebel überging. Dieses »wir wohnten« kommt mir komisch vor, kaum, dass ich es geschrieben habe, da es eine erste Person Plural ist, in der du nicht einbezogen bist. Leben in Pronomen, sagt Pedro Salinas.

Die Rua dos Douradores mündet in eine Straße, durch die Straßenbahnen fahren und von der ich jetzt weiß, dass es die Rua da Conceição ist. Zu dieser Stunde schließen die Geschäfte, die an die einer alten Provinzhauptstadt erinnern, Kurzwarengeschäfte und Schreibwarenläden, wie die zu meiner Schulzeit, in die ich im Oktober ging, nach dem Unterricht, zu Beginn eines neuen Schuljahres, in denen schon Licht brannte, weil es früh dunkel geworden war, die einen mit der Wärme von menschlichem Atem empfingen, der nach Tinte roch, nach Holz und Papier.

Da ich noch ein wenig Zeit habe, betrete ich einen dieser Läden. Es gibt einen Instinkt, der einen durch alle Zufälligkeiten lenkt, damit man die Dinge findet, die einem am meisten gefallen. Ich entdecke Notizbücher mit soliden, kartonierten Deckeln und Leinenrücken, mit fadengehefteten Blättern aus festem Papier, das sich geschmeidig umblättern lässt, aber nicht zu biegsam ist. Aufgeschlagen in den Händen hat dieses Notizbuch mit einem Mal die Beschaffenheit eines zukünftigen Romans, eines Versprechens von geschriebenen Wörtern von der ersten bis zur letzten Seite, wie die in Gedanken aufscheinenden ersten Sätze einer Geschichte, die darauf dringt, geschrieben zu werden, noch bevor man irgendetwas über sie weiß.

Später schlage ich das Notizbuch an einem Caféhaustisch, an dem ich auf dich warte, auf der ersten Seite auf. In dem Schreibwarenladen habe ich auch einen Bleistift gekauft, aus einer Laune heraus, weil ich seine stabile Kontur, die sich wie ein Werkzeug anfühlt, wie eines dieser schlichten und perfekten Zeichengeräte für einen ganz speziellen Gebrauch, wie sie einige Berufe erfordern, zwischen meinen Fingern spüren wollte. Ohne jede Absicht nähere ich die Bleistiftspitze dem ersten leeren Blatt und schreibe aus reiner Lust, aus Gewohnheit, aus der Sucht zu schreiben, das Datum: 2. Dezember 2012, Lissabon.

Ich bin ins Chiadoviertel hinaufgegangen und habe mir in einem Café einen Tisch gesucht, von dem aus ich die Tür im Auge habe. Dort wirst du jeden Moment erscheinen, innerhalb der nächsten Minuten. Mir gefällt, dass ich zu früh bin. So habe ich die Gewissheit, dich hereinkommen zu sehen. Ich habe es immer gemocht, wenn du unerwartet aufgetaucht bist; dich die paar Sekunden lang zu betrachten, bevor du mich erblickst; dich von ferne zu sehen, gedankenverloren, auf der Straße, wenn du mehr du selbst bist, weil du allein bist und nichts von meiner Nähe ahnst, dich so zu sehen, als gäbe es mich in deinem Leben nicht.

So sah ich dich bei einem der ersten Male, als du in der Stadt, in der ich damals lebte, zerstreut und aufmerksam zugleich einen Zebrastreifen überquertest auf dem Weg zum Café, in dem wir einige Minuten später verabredet waren. Ich nahm dich deutlicher wahr, weil ich mir da noch nicht vorstellen konnte, mich in dich zu verlieben. Ich mag es zu wissen, wie du wirklich bist, ohne den Filter des üblichen visuellen Sich-von-selbst-Verstehens; so wie dich jemand sieht, der dir auf der Straße entgegenkommt, dem du ins Auge fällst und der dich ansieht, ohne zu wissen, wer du bist. So sehe ich dich aufs Neue, ganz neu, mit wirklich offenen Augen, muss mir jeden deiner Gesichtszüge einprägen, ungewöhnliches Mienenspiel. Ich liebe es, von deiner Anwesenheit überrascht zu werden; wenn ich dich vor einem Schaufenster stehen sehe, kurz vor einem Restaurant, in dem wir verabredet sind und dem wir uns auf verschiedenen Wegen nähern, da gibt es einen Augenblick vor dem Erkennen, in dem du eine der attraktiven Frauen auf der Straße bist, die meinen Blick auf sich ziehen. Eine Sekunde später bist diese Frau, die mein Verlangen geweckt hat, du.

Ein Gesicht zu lieben bedeutet, eine Seele zu lieben, heißt es sinngemäß bei Thomas Mann. Einmal sah ich dich unter vielen Menschen an einem großen gedeckten Tisch auf einer Sommerterrasse an einem Pinienhang über dem Escorial, und ich war so voller Sorgen oder in meinen Gedanken vertieft, dass ich dir keine große Aufmerksamkeit schenkte. Einige Monate später sah ich dich erneut und erkannte dein Gesicht nicht wieder. Ich sah dich in Madrid auf einer Veranstaltung. Du standest nah bei der Tür, als ob du jeden Moment gehen könntest, mit einem ironischen, geduldigen Lächeln auf den Lippen, und jedes Mal, wenn ich mich zu dir umdrehte, fürchtete ich, du könntest gegangen sein. Wie in Zeitlupe, das Ziel unerreichbar, bahnte ich mir endlich einen Weg zu dir, ließ mich unterwegs in Gespräche verwickeln und Glückwünsche entgegennehmen, ohne je dahin zu gelangen, wo du dich befandest mit deinem breiten geduldigen Lächeln und der roten Mähne, die du damals hattest.

Ich habe dieses breite Lächeln mich in den Ankunftshallen von Flughäfen willkommen heißen sehen, in Wartehallen von

Bahnhöfen und Hotelhallen in Madrid. Einmal fuhr ich im Zug zu einer Verabredung mit dir und war plötzlich, kurz vor der Ankunft, nicht mehr sicher, ob du im Bahnhof von Atocha oder dem von Chamartín auf mich warten wolltest. Das war noch in jener Welt vor den Mobiltelefonen, in der Menschen sich verloren, sich nicht fanden, so sehr sie auch suchten. Ich stieg gedankenlos in Atocha aus und bereute es noch in dem Moment, als ich auf den Bahnsteig sprang und der Zug sich in Richtung des anderen Bahnhofs in Bewegung setzte. In der schwachen Hoffnung, dich trotz allem dort anzutreffen, ging ich in die Wartehalle, doch unter den Hunderten von Gesichtern derer, die dort saßen oder herumliefen, war keines das deine, obwohl es einige gab, die es waren und einen Wimpernschlag später nicht mehr waren.

Mir fiel ein, dass, wenn ich dich nicht fände, ich nicht wüsste, wie ich zu deiner Wohnung kommen sollte, in der ich nur ein einziges Mal gewesen war und von der ich nicht mehr wusste, in welcher Straße sie lag. Abends um zehn trat ich auf den weiten Platz von Karl V. hinaus, auf der Suche nach einem Taxi, das mich nach Chamartín brächte. Mit etwas Glück schaffte ich es vielleicht, gleichzeitig mit dem Zug dort einzutreffen oder mit nur wenigen Minuten Verspätung. Es gab aber keine Taxis, und die vorbeifahrenden waren alle besetzt. Ich überquerte diese verwaiste Endlosigkeit auf der Suche nach einem Taxistand oder einer Straße, wo vielleicht doch welche fuhren. In meiner ängstlichen Kopflosigkeit kam mir nicht in den Sinn, dass es am Fahrgastausgang einen Taxistand gab. Ich schaute auf die Bahnhofsuhr, hatte aber keine Ahnung, wie lange ich schon herumgelaufen war, und stellte mir vor, dass der Zug längst in Chamartín angekommen sein musste und du nicht mehr auf mich warten würdest. Und wenn ich eine Telefonzelle suchte und dich zu Hause anriefe? Aber dann würde ich noch mehr Zeit verlieren.

Als endlich ein Taxi kam, war ich so konfus und entmutigt,

dass meine Reflexe versagten und ich es beinahe hätte vorbeifahren lassen. So schnell der Fahrer auch über die Castellana jagte, an diesem Abend war Madrid eine ausufernde Stadt, und Chamartín lag am anderen Ende der Welt. Ich würde niemals dort ankommen, so wie man auch in Träumen niemals das ersehnte Ziel erreicht.

Ich durchquerte automatische Türen, die sich in nutzloser Willfährigkeit öffneten, und ich hatte das Gefühl, dass es schon sehr spät war und sich kein Mensch mehr im Wartesaal befand. Ich sah dich, bevor du mich sahst. Du machtest einen niedergeschlagenen Eindruck und hattest der Anzeige mit den Ankunftszeiten den Rücken gekehrt. Du hieltst den Kopf gesenkt, wirktest verloren, warst jünger und verletzlicher, als ich in Erinnerung hatte.

Jetzt habe ich genau in dem Moment von meinem leeren Notizbuch aufgeschaut, in dem du das Café betreten hast und über die Tische und Gäste hinweg nach mir Ausschau hältst, mich aber noch nicht gesehen hast, ein wenig atemlos, strahlend, das Haar zerzaust, die Lippen frisch geschminkt, eine Einkaufstüte in der Hand.

Du hast meinen Sohn und seine Freundin mitgebracht. Er und ich haben uns lange umarmt. Er ist ein starker junger Mann von meiner Statur, mit dichtem Bart, dunkelbraunem glatten Haar und großen hellen Augen, leicht schräg gestellt, das Erbe seiner Mutter. Er ist sanftmütig und schüchtern, jedenfalls wenn er mit mir zusammen ist. Seine Freundin und er pflegen einen etwas kumpelhaften Umgang miteinander. Sie kennen sich, seit sie fünfzehn waren. Ich war siebzehn und seine Mutter achtzehn, als wir uns kennenlernten. Junge Menschen wissen eigentlich gar nicht, wie jung sie sind, wie nah noch an einer Kindheit, von der sie sich im selben Maße entbunden fühlen, wie ihre Eltern sie immer noch darin sehen oder sehen möchten. Als seine Mutter und ich heirateten, war ich so alt wie er jetzt. Als wir uns trennten, war er fünf.

Wir sitzen zu viert am Tisch in dem Café mit eisernen Säulen und Stuck an den Decken, um uns antiquierte Kellner und ein angenehmes Hintergrundgeräusch von murmelnden Stimmen, warme Gerüchen von Konditorei und aromatischem portugiesischen Kaffee; ich betrachte ihn mit verschämter Zärtlichkeit und muss an die Worte des Evangeliums denken, aus denen eine Väterlichkeit spricht, die so ganz anders ist als die zornige und rächende des Alten Testaments: *Dies ist mein geliebter Sohn, an dem ich mein Wohlgefallen habe.* Das denkt man, wenn man seinen Sohn zum ersten Mal von der Schule abholt und ihn zum ersten Mal unter all den anderen Jungen sieht, einer unter vielen gleichen, unauffällig, und doch ist es der eine eigene, der geliebte Sohn, an dem man sein Wohlgefallen hat.

Und jetzt, nach einem unerhörten, tollkühnen Zeitsprung, ein Mann. Jetzt sind sie es, die Bescheid wissen und sprechen, und wir, die Fragen stellen und zuhören, dankbar, dass sie Portugiesisch sprechen, uns sämtliche Kuchenvariationen auf der Speisekarte übersetzen und für uns bei den Kellnern dolmetschen. Wenn man an sich selbst als junger Mensch zurückdenkt, sieht man sich, wie man sich damals selbst gesehen hat. Sieht man heute einen jungen Menschen, kommt er einem daher kindlicher oder weniger erwachsen vor, als man selbst in seinem Alter war, was vielleicht aber auch einer Neigung zur Gönnerhaftigkeit geschuldet ist. Der junge Mensch indes sieht den Erwachsenen im Alter seiner Eltern bereits weit der Jugend entrückt, beinahe schon als alten Menschen. Beiden fällt es nicht leicht, den anderen so zu sehen, wie er ist, und noch schwieriger ist es, sich vorzustellen, wie der andere sich selber sieht. Und höchstwahrscheinlich wissen sie gar nicht, wie sehr sie einander in Wirklichkeit gleichen, wie viel mehr sie miteinander gemein haben, als sie ahnen.

Das Einzige, was sie trennt, was der Erwachsene weiß und der Junge sich nicht vorstellen kann, ist, wie lang die Zukunft sein kann, all die unverhofften Wege sein können, die das Leben ausprobiert; sein Leben, das nicht nur ein einziges ist, und zwar nicht nur wegen all der Dinge, die sich ändern können, sondern wegen derer, die einen selbst verändern, die einen nicht nur zu einem anderen machen, sondern zu mehreren möglichen hintereinander. Vielleicht ist die Gemeinsamkeit zwischen dem Neugeborenen, das man mir vor sechsundzwanzig Jahren in den Arm gelegt hat, und dem jungen Mann, der mir jetzt im Café in Lissabon gegenübersitzt, genauso gering wie die zwischen dem angstvollen und lebensuntüchtigen Vater, der ein paar Wochen nach der Geburt hierher kam, weil er an einem Roman schrieb, und dem Mann, der ich heute bin.

Der größte Unterschied zwischen Eltern und Kindern ist der, dass die Eltern zu einer Welt gehören, in die die Kinder sich nicht hineinversetzen können, weil es die Welt ist, wie sie war, bevor sie geboren wurden. 1986 führten die Mutter meines Sohnes und ich ein bescheidenes, aber auch sehr sicheres Leben: sie als fest angestellte Lehrerin, ich als Hilfsbeamter in der Verwaltung. Wir waren eine Familie und wohnten in einer Sozialbauwohnung, die wir zwar unter Einschränkungen, aber doch ohne jeden Zweifel abzahlen würden, bis unsere Kinder erwachsen wären. Mit sechsundzwanzig Jahren hattest du bereits einen dreijährigen Sohn. Du warst achtundzwanzig, als wir uns kennenlernten.

In einem Alter, in dem wir kaum einmal gereist sind, haben mein Sohn und seine Freundin schon in mehreren Ländern gewohnt. Sie sprechen fließend Sprachen, die uns fremd waren, und bewegen sich so selbstverständlich von einem Land zum anderen und von einer Sprache zur anderen, wie es für uns in ihrem Alter undenkbar war. Für uns gab es das nur in Büchern und im Film. Doch im Unterschied zu uns damals leben sie von einem Tag zum anderen. Sie machen Zeitarbeit und mieten

Wohnungen für höchstens ein paar Monate. Nach dem Abendessen nehmen sie uns durch Gassen und über Treppen im Alfamaviertel mit in die, die sie zurzeit bewohnen,. Es ist die erste eigene Wohnung, die mein Sohn hat, nach dem Elternhaus. An die Wände sind Landkarten und Poster geheftet, überall Bücher. Es ist der Ort eines provisorischen Daseins, das sich von meinem emanzipiert hat, mir in großen Teilen fremd ist, so wie mein Leben dem meines Vaters fremd war, als der Altersunterschied zwischen uns ähnlich war wie der zwischen meinem Sohn und mir. Ich war drei Tage lang ein fremder Wanderer in Lissabon, mein Sohn lebt und arbeitet in dieser Stadt und lernt die Sprache. Ich war auf der Flucht vor einem Leben, in dem er gerade angekommen war, wollte mich in Fantasien über Liebe und Literatur verlieren, und er lebt friedlich mit seiner Freundin zusammen; doch selbst, wenn sie wollten, könnten sie nicht an Kinder denken, da sie nicht wissen, wo und wovon sie in den nächsten Monaten leben werden.

Beim Spaziergang mit ihnen haben wir schnell die Orientierung verloren. Jetzt gehen wir durch enge Gassen, die wir nicht kennen, in denen man hin und wieder an einem beleuchteten kleinen Familienrestaurant vorbeikommt oder einer winzigen Kneipe, über Plätze mit weißen Kirchen, die mich in ihrer schlichten Form, mit den gekalkten Mauern und mit Gitterwerk verzierten Fenstern an die Kirchen im Mudejarstil des Albaicín erinnern. Du gehst mit der Freundin meines Sohnes voraus, und ihr unterhaltet euch. Er und ich sind zurückgeblieben. Manchmal verlieren wir euch aus den Augen und richten uns nach euren Stimmen und dem Klang eurer Schritte auf den Pflastersteinen.

Nachdem ich jetzt endlich mit ihm zusammen bin, an seinem Geburtstag, und nachdem wir uns monatelang nicht gesehen haben, befällt mich eine Schüchternheit, die seiner vermutlich nicht unähnlich ist. Wie sehr mir doch deine Lockerheit fehlt, dein Talent, eine Unterhaltung in herzlicher Offenheit zu führen! Ich würde meinem Sohn gern Dinge über mich erzählen, über die ich noch nie mit ihm gesprochen habe. Als Kind konnte ich ihm nicht davon erzählen, und jetzt, da er erwachsen ist, weiß ich nicht, wie ich es anfangen soll. Ich erinnere mich an ein langes Gespräch, das ich vor mehreren Jahren mit seinem älteren Bruder eines Nachts in Brüssel geführt habe, als wir stundenlang spazieren gingen und geredet haben, mein Leben rekapitulierten und auch seines, quer durch die Stadt liefen wir, die er gut kannte und ich nicht, derweil Bars und Restaurants schlossen und die Straßen sich leerten, und später, schon erschöpft, weiter an der Hotelbar, bis die Kellner anfingen, die Tische abzuräumen und Lichter zu löschen, wir beide versöhnt und verletzt, jeder von uns sich nun des Platzes bewusst, den er im Leben des anderen einnahm, des Schmerzes, den nur jene uns zufügen können, die wir lieben.

Aber vielleicht ist auch so ein Spaziergang gut, bei dem man sich von der Unterhaltung und dem Lauf einer Straße lenken lässt, die milde Nachtluft genießt, die einfache Tatsache des Zusammenseins. Mein Sohn erzählt von seiner Arbeit. Er übersetzt Untertitel für Dokumentar- und Spielfilme. Es gibt Zeiten, da wird er mit Aufträgen überschwemmt und verbringt zwölf oder vierzehn Stunden täglich am Computer; dann wieder hat er lange gar nichts zu tun. Manche Auftraggeber zahlen nur zögernd oder versuchen, den Preis herunterzuhandeln. Hin und wieder macht er auch Untertitelungen für Festivals von Splatter- oder Fantasyfilmen und ist hinterher völlig zerrüttet von all dem Gedärm und entsetzt von einem Publikum, das seine Vorstellungswelt immer nur mit solchen Dingen nährt. Spaß machen ihm kleine Filme aus kaum vorstellbaren Ländern, von denen er – wäre seine Arbeit nicht – gar nicht wüsste, dass es sie gibt, und vor allem Dokumentarfilme.

Ich frage ihn, was er sich von seiner Arbeit erhofft, ob er etwas vermisst, ob er Geld braucht. Ich denke an die heillose Unzufriedenheit, die mich in seinem Alter geplagt hat; das Gefühl, in einem Leben, einer Stadt, einer Arbeit gefangen zu sein, die ich nicht mochte; der Wunsch, mit dem Schreiben zu beginnen; der Verdacht, niemand interessiere sich dafür; die Bitterkeit heimlichen Verlangens. Mit einer Natürlichkeit, die mich überrascht, sagt mein Sohn, er sei zufrieden. Er hätte gern ein wenig mehr Stabilität, aber er beschwert sich nicht. Was er macht, macht er gern, und er kommt damit über die Runden. Er spielt Gitarre in einer Band, die Popmusik macht, und hat auch schon ein paar eigene Songs komponiert. Er und seine Freundin würden gern in Lissabon bleiben, doch wenn sie keine Arbeit findet, werden sie wohl nach Granada zurückgehen müssen. Es sieht so aus, als sei es ihm viel mehr gegeben, das Leben in aller Beschaulichkeit zu genießen, als mir in seinem Alter. Bei der Übersetzung von Untertiteln sind ihm Dokumentarfilme am liebsten: über Reisen, über das Leben von Musikern, Geschichtsdokus über das 20. Jahrhundert, über Krankheiten, wissenschaftliche Entdeckungen, Tiere, Urwälder, Polarexpeditionen, Unterwasserforschung. Solange er an der Übersetzung arbeitet, taucht er ganz in jedes Thema ein, reist gleichsam am Schreibtisch sitzend durch all diese Welten, allein, in seinem Zimmer in der Alfama, wo er Stunde um Stunde vor dem Bildschirm seines Laptops verbringt.

Ich mache ihn auf die Gefahren solcher Art von Arbeit – die er zweifellos selber kennt – aufmerksam, wenn man zu viel Zeit allein ist, von der Außenwelt abgeschlossen, nur der eigenen inneren Uhr und Disziplin verpflichtet, es sei denn, die Abgabefrist nähert sich und die Disziplin verbrüdert sich mit der Reue, alles bis zum Ende aufgeschoben zu haben. Als er klein war, zeigte er großes Interesse an meiner Arbeit. Wenn ich in meinem Notizbuch schrieb, setzte er sich mir gegenüber an den Tisch und schrieb in seinem Schulheft. Das Erscheinen weißer oder grünlicher Buchstaben auf dem schwarzen Hintergrund der Bildschirme der ersten Computer weckte in ihm eine unerschöpfliche Neugier. Nach der elektrischen Canon, auf der ich den Roman über Lissabon geschrieben hatte, kaufte ich mir einen klotzigen großen Computer, einen vorzeitlichen Amstrad, der schon veraltet war, während ich unter großen Schwierigkeiten noch immer lernte, ihn zu bedienen. Eines Tages ließ ich ihn einen langen Text ausdrucken, auf einem Drucker, der einen Lärm machte wie ein alter Fernschreiber. Nach einer Weile kam mein Sohn ins Esszimmer und hatte eine erstaunliche Neuigkeit zu vermelden: »In deinem Zimmer sitzt ein unsichtbarer Vater und schreibt.«

Eine Zeit später wurde der unsichtbare Vater noch unsichtbarer, ohne dass es ihm jemand erklärte, denn er hörte auf, im Arbeitszimmer zu schreiben und im Haus zu wohnen und kam nur noch zu Besuch, manchmal ohne Ankündigung aus einer anderen Stadt, im Taxi, mit einer Reisetasche in der Hand, einer Mappe unterm Arm, in der sich ein schwerer Laptop befand.

Wir haben einen großen freien Platz erreicht, der auch ein Aussichtspunkt über den Tejo ist. Die Statue eines Heiligen auf einem Sockel, riesig wie ein Golem, sticht mit dem Glanz des Mondlichts auf dem weißen Stein von Lissabon aus dem Dunkel hervor.

Als meine Kinder noch klein waren – dreizehn, elf, neun, sechs Jahre alt –, lebte ich eine Zeit lang in der Gewissheit, bald sterben zu müssen. Aber nach der ersten Panik im Sprechzimmer eines Arztes machte mir der Tod keine Angst mehr. Ich hätte vor Traurigkeit vergehen können, wenn ich daran dachte, dich nicht mehr zu sehen und die Jungs nicht mehr als Männer erleben zu können. Ein Kind ähnelt in der Regel wenig dem Mann oder der Frau, die es einmal werden wird. Ich glaubte, sterben zu müssen, ohne die Gesichter und das Leben meiner Söhne kennengelernt zu haben, wenn sie erwachsen wären. Die Zukunft von zehn, fünfzehn oder zwanzig Jahren war für mich verbotenes Land, unzugänglich wie Nordkorea oder die Äußere Mongolei, in die einzureisen frühere spanische Reisepässe untersagten.

Dieser Moment, diese Nacht sind die Zukunft, die ich nie zu erleben glaubte. Ich will nicht, dass ich jemals vergesse, welch außergewöhnliches Geschenk es ist, am Leben zu sein. Die Strömung des Tejo hat einen öligen Glanz, sobald der Mond verschwindet. Die Lichtpunkte der Brücke des 25. April lassen mich an die nächtliche George-Washington-Brücke denken, die die dunkle Breite des Hudson überspannt. Mitten im Fluss liegt unbeweglich ein großer Frachter mit einem mehrstöckigen Aufbau am Bug, mit geneigten Kränen, das leere Deck ist beleuchtet und sieht im Nebel aus wie ein Fußballfeld, auf dem gerade ein nächtliches Spiel ausgetragen worden ist.

Der Lauf des Lebens formt und verformt seine Inhalte, seine Symmetrien und Resonanzen, ohne dass jemand eigens etwas erfinden muss, so wie die Biegungen eines Flusses, die Arme eines Deltas oder die Adern eines Blattes entstehen, ohne dass es jemandes Zutun oder Intelligenz bedarf. In gewisser Weise schreibt ein Roman sich selbst.

Mit ebenso unverhohlener – doch jetzt etwas zurückhaltender – Neugier fragt mein Sohn wie damals als Kind, ob ich an etwas schreibe: Er erinnert sich an das aufgeschlagene Notizbuch im Café. Manchmal darf man Dinge nicht erzählen, damit sie nicht missraten. Andere Male ist es hilfreich, sie jemand, der aufmerksam zuhört, zu erzählen, damit sie Wirklichkeit werden können. Ich sage meinem Sohn, dass ich auf meinem einsamen nachmittäglichen Spaziergang beim Anblick der menschlichen Schatten auf der Praça da Figueira und später auf einer langen schmalen Straße in der Baixa mich an etwas erinnert habe, das ich in einem Buch über die Ermordung Martin Luther Kings gelesen hatte und das mich so beeindruckt hat, dass ich einen

Anfang skizziert habe, einen Entwurf für eine Erzählung, die im Buch allerdings nicht viel Platz einnehmen werde und der von mir auch keine größere Bedeutung beigemessen werde: dass sein Mörder – James Earl Ray – auf seiner Flucht zehn Tage in Lissabon gewesen war.

23

Im Gefängnis begann er zu schreiben, in der von Lampen ausgeleuchteten Zelle, die niemals erloschen, nicht am Tag, nicht in der Nacht, hinter vergitterten und zusätzlich mit Stahlplatten gesicherten Fenstern, in Memphis, im Gerichtsgebäude, als er frisch in die Vereinigten Staaten überstellt worden war, in einem Flugzeug, das um Mitternacht heimlich in London startete und auf einem Militärflughafen landete, bevor der Tag anbrach.

Die Maschine hielt auf einer weit vom Terminal entfernten Landepiste, und mehrere Polizisten und ein Arzt gingen hinein. Sie nahmen ihm die Handschellen ab und befahlen ihm, sich ganz auszuziehen. Er tat es und stand gehorsam und wie benommen zwischen ihnen, die Brille hatte er aufbehalten. Während der Arzt ihn untersuchte, wurden ihm die Handschellen wieder angelegt. Seine Haut war bleich und schlaff, er hatte zugenommen in den vergangenen zwei Monaten in dem Londoner Gefängnis, in dem er inhaftiert war, bis die Auslieferungsformalitäten abgeschlossen waren. Nach der ärztlichen Untersuchung bekam er andere Kleidung: ein kariertes Hemd, eine blaue Latzhose, ein Paar Gummisandalen. Er sah jetzt aus wie ein deplatzierter Farmer. Dann streiften sie ihm eine kugelsichere Weste über und zogen die Riemen stramm. Er ließ es willig und gedankenverloren mit sich geschehen, hielt den Kopf gesenkt und den Blick zu Boden gerichtet. Der Arzt, der ihn im Flugzeug untersuchte und ihn auch später im Gefängnis behandelte, gab an, dass er einem nie in die Augen schaute und den Kopf zur Seite hängen ließ, als würde sein Hals ihn nicht tragen.

In einem Konvoi aus gepanzerten Transportern und Polizeifahrzeugen wurde er über eine zuvor für den Verkehr gesperrten Strecke vom Flughafen zum Gericht in Memphis gebracht. Durch das Seitenfenster konnte er nicht nach draußen sehen und auch später aus dem Zellenfenster nicht. Schon bald verlor er das Zeitgefühl. Vom ersten Tag an begann er zu schreiben, schrieb in Hefte mit gelben linierten Blättern, die Male der Handschellen noch an den Gelenken. Dem Polizisten, der ihn in seiner Londoner Zelle bewachte, hatte er erzählt, er werde seine Geschichte aufschreiben und reich werden, die Filmrechte daran in Hollywood verkaufen.

In der extra für seine sichere Unterbringung konstruierten Zelle saß er unter dem blendenden Licht der niemals verlöschenden Lampen stundenlang über einen Metalltisch gebeugt, das Gesicht dicht über dem Papier, den linken Arm um das Heft gelegt, als wolle er es vor den Blicken der Polizisten oder vor den Augen der in allen vier Ecken installierten Kameras schützen. Er vermisste seine Reiseschreibmaschine, das Klappern der Tasten vor dem offenen Fenster des Hotelzimmers in Puerto Vallarta, wo er in kurzen Hosen und Unterhemd an einem niedrigen Tisch saß, der Wind vom Meer her die starken Gerüche der am Strand an Spießen gebratenen Fische herantrug, die Feuer wie Glühwürmchen in dunkler Nacht. Irgendwann in der Nacht vom 4. auf den 5. April hatte er auf der achtstündigen Fahrt von Memphis nach Atlanta am Straßenrand angehalten und Schreibmaschine und Filmkamera in einen Sumpf geworfen, auf den still das Mondlicht schien.

Er schrieb flüssig in schräg gestellten Druckbuchstaben, mit orthografischen Fehlern, ohne jemals durchzustreichen, mit einem Kugelschreiber mit feiner Mine, schrieb die Seiten von oben bis unten voll, beidseitig und ohne Rand. Er schrieb unter den heißen Lampen schwitzend in einem ununterbrochenen künstlichen Tageslicht ohne jeden Bezug zur Außenwelt, aus der nicht einmal Geräusche zu ihm drangen, da sie im Schnarren des Ventilators untergingen, dessen Flügel sich unablässig drehten, riesig und brausend wie der Propeller eines Flugzeugs. An einer Wand der Zelle hing eine große Uhr, die ihm jedoch das Zeitgefühl nicht zurückgab, da ihre Zeiger eine Stunde des Tages wie auch der Nacht anzeigen konnten.

Er hatte Landkarten zur Verfügung, Bleistifte, Kugelschreiber und Ersatzminen in verschiedenen Farben, einen Tageskalender des Vorjahres und einen des laufenden, in denen er unter den Tagen die Ereignisse eintrug, an die er sich erinnerte, Orte, an denen er gewesen war, Namen von Städten, gab der Zeit – den vierzehn Monaten seiner Flucht – eine Übersichtlichkeit, die sie ohne das nicht besessen hätte.

Er zeichnete Skizzen, um sich die Anordnung der Tische in einer Bar zu vergegenwärtigen, oder der Zimmer und des Bades auf dem Flur eines Motels. Er hypnotisierte sich selbst, um sich allein in der Zelle zu visualisieren und das Lärmen der bewaffneten Wärter auszublenden, die geräuschvoll Karten spielten oder im Fernsehen Sportsendungen schauten und dabei brüllten, als stünden sie Bier trinkend in ihrer Stammkneipe. Wenn er die Augen schloss, um zu schlafen, drang das Licht durch die viel zu dünne Membran der Lider, verstärkte den Schmerz in den Augäpfeln sowie den Druck auf die Schläfen und die Knochen des Hinterkopfes. Er wachte auf und hatte Nasenbluten. Plötzlich begann die Nase zu bluten, und es tropfte auf das Blatt, auf dem er gerade schrieb. Er bekam die Erlaubnis, eine Rolle Toilettenpapier in Reichweite zu haben. Er schluckte Blut, und ihm wurde übel. Es gab keinen Winkel in seiner Zelle, in dem er sich nicht von den Fernsehkameras beobachtet fühlte, keine Trennwand, die den Toilettenbereich abschirmte. Ein Polizist beobachtete ihn, die Hand am Pistolengurt, ohne dabei zu blinzeln, wie das Auge einer Kamera. Höchstens, dass er einmal kurz den Blick abwandte und sich verstohlen an die Nase fasste, um den

Geruch etwas abzumildern. Anfangs sammelten sie seinen Urin und Kot, um sie in ihren Labors zu untersuchen. Gummihandschuhe, Gesichtsmasken, Plastikbehälter, die luftdicht verschlossen wurden. Sie untersuchten das Essen und probierten davon, bevor er es bekam. Sogar aus seinem Wasserglas nahmen sie den ersten Schluck. Jede Rolle Klopapier wurde komplett abgerollt und dann wieder aufgerollt, bevor er sie benutzen durfte. Sie untersuchten und tasteten die Bleistifte und die Hefte ab, den Radiergummi, den Anspitzer. Einer kam mit einem kleinen Schraubenzieher und nahm das winzige Messerblatt aus dem Bleistiftanspitzer.

Beim Schreiben beflügelte ihn das Schaben der Kugelschreibermine auf Papier, der Druck auf das nachgiebige Polster der verbleibenden Blätter, ihre sanfte Berührung des Handballens, der Knöchel, der Fingerkuppen. Beim Schreiben erinnerte er sich mit fotografischer Präzision, wie seine Landkarten, Kalendereinträge und Skizzen von Orten bestätigten; den Grundriss eines Zimmers, in dem er nur eine einzige Nacht verbracht hatte, die Lage des Gästehauses in Memphis verglichen mit dem *Lorraine Motel*. Beim Schreiben ließ er sich von gedanklichen Assoziationen oder Bildern ablenken und musste dann wieder zurückgehen, um die Chronologie des Erzählten anzupassen. Er ließ absichtlich Lücken, vermied Namen, die man besser nicht nannte, Taten, die für immer sein Geheimnis bleiben würden. Einige Szenen beschrieb er immer wieder aufs Neue, ins Unreine mehrmals hintereinander, weil er die Vorkommnisse möglichst genau erfassen wollte oder wenigstens die innere Stimmigkeit. Andere veränderten sich von einem Absatz zum anderen. Wenn er das Geschriebene dann nochmals las und die Widersprüche bemerkte, strich er sie so heftig durch, dass das Papier riss, oder er riss das ganze Blatt in kleine Fetzen und warf sie in den Papierkorb, den man ihm hingestellt hatte.

Wenn er schrieb, sah er sich selbst von außen, meistens von hinten. Er sah sich wie in einem Film, wie in einem der Romane, die er während seiner Flucht gelesen hatte. Unbeabsichtigt glitt er allmählich in die Fiktion ab. Er arbeitete penibel eine Reihe nachprüfbarer Ereignisse aus, fügte versuchshalber eine fiktive Begebenheit ein, einen Namen für eine nicht direkt erfundene Person, da diese einen realen Hintergrund hatte, ausgeschmückt jedoch mit fantastischen Einzelheiten, in denen sich Züge anderer, ähnlicher Personen wiederfanden, oder er entwarf ein ganz und gar willkürliches Bild, zusammengesetzt aus eigener Erinnerung, launigem Fabulieren und in Büchern Gelesenem.

Bevor sie einen Auftrag ausführen, treffen sich Geheimagenten mit einem Vorgesetzten oder einem Kontaktmann, dessen Identität nicht immer gesichert ist, der ihnen jedoch die nötigen Anweisungen für die durchzuführende Mission erteilt. Der britische Spionagechef, dem James Bond unterstellt ist, hat keinen ganzen Namen, sondern nur ein Initial: M. Vielleicht hatte er sich, schon bevor er mit dem Schreiben begann, in dieser Zelle in Memphis mit den Panzerplatten vor dem Fenster und den Lampen, die nie ausgeschaltet wurden, die Figur des Mannes ausgedacht, den er Raoul, oder Roual nannte und über den er viele Jahre lang – bis an sein Lebensende – schrieb und redete, wie jemand, der immer neue Entwürfe einer Geschichte schreibt, die niemals endet, die nie zu einer endgültigen Form gerinnt.

Raoul taucht auf, und Raoul verschwindet. Manchmal heißt er Raoul, andere Male Roual. Er spricht mit einem spanischen Akzent und hat dunkles, gewelltes Haar. Dann wieder ist das Haar immer noch schwarz, hat aber einen rötlichen Schimmer, als wäre Raoul gemischter Herkunft, spanischer und irischer möglicherweise, Kanadier französischen Ursprungs. Denkbar ist auch, dass er sich die Haare färbt. Dass er sich die Haare färbt und einen falschen Namen trägt. Er selbst hieß in Wirklichkeit ja auch nicht Eric Starvo Galt, doch das war der einzige Name, den Raoul hätte kennen können. Jahre später aber, in einer anderen Erinnerung, ist Raoul blond oder hat hellbraunes oder sandfarbenes Haar.

Von diesen wechselnden Merkmalen abgesehen, bleiben Beschreibungen ungewöhnlich vage. Raoul ist von normaler Statur, weder klein noch groß. Er ist nicht auffällig dünn, aber auch nicht dick, oder man erfährt es nicht. Einmal sagte er, er habe ihn auf einer Fotografie wiedererkannt: Da ist er korpulent, mit dichtem schwarzen Haar, einem großflächigen fleischigen Gesicht. Bei dem Foto handelt es sich um einen Schnappschuss von drei Fußgängern in Dallas, aufgenommen im November 1963 in der Nähe der Stelle, an der Präsident Kennedy erschossen wurde.

Raoul hat möglicherweise mit dem Mord an Kennedy zu tun, mit Waffenschmuggel für exilkubanische Rebellen. Raoul trägt dunkle Anzüge und Hemden, jedoch niemals Krawatten. Vom spanischen Akzent abgesehen, weiß man nichts über den Klang seiner Stimme. Nichts über die Farbe seiner Augen. Er behauptete, ihm oft sehr nahe gewesen zu sein, mit ihm gesprochen und stundenlange Autofahrten gemacht, sich in Bars, Cafés und diversen Hotelzimmern mit ihm getroffen zu haben; doch stets vermied er präzise Angaben, mit deren Hilfe er hätte identifiziert werden können. Er ist ein Gesicht ohne besondere Kennzeichen, eine diffuse Silhouette im Gegenlicht, die zum ersten Mal an einem Sommertag 1967 in Montreal, am Tresen der *Neptune Tavern* auftaucht.

Er sitzt allein an einem Tisch am Rande. Er nennt sich jetzt schon Eric Starvo Galt, trägt zum ersten Mal in seinem Leben einen anständigen Anzug mit Krawatte, und wenn er sich die Hände reibt, spürt er die Geschmeidigkeit der frischen Maniküre.

Er hat einen Supermarkt oder ein Bordell überfallen und sucht jetzt nach einer Möglichkeit, einen Pass oder irgendeinen Seemannsausweis zu bekommen, der es ihm erlaubt, seine Flucht fortzusetzen. Im Lauf der Jahre hat er seine Geschichte vermutlich so weit perfektioniert, dass er sie jetzt in kurzen, aus seinen Kriminalromanen entnommenen Sätzen erzählen kann. Raoul hat ihn vom Tresen her verstohlen beobachtet, kommt nach einigen Minuten an seinen Tisch und setzt sich zu ihm. Er hebt eine Hand und bestellt beim Kellner ein Getränk.

Raoul scheint aus sich ein Geheimnis machen zu wollen, schreibt er, zum Teil zweifellos aus der Erinnerung, in großem Maße jedoch frei erfunden, frühere mündliche oder schriftliche Versionen korrigierend. Raoul hat eine Art, weitschweifig zu reden, tastend, forschend. »Seine Unterhaltung trieb dahin wie ein kalter Nebel«, schreibt er viele Jahre später, in einer anderen Zelle, inzwischen alt und krank, das Haar grau und gelichtet, immer noch mit einer in die Stirn gedrückten Tolle wie aus den Sechzigerjahren, steif von Pomade. Er schreibt, er habe den Verdacht gehabt, Raoul könne ein Junkie sein, weil er immer Hemden mit langem Arm und Jacken trug wie einer, der die Einstiche an den Armen verbergen will.

Aus Raouls konfuser Rede schließt er, dass er ihm etwas vorschlagen, etwas zum Tausch anbieten will, etwas, dass er dringender als alles andere braucht, Geld, um sich weiter verstecken zu können, einen Pass. Er besitzt ein altes Auto. Raoul schlägt ihm eine Fahrt zur Grenzstadt Windsor vor, wo er in einer Seitenstraße in der Nähe des Busbahnhofs auf ihn warten soll. Raoul stellt Fragen, beantwortet aber keine. Er hält den Wagen an der angegebenen Stelle an und wartet. Ein paar Minuten später erscheint Raoul, kommt mit einem in Geschenkpapier eingewickelten Paket über den Bürgersteig. Er dreht das Seitenfenster herunter, und Raoul übergibt ihm das Paket, bedeutet ihm, es unter dem Sitz zu verstauen.

Er soll zur Grenze fahren und Raoul auf der anderen Seite – auf amerikanischem Boden – wiedertreffen. Auf der Fahrt sieht er im Rückspiegel ein Taxi, das ihm dichtauf folgt. Auf dem Rücksitz erkennt er Raoul. Er fragt sich lieber nicht, was das Paket enthalten mag. Nach Überqueren der Grenze sieht er das Taxi nicht mehr, in dem Raoul ihm gefolgt ist. Er wartet seinen Anweisungen entsprechend in der Cafeteria des Bahnhofs, in einer der hinteren Sitzecken in der Nähe der Toiletten, der Küche und des Notausgangs.

Von der Sitzecke aus kann er die Eingangstür im Auge behalten. Unter dem Tisch verborgen liegt das Paket auf seinen Knien. Einen Moment lang ist er abgelenkt, und als er wieder aufschaut, steht Raoul vor ihm und verdunkelt ihm die Sicht auf die Tür. Raoul hat die Gabe, jäh zu erscheinen und zu verschwinden. Er setzt sich ihm gegenüber und verlangt das Paket. Er verdeckt es mit dem leichten Übergangsmantel, den er unter dem Arm trägt. Er zieht eine dicke abgenutzte lederne Brieftasche hervor und zählt langsam tausend Dollar in Fünfziger- und Zwanzigerscheinen ab. Die Geldscheine knistern und riechen neu. Raoul sagt ihm, er solle nach Birmingham, Alabama, fahren und dort auf die Instruktionen warten, die er in einem auf seinen Namen lautenden postlagernden Brief erhalten wird. Er informiert ihn nicht einmal annähernd, wie lange er darauf wird warten müssen, noch um was es sich bei dem neuen Auftrag handelt. Nur wenn er die Arbeit – welche auch immer – zufriedenstellend zu Ende bringe, bekomme er zwölftausend Dollar und einen Pass und könne gehen, wohin er wolle, »an jeden Ort der Welt«.

Er gleicht jetzt einem Geheimagenten auf einer Mission, die so geheim ist, dass vorsichtshalber nicht einmal er selbst etwas darüber weiß. Er fährt mit dem Zug von Detroit nach Birmingham. Frühmorgens kommt er an und nimmt sich ein Zimmer in einem Hotel in der Nähe des Bahnhofs. Später erinnert er sich an den Namen des Hotels und markiert es mit einem Kreuz auf dem Stadtplan von Birmingham, auf dem auch das Gästehaus markiert ist, in das er später umzog, sowie das Postgebäude, in dem er alle paar Tage erscheint und fragt, ob ein Brief auf seinen Namen angekommen ist, Eric S. Galt.

Der Brief kommt nach wochenlangem Warten. Sein Name ist mit Schreibmaschine auf den Umschlag getippt, auf dem der Absender fehlt. In ihm steckt ein Blatt mit einem Datum, einer Uhrzeit, dem Namen eines Cafés, *Starlight*, dem Postgebäude gegenüber. Kurz vor der vereinbarten Zeit sucht er zur Vorsicht die Umgebung des Cafés ab, möchte wissen, ob Raoul mit dem Auto kommt, mit dem Taxi oder zu Fuß. Es ist dunkel geworden, keine Menschen mehr auf der Straße, kein Verkehr. Auf dem nächtlichen Bürgersteig glänzen die Neonlichter des Cafés, der blinkende rote Schriftzug, der verkündet, dass es vierundzwanzig Stunden geöffnet hat.

Er setzt sich ans Ende des Tresens und bestellt einen Kaffee bei der müden, mürrischen Kellnerin, die Feierabend machen will. Er bemerkt neben sich eine Tasse Kaffee, einen Zuckerstreuer, eine aufgeschlagene Zeitung. Man hört die Spülung einer Toilette im leeren Café, und in der Tür zum Waschraum erscheint Raoul.

Raoul nimmt die Zeitung und die Tasse Kaffee und bedeutet ihm, ihm zu einer Sitzecke zu folgen. Diesmal blättert er dreitausend Dollar in zwei Stapeln hin. Es sind immer Zwanziger- und Fünfzigerscheine. Raoul blättert sie geschwind wie ein Kassierer hin, vergewissert sich mit Seitenblicken, dass die Kellnerin sie nicht beobachtet. Zusammen mit dem Geld gibt er ihm neue rätselhafte Anweisungen: Er soll einen Gebrauchtwagen in gutem Zustand kaufen, aber nicht mehr als zweitausend Dollar dafür ausgeben; dazu eine Super-8-Filmkamera sowie eine Amateurfilmausrüstung mit speziellen Eigenschaften, die er ihm auf einem mit Schreibmaschine getippten Blatt übergibt.

Auf einer Papierserviette, auf der der Name des Cafés diagonal in kursiver Schrift gedruckt ist, notiert er eine Telefonnummer. Er sagt ihm, es sei eine Nummer in New Orleans, und wenn er sie auswendig gelernt habe, solle er die Serviette zerreißen. Im Lauf der nächsten Wochen wird er neue Anweisungen erhalten, doch wenn etwas Unvorhergesehenes passiert, ein Notfall eintritt, soll er diese Nummer anrufen. Raoul gibt ihm zu verstehen, dass der nächste Schritt wahrscheinlich eine Fahrt nach New Orleans sein wird. Abrupt steht er auf und verlässt vor ihm das Café, sagt nicht Auf Wiedersehen und gibt ihm nicht die Hand, die gefaltete Zeitung klemmt er sich unter den Arm. Im Oktober erhält er einen Brief, der ihn für ein paar Tage später in ein Motel nach Nuevo Laredo in Mexiko zitiert.

Nach so vielen Jahren, in der eintönigen Ewigkeit des Gefängnisses, scheinen die Einzelheiten deutlicher hervorzutreten, anstatt zu verwischen. Sie sind gereinigt, geschärft, wie die Prosa, in der er sie niederschreibt, ganz anders als die juristischen Spitzfindigkeiten, in die er sich verwickelt und andere verwickeln will, mit einer schier verzweifelten Besessenheit seine Unschuld erklärt, Verschwörungen andeutet, in denen er stets ein Opfer ist, ein Sündenbock, ein Rädchen im Getriebe krimineller Machenschaften, hinter denen dunkle Mächte stehen, die Regierung, die Geheimdienste.

Er habe nur Befehle ausgeführt und gewartet, schreibt er. An einem Schalter des Postamts legte er seinen neuen Führerschein auf den Namen Eric S. Galt vor, bedankte sich mit einem schmalen Lächeln bei dem Beamten, der ihm sagte, dass noch nichts für ihn angekommen sei. Als Anfang Oktober schließlich der Brief mit den nötigen Anweisungen eintraf, packte er die Schreibmaschine und die unbenutzte Filmausrüstung in den Mustang und fuhr fast ohne Unterbrechung nach New Orleans, wo er telefonieren und Ort und Zeit seines Treffens mit Raoul erfahren sollte. Er wählte die Nummer in einer öffentlichen Telefonzelle, und niemand nahm ab. Zwei Mal aus derselben Zelle anzurufen, war nicht ratsam. Beim dritten oder vierten Versuch antwortete eine Stimme. Raoul habe vorzeitig abreisen müssen. Er würde ihn in Nuevo Laredo treffen. Die Stimme nannte den Namen eines Motels und eine Adresse, dann war die Leitung unterbrochen.

Am Grenzübergang erklärte man ihm, wie er zu dem Motel gelangte. Er hatte sich gerade aufs Bett gelegt, erschöpft von vier Stunden Fahrt, da klopfte es an der Tür, und es war Raoul. Wieder war klar, dass er seine Ankunft beobachtet hatte. Er sprach, als hätten sie sich vor ein paar Stunden erst gesehen. Er erklärte nichts und fragte auch nicht, wie seine Reise und die Monate des Wartens gewesen waren. Raoul bleibt immer der ungreifbare Schatten. Vor dem Motel stand ein Taxi mit laufendem Motor. Raoul stieg ein und wies ihn an, ihm im Mustang zu folgen. Sie überquerten wieder die Grenze zu Texas. Hinter dem Grenzübergang verließ Raoul das Taxi und stieg zu ihm in den Mustang.

Am Ende einer staubigen Vorortsiedlung erreichten sie ein frei stehendes Haus. Vor dem Haus stand ein Auto. Der Fahrer hielt sein indianisches Profil stur geradeaus gerichtet, während Raoul den Kofferraum öffnete, einen Ersatzreifen herausnahm und ihn gegen den aus dem Mustang auswechselte. Danach fuhren sie wieder zur Grenze. Dort stieg Raoul aus und ging zu Fuß über die Grenzbrücke. Er gehorchte nur, ein Geheimagent auf einer so geheimen Mission, dass er selbst nichts von ihr wusste, ein zuverlässiger Söldner, der keine Fragen stellte. Er hielt den Mustang an und sah im Rückspiegel, dass Raoul sich näherte, den Hut ins Gesicht gezogen, lange Ärmel trotz der Hitze. Raoul stieg ein und sagte, er solle zum Motel zurückfahren. Vor der Tür stand das Auto von vorhin mit demselben Fahrer, traurig und ernst wie der Mitarbeiter eines Beerdigungsunternehmens, wachsam, noch immer im Profil.

Raoul tauschte wieder die Ersatzreifen von einem Kofferraum zum anderen aus. Am nächsten Morgen kam er in sein Zimmer und gab ihm zweitausend Dollar. Die Scheine waren so neu, dass sie nach frischer Druckerschwärze rochen und ihm durch die Finger glitten. Er fragte Raoul, wann er ihm den versprochenen Pass gäbe. Raoul schaute ihn zuerst an, als verstehe er nicht, als könne er es nicht fassen, dass er ihm eine Frage gestellt hatte. In der Zimmertür erschien geräuschlos der andere Mann, der traurige Fahrer mit dem Indiogesicht. Im selben Moment wusste er oder mutmaßte zumindest später, geahnt zu haben, dass der Fahrer bewaffnet war und im Begriff gestanden hatte, ihn aus nächster Nähe zu erschießen. Raoul sagte ihm, er solle Geduld haben; dass es vielleicht besser sei, eine Weile in Mexiko zu bleiben; dass er ab und zu die Nummer in New Orleans anrufen solle.

Jetzt hat die Geschichte eine – noch verborgene – Richtung bekommen; die trägen Tage in Mexiko erweisen sich als Vorbereitung auf etwas, als Wendepunkt, der die Kurve einer Rückkehr vorwegnimmt, wo es vorher nur den Pfeil der Fluchtrichtung gab. Er, der in seiner Vorstellung für immer in Puerto Vallarta blieb, in einer schattigen Hütte am Meer seine Siesta hielt, weit hinten in der Bucht die Buckel der Wale vorüberziehen sah, als wären es von Geysiren gekrönte Inseln, macht sich Mitte November auf den Weg nach Norden, in einem gelben, fast weißen Mustang mit Kennzeichen aus Alabama, und mietet in Los Angeles ein Zimmer in einem Hotel für Rentner und Invaliden an der schäbigen Peripherie des Hollywood Boulevard.

Nach einigen Wochen geht ihm das Geld aus: Er muss das Hotel bezahlen, die Schule für Gaststättengewerbe, die Tanzschule, den Fernkurs für Schlosserei. Er ruft die Nummer an, die ihm Raoul auf der Serviette des *Starlight Café* notiert hat. Jemand, der nicht Raoul ist, vielleicht der Fahrer mit dem

Beerdigungsgesicht und -anzug, sagt ihm, er solle sich gedulden und alle zwei oder drei Tage aufs Postamt gehen, wo zu gegebener Zeit ein Brief mit Instruktionen für ihn eintreffen wird. Unter der Oberfläche eines falschen Lebens, in dem er ein sanftmütiger Betrüger ist, der Cocktailrezepte auswendig lernt und Rumbaschritte übt, liegt dieses Raster von toter Wartezeit, von Telefonaten, von maschinengeschriebenen Briefen ohne Unterschrift, in denen ihm befohlen wird, Reisen zu unternehmen und zu Verabredungen zu kommen.

Der Kreis der Rückkehr schließt sich versuchsweise, als er im Dezember nach New Orleans fährt, um vorgeblich die Töchter seiner Bekannten, der Stripteasetänzerin, abzuholen, in Begleitung des Joints rauchenden Verrückten, der die Mutter Erde beschwört und am nächtlichen Wüstenhimmel fliegende Untertassen sieht. In einer finsteren Taverne – der *Bunny Lounge* – an der Ecke Canal Street und St. Charles Avenue, sagt er, habe Raoul ihn erwartet, habe bei einem Bier an einem Tisch in der Ecke gesessen. Solche Szenen dachte er sich aus, als habe er sie im Kino gesehen oder in einem James-Bond-Roman gelesen, in dem jeder Gegenstand, den die Personen tragen oder benutzen, mit seinem Markennamen genannt wird.

Diesmal unterbreitet Raoul einen klaren und sehr verlockenden Vorschlag: Wenn er bei einem Waffenschmuggel über die mexikanische Grenze mitmacht, bekommt er zwölftausend Dollar und den Pass, der ihm so wichtig ist. Als er ihn fragt, ob er weiterhin die Filmausrüstung behalten soll, scheint Raoul sich nicht zu erinnern, antwortet mit einem Schulterzucken. Er gibt ihm Geld, nicht viel dieses Mal, fünfhundert Dollar. Anfang April, vielleicht früher, in der dritten oder vierten Märzwoche, wird er aufgefordert werden, wieder nach New Orleans zu kommen, in diese selbe Bar, an denselben Tisch. Raouls Bier hat keinen Schaum mehr, und er hat nicht einen Schluck getrunken. Der Kellner hat sich nie blicken lassen.

Er ist kein Verschwörer und schon gar kein Mörder, schreibt er, argumentiert er. Wenn er ein Spion ist, weiß er nicht, was er ausspioniert und für wen. In der Geschichte, die er im Lauf der Jahre zusammenspinnt, ist er ein Träumer, der die Anweisungen anderer ausführt, ein Entflohener, der immer weiter flieht, obwohl ihn wahrscheinlich keiner mehr verfolgt, als würde er aus der Ferne hypnotisiert, ein Unschuldiger, der sich immer mehr der Falle nähert, die andere ihm gestellt und sich ausgedacht haben, derweil er sich mit Dingen beschäftigt und Sachen lernt, die keinerlei Resultat bringen: Er dreht niemals Pornofilme, beendet nicht den Fernkurs für Schlosserei und verlässt die Tanzschule von einem Tag auf den anderen; in einem Mietsmoking mit verdrehter Fliege nimmt er sein Barmann-Zertifikat entgegen, wird jedoch nie eingestellt, und als man ihm eine Stellung anbietet, lehnt er ab, sagt, was er immer sagt, wenn er das Weite sucht, dass man ihn als Offizier oder Maschinist auf einem Frachter der Mississippi-Route angeheuert hat.

Mitte März bricht er sein Leben in Los Angeles ab. Er geht nicht mehr zu dem Psychiater, von dem er sich behandeln lässt, und auch nicht zur letzten Nachbehandlung in die Klinik für plastische Chirurgie, wo er sich die Nase hat operieren lassen. Er hat das Zeichen bekommen, den Anruf. Im Postamt hat er seinen Führerschein auf den Namen Eric S. Galt vorgelegt, und der Angestellte hat nicht einmal aufgeschaut, um die Ähnlichkeit zwischen dem Foto und dem Gegenüber zu prüfen. Der Name ist ihm so in Fleisch und Blut übergegangen, als trüge er ihn seit seiner Geburt; er spricht ihn ganz natürlich aus, ohne jedes Zögern; er schreibt ihn mit Schreibmaschine auf den Kopf eines Briefes oder ans Ende, unter seine Unterschrift, die das Schwierigste von allem ist, immer denselben Schnörkel hinzukriegen. Er hat den Brief in die Jackentasche gesteckt und öffnet ihn erst auf der Straße, im hellen Licht des Morgens, nachdem er seine Sonnenbrille aufgesetzt hat.

Der Moment von was auch immer ist gekommen. Er zahlt die Hotelrechnung und verstaut sein weniges Gepäck im Mustang. Die Schreibmaschine, die Polaroid, die Super-8-Filmkamera, die frisch aus der Wäscherei geholte Kleidung, das kleine Transistorradio, den tragbaren Fernseher. Er fährt auf demselben Weg nach New Orleans wie im Dezember, orientiert sich an den Markierungen und Anmerkungen auf den Landkarten. Diesmal fährt er allein, mehrere Tage lang, schläft im Auto, stellt die Musik oder die Radiostimmen lauter, um nicht einzuschlafen, spricht laut mit sich selbst, mit heiserer Stimme, die er nach tagelangem Schweigen kaum wiedererkennt.

In New Orleans ist die *Bunny Lounge* so leer wie beim letzten Mal, und Raoul erscheint nicht. Er wartet zwei Stunden und ruft dann aus einer Telefonzelle auf der Straße an. Eine Stimme, die nicht dieselbe wie bei den anderen Malen zu sein scheint, sagt, dass es eine Planänderung gegeben habe. Diesmal erwartet ihn Raoul in Birmingham, am selben Ort wie im vergangenen Jahr, im *Starlight* oder *Starlite Café*, gegenüber dem Postamt. Die Pfeilrichtung der Flucht beschreibt jetzt einen Bogen auf der großen Landkarte Amerikas, um den Kreis einer Rückkehr zu schließen.

Raouls Anwesenheit ist zunehmend entblößt von Einzelheiten und Erklärungen. Er trifft ihn in Birmingham, anders als üblich morgens, am Morgen des 23. März. Raoul bittet ihn, ihn nach Atlanta zu fahren, eine Fahrt von drei Stunden in gerader Linie nach Osten. Er sagt ihm nicht, warum er sich nicht gleich in Atlanta mit ihm verabredet hat. Worüber sie unterwegs gesprochen haben, darüber wissen wir nichts. Er fährt, Raoul neben ihm in einer Haltung, die jede Frage von vornherein ausschließt; eine Figur, so gut wie ohne besondere Merkmale, ohne Geschichte, nur dieser Name von ungewisser Orthografie, Raoul, Roual.

In Atlanta sagt Raoul, er solle sich für ein oder zwei Wochen eine Unterkunft suchen. Der Waffenschmuggel braucht Zeit, man muss sehr vorsichtig sein, mit Bedacht vorgehen. Der Besitzer des Gästehauses, in dem er unterkommt, ist seit zehn Tagen betrunken und sucht in dem Durcheinander der Rumpelkammer, die ihm als Büro dient, erfolglos nach dem Gästebuch. Alles, woran er sich später erinnern wird, als man ihn verhört, ist, dass er sich über die vornehme Kleidung des Gastes gewundert hat in dieser Umgebung von Pennern, Junkies und Säufern. An den anderen Mann, der ihn offenbar begleitete, wird er sich nicht erinnern. Er hatte ihn immer nur allein gesehen, aber sicher sein konnte er sich nicht bei dieser Besoffenheit, die einfach kein Ende fand. Er sah ihn allein, im dunklen Anzug, mit einem Koffer in der Hand, mit weißem Hemd und Krawatte, im Alkoholnebel aber immer verschwommen.

Niemand erinnert sich, Raoul jemals gesehen zu haben, an keinem der Orte, an denen sie – wie er sagt – zusammen gewesen sind. Wenn überhaupt, erinnert man sich an ihn, nicht an den anderen. Kein Kellner im *Starlight Café* oder in der *Bunny Lounge*, kein Rezeptionist, kein Gast. In keinem Gästebuch hat er eine Spur hinterlassen.

Das alles beweise aber nicht, dass Raoul nicht existiere, trägt er vor; im Gegenteil, das Fehlen jeglichen Anzeichens seiner Existenz ist der maximale Beweis seiner Gerissenheit, der vollkommenen Verschwörung.

In einem Café in Atlanta erklärt Raoul ihm den nächsten Schritt, gibt ihm den Befehl, der ihn direkt ins Verderben führt, die Falle zuschnappen lässt. Wieder geht es um eine längere Fahrt und um den Kauf von etwas. Er soll nach Birmingham zurückfahren. Dort soll er ein Gewehr mit Zielfernrohr für die Großwildjagd kaufen und sich genau an die dazugehörige Gebrauchsanweisung halten. Nach dem Kauf des Gewehrs soll er weiter nach Norden fahren, nach Memphis. Am Stadtrand von Memphis wird er das *New Rebel Motel* suchen, dort ein Zimmer mieten und warten.

Es ist die Nacht von Mittwoch, dem 3. April, und es regnet in Strömen. Im Radio wurde gewarnt, ein Tornado sei im Anzug. Er hat sich unter dem Namen Galt eingetragen und wartet in seinem Zimmer. Der Koffer steht ungeöffnet auf dem Boden, da er nicht weiß, wie lange er bleibt und ob er überhaupt die Nacht in diesem Motel verbringt. Neben dem Koffer, in einem langen Karton, den er noch nicht geöffnet hat, befindet sich das Gewehr. Als Raoul sich in Atlanta von ihm verabschiedete, sagte er ihm, er ginge für ein paar Tage nach New Orleans, um dort letzte Details der Operation Waffenschmuggel zu klären.

Er wartet, hört Radio, liest in dem einen oder anderen seiner Bücher, dem Handbuch für Hypnose oder über den Beruf des Schlossers, blättert in Zeitungen. (Er kaufte täglich Zeitungen, verschlang Wochen- und Monatszeitschriften, hörte Nachrichten im Radio und sah sie sich im Fernsehen an, behauptete aber, nichts von dem Streik der Stadtarbeiter in Memphis gewusst zu haben, oder dass Martin Luther King an jenem Morgen in die Stadt gekommen war.) Im Prasseln des Regens und dem Wüten des Sturms hörte er nicht gleich, dass an die Tür geklopft wurde. Er öffnete, und es war Raoul. Schamlos schilderte er diese Erinnerung als Szene eines alten Schwarz-Weiß-Films. »Tropfnass«, schrieb er, »bekleidet mit einem Regenmantel. Er sah aus wie ein Spion aus Hollywood.«

Raoul wirft einen forschenden Blick durchs Zimmer und sieht sogleich die Schachtel mit dem Gewehr. Obwohl es draußen dunkel ist und immer noch schüttet, zieht er die Vorhänge zu. Er öffnet die Schachtel und holt das Gewehr heraus. Er setzt sich auf die Bettkante, legt es auf seine Knie und überprüft es sorgfältig: die Einstellung des Zielfernrohrs, das Magazin, den Kolben aus dunkel glänzendem Holz, den Abzug. Er trägt keine Handschuhe, und trotzdem wird man später keine Fingerabdrücke finden, die von ihm stammen könnten. Auf seine stets etwas vage Art scheint er zufrieden zu sein. Er legt das Gewehr in den Karton zurück und schickt sich zum Gehen an. Er kann sich nicht erinnern, das Geräusch eines Motors gehört zu haben, bevor Raoul an die Tür klopfte. Raoul sagt ihm, am nächsten Tag werde das Geschäft über die Bühne gehen. Die versprochenen zwölftausend Dollar und der Pass würden ihm dann ausgehändigt.

Da wäre nur noch eines, sagt Raoul und reicht ihm ein Blatt Papier, auf dem etwas geschrieben steht: morgen Nachmittag um drei Uhr ein Zimmer in einem Gästehaus in der South Main Street No. 422 mieten, nahe der Straßenecke, über einer Bar mit dem Namen *Jim's Grill*. Er kann es gar nicht verfehlen: Die Neonschrift von *Jim's Grill* ist immer eingeschaltet. Danach verschwindet Raoul aus der Geschichte, als verschmelze er mit der Dunkelheit der Regennacht jenseits der Lichter des *New Rebel Motel*. In einigen Versionen hat er das Gewehr mitgenommen.

In der Geschichte des nächsten Tages geht es beinahe beschaulich zu. Nachdem der Sturm die ganze Nacht gewütet hat, ist der Morgen mild und klar. Er steht ohne Eile auf und bezahlt die Motelrechnung. Er fährt ins Zentrum von Memphis, hat immer noch keine Eile, die von Raoul angegebene Adresse zu finden, da er noch mehrere Stunden Zeit hat. Er macht sich ein bisschen mit der Stadt vertraut, in der er noch nie gewesen ist.

In Richtung Westen fahrend, gelangt er zufällig an das Ufer des Mississippi. Er hat sich eine Zeitung gekauft: *Memphis Commercial Appeal*. Er liest sie draußen, auf der Terrasse eines Cafés. Er betrachtet den stillen Lauf des mächtigen Flusses, am Horizont die Wälder von Arkansas, die große eiserne Brücke. Er sieht auf dem Titelblatt der Zeitung weder den Bericht über den Aufenthalt von Martin Luther King in der Stadt noch das Foto, auf dem er am Balkongeländer des *Lorraine Motel* lehnt, vor einer Zimmertür mit der gut sichtbaren Nummer 306.

Später findet er die South Main Street, fährt langsam die Hausnummern ab, und je weiter sie ansteigen, umso schäbiger wird die Straße mit ihren verdreckten Hauseingängen, Lagerhallen und Fabriken, manche leer stehend, mit von Drahtzäunen eingefassten Parkplätzen, Schildern von Pfandhäusern und Schnapsläden, dasselbe Bild wie immer, wenn er in eine Stadt kommt, viele Schwarze auf den Bürgersteigen, in Grüppchen an den Straßenecken stehend, betrunkene Weiße vor den Hauseingängen, schlafend auf Pappkartons zusammengekauert, lang ausgestreckt einige, mit Schuhen ohne Schnürsenkel, mit offenen Mündern schnarchend.

Er betrat eine Kneipe, um zu fragen, und wunderte sich, dort zwei gut gekleidete Männer in Anzug und Krawatte anzutreffen, die so gar nicht zu den heruntergekommenen Trinkern passten und ihre Blicke auf ihn richteten. Eine Weile irrte er umher. Als er *Jim's Grill* endlich fand, sah er am Ende des Tresens die beiden Männer in Anzügen wieder, die er schon in der anderen Kneipe angetroffen hatte. Diese zwei Gestalten tauchen in den verschiedenen Versionen seiner Geschichte auf und verschwinden dann wieder, Nebenfiguren, die vergessen werden oder die einen Moment lang vielversprechend erschienen, dann aber als bedeutungslos verworfen oder verändert werden: Manchmal sind es nicht zwei mutmaßliche Schnüffler, sondern nur einer; sie tragen beide Anzug und Krawatte, oder einer von ihnen trägt einen dunklen Anzug und der andere eine Art Uniform, vielleicht die Jacke eines Offiziers der Handelsmarine.

Er parkte das Auto am Straßenrand und erreichte das Gästehaus über eine Treppe, auf der an jeder Stufe mit weißer Farbe das Wort *Rooms* gemalt war. Er mietete ein Zimmer und bezahlte eine Woche im Voraus, so wie Raoul es verlangt hatte. Der Name, unter dem er sich eintrug, war John Willard.

Als er *Jim's Grill* betritt, um etwas zu trinken, lehnt Raoul an der Theke, und die beiden Männer waren verschwunden.

Sie gehen in sein Zimmer hinauf. Sie setzen sich, warten auf etwas, er weiß aber nicht, worauf. Raoul hat ein kleines Radio, vielleicht auch ein Walkie-Talkie in der Jackentasche. Er sagt, möglicherweise müssten sie mehrere Tage in der Stadt bleiben. Vielleicht wartet er auf die Käufer oder die mexikanischen Verbindungsleute für den Waffenhandel. Er bittet ihn, in einem nahe gelegenen Waffengeschäft ein Fernglas mit Nachtsichtlinsen zu kaufen.

Es ist vier Uhr nachmittags, als er nach draußen geht, in den Mustang steigt und erleichtert die Luft einatmet, die nicht ganz so stickig ist wie im Innern des Gästehauses. Alles in seiner Erzählung ist vage, angedeutet, gesponnen mit Fäden, die nirgendwo enden, mit falschen Anfängen und Leerstellen. Er fährt herum und findet das Waffengeschäft nicht, kehrt ins Gästehaus zurück, um Raoul erneut nach der Adresse zu fragen. Als er sie gefunden hat, stellt sich heraus, dass sie keine Ferngläser mit Infrarotlinse haben. Er kauft ein normales Glas, das im Angebot ist und das er im Schaufenster gesehen hat. Er nimmt es mit aufs Zimmer, in dem Raoul sich immer noch allein aufhält.

Jetzt sagt Raoul, dass er ihn während der nächsten Stunden nicht mehr braucht. Am besten geht er spazieren, etwas trinken. Er kann aber auch im Kino die Zeit totschlagen, sagt er. Er verlässt das Gästehaus aufs Neue und setzt sich eine Weile ins geparkte Auto, denkt darüber nach, was er mit dem freien Nachmittag anfangen kann. Wieder ändern sich die Aufzeichnungen im Lauf der Jahre, die Erinnerung schwindet mit der Zeit, verwirrt durch das Einschieben von Fiktivem, das Erfundene ist nicht mehr vom Erlebten zu unterscheiden. Er ging in *Jim's Grill* und bestellte einen Hamburger und eine Coca-Cola, beschloss, danach zu einer nahe gelegenen Tankstelle zu fahren und einen Reifen wechseln zu lassen. Er ging nicht in *Jim's Grill*, sondern fuhr auf der South Main bis zum *Hotel Chisca*, wo er an der Theke der Cafeteria ein Eis aß. Ihm fiel auf, dass die noch sehr junge schwarze Kellnerin, die ihn bediente, vermutlich neu war, da sie oft nicht weiterwusste und bei einem Angestellten nachfragen musste.

In anderen Versionen isst er ein Sandwich in einem billigen Restaurant namens *Chickasaw*. Auch die Tankstelle, zu der er fuhr, um den Reifen wechseln oder flicken zu lassen, wird nicht genau beschrieben; einige Male wird er dort bedient und erinnert sich noch an das Gesicht des Mechanikers, dann wieder ist viel Kundschaft da, und er fährt davon, ohne zur Kenntnis genommen worden zu sein.

Um sechs Uhr, die Sonne geht allmählich unter, kehrt er zum Gästehaus zurück und parkt vor *Jim's Grill*, bleibt jedoch im Auto sitzen. Ein trockenes Krachen – wie ein Schuss oder ein Böller – lässt ihn aufmerken, beunruhigt ihn jedoch nicht. Einen Augenblick später sieht er im Seitenspiegel, dass Raoul hastig auf ihn zukommt, mit einem Koffer in der Hand und einem Bündel, einer Decke oder so etwas, aus der ein Gewehrlauf ragt. Er sieht Raoul, der das Paket auf dem Boden abstellt, der die Hintertür des Mustang öffnet und sich hineinsetzt, ihm loszufahren befiehlt, sich auf dem Rücksitz duckt und sich ein weißes Tuch über den Kopf zieht. Er gibt Gas und braust durch das Viertel, das nach jeder Straßenecke schäbiger wird, und hört von ferne Sirenen. Von der Rückbank, wo er immer noch den Kopf unten hält, sagt Raoul, er solle an der nächsten Ampel anhalten. Raoul steigt aus und knallt die Tür des Mustang zu, er gibt Gas und biegt um die nächste Ecke, sieht ihn nicht mehr im Rückspiegel, sieht ihn danach nie mehr wieder.

In einer anderen Version parkt er den Mustang nicht wieder vor *Jim's Grill* und sieht auch Raoul nicht wieder. Der Schluss endet noch abrupter, oft verbesserte Notizen führen zu keinem vernünftigen Ende. Gegen sechs Uhr abends fährt er unbekümmert über die South Main, und ganz in der Nähe des Gästehauses sieht er quer auf der Straße einen Streifenwagen mit eingeschalteten Blinklichtern.

Vielleicht war das Treffen mit den mexikanischen Waffenschmugglern eine Falle und Raoul ein Spitzel. Vielleicht lief bei den Verhandlungen etwas schief, und es kam zu einer Schießerei. Er biegt nach rechts in eine Seitenstraße ein und versucht, Memphis zu verlassen. Er ist jetzt auf der Flucht, und wenn sie ihn erwischen, sperren sie ihn wieder ein, und er muss seine verbleibenden zwanzig Jahre absitzen. Der träge, unbekümmerte Nachmittag schlägt mit einem Mal um in kopflose Hast und Panik. Die Sirenen scheinen sich aus allen vier Himmelsrichtungen zugleich zu nähern.

Er fährt nach Süden, am Fluss entlang, will die Grenze des Mississippi so schnell wie möglich überqueren. Er schaltet das Radio ein, und da erst erfährt er von dem Verbrechen, braucht jedoch einige Minuten, bis er begreift, welche Rolle ihm – ohne dass er es geahnt hat – dabei zugedacht war, welche Verschwörung ein Jahr lang um ihn herum ins Werk gesetzt worden ist, diese plötzliche Enthüllung auf den letzten Seiten eines Romans. Aufgeregte Stimmen wiederholen alle paar Minuten den Aufruf im Radio, benennen das Ziel, auf das Jagd gemacht wird: ein weißer Mann, fünfunddreißig oder vierzig Jahre alt, dunkelbraunes Haar, dunkler Anzug, fährt einen weißen Mustang, Baujahr 1966, mit einem Kennzeichen aus Alabama.

Er wird die ganze Nacht auf Nebenstraßen in Richtung Atlanta fahren, nur einmal anhalten, um zu tanken. In seiner Erzählung ist er der Unschuldige, der des Verbrechens anderer bezichtigt und verfolgt wird, der die Schuldigen finden und ihre Verschwörung aufdecken, zugleich aber weiter fliehen muss. Am nächsten Morgen nimmt er in Atlanta einen Bus in Richtung Norden, schläft unterwegs auf seinem Sitz, ohne die Sonnenbrille abzunehmen. Um halb zwei Uhr morgens erreicht der Bus den Bahnhof von Cincinnati. Der nächste Bus nach Detroit fährt erst zwei Stunden später. Um nicht in der leeren, beinahe finsteren Bahnhofshalle zu bleiben, geht er nach draußen, geht eine Straße entlang, bis er die Leuchtschrift einer Kneipe entdeckt.

Durch das Rückfenster des sich aus der Stadt entfernenden Autobusses sieht er später den Widerschein von Feuersbrünsten. Kolonnen von Militärfahrzeugen kommen ihnen entgegen. Junge Soldaten, starr vor Kälte, schauen mit angstvollen Gesichtern auf die Insassen des Busses. Auf den Straßenkreuzungen stehen Polizeiautos mit eingeschalteten Blinklichtern und Beamte in kugelsicheren Westen, mit Stahlhelmen und automatischen Gewehren.

Er ist eingeschlafen, und als er mit dem beunruhigenden Gefühl, viel Zeit sei vergangen und er wisse nicht, wo sie sind, wieder die Augen aufschlägt, wird es bereits hell. Am Ende der schnurgeraden Straße sieht man im bläulichen Licht große Feuer und Rauchsäulen über den Dächern von Detroit. Die Stadt riecht nach feuchter Asche und verbranntem Gummi. Die gleiche Schlagzeile in Riesenlettern und das gleiche Gesicht finden sich auf allen Titelblättern der Zeitungen, die wie aufgehängte Wäsche in der frischen Morgenluft wehen.

In einem eben geöffneten Friseurladen, in den die Sonne hineinscheint, lässt er sich die Haare schneiden und rasieren. Der Friseur ist ein alter Mann mit etwas zittrigen, jedoch fachkundigen Händen, der zwar das Radio eingeschaltet hat, aber nicht hinzuhören scheint. Sie suchen immer noch nach dem Fahrer eines weißen Mustang, gelblich weiß eher, mit Kennzeichen von Alabama. Er hat den Ring durchbrochen, jedenfalls so gut wie, hat die Rolle des Schuldigen, des Sündenbocks abgelegt. In einem Taxi überquert er die Grenze nach Kanada. Dort nimmt er einen Zug und schläft wieder ein oder döst. Am Samstag, dem 6. April, verlässt er um fünf Uhr nachmittags den Bahnhof von

Toronto mit einer Reisetasche und einer Zeitung unter dem Arm und geht ohne Ziel davon. Der entfernteste Punkt auf der Landkarte, den er einen Monat und zwei Tage später auf seiner Flucht erreicht, ist Lissabon. Raouls Geschichte wird nie zu Ende erzählt.

24

Ich habe seine Spur in Lissabon verfolgt, und jetzt verfolge ich sie in Memphis. Ich gehe gerade durch eine menschenleere Straße von Memphis, nachdem ich das Hotel verlassen habe, das Zimmer im neunten Stock, von dem aus man auf eine unbelebte Straßenecke schaut, auf eine Kreuzung mit wenig Verkehr, auf der einen Seite ein gewaltiges Betongebäude, ein Parkhaus, auf der andern die Retortenarchitektur eines Holiday Inn und in Richtung Westen über Dächern und Balkonen, wie ein breites bläulich glänzendes Metallband, der Mississippi, ein metallisches Blau, das ins Goldene geht, wenn die gelbe und später rötliche Sonnenscheibe im Dunst der schwülen Luft über dem Fluss schwebt und über dem bewaldeten Horizont am jenseitigen Ufer, wo der Staat Arkansas beginnt.

Laut sage ich mir die Namen der Örtlichkeiten vor, die ich zum ersten Mal mit eigenen Augen vor mir sehe, die nicht mehr nur glanzvolle Wörter der Literatur sind: Memphis, Tennessee, Mississippi, Arkansas. Ich habe von meinem Zimmerfenster aus auf den Fluss und die Stadt hinuntergeschaut, noch bevor ich den Koffer geöffnet habe, voller Ungeduld, endlich nach draußen zu gehen, bevor es dunkel wird. Zum ersten Mal las ich den Namen Memphis – einigermaßen ungläubig – auf meinem Boardingpass und danach auf der Abfluganzeige auf dem Flughafen Newark. Drei Stunden später begann der etwas wacklige Landeanflug des kleinen Flugzeugs über einer flachen Landschaft tiefgrüner Wälder, die in der diesigen Luft ein wenig verblasste, und der Pilot verkündete über den Kabinenlautsprecher: »*Welcome to Memphis, Tennessee.*«

Später erschien der Name in weißen Buchstaben auf hellgrünem Grund auf den Straßenschildern des Highways, schon ein Weilchen bevor der große Fluss in Sicht kam, der den ganzen Horizont ausfüllte, in der Ferne gekrönt vom Doppelbogen einer eisernen Brücke. *»The mighty Mississippi river«*, sagte der Taxifahrer ehrfürchtig und wies mit einer dunklen Hand wie Pergament und breiten, hellen Fingernägeln auf den Strom.

In dem dschungelartigen Grün tauchten ab und zu leer stehende Fabriken mit großen Fenstern auf, deren Rahmen verrostet und in denen das Glas zerbrochen war, mit von Kletterpflanzen überwucherten Backsteinmauern, wie die Ruinen einer untergegangenen tropischen Zivilisation. Auf einigen Verkehrsschildern sahen wir den Namen Graceland angezeigt. Der Taxifahrer sprach langsam und mit einer dunklen Stimme, die klang, als käme sie aus einem großen bauchigen Tongefäß, einem Weinschlauch oder tiefen Erdloch. Er erzählte uns, die amerikanische Regierung hätte die Ermordung Martin Luther Kings organisiert, F.D. Roosevelt hätte das Datum des japanischen Angriffs auf Pearl Harbor schon im Voraus gewusst und nichts unternommen, und am Morgen des 11. September 2001 habe nicht ein einziger Jude im World Trade Center gearbeitet.

Nicht ohne Stolz ließ er uns wissen, sein Name sei Ulysses, er sei in Memphis geboren und aufgewachsen – *born and raised* – und habe jeden Tag seines Lebens in dieser Stadt verbracht. Seine Kleidung war elegant wie die eines kubanischen Schwarzen und seine langen weißen Koteletten bildeten einen scharfen Kontrast zu seiner anthrazitfarben glänzenden Haut. Verglichen mit der Kälte im Taxi war die Luft von Memphis warm und feucht. Der Taxifahrer Ulysses trug eine beige-weiße Tropenjacke und eine makellos gebügelte hellbraune Hose, dazu passende Lackschuhe. Vom neunten Stock des Hotels aus gesehen, war Memphis eine in der Nachmittagshitze verwaiste Kreuzung von Alleen, von Second Street und Union Avenue.

Auf den unbelebten Bürgersteigen ging kein Mensch, und die Ampeln wechselten von Grün zu Rot, ohne dass irgendein Auto davor hielt. Die Union Avenue führte in gerader Linie nach Westen, in ein weites, spärlich bebautes Gebiet in grellem Sonnenlicht, dahinter der Fluss.

Was zu erzählen man sich entscheidet, ist ein Teil von dem, was man gesehen und erlebt hat. Der Autor, der in der ersten Person von einer Reise erzählt, ist eine literarische und stets einsame Projektion seiner selbst, eine aus Büchern bestens vertraute Figur. An einem Nachmittag im Mai gehe ich auf der Suche nach Spuren von ihm durch Memphis, doch anders als die Reisenden der Literatur bin ich nicht allein. Du gehst mit mir auf dieser Straße, auf der wir keinem Menschen begegnen, und warst im Hotelzimmer, als ich aus dem Fenster schaute, den Fluss in der Ferne sah und die gelbe und später rötliche Sonnenscheibe im violetten Dunst.

Ich habe an der Rezeption gefragt, wie lange man bis zum *Lorraine Motel* braucht, und die Rezeptionistin hat mich verständnislos angeschaut, als ich ihr sagte, wir hätten die Absicht, zu Fuß zu gehen. »Mit dem Auto nur fünf Minuten.« Es ist ihr so fremd, eine Entfernung zu Fuß zu berechnen, dass sie verwirrt ist, wie von einer Möglichkeit, die ihr noch nie in den Sinn gekommen ist, als hätte man sie gefragt, wie lange man zu Pferd bis zum *Lorraine Motel* braucht, oder in einem Ballon. Sie schlägt auf dem Tresen der Rezeption einen stark schematisierten Stadtplan auf und zeigt mit einem Bleistift den Weg, beinahe in gerader Linie nach Süden, parallel zum Fluss.

Es ist noch sehr warm, als wir auf die Straße treten. Man spürt hier unmittelbar die Trostlosigkeit amerikanischer Städte, die sich noch verstärkt, je weiter wir uns vom Hotel entfernen. Mehr Parkhäuser und Zweckbauten als in einem Gewerbegebiet.

An Läden und Lagern sind die Metallrollläden heruntergelassen, die Schaufenster der Geschäfte leer. In den wenigen geöffneten Lokalen sieht man keinen Menschen. Geisterstraßen einer amerikanischen Stadt ohne offene Läden, ohne Fußgänger.

Das Leben und die Menschenmassen explodieren beim Eintritt in die Beale Street mit ihren am helllichten Tag leuchtenden Neonreklamen und der Disharmonie von Rhythm-and-Blues-Klängen aus den Lautsprechern der Bars. Musik und Poesie der Namen: Louis Armstrong mit seinem hochmeisterlichen *Beale Street Blues* in einer Aufnahme von 1928. Die tief stehende Sonne scheint direkt vom Fluss herüber und wirft ihr Leuchten in die Fenster der Beale Street, auf die roten Backsteinmauern, die in das milde Blau des Himmels ragen.

Aber wir dürfen jetzt keine Zeit verlieren, da das Tageslicht in Kürze gänzlich schwindet. Das lebhafte Treiben und die Musik verstummen, kaum dass man die Ecke Beale Street hinter sich gelassen hat. Es folgen stille Alleen ohne Verkehr, leer stehende Gebäude, zu Parkhäusern umfunktionierte Gebäude, mit Gitterzäunen umfriedete Parkplätze, von Rissen durchzogen wie Schnittwunden im Asphalt, aus denen Unkraut wächst, hohes Gras, schlanke Stämmchen junger Bäume. Unkraut wächst auch aus den Spalten zwischen zerbrochenen Gehwegplatten, auf denen nie jemand geht, wächst aus dem Innern der Erde in den Ritzen der Abwasserkanäle heran. Auf der Kreuzung Second Street und Dr. Martin Luther King Jr. Avenue schwanken die Ampeln an hohen Kabeln, und der Blick verliert sich über Straßen und Ödland ohne eine einzige menschliche Gestalt so weit das Auge reicht.

Es fahren nur wenige Autos, doch die Straße ist so breit wie eine Autobahn, und das Licht schaltet auf Rot, bevor wir die andere Straßenseite erreichen. Gen Osten sieht man eine Kirche mit gotischen Türmen inmitten unbebauter Grundstücke. Im Westen erhebt sich gegen das Glänzen des unsichtbaren Flusses und hinter einem Parkplatz, dessen Umzäunung zum Teil umgestürzt und eingerissen ist, ein massiges Gebäude aus dunkelrotem Backstein, das einen ganzen Häuserblock einnimmt, mit vielen Reihen von Fenstern, die alle verrammelt sind, mit einem Eisengerüst hoch über den Balkonen, über deren Brüstungen sich Schlingpflanzen winden. Dieses Eisengerüst dürfte eine große Leuchtreklame getragen haben, die weithin zu sehen gewesen sein muss. In verblichenen Lettern steht über den obersten Stockwerken ein Name auf der Mauer: *Hotel Chisca*. An einem Gerüst hängen die Reste einer Markise. Dieser Name klingt mir zwar im Ohr, aber mir fällt nicht ein, woran er mich erinnert. Irgendwo habe ich ihn schon einmal gelesen, ein einziges Mal.

Wir kommen jetzt an einem lang gestreckten Gebäude vorbei, einstöckig, mit Türbögen und Fenstereinfassungen im Art-déco-Stil, sämtliche Fensterscheiben zerbrochen. Drinnen sieht man umgestürzte Möbel, kaputte Stühle, auf den Boden geworfene Gegenstände, staubbedeckte Abfallreste, zerbrochene Flaschen, verblasste Graffiti an den Wänden. Selbst die Graffiti, die Tüten und Essbehältnisse sind Jahre alt. Über einem großen mit Backsteinen und über Kreuz angenagelten Balken verschlossenen Haupteingang hängt ein Schild mit einer Schrift wie vor einem Dreivierteljahrhundert, die besagt, dass das Gebäude einst ein Lager für allen möglichen Kinobedarf war: Eintrittskarten, Programmhefte, Popcorn, Bonbons und Süßigkeiten aller Art.

Von der anderen Straßenseite schaut jetzt jemand zu uns herüber; eine Gestalt, so isoliert wie wir selbst: eine sehr junge Schwarze mit einem Kind an der Hand, einen Kinderwagen schiebend. Ihr schon sehr langer Schatten zeigt zu uns. Der Kinderwagen hoppelt über geborstene Gehwegplatten.

Geht man durch eine menschenleere Stadt, verliert man leicht das Gefühl für Zeit und Entfernung. Aber weit kann es nicht mehr sein. Da kommt die Erinnerung zurück: Im *Hotel Chisca*, sagte James Earl Ray, hatte er am Nachmittag des 4. April ein Eis gegessen. Durch die Rechtecke der verschwundenen Fenster sieht man Bauschutt und das Gebälk von Dächern, die vor so vielen Jahren zusammengebrochen sind, dass dazwischen eine dichte Vegetation von Gestrüpp und Bäumen herangewachsen ist. Üppige Magnolien haben einen Raum erobert, der einmal ein Hinterhof war, haben die Erde um sich her aufgebrochen und die umgebenden Mauern zum Einsturz gebracht. Der verdrehte Stamm eines Schlinggewächses hat die Treppe eines anderen leer stehenden Hotels aufplatzen lassen, und seine Äste schlingen sich in die Höhe bis zum höchsten Mast, an dem noch das verrostete Gesims hängt, das den Namen getragen hat. An einer sehr viel neueren Ruine, deren Türen und Fenster aber auch zugemauert sind, sieht man immer noch ein vertikales Schild in Rosa und Blau, gleich einem misslungenen psychedelischen Versuch: *Hollywood Disco.*

Eine ganze Wand ist mit einem mexikanischen Mural bemalt: Totenköpfe mit riesigen Sombreros und Gottesmütter, Kakteen und Agaven, und ein Sonnenuntergang in den abscheulichsten Farben. Aus einem weit offen stehenden Tor schallt entfesselte Ranchera-Musik. In einem mit Weinranken überdachten Innenhof, vollgestellt mit Tischen, an denen kein Mensch sitzt, stehen reglos zwei Kellner und sehen uns mit vollkommen identischen, gelangweilt neugierigen Mienen vorbeigehen, in denen vielleicht auch enttäuschte Hoffnung liegt.

Als wir um eine Ecke biegen, erscheint am Ende der Straße plötzlich unerwarteterweise der Reklamemast des *Lorraine Motel*, der die Dächer überragt und an den ich mich sogleich erinnere. Wenn bei Einbruch der Dunkelheit das Licht eingeschaltet wird, soll der blinkende rote Neonpfeil die Autofahrer schon von Weitem in diesen fast unbewohnten Teil von Memphis locken, wo früher die armen Schwarzen wohnten und Fabriken und Lagerhäuser standen, die schon bald schließen würden, der riesige Bahnhof, in dem immer weniger Züge hielten. Die verschiedenen Schriften des *Lorraine Motel* sind so unzweifelhaft ein Relikt der Zeit vor fünfzig Jahren wie das helle Grün der zwei Metallpfosten, an denen sie angebracht sind, dasselbe Grün wie an den Zimmertüren, eine Farbe jener Zeit, einer verblassten Modernität. Was ich so oft auf Fotografien und in Dokumentarfilmen gesehen habe, steht mir jetzt vor Augen. Wenn wir das Ende der Straße erreichen, werde ich den Ort betreten, an dem ich während der letzten Monate im Geiste schon gelebt habe. Noch einige wenige Schritte, und es wird sein, als schöbe ich einen Schleier zur Seite, als beträte ich den Raum und die Zeit eines alten Films, die Seiten eines noch nicht beendeten Buches, das ich weggelegt habe, um hierher zu kommen.

Das *Lorraine Motel* ist niedriger, länger und viel weniger imposant, als ich erwartet habe. Im Nebengebäude, einem modernen Bau, sind die Türen des Bürgerrechts-Museums bereits geschlossen. Ich erkenne die zwei Reihen der Zimmer wieder mit ihren breiten Fenstern und den Türen, die auf den umlaufenden Balkon hinausgehen, die rationalistische Architektur damaliger Zeit mit schlichten, offenen Formen und hellen Farben, die nichts mit dem düsteren Backstein der Umgebung gemein haben, mit dem archaischen Ruß von Fabriken und mit Kohle beheizten Lokomotiven. Das *Lorraine Motel* hätte in Florida stehen können, in Kalifornien, am Meer, mit einer Reihe von Palmen davor. Auf der Fläche vor dem Parkplatz befand sich vor fünfzig Jahren der Swimmingpool. Vor dem Zimmer 306, in der Mitte des ersten Stocks, hängt ein Kranz weißer und roter Blumen am Balkongeländer, genau dort, wo Martin Luther King seine Hände aufstützte, als der Schuss fiel. Unter dem Zimmer sind zwei Autos geparkt, zwei Modelle aus den Sechzigerjahren, wie man sie auf den Fotos von jenem Tag sehen kann, einer davon ein weißer Cadillac mit ausladenden Heckflossen, genau wie jener, den der Besitzer eines Bestattungsunternehmens aus Memphis

Martin Luther King zur Verfügung gestellt hatte, als dieser sich in der Stadt aufhielt.

Das Museum ist seit über einer Stunde geschlossen. Es ist kurz nach sieben Uhr abends an einem Tag Ende Mai. Das Licht jetzt dürfte das gleiche sein wie an den ersten Apriltagen gegen sechs. Bis auf zwei andere, wie wir verspätete Besucher, die umherlaufen, fotografieren und, bevor sie gehen, nach den Öffnungszeiten des Museums schauen, sind wir allein auf dem Vorplatz des *Lorraine Motel* und offenbar im ganzen Viertel.

Es liegt eine tiefe Stille über dem immer noch heißen Abend, eine von einer leichten Brise gemilderte Feuchtigkeit. Am 4. April 1968 dürfte die Luft nach dem großen Sturm in der Nacht zuvor klarer und frischer gewesen sein als heute. Kehre ich dem Motel den Rücken zu, habe ich vor mir die Rückseite des Gebäudes, in dem sich das Gästehaus von Bessie Brewer befand, eine dunkle Mauer im Gegenlicht, hinter einem sehr gepflegten Garten mit Bäumen, der vor einem halben Jahrhundert eine von Gestrüpp überwucherte Müllkippe war. Das Fenster kann ich jetzt nicht erkennen, von dem aus der Schuss abgefeuert wurde, aus dem der Gewehrlauf mit dem Zielfernrohr ragte um sechs Uhr abends, um sechs Uhr eins.

Auch ist die Entfernung zwischen diesen rückseitigen Fenstern und dem Balkon des *Lorraine Motel* geringer, als ich mir vorgestellt hatte. Wäre ich nicht hergekommen, hätte ich nicht gewusst, dass das Zimmer von Martin Luther King nach Westen ausgerichtet war. Nur wenige Minuten später wäre es nicht mehr hell genug für einen gezielten Schuss aus dieser Entfernung gewesen. Die entscheidendsten Dinge standen immer im Begriff, nicht zu geschehen. An diesem Abend können wir hier nichts mehr tun. Wir gehen zur South Main hinüber. Ich erkenne die Topografie, als wäre ich hier im Traum entlanggegangen; eine Mischung aus Bestimmtheit und Unwirklichkeit.

An dieser Straßenecke, wo sich jetzt das Museum der Bürgerrechte befindet, war das Schaufenster der Canipe Amusement Company, in dem verblichene Alben gebrauchter Schallplatten, Konzertplakate, eine frisch reparierte Jukebox ausgestellt waren. Genau hier, an dieser Einbuchtung zwischen Schaufenster und Hausecke, hat er das Bündel mit dem Koffer und dem Gewehr fallen lassen und ist in Richtung Süden über den Gehweg davongehastet, an dem leer stehenden Grundstück vorbei zum weißen Mustang, der etwas weiter weg geparkt war, schon in der Nähe des würfelförmigen Backsteinbaus, der immer noch eine Feuerwache beherbergt.

Manche Dinge ändern sich, andere nicht. Auch *Jim's Grill* existiert nicht mehr, und man sieht auch kein Schild des Gästehauses, das schon damals keinen Namen hatte, nur den Hinweis *Rooms – Apartments*, wie man auf alten Fotos sehen kann. Die Fassade von Nummer 422 ist unverändert: Über diese Schwelle ist er gegangen. Er stieg eine Treppe hinauf, die hinter der verschlossenen Tür vielleicht immer noch vorhanden ist, auf jeder Stufe das Wort *Rooms*.

Ich erkenne alles, und dennoch ist nichts genauso, wie ich es mir vorgestellt habe. Hinter der Feuerwache biegt die Straße nach Osten ab und bildet ein langes Gefälle bis zum Bahnhofsgebäude, bis zu der Landstraße, die in wenigen Minuten an die Staatsgrenze von Mississippi führt. Die Landschaft verbreitert sich beim Verlassen von Memphis, die Straße wird freier. Es muss eine große Erleichterung gewesen sein, sie ihm Rückspiegel versinken zu sehen, im Licht der untergehenden Sonne, das Geräusch der Sirenen immer leiser werdend, und das Gaspedal des Mustang durchzutreten, mit trunkener Ungläubigkeit zu erkennen, dass der Plan tatsächlich ausgeführt ist und der einzige Schuss getroffen hat, auf der Flucht jetzt über immer einsamere Straßen, in einer Stille von Feldern und Wäldern, kurz vor dem Einschalten des Autoradios, dem Suchen nach einem

Nachrichtensender, der die erfolgreiche Hinrichtung bestätigt und kundgibt, dass jetzt die Jagd beginnt.

Am nächsten Vormittag ist das Museum geöffnet, doch die Vergangenheit scheint zurückgewichen zu sein wie das Meer an einem Strand bei Ebbe. Auf dem Platz vor dem *Lorraine Motel* laufen Touristengruppen und lärmende Schulklassen herum. Die Leute recken sich lächelnd in die Höhe für ein Foto mit der gut sichtbaren Tür Nummer 306 und dem Kranz weißer und roter Blumen im Hintergrund, der eher an Jubiläum als an Beerdigung denken lässt, besonders an einem so sonnigen Tag in schon sommerlicher Hitze.

Das Museum ist dazu gedacht, einen Eindruck von Nähe, von unmittelbarer Erfahrung zu vermitteln, ein klangliches und visuelles Erleben von Vergangenheit, greifbar, geradeheraus wie eine Geschichte ohne Rückblicke und ohne erzählerische Unbestimmtheit: Stimmen hören, Bilder in Schwarz-Weiß sehen, sie nach Gutdünken auf interaktiven Bildschirmen beschleunigen oder anhalten.

Die Vergangenheit wird praktizierbar, existiert in den drei Dimensionen der Gegenwart. Man kann Nachrichtensendungen sehen mit Bussen aus dem Süden, in denen die Sitze nach Rassen getrennt waren, und man kann in einen einsteigen, der identisch ist mit dem, in den Rosa Parks eingestiegen ist. Man kann die Rücklehnen aus Hartplastik berühren, verchromte Oberflächen, das sonnenerhitzte Plastik von damals riechen, über den Fenstern die Werbeplakate von 1954 sehen. Eine der dort sitzenden Gestalten ist Figur und Gespenst zugleich, die Frau von hinten, mit ihrem Hut und ihrem Mantel, mit ihrer verletzlichen Rechtschaffenheit und Ehrbarkeit.

Je wirksamer der Anschein von Nähe, umso schlimmer aber auch die unvermeidliche Lüge. In einem nur wenig beleuchteten Saal steht der ausgebrannte Autobus, mit dem im Mai 1961 eine Gruppe Freiheitsfahrer unterwegs war; Freedom Riders, die in Washington Busse bestiegen, um durch die rassistischen Städte des Südens nach New Orleans zu fahren. Junge Männer und Frauen, Weiße und Schwarze, schlicht und elegant gekleidet und zu dem unerklärlichen Heldentum entschlossen, ganz normale und auch schon legalisierte Dinge zu tun, die dennoch ungewohnt waren und sie das Leben kosten konnten, und nicht auf die Gewalt zu reagieren, die über sie hereinbrechen würde.

Sie hielten an den Bahnhöfen und wurden bereits erwartet von Horden wütender weißer Männer, bewaffnet mit Knüppeln, Steinen, Eisenrohren. Auf Fotos und den Fernsehbildern der Nachrichten jener Zeit, auf den Bildschirmen des Museums sieht man diese wutverzerrten Gesichter, berauscht von kollektiver und strafloser Barbarei, junge Gesichter vor allem, fast ausschließlich von Männern, Männern in weißen Hemden oder Arbeiterlatzhosen, mit Scheiteln, Schmalzlocken und ausrasierten Nacken, die einen Autobus umringen oder anhalten, die Fensterscheiben einschlagen und ihn umzustürzen versuchen, die zurückweichen, wenn er schließlich in Flammen steht, grausam und triumphierend, von Rachedurst erregt, vom Feuer, das die Reisenden im Bus bei lebendigem Leib verbrennt, wenn es ihnen nicht gelingt, die von außen verrammelten Türen von innen zu öffnen, wenn sie es in der Zwischenzeit nicht schaffen, sämtliche Fenster einzuschlagen, damit sie nicht im Qualm ersticken.

Ich kann das silberne geriffelte Blech des Busses berühren und in ihn einsteigen. Ich sehe das schöne Logo des Windhunds, der dem Unternehmen seinen Namen gibt, und den Schriftzug in blauen Buchstaben auf weißem Grund, der sich über die ganze Seite zieht: *It's such a comfort to travel by bus*. Aber wer könnte den Schrecken nachempfinden, in Montgomery oder Birmingham anzukommen und durch das Seitenfenster das harmlose Spektakel des alltäglichen Lebens zu sehen, die Schaufenster, die

Firmenlogos der Tankstellen, die Menschen auf den Gehwegen, und genau zu wissen, dass man in ein paar Minuten verprügelt und bespuckt, vielleicht zu Boden gestoßen und zusammengetreten wird, blutend oder sterbend oder tot, nicht weil man aufrührerische Parolen gebrüllt und die Faust gereckt hat, nicht einmal, weil man Gleichheit oder Gerechtigkeit gefordert hat, sondern einzig und allein, weil man etwas getan hat, was alle tun, in der Bahnhofscafeteria eine Limonade und ein Sandwich bestellt, sich im Wartesaal hingesetzt hat, um die Zeitung zu lesen, ohne das Schild zu beachten, das den Platz für ausschließlich Weiße oder für Schwarze reserviert, und dann die Blicke, mit denen die Leute ringsum dich anzustarren beginnen.

Die Vergangenheit kann man im Museum nicht nur besuchen, um zu erfahren, was geschehen ist, sondern auch, um selbst einzutauchen in ihre mächtige Legierung von Heldenmut und Leid, von ungeahnter Brutalität und bewundernswerter Rebellion. Angst, Armut, Schmerz verwandeln sich in Martyrium. Das aufgeplatzte Geschwür des Hasses kann dich nicht mehr beschmutzen. Anständige, wehrlose Schwarze werden von Wasserwerfern zu Boden geschleudert, von Polizisten mit Schilden und Helmen niedergeknüppelt, oder versuchen sich vor beißenden Hunden in Sicherheit zu bringen, die auf sie gehetzt worden sind. Das Wasser kommt mit solcher Kraft aus den Rohren, dass es die Rinde von den Bäumen reißt, gestandene Männer durch die Luft wirbelt und wie Gliederpuppen gegen Hauswände wirft.

Körper gelynchter Männer mit weißen Hemden und gebrochenen Hälsen hängen an den Bäumen des Südens wie von Grabstelen herab. Nachts brennen kleine weiße Kirchen aus Holz, die mit Brandsätzen angegriffen wurden. Durch die Gasse eines sie anspuckenden, stoßenden und tretenden Mobs bahnen sich junge Freedom Riders einen Weg, die Männer in Anzug und Krawatte, die Frauen im Kleid, als gingen sie zu einem akademischen Empfang. Eine weiße Frau mit einem Säugling im Arm bewegt auf einem Bildschirm ohne Ton ihren weit aufgerissenen Mund. Diese jungen Leute werden nie vergessen, was Mütter mit ihren Kindern im Arm geschrien haben: *»Kill them niggers! Kill 'em all!«* Die Intensität der Schmähungen, die Wildheit des Hasses und seine Mischung aus Vulgarität und Dummheit ist nicht zu vermitteln.

Verhärmte Schwarze marschieren, umringt von Soldaten mit Gewehren und Bajonetten, jeder trägt ein Schild mit einem einzigen Satz aus Wörtern und wiederholten Buchstaben, die sich lautlos zu einem einstimmigen Chor aufschwingen: *I AM A MAN I AM A MAN I AM A MAN.*

Vor der exakten Replik einer Dinertheke der Fünfzigerjahre stehen Hocker, darauf lebensechte Figuren von Männern und Frauen, die sich der Rassentrennung zu widersetzen wagen, dazwischen mit rotem oder leuchtend blauem Plastik bezogene freie Hocker, auf denen man selbst, Besucher aus der Zukunft, Seite an Seite mit den Schatten der Helden von damals Platz nehmen und die in Plastik eingeschweißte Speisekarte mit ihrer für 1950 typischen Schrift, den Speisen und ihren lachhaften Preisen von damals studieren kann, auf dem Tresen ein diskretes, doch gut sichtbares Schild: *White only.* Man kann sich auf einen dieser Hocker setzen und das Gefühl haben, etwas von dem zu erleben, was andere einst erlitten.

»Erleben und Erlebnis« ist die dazu passende Beschreibung. Den Wortschmieden aus der Werbung gefällt sie so gut, dass sie sie unablässig im Munde führen. Dieses Erlebnis jedoch ist eine hochgradige Anmaßung. Man setzt sich auf einen verchromten, mit rotem Plastik bezogenen Hocker und kann sich für einen Moment so fühlen, als säße man in einem nach Rassen getrennten Diner des Jahres 1961, in Birmingham zum Beispiel. Aber hier kommt niemand und schüttet dir eine Flasche Ketchup über den Kopf oder einen Becher heißen Kaffee ins Gesicht, niemand packt dich am Hemdkragen und bricht dir den Kiefer, indem er deinen Kopf immer wieder gegen die Tresenkante schlägt, und hier zerkratzen dir auch keine Fingernägel das Gesicht, bohren sich nicht wie Raubvogelkrallen in deine Augäpfel.

Die für die öffentliche Ordnung zuständigen Polizisten halten sich derweil im Hintergrund, schauen gelangweilt zu und warten, bis der weiße Abschaum seine Wut ausgelebt und sein Werk vollendet hat. Je länger ich die Gesichter dieser weißen Männer betrachte, die schreien, schlagen und drohen, desto mehr fällt mir eine physische Ähnlichkeit auf: Galt, Sneyd, Lowmeyer, Ray sieht ihnen so ähnlich, dass er mit jedem von ihnen verwechselt werden könnte, selbst mit den Polizisten, die zuschauen und nichts unternehmen.

Über Flure und eine Folge von Sälen ist das Museum wie eine Zeitreise organisiert, eine beispielhafte Geschichte und eine Reise von der Finsternis ins Licht, von der Rechtlosigkeit zum gelebten Bürgerrecht, von den Laderäumen der Sklavenschiffe in diese wohlmeinende Gegenwart, in der endlich Wirklichkeit wird, was vor weniger als einem halben Jahrhundert noch unvorstellbar war, was heute in jedem Museumssaal zu sehen ist, Weiße und Schwarze gemischt, weiße, schwarze, hispanische und asiatische Schüler, die zusammen aus den Bussen steigen, mit denen sie hergekommen sind, nur widerwillig ihren Lehrern gehorchen, die ihnen mit Gesten bedeuten, nicht so laut zu reden, die mit geschickten Fingern ungeduldig über ihre Smartphones streichen, mit ihren Telefonen fotografieren.

Die Vergangenheit als Themenpark. Man kann vor lebensgroßen Gestalten auf Fotos posieren, die ganze Wände einnehmen, so als hätte man an einem dieser Märsche teilgenommen, als ginge man an der Seite Martin Luther Kings. Man kann die Zelle betreten, in der Luther King im Gefängnis von Birmingham, Alabama, saß. Man kann sich auf genau so eine Pritsche setzen, wie er sie hatte, und den auf die Wand projizierten, später heimlich hinausgeschmuggelten Brief lesen, den er dort auf die Ränder von losen Zeitungsblättern geschrieben hat, in jenem Licht, das durch einen Türspalt fiel, so schwach in der Dunkelheit wie das Kerzenlicht, das den Propheten in ihren Verliesen leuchtete.

Doch wer weiß schon, wie diese stinkende Dunkelheit wirklich war, das Kreischen von Schlössern und eisernen Riegeln, die Schreie der Gefangenen. Wer kennt schon den Gestank von Kot und Urin in der Kloschüssel ohne Deckel oder das Geräusch von platzenden Kakerlaken, wenn sie über den Zellenboden huschen und zertreten werden, ihrer zerbrechenden Panzer; wer kennt den schleichenden Zweifel mitten in der Nacht, die Ahnung von der Nutzlosigkeit all dieser Opfer, das Gefühl von Niedergeschlagenheit, weil man vergeblich leidet, andere mit ins Verderben stürzt, das Vertrocknen der Seele, die heimliche Feigheit.

Wer kann sich die Angst vorstellen, wenn Schritte sich nähern, die Wärter ihre Knüppel über die Gitterstäbe rattern lassen und bevorstehende Prügel verkünden; die Panik dessen, der im Finstern eingeschlossen ist und weiß, dass er verprügelt werden kann, ihm die Knochen gebrochen, die Augen herausgedrückt und die Trommelfelle zerrissen werden können, ohne dass etwas passiert, die Panik, dass die Polizisten, die ihn foltern, nie zur Rechenschaft gezogen, nie verurteilt werden, mit keinerlei Folgen zu rechnen haben. Sie können ihn aber auch um zwei oder drei Uhr nachts freilassen, auf die Straße setzen, wo ihm ein Pick-up langsam folgt, besetzt mit weißen Männern, die Jagdgewehre dabeihaben und Kühlkisten voll Bier, und Tage später wird sein von Kugeln durchsiebter und vielleicht sogar geschändeter Leichnam gefunden, doch die Täter werden nie entdeckt, und falls man sie findet und vor Gericht stellt, wird eine Jury sie für unschuldig erklären. Ein paar Schüler spielen, in die Zelle gesteckt und eingeschlossen zu werden, die Hände flehend durch die Gitterstäbe gestreckt. Sie wechseln sich ab und fotografieren sich gegenseitig mit an die Gitter gepressten Gesichtern und können sich vor Lachen nicht halten.

Der zeitliche Ablauf ist ein Lehrstück und ein Kreuzweg zugleich. Martin Luther King spricht 1963 in Schwarz-Weiß vor einer Menschenmenge, die sich in der Weite des offiziellen Washington verliert; 1965 führt er die Märsche von Selma nach Montgomery an; im März 1968 demonstriert er mit streikenden Stadtarbeitern in Memphis auf der Beale Street, er wirkt verletzlich und besorgt, an ihm wird gerissen und gezerrt, als die Polizei schon zum Angriff übergeht und der Marsch teilweise in Meuterei umschlägt, mit zerbrochenen Straßenlaternen, Schaufenstern und geplünderten Geschäften.

Die Bilder seiner Rede am Abend des 3. April in Memphis sind in Farbe. Sie werden in einem stillen Saal gezeigt, in dem es dunkel ist wie in einer Kapelle, an der Decke hängt ein Projektor vor mehreren Reihen von Bänken. Um die Bilder sehen zu können, muss man hochschauen wie zu einem Kruzifix auf einem Altar. Kings Gesicht ist aufgequollen und glänzend vor Schweiß. In seinem Blick liegt die Inbrunst eines Verwirrten. Die Haut an den Schläfen und Wangen spannt sich im Eifer seiner biblischen Sprachgewalt.

Nicht eine Sekunde lang vergessen wir, dass dieser Mann niemals wieder in der Öffentlichkeit sprechen wird und dass ihm keine vierundzwanzig Stunden mehr bleiben, bis er stirbt. Dieselbe Stimme und dieselbe sprachliche Musikalität hallen in vielfachem Echo durch die Museumssäle, eine Deklamation von Anklage und Prophezeiung. Nach Metalltreppen und Fluren mit Wänden voller Fotos und Böden aus Zement betritt man jäh einen von Tageslicht erhellten Raum. Die letzte Kreuzwegstation ist ein Motelzimmer.

Das Licht der Gegenwart beleuchtet den letzten der Vergangenheitsorte, geschützt hinter einer Glaswand wie in einer Vitrine. Durch die großen Fenster des *Lorraine Motel* sieht man den klaren blauen Himmel über den Dächern von Memphis, den Parkplatz, auf dem nur zwei Autos stehen, wie es sie vor einem halben Jahrhundert gab, den Vorplatz, auf dem Touristengruppen und Schulklassen aus ihren Bussen steigen und sofort zu fotografieren beginnen, noch bevor sie das Bürgerrechtsmuseum betreten haben.

Hinter der Glaswand verharrt das Zimmer 306 im späten Nachmittag des 4. April 1968. Es gibt zwei Betten mit cremefarbenen Tagesdecken darauf. Eines ist ungemacht, und darauf liegt eine aufgeschlagene Zeitung. Die Tür zum Bad ist angelehnt. Auf einem Couchtisch liegt ein Päckchen Zigaretten, und daneben steht ein Aschenbecher voller Kippen (Martin Luther King rauchte viel, er unterhielt sich gern bis spät nachts und trank dabei Whisky, er aß gern die scharf gewürzten, fettigen Speisen des Südens). Im Innern des Zimmers hörte sich der Schuss wahrscheinlich wie der Knall eines Feuerwerkskörpers an. Vielleicht hörte man auch den Aufprall des Körpers mit dem Rücken gegen die Tür, von der Kugel getroffen wie von einer jähen Sturmbö.

Die Kugel habe ich etwas später gesehen. Ich habe mich nur schwer an den Beweis gewöhnen können, den ich vor Augen hatte, nachdem ich aus einem Fahrstuhl gestiegen bin und mich in einem Gebäude wiederfand, das einmal das Gästehaus von Bessie Brewer war. Man muss den Vorplatz des Museums überqueren, dann erreicht man in wenigen Minuten die andere Seite, den anderen Winkel, aus dem man auf die Geschichte blicken und sie erzählen kann, ein sehr viel weniger besuchtes Haus, düsterer auch und gänzlich unbeleckt vom Geist der Feier eroberter Bürgerrechte wie auch von der vornehmen Bürde des Trauerns.

Hier hat sich der Verfolger versteckt, am Ende eines dunklen Flurs mit einer Reihe von Zimmern, in denen Trinker, Geisteskranke und Krüppel unterkrochen, menschlicher Abschaum, an den schäbigen Rand von Memphis gespült, in Hotels, die nicht einmal Namen und deren Türen keine Schlösser hatten, die nach alkoholgesättigtem Urin und Desinfizierungsmittel gegen Wanzen und Kakerlaken rochen.

Ich habe die Kugel gesehen, die das Kinn und dann das Rückgrat von Martin Luther King durchschlagen hat, und sie sah aus wie eine deformierte Blüte aus Blei, auf Baumwolle in einem runden Döschen verwahrt, einem Pillendöschen ähnlich, wie die FBI-Techniker es verwendeten, um kleinere Beweisstücke wie Haare oder Knöpfe einzusammeln.

Ich habe die Kugel gesehen und das Gewehr, aus dem sie abgefeuert wurde und das kleiner war, als ich mir vorgestellt hatte, zweifellos auch leichter als die Gewehre, die ich während meines Militärdienstes in der Hand hatte. Ich habe das Gewehr mit dem hölzernen Kolben und dem Zielfernrohr gesehen, das Fernglas, für das er vierzig Dollar bezahlt hat, und die Tasche dafür und den Riemen, die er auf dem Boden des Zimmers 5B zurückgelassen hat.

Ich habe von der Türschwelle aus das Zimmer 5B gesehen, das mickrige Bett mit seinem gebogenen eisernen Kopfteil und die Tagesdecke von einem kränklichen Grün und das verschlissene Sofa, in dem sich noch der Schmutz des niemals Gereinigten hält, das Kaminsims, über dem eine absurde verstaubte Weihnachtsdekoration hängt, die wacklige Kommode mit dem angelaufenen Spiegel, die er zur Seite schob, um einen freien Blick aus dem Fenster zu haben.

Ich habe das Badezimmer am Ende des Flurs gesehen, das beinahe ein halbes Jahrhundert lang in seiner ganzen Schmutzigkeit erhalten worden ist, auf dem Fußboden das schmierige und an den Rändern aufgebogene Linoleum, die Kloschüssel ohne

Deckel, die Badewanne in der Ecke zwischen linker Wand und Fenster, mit ihren eisernen Füßen, den Rostschlieren und der abgesprungenen Emaille, nicht jedoch die Schuhabdrücke, die er auf dem Grund der Wanne hinterlassen hat, neben dem Abfluss, wo er nur mühsam das Gleichgewicht wahren konnte, während er sein Ziel erfasste. Eine Glaswand verhindert das Betreten des Bades und den Blick durch das Fenster, mit dem man sähe, was er gesehen hat. Doch nebenan ist noch ein Fenster, und von dem aus sieht man fast dasselbe, so nah, dass man es kaum glauben kann, und näher noch, wenn man durch das Fernglas blickte, das eine siebenfache Vergrößerung hatte, oder wenn er ein Auge zukniff und mit dem anderen durch das Zielfernrohr seines Gewehrs schaute.

Man sieht die ländliche Silhouette des *Lorraine Motel*, das Balkongeländer vor den Zimmern im ersten Stock mit ihren hellgrünen Türen, den Kranz aus weißen und roten Blumen, und hinter dem Flachdach bewaldetes Gelände, das dunkle Grün der Vegetation und das helle Blau des Himmels. Es ist das gleiche Bild wie auf den Schwarz-Weiß-Fotos, die damals entstanden. Doch vor dem Fenster erstreckt sich jetzt kein vermülltes Grundstück mehr, sondern ein Garten mit jungen Bäumen, mit einer abschüssigen Rasenfläche, die gerade von einem Gärtner in Arbeitsoverall gemäht wird und einen kräftigen pflanzlichen Geruch verströmt, der durch das offene Fenster in diesen Teil des Museums dringt, in dem ich mir die frühere Zimmerflucht vorzustellen suche, die es nicht mehr gibt, auf dem langen Flur, der am Badezimmer endet.

Dann entdecke ich, was ich nicht erwartet habe: die vertikale, zweiseitig einzusehende Vitrine in der Mitte des Saals, in der die Gegenstände aufbewahrt sind, über die ich so viel gelesen und die ich auf Fotografien gesehen habe, die ich mir so genau vorstellen konnte, dass ich jetzt überrascht bin, dass sie tatsächlich existieren. Überwältigt betrachte ich sie, wie ich – hinter Glas – Don Quijotes Barbierbecken betrachten würde, das Giftfläschchen, aus dem Emma Bovary trank, die dunkle Brille und den Mumienverband des Unsichtbaren von H. G. Wells. Ich sehe die deformierte Kugel in ihrem Wattenest, das Gewehr, den Koffer, in den er all das eingepackt hatte, was er für die Übernachtung im Gästehaus benötigte, alles, was ich auf der mit Schreibmaschine getippten FBI-Liste gelesen habe, das Fläschchen mit Shampoo, den Kamm, die Bierdosen von Schlitz mit ihrem Plastikring, die grünblaue Kunstfaserdecke, in die er das Gewehr eingewickelt hat, das Transistorradio, das er bei seinem Gefängnisausbruch mitnahm, alles ordentlich aufgereiht und mit Etiketten versehen, wie die Scherben alltäglichen Lebens aus grauer Vorzeit in den Schaukästen eines Museums, die materiellen Spuren einer untergegangenen Welt.

Ich sehe den Liberty-Chief-Revolver, den er in der Hosentasche trug, als er auf dem Flughafen in London verhaftet wurde. Ich sehe seine Straßenkarten von Mexiko, Alabama und Georgia, zusammengefaltet und mit fröhlichen Touristenszenen auf den Umschlägen. Ich sehe den kanadischen Pass von Ramon George Sneyd, aufgeschlagen auf der Seite mit dem Foto, das ernste Gesicht, ein wenig verschwommen nach so vielen Jahren, das angedeutete Lächeln, die Brille mit dem Schildpattgestell, die Jacke, die Krawatte, den anderen auf ihn ausgestellten Pass mit dem Fehler im Nachnamen, Sneya, sehe Geburtsurkunde und Impfpass, die dunkle Jacke des ersten Anzugs seines Lebens, den er sich in Montreal maßschneidern ließ, die Jacke eines Toten oder eines Geistes, die oben in der Vitrine an einem Bügel hängt wie in einem Kleiderschrank, im muffigen düsteren Innern eines Kleiderschranks im *Hotel Portugal*. Ich sehe die Rechnung für seinen Aufenthalt im *Hotel Portugal*, die Einträge mit Kugelschreiber, die ich aber nicht entziffern kann, nicht einmal das Ankunfts- und das Abreisedatum, nur den Schriftzug des Hotels in blauen Großbuchstaben oben auf dem Blatt, eine Rechnung, wie man sie bei der Abreise einsteckt und ohne besonderen Grund aufbewahrt, zufällige Reliquie einer Reise, auf der die Zeit sehr viel zuverlässiger registriert ist, als die Erinnerung es vermag.

Ich bin von so weit her gekommen, um diese Dinge aus der Nähe zu sehen: die Katalognummern, die auf den Etiketten jedes dieser Dinge stehen, die präzisen Daten und Ortsnamen. Ich schaue in das Innere des 1966er Mustang, nicht den, den er gefahren hat, sondern einen anderen, identischen, der wertvollste Besitz, den er jemals hatte, mit rot bezogenen Sitzen, Elfenbeinknöpfen am Radio, silberner Plakette mit dem Umriss eines Wildpferds auf dem Kühler, glänzenden Chromteilen und Antenne, sportlichem Kühlergrill, niedrigem Rennwagendach, der gelblichen, beinahe weißen Lackierung, die sportlichen Silhouetten auf den ganzseitigen Autoanzeigen in den Illustrierten sowie das Kennzeichen aus Alabama, das an die Windschutzscheibe geklebte Touristenvisum für Mexiko vom Oktober 1967.

Ich betrachte jedes Teil aus nächster Nähe, damit es mir exakt im Gedächtnis bleibt. Ich richte mich auf, um mehr zu sehen, beuge mich jedoch gleich wieder über das Glas, um vielleicht etwas zu sehen, das ich bisher noch nicht bemerkt habe, vergesse vollkommen die Zeit, die Leute um mich herum, die ich laufen und reden höre, sogar deine Anwesenheit.

Ich betrachte die Gegenstände wie mit einer Lupe, als wäre ich ein Archäologe, der etwas halb Vergrabenes entdeckt und es ganz langsam heraushebt, um es nicht zu beschädigen, die Erde abklopft, es mit einem feinen Pinsel säubert. Ich erkenne alles wieder, und dennoch gibt es etwas an jedem Gegenstand, das mich befremdet, die Andeutung eines Geheimnisses, auf das ich nicht gekommen wäre, wenn ich ihn nicht direkt vor Augen hätte, mir ihn nur vorstellen könnte nach dem, was ich darüber gelesen habe, ja, ihn nur auf Fotos gesehen hätte. Es gibt diese Armseligkeit, diese materielle Erbärmlichkeit bei gebrauchten Sachen, die abgenutzt und verschlissen, billig hergestellt und schlecht oder nachlässig ausgeführt sind. Das Radio sieht schäbig aus und ist so klein, dass der Klang, die Stimmen und die Musik, nur schwach und verzerrt herauskommen können und man es nah ans Ohr halten muss. Das Shampoodöschen ist eines dieser winzigen Plastikbehältnisse, die man in den Badezimmern armseliger Absteigen findet; der Koffer ist aus einem billigen Lederimitat, wird mit einem Reißverschluss verschlossen und hat einen Griff aus hartem Plastik; die Decke ist aus Kunstfaser und schmutzig wie vom Bett einer Pension in einem Viertel von Trinkern und Bettlern, wie von dem stundenweise zu mietenden Bett eines Bordells; die Bürste hat einen durchsichtigen Plastikgriff und schmutzige Borsten; der Revolver ist kleiner, als man sich vorgestellt hat, vulgär, wie die schlechte Kopie eines Revolvers, der Lauf kurz und fast so dünn wie ein Bleistift, der Griff grob mit schmutzigem Heftpflaster umwickelt. Die Gegenstände verraten, worüber man schweigt; machen auf obszöne Weise öffentlich, was man lieber für sich behalten hätte; überdauern wie Schaben und Kakerlaken. Was sie ohne Worte erzählen, macht Fiktion bedeutungslos.

Man will weiter seine Fantasie benutzen. Literatur ist, wenn man in der Gedankenwelt des anderen wohnen will, wie ein Eindringling in einem verschlossenen Haus, die Welt durch seine Augen sehen, durch diese Fenster, aus denen nie jemand hinauszuschauen scheint. Es ist unmöglich, doch man gibt diese Fantastereien nicht auf. Man geht an einem dieser großen unbewohnten Gebäude in Lissabon oder Memphis vorbei und will wissen, wie sie von innen sind, im Licht, das durch die kreuzweise mit Brettern vernagelten Fenster fällt. Man schlägt in dunkler Nacht die Augen auf und hat das Gefühl, im Bewusstsein eines anderen aufgewacht zu sein, darin gefangen oder eingeschlossen zu sein, in einer Einzelzelle ohne Fenster, als Strafe für ein Verbrechen, über das man nichts weiß, obwohl man weiß, dass man nicht unschuldig ist.

Ins Bewusstsein gelangt man am besten durch die Sinne. Man müsste wissen, wie es im Zimmer 5B gerochen hat, den spezifischen Gestank des Badezimmers kennen. Wie seine Schritte auf den Stufen der schmalen dunklen Treppe klangen, wenn er sie hinauf- oder hinunterging. Zum ersten Mal stieg er sie gegen drei Uhr nachmittags hinauf, als er das Zimmer mietete; danach ging er – langsamer jetzt – mit dem Koffer hinauf, aber nicht mit dem Gewehr, das noch im Auto lag; mit dem Koffer, in dem sich die Dinge befanden, die er für mindestens eine Nacht im Gästehaus benötigte, in dem es gar nichts gab: kein Shampoo, kein Toilettenpapier. Was muss das für ein Hotel sein, in dem es nicht einmal Klopapier im Bad gibt!

Um vier ging er wieder nach unten und drehte ein paar Runden mit dem Mustang auf der Suche nach einem Waffengeschäft oder Optiker, wo er ein Fernglas kaufen konnte. Als er eine halbe Stunde später zurückkam, parkte ein anderer Wagen am Bordsteinrand, da, wo er vorher gestanden hatte, genau vor *Jim's Grill* und dem Eingang des Gästehauses. Er fand etwas weiter einen anderen Parkplatz, nicht viel weiter, aber der Platz war ungünstiger, weil er mit dem Gewehr, das zwar mit der Decke umwickelt, aber dennoch zu sehen war, jetzt eine weitere Entfernung zurückzulegen hatte.

Er schaltete den Motor ab, stieg aber noch nicht aus. Ich stelle mir den Geruch der von der Sonne erhitzten roten Sitzbezüge vor; das harte und geschmeidige Lenkrad, das seinen Händen so vertraut sein musste, nachdem er über zwanzigtausend Kilometer gefahren war. Der Revolver lag möglicherweise im Handschuhfach; vielleicht hatte er das Radio eingeschaltet, um Nachrichten über den Müllmännerstreik oder den berühmten Gast zu hören, der ganz in der Nähe im *Lorraine Motel* untergebracht war.

Er wollte aussteigen, bemerkte jedoch etwas hinter dem Glas eines Schaufensters. Bevor er sich bewegte, schaute er sich jedes Mal um: bevor er aus einer Bar auf den Gehweg trat, oder wenn er einen halbdunklen Raum betrat und wartete, bis sich seine Augen an das Dämmerlicht gewöhnt hatten. Hinter dem Schaufenster eines Papiergeschäfts sah er eine Frau, die auf die Straße blickte, vermutlich eine Angestellte. Er schaute aus den Augenwinkeln, damit man ihn nicht von vorne sah, um nicht die Aufmerksamkeit der Person zu wecken, die sich von ihm beobachtet fühlen mochte. Seine Hände lagen auf dem Lenkrad, und er beobachtete aus den Augenwinkeln, überlegte sich im Voraus jede Bewegung, die nötig war, um das Gewehr aus dem Kofferraum zu holen und es auf dem jetzt längeren Weg zum Gästehaus zu bringen.

So verharrte er zwanzig Minuten, tat nichts, beobachtete nur, zurückgelehnt auf dem Fahrersitz, den Rückspiegel so eingestellt, dass er die Straße überblicken konnte. Er saß so lange still in seinem Wagen, dass die Frau auf ihn aufmerksam wurde, die durch das Schaufenster nach draußen schaute, die Feierabend hatte und darauf wartete, dass das Auto ihres Mannes auftauchte, der sie von der Arbeit abholen wollte.

Sie sah ihn weder aus dem Auto steigen noch davongehen. Sie wurde von irgendwas abgelenkt, und als sie wieder nach draußen schaute, saß niemand mehr auf dem Fahrersitz des weißen Mustang. Hinterher konnte sich niemand daran erinnern, ihn einen auffälligen Gewehrkasten aus dem Kofferraum nehmen und damit bis zu der Tür gehen gesehen zu haben, neben der das Schild mit der vertikalen Aufschrift *Rooms* an der Wand hing, zwischen *Jim's Grill* und der Canipe Amusement Company, beide mit so schmutzigen Fenstern, dass man das dunkle Innere nicht erkennen konnte und auch von drinnen niemand etwas sah, kein Trinker mit auf den schmierigen Tresen gestützten Ellenbogen und auch keiner der seltenen Sammler, die im Canipe selbstvergessen nach Schallplatten aus zweiter oder dritter Hand suchten, die in Pappkartons standen, mit handgeschriebenen Etiketten, die Auskunft über Musikrichtung und Preise gaben.

Er stieg die Treppe hinauf und ging bis ans Ende des Flurs, wo sich das Zimmer 5B befand. An den Türen vorbeilaufend, hat er sicher das Stimmengemurmel anderer Gäste gehört, das Stöhnen von Kranken, das Gebrabbel von Betrunkenen, Musik und Stimmen aus dem Fernseher, knarrende Bettgestelle unter schwer sich wälzenden Körpern.

Auch auf diesem Stück sah ihn niemand. Er gleitet schwerelos dahin, eine Silhouette im Profil, das blasse Gesicht mit den scharf geschnittenen Zügen, der dunkle Anzug in diesem heruntergekommenen Etablissement, mit derselben Jacke vielleicht, die ich in der Vitrine gesehen habe, das Haar an diesem Morgen frisch geschnitten, die Sonnenbrille.

Im Zimmer 5B schiebt er die Kommode zur Seite, die vor dem Fenster stand, und stellt einen Stuhl an die Stelle, den einzigen, den es gibt. Er hat Skrupel, die Dinge zu berühren. Auch muss er vorsichtig sein, um keine Fingerabdrücke zu hinterlassen. Auf dem Bett öffnet er die Schachtel. Er holt das Gewehr heraus. Er lädt es mit einer einzigen Patrone. Mit dem Gewehr auf den Knien schaut er durchs Fenster, zieht etwas angewidert den schmutzigen Vorhang zur Seite.

Die blasse und kraftlose Nachmittagssonne spiegelt sich in den großen Fenstern des *Lorraine Motel*. Er schaut durchs Fernglas. Deutlich kann er die Nummer 306 über der hellgrün gestrichenen Tür erkennen. Im *Lorraine Motel* ist alles modern, ohne Gebrauchsspuren, alles glänzt wie neu. Cremefarbene Vorhänge schützen das Innere der Zimmer vor der Sonne, jedes mit einem eigenen Bad, mit Fernseher und Klimaanlage. Auf dem Parkplatz unter dem Balkon stehen gut gekleidete Schwarze um einen weißen Cadillac. Sonnenbrillen blitzen in der Sonne, goldene Ringe an den dunklen Händen. Er stellt das Fernglas scharf, schwenkt von einem Gesicht zum anderen, keines ist das Gesicht, welches er sucht. Er ist so reglos, so wachsam, trotz dieser heimlichen Nähe so weit entfernt von der Außenwelt wie schon kurz zuvor, als die Minuten verstrichen und er nicht aus dem am Straßenrand geparkten Mustang stieg.

Die Tür von Zimmer 306 steht offen, vor einem Moment noch war sie geschlossen. Er hat sich von der Gruppe um den Cadillac ablenken lassen. Ein Luftzug bläht die Gardine. Er schaut auf die Uhr, es ist schon nach halb sechs Uhr nachmittags. Er bewegt das runde Blickfeld des Fernglases am Balkongeländer entlang. Dann sieht er ihn, ganz überraschend, ganz mühelos, auf dem Balkon stehend, zweifellos, wiedererkennbar und doch anders als alle Bilder, die er von ihm gesehen hat.

Er ist im Hemd, knöpft sich die Manschetten zu, das Gesicht halb dem Zimmer zugekehrt, die Lippen bewegen sich, er spricht mit jemand, der sich jenseits der Gardine befindet. Der Anblick kam so überraschend, dass er noch nichts unternimmt. Er beobachtet, sonst nichts, ist erstaunt, ihn so nahe vor sich zu sehen, einen angehaltenen Augenblick lang, wie unter Hypnose, unter der die Zeit aufhört zu existieren, gerade jetzt, da er rasch handeln muss.

Das so sorgsam im Laboratorium seines Gehirns entworfene Bild ist Wirklichkeit geworden. Er hebt langsam das Gewehr, doch um richtig zielen zu können, muss er eine ungünstige Stellung einnehmen, bei der der Lauf aus dem Fenster ragt. Im Fadenkreuz des Zielfernrohrs sieht er das Gesicht des anderen überdeutlich. Seine Wangen glänzen, als hätte er sich soeben rasiert und mit Rasierwasser betupft. Er sieht ihn so nah vor sich, dass er sich wundert, nicht hören zu können, was die sich bewegenden Lippen sprechen.

Doch jetzt sieht er ihn nicht mehr. Er hat das Fernglas ruckartig bewegt und ihn verloren. Der Balkon ist leer, obwohl die Tür immer noch offen steht und die Gardine weht. Es hat einen Zeitsprung gegeben. Jetzt ist es Viertel vor sechs. Er stellt das Gewehr an die Wand und schaut auf den Flur. Durch die angelehnte Badezimmertür sieht man, dass sich niemand im Bad befindet. Wenige Sekunden später ist er drinnen, das Gewehr hat er nicht in die Decke eingeschlagen. In der linken Hand hält er das Fernglas. Zum Glück hat die Tür einen Riegel, trotzdem könnte man sie mühelos auftreten.

Seine Handflächen schwitzen. Er hätte sich Heftpflasterstücke auf die Fingerkuppen kleben sollen, doch dafür ist jetzt keine Zeit mehr. Vielleicht ist der Neger schon verschwunden. Jede Sekunde zählt. Die Zeit ist stehen geblieben und jagt zugleich so schnell davon wie nie. Um das Geländer vor dem Zimmer 306 ins Visier zu nehmen, muss er sich breitbeinig in die Badewanne stellen. Er muss sein Gleichgewicht halten und zielen, indem er den Gewehrlauf auf die Fensterbrüstung legt, und das Fernglas zu Hilfe nehmen, um besser sehen zu können.

Auf dem Parkplatz des Motels sind die Schwarzen in ein Auto gestiegen, aber nicht in den weißen Cadillac. Die einzige Möglichkeit, das Motel zu verlassen, besteht darin, über den Balkon zur Metalltreppe und hinunter zu den geparkten Autos zu gehen. In seiner prekären Haltung schnürt ihm der Krawattenknoten die Luft ab. Die Jacke behindert die Bewegungsfreiheit der Arme. Seine Standfestigkeit hängt davon ab, wo er den Gewehrlauf auf den Fensterrahmen auflegt. Hinter ihm rüttelt jemand am Türknauf des Badezimmers. Sekundenlang schwankt alles zwischen klar und verschwommen, zwischen fest und wackelig. Schweiß tropft ihm von der Stirn, doch er kann ihn nicht abwischen, da er in einer Hand das Gewehr, in der anderen das Fernglas hält. Jemand schimpft auf der anderen Seite der Badezimmertür, die lallende Stimme eines Betrunkenen.

Draußen gehen die ersten Straßenlaternen an. In einigen Minuten wird es dunkel sein. Wenn er genügend Energie darauf richtet, dass der andere wieder auf dem Balkon erscheint, könnte es gelingen. Er blinzelt, und als er die Augen wieder weit öffnet, sieht er ihn. Er steht auf dem Balkon, die Hände auf dem Geländer. Er hat den Eindruck, dass er jetzt schon eine Weile dort stand. Er hat sich eine Jacke angezogen und eine Krawatte umgebunden. Einen Moment lang sieht er ihm im Rund des Fernglases direkt ins Gesicht: seine Augen, groß und ein wenig schräg gestellt, glänzen feucht.

Er ist kleiner und rundlicher, als er ihn sich vorgestellt hat. In der linken Hand hält er eine nicht angezündete Zigarette. Es scheint, als habe er gedankenverloren auf die andere Straßenseite geschaut, auf die Fensterreihe an der Rückseite des Gästehauses, jenseits des unbebauten Grundstücks voller Müll und Gestrüpp. Jetzt stützt er die Ellenbogen auf das Balkongeländer und beugt sich vor, als wolle er mit jemand sprechen. Der Betrunkene hat es aufgegeben, an der Tür zu rütteln, und ist maulend davongeschlurft. Der Zeigefinger am Abzug brauchte kaum Druck auszuüben.

25

Die Luft war klar und kühl am Ende dieses heißen Tages, der nun zu Ende ging, die feuchte Hitze von Memphis, die aus der Vegetation aufstieg und der vom nachmittäglichen Wolkenbruch und dem der Nacht zuvor durchtränkten Erde. Alles schien vollkommen und leicht, ein anmutiger Schein lag über allem, war vorhanden und fühlbar und zugleich ein Versprechen, eine Gewissheit und eine vage, behagliche Ferne.

Das war ihm vor einigen Minuten erst aufgefallen, ganz überraschend, als er einen Moment auf den Balkon getreten war, um seine Manschettenknöpfe zu schließen. Ihm wurde klar, dass er zum ersten Mal an diesem Tag frische Luft einatmete, die übertriebene Kälte des *Lorraine Motel* hinter sich gelassen hatte. Er war überrascht, wie gleichsam greifbar die warme Brise war, die vom Fluss herüberwehte, der ganz nah und doch unsichtbar war, hinter dem Vorplatz und den Hausdächern von South Main Street, den rückseitigen Mauern, die auf verlassene Grundstücke gingen, den inneren Verfall der amerikanischen Städte, der Armenviertel, in denen zwischen Müll und Bauschutt die Armen und die Schwarzen in heruntergekommenen Gebäuden hausten, die niemand reparierte, arme Schwarze vor allem, für die es kein Entrinnen gab, die sich ihm manchmal, wenn er ihre Viertel besuchte, als Bettler oder Krüppel, Blinde oder biblische Aussätzige näherten, ihn berühren wollten, an seinen Jackenärmeln zogen, um sich bemerkbar zu machen, als erwarteten sie Heilung oder ein Wunder von ihm. Aber es gab auch die anderen, die nicht zu ihm kamen, die von ferne herüberschauten oder nicht einmal das, die sich überhaupt nicht bewegten, wie erstarrt in der Betäubung ihres Elends, schwankende Betrunkene oder im Heroinrausch Dämmernde, und jene, die ihn argwöhnisch aus den Augenwinkeln beäugten, voller Hass, ihn nicht mehr als Bruder betrachteten, sondern als Verräter, als Abtrünnigen, einen, der sich an die Weißen verkauft hatte.

Vor allem war er auf den Balkon gegangen, damit der Geruch seiner Rasiercreme verflog, der allen in seiner Nähe unangenehm war, einen Abscheu hervorrief, über den sogar Scherze gemacht wurden. Wie konnte man sich bloß diesen Kleister ins Gesicht schmieren, der die Gesichtshaut weich machte und die Barthaare so schlaff, dass er sie später mit einem Spatel abschaben konnte; eine Creme wie die, mit der sich Frauen die Beine depilieren. Magic Shaving Powder. Er hatte die Creme vor dem Badezimmerspiegel aufgetragen, während Abernathy ihn von draußen bat, die Tür zu schließen und das Fenster offen zu lassen.

Ihn selbst ekelte der Geruch, genau wie das Gefühl der klebrigen Substanz auf seiner überempfindlichen Haut, die sofort gereizt war und kein Rasiermesser vertrug. Sorgfältig trimmte er sein Schnurrbärtchen, seine heimliche Koketterie, obgleich er wusste, dass er damit antiquiert aussah, eine Eleganz wie vor zehn, fünfzehn Jahren ausstrahlte, ebenso mit dem Hut, den er so gerne trug. Heutzutage ließ man sich dichte Schnauzbärte und lange Koteletten wachsen, und kaum einer trug noch Hut. Das Leben um ihn herum veränderte sich rasend schnell, und man merkte es gar nicht, so beschäftigt war man und besessen von seinen Angelegenheiten.

Danach wusch er sich das Gesicht mit kaltem Wasser und trug Aftershave auf. Das frisch gebügelte Hemd aus der Reinigung fühlte sich gut an, und er knöpfte es halb zu, bevor er die leicht im Wind sich bauschende Gardine beiseiteschob und den Balkon betrat. Es war ein Geschenk dieses weiche Leinen, diese weiche Brise, und die darin mitwehenden Stimmen der Männer, die unten auf dem Parkplatz warteten, noch keine Eile hatten, weil noch genügend Zeit war bis zum Abendessen, das außerdem ein Essen mit Freunden war, ohne strikt festgelegten Ablauf, ohne die Formalität der Essen in New York oder Washington, zu denen er stets mit einer Art Prüfungsangst erschien, als gelte es, dort eine Probe zu bestehen, deren Gelingen nie garantiert war, so sehr man auch lächelte oder gar lauthals lachte, so viele Hände man auch schüttelte und einem die Schulter geklopft wurde; ein Politiker in einem niemals endenden Wahlkampf, diskret und mit stillschweigendem Einverständnis die Schecks einsteckend, die einem in die Hand gedrückt werden, Umschläge, die nonchalant in der Innentasche verschwinden.

Es würde ein einfaches, reichhaltiges und schmackhaftes Essen geben, danach ein wenig Musik bei der öffentlichen Veranstaltung zu Ehren der streikenden Müllwerker. Abernathy bat er stets, jene Dinge an seiner Stelle zu erledigen, die ihm lästig waren oder zu unvorhergesehen kamen; im vorliegenden Fall, die Gastgeberin des Abends – Mrs Kyles – anzurufen und sich zu vergewissern, dass das Abendessen nicht mit gastronomischen Merkwürdigkeiten wie französischen Saucen oder gedünstetem Gemüse angereichert war, mit püriertem Spinat oder ähnlichen Dingen, grünen Sachen von einer ebenso fragwürdigen Konsistenz wie seine Rasiercreme. Essen und Trinken mit Freunden gehörte zu den großen Freuden des Lebens. Das Agape war für die alten Griechen das Liebesmahl, der höchste Ausdruck menschlicher Harmonie, die lustvolle Hingabe von Geist und Fleisch.

»Geh und iss dein Brot mit Wohlbehagen, und trinke deinen Wein frohen Herzens«, sagt Ecclesiastes. Er mochte die kräftigen Speisen des Südens, die maßlosen Portionen der Restaurants von Memphis, gebackene oder panierte Welsfilets, durchgebratene Rib-Eyes, nach Kohle riechend und überzogen vom Karamellglanz des Barbecue, die unvergleichliche Köstlichkeit von geräuchertem Schwein, das sülzige Mark der Schweinefüßchen;

gezuckerter Eistee und kaltes Bier in großen Gläsern mit überquellendem Schaum, den man sich mit dem Handrücken von den Lippen wischen musste, schwarze Bohnen mit Reis und sämige Süßkartoffeln, die ganze Herrlichkeit der Gottesgaben, den Reichtum der Erde, die in der Mississippisenke fruchtbarer war als jede andere Gegend, ein Paradies auf Erden, missraten aufgrund von Ungerechtigkeit und der Blindheit der Menschen, verwüstet von einem Elend, das umso unverständlicher war, als es überhaupt keinen Grund für dessen Existenz gab. Sogar der liebe Gott mochte den Geruch des auf den Opferaltären prasselnden Fetts von gegrilltem Fleisch, der von den Barbecue-Grills in Memphis gen Himmel stieg.

Es war ein gutes Zeichen, dass er an Essen dachte, an die Intensität menschlichen Appetits nach einer Abfolge düsterer Tage, die ineinander übergingen und kein Ende nahmen, Tage und Monate einer verdunkelten Seele, die sich nie mehr erholte, sich wie ein Tumor unter den Verpflichtungen, den Reisen, den Phasen von Erschöpfung und Euphorie verbarg, der unvorstellbaren und vermutlich zum Scheitern verurteilten Anstrengung, den größten Marsch auf die Beine zu stellen, den man je gesehen hatte, wie den der Israeliten ins Gelobte Land, den universalen Marsch der Armen auf Washington; und nicht nur der Schwarzen, denn Elend und Ungerechtigkeit machen vor keiner Farbabstufung der Haut halt: auch Indianerstämme, mexikanische Tagelöhner und illegale Einwanderer, Puertoricaner aus Spanish Harlem in New York, Eskimos, eingeborene Hawaiianer, verelendete Weiße aus unergiebigen Berg- und Bergbauregionen mit abgeholzten Wäldern und stinkenden Flüssen.

Mit Abernathy hatte er zu Mittag eine große Platte mit gebratenem Wels in pikanter Sauce verzehrt. Der Kellner im *Lorraine* hatte sich geirrt und nur einen prall gefüllten Teller gebracht statt zwei, was den beiden jedoch ganz recht gewesen war. Wie David und Jonathan hatten sie seit Jahren alles miteinander geteilt, waren einander enger verbunden als Blutsbrüder, wie David und Jonathan, wie Moses und Joshua, wie Don Quijote und Sancho Pansa, wie Paulus und Timotheus auf den Wegen und Seefahrtsrouten des Römischen Reiches. Die Stücke gebratenen Fisches mit den Händen essend, da sie nicht warteten, bis der Kellner ihnen Bestecke brachte, hatten sie bald von Sauce und Fett tropfende Finger und verbrauchten Dutzende Servietten, die sie auf den Boden ihres Zimmers warfen, da sie das Essen mit hinaufgenommen hatten und oben weiteraßen, sich mit vollen Mündern gegenseitig auslachten wegen des heruntertropfenden Fetts und der Saucenflecken auf ihren Hemden, sich schließlich mit den Fischresten bewarfen.

Es war eine Schande, wie das Zimmer aussah, vierundzwanzig Stunden nachdem sie eingezogen waren, die Koffer noch offen, die Wäsche zur Hälfte in die Schränke geräumt, die Aschenbecher voller Kippen, Zeitungen auf dem Boden und auf den Betten, Berichte und Redeentwürfe, Bierflaschen und die am Abend zuvor angebrochene Flasche Whisky, die jetzt mehr als zur Hälfte geleert war, der Eiskübel mit einem Rest lauwarmen Wassers, die Plastikbecher und die Strohhalme, mit denen sie beim Essen geräuschvoll den Eistee geschlürft hatten.

Depression war eine Sünde, weil sie einen gleichgültig machte gegen die Gaben Gottes, den Unwillen gegen sie schürte. In solchen Momenten fielen ihm, als würde sie ihm jemand ins Ohr sprechen, die schrecklichen Verse des Ecclesiastes ein. *Darum verdross es mich zu leben, denn es war mir zuwider, was unter der Sonne geschieht, dass alles eitel ist und Haschen nach Wind.* Jetzt, da er heraustrat aus der Finsternis, merkte er, wie tief er in ihr gefangen gewesen war, in der geheimen, rachsüchtigen Enttäuschung von allem und dem Widerwillen gegen sich selbst. *Und mich verdross alles, um das ich mich gemüht hatte unter der Sonne, weil ich es einem Menschen lassen muss, der nach mir sein wird.*

Beim Rasieren konnte er sich ohne Scham oder schlechtes Gewissen im Badezimmerspiegel anschauen, ohne darin das Gesicht eines Betrügers, eines von sträflichem Verlangen zerfressenen Sünders, des Weiberhelden zu sehen, wie Gerüchte und erpresserische Feinde behaupteten und die FBI-Agenten, die in diesem Moment wahrscheinlich in einem Lieferwagen in der Nähe des Motels zuhörten, was in dem mit ihren versteckten Mikrofonen verwanzten Motelzimmer vor sich ging.

Seit der letzten Nacht, vor allem jedoch diesem Nachmittag fühlte er sich frei von Schuld und aller Gefahr und war besonders dankbar für diese innere Ruhe, weil er wusste, wie vergänglich sie war.

Er trat durch die Tür auf den Balkon, und die Gardine und die leichte Brise wehten ihm ins Gesicht. Draußen empfing ihn die Stille des Nachmittags in diesem Viertel von Memphis, in dem die Arbeiter aus den Fabriken und Geschäften schon nach Hause gegangen waren, in der Zeit zwischen Feierabend und häuslichem Abendessen, die tägliche Verschnaufpause im mühsamen Alltag. Vom großen unsichtbaren Fluss war das Tuten von Schiffssirenen zu hören. Er musste an die rätselhafte Stelle aus der Schöpfungsgeschichte denken, an der Gott *sich beim Tageswind im Garten erging*. Er legte beide Hände auf das Balkongeländer, und das Metall war nach dem sonnigen Tag immer noch warm.

Dinge dauern und geschehen in ihrem eigenen Rhythmus. Die Sonne war hinter den Wäldern von Arkansas auf der anderen Seite des Flusses zwar noch nicht untergegangen, doch vom Balkon des Motels aus war sie nicht mehr zu sehen, obwohl ihr Glanz den ganzen Himmel mit tiefem Gold überzog und im Kontrast dazu die Häuserreihe gegenüber ins Dunkel tauchte. Es war ein friedlicher Augenblick, diese Minuten ohne Hetze noch, bevor er nach unten gerufen würde, weil es Zeit war aufzubrechen, bevor der belastende Zeitdruck wieder einsetzte und er irgendwo erwartet wurde, zu einem Treffen, einem Essen, einer

Demonstration, in der Abflughalle, vor der immer schon startklar die Maschine stand, die er noch erwischen musste.

Dreizehn Jahre ging das nun so, sein ganzes Erwachsenenleben lang, mit abnehmender Kraft und immer heftiger bedrängt von den Sorgen seiner Verpflichtungen, Menschenmengen, die in der Hitze der Kirchen des Südens auf seine Ankunft warteten, mögliche Spender und mächtige Wohltäter, die man nicht warten lassen durfte, seine Kinder und seine Frau zu Hause, die er kaum noch sah, Maskenbildner beim Fernsehen und Techniker, die ihn durch die Flure der Studios scheuchten, wo überall Kabel auf der Erde lagen, stets in Eile, ihn immerzu antrieben, ungeduldig auf Armbanduhren zeigten.

Je mehr er seine Kräfte schwinden fühlte, desto unmenschlicher wurde die Aufgabe, die vor ihm lag, desto blutiger die Ungerechtigkeit, unwahrscheinlicher der Erfolg, der zu anderer Zeit, als er noch jünger war, mit Händen greifbar schien. Jetzt zogen sich die Minuten unerwartet in die Länge, in einer angenehmen Stille, die wie ein Geschenk war, fühlbar wie die feste Wärme des Metalls unter seinen Handflächen oder der saubere Stoff des gebügelten Hemdes auf der Haut.

Er kehrte ins Zimmer zurück, das durchflutet war vom rötlichen Licht der untergehenden Sonne, das lange Schatten warf. Das Hemd zuzuknöpfen, war nicht so einfach. Der letzte Knopf wollte nicht durchs letzte Knopfloch und glitt ihm immer wieder durch die Finger. Er hatte zugenommen in letzter Zeit. Nicht wegen der Lust am Essen und Trinken, sondern aus einem bedrückenderen Grund: weil er mit Hast und ohne Genuss trank, mehr trank, als gut für ihn war, trank, um die Sorgen zu vertreiben, um sich zu beschäftigen, rauchte, bis die Lungen brannten, er am anderen Morgen in einem Hotelzimmer aufwachte, das nach kaltem Rauch und Asche roch, nach abgestandenem Alkohol in den Gläsern, und nicht wusste, in welcher Stadt er war, weil ein Hotelzimmer dem anderen glich, genau wie die morgendliche Müdigkeit, die Trägheit, die der Kater mit sich brachte und die Schlaftabletten.

Er schämte sich, im Fernsehen so aufgeschwemmt zu erscheinen, fremd, mit diesem ungesunden Glanz auf der Haut, vom Schweiß unter den Studioscheinwerfern, Schweiß von Alkohol und Angst. Der Hemdkragen drückte am Doppelkinn, als er sich die Krawatte band. Er mochte das fließende Gefühl von Seide zwischen den Fingern.

Innerhalb der Bewegung gab es eifernde Kämpfer, die harte Askese als immerwährende Buße betrieben, als wäre jeder Genuss eine Frivolität, ein Verrat an der Sache der Unterdrückten. Sie würden am liebsten in härenen Gewändern herumlaufen, wie Johannes der Täufer, mit ledernem Gurt um den Schultern, und sich von Heuschrecken ernähren. Aber Jesus Christus hatte am Vorabend seines Leidensweges Dankbarkeit dafür bezeugt, dass die Frau von Bethanien sein Haupt mit *kostbarem Öl aus einem Alabastergefäß* salbte, hatte die Verärgerung seiner Jünger zurückgewiesen, die sich über die Verschwendung von so viel Geld beschwerten, das man den Armen hätte geben können.

Er mochte duftende Gesichtswässer, die subtile Mischung von Parfumdüften, die attraktive Frauen umwehte, grazile Fußknöchel in hochhackigen Schuhen. Er zog seine Jacke an und war dankbar für die Meisterschaft, mit der der Schneider ihren Schnitt seiner neuen Korpulenz angepasst hatte, sie unauffällig machte, ohne die Bequemlichkeit zu mindern. Die ihm zum ersten Mal gegenüberstanden, erstaunte es, dass er nicht größer war.

Sorgfältig faltete er das Stofftaschentuch und ließ es in die Brusttasche seiner Anzugjacke gleiten, vergewisserte sich, dass die dreieckige Form zu sehen war. Die schwarzen Schuhe waren sauber, da er das Hotel den ganzen Tag lang nicht verlassen hatte, trotzdem rieb er sie mit einem Tuch noch einmal blank. Es waren die glänzenden Schuhe der Sonntagsmessen, nicht die Treter mit den Gummisohlen für die langen Märsche und feierlichen

Hymnen durch die Straßen der Städte und die Landstraßen des Südens; harte Märsche wie die der Israeliten, die Joshua bis vor die Mauern von Jericho folgten, wo ihnen der Herr das Wunder gewährte, diese einstürzen zu lassen.

Er hatte mit eigenen Augen mächtige Mauern gesehen, die unter dem gewaltigen Beben des Volksaufstands zusammengebrochen waren, und andere wiederum, die immer noch nicht überwunden werden konnten oder gleich nach ihrem Zusammenbruch wieder aufgebaut worden zu sein schienen. Vielleicht blieb ihm sogar noch Zeit, eine Zigarette zu rauchen, bevor es zum Abendessen ging, draußen an der frischen Luft, auf dem Balkon, ein paar Züge zumindest, während Abernathy wieder im Zimmer war, weil er vergessen hatte, sich mit Deodorant oder Kölnischwasser zu besprühen. Abernathy erinnerte sich an solche Dinge immer erst in letzter Minute. Er drängte ihn zur Eile, sie kämen zu spät, dabei war er es, auf den immer gewartet werden musste. Dick und Doof, unzertrennlich, immerzu zankend.

Es war erstaunlich, wie sehr die Menschen sich selbst ähnelten. Aber es war gut, dass es so war. Dass man das Gefühl hatte, einen Freund so gut zu kennen, dass man sein Tun vorhersagen kann, dass das Gute einer erkennbaren Ordnung folgt, seiner Natur nach, wie es in der Schöpfungsgeschichte heißt, der ganz eigenen und manchmal sogar launischen Natur eines jeden. Fertig angezogen, sogar die Krawattennadel am richtigen Platz, ging er wieder auf den Balkon, die Zigarette in der Hand, noch nicht angezündet und in der Handhöhle verborgen, freute er sich im Voraus auch auf dieses kleine Vergnügen, den bescheidenen Genuss, den Filter zwischen den Lippen, den Geruch der Tabakfasern, das Klacken des Feuerzeugs, den ersten Zug, tief inhaliert.

Der Tabakgenuss war aber auch mit einem Schuldgefühl behaftet, und er achtete darauf, nicht in der Öffentlichkeit zu rauchen. Unten bei den Autos scherzten die Freunde, boten einander Zigaretten an und gaben sich Feuer, lachten und führten Scheinboxkämpfe aus, auch sie ausgehbereit, formell gekleidet mit ihren dunklen Anzügen, den schmalen schwarzen Krawatten, den Hüten, diesem Aussehen zwischen Jazzmusikern und Uniprofessoren, das ihm deshalb so gefiel, weil es in gewisser Weise das Bild von oft als schwülstige Bestattungsunternehmer auftretenden Baptistenpredigern kompensierte.

Nur Jesse Jackson trat in Lederjacke und Rollkragenpullover auf. Aber das entsprach seinem Wesen und störte ihn diesmal auch nicht. Jackson war natürlich jünger als er, wenn auch nicht so jung, wie er durch sein Äußeres glauben machen wollte, weil er modisch sein wollte, weil die Mode heute darin bestand, schamlos die eigene Jugendlichkeit zur Schau zu stellen, zu zelebrieren, als Fetisch vor sich her zu tragen, sich einer aggressiven, angeberischen Sprache zu bedienen, die der von Gangstern und Drogendealern abgeschaut war.

Neununddreißig Jahre alt zu sein, machte ihn zu einem alten Mann und für viele unwiderruflich zu einem Reaktionär. Immer so feierlich, immer seinen Doktortitel vor sich her tragend, seinen Nobelpreis, diese antiquierte Vortragsweise. Hinter der wohlwollenden Haltung zu Jackson hielt sich ein Hauch von Argwohn, ein Rest von Voreingenommenheit, der dazu führte, dass er sich illoyal vorkam und sich seiner selbst ein wenig schämte. Erst machten sie einen zu einem Heiligen, hoben ihn in eine Höhe, die er nie gewollt, nie angestrebt hatte, und dann wandten sie sich von ihm ab, weil er nicht die unerfüllbare Größe zeigte, die man von ihm erwartet hatte. Gegen seinen Willen machten sie aus ihm ein Heldendenkmal, bewarfen es anschließend mit Steinen und stürzten es um, steinigten ihn. Die Scham war die beharrlichste seiner geheimen Kümmernisse. Sie saß tiefer als die Angst vor dem, was täglich von ihm erwartet wurde, nährte sich von den Anspannungen eines Lebens in der Öffentlichkeit, dem Ungleichgewicht zwischen dem, den die Leute sahen oder sehen wollten, und dem, der er wirklich war. Es gibt keine öffentliche Person, die nicht auch ein Schwindler ist.

Vielleicht gab es etwas, das Judas Ischariot von den anderen Jüngern unterschied; etwas, das sie mit grundlosem Misstrauen erfüllte und ihn einen Groll hegen ließ, den er sonst nicht empfunden hätte. Aber Jackson war kein Verräter. Er war nur ehrgeizig, ungeduldig, voll innerer Unruhe wie jeder andere Aktivist der Bewegung, weil alles so langsam ging, sich nichts änderte, die Ungerechtigkeit sich so hartnäckig hielt. Vielleicht war er sogar versucht, sich in der schwarzen Lederjacke und Baskenmütze der Black Panthers zu zeigen, wie sie mit Pistole oder Gewehr herumzufuchteln und die geballte Faust in den Himmel zu strecken.

Aber Jesse Jackson lag auch viel daran, hier dabei zu sein, zum inneren Kreis der Vertrauten zu gehören, zu den Veteranen der Bewegung. Hatte er nicht am Nachmittag noch Druck gemacht, um eine Einladung zum Abendessen zu bekommen? Kurz zuvor hatte er – nicht nur im Scherz – zu Jackson gesagt, wenn er ins Haus von Reverend Kyles eingeladen werden wolle, müsse er aber in Anzug und Krawatte erscheinen, woraufhin Jackson schnell, beinahe frech, geantwortet hatte, um bei jemand zum Abendessen zu erscheinen, brauche man nicht mehr mitzubringen als guten Appetit. Jetzt schaute er ihm vom Balkon aus zu, wie er – kräftig, ungeduldig, mit seinen langen Koteletten, seinem wolligen Afro und seiner Lederjacke – in die Scherze der anderen einzustimmen suchte, und das Gefühl von Widerwillen, das er trotz allem empfand, erschien ihm ob der offensichtlichen Liebe, die Jackson ihm entgegenbrachte, unwürdig und schnöde.

Er kannte jede dieser Stimmen, konnte ihnen Gesichter und Namen zuordnen, jahrealte Geschichten seit den Anfängen 1955 in Montgomery, beim Autobusboykott. Doch eine gab es, die sich heraushob, weil er sie nicht hörte, die umso wertvoller war, als sie sich verborgen hielt, unsichtbar, doch ganz in der Nähe, ebenfalls auf das Zeichen zum Aufbruch wartend, um dann im letzten Moment mit der Geschmeidigkeit des Heimlichen ins Auto zu schlüpfen, vom Zimmer im Erdgeschoss auf die Rückbank des Wagens zu gleiten, dem Zimmer, das sie seit dem Vorabend nicht verlassen hatte, als sie nach zehnstündiger Fahrt erschöpft, doch aufgeräumt, mit frisch geschminkten Lippen erschienen war, die Lippen so rot, die Haut so hell, das runde Gesicht.

Sie war daran gewöhnt, unsichtbar zu bleiben und ihn in Hotelzimmern zu erwarten, die nie auf seinen Namen gebucht waren, in Wohnungen von Leuten, die sie meistens nicht kannte. Vielleicht wurden sie von Fotografen mit Teleobjektiven beobachtet, von Polizisten mit Ferngläsern in irgendeinem der Fenster oder auf den Dächern der umliegenden Gebäude. Es konnte Mikrofone im Zimmer geben, vielleicht in der Nachttischlampe oder hinter dem Bild über dem Kopfende des Bettes. Sie machen sich zwar nicht die Mühe, uns vor unseren Feinden zu beschützen, aber sie beobachten uns, hatte er bei einem der ersten Male zu ihr gesagt, bei einer dieser Begegnungen, die mit schöner Regelmäßigkeit stattfanden und trotzdem Überraschungen zuließen: die maximale Intensität des Wartens, des unvermittelt klingelnden Telefons zu einer vorher vereinbarten Zeit, des verhaltenen Klopfens an der Tür des Motels zu unmöglicher Stunde, der knapp bemessenen Zeit zwischen Ankunft und Adios, die oft so kurz war, dass keine Zeit für ein Vorspiel blieb, für das wohlige Erschlaffen hinterher, die nachdenklich gerauchte Zigarette im Bett, die lange Ruhe nach dem befriedigten Verlangen.

Im Zimmer sprachen sie nur flüsternd. Stieß er einen tiefen Seufzer aus, legte sie ihm die Hand auf den Mund. Er umarmte sie und schlief ein und hätte die ganze Nacht durchschlafen können. Der vollzogene Liebesakt war das einzige Schlafmittel, das wirkte. Das süße Verlangen war mächtiger als jedes Schuldgefühl, als die nicht zu leugnende Sünde. *Von deinen Lippen, Braut, tropft Honig; Milch und Honig ist unter deiner Zunge.* Doch wachte er nach wenigen Minuten wieder auf, einer halben Stunde, war wieder der unruhige Mann in Eile, der durch die Gardine nach draußen spähte, durch den Hotelflur ins andere Zimmer huschte.

Jetzt, ein oder zwei Minuten vor sechs, auf dem Balkon, wurde ihm klar, dass er sich so besonders sorgfältig hergerichtet hatte, weil er mit ihr zusammen sein und in ihren klugen, lächelnden Augen nach einem Zeichen der Zustimmung suchen würde. Georgia Davis, *»Georgia on my mind«*, flüsterte er ihr spaßeshalber ins Ohr. Niemand wusste, dass die Krawatte, die er trug, ein Geschenk von ihr war. Er hatte sie sich am Nachmittag umgebunden als vertraulichen Wink, den nur sie verstehen konnte. Sie würden beim Abendessen weit auseinander sitzen und sich nicht über die Maßen oft anschauen und miteinander sprechen, doch dadurch würden die Blicke noch aufregender, die sie wechselten, die Zeichen, die jeder dem anderen gab. Ihm gefiel die Zeile aus einem Gedicht von T.S. Eliot: *»These are private words addressed to you in public.«*

Er würde während des Abends in der Öffentlichkeit mit geheimen Worten zu ihr sprechen. Unbemerkt von allen würde er ihr zu verstehen geben, dass er in der Nacht, wenn sie nach dem Abendessen, der öffentlichen Veranstaltung und dem Benefizkonzert für die Streikenden ins Motel zurückkehrten, zu ihr ins Zimmer kommen würde, wie er es auch in der Nacht zuvor getan hatte. Er würde nicht einmal an die Tür klopfen müssen, da sie sie nicht abschließen würde. *Die Stimme meines Geliebten, der da klopft an der Tür*, heißt es im Hohelied Salomos. Verse, dazu gedacht, nicht in einer Predigt deklamiert, sondern im Halbdunkel ins Ohr geflüstert zu werden. *Steh auf, meine Freundin, / meine Schöne, so komm doch! Meine Taube im Felsennest, / versteckt an der Steilwand / dein Gesicht lass mich sehen, / deine Stimme hören! Denn süß ist deine Stimme, / lieblich dein Gesicht.*

Sie würde die Vorhänge zugezogen und das Licht gelöscht haben, doch ihr Umriss und Umfang würden noch erkennbar sein in der diffusen, vom Rot und Gelb und Blau der Neonreklame des Motels gefärbten Helligkeit der Parkplatzlampen. Außer ihr gab es eigentlich keinen, der ihn so sah, ihn sich rasch und wortlos entkleiden sah, während sie sich ebenfalls ihrer Kleider entledigte, ohne den Blick von ihm zu wenden, in schamloser Fleischeslust ihren Körper zeigend, der nicht mehr jung und daher umso verführerischer war, geschmeichelt von der sichtbaren Kraftfülle männlichen Verlangens; ein Mann und kein Foto oder Symbol und auch kein buntes Christus- oder Heiligenbild. *Und beide waren nackt, Adam und die Frau, und sie schämten sich nicht.*

So müde war er gewesen gestern Abend, nach dem frühen Aufstehen und dem Flug von Atlanta mit der verlorenen Stunde am Flughafen wegen der Bombendrohung, wieder eine, und der neuerlichen Ankunft in Memphis, nur eine Woche nach der letzten Reise hierher, und der Pressekonferenz, der boshaften oder gleich aggressiven Fragen, bei denen er seine Augen über die Gesichter der Anwesenden schweifen ließ auf der Suche nach einem Blick oder Gesichtsausdruck, der unmittelbare Gefahr signalisierte, nach endlosen Versammlungen, Strömen von unnötigen und immer gleichen Wörtern. Müde und erschöpft, die Müdigkeit ein Pochen im Schädel, ein Schmerz in den Knochen, so kraftlos und ohne Lust auf irgendetwas, dass er sich am späten Nachmittag aufs Bett hatte fallen lassen, den Wind an den Fenstern rütteln hörte und später das Prasseln des Regens, das klang wie Hagelkörner. In einem anderen Zimmer eines anderen Motels in Memphis hörte ein anderer Mann ebenfalls diesen Regen.

Am Sonntag zuvor hatte er auf der Kanzel einen Schwächeanfall erlitten, und statt seine vorbereitete Predigt zu halten, hatte er – für sich selbst überraschend – vor den erstaunten Gläubigen seiner Kirche in Atlanta eine Beichte abgelegt. »Ich bin müde von all diesen Reisen, die ich unternehmen muss. Ich bringe mich um, und ich bringe meine Gesundheit um. Im Moment bin ich sehr erschöpft. Und oft bin ich mutlos und fürchte, meine ganze Arbeit könnte vergebens sein. Doch dann belebt der Heilige Geist meine Seele aufs Neue.«

Im *Lorraine Motel* schien der Heilige Geist ihn verlassen zu haben. Er hatte Fieber oder fasste sich jedenfalls an die Stirn, in der Hoffnung, Fieber zu haben und somit von den Verpflichtungen des Abends befreit zu sein, den ewigen Verpflichtungen, die Säle voller Menschen, die ihn sehen wollten, und er immer zu spät, weil er unterwegs ständig aufgehalten wurde, in einem Verkehrsstau, zerfressen von Ängsten, die sich oft fortsetzten in nächtlichen Träumen. Da stand er auf der Kanzel, um eine Predigt zu halten, und war völlig unvorbereitet. Er träumte, dass er sich auf dem Weg zu einer Veranstaltung oder zur Kirche, wo seine Getreuen ihn erwarteten, auf Treppen oder Fluren verlief und niemals ankam.

Voller Schuldgefühl und mit vorauseilendem schlechten Gewissen sagte er zu Abernathy, ihm gehe es nicht gut, er fühle sich zu schwach, sich vom Bett zu erheben, die Augen offen zu halten oder sich eine Zigarette anzuzünden. Und sein Freund, der ihn so gut kannte und selbst wahrscheinlich genauso erschöpft war, sagte ihm, er solle sich keine Sorgen machen, an diesem Abend werde er für ihn sprechen und ihn vor dem Publikum im Freimaurertempel, vor den streikenden Müllwerkern und ihren Familien entschuldigen. Und überhaupt, wer würde schon an einem solchen Abend nach draußen gehen, bei diesem Unwetter und den im Radio und im Fernsehen immerzu wiederholten Warnungen vor Wirbelstürmen, Wolkenbrüchen und Überschwemmungen in Memphis.

Alleinbleiben zu können, war eine unaussprechliche Gnade gewesen. Im Bett bleiben, nicht dem Unwetter ausgesetzt sein, niemand sehen und nichts tun müssen, sich vielleicht einen

Film im Fernsehen anschauen; einschlafen, vielleicht mit insgeheim lüsterner Vorfreude an die Frau denken, die seit Stunden zu ihm unterwegs war, mit dem Auto aus Florida kam, weil er sie angerufen hatte. Mit leiser Stimme, nah an der Sprechmuschel atmend, hatte er ihr gesagt, dass er sie sehen musste, dass er sie an diesem Tag in seiner Nähe brauchte, während dieser Tage in Memphis, klare Worte, so unmissverständlich wie nie zuvor, mit diesen deutlichen Worten, ich brauche dich an meiner Seite.

Es war eine Bitte um Hilfe, die kein einziges Versprechen enthielt. Keiner von ihnen beiden erwartete von der Zukunft mehr als das, was sie bisher gehabt hatten. Das Verstecken, die Heimlichkeit, die Kürze jeder Begegnung waren die Bestandteile jener einzigen Welt, in der sie zusammen sein konnten oder wollten. Jede Ankunft war ein gegenseitiges Geschenk, und nie bedeutete der Abschied einen Bruch. Ihr weiblich kluger und humorvoller Blick sah, was wohl seit Langem sonst niemand mehr sah: einen Menschen aus Fleisch und Blut, kein Symbol, keinen mutmaßlichen Märtyrer, keinen Propheten.

Das Telefon klingelte, und er hatte so fest geschlafen, dass das Klingeln mehrmals in seinem Traum ertönte, bevor er wach wurde und mit der Hand nach dem Nachttisch tastete. Vielleicht war sie es, die anrief. Vielleicht rief sie vom Telefon einer Tankstelle an, um ihm zu sagen, dass sie eine Autopanne hatte und nicht kommen könne, oder ihre Meinung geändert habe, dass sie in dieser Nacht lieber bei ihrem Mann bleiben oder keinen Skandal riskieren wolle, dass sich keiner von ihnen die Unverantwortlichkeit eines Abenteuers leisten könne.

Aber es war Abernathy. Aus dem Telefon klang das gleiche Unwetter wie bei ihm: ein Rauschen und Tönen, das sich nach Regen anhörte; aber es war eine Menschenmenge. Sie klatschte und sang Hymnen und skandierte Parolen. Rhythmisch wurde ein Name gerufen, und es war seiner. Abernathy hörte auf zu sprechen und hielt den Telefonhörer so, dass er besser hören konnte, was dort vor sich ging, der Sturm einer Menschenmasse, die dem Unwetter trotzte und zusammengekommen war, um ihn zu hören. Wie könnte er sie enttäuschen! Wie könnte er im Hotel bleiben, während sie bis zur Erschöpfung vergeblich seinen Namen riefen, gesenkten Hauptes die Kirche verließen, Tausende Männer und Frauen in ihren besten Sonntagsanzügen und Kirchenkleidern, schwarze Müllmänner, die weder eine Arbeitskleidung noch Handschuhe hatten, keine Krankenversicherung, keine Ruhetage, die ohne Bezahlung blieben an dem Tag, an dem sie sich krankmeldeten oder die Müllabfuhr ihre Wagen nicht nach draußen schickte, weil das Wetter zu schlecht war, die keine Rente bekamen, wenn sie wegen eines Betriebsunfalls arbeitslos wurden, und auch ihre Witwen und Kinder nicht, wenn sie starben, wie zwei der Männer gestorben waren, die sich vor dem Regen hinten in den Wagen gerettet hatten, als der Fahrer die Presse anstellte und sie in der Falle saßen!

Sowohl der Schrecken als auch die Ungerechtigkeit waren grenzenlos. Das Wehklagen ob all des Leids würde niemals enden. Es konnte keine Pause, kein Aufhören geben. *Ich wandte meinen Blick auf all die Bedrückungen, welche geschehen unter der Sonne. Sieh nur die Tränen der Unterdrückten, sie haben keinen Tröster; von der Hand ihrer Unterdrücker kommt Gewalt, und sie haben keinen Tröster!* Er legte den Telefonhörer auf die Gabel und blieb einen Moment auf der Bettkante sitzen, die Ellenbogen auf die Knie gestützt, die Krawatte lose am Hals. Die Müdigkeit lastete wie ein Sack Blei auf seinen Schultern, war wie ein Sumpf, in den seine Füße bei jedem Schritt versanken, zum Weitergehen fehlte ihm jede Kraft.

Er sagte zu sich, wie Job: *»Noch hatte ich nicht Frieden, noch nicht Ruhe, noch keine Rast, da kam schon wieder Ruhelosigkeit.«* Die Furcht vor der Nutzlosigkeit des Ganzen war jedoch das Verderblichste. Was konnte er all den Menschen geben, die in einer Nacht wie dieser ihre Häuser verlassen hatten, um ihn zu hören, ihn von ferne zu sehen oder in seine Nähe zu gelangen, sich mit anderen um ihn zu drängen, bis sie ihm die Luft zum Atmen nahmen, ihm die Hand zu geben, seine Kleidung zu berühren oder ihn erwartungsvoll anzusehen, hoffend auf einen Gefallen, eine Erleuchtung, etwas Lebenswichtiges, von dem keiner wusste, was genau das war, er noch weniger als jeder andere, etwas, das ihnen niemals gewährt werden würde und das es vielleicht gar nicht gab.

Sie schauten ihn mit flehend weit geöffneten Augen an, und er wusste nicht, wen sie sahen. In ihrer Nähe, wenn er sie barfuß und in Lumpen gekleidet vor sich erlebte, voll religiöser Verehrung in ihre Hütten aus faulendem Holz, ohne Wasser, ohne Strom, eingeladen wurde, schämte er sich seiner guten Schuhe, seines Anzugs und seiner Krawatte, seines glänzenden Gesichts. Sie hielten ihm Bücher hin, damit er sie signierte, Fotos, auf die sie ihn eine Unterschrift zu kritzeln baten, als wäre er ein Filmstar, Umschläge von Illustrierten oder Ausschnitte aus Zeitungen, auf denen er zu sehen war, Heftseiten, lose Blätter, gedruckte Gebete, ihm gewidmete Gedichtbände, handgeschriebene Nachrichten auf vielfach gefalteten Zetteln, plump gemalte Porträts von ihm, manchmal mit einem Heiligenschein um den Kopf. Sie drückten seine Hände, bis sie schmerzten, quetschten sie, machten Fotos aus nächster Nähe und blendeten ihn mit den Blitzlichtern, sie klopften ihm auf Arme und Schultern, als wollten sie sichergehen, dass er es auch tatsächlich war, hoben ihm ihre kleinen Kinder entgegen, eine geöffnete Hand, die um ein Almosen bat, zeigten ihm die ärztliche Diagnose einer Krankheit, die Rechnung für eine Behandlung, die sie nicht bezahlen konnten, eine schriftliche Kündigung der Wohnung, eine übertriebene Rechnung für Miete oder Strom.

In einem jeden solcher Momente konnte ihn von irgendwoher, von nah oder von fern, im Sekundenbruchteil des Blitzlichts eines Fotografen ein Schuss treffen, und alles wäre vorbei, die große, gar nicht so schreckliche, sondern tröstliche Dunkelheit, keine Zeit für eine Warnung, nicht einmal für die Angst. So wie damals, als Medgar Evers, ein langjähriger Kampfgefährte, eines Nachts nach Hause kam und ihn auf der Türschwelle eine Kugel in den Rücken traf, den Hausschlüssel hielt er noch in der Hand. Oder dieses eine Mal in New York, in Harlem, als er in einem Kaufhaus Bücher signierte und die kleine Frau mit der Brille auf ihn zutrat, mit ihren hageren Gesichtszügen und irgendwie sanftem Blick, mit diesem Ausdruck von erschrockener Schüchternheit, den manche hatten, wenn sie zu ihm kamen, mit flatterndem Blick vor lauter Ehrfurcht; diese Frau im ärmlichen, bis zum Hals zugeknöpften Mantel, die Handtasche an die Brust gepresst, die aussah wie eine Aufwartefrau oder Krankenschwester im Ruhestand, die etwas von einer Frömmlerin hatte, die in der Kirche in der ersten Reihe kniet und in Ekstase die Hände gen Himmel hebt, von einer frühzeitlichen Betenden auf dem Wandbild einer römischen Katakombe.

Er hatte den Eindruck, sie strecke ihm einen Füller entgegen, damit er ihr ein Autogramm gebe, so winzig zwischen all den Leuten, dass sie kaum ihr Gleichgewicht halten konnte beim Gedränge der anderen, die in der Schlange hinter ihr warteten und sich gegen sie drückten, in der feuchten Hitze, inmitten der Menge und der schlechten Luft. Er glänzte und war spitz, aber es war kein Füller, und sie bot ihn ihm auch nicht an.

Mit einem Mal schloss sich die kleine Hand fest um den Gegenstand, der von einem Füller zu einem Messer geworden war, und die Frau sagte etwas zu ihm und schaute ihm jetzt aus nächster Nähe in die Augen, hinter den Brillengläsern waren die Augenränder gerötet und die Pupillen geweitet, und sie streckte den spitzen, goldfarbenen Brieföffner nach vorn, ohne dass jemand sie daran hinderte, ohne dass jemand überhaupt zu bemerken schien, was passierte, obwohl so viele Menschen um sie herum standen, als wären die Waffe und der Angriff allein ihrer beider Geheimnis in diesem Augenblick, als die Frau sie ihm in die Brust stach, nicht mit einem heftigen Stoß hineinrammte, sondern zustach und drückte, wie man mit einem Schraubenzieher drückt, zuerst durch den Stoff des schweißnassen Hemdes und die Haut aufritzend, dann tiefer ins Fleisch hinein, so nah an der Schlagader, dass, wenn er nur ein wenig tiefer geatmet oder in diesem Moment geniest hätte, die Spitze des Brieföffners eingedrungen und er an seinem eigenen Blut erstickt wäre.

Verblüfft, mit starrem Gesichtsausdruck, stand er da mit dem Brieföffner in der Brust, wie das Bild eines angehaltenen Films. Dort steckte er immer noch, als die Ambulanz ihn mit lautem Sirenengeheul durch die Straßen von Harlem ins nächste Krankenhaus fuhr. Fünf Stunden später, nachdem man ihm die Brust geöffnet hatte, wurde er herausgezogen. Anfangs erinnerte er sich an nichts, als er im Krankenbett aus der Narkose erwachte, nur an das süße Gefühl, allmählich einzuschlafen.

Von dem Pult, auf dem die Bibel lag, von den Mikrofonen und unter den Scheinwerfern richtete sich sein Blick auf die Gesichter seiner Zuhörer in der konkaven Ferne des Freimaurertempels, der so riesig war, dass er trotz der zwei- oder dreitausend Besucher in den Bänken beinahe leer wirkte. Die fehlende Fülle verstärkte den Hall und ließ die Läden der hohen, vom Sturm gerüttelten Kirchenfenster noch lauter knarren, die unter den Donnerschlägen vibrierenden bunten Glasscheiben, deren Farbenpracht sekundenlang aufleuchtete, wenn die Blitze niederfuhren, noch lauter knirschen.

Es war wie der Sturm beim Untergang der Welt, wie der Beginn der Sündflut. Während der Applaus sich legte, die Rufe leiser wurden und allmählich Stille eintrat, umfasste er mit beiden Händen die Ränder des Pults mit einer instinktiven Bewegung, die ihm dennoch theatralisch vorkam, wie die einstudierte Geste eines Schauspielers, der Trick eines Komödianten oder

Politikers. Doch wenn er sich an diesem Abend aufstützte, dann nur, um sich auf den Beinen halten zu können, nicht weil ihn Erschöpfung übermannte, sondern wegen des Überdrusses und des Selbsthasses, den er auch in den Gesichtern seiner Freunde sah, der Gefolgsleute, der Gläubigen. Abernathy und die anderen, Andrew Young, Kyles, entschlossene und fähige Leute, aber ebenso am Ende ihrer Kräfte, verschlissen von der Zähigkeit ihres niemals endenden Kampfes, dem kein einziges vorzeigbares Ergebnis beschieden schien, der mitunter in armseliges Alltagsgeplänkel zerfaserte, in innere Dispute voller Eitelkeit, Ressentiments und lächerlicher Ambitionen.

Gäbe es doch nichts als den wohlgemuten Marsch und den mutigen Spießrutenlauf durch Reihen bewaffneter Polizisten und geifernder Weißer oder den Weg ins Gefängnis oder aufrüttelnde Predigten, bei denen nach jedem Satz der brausende Chor der Menge erschallte! Aber alles wollte erst einmal organisiert sein, man musste Geld auftreiben, sich politischen Notwendigkeiten beugen, Berühmtheiten und reiche Zeitgenossen hofieren, die Schecks unterschrieben, verlor ganze Tage mit Strategiediskussionen oder Organisationsdebatten, mit Kassenprüfungen, um festzustellen, ob jemand Geld abgezweigt oder bei den Ausgaben allzu großzügig gewesen war, geschwindelt hatte.

Edle Ideale garantierten noch nicht die Rechtschaffenheit der Menschen. Nicht einen gab es, der nicht trotzdem eine bedauernswerte Schwäche zu verbergen gehabt hätte, ein empfindliches, leicht zu reizendes Ressentiment, eine Neigung zu Depression oder übertriebener Euphorie. Alle waren – das wusste er zu seiner eigenen Schande am besten – aus hinfälligem Material gemacht, aus dem Lehm und dem Staub der Erde, einer zerbrechlichen Legierung aus Gold und dem Ton des Töpfers, wie die Statue aus dem Traum des Königs Nebukadnezar, edelmütig und niederträchtig zugleich, heute Helden und am Tag darauf feige, habsüchtig oder unzüchtig, nach außen bescheiden und innerlich überheblich, von gerechtem Eifer und vom Zorn gegen Unrecht besessene Propheten, Komödianten oder Schauspieler, die eine Menge begeistern und zugleich innerlich unbeteiligt sein können, sich mit einem Seitenblick in den Spiegel vergewissern, dass die beabsichtigte Geste gelungen ist, heimliche Ungläubige, nicht weil ihnen der Glaube abhandengekommen ist, sondern wegen der schieren Wiederholung der immer gleichen Worte, so wahr und so notwendig sie auch sein mochten, wegen der rhetorischen Effekte, die nie ihre Wirkung verfehlten, der tausend Mal erzählten Witze und der ganzen Routine, die die Nächsten in seiner Umgebung schon erwarten und voraussagen können, resigniert, zynisch, gelangweilt, Wort für Wort und Nacht für Nacht, manchmal gar mehrmals am Tag, wie die Helfer und Techniker, die einen Kandidaten im Wahlkampf umschwirren, ihn auf Reisen begleiten, aus nächster Nähe beobachten können und schließlich als peinliche Parodie erleben, eine fuchtelnde, von hysterischer Energie getriebene Marionette, gepudert und geschminkt für die Fernsehkameras, schweißgebadet im heißen Licht der Scheinwerfer.

Doch die Sache von Gleichheit und Gerechtigkeit war heute heiliger denn je, wie auch die hartnäckige Forderung nach Gewaltlosigkeit, da in städtischen Gettos der Zorn aufloderte, das chemische Feuer des aus amerikanischen Flugzeugen über Vietnam abgeworfenen Napalms voller Entsetzen fliehende Flüchtlinge verbrannte, Bomben den Urwald entlaubten und Dörfer und Felder zerstörten. Musste man sich nicht gegen den Vietnamkrieg genauso erheben wie gegen die Rassentrennung und Ausbeutung in Amerika? Dreihunderttausend Dollar gab die amerikanische Regierung für jeden getöteten Vietcong aus; doch weniger als fünfzig Dollar pro Jahr für jeden hilfsbedürftigen Armen in Amerika.

Diese Zahlen wiederholte er bei allen seinen öffentlichen Auftritten und kannte schon das Tosen, mit dem die Menge darauf reagierte. Mit vor Erschöpfung heiserer Stimme verkündete er – als beschriebe er eine Vision – den großen Marsch wahrhaft biblischer Massen auf Washington, noch vor dem Sommer, noch zahlreicher als die Märsche von 1963, mit noch dringlicheren und schärferen Forderungen: Arbeit, Lebensunterhalt und Menschenwürde für alle und jeden Einzelnen, jetzt, da die Zeit reif war, die Ungeduld der Erniedrigten jederzeit in Gewalt umschlagen konnte.

Zu Tausenden würden sie aus allen Teilen des Landes kommen, nicht nur aus dem Süden, in Sonderzügen, Buskarawanen, mit Rucksäcken und Zelten auf den staatlichen Rasenflächen campen, im Schatten der großen Bäume des Südens in den Parks von Washington. In alten Pick-ups würden sie kommen, auf Maultierkarren wie die ärmsten Pächter der Baumwollplantagen, mit vom vielen Waschen ausgeblichenen Latzhosen und mit Strohhüten auf dem Kopf.

In kompakten Kolonnen würden sie marschieren und Hymnen singen, um die Erschöpfung zu vertreiben, so wie sie während des ganzen Boykottjahres durch die Straßen von Montgomery gezogen waren und zehn Jahre später auf der Straße von Selma nach Montgomery, sechzig Kilometer in vier Tagen, eine stetig wachsende Menge, wie es kein Mensch vorausgesehen hatte, weniger als dreitausend am Anfang und fünfundzwanzigtausend zum Schluss, Weiße und Schwarze, Rabbiner, katholische Priester, Nonnen, Universitätsprofessoren aus dem Norden, steife episkopale Bischöfe, alle zusammen marschierend unter dem Geräusch von Millionen Schritten, die deutlich zu hören waren, wenn der Gesang aussetzte und Stille eintrat, trotz des Regens, des Lehms, der Blasen an den Füßen, des Mangels an Ruhepausen, der Bedrohung durch weiße Rassisten. Je mehr ihn die Kräfte verließen, umso mehr setzte die Mutlosigkeit ihm zu, umso dringender war es aber auch, nicht aufzugeben, Hoffnung hin oder her, ob der Heilige Geist zu Hilfe kam oder eine Verhärtung des Herzens einsetzte, für die es vielleicht kein Gegenmittel gab.

Die Propheten hatten Mutlosigkeit gekannt, nicht jedoch Eitelkeit und Ehrgeiz. Wenn der Ruf sie ereilte, hatten sie gehorcht, wohl wissend, dass es vorzuziehen gewesen wäre, wenn es sie nicht getroffen hätte, wenn andere gerufen worden wären, andere hätten durchführen müssen, was getan werden musste, ihre Stimme erheben, um die Worte zu verkünden, die nicht von ihnen kamen, sondern von weiter oben oder tiefer drinnen, nicht das, was angebracht gewesen wäre oder gehört werden wollte, sondern das, was der Not gehorchend unbedingt gesagt werden musste, um jeden Preis.

Jehova befahl Jeremias, an jenem Tor Jerusalems zu predigen, durch das der König mit seinem Gefolge eintreten würde, doch damit er schwieg, peitschten sie ihn aus, sperrten sie ihn in ein Verlies, zwangen seine Hände und Füße in einen Block. Isaias war kein Prediger geworden und hatte stattdessen eine politische Laufbahn eingeschlagen. Amos hätte lieber weiter seine Schafe gehütet und Feigen geerntet. Gottes Wahl war unwiderruflich, und es lag eine furchtbare Willkürlichkeit in dieser Auswahl, weil kein Motiv dafür zu erkennen war und es nichts gab, was den Auserwählten dazu befähigte oder geeignet erscheinen ließ.

Die Schlichtheit seines Rufes war erschreckend. Gott rief den Erwählten oder Bezeichneten zwei Mal bei seinem Namen. *Abraham, Abraham, sprach Gott der Herr, und Abraham antwortete, hier bin ich, Herr.* Und Gott hatte ihn gerufen, damit er seinen Sohn Isaak tötete und ihm zum Opfer darbringe. Gott befahl und forderte Menschenopfer, ohne eine Erklärung dafür zu geben. Er sagte selbst, dass er Job ohne jeden Grund ins Elend gestürzt und ihm alles genommen habe, was er besaß. Er nahm Abels

Opfer wohlgefällig an, verschmähte jedoch das seines Bruders Kain. Zwei Mal rief er Moses und befahl ihm, vor den Pharao zu treten und die Freilassung seines Volkes von ihm zu fordern; doch Er war es auch, der des Pharaos Herz verhärtete und ihn in seiner Ablehnung bestärkte, womit dieser über sich und ganz Ägypten die Plagen heraufbeschwor, die Gott ihm dann sandte.

Gott kann zerschlagen aller meiner Feinde Kinn, zerschmettern der Verruchten Zähne. Vor dem Angesicht der Babylonier wird er zerschmettern ihre Säuglinge. Und Gott teilte die Wasser des Roten Meeres, damit sein Volk es durchquere, und dann verurteilte er dieses selbe Volk für seine Undankbarkeit, vierzig Jahre lang durch die Wüste zu irren, bis er ihm erlaubte, das Gelobte Land zu erreichen.

Gott ließ Moses vom Berge Horeb aus das Land Kanaan sehen, ließ ihm aber nicht das bisschen Leben, welches er gebraucht hätte, dieses Land zu erreichen. Während er im Garten von Gethsemane die Schrecken der Folter und des quälenden Todes voraussieht, bittet Christus seinen Vater, *wenn es dir möglich ist, lass diesen Kelch an mir vorübergehen*. Möglich wäre es, denn Gott ist allmächtig. Doch Gott zieht es vor zu schweigen. Kurz bevor er am Kreuz sein Leben aushaucht, heißt es im Evangelium des Markus, ruft Christus in menschlicher Verzweiflung: *Mein Gott, mein Gott, warum hast du mich verlassen*. Markus berichtet auch, dass die, die in seiner Todesstunde in seiner Nähe waren, ihn verspotteten und verhöhnten. Sogar die anderen beiden Gekreuzigten schmähten ihn.

In der Bibel war Gott oftmals Finsternis und Schrecken. An der Stelle, an der Jakob die ganze Nacht mit einem Engel oder einem Mann kämpfte, war hinterher die Gegenwart Gottes zu spüren, und es war ein schrecklicher Ort; allerdings wird in der Schöpfungsgeschichte nicht erklärt, warum das so ist und warum man weiß, dass genau an dieser Stelle Gott seine Spur hinterlassen hat. *Und Jakob fürchtete sich und sprach: Welch schrecklicher*

Ort ist dieses. So viele Jahre hatte er das Alte Testament gelesen und das Neue und kannte alle Verse auswendig, und jedes Mal kamen ihm diese Bücher rätselhafter vor, beunruhigender in ihrer Mischung aus Hoffnung und Entsetzen, aus Stärkung und Schutz, Finsternis und Verlassenheit.

Nun ging der Zorn Gottes in all seiner erschreckenden Gewalt über Memphis nieder. Der Wirbelsturm riss die Dächer von den Hütten der Armen, und der Regen überschwemmte ihren Besitz, machte Schlammlöcher aus den Straßen ihrer Dörfer im Delta. Blitze schlugen in Bäume, setzten sie in Brand und stürzten sie um. Auf einer dieser Straßen fuhr sie im Moment, mit gegen den Regen kämpfenden Scheibenwischern, die Frau, die er gebeten hatte, zu ihm zu kommen, eine endlos lange Reise für eine flüchtige Begegnung, ein paar Stunden maximal. Beim ersten Mal wurde Job wegen der Bosheit des Satans und aus der Launenhaftigkeit Gottes heraus bestraft, später für seine Anmaßung, von Gott Rechenschaft zu verlangen, Erklärungen zu fordern. Jonas versuchte, dem schrecklichen Schicksal zu entkommen, das ihm prophezeit worden war, doch auf seiner Flucht stellte ihm Gott eine Falle, bewog die Seeleute, ihn inmitten eines Sturms über Bord zu werfen, und schickte einen Wal vorbei, damit er ihn verschlang.

Im Grunde seines Herzens war er nur widerwillig nach Memphis zurückgekehrt, so wie Jonas den göttlichen Befehl, in Ninive zu predigen, nicht hatte befolgen wollen. *Steh auf, geh nach Ninive, der großen Stadt, und halte ihr die Predigt, die ich dir auftragen werde.* Wie oft schon hatte er wie Jonas fliehen wollen, von einem Tag auf den anderen verschwinden, sich der mühseligen und tyrannischen Aufgabe einfach entledigen, die ihm aufgebürdet worden war, als er jung war und von so gut wie nichts eine Ahnung hatte. Sie war über ihn gekommen, wie ein Blitz auf einen niederfährt, eine Krankheit einen überfällt oder einem eine Gnade zuteilwird, hätte jedoch ebenso gut einen anderen treffen können, einen geeigneteren als ihn, mit einem stärkeren Charakter, strenger als er und nicht den Genüssen des Lebens so zugetan, einen mit mehr Organisationstalent und Geduld oder Geschick für die unvermeidliche Bürokratie in einer politischen Bewegung; einen, der in all den Jahren nie nachgelassen hätte in seinem Engagement, der auch in Zeiten des Scheiterns und beinah schon der Kapitulation Kurs gehalten hätte, und ebenso in denen einer Euphorie, die sich am Ende stets verflüchtigte oder als naiv erwies, gefährlicher manchmal noch als der offensichtliche Misserfolg, weil sie allzu leicht in Enttäuschung umschlug.

Es war keine Berufung gewesen. Die Stimme Gottes hatte ihn nicht mitten in der Nacht aufgeweckt und zwei Mal seinen Namen genannt. Und er hatte nicht geantwortet: Hier bin ich, Herr. Patriarchen und Propheten vernahmen Stimmen, unabweisbare Befehle. Als der heilige Paulus auf dem Weg nach Damaskus von der strahlenden Gegenwart Gottes geblendet wurde, hatte er dessen Stimme vernommen. *Saulus, Saulus, warum verfolgst du mich*?

Aber auch Schizophrene hören Stimmen. Und es war äußerst gefährlich, zeugte von großer Einbildung, sich selbst als Beauftragter Gottes zu sehen. Gerade in seinem Fall hätte es sich auch um reinen Zufall, eine Reihe von Missverständnissen handeln können. Zu Beginn, in Montgomery, 1955, hatte nicht die Stimme Gottes auf einem Berg oder in der Wüste getönt. Es war auf dieser Versammlung in den ersten Tagen des Boykotts gewesen, eine Abstimmung, um einen vorübergehenden Sprecher für die entstehende Bewegung zu wählen. Er hatte sich nicht einmal als Kandidat angeboten. Er war jünger und unerfahrener als die meisten Anwesenden, einer der gerade erst in die Stadt gekommen war und sich noch daran gewöhnen musste, als Pastor einer Kirche vorzustehen. Jemand nannte seinen Namen, und alle stimmten dafür. Es hätte genauso gut ein anderer sein können. Bevor Rosa Parks sich weigerte, ihren Sitz im Bus zu verlassen, hatte er die Frau gar nicht gekannt. In den Jahren zuvor, als er noch studierte, war er nie mit dem Bus gefahren, weder in Montgomery noch in Boston, in jener unvorstellbaren Welt Neuenglands, wo man sich schnell daran gewöhnte, durch dieselben Türen zu gehen, auf denselben Parkbänken zu sitzen und sein Studium in denselben Hörsälen und Bibliotheken zu betreiben wie die Weißen. In Montgomery und in Boston war er nie mit dem Bus gefahren, weil er sein eigenes Auto fuhr, ein Geschenk seines Vaters, als er zum Studieren in den Norden ging.

Wie konnte sein Schicksal vorherbestimmt sein, wenn alles von so vielen Zufällen abhing, von in letzter Minute ohne große Überzeugung getroffenen Entscheidungen, wenn er so lustlos in den Süden zurückkehrte, gegen die Neigungen seiner Frau und entgegen dem, was er selbst wünschte, aber nicht auszusprechen, nicht einmal vor sich selbst und vor ihr zuzugeben wagte? Im Grunde kehrte er nur zurück, um nicht weiter gegen den Willen seines Vaters zu handeln. Dem hatte es gar nicht gefallen, dass er darauf bestanden hatte, seinen Doktor zu machen, anstatt bei ihm in seiner Kirche in Atlanta zu bleiben. Wozu brauchte der Pastor einer Baptistengemeinde im Süden einen Doktortitel in Theologie und Philosophie?

Beharrlich zu bleiben, war ihm schwergefallen, aber doch nicht so schwer, wie er es sich vorgestellt hatte, denn sein Vater willigte ein, nachdem er seinen Widerstand aufgegeben hatte. Es war diese Kapitulation und die seiner Mutter, die traurig war, dass er so weit fortging, die ihn an seinem Vorhaben zweifeln ließ. Er war stets ein guter Sohn gewesen, der sich nicht gegen seine Eltern auflehnte. Von ihnen fortzugehen, fiel ihm schwerer, als er zugeben wollte. Wie konnte an ihn der göttliche Auftrag ergangen sein, einen Aufstand der Armen und Verfolgten anzuführen, wenn er selbst in einer so warmherzigen, behaglichen, behüteten Atmosphäre aufgewachsen war und eine schon fast lustvoll glückliche Kindheit gehabt hatte, Eltern, die stets für ihn da waren, eine ältere Schwester, die ihn beschützte und mit ihm spielte, den kleinen Bruder, auf den er nie eifersüchtig gewesen war, weil er ihm das gute Gefühl gegeben hatte, jetzt der Große zu sein, der dem Jüngeren alles zeigte, sein Vorbild war und beim Spielen natürlich der Chef?

In der Kirche spielte sich das erweiterte Familienleben ab. In ihr hatte er mit seinen Geschwistern gespielt, hatte sich in den Bänken der Sonntagsschule gelangweilt, und unmerklich war er darüber zur Hilfe für seinen Vater geworden. Gott war ein unsichtbares Familienmitglied. Den mal zornigen, mal gütigen Gott der Bibel stellte er sich mit der imposanten Erscheinung und vor allem der tiefen Stimme seines Vaters vor. Welch natürliches Talent für die Rebellion kann jemand haben, der im Gehorsam zu seinen Eltern erzogen worden ist; der die Privilegien des Lebens derart lustvoll angenommen und ausgekostet hat! Er war an ein Schicksal gefesselt, dem er nicht mehr würde entrinnen können, nicht einmal für den unwahrscheinlichen Fall, dass er viele Jahre lebte, und wie ein Gefangener stellte er sich illusorische Zukünfte vor, Vergangenheiten, die leicht eine andere Richtung hätten nehmen können.

Vor allem dachte er mit morbider Wehmut, mit nachträglichem Neid auf sich selbst an die Zeit in Boston zurück, an das winterliche Licht in den Fenstern der Hörsäle, die beschaulichen Stunden in der Bibliothek mit ihren langen Reihen von Bücherregalen und einzeln stehenden Tischen mit kleinen Leselampen und Schubladen, in denen weiße Karteikarten und Bleistifte vorrätig gehalten wurden, vielleicht direkt an einem der Fenster mit dichtem Schneetreiben dahinter. Religion war nicht die Summe wundertätiger Fantasien und schrecklicher Vorurteile, sondern ein weites Feld für Studien, veredelt noch durch die intellektuelle Disziplin der Philosophie und den ganzen Reichtum historischer Gelehrsamkeit, der Philologie, der Archäologie. Die Gebäude auf dem Campus, der rote Backstein, das Efeu, das Grün der Rasenflächen, die lateinischen Inschriften, die Marmortreppen, all dies gab ihm ein tiefes Gefühl von Zugehörigkeit und Verwurzelung, das später in der Cafeteria oder im Schlafraum in lebhafte Diskussionen mündete, in durchwachte Nächte reiner intellektueller Leidenschaft und hemmungsloser Gier nach Lernen.

Es gab aber auch immer eine sinnliche Seite dessen, was er so liebte: das Spüren des Leders der alten Sessel im Gemeinschaftsraum, der Geruch von geöltem Holz; der Wechsel der Jahreszeiten, der in Neuengland so ausgeprägt war: das Rot und das Gold des frühen Herbstes, der zugefrorene Charles River an den kältesten Tagen des Januar, wenn die Wolken am tiefsten hingen.

Seinen Eltern zu Gefallen ließ er in seinen Briefen ein Heimweh anklingen, gegen das er in Wirklichkeit vollkommen immun war. Er genoss sein Studentenleben in vollen Zügen. Er fehlte bei keiner Vorlesung und verbrachte Sonntagnachmittage und ganze Abende in der Stille der Bibliothek, träumte sich in die Einsamkeit eines gelehrten mittelalterlichen Mönchs. Bei den Vollversammlungen waren die Studenten genauso formell gekleidet wie ihre Professoren. In vergnügter Nachahmung rauchte er eine Zeit lang Pfeife.

Wenn er unter den anderen Studenten im Hörsaal saß, vergaß er – im Unterschied zu den meisten anderen – manchmal, dass er schwarz war. Er sprach wie sie; versuchte, seinen Südstaatenakzent zu unterdrücken. Bei den Sonntagsmessen in der Kapelle hielten die Pastoren Predigten und lasen aus der Bibel mit einer so vornehmen Aussprache und feinen Intonation, als rezitierten sie Emerson oder Milton. Niemand schrie, breitete die Arme aus oder verdrehte in Ekstase die Augen. Der Holzfußboden bebte nicht unter dem seismischen Trampeln von Füßen und rhythmischem Händeklatschen der Gläubigen, die bis zu Trance und

Hysterie von einem Prediger angefeuert wurden, dessen Stimme heiser war und der von seinem Pult aus Schweiß und Speichel versprühte.

Insgeheim schämte er sich seiner Herkunft. In Boston lernte er die strengen lutherischen Hymnen zu schätzen, die Chöre dunkel gekleideter Männer und Frauen, die Partituren von Bach-Kantaten in den Händen hielten. Als sie anfingen, zusammen auszugehen, nahm Coretta ihn mit zu Kammermusikkonzerten, zu Klavierabenden mit Gesang. Sie hatte schräg stehende Augen, glattes Haar und helle Haut. In der Kirche sang sie die Sopranarien der Matthäuspassion. Genauso formell gekleidet wie in der Kirche, besuchten sie Donizetti-Opern, Oratorien von Händel und Mendelssohn, die *Missa solemnis* von Beethoven, die *Messe in h-Moll* von Bach.

Sie hätten ein solches Leben im Norden, in Neuengland, führen können. Coretta wäre Sängerin geworden, wie sie es wünschte, wobei es ihm lieb gewesen wäre, wenn sie den Beruf irgendwann aufgegeben hätte, um sich ganz dem Muttersein zu widmen. Er hätte irgendeinen der Jobs annehmen können, die ihm angeboten wurden, als er seine Doktorarbeit geschrieben hatte, als er zum ersten Mal voller Stolz und heimlicher Selbstgefälligkeit seinen jetzt vollständigen Namen las, Dr. Martin Luther King Jr., die vornehmen Initialen und Abkürzungen, Ph. D. Ein Dozent für Theologie oder Philosophie, mit Tweedjacke und Lederflicken auf den Ellenbogen, mit weißem Hemd und Fliege, Pfeife, bei offiziellen Anlässen mit dunkler Toga und mittelalterlicher Kappe, einem Arbeitszimmer voller Bücher, Fachzeitschriften und kopierten Arbeiten seiner Studenten, einem Fenster, das auf den Campusrasen ging, und ein Haus in einem behüteten Vorort mit Bäumen, nicht weit von einer Kirche, die er sonntags mit der Familie besuchen und in der er sicher auch als Gastpastor einmal predigen würde.

Unter der glatten Oberfläche der reinen Überzeugung flüsterten und murmelten jedoch stets die Skepsis, die Gewissensbisse, der Zweifel. Der Preis der Konformität war hoch; nicht minder jedoch der Preis der Rebellion, deren Folgen er nicht allein zu tragen hatte. Andere hätten ihre Stimme erheben können, auch wenn er es nicht getan hätte. Mit größerem Zorn, mit größerem Mut, mit eigenen Erlebnissen von Beleidigungen und Beschimpfungen, die er nicht kannte. Andere hatten sich schon in finstereren Zeiten erhoben, hatten mit ihren Leben bezahlt, ohne dass man davon Notiz genommen hatte, ohne dass ihre Mörder bestraft worden wären, derweil er an der Universität studierte und nach Boston fuhr, wo er seinen Doktor machte und seine Freundin im eigenen Auto abholte, mit ihr Konzerte besuchte und auf Studentenbälle ging, derweil er sich den Luxus leistete, in den Ferien nach Atlanta zu fliegen und sich Maßanzüge schneidern zu lassen.

Moses hätte ein herrliches Leben als ägyptischer Prinz führen können. In solchen Gedanken suhlte er sich und schämte sich dafür. Doch nicht mein Wille geschehe, sondern der Deine. Und wie arrogant war es, sich mit einem Patriarchen des Alten Testaments zu vergleichen, mit Jesus Christus im Garten von Gethsemane in den Stunden seiner nächtlichen Ruhelosigkeit und größten Angst; wie heimtückisch der Verdacht, alles könne vergebens sein. Statt des Fortschritts schien die Zeit immer neue Möglichkeiten des Scheiterns hervorzubringen, unerwartete Formen von Ärger und Verdruss. Nach jedem Triumph, der strahlend und unausweichlich schien, war es zu neuer, wütender Grausamkeit gekommen. Zwei Wochen nach dem Marsch auf Washington zu jener Bombe, die an einem freundlichen Sonntagmorgen im September vier Mädchen in der Kirche von Birmingham getötet hatte. Nach dem großen Marsch von Selma nach Montgomery hatte sich die erschöpfte, jubelnde Menge noch nicht zerstreut, als eine Mörderbande, die nie verurteilt wurde, die blonde weiße Mutter von fünf Kindern erschoss, die allein mit dem Auto von Detroit gekommen war, um sich dem Aufstand anzuschließen. Und nach ihrem Tod ließen mit der Verbreitung infamer Gerüchte über die Bürgerrechtsbewegung betraute FBI-Beamte in den Zeitungen des Südens verlauten, sie sei eine schlechte Mutter und untreue Ehefrau gewesen, die sich gern mit Negern eingelassen habe.

Gewalt gebar Gewalt, aber Gewaltlosigkeit schien, anstatt die Gewalttäter zu befrieden, in ihnen die Lust zu töten erst richtig wachzurufen oder zu verstärken. Unschuldige wurden beleidigt und erniedrigt, während Mörder straflos blieben. Das sichere Gefühl zu siegen, der Rausch der gewonnenen Schlacht und der besiegten Ungerechtigkeit, die Gewissheit des edlen Geistes von Entsagung und Opferbereitschaft hatte ihn in den letzten Jahren zunehmend verlassen. Zur Anfangszeit der Bewegung, in der ungläubigen Freude, beim Autobusboykott in Montgomery widerstanden und sich durchgesetzt zu haben, hatte er geglaubt, dass Siege nicht nur errungen werden konnten, sondern auch dauerhaft waren. Dreihunderteinundachtzig Tage hatten sie durchgehalten, alle gemeinsam, hatten auf den Bürgersteigen der Stadt patrouilliert, während leere Busse vorbeifuhren, hatten sich Fahrzeuge geteilt und den Anfeindungen der Polizisten würdevoll widerstanden.

Steh auf, nimm dein Bett und wandle. Die Schwarzen von Montgomery waren nach über dreihundert Jahren Stillstand und Unterwerfung ebenso wundersam aufgestanden wie der Gelähmte des Evangeliums, waren so energisch und leichtfüßig losmarschiert, wie Männer und Frauen über die Landstraßen Afrikas wandern, so grazil wie Statuen mit ihren farbenprächtigen Gewändern und den auf dem Kopf balancierten Lasten.

Beharrliche Schritte in eine Richtung, so wie die Holländer dem Meer Stück um Stück Land abgewinnen, vielleicht nicht die Erfüllung von Träumen oder das Paradies, aber konkrete Erfolge. Das Recht, sich in einen städtischen Bus zu setzen oder zur Schule zu gehen, die Großartigkeit des Alltäglichen, am Tresen eines Diners ein Sandwich und eine Limonade zu bestellen, bei Wahlen seine Stimme abgeben zu können ohne Angst, belästigt, verprügelt oder ermordet zu werden, aus einem öffentlichen Wasserhahn trinken oder in einem Park spazieren gehen zu können. Doch dann verstrich ein bisschen Zeit, und das Gewonnene ging wieder verloren, oder jemand fand ein Schlupfloch im Gesetz, wodurch das Inkrafttreten verhindert oder so lange verzögert oder erschwert wurde, dass es am Ende genauso war, als hätte man nichts erreicht.

Es wurde ein Dekret zur Integration in den Schulen erlassen, und die Gouverneure der Südstaaten hielten sie einfach geschlossen. Lieber schlossen sie die Parks für alle, auch für die Weißen, bevor sie Schwarze hineinließen. Und was nützte dir das Recht, im selben Diner zu sitzen wie die Weißen, wenn du kein Geld hattest, dir ein Sandwich und einen Kaffee zu kaufen, oder in einem abgelegenen Hüttendorf wohntest, in dem es nie einen Diner geben würde. Endlich konntest du deine Kinder in dieselbe Schule schicken wie die Weißen, doch die hatten ihre Kinder längst herausgenommen, und die Klassenzimmer waren jetzt so leer wie die in den alten, nur für Schwarze bestimmten Schulen.

Die Rassentrennung, die vom Gesetz nicht mehr erlaubt war, wurde jetzt noch wirksamer vom großen Geld verwaltet. Für Milliarden von Dollar wurden Raketen zum Mond geschickt und jeder Cent bei staatlichen Schulen, Krankenhäusern und Armenküchen eingespart. Heruntergekommene Wohnviertel, gleichermaßen bedroht von der Brutalität krimineller Banden wie von der der Polizei, von Armut und Bildungslosigkeit, in Brand gesetzt von der selbstzerstörerischen Wut derer, für die es keinen Weg hinaus gab wie für die weißen Nachbarn, die in

Massen fortzogen, Geschäftsinhaber, Lehrer, sogar Pastoren, die vor der Barbarei kapitulierten; ganze Stadtviertel, die aussahen wie vom Krieg zerstört, verwirrte Überlebende, die ihren Weg durch Schutt und Trümmer suchten.

Und eine zornige, vom Gift der Gewalt verseuchte Jugend mit ihren Ketten und Stammesabzeichen, mit ihrem Gangstergehabe, den hochgereckten Waffen wie bei afrikanischen Aufständischen, ihren Haarbändern und geballten Fäusten, ihrem von Zuhältern und Dealern abgekupferten Slang, die aggressive Arroganz, so voller Hass auf die Weißen wie die Weißen voll Hass auf sie waren, angesteckt vom selben Gift. Diese zornigen jungen Leute verachteten ihn, als wäre er ein Hausdiener, einer, der sich verkauft hatte, ein Onkel Tom, sie machten sich lustig über ihn und alle, die so waren wie er, beleidigten ihn mit denselben Worten wie die anderen, die weißen Rassisten, beschimpften ihn als Martin Luzifer King, Martin Loser King.

Ein paar Tage vorher hatte er sie gesehen, genau hier, in Memphis, und schon bevor sie anfingen, ihre Parolen zu brüllen, Straßenlaternen umzureißen und Schaufenster einzuschlagen, hatte er gewusst, was auf sie zukam. Er hatte das Heranbranden der entsetzten, vorwärtsdrängenden Menge gespürt, die existenzielle Angst, zu Boden geworfen und niedergetrampelt zu werden. Um sich her sah er die erschreckten Gesichter der Freunde, der streikenden Arbeiter mit ihren Plakaten voll kurzer, simpler Vokale und Konsonanten, im Rhythmus einer Litanei oder dem Gesang der Sklavenarbeiter ähnlich, *I AM A MAN I AM A MAN I AM A MAN.* Die Arbeiter mit ihren zerfurchten Gesichtern, ihren großen groben Händen mit den weißen Innenflächen, ihrer feierlichen Sonntagskleidung, die ihn umringten und beschützen wollten, während der Lärm am Ende der Demonstration anschwoll, am unteren Ende der Beale Street, wie in einem Hagelschauer die Schaufensterscheiben der Geschäfte zerbarsten und die aufmarschierten Polizisten ihre

Schilde und Schlagstöcke bereithielten, die Sirenen einschalteten, unter den Visieren ihrer Helme die Zähne zusammenbissen, weil sie endlich einen Grund bekamen, loszuschlagen und unter der schutzlosen, unbewaffneten Menge auf so leichte Art Angst und Schrecken zu verbreiten.

Und während die jungen, gut organisierten Provokateure die Plakate von den Stöcken rissen und diese als Knüppel benutzten, gezielt Steine warfen, mit denen sie sich die Taschen gefüllt hatten, Steine und Schraubenmuttern, die das Glas der Straßenlaternen bersten ließen, das wie ein Splitterregen über den Köpfen der Leute niederging, Platz- und Risswunden verursachte und Blut über erschrockene Gesichter rinnen ließ, schwoll das Geschrei an, wurden Leute ohnmächtig, breitete sich Panik aus, unmöglich, sich verständlich zu machen, so laut man auch schrie, bis man heiser wurde, war es wie in einem anschwellenden Fluss, der alles mit sich riss, in dem man zu ertrinken drohte und nichts mehr sah, weil man es nicht mehr schaffte, den Kopf über Wasser zu halten.

Hinterher sah er sein Gesicht auf dem Titelfoto der Zeitungen und schämte sich des so offensichtlichen Beweises seiner Angst; als wäre die jahrelange Erfahrung all der Demonstrationen, die so hartnäckig erlernte und praktizierte Disziplin der Gewaltlosigkeit auf einmal nichts mehr wert. Von den Armen anderer gehalten wie jemand, der nicht in Sicherheit gebracht, sondern zur Schlachtbank geführt wird, mitgeschleift, willenlos, von Entsetzen gezeichnet wie ein Opfer, nicht wie ein Märtyrer, mit hervorquellenden Augen wie ein Rind oder ein Schaf, welches das aufblitzende Messer des Schlächters erspäht.

Mehr denn je hatte er sich in diesen letzten Tagen den Tod gewünscht, sich so hoffnungslos gefangen gefühlt, dass es für ihn nicht nur kein anderes, sondern nicht einmal ein weniger angstvolles Leben geben konnte, ihm kein anderes Ausruhen vergönnt sein konnte als der Tod. »*Warum denn starb ich nicht vom Mutterleibe weg, kam aus dem Schoß hervor und schied dahin?*«, spricht Job. Die Augen schließen und nicht wieder öffnen. Eines Nachts spät nach Hause kommen, erschöpft von einer Reise oder einem ganzen Tag mit Besprechungen, wie Medgar Evers, aus dem Auto steigen, den Hausschlüssel suchen im trüben Licht der Straßenlaterne, in der Stille der späten Stunde und des ruhigen Wohnviertels und nicht den Einschlag der Kugel spüren, die ganz aus der Nähe, aus einem Gebüsch heraus abgefeuert wurde, und dann nichts mehr wissen. *So läge ich nun still und könnte rasten, ich schliefe, alsdann hätt' ich Ruh'.*

Die Augen schließen und sich im Schlaf verlieren, anstatt schlaflos in einem Hotelzimmer auszuharren, voller Sorge aufzuwachen, obwohl es draußen noch dunkel ist. *Preisen will ich jene, die des Todes harren, doch umsonst, und sehnlicher nach ihm als wie nach Schätzen suchen.* Sterben, um nicht morgens die Zeitung aufschlagen oder den Fernseher einschalten und quälende Bilder von sich sehen zu müssen; Nachrichten, in denen ein Sprecher oder Kommentator ihn verleumdete, als anrüchig bezeichnete oder ausgebrannt nannte, in diesem sachlichen Ton, den man sich für den heimtückischsten Dolchstoß aufbewahrt.

Der Apostel der Gewaltlosigkeit hatte sich mitten in einem Aufstand wiedergefunden, angezettelt von seinen eigenen Gefolgsleuten, die er nicht mehr unter Kontrolle hatte, und war feige geflohen, in eine Limousine gepackt und ins luxuriöseste Hotel von Memphis gefahren worden. Unterdessen plünderten seine Leute und legten Brände, stahlen Fernsehgeräte, Kühlschränke, Kästen mit Schnapsflaschen, die sie an den Hauswänden zerschellen ließen und in Fenster warfen, an denen sich die anständigen Menschen nicht mehr zu zeigen wagten.

Es gab keine Niederträchtigkeit, der man ihn nicht beschuldigen konnte. Er war ein verkappter Kommunist und Vaterlandsverräter, aber auch ein sozialer Aufsteiger, der sich an das Geld der Weißen verkaufte. Während er sich in seinem Luxushotel verschanzte, erschoss ein Polizist einen schwarzen Jungen aus nächster Nähe und versetzte ihm, als er am Boden lag, noch einen Gnadenschuss in die Schläfe. Er predigte die Armut des Evangeliums und ließ sich von den Millionären aus der Park Avenue und der 5th Avenue bewirten; der fügsame Schwarze, der ihnen versicherte, es werde keine Revolution geben, der als Ehrengast im Privatjet von Nelson Rockefeller reiste. Während amerikanische Soldaten in Vietnam den Heldentod starben, schlug er sich auf die Seite des kommunistischen Feindes. Voller Eitelkeit ob seines weltweiten Ruhms reichten ihm die Erfolge nicht mehr, die die Schwarzen in den letzten Jahren errungen hatten; jetzt drohte er mit einem Marsch der Armen auf Washington, mit aufständischen Massen, die Parks und Plätze besetzten, die heiligsten Orte der Hauptstadt, die zum Feldlager der Invasoren würde.

Er hatte den krankhaften Wunsch gehabt zu sterben. Hatte sich nach der Ohnmacht jenes Tages in Harlem gesehnt, als die Spitze des Brieföffners in seine Brust gedrungen war und er auf seinem Hemd und seiner Hose das warme Blut bemerkt hatte, das sich wie ein Schleier über ihn breitete; nach dem süßen Moment, als er das Bewusstsein verlor. *So läge ich nun still und könnte rasten, ich schliefe, alsdann hätt' ich Ruh'.* Insgeheim hatte er sich mit obsessiver Ungeduld, mit einer krankhaften Neigung zu Opfer und Martyrium gewünscht, dass eine der vielen Drohungen in die Tat umgesetzt, endlich einer der anonymen Anrufe zu nächtlicher Stunde Wirklichkeit würde.

Ein Schuss, und alles wäre vorbei. Ein Schuss, der ihn mit etwas Glück keinen Schmerz spüren lassen, den er nicht einmal hören würde. Niemand wusste, dass er nicht mutig war. Der Tod war das Einzige, wovor er sich nicht mehr fürchtete. Viel mehr als das Sterben ängstigte ihn das Erwachen am Morgen, das Klingeln des Telefons zu hören, eine Zeitung aufzuschlagen, einen Brief zu öffnen, irgendwo aufzutreten und festzustellen, dass die Hälfte der Stühle leer geblieben war, eine Predigt zu beginnen, ohne dass das Gemurmel der Gläubigen aufhörte, in einer rhetorischen Pause keinen Applaus zu vernehmen, keine anfeuernden Rufe. Schlimmer als sterben war es, niemals ausruhen zu können, sich pausenlos von einer Verpflichtung zur anderen schleppen zu müssen, immerzu verspätet, in dem klaren Bewusstsein, dass irgendwo eine weitere Menge auf ihn wartete, er eine weitere Bühne erklimmen musste, das grelle Licht der Scheinwerfer in den entzündeten Augen, Kräfte mobilisieren, um Schwäche zu überwinden, Worte finden, die wahrhaftig und richtig waren, die er aber schon so oft ausgesprochen hatte, dass er sich selbst nur noch widerwillig hörte, immer gleich und verlogen klang.

Doch nachdem er an diesem Abend im Tempel zuerst einige Minuten gebraucht hatte, um seine Mutlosigkeit zu überwinden und überhaupt seine Unlust zu verbergen, begannen die Worte wie von selbst einen Glanz zu entfalten, mit dem er nicht mehr gerechnet hatte, nicht einmal gewusst hatte, dass er dessen noch fähig war. Er empfand sie nicht als seine. Sie sprudelten nicht beflissen aus seinem erschöpften Repertoire. Sie hallten metallisch aus den Lautsprechern, so hart und deutlich wie das erste Krachen des sich nähernden Donners. Er fühlte sich von ihnen erfüllt und überschäumend, besessen vom klirrenden Klang der eigenen Stimme, die nicht mehr vom Verstand regiert und nicht von seinem Willen geleitet wurde und schon gar nicht von seinen rhetorischen Überzeugungskünsten als Prediger.

Ähnliches war ihm schon einmal passiert, in den Tagen der Angst und der Einsamkeit, ein ebensolcher Verlauf, eine Besessenheit, im Gefängnis von Birmingham, in der Einzelhaftzelle, in die kein Laut drang, nur die Stiefelschritte der Wärter und das Schließen von Riegeln und Schlössern, die Zelle mit dem stinkenden Klo und dem Scharren und Knurren der Ratten und Kakerlaken. *Da ergriffen sie Jeremia und warfen ihn in die Zisterne, die sich im Wachhof befand; man ließ ihn an Stricken hinunter. In der Zisterne war kein Wasser, sondern nur Schlamm, und Jeremia sank in den Schlamm.*

Jemand hatte eine Zeitung in der Zelle zurückgelassen. In einer seiner Taschen fand er einen Bleistiftstummel, den sie ihn nicht abgenommen hatten, als er durchsucht worden war. In dem spärlichen Licht, das vom Korridor in die Zelle drang, begann er zu schreiben, benutzte die Zeitungsränder dafür. Er schrieb einen Beschwerdebrief an die weißen Kleriker, die sich zwar in aller Frömmigkeit unzufrieden mit der Rassentrennung zeigten, zugleich aber den Extremismus und Radikalismus, die fehlende Mäßigung und Geduld der Bewegung bemängelten. Anfangs schrieb er noch maßvoll, mit dieser feierlichen Förmlichkeit, die er sich angewöhnt hatte. Bald schmerzten ihm die Augen wegen des schlechten Lichts und weil er ganz kleine Buchstaben schreiben musste, um den knapp bemessenen Platz gut zu nutzen. Er schrieb auf das Eisen des Bettgestells gestützt, und wenn er Schritte vernahm, versteckte er den Bleistiftstummel und setzte sich auf die Zeitung. Doch irgendwann schrieb er so schnell, dass das Gekritzel der Worte seinem Denken vorauseilte. Die kirchenfeierliche Förmlichkeit war in ein grobes, rachsüchtiges Ungestüm umgeschlagen. Er schrieb vom Schweigen der Gerechten, von der Komplizenschaft der Gemäßigten mit der Ausbeutung, die sie selbst nicht erleiden mussten, von dem Hohn, dass die, denen es gut ging, von jenen Geduld forderten, die über dreihundert Jahre lang zuerst Sklaverei und dann Rassentrennung und Verachtung ertragen hatten.

Der Bleistift wurde stumpf, und er spitzte ihn, indem er die Spitze an der Wand rieb. Er schrieb die ganze Umrandung einer Zeitungsseite voll und blätterte sie dann um, um auf den weißen

Flächen der nächsten Seite weiterzuschreiben. Als ihm das Papier ausging, gab ihm ein Schwarzer, der das Essen austeilte, einen alten Block mit Formularen. Er schrieb die weißen Rückseiten voll und dann die Zwischenräume zwischen den Zeilen. Ihn kümmerten weder Einsamkeit noch Hunger, nicht der Ekel vor den Kakerlaken und auch nicht vor dem stinkenden Klo. Er schrieb, ohne eine Sekunde zu zweifeln, ohne zu streichen, ohne das Geschriebene noch einmal zu lesen, in der nüchternen Überzeugung, dass das, was er schrieb, die Wahrheit war, die ihm diktiert wurde.

So war es auch jetzt, im Tempel, in der Nacht von Memphis. Er schrieb nicht, sondern sprach, doch die Worte sprudelten mit derselben Dringlichkeit aus seinem heiseren Hals. Er war nicht in einer Zelle, sondern stand an einem Pult vor zweitausend Menschen, doch das Fieber war das gleiche, die zunehmende Trance. Die Worte weiteten wie die Luft bei jedem Atemholen seine Lunge. Unter seiner Jacke wurden die Schultern immer breiter. Die Brustmuskeln spannten sich unter dem verschwitzten Hemd, das ihm an der Haut klebte. Die Hände umfassten beide Ränder des Pults oder ruhten auf dem verschlissenen Leder, in das die Bibel gebunden war. Er nahm die Bibel zwar in die Hand, aber schlug sie nicht auf, denn es gab keine Stelle, die er nicht auswendig kannte und ihm nicht genau dann über die Lippen kam, wenn er sie brauchte. Er hielt das biegsame schwarze Buch, als wäre es ein Werkzeug, ein Schlaginstrument, auf das seine Handflächen niederfuhren, ein Hammer, den er schwang und der dröhnte wie draußen der Donner. Er war sich der Nähe der Gläubigen gar nicht mehr bewusst, und es ließ ihn auch kalt, dass sie sich vielleicht langweilten, die Beine übereinanderschlugen und wieder ausstreckten, geduldig auf seine rhetorischen Wendungen und das Heruntersausen seiner Bibel warteten und verstohlen auf ihre Uhren schauten.

Aber er sah auch nichts jenseits der Scheinwerfer, die ihm ins Gesicht schienen, die Bühne beleuchteten und die Fernsehkameras. Er sprach in ein Dunkel hinein oder einen Abgrund aus Stille, die jedoch durch seine Worte aufgeheizt wurden. Er forderte sie heraus und sagte Dinge, die er noch nie laut ausgesprochen, bislang nur vor sich selbst zugegeben hatte. Er stand allein oben an seinem Pult, weit entfernt von den Bänken in dem riesigen Kirchenraum, und doch nahm er den Chor der Stimmen wahr, als wäre er der Vorsänger bei den Liedern der Arbeiter auf den Baumwollfeldern und würde auf die Antwortstimmen warten. Mit neununddreißig Jahren war er so alt wie Moses und blickte von seinem Podium wie von einem Berggipfel auf eine Zukunft in diesem unerklärlichen hellen Licht, in dem man die Dinge sehen sollte, wenn man gestorben war.

Er empfand eine Betrübnis, die ihm die Brust einschnürte; ein Abschiedsleid, das zugleich Glückseligkeit war. Das Fieber, das seine Worte entfesselten, verstärkte seine eigenen Gefühle noch. Er empfand Leid darüber, seine Kinder nicht mehr als erwachsene Menschen zu erleben.

Wie ein Musiker in Trance durchstreifte er ganz allein die tief in ihm verankerte überbordende Inspiration und ward mitgerissen von ihr, zugleich jedoch gab er mit fester Hand die Richtung und den Grad der Inbrunst vor, die er in seinem Publikum entzündete. Die ganze Schwärze, die in letzter Zeit in ihm herangekeimt war, platzte mit einem Mal in seiner Brust auf und ergoss sich wie Erbrochenes in einem Schwall von Worten aus seinem Mund. Aus Angst wurde Zorn, aus Erschöpfung Provokation, aus Verzweiflung Gelassenheit. Er forderte jeden heraus, der ihn töten wollte, der ihn diffamieren oder einschüchtern wollte.

Er fürchtete sich vor keinem Menschen. Vor keinem Menschen und vor gar nichts, nicht vor Verleumdung, nicht vor öffentlicher Demütigung, wie anonyme Erpresser sie androhten oder ruchlose FBI-Bürokraten. Er riss die Augen weit auf, und plötzlich war es, als sähe er wie entrückt Dinge, die es noch gar nicht gab, die erst passieren würden, wenn er tot wäre. Moses war hundertzwanzig Jahre alt, als Jehova ihm erlaubte, vom Berg Horeb herab das verheißene Land auf der anderen Seite des Jordan zu schauen. Im heutigen Zeitalter angstvoller Unsicherheit erhielt niemand mehr das Versprechen, so alt zu werden wie die alttestamentarischen Patriarchen. Er sprach zwar mit weit aufgerissenen Augen, sah jedoch nichts, da er geblendet war von Scheinwerferlicht und Schweiß, verwirrt war von der Wirkung seiner eigenen Worte, dem Widerhall seiner Stimme in der Weite des Kirchenraums und durch die Zurufe aus der Menge im Schatten, die durch die starken Mauern und das Dach des Tempels vor dem tobenden Sturm geschützt wurde.

Jäh hörte er auf zu sprechen und konnte sich nur noch auf den Beinen halten, indem er sich mit beiden Händen ans Pult klammerte. Abernathy umschlang ihn mit den Armen und ließ ihn dann auf einen Stuhl sinken. Er troff vor Schweiß, als hätte man ihn halb bewusstlos aus einem Fluss gezogen.

Seltsam, dass eine Nacht und beinahe einen ganzen Tag später die Erleichterung, der Zustand beschwingter Ruhe, diese schuldlose Sanftmut immer noch anhielten. Sich hielten wie die Wärme am Abend in Memphis, in jenen unwirklichen Momenten, wenn ein Rest Tageslicht das Dunkelwerden verhindert, die abendliche Frische jedoch schon spürbar wird. Vielleicht sollte er sich einen leichten Mantel aus dem Zimmer holen.

Abernathy war immer noch im Bad, obwohl er versichert hatte, nicht lange zu brauchen, ein Momentchen nur, um sich mit einer Lotion zu erfrischen. Der Fahrer des Cadillac hatte das Fahrzeug bereits gestartet. Sie würde unten in ihrem Zimmer sein, bei angelehnter Tür, aufmerksam nach draußen lauschend, würde vielleicht versuchen, sich vor dem Spiegel die Lippen zu schminken, seine Stimme unter denen der anderen zu erkennen, um dann im richtigen Augenblick herauszukommen und ins Auto zu steigen, nicht in den weißen Cadillac, in dem er fahren würde. Nun ja, vielleicht würde er doch keine Zeit mehr haben, diese Zigarette zu rauchen.

Neben dem Cadillac sah er einen der Musiker stehen, die am Abend spielen würden, den Trompeter. Er hatte versprochen, für ihn *Take My Hand, Precious Lord* zu spielen. Als Kind war es sein höchstes Glück gewesen, an der Hand des Vaters auf die Straße zu gehen. Gott nahm alles oder gab alles, sogar mehr, als er zu erbitten gewagt hätte, mehr, als die arme Einbildungskraft begehrte. Immer noch am Balkongeländer lehnend, zählte er auf, was man ihm auf dieser Reise Gutes hatte angedeihen lassen, innerhalb nur weniger Stunden, auf der Fahrt nach Memphis, die er ebenso entschlossen wie lustlos angetreten hatte, mit einem Geschmack von Asche auf der Zunge und so tief in einem dunklen Loch, dass er geglaubt hatte, niemals mehr hinauszukommen.

Nicht dass er die Hoffnung wiedergefunden hätte. Er brauchte sie auch nicht zu spüren, genauso wenig wie er die Angst spürte, die körperliche Erschöpfung oder das Drängen der Zeit, zumindest heute nicht, nicht an diesem Abend. Am frühen Morgen, als sie sich in ihrem Zimmer voneinander verabschiedeten, hatte er zu ihr gesagt: »Wie wenig Zeit wir haben!« Aber er hatte es ohne Klagen gesagt, sondern voll Dankbarkeit für das viele Gute, das in so wenig Zeit möglich geworden war, geheimer Glanz in fremden Schlaf- und Motelzimmern, herausgeschlagene Minuten im unablässigen Wirbel der Verpflichtungen, sein unausweichliches Schicksal, gegen das aufzulehnen keinen Sinn mehr hatte, so wie man sich auch gegen keinen der Zufälle auflehnte, aus denen es bestand, auch nicht gegen die Zeit, in die man hineingeboren wurde, oder seine Hautfarbe, die Persönlichkeit der Eltern oder seiner Kinder. Wenigstens hätten sie, bevor sie wer weiß wie lange voneinander Abschied nehmen mussten, Zeit für ein weiteres Zusammensein in dieser Nacht, sehr spät wohl erst, nach dem Abendessen, der darauffolgenden Veranstaltung und der Musikdarbietung, für die kleine Heimlichkeit, von einem Zimmer ins andere zu schleichen, während die Männer so taten, als merkten sie nichts, mitwissende Schutzengel.

Doch jetzt mussten sie gehen. Je wertvoller die Zeit war, desto weniger blieb von ihr. Unten auf dem Parkplatz stiegen die Freunde in die Autos, sagten ihm, er müsse sich beeilen. Aus dem Zimmer nahm er den Duft der Lotion wahr, die Abernathy benutzt hatte. Er löste sich vom Balkongeländer und hatte sich noch nicht ganz aufgerichtet, als die Kugel, deren Abschuss er nicht hörte, seinen Kiefer durchschlug, dann den Hals und die Wirbelsäule, ihn vom Boden riss, wie eine mächtige Brandungswelle gegen die Tür des Zimmers 306 warf und dann auf den Zementboden, wo er ausgestreckt liegen blieb, mit offenen Augen und einem Ausdruck von Staunen oder Überraschung im Gesicht, sein Knie angewinkelt und an seinem Fuß ein schwarzer Schuh und schwarzer Socken, der zwischen den Gitterstäben des Balkongeländers zuckte.

26

Gegen neun Uhr abends habe ich aufgehört zu schreiben und habe geduscht, bevor ich das Haus verließ. Das Zimmer hatte sich verdunkelt, ohne dass ich davon etwas merkte. Ich habe im Halbdunkel gesessen und mich gewissenhaft bemüht, die Zeit einer einzigen Minute vor sechsundvierzig Jahren zu rekonstruieren, mir vorzustellen versucht, was damals im Bewusstsein eines anderen vorgegangen ist. Doch auf der Straße, am Haus gegenüber, schien noch Sonne auf den Balkon. Die Fassade des Hauses ist bröckelig, mit großen Flecken, wo die Kacheln abgesprungen sind. Tür und Fensterläden sind aus altem Holz und hängen verzogen in ihren Rahmen. Hin und wieder habe ich dort einen alten Mann im Unterhemd gesehen, der sich langsam von einer Seite zur anderen bewegte, als suchte er etwas. Doch auf dem Balkon blühen Geranien, die im Sonnenlicht leuchten und deren Duft man wahrnimmt, wenn man auf der Straße vorübergeht.

Die Straße ist eine Sackgasse und erinnert an einen Innenhof aus alten Zeiten. Am Eingang zur Straße gibt es ein Schild aus Kacheln mit blumigem Art-nouveau-Dekor: *Vila Berta.* Auf beiden Seiten der Straße hängen von Balkon zu Balkon bunte Girlanden und Bänder aus Papier, deren lebhafte Farben allmählich verblassen. Ein paar Tage vor unserer Ankunft wurde hier ein Volks- oder Sommerfest gefeiert. Das Rauschen der Stadt dringt nur gedämpft in diese abgelegene Straße, in dieses hoch gelegene Viertel; selbst die Geräusche vom Largo da Graça sind kaum vernehmbar, dem Mittelpunkt dieses nachbarlichen Zusammenlebens mit der Konditorei, dem Metzger, dem Fischgeschäft, dem Obst- und Gemüseladen, dem kleinen Elektrogeschäft, den zum

Teil winzigen Restaurants, der Straßenbahnhaltestelle und dem Taxistand.

Sehr deutlich hört man in unserer Straße die Stimmen der Nachbarinnen, die sich von Fenster zu Fenster unterhalten, spielende und weinende Kinder, anachronistische Geräusche häuslicher Arbeit: Frauen, die vor der Tür fegen oder den Gehweg schrubben. Früh am Morgen hört man außergewöhnlich klar das Pfeifen der Schwalben, ihre unterschiedlichen Töne, wenn sie am wolkenlosen Himmel jagen und ihre selbstmörderische Akrobatik vollführen.

Auf unserer Straßenseite haben die Häuser kleine Veranden, die von Eisenpfeilern gestützt werden, und kleine Vorgärten. Über den Veranden gibt es im zweiten Stock Balkone mit schmiedeeisernen Geländern und schattenspendenden Markisen, voll mit Blumentöpfen und zum Trocknen aufgehängter Wäsche. Auf den Treppenstufen vor den Haustüren und in der noch vollkommeneren Stille der Seitengassen dösen stattliche Katzen in der Sonne. Hier leben alle Katzen noch im alten Ägypten. Spät nachts, so gegen drei oder vier Uhr morgens, wenn mich das Gift der Fantasie und des Schreibens nicht schlafen lässt, schaue ich aus dem Fenster, und dann ist es auf der Straße so still wie in einem entlegenen Dorf oder Gehöft draußen auf dem Land.

Manchmal, wenn die Fenster offen stehen, dringen Düfte von Eintöpfen oder gebratenen Sardinen herein und leise Stimmen von Leuten, die beim Essen sitzen und sich in Zimmern im Innern der Häuser unterhalten. Zwischen den Pflastersteinen wächst Unkraut. Das einzige etwas pompösere Haus – mit altem Baumbestand im Garten und über die Mauer quellender Bougainvillea – hat eines dieser Lissabonner Dächer, deren Dachrinnen an den Ecken eine leichte Aufwärtsbewegung vollführen wie in der chinesischen oder japanischen Architektur. Auf den Giebeln dieser Pagodendächer sitzen Taubenfiguren aus Ton von derselben gedämpften Farbe wie die Dachziegel.

Ich bin nach draußen gegangen, doch trotz meiner Erleichterung, einen Teil des Vormittags und den ganzen Nachmittag gearbeitet zu haben, bekomme ich den Kopf nicht frei. Das gute Gefühl nach dem Duschen, das Gefühl von feuchtem Haar an diesem warmen Abend, von einem leichten Hemd am Körper kann nicht vollständig vertreiben, womit ich meinen Verstand allzu lange belastet habe.

Ich habe zwar das Haus verlassen, nicht jedoch das Buch, in dem ich so viele Monate gelebt habe. Wir sind nach Lissabon zurückgekehrt, damit ich weiteren Spuren von ihm nachgehe, seinen letzten Tagen hier nachspüre. Ich freue mich auf das Wiedersehen mit dir und das gemeinsame Abendessen irgendwo in der Stadt. Doch ein Teil von mir sitzt immer noch wie hypnotisiert vor dem leuchtenden Bildschirm, den hartnäckigen Reihen von Wörtern, die darauf entlanglaufen, und den Dingen, zu denen sie mich führen, zu virtuellen Kellerarchiven, in denen ich Berichte lese, Zeugenaussagen, Geständnisse, Zeitungsausschnitte sichte, Skizzen von Schussbahnen, grauenhafte Fotografien zu gerichtsmedizinischen Gutachten.

Den ganzen Nachmittag habe ich, als würde ich für eine Zeitreise trainieren, in nur einigen wenigen Minuten am Abend des 4. April 1968 zugebracht. Ausgehend vom Memphis meiner Erinnerung, von der Topografie der South Main Street und Mulberry Street, den Grundrissen des *Lorraine Motel* und des Gästehauses von Bessie Brewer bin ich zur *Vila Berta* und zur Rua do Sol à Graça gelangt, und damit von einem Abend zu einem anderen, vom April in den Juli.

Schon in wenigen Tagen sind wir mit unserer Nachbarschaft vertraut geworden. Auf den Treppenstufen eines Hauses sitzt der blinde Bettler, der mit ausgestreckter Hand still um eine milde Gabe bittet. Er ist schwarz, bärtig, hat weiße Augen. Vielleicht ist er auch geistig etwas zurückgeblieben. Mit seiner zerlumpten Jacke und dem alten Hut sieht er aus wie einer der

Bettler aus *Viridiana*, obwohl er gleichzeitig Ruhe und sogar eine gewisse Sanftmut ausstrahlt und damit das Gegenteil von der spanischen Rohheit buñuelscher Vagabunden. Der Bettler hebt den Kopf und streckt mit einer mechanischen Geste die Hand aus, sobald er jemand sich nähern hört. Wir geben ihm jedes Mal etwas. Sicher erkennt er uns, wenn wir die Straße heraufkommen, schon an unserem Keuchen und am Duft deines Parfums.

An jenem Abend glaubte jemand, einen Feuerwerkskracher oder die Fehlzündung eines Autos gehört zu haben, und einer war sicher, einen Schuss gehört zu haben, und ein anderer, dass er nichts gehört hatte. In dieser Gegend von Memphis mit nur zwei- oder dreistöckigen Gebäuden und breiten Straßen, mit Lagerhäusern und Werkstätten, die um diese Zeit schon geschlossen hatten, musste der Schuss sehr deutlich zu hören gewesen sein. Ein Mechaniker, der nach der Arbeit in *Jim's Grill* einen getrunken hatte, sagte jedoch aus, dass es in der Bar sehr laut gewesen sei und er an einem Flipperautomaten gespielt und nichts gehört hatte. Im Laden nebenan, wo gebrauchte Schallplatten verkauft und Musikboxen repariert und wiederverkauft wurden, hatte der Inhaber die Musik sehr laut gestellt. Die zwei Kunden im Laden stöberten in den Gestellen mit alten Jazzplatten und erinnerten sich später nicht, ein beunruhigendes Geräusch gehört zu haben, höchstens das der Sirenen, die kurz darauf ertönten.

Auch Reverend A. D. King, der jüngere Bruder Martin Luther Kings, der zu viel getrunken hatte und eingeschlafen war, wurde in seinem Erdgeschosszimmer nicht wach, obwohl er sich im *Lorraine* aufhielt. Georgia Davis, die King – obwohl er ganz in ihrer Nähe war – nicht mehr gesehen hatte, seit er vor dem Morgengrauen aus ihrem Zimmer geschlichen war, stand vorm Badezimmerspiegel und schminkte sich die Lippen. Ralph Abernathy rieb sich Kölnischwasser in die Hände; große Hände mit dunklen Rücken und sehr hellen Handflächen.

Auf dem Largo da Graça haben die meisten der kleinen Geschäfte schon geschlossen, nur der Obst- und Gemüseladen und die Konditorei sind noch geöffnet, und auch in den kleinen Restaurants, wo die handschriftlich auf Servietten geschriebenen Empfehlungen für das Abendessen an die Fensterscheiben geklebt werden, geht es lebhaft zu. Ich mag dieses gepflasterte zentrale Plätzchen mit seinen Bäumen, mit den Bänken, auf denen immer Leute sitzen und sich unterhalten oder einfach nur in die Gegend schauen, und mit dem plätschernden Brunnen aus Metall. Das Kreischen der Straßenbahnen von Memphis ähnelt sehr dem der Bahnen in Lissabon. Doch die von Memphis fahren durch gerade breite Straßen und sind oft ganz leer, wie Geisterbahnen, fahren an Bürgersteigen entlang, auf denen kein Mensch geht, an verrammelten Häusern vorbei oder an Läden mit Schildern in den Schaufenstern, auf denen »Zu vermieten« steht.

Die Straßenbahn No. 28 biegt am Ende der Rua da Graça um die Ecke. Von vorn gesehen wirkt sie hoch und schmal, als würde sie schwerelos über den Schienen schweben. Es ist noch Tag, doch der Frontscheinwerfer ist schon eingeschaltet. Vor allem nachts und frühmorgens verleiht dieser Scheinwerfer den Lissabonner Straßenbahnen etwas Unterwasserhaftes, Taucherglockenähnliches.

Im Gerichtsgefängnis von Memphis beschwerte sich Ray über das grelle Licht, das in den Monaten, die er dort in Untersuchungshaft saß, Tag und Nacht eingeschaltet blieb. Die Wahrheit aber ist, dass er stundenlang schlief, meistens bequem ausgestreckt, wie das Protokoll seiner im Minutentakt vollzogenen Beobachtung durch die Wärter vermerkt, die auch seinen ausgezeichneten Appetit notierten, seinen Humor, sogar einige der Scherze, die er machte. Damit er bei dem grellen Licht schlafen konnte, gaben sie ihm eine Gesichtsmaske. Als er sie aufsetzte, bemerkte er lachend, sicher sähe er jetzt aus wie Zorro.

Ich habe Fotos von dem Gefängnisflügel gesehen, der ausschließlich für ihn reserviert war. Dort gleicht alles einem Krankenhaus, mit weißen Oberflächen und Linoleumböden, die das Licht reflektieren, mit blanken Gittern wie auf dem Flur einer Psychiatrie. Nichts ist so, wie man es sich vorgestellt hat. Am ersten Tag, nachdem er von London gekommen war und vom Flughafen in einem Konvoi gepanzerter Fahrzeuge hergebracht wurde, als man ihm die Handschellen abnahm, die Kette von der Taille und die Fußfesseln löste und die kugelsichere Weste auszog, bekam Ray ein reichhaltiges Frühstück mit Rührei und Würstchen, Weißbrot und Kaffee, das er gut gelaunt und mit gutem Appetit verzehrte und nach dem er sich in seiner Zelle hinlegte, um sechs Stunden lang tief zu schlafen. Er erklärte noch, dass er Nichtraucher sei und daher weder die Streichhölzer noch den Aschenbecher brauche, den man ihm hingestellt hatte.

Mit dem gleichen Appetit wie am frühen Morgen machte er sich über das Mittagessen her, das aus gegrilltem Fleisch, Erbsen, Bratkartoffeln, Krautsalat, Pudding und Eistee bestand. »Er macht einen ruhigen Eindruck und scheint sich in der Gesellschaft der Wärter wohlzufühlen«, heißt es im Protokoll. »Er schläft die ganze Nacht.«

Um halb sieben Uhr morgens weckten sie ihn zum Frühstück. Manchmal jedoch hatte er keinen Hunger und schlief weiter bis neun oder zehn, oder er frühstückte und schlief wieder, nachdem er die Zeitung gelesen hatte.

Ich hatte ihn mir vorgestellt, wie er allein in seiner Zelle schrieb, ein bleiches Galgengesicht, über seinen Block mit linierten gelben Blättern gebeugt, mit seinem Kugelschreiber, seinen Stadtplänen, seinem leeren Taschenkalender von 1967 und dem von 1968, wie er die gelben Blätter mit den Erinnerungen eines jeden Tages füllt. Auf der Website des Polizeiarchivs von Memphis kann man sein Tun eines jeden Tages in Untersuchungshaft verfolgen, bevor er sich schuldig bekannte, sich damit vor dem elektrischen Stuhl rettete und eine Haftstrafe von neunundneunzig Jahren akzeptierte; bevor er sein Geständnis widerrief und sich für unschuldig erklärte und ein neues Verfahren forderte, das ihm nie gewährt wurde.

Er schrieb natürlich nicht kontinuierlich, sondern in Phasen von nie länger als dreißig oder vierzig Minuten. Eine Morgenzeitung und eine Abendzeitung las er hingegen von vorne bis hinten durch und bat jede Woche um die neue Ausgabe von *Newsweek* und *U.S. News & World Report*. Stundenlang wanderte er in dem Zellentrakt auf und ab, in dem er der einzige Insasse war. Er ging schnellen Schritts, hielt abrupt inne, wenn er das Ende des Korridors erreichte, und kehrte gleich wieder um, wie es alle Häftlinge im Gefängnishof tun.

Manchmal unterbrach er seine Wanderungen und schaute fern. Er schritt aus und unterhielt sich mit den Wachen. Er erreichte die Wand, drehte sich um und marschierte zurück. Alle sechs Stunden nahm er zwei Aspirin gegen seine Kopfschmerzen. Er verpasste keine einzige Meldung im Fernsehen oder in der Zeitung über sich. Es machte ihn wütend, wenn man ihn in einem negativen Licht darstellte, wenn seine elende Herkunft oder seine furchtbare Familie thematisiert wurden.

Wenn er nicht hin und her lief, schrieb er. Er verlor die Lust am Schreiben und spielte mit den Wachen Karten. Er lief von einem Ende des Zellentrakts zum anderen, hielt den Kopf gesenkt und die Hände vor dem Bauch. Er warf sich auf die Pritsche seiner Zelle und las in einem Buch. Im Protokoll steht oft, wie lange er in einem Buch gelesen hat, aber nie der Titel des Buches. Er hörte zu lesen auf und machte Kniebeugen; vierzig, fünfzig, hundert Kniebeugen. Rauf und runter, starr wie ein Brett, mit harten Beugungen, schwer atmend, das Gesicht von Tag zu Tag blasser, glänzend von Schweiß. Er forderte die Wärter heraus und gewann immer. Er erzählte ihnen komische Geschichten aus seinem Leben auf der Flucht, von absurden

Missgeschicken seiner Verbrecherlaufbahn: wie er bei einem Überfall auf ein Chinarestaurant nur miese Beute gemacht und auf der Flucht seinen Militärausweis verloren hatte; wie er nach einem Überfall mit dem Auto floh, aber die Wagentür nicht richtig zugemacht hatte und in einer Kurve beinahe hinausgeflogen wäre, sich gerade noch mit beiden Händen am Lenkrad festklammern konnte, wie bei einer absurden Verfolgungsjagd im Kino.

Er verlor die Lust am Erzählen und ging unter die Dusche. Im Fernsehen schaute er sich ein Baseballspiel an. Wurde ihm dabei langweilig, nahm er seine Läufe über den Korridor wieder auf oder machte ein paar schnelle Kniebeugen. Wenn er sich einen Film anschaute, bat er um eine Coca-Cola und eine Tüte Popcorn. Die zugeklebten Fenster und das vierundzwanzig Stunden brennende Licht ließen ihn zwar jedes Zeitgefühl verlieren, brachten ihn aber nicht um seinen gesunden Schlaf. Er schlief acht oder zehn Stunden am Stück. Er schlief um ein Uhr mittags ein oder um sechs Uhr abends, manchmal erwachte er übel gelaunt von der Siesta, und andere Male unterhielt er sich gleich danach angeregt mit den Wärtern oder spielte mit ihnen Karten. In manchen Nächten wälzte er sich auf seiner Pritsche und murmelte im Schlaf. Man müsste wissen, welche Bücher er las, wovon er träumte.

Die Straßenbahn No. 28 hält mit metallischem Kreischen und holzigem Knarren. Ich steige wie selbstverständlich ein und halte wie jeder andere Passagier meine Zeitkarte an den Scanner. Städte lernt man am besten kennen, wenn man sie sich zu Fuß erobert und mit öffentlichen Verkehrsmitteln zu fahren versteht. Zu dieser Zeit und in diesem Viertel findet man leicht einen freien Sitzplatz. Sich in eine Lissabonner Straßenbahn zu setzen und den Ellenbogen am Fensterrahmen abzustützen, gehört zu den feierlichsten Genüssen des Lebens. Mit der Straßenbahn durch eine Stadt zu fahren, ist ein ebenso intensives Erlebnis, als würde man gehen; man ist nicht so eingeschlossen und so schnell wie mit einem Auto oder einem Bus.

Wenn ich in eine Straßenbahn steige, stelle ich mir jedes Mal Ray vor, wie er darin sitzt, obwohl es keinen Hinweis darauf gibt, dass er jemals in eine Bahn eingestiegen ist: fremd und auffällig unter den übrigen Fahrgästen, allein und schweigsam im Unterschied zu fast allen anderen, heftig blinzelnd oder hinter den dunklen Gläsern der Sonnenbrille versteckt. Eine Tanzlehrerin, die ihm in Los Angeles Unterricht gegeben hatte, sagte, er habe nach Deodorant, Brillantine und mangelnder Hygiene gerochen. Jemand anderer erzählte vom Kontrast zwischen seinem gut geschnittenen Anzug und seinen schmutzigen Fingernägeln.

Mehreren Zeugen indes fielen seine gepflegten Hände mit den manikürten Fingernägeln auf, die jedoch ungeschickt waren im Umgang mit dem Gewehr im Waffengeschäft von Birmingham, wo er sich Harvey Lowmeyer nannte. Als er mit dem Gewehr im Karton ins Motel zurückkehrte, nannte er sich wieder Galt. Von der ganz in der Nähe des *Hotel Portugal* gelegenen Praça da Figueira aus hätte er in eine Straßenbahn steigen und direkt in das Ausgehviertel Cais do Sodré mit seinen Nachtbars fahren können.

Ich wohne in dieser einen Stadt in zwei Welten und zwei Zeiten. Ich mag es, mit der Straßenbahn No. 28 von der Largo da Graça die jäh abfallende Rua da Voz do Operário hinunterzufahren, die den Blick schnurgerade auf das breite Band des Tejo lenkt, auf dem jetzt das gedämpfte Gold der untergehenden Sonne leuchtet.

Mein Blick könnte der seine sein. Ich betrachte die Gesichter der Fahrgäste einer anderen Straßenbahn, die stolz die Steigung in der Gegenrichtung nimmt, und eines davon, allein inmitten der anderen, mit Sonnenbrille und blass wie das eines Touristen, das mich mit einem kurzen Blick streift, könnte seines sein, gewesen sein, in diesem ungewissen Lissabon von heute und vor sechsundvierzig Jahren, das meine Gedanken völlig gefangen nimmt, während ich – meist mit wenig Erfolg – so tue, sogar vor dir, als lebte ich in der Wirklichkeit der Gegenwart: Ich klappe meinen Laptop zu, das Notizbuch, erhebe mich vom Schreibtisch, dusche, ziehe mir saubere Wäsche an und leichte Kleidung für den Sommerabend, verlasse das Haus, als käme ich aus einem Büro, vergesse die ganze Arbeit des Tages.

Aber ich bin vergiftet, besessen. Ich schreibe bis zum späten Nachmittag, lese, schaue mir alte Dokumentarfilme an, besuche obskure Internetseiten, die sich der paranoiden Suche nach Hinweisen auf Verschwörungen bei den Morden an Martin Luther King und den Kennedys widmen. Ich muss mich zusammenreißen, um nicht der Versuchung zu erliegen, geheime Bedeutungen in Nebensächlichkeiten zu entdecken und sie zu fantastischen erzählerischen Bezugssystemen zusammenzuspinnen. Das menschliche Hirn verlangt nach eingängigen Geschichten, selbst wenn es sie herbeizwingen muss und um jeden Preis nach ihnen verlangt, so wie man in Flecken an der Wand Gesichter erkennt.

Ein dunkelhaariger korpulenter Mann, der Raoul sein könnte, ist auf einem am 23. November 1963 in Dallas aufgenommenen Foto auf einem Bürgersteig zu sehen, an dem einige Minuten später der Präsidentenkonvoi vorbeifährt. Die chinesische Inhaberin einer der beiden billigen Pensionen, in denen Ray abstieg, gab zu Protokoll, ein beleibter Mann habe ihren menschenscheuen Mieter aufgesucht und ihm einen mysteriösen Umschlag überreicht, der möglicherweise eine Anzahlung für das Verbrechen und Anweisungen für die Flucht enthielt. Ein paar Tage lang war der dicke Mann, *The Fat Man*, in den Zeitungen Gegenstand wilder Spekulationen. *The Fat Man*, das klingt schon ganz nach amerikanischem Kriminalroman.

Am Ende stellte sich heraus, dass sich in dem Umschlag, den

der namenlose dicke Mann Ray übergeben hatte, der Antrag auf einen Reisepass und eine Geburtsurkunde auf den Namen Ramon George Sneyd befunden hatte. Der vergessliche Ray hatte ihn in einer öffentlichen Telefonzelle liegen lassen, zusammen mit einem Zettel, auf dem die Adresse und Telefonnummer des Gästehauses notiert war.

Ich lese auch die beiden Autobiografien, die Ray im Gefängnis geschrieben hat. Ich lese die Bücher, von denen man weiß, dass er sie gelesen hat, und von denen sich einige in seinem Gepäck befanden, als er festgenommen wurde, oder in den Gästehäusern gefunden wurden, in denen er sie vergessen hatte. Ich lese die Biografien von Martin Luther King und die Memoiren von Ralph Abernathy und Georgia Davis Power, die über dreißig Jahre wartete, bevor sie das Geheimnis ihrer heimlichen Treffen preisgab. In der Nacht des 4. April, als King schon tot war und wütende Brände das nächtliche Memphis erhellten, als Militärkonvois durch menschenleere Straßen patrouillierten; menschenleer, weil Angst und Ausgangssperre die Menschen in den Häusern hielten, weil draußen das Ende der Welt hereinzubrechen oder sich eine der schrecklichen biblischen Prophezeiungen zu erfüllen schien, in dieser Nacht kehrte Georgia Davis in ihr Zimmer im *Lorraine Motel* zurück, weil sie keinen anderen Ort hatten, an den sie hätte gehen können. Kings Körper lag zu dem Zeitpunkt aufgeschnitten auf dem Aluminiumtisch eines Leichenschauhauses.

Es herrscht ein merkwürdiger Frieden an einem Ort, der ein paar Stunden zuvor von einem Unglück heimgesucht worden ist. Ich habe ein Foto vom *Lorraine Motel* gesehen, das in dieser selben Nacht vom Vorplatz aus aufgenommen wurde und auf dem alle Fenster dunkel sind, bis auf eines, im oberen Stock, nahe der 306, wo ein amtlich aussehender Mann im dunklen Anzug – vielleicht ein FBI-Agent – am Geländer lehnt und Wache hält.

Auf YouTube sehe ich Dokumentarfilme in Schwarz-Weiß

über die Jahre des Kampfes für Bürgerrechte. Ich sehe, wie die Orte ausgesehen haben, über die ich gelesen habe, die Bushaltestellen in Montgomery und Birmingham, die von Horden weißer Jugendlicher mit Elvis-Presley-Frisuren und hassverzerrten Gesichtern, mit Baseballschlägern und Bleirohren angegriffen wurden. Ich sehe Wasserwerfer und Polizisten, die Gummigeschosse und Tränengasgranaten in eine Menschenmenge feuern, die auf dem Weg von Selma nach Montgomery mit ergreifender Würde auf die Edmund-Pettus-Brücke zumarschieren, die über den Alabama River führt.

Ich lese die Bibel in der Übersetzung des 16. Jahrhunderts, um im Spanischen eine Ähnlichkeit mit der visionären und emanzipatorischen Sprachgewalt Martin Luther Kings nachempfinden zu können, dieser Mischung aus politischer Unbotmäßigkeit und religiösem Erschauern, die die Kultur der amerikanischen Schwarzen durchzieht, mit gleicher Kraft die christliche wie die jüdische Tradition in sich vereint, die Arbeitsgesänge der Sklaven, die Musik im afrikanischen Dorf. Was in Ägypten und Babylon die Gefangenschaft war, ist die Rassentrennung in den Südstaaten. Die vor Jahrtausenden gesprochenen Worte der Propheten finden ihr Echo in den Forderungen der politischen Pamphlete, hallen wider aus den Lautsprechern und Verstärkern der Massenveranstaltungen in Kirchen und auf öffentlichen Plätzen. *Jehovas Geist ist auf mir, weil er mich gesalbt hat, um den Armen gute Botschaft zu verkünden, er hat mich ausgesandt, um den Gefangenen Freilassung zu predigen und den Blinden Wiederherstellung des Augenlichts, um die Zerschlagenen als Freigelassene wegzusenden, um Jehovas annehmbares Jahr zu predigen.* Die Wechselgesänge der Psalmen entsprechen in der hebräischen Übersetzung dem rhythmischen Gleichklang afrikanischer Gesänge. *Ja, so spricht der Herr: Auch die Gefangenen des Starken sollen ihm genommen werden, und die Beute des Tyrannen soll entfliehen; denn nun werde ich mit dem kämpfen, der gegen dich kämpft, und ich werde deine Kinder erretten.*

Die Straßenbahn fährt jetzt durch so enge und verwinkelte Straßen, dass die Räder kreischen, als wollten sie aus den Schienen springen. Man kann die Hauswände berühren und sieht sich, aus nächster Nähe, mit einer seltsamen Intimität, den Gesichtern von Menschen gegenüber, die aus den Fenstern ihrer Häuser schauen. Um die Bahn vorbeizulassen, pressen sich die Leute auf den Bürgersteigen mit dem Rücken an die Wände. Von der Verkaufstheke eines winzigen Elektrogeschäfts schaut eine Frau zu mir herüber. Auf Höhe der Dachrinnen teilen die Oberleitungen der Straßenbahnen und deren Halteseile den Himmel in kleine Vierecke. Mitten in einer Steigung bleibt sie abrupt stehen, und es ist, als würde sie gleich wieder rückwärtsrollen. Doch dann schüttelt sie sich kurz und fährt mit einer Art mechanischem Eigensinn wieder an, setzt ihren Anstieg scheinbar mühelos fort, Millimeter nur an Mülleimern und nachlässig geparkten Autos vorbei, als würde sie ihnen mit der unberechenbaren Wendigkeit eines Fisches im Wasser ausweichen.

In Gedanken bin ich noch ganz woanders, und trotzdem nehme ich gierig bis zur Erschöpfung alles in mich auf. Einen Barockengel im verstaubten Schaufenster eines Antiquitätengeschäfts. Eine ausländische Touristin im Profil direkt am gegenüberliegenden Fenster, klar umrissen und gedankenverloren wie auf einem Porträt eines alten italienischen Meisters, anstelle eines Stundenbuches hält sie einen Stadtplan in der Hand. Einen riesigen Palazzo, der jeden Augenblick mit Getöse einzustürzen droht, aus einem Mauerspalt wächst ein Baumsprössling, der sich einen Balkon erobert hat. Einen Großvater im grauen Kittel, der vor der Tür eines Kolonialwarenladens bedächtig Obstkisten aufeinanderstapelt. Einen offenen Platz mit weiter Aussicht, mit Tischen und Stühlen vor Bars und auf einem Sockel einer Statue, von der ich heute weiß, dass es der heilige Vincent ist.

Wachsende Kenntnis gibt Orten eine Ordnung, die vorher ganz unvermutet aufgetaucht sind, weist ihnen ohne Zögern ihren Platz auf dem Stadtplan zu, der bei jedem Besuch voller und vollständiger wird. Ich schreibe einen Roman und entdecke zur selben Zeit eine Stadt. Auf diesen Platz, der jetzt einen Namen und einen exakten Standort hat, gelangten wir auf unserem Spaziergang durch Lissabon – mit Paula und Arturo – in jener Dezembernacht so unerwartet, wie man in einem Traum irgendwohin gerät.

Damals war der Klang unserer Stimmen und unserer Schritte der einzige Laut, den man dort hörte, und außer uns gab es nur die Statue. An diesem warmen Sommerabend – nachdem die Tageshitze ein wenig nachgelassen hat – wimmelt der Platz von Menschen: Essensgäste an den mit Papierdecken oder karierten Stoffdecken gedeckten Tischen, Touristengruppen, afrikanische Verkäufer von Halsketten, Sonnenbrillen und Ladegeräten für Mobiltelefone, Straßenmusiker, biegsame Schwarze, die einen Salto vollführen und im Tempo des Hip-Hop herumwirbeln, der aus einem koffergroßen anachronistischen Kassettenrekorder erklingt. Ich hatte vollkommen überwältigt John Coltrane *Alabama* spielen hören – im Hintergrund begleitet von Elvin Jones am Schlagzeug – und nicht gewusst, welchen gewaltigen, hoffnungsvollen Klang dieser Name für einen amerikanischen Schwarzen in den frühen Sechzigerjahren haben konnte, und weniger noch, dass Coltrane in dieser Melodie, die die Intensität von Bittgebeten vermittelt und in der Läufe von Sufi-Mystik anklingen, die Rhythmik der Predigten Martin Luther Kings nachzubilden versuchte.

»Se escrevo o que sinto é porque diminuo a febre de sentir«, schreibt Fernando Pessoa. Bilder und Wörter durchwuchern später wie die Verästelungen einer Koralle die Tiefen meiner Schlaflosigkeit. Mir scheint, ich werde nie mehr ruhig schlafen können, bis ich nicht alles in Erfahrung gebracht, nicht jede Kleinigkeit und jeden Strang der Geschichte nachgeprüft habe. Es folgt nichts

mehr nach dem, was der Schlusspunkt nach dem Schuss hätte gewesen sein können. Und der Schuss ist nicht der Schlusspunkt, nicht einmal das Fazit dessen, was in diesem Augenblick geschehen ist, um sechs Uhr abends, sechs Uhr eins.

An der Feuerwache genau gegenüber dem *Lorraine Motel* sind die Fenster mit Zeitungen zugeklebt, als wären dort Maler an der Arbeit. Doch in die mit Klebeband fixierten Zeitungsseiten sind Löcher geschnitten, durch die Polizisten und FBI-Agenten hindurchspähen, sie fotografieren jeden, der das Motel betritt oder aus ihm herauskommt, und notieren Nummernschilder. Man kann nicht das Leben Martin Luther Kings schützen und ihn zugleich unter Beobachtung halten, diesen mutmaßlichen Verräter, Kommunistenfreund, heimlichen Lüstling, korrumpierbaren Pharisäer. Einer der Polizisten hört den Schuss, während er den am Balkongeländer stehenden King durchs Fernglas beobachtet, kann zuerst nicht glauben, was er gesehen hat, und alarmiert die anderen nicht. Als er wieder durchs Glas schaut, liegt King am Boden, wie in einer Fotosequenz, in der ein Bild fehlt – ein Bein angewinkelt, ein Fuß ragt unter dem Eisengeländer hervor. Ein anderer Polizist bekommt gar nichts mit, weil er seinen Beobachtungsposten verlassen hat, um mit seiner Frau zu telefonieren, die im Krankenhaus liegt und nach einer schwierigen Schwangerschaft kurz vor der Niederkunft steht.

Die Theke und die Sitzecken von *Jim's Grill* haben sich mit dem üblichen Publikum aus Arbeitern und Trinkern gefüllt, die hier ihr Abendessen einnehmen und Bier trinken, mit knappen Bewegungen den Bourbon hinunterkippen, in einem Lärm von Stimmen, Gelächter, Gläserklingen, dem Knuspern von Hamburgern und Steaks auf dem Grill, durchweht von Fettschwaden, Tabakqualm und alkoholischem Atem.

Ein Kellner glaubte, den Knall eines Krachers gehört zu haben, wie sie die Halbstarken auf die Schienen legen, damit sie explodieren, wenn ein Zug darüberfährt. Es gibt kein in der

Schlaflosigkeit wiedergefundenes Informationsteilchen, das nicht denkwürdig wäre. Im *Lorraine Motel* befand sich ein Zimmermädchen um sechs Uhr eins auf dem Balkon vor dem Zimmer 304 im ersten Stock, war aber so in ihre Arbeit vertieft, dass sie – wie sie aussagte – nicht bemerkte, dass sie nur wenige Schritte von Dr. King entfernt war. Sie sah ihn erst in dem Moment, als der Schuss krachte und er auf den Rücken fiel, worüber sie so erschrak, dass sie das Tablett mit sauberer Bettwäsche, das sie trug, fallen ließ.

Im Gästehaus von Bessie Brewer saßen die taubstumme Frau von Zimmer 6B und der Alkoholiker von 4B (der ein paar Minuten zuvor erfolglos versucht hatte, die Badezimmertür zu öffnen) im Zimmer der Frau und schauten fern, und sie verstand nicht, warum der Mann zusammenschreckte und sich zum Fenster umdrehte. Der Mann der Pensionswirtin, der um halb fünf von der Arbeit gekommen war, hatte seine alten Pantoffeln angezogen und sich mit seiner Frau zum Abendessen gesetzt, während sie im Fernseher seine Lieblingswesternserie schauten, *Rawhide*.

Der Roman vereinfacht das Leben. Er vereinfacht es, und er beruhigt es. Er erzeugt sein eigenes Fieber, vor allem, wenn man ahnt, dass man sich dem Ende nähert. Der Roman bringt mich dazu, meine frei schweifende Neugier auf eine einzige Sache zu konzentrieren. Ich mag nicht mehr ins Kino gehen und keine Musik mehr hören, es sei denn Negro Spirituals, Lieder der Bürgerrechtsbewegung, den Jazz jener Jahre. Ich mag keine Artikel mehr schreiben, keine Vorträge halten, nicht reisen, keine Ausstellungen besuchen. Ich brauche nicht mehr als meinen Tisch aus Holz und den Laptop. Und würde der Laptop seinen Geist aufgeben oder der Akku nicht mehr gehen, würde ich per Hand in einem Heft weiterschreiben. Dies ist der einsamste und billigste Beruf der Welt: Man benötigt nicht mehr als Bleistift und

Papier. Ich lese nichts, was nicht mit dem zu tun hat, worüber ich schreibe. Wenn du nicht da bist, höre ich um neun Uhr auf zu schreiben. Ich esse eine Kleinigkeit im Stehen in der Küche und gehe wieder an die Arbeit.

Der Roman bindet das Leben an seine eigenen Grenzen und eröffnet ihm zugleich einen Überfluss an verborgenen Schätzen, Höhlenreichtümern und unterseeischen Lagerstätten, die einem unzugänglich waren und in einem selbst ruhten und die zu entdecken nur einem selbst gegeben ist. Auch wenn du nicht schreibst, schreibst du. Die erzählerische Fantasie lebt nicht vom Erfinden, sondern von dem, was geschieht. Noch das kleinste oder trivialste Geschehen, das man miterlebt oder auf das man bei seinen Nachforschungen stößt, kann ein wertvoller oder gar entscheidender Fund für den Roman sein, einen kleinen, genau definierten Platz in ihm einnehmen, so wie die Mosaiksteine auf den Gehwegen Lissabons.

Ich lese kaum noch die Zeitung. Die Zeitschriften, die mir zugeschickt werden, schlage ich nicht mehr auf und öffne keine Bücherpakete mehr. Ohne Schwierigkeiten und mit großer Erleichterung habe ich das Surfen durch die sozialen Netze aufgegeben. Ich übe mein Recht auf eine althergebrachte Einsamkeit aus, abgeschnitten von allem muss ich nicht mehr unverzüglich auf jede Nachricht, auf jeden Impuls reagieren, kann viel Zeit darauf verwenden, mich mit einer einzigen Sache zu beschäftigen, und das nur, weil es mir gefällt, weil es sich um eine so anspruchsvolle und dankbare Aufgabe handelt, dass ich gar nicht an das Endergebnis denke, weil ich jetzt, an diesem Punkt meines Lebens von all den Ängsten frei bin, die ich so gut kenne: Zweifel am Resultat, Angst vor Verrissen in den Rezensionen, vor dieser Leere oder Stille, die sich auf mich herabsenkt, wenn das Buch veröffentlicht ist und die Lesermeinungen auf sich warten lassen.

Das Internet ist der exklusive Zugang zu dem großen Archiv, in dem ich täglich und beinahe minütlich Informationen finde, durch die das, was ich schreibe, lebendig wird. Bewunderer aus aller Welt schrieben Ray und baten um Autogramme und Fotos mit Widmungen. Ein Feuerwehrmann sagte aus, er habe den Schuss nicht gehört, wohl aber das Splittern von Glas. Die über vierhundert Briefe, die Ray während seiner Jahre im Gefängnis schrieb, werden im Archiv der Boston University aufbewahrt. Der Angestellte, der ihm am 4. April gegen Viertel nach vier nachmittags das Fernglas verkaufte, war überrascht, dass der so adrett Gekleidete eine gelockerte und völlig verdrehte Krawatte trug. Die Bedienstete in der Kanadischen Botschaft in Lissabon, die ihm half, den Antrag auf einen Reisepass auszufüllen, gab an, dass er auf das Formular starrte und den Kugelschreiber so unbeholfen hielt wie jemand, der kaum lesen und schreiben kann, und dass es sie trotz all seiner ordnungsgemäßen Papiere gewundert habe, dass er Kanadier sein sollte mit diesem schleppenden Akzent, den er hatte, den Akzent eines weißen Südstaatlers vom Land.

Wenn er bezahlte, entnahm er das Geld nicht einer Börse, sondern zog es direkt aus der Hosentasche. Mehreren Frauen war unangenehm aufgefallen, dass er sich übermäßig viel Brillantine in die Haare strich. Nach dem Schuss hatte Martin Luther Kings untere Gesichtshälfte ausgesehen, als wäre sie nach hinten herausgerissen worden. Wenn Ray gut gelaunt war, sang er während seiner Untersuchungshaft in Memphis unter der Dusche. Die Blutlache von Luther Kings Wunde breitete sich bis zur Türschwelle seines Zimmers aus. Unter den Sachen, die Ray in seinem Zimmer im Gästehaus in Atlanta zurückließ, befanden sich Straßenkarten aus dem ganzen Südosten der Vereinigten Staaten, von Texas, von Oklahoma, von Mexiko, von Louisiana, von Los Angeles, von Kalifornien, von Arizona, von New Mexico und ein Stadtplan von Birmingham, alles Gratisexemplare, wie man sie in Tankstellen mitnehmen konnte.

Einige hatten ihn für einen Versicherungsvertreter gehalten, für einen Hausierer, für einen Prediger. In den Taschen des

Anzugs von Martin Luther King – blutdurchtränkt wie sein Hemd, seine Socken und Schuhe – fanden sich zwei Scheine zu je zehn Dollar, einer zu fünf und drei zu einem Dollar, fünfundvierzig Cent Kleingeld, ein silberner Füller, mehrere Visitenkarten und ein Taschenkalender von 1968 mit schwarzem Einband.

Der Roman ist angesichts dieser grenzenlosen Fülle an Realien gleichsam von selbst entstanden, und auch seine Leerstellen sind es, die auszufüllen ich nicht die geringste Versuchung verspüre, die Schattenbereiche, die nicht ausgeleuchtet werden können, zum Teil deswegen nicht, weil so viel Zeit vergangen ist, weil so gut wie alle Zeugen tot sind, weil die Erinnerung so brüchig ist.

Der Roman ist, was ich schreibe, aber auch das Arbeitszimmer, in dem es dämmerig geworden ist, ohne dass ich es recht bemerkt habe, der schlichte Schreibtisch, das leichte MacBook Air, das ich im Rucksack mitgebracht habe, die aufgeschlagenen oder zugeklappten Notizhefte um mich herum, einige vollgeschrieben, andere noch leer, einige identisch mit jenem, das ich am Geburtstag meines Sohnes kaufte, ohne eine Idee zu haben, was ich hineinschreiben wollte.

Der Roman ist der Filzschreiber mit der feinen Spitze, den ich an einem Tag leerte, als ich fünf oder sechs Stunden am Stück gearbeitet und dabei ein ganzes Heft vollgeschrieben habe. Der Roman entsteht aus allem, was ich weiß, aus allem, was ich nicht weiß, und aus dem Gefühl, mich voranzutasten, ohne je einen exakten erzählerischen Rahmen zu finden, weil eine Geschichte statt zu einem Schluss zur nächsten führt, immer wieder neue Verbindungen herstellt, genau wie die Synapsen unseres Gehirns es tun. 1977 brach Ray aus dem Gefängnis aus und war in einer bewaldeten Gegend in den Bergen von Tennessee fünfzig Stunden ununterbrochen auf der Flucht, verfolgt von Hunderten bewaffneten Agenten, von Spürhunden, mit Scheinwerfern bestückten Hubschraubern. Schließlich fanden sie ihn halb erfroren und verhungert in einem Graben, unter einer Lage von Zweigen und Erde, die er über sich geschichtet hatte, sodass er kaum noch Luft bekam, in einer Gegend mit dichtem Unterholz voller Schlangen.

Der Roman wurde geschrieben, als ich am Tisch saß und meine Finger über die Tastatur des Laptops flogen, als ich still dort saß, nachdenklich, beide Hände ruhig auf dem Tisch, und er schreibt sich jetzt, während ich mit der Straßenbahn No. 28 zu einem Treffen mit dir fahre, zu einem kleinen Gasthaus, das du eben entdeckt hast, an der Ecke einer steilen Straße in der Nähe des Aufzugs von Bica und des Aussichtspunkts von Santa Catarina. Nach dem Abendessen werden wir zum Cais do Sodré spazieren, die beleuchteten Nachtbars sehen, die Hauseingänge und die Treppenaufgänge, die hinauf er Frauen in eng geschnittenen Kleidern und Stöckelschuhen folgte, die auf den Steinstufen widerhallten.

Wo fängt eine Geschichte an und wo hört sie auf. Als Don Quijote hört, das Ginés de Pasamonte – einer der Sträflinge, die er mit großartigstem Unverstand freigelassen hat – seinen Lebenslauf niedergeschrieben hat, fragt er ihn, ob er ihn schon ganz beendet hat, und Ginés antwortet ihm: »Wie kann er beendet sein, da mein Leben noch nicht zu Ende ist?« Ich habe den ganzen Nachmittag ohne dich verbracht und freue mich jetzt, dich zu sehen, vielleicht schon von der Straße aus, wenn ich vor dem Gasthaus stehe, durchs Fenster schaue und du mich noch nicht erblickt hast. Ein Gesicht zu lieben heißt, eine Seele zu lieben.

Die Straßenbahn No. 28 hebt und senkt sich wie ein leichtes Segelschiff auf den hohen Wellen der Hügel von Lissabon. Allein in ihrem Zimmer im *Lorraine Motel*, still im Dunkeln, ohne Licht zu machen und die Augen zu schließen, benommen von der Unwirklichkeit des Schmerzes und in der Gewissheit, nicht schlafen zu können, von fern die Sirenen der Polizeiautos und Feuerwehren, die vergebens zu den Bränden von Memphis eilten, vernahm Georgia Davis ganz in ihrer Nähe ein Geräusch, von oberhalb der Decke, wie ein Schaben auf hartem Grund, ein Kratzen. Sie ging auf den Parkplatz hinaus, auf dem kein einziges Auto mehr stand und der nur vom blinkenden Neonlicht der Motelreklame erhellt war, rot und gelb, rot und blau. Oben an der Eisentreppe, auf dem Balkon vor Zimmer 306, arbeiteten still ein paar Männer, rieben mit Schwämmen und Lappen die Wand und die Tür ab, gossen einen Eimer Wasser darüber, kratzten den Zement ab, um die Blutspuren zu verwischen.

Lektürehinweise und Danksagung

Den ersten Hinweis auf James Earl Rays Tage in Lissabon erhielt ich, als ich vor Jahren ein Buch von Hampton Sides über die Ermordung Martin Luther Kings las: *Hellhound on His Trail*. Das vollständigere und besser geschriebene Buch über Rays Leben, sein Verbrechen und seine Flucht ist jedoch das schon 1998 veröffentlichte *Killing the Dream* von Gerald Posner, der außerdem sehr detailliert die Verschwörungstheorien behandelt, die all die Jahre über ins Kraut geschossen sind, aufgebracht zum großen Teil von Ray selbst, während seiner Zeit im Gefängnis. Die Bücher *The Making of an Assassin* von George McMillan und *He Slew the Dreamer* von William Bradford Huie haben den Vorteil, kurz nach den Ereignissen geschrieben worden zu sein und bei persönlicher Bekanntschaft der Autoren mit einigen der Protagonisten.

Meine bevorzugte Lektüre über das Leben Martin Luther Kings und die Bürgerrechtsbewegung ist aufgrund seines Anspruchs, seiner Strenge und erzählerischen Qualität das dreibändige Werk *America in the King Years, 1954–1968* von Taylor Branch. Zahlreiche Dokumentarfilme sind in sehr guter Qualität auf YouTube zugänglich und mir beim Schreiben äußerst nützlich gewesen. Den vollständigsten Überblick gibt vielleicht die zwölfteilige Serie *Eyes on the Prize*.

In einer Autobiografie von 1989 mit dem Titel *And the Walls Came Tumbling Down* enthüllte Ralph Abernathy, dass Martin Luther King in der Nacht vom 3. auf den 4. April 1968 im *Lorraine Motel* mit einer Geliebten zusammen war. Sechs Jahre später, 1995, erzählte Georgia Davis, Senatorin in Kentucky, in ihrem

Buch *I Shared the Dream* ihre Geschichte von der heimlichen Liebe zu King und bestätigte, dass sie die Geliebte gewesen war, die Abernathy erwähnt hatte, ohne ihren Namen zu nennen.

Außer zahllosen Interviews, die er in Zeitungen und Fernsehen gab – viele davon bezahlt –, schrieb James Earl Ray zwei Autobiografien: *Tennessee Waltz*, 1987, und *Who Killed Martin Luther King?*, 1992. Bis zum Schluss erzählte er in immer neuen Variationen die Geschichte von »Raoul«. Von einer Person dieses Namens ist nie auch nur die geringste glaubwürdige Spur gefunden worden. Ray starb 1998 im Gefängnis, während er auf eine Nierentransplantation wartete.

Eine erstaunliche Zahl von Quellen aus erster Hand über die Ermordung Martin Luther Kings und die Suche nach James Earl Ray ist im Internet zu finden. Auf der Website der Mary Ferrell Foundation (www.maryferrell.org) kann man problemlos die FBI-Archive über den Fall sowie die Akten der Untersuchungskommission des Kongresses einsehen, die den Mord im Jahr 1978 noch einmal untersuchte. Im Archiv von Shelby County – zu dem Memphis gehört (www.register.shelby.tn.us) – finden sich sämtliche Unterlagen zu den Ermittlungen der Polizei von Memphis, die unmittelbar nach dem Mord eingeleitet wurden, einschließlich der Verhöre von Zeugen und Verdächtigen sowie das Protokoll eines jeden Tages und jeder einzelnen Stunde, die James Earl Ray dort in Untersuchungshaft saß. Für einen Verfechter demokratischer Tugenden ist es äußerst befriedigend festzustellen, dass es ihm dank einer ihrer wichtigsten – der Transparenz – möglich war, Zugang zu entscheidendem Material zu bekommen, um einen Roman schreiben zu können.

In Lissabon hat Pilar Soler für mich alle nur denkbaren Informationen über Hafen und Schiffe zusammengetragen, dazu Filmplakate, Zeitungsmeldungen und Berichte über die Nachtclubs während all der Tage, die Ray in der Stadt verbrachte. Pilar hat mich auch mit Vladimiro Nunes zusammengebracht, dem

Journalisten, der 2007 Maria I. S. interviewte, die Prostituierte, die Ray in der *Texas Bar* kennengelernt hatte. Pilar und Vladimiro habe ich einige der entscheidenden Details dieses Romans zu verdanken.

Elvira Lindo ist mit mir nach Lissabon und Memphis gefahren, hat alles fotografiert und mich auf Dinge aufmerksam gemacht, mich ermutigt, in meiner Suche und meinem Schreiben nicht nachzulassen. Nach dem Lesen der ersten vollständigen Fassung haben ihre aufschlussreichen Beobachtungen mir geholfen herauszufinden, an was es dem Roman noch mangelt. Miguel, Antonio, Elena und Arturo waren – wie schon früher – einfühlsame und geistreiche Leser. Aus offensichtlichen Gründen war es mir besonders wichtig, was sie von einem Buch halten, das auch mit ihrem Leben zu tun hat.

Dieser Roman ist ihnen gewidmet und Elvira.

Madrid, im September 2014

Zitatnachweis

Fremdsprachige Zitate wurden in der Regel – wie in der spanischen Ausgabe – unübersetzt belassen und entstammen folgenden Büchern:

S. 269: Fernando Pessoa, *O Conde D. Henrique*, aus: *Mensagem*. Erstmals erschienen: Lissabon 1934.

S. 329: Juan Carlos Onetti, *La cara de la desgracia*. Erstmals erschienen: Montevideo 1960.

S. 371–372: James Joyce, *The Dead*, aus: *Dubliners*. Erstmals erschienen: London 1914.

S. 495: Fernando Pessoa, *Livro do Desassossego por Bernardo Soares*. Erstmals vollständig erschienen: Lissabon 1982.

Die S. 117 zitierte Verszeile von Federico García Lorca folgt der Ausgabe: *Tu infancia en Menton (Deine Kindheit in Menton)*, aus: *Dichter in New York / Poetas en New York*. Gedichte. Übersetzt von Martin von Koppenfels. Suhrkamp, Frankfurt 2005.

Die Originalausgabe erschien 2014
unter dem Titel *Como la sombra que se va*
bei Seix Barral, ein Imprint von Editorial Planeta, Barcelona.

FSC
www.fsc.org
MIX
Papier aus verantwortungsvollen Quellen
FSC® C014496

Verlagsgruppe Random House FSC® N001967

PENGUIN VERLAG

1. Auflage

Umschlaggestaltung: Designbüro Lübbeke, Naumann, Thoben, Köln
Umschlagabbildung: © plainpicture/mia takahara
Autorenfoto: © Elena Blanco
Satz: Buch-Werkstatt GmbH, Bad Aibling
Druck und Bindung: GGP Media GmbH
Printed in Deutschland
ISBN 978-3-328-60013-8
www.penguin-verlag.de

Dieses Buch ist auch als E-Book erhältlich.

ANTONIO MUÑOZ MOLINA

Antonio Muñoz
Molina

Aus dem Spanischen von
Willi Zurbrüggen
Auch als E-Book erhältlich

Von später Liebe und Verrat.

Madrid, kurz vor dem Ausbruch des Bürgerkriegs: Ignacio Abel, ein erfolgreicher Architekt, beginnt eine leidenschaftliche Affäre mit der attraktiven Amerikanerin Judith Biely. Als Ignacios Frau das Verhältnis entdeckt, versucht sie, sich umzubringen. Judith, geschockt und geplagt von Gewissensbissen, verschwindet spurlos …

»Einzigartig, sehr literarisch, ganz besonders.«
Bayerischer Rundfunk

»Ein totaler Roman voller Klugheit, Anteilnahme, eindringlicher Schilderungen und scharfsinniger Psychologie.« *FAZ*

ANTONIO MUÑOZ MOLINA

Antonio Muñoz
Molina

Aus dem Spanischen von
Willi Zurbrüggen
Auch als E-Book erhältlich

Ein Roman über das Vergessen.

Schon als Junge sehnt sich Manuel danach, so bald wie möglich aus seinem provinziellen andalusischen Heimatort Mágina in die Metropolen der Welt zu verschwinden. Jahre später begegnet er auf einem Kongress der schönen Nadia, folgt ihr nach New York und sieht sich bereits am Ziel seiner Träume …

»Ein opulenter, geradezu überbordender, wunderbar geschriebener Roman.« *El Mundo*

»Antonio Muñoz Molina ist nicht einfach ein guter, sondern ein großer Autor.« *DER SPIEGEL*

ANTONIO MUÑOZ MOLINA

Antonio Muñoz
Molina

Aus dem Spanischen von
Willi Zurbrüggen
Auch als E-Book erhältlich

Tag und Nacht auf der Suche …

Der Sexualmörder schlägt bei Vollmond zu. Sein jüngstes Opfer: ein zehnjähriges Mädchen. Vom Täter finden sich Kippen, Blut und Schamhaare. Der Inspektor sucht ihn mit der Besessenheit eines Mannes, der ein persönliches Unglück kompensieren muss …

»Antonio Muñoz Molina ist zweifellos einer der herausragendsten spanischen Autoren der Gegenwart.« *DIE ZEIT*

»›Die Augen eines Mörders‹ hat alles, was ein guter Krimi braucht.« *Financial Times Deutschland*